林中之恶

Devil in the Grove: Thurgood Marshall, the Groveland Boys, and the Dawn of a New America

［美国］
吉尔伯特·金
著

张芝梅
译

译林出版社

图书在版编目（CIP）数据

林中之恶 /（美）吉尔伯特·金（Gilbert King）著；张芝梅译. —南京：译林出版社，2022.5

书名原文：Devil in the Grove

ISBN 978-7-5447-8897-7

I.①林… II.①吉… ②张… III.①纪实文学 - 美国 - 现代 IV.①I712.55

中国版本图书馆 CIP 数据核字（2021）第 227610 号

Devil in the Grove: Thurgood Marshall, the Groveland Boys, and the Dawn of a New America by Gilbert King

林中之恶 ［美国］吉尔伯特·金 / 著 张芝梅 / 译

责任编辑 黄文娟
特约编辑 黄 洁
装帧设计 onesto LAB
校 对 戴小娥
责任印制 单 莉

原文出版 HarperCollins Publishers, 2013
出版发行 译林出版社
地 址 南京市湖南路 1 号 A 楼
邮 箱 yilin@yilin.com
网 址 www.yilin.com
市场热线 025-86633278
排 版 南京展望文化发展有限公司
印 刷 江苏凤凰新华印务集团有限公司
开 本 850 毫米 ×1168 毫米 1/32
印 张 19.625
插 页 4
版 次 2022 年 5 月第 1 版
印 次 2022 年 5 月第 1 次印刷
书 号 ISBN 978-7-5447-8897-7
定 价 88.00 元

献给洛娜、马迪和利维

纪念马修·P. 马蒂·博伊兰

目　录

前　言

这一生中，他好像总是坐在轰鸣的火车上，凝望着窗外，[1]向未知之地奔去。又一次，他坐在直接挂在火车头后面的黑人隔离车厢里，忍受着柴油机散发出的难闻的热气。律师仍然穿着他潇洒的双排扣西装，腰板挺直，崭新的、压紧的手帕露在口袋外面，柏树沼泽、棉花田、刷成白色的铁皮房子这些南方的景物一闪而过。他一个人旅行，弓着那一米八八的身体，埋首在案件卷宗里，嘴里叼着一根烟，在一本黄色[2]的拍纸簿上做着笔记。他想在打印出来之前重新修改一下草稿；他一丝不苟地做着这件事。一位联邦法官助理曾告诉他，只要看一眼诉状上涂改的痕迹，就能判断出这出自白人还是黑人之手。瑟古德·马歇尔永远都不会忘记这句话。在他代理的这类案件中，有太多重要之处需要他注意，以免被归为“黑鬼的辩护摘要”。

他所乘坐的火车都有着华丽的名字，比如“橙花特快”、“银色流星”和“冠军”，而它们隆隆作响的韵律流淌在马歇尔的巴尔的摩血脉中。他的父亲威利和叔叔菲尔里斯都是巴尔的摩和俄亥俄铁路公司的搬运工，而为了付大学学费，年轻的瑟古德自己也曾在巴尔的摩和俄亥俄铁路公司的餐车上当过服务员。铁路对他和他的家族来说是骄傲和地位的源泉，但这样的孤独旅行，总是触发马歇尔的旧痛。他的妻子巴斯特无法怀上他渴望已久的孩子，有一年他过生日时，她送给他一个电动火车的模型，希望有一天作为给她丈夫和儿子的礼物。而马歇尔则拿着这个火车头，头戴一顶工程师帽，与他们所在的哈莱姆公寓里的男孩玩耍。

20 世纪 40 年代中期，混血奴隶索尼·古德·马歇尔的孙子马歇尔，正在推动自重建时期以来美国最伟大的社会转型。十多年来，他致力于克服宪法“固有的缺陷”——在法律上允许社会对黑人的不公正，黑人不仅没有投票权，在教育、住房和就业方面也没有获得平等的权利和机会。由于他在联邦最高法院辩护的一系列重大案件所取得的意义深远的胜利，瑟古德·马歇尔实际上重新界定了正义在一个多民族国家中的含义，并且如一个民权运动先驱所描述的那样，成为新美国的开国元勋。

然而，在取得这些胜利之前，他已经在由白人至上主义统治的令人窒息的战前法院为人权进行过无数的斗争。在种族隔离的南方，无论是法官还是陪审团都对马歇尔关于宪法的精微论述不感兴趣。对马歇尔来说，为这些没钱没势的、被错误指控犯了死罪的黑人辩护，给了他机会去证明，对美国的民主而言，法庭上的平等与争取教室和投票站里的平等同样重要。

在马歇尔的旅途中，当月光照亮飞逝而过的南方的风景时，[3]他喜欢喝着波本威士忌，享受着夜班搬运工的陪伴——他们在被隔离的车厢里有说有笑，下面是行李箱，偶尔还有棺材。又或，坐在车厢里，伴着火车头吟唱的催眠曲，马歇尔睡睡醒醒，火车经过一个又一个十字路口，发出悲伤的呼号，它一路向南狂奔，越来越靠近有着充满敌意的检察官、凶狠的警察和三K党的愚昧的小镇。随着火车的节奏吹来的风又让他进入梦乡，梦中，巨大的黑旗在全国有色人种促进会办公室外迎风飘扬，好像罩在曼哈顿第五大道上的幕布。他再次看到黑旗上的白字："昨天，一个男人被私刑处死。"

照片总是很恐怖：赤膊的黑人受害者，身上流着血，眼球凸出。在马歇尔看过的所有那些私刑照片中，鲁宾·斯泰西被勒着脖子，挂在佛罗里达一棵松树上的情景，频频惊扰马歇尔南下旅途的夜晚。使他大汗淋漓、夜不能寐的不是这位死去男人下巴下面绳子的勒痕，也不是穿过他身体的弹孔，而是那些有着天使般面容的白人孩子，他们穿着主日学校的衣服，咧嘴笑着，在鲁宾·斯泰西摇晃的尸体旁围成一个半圆。那种对人类苦难的漠不关心将作为遗产传给下一代的白人孩子，而下一代又将无知无觉地延长另一个种族的痛苦。马歇尔时常说起一个梦魇："我看到我的尸体躺在某处，而他们让白人孩子走出主日学校，看着我，一起欢呼。"

17岁的诺尔玛·李·帕吉特穿着她最好的衣服，从证人席上缓缓起身，下巴抬起，双唇紧闭，向陪审团指认那三个佛罗里达州格罗夫兰市的男孩，她指控他们强奸。和哈珀·李的小说《杀死一只知更鸟》中那个年轻白人原告梅耶拉·尤厄尔“发誓说真话”一样，诺尔玛·李指控格罗夫兰男孩的夸张证词使这个县产生分裂。她伸出白皙的食指，挨个指向这几个男孩，一一说出他们的名字，仿佛一名年轻的老师正在课堂上点名，而她的气息在法庭中散发着寒意，

“……**黑鬼谢菲尔德**……**黑鬼欧文**……**黑鬼格林利**……”

4

和哈珀·李小说中的英雄律师阿蒂克斯·芬奇一样，瑟古德·马歇尔发现自己身处一场风暴的中心。诉诸武力的暴徒将成百上千的黑人驱离他们在格罗夫兰的家园，随后还引发了四起骇人听闻的杀人事件，在无辜的被害者中，有一位是著名的全国有色人种促进会的领导人。这场风暴终使国民警卫队开进了佛罗里达州莱克县。尽管马歇尔把这个格罗夫兰案件上诉到美国联邦最高法院是事实无疑，但无论是民权史、法律教科书还是诸多关于瑟古德·马歇尔的传记都很少提及这个案件。然而，凡是和马歇尔共事过的最高法院的大法官，以及担任过他的助手的律师，无一例外都听他讲述过格罗夫兰的故事，而且总是讲得绘声绘色。这个案件是让马歇尔意识到自己是一名民权斗士的关键；为了拯救那些被错误指控犯了死罪的年轻人的生命，作为一名**律师**，他愿意勇敢对抗有种族主义倾向的法官和检察官、残暴的执法者，以及三K党——哪怕这会使他丧命。而格罗夫兰案就差点儿让他丢掉性命。

到 1951 年秋天，马歇尔已经开始申请并试图在低级法院起诉布朗诉教育委员会案（该案后来成为他最著名的案子），他再次坐火车前往格罗夫兰。就是在那一次去南方的旅途中，马歇尔的一位同事注意到这位律师的“战斗神经症”。“你知道，”马歇尔对他说，“有时我实在厌倦了去拯救白人的灵魂。”他不仅要和病魔作斗争，还要和那些把枪支、炸药和硝酸甘油带进格罗夫兰乱局的恶棍作斗争，在佛罗里达的中心，他的身边死亡随处可见。有一次马歇尔到访格罗夫兰时，暴力活动如此猖獗，以至于 J. 埃德加·胡佛坚持要联邦调查局的特工为全国有色人种促进会的律师提供全天候的保护。然而，马歇尔常常独自一人去佛罗里达谈判，尽管他每天都会遇到数次死亡威胁。

全国有色人种促进会的一位律师同行把马歇尔看作“自杀式斗士”，因为在黑人争取平等权利的关键历史时刻，他投身于南方那些轰动性的刑事案件中。不管是不是自杀式行为，毫无疑问，马歇尔在生机勃勃的民权运动中的作用不可替代。而马歇尔的同事也受到这种热情和献身精神的鼓舞，他的一位全国有色人种促进会的同事对妻子说：“瑟古德说他需要我。如果他要我去，我就去。如果我被杀了，那就被杀吧。但我一定要坐上那班火车……”

马歇尔后来说：“那种认为人不能获得法律上的平等的老调没什么道理。法律不仅提供实实在在的益处，而且也会改变人（至少是部分人）的内心，无论是变好还是变坏。”如果瑟古德·马歇尔没有为格罗夫兰男孩辩护，他不会说出这样的话。

[5] 这个案件对他以及全国有色人种促进会的法律辩护基金会都产生了持久的影响。这个案件也推动了全国有色人种促进会关注死刑，最终使最高法院裁定死刑违宪，继而判定在强奸罪中使用死刑无效。

在胜利到来之前，马歇尔已无数次乘火车前往那些小镇，那里的旅馆和饭店甚至不为马歇尔这个种族的人提供食宿。但当地的黑人以热情的招待和感激的泪水欢迎他。他们把自己的屋舍收拾得一尘不染，让他留宿。他和主人一起用晚餐，讲述他旅行中的故事，给夜晚带来欢笑。他很自在地吃着他们精心准备的火腿和沙拉，就好像他是在老家哈莱姆和朋友们共进晚餐，饮酒，喝他最喜欢的母蟹汤。每天，女人们把午餐打包送到法庭给他。他们把“用胶水粘在一起”的破旧的汽车作为出租车，送他来来往往。到了晚上，人们互相传话，“有一位生病的朋友，需要男人们来守夜”，到处都有人低声这样说。他们都知道那是什么意思。他们会在马歇尔睡觉时背着枪排队站岗，以保证他的安全，免受三K党的夜袭。

马歇尔在全国有色人种促进会的秘书爱丽丝·斯托瓦尔还记得马歇尔出现在南方小镇的法庭上时，对当地的黑人所产生的影响。“他们穿着工装裤，开着破旧的汽车，”她回忆道，“他们来的目的——如果有目的的话——只是为了接近他，只是接近他而已，**马歇尔律师**，就好像他是上帝一样。这些可怜的人从很远的地方来。”

南方的陪审团可能集体对抗黑人，而法官也可能有偏见，但瑟古德·马歇尔在一个又一个案件中证明他们不能一锤定音，联邦最高法院会纠正他们不公正的判决，并最终改变裁定结果。他是一位“白人愿意倾听”而黑人可信赖的律师。难怪，在整个南方，在最黑暗、最沮丧的时候，当男人蒙冤入狱，当女人和孩子站在被暴徒烧成灰烬的家门前，只需怀着勇气和希望低语短短一句话，黑人公民就会振作起来。

“瑟古德要来了。”

第一章　明克斯莱德

“如果那个狗娘养的再反驳我，我会在他那该死的脑袋上绑 7 上一把椅子。”

一次又一次的无罪释放让田纳西地区总检察长保罗·F. 邦珀斯对着全国有色人种促进会的律师们无奈地直摇头，而这时的瑟古德·马歇尔还想释放被指控在田纳西州哥伦比亚市参与 8 骚乱并企图谋杀警察的最后25名黑人。太阳已经下山好几个小时了，凉爽的夜幕降落，笼罩着东八街的台球厅、理发店和冷饮小卖部，这里是哥伦比亚破破烂烂的黑人区，人称“下区”；九个月前，恐怖活动正是从此处发端。就在几个街区之外，听说裁决已经作出的律师们回到椅子上，焦急地等待着12位白人陪审员回到莫里县法庭。他们已经商议了一个多小时，但被告的首席律师瑟古德·马歇尔密切关注着，他立刻发现事情有点不对劲。在哥伦比亚种族骚乱案的整个审判过程中，“唾沫四溅”的法庭里全都是嚼着烟草的田纳西人，他们来看正义是怎么产生的。但马歇尔及其全国有色人种促进会的律师同事同样引起那些穿着工装服的旁听者的兴趣："那些穿着大衣的黑鬼就像他们是白人那样顶撞法官"，多么奇怪的场面。

安静的、几乎被遗弃的法庭的怪诞氛围引起了马歇尔的注意。整个审判过程中，控方席随着检察官和助手的活动而移动，但他们中没有一个人回来听取裁决结果。只有能说会道的邦珀斯回来了。整个夏天，他都自信他的黑鬼律师对手无法在智识上与他抗衡。但在这个案件中，马歇尔和助手们沉着冷静又有条不紊，他们无情的攻击已经让邦珀斯败下阵来，并在审判中为 23 名黑人赢得了无罪释放的结果。这些裁决令人震惊，而且，由于全国的新闻界已把这次骚乱定性为"二战以来首次重大的种族冲突"，邦珀斯可能不只是要在他的家乡蒙羞了。举国上下都在看，随着审判的进行，他在法庭上的阐述越来越愤懑、尖酸和刻薄。

"如果失去理智，你的案子就会败诉"，这是马歇尔在法学院的导师查尔斯·汉密尔顿·休斯顿教给他的。马歇尔看到他的对手独自坐在控方席，情绪阴沉，因为他不得不去考虑难以想象的政治后果：在由他指控、由黑人律师辩护的黑人企图谋杀田纳西州莫里县白人警察的案件中，他一次也没胜诉。

9

夏天的无罪裁决所引起的震动到 11 月已经减弱，马歇尔觉察到哥伦比亚的白人对北方来的黑鬼还在镇上嘲弄田纳西的法庭越来越愤怒。马歇尔耐心观察，邦珀斯为了他自己的利益，通过不需要提出理由的无因回避手段，暗中做手脚，把莫里县陪审池里仅有的三名潜在的黑人陪审员排除在外。马歇尔也特别留意到邦珀斯在对陪审团进行总结陈词时的搏命一击，这位检察官警告说，如果他们不被定罪，“法律的强制力将遭破坏，而男陪审员的妻子将会死在这些黑人刺客的手中”。马歇尔对此一点也不惊讶。他习惯了甚至很欢迎对手的这些策略，因为这常常有助于为上诉提供坚实的基础。但马歇尔也发觉，哥伦比亚法院周围的气氛越来越紧张。

一位当时为全国有色人种促进会做公关工作的《匹兹堡信使报》政治漫画家在法院周围打听了一番，认为电话已被窃听，辩护律师处在危险中。意识到这一点，马歇尔拒绝在电话里讨论案件细节或者安排住处，公关代表向全国有色人种促进会的行政秘书沃尔特·怀特报告说：“哥伦比亚法院的情况非常严峻，任何时间发生任何事情都是可能的。”怀特向全国有色人种促进会的律师们签发了一份备忘录，要求他们“切勿与哥伦比亚乃至纳什维尔［马歇尔就在那里］通电话，除非瑟古德认为通话是安全的”。怀特说，“我们面对的是一群亡命之徒”，他们除“危及每个人，特别是与我们关系密切且很重要的瑟古德及三个同事的生命”以外别无所求。怀特甚至和美国司法部长办公室联系，并且警告说，如果马歇尔在田纳西州出什么事，就会“在全国范围造成不同程度的影响”。

马歇尔的同事不需要沃尔特·怀特警告他们可能面临的危险。他们是田纳西州当地的律师，对这个地方的私刑已经做过足够的调查，知道对于来自哥伦比亚市民的死亡威胁要认真对待。坐在马歇尔旁边的是一位47岁的扑克牌高手，略带加勒比海口音，名叫泽弗奈亚·亚历山大·卢比，他经由英属西印度群岛来到田纳西州。卢比14岁时居住在多米尼加，他在一艘捕鲸船上找到一份服务员的工作，两年以后，1914年，“一文不名、浑身污垢”的他跳上了马萨诸塞州新贝德福德的一条船，梦想成为一名律师。他最终在纽约的哥伦比亚大学法学院获得学位，后在纳什维尔的费斯克大学教经济学，直到受民权法的吸引，被马歇尔拉入哥伦比亚的这个案件中。

坐在马歇尔左边的是本案中唯一的白人律师，年轻、急性子的莫里斯·韦弗，他不怕面对白人权威及种族主义带来的危险；在哥伦比亚种族骚乱案的审判过程中，他不止一次差点儿就对检察官大打出手。马歇尔和卢比都喜欢有韦弗陪伴左右，部分是因为这两位黑人律师在法庭上一贯彬彬有礼，而韦弗则差不多充当了白人怒火的避雷针。当检察官或证人称黑人为“黑鬼”时，韦弗总是打断表示抗议，坚持在记录时要称呼“先生或女士”。这让邦珀斯非常恼火。

马歇尔喜欢韦弗的另一个原因是这位田纳西律师喜欢喝酒，虽然在一次审判时，韦弗好斗的天性既使人分心又很危险，最终迫使马歇尔出面干预。韦弗十几岁的妻子弗吉尼亚在怀孕期间决定来看看工作中的丈夫，并且要求和卢比的同事以及黑人记者一起坐车。看到这个怀着孕的白人女孩从一辆塞满“黑鬼”的车里跳下来，昂首走进法庭，当地人全都目瞪口呆。马歇尔注意到人群中的骚动，把她拉到一边，告诉她下次还是坐灰狗巴士来法庭。他警告说：“你差点儿在法院这里引起又一场私刑。”

当12名陪审员回到法庭，卢比和韦弗打量着他们疲惫又阴沉的脸，想寻找裁决的线索。马歇尔心神不宁，他记得他的同事和朋友如何竭力劝他不要回哥伦比亚。在“1946年那个可怕的夏天”，他在一个不为黑人提供洗手间和自动饮水器的法院工作，这期间一直发烧。这是漫长的、不间断的旅行以及田纳西州的炎热所造成的后果，但马歇尔并没有因此放慢脚步。到了7月，律师的身体终于撑不住了。在案件审理的半途，他累垮了，患上了病毒性肺炎，身体越来越虚弱，不得不住进哈莱姆的一家医院，遵医嘱卧床休息几周。然而，就在卧床期间，和每个人所希望的相反，马歇尔继续通宵达旦地与卢比和韦弗召开电话会议讨论策略，直到他再也无法置身事外，而此时，没有人能够阻止他登上去往纳什维尔的列车。“哥伦比亚的案子太重要了，”他说，“绝不能搞砸。而我……就是那个能够确保它不被搞砸的人。”

11

1946年2月26日，当一个令人绝望的电话从田纳西打到全国有色人种促进会办公室时，马歇尔正在纽约，电话称哥伦比亚发生了一起全面的种族骚乱。马歇尔从紧急召开的会议上了解到，动乱是从前一天早上开始的。一位黑人妇女，格拉迪斯·斯蒂芬森夫人，和她19岁的儿子詹姆斯走进哥伦比亚的一个家电商店，抱怨修理收音机的水平低劣，要价过高。在大声宣布她要把收音机拿到别处去之后，格拉迪斯和儿子离开商店。但28岁的收音机修理学徒比利·弗莱明对詹姆斯离开时威胁的眼神很不爽。

“小子，你站在那儿是要等着自己的牙被打掉吗？”弗莱明问道，接着便跑过去打了詹姆斯后脑勺一拳。

詹姆斯孩子气的外表很有欺骗性。身为美国海军拳击队次中量级拳击手，詹姆斯毫不退缩，在弗莱明的脸上猛击了几拳，把他撞向商店门口的平板玻璃橱窗。

陆军老兵弗莱明的大腿血流如注，他上前迎战，其他白人加入这场斗殴，他们高喊：“杀死那些混蛋！杀死他们每个人！”一个男人抓住格拉迪斯，扇她耳光，把她踢倒在地，打青了她的眼睛。几分钟之后，警察来了，带走这对母子，把他们关进看守所。两人承认犯有公共场合斗殴罪并同意各支付 50 美元的罚金，但正当他们即将被释放时，比利·弗莱明的父亲说服警察指控格拉迪斯和詹姆斯对他儿子谋杀未遂；这两个人被警方分别关押在两个牢房里。当詹姆斯·斯蒂芬森打败比利·弗莱明并让他受伤进医院的消息传开后，莫里县沸腾了。一伙暴徒开始聚集在小镇周围以及看守所外，傍晚时分，警长听到消息说一伙人正计划把“斯蒂芬森家的黑鬼拖出看守所绞死”。

整车整车的化工厂和纺织厂年轻的白人工人开始从附近的卡里奥卡（弗莱明住在那里）来到广场，越来越多怒火中烧的二战老兵加入进来。已经买好绳子的传闻传到了下区，76 岁的黑人长老、布莱尔药店的老板朱利叶斯·布莱尔听够了。这些年来，他目睹了哥伦比亚的白人暴徒有多肆意妄为。当他们把一个人从看守所里拖出来，从背后用点 27 手枪对他处以私刑，他

12

在场；最近的一次则是年轻的科迪埃·奇克。社区的人仍因科迪埃被杀而心有余悸。那个 19 岁的男孩被诬告对曾经和他打架的一个白人男孩的 12 岁的妹妹施暴。那个男孩付给妹妹一美元，让她告诉警察科迪埃想强奸她。但大陪审团拒绝给科迪埃定罪，他被释放。当天他就被县警察绑架，他们把他带到一棵雪松树那里，把他绞死。朱利叶斯·布莱尔很清楚，是治安法官 C. 海斯·登顿的车把科迪埃带到死亡之地；然而，布莱尔并没有惧怕，他昂首走进登顿的办公室，要求释放格拉迪斯·斯蒂芬森和詹姆斯·斯蒂芬森。"把他们交给我们吧，长官，"布莱尔对他说，"我们不希望莫里县再发生公开的私刑了。"

布莱尔成功说服警长释放斯蒂芬森母子，交给他看管，并且安排他们晚上早些时候在他的药店下车。那时，尽管下区的黑人在经过武装的白人用汽车围起的区域时，白人会用鸣笛和吼叫来恐吓，但这一次他们不想再眼睁睁看着科迪埃·奇克私刑再度上演。一百多人走上街头，其中大多数人是退伍老兵，他们携带了自己的枪，他们已下决心抵抗所有冲下区而来的暴徒。带着武器，怀着愤怒，他们毫不含糊地告诉警长，他们随时恭候白人闯入下区。"在海外，我们为自由而战斗，"其中一个人对警长说，"在这里，我们也同样要为自由而战。"

为了遵守诺言，也为了避免惹出更多的麻烦，警长那天晚上释放了斯蒂芬森母子，布莱尔派人即刻将两人送出小镇，他们"头上披着毯子"作为保护。布莱尔告诉他们："他们为某事在上区聚集。"

与此同时，附近的白人暴徒并没有退散，夜越来越深，下区的黑人越来越害怕。那些白人围在车旁喝着啤酒，用嘲讽的语气谈着下区，时不时地朝明克斯莱德[1]开上几枪。而黑人则在屋顶上喝着啤酒，他们也开枪回应，不幸的是，他们击中了一名加利福尼亚游客和一名黑人殡仪员。当六名哥伦比亚警察终于来到明克斯莱德时，一群白人跟在后面，高呼着“他们来了！”“立定！”欢迎他们。接着，在一片混乱中，传来一声命令：“开火！”枪声从四面八方传来。四名警察在撤退之前被铅弹打中。

13 关于冲突的报道激怒了小镇周围的白人。哥伦比亚前消防队长带着半加仑的汽油赶往明克斯莱德，打算“烧了他们”，但在偷偷溜进一条小巷时，他的腿被黑人狙击手打中了。随着州警和高速公路巡警增援队伍的到来，白人终于在人数上超过了黑人，他们冲进明克斯莱德，洗劫商铺直到黎明；他们用机枪扫射商店，围捕他们看到的每个人。一名巡警喊道：“你们这些狗娘养的黑人，昨晚你们随心所欲，但今天早上轮到我们了。”

早上六点刚过，街上的枪声传到索尔·布莱尔（朱利叶斯·布莱尔的儿子）的理发店。躲在后面的“罗斯特·比尔”·皮洛和劳埃德·肯尼迪“老爹”看见武装人员走了进来，据说他们用一把霰弹枪开了火，随后被制服并拘留。他们和其他在下

1 明克斯莱德（Mink Slide），哥伦比亚市的黑人商业区。——译注（本书页下注均为译注，后文不再一一标明。）

区被捕的黑人一起被塞到已经过度拥挤的县看守所，在没有律师的情况下被审讯了好几天。两名囚犯因“试图逃跑”被击毙。

玛丽·莫顿眼看着州巡警闯入东八街上她家开的殡仪馆，逮捕了她的丈夫，却无能为力。她听到从街道上传来玻璃破碎和建筑物被洗劫的声音。过了一会儿，她看到同一伙警察，嘻嘻哈哈地回到街上。当他们消失在视线之外后，莫顿走进去，发现客厅的家具全被打烂了，衣服撕碎，尸体防腐液洒了一地。她盯着一口已毁的棺材，满脸恐惧。不久之后，这口棺材的照片刊登在了全国各地的报纸上，最终成为1946年哥伦比亚骚乱的象征。棺材盖上用粉笔胡乱涂写着三个大大的字母“K”。

玛丽·莫顿想拿起电话，但巡警抓住她，骂她并威胁要把电话扔到大街上。警察已经对哥伦比亚的黑人居民宣战，本应维持小镇秩序的高速公路巡警也加入了暴徒的行列。田纳西州的国民警卫队已封锁这一地区，但他们没有对发生在明克斯莱德的破坏和暴行采取任何措施加以阻止。莫里县看守所已经变成玛丽·莫顿的丈夫和其他黑人社区领袖的死亡目的地。稍后，官员们将切断明克斯莱德与外界的电话联系，但在此之前，玛丽·莫顿设法打了一个电话。在警察离开后，她拨通了纳什维尔的一个朋友的电话。她恳求他马上给全国有色人种促进会带个话。

在往北900英里的纽约市，一名穿着吊带裤的瘦高个律师被叫到一间会议室中。他端着咖啡坐在椅子上，再一次听到那个他再熟悉不过的暴力与残忍的南方故事，他知道，这一次会

14

和以往一样，黑人“血洒街头”，秩序终将恢复。《哥伦比亚每日先驱报》的一篇社论宣称：“州警已控制局势……南方的白人……不会容忍任何种族骚乱而不憎恨它，骚乱意味着流血。黑人绝无可能获得超越人民主权之上的特权，黑人越早认识到这一点，对这个种族越有利。”马歇尔在全国有色人种促进会工作的早些年，有时紧急会议结束时会悬挂表示噩耗的黑色旗帜，提醒纽约市民又有一人被私刑处死。当那旗帜的灰暗色彩沾染这个城市时，往往意味着马歇尔又要坐火车，独自前往麻烦之地。

而在往南 900 英里的田纳西州哥伦比亚，那些被关押在自己家中以及看守所中的小镇的黑人，他们怀着宽慰的心情低语：那位律师就要来了。

12 位白人陪审员落座陪审席，陪审团主席站起身，准备宣布对罗斯特·比尔·皮洛射伤一名州高速公路巡警指控的裁定结果。法庭一片安静。

“无罪。”

马歇尔、卢比和韦弗很震惊，但平静地坐着。在过去的无罪判决中，韦弗曾激动地用力拍打被告的膝盖，从椅子上蹦起来和陪审员一一握手，令陪审员以及法庭中的其他人都目瞪口呆。那时他喊道：“这让我以自己是美国人为傲！”但这一次，马歇尔没打算在这个时候庆祝。

下一个判决是肯尼迪老爹的。马歇尔估计他会被判入狱，因为不同于皮洛，肯尼迪在审判过程中粗鲁无理——在公开法庭上，他有一次甚至让邦珀斯“闭嘴”。但陪审团没有给他定谋杀未遂罪，只是给他定了一个较轻的罪名，使得他可以被保释，以自由之身离开法庭。

马歇尔和他的律师团队站起来，除了尽快离开小镇外没别的想法。由于受到持续不断的恐吓，为自身安全起见，马歇尔此前一直待在此地以北近50英里的纳什维尔，每天和卢比及韦弗驱车来回。紧随其后的是哈里·雷蒙德，他是为一份在纽约出版的美国共产党的报纸《工人日报》报道审判情况的记者。在他的描述中，判决作出后气氛很是紧张，他感到“严重的、暴力的事情要发生了”。在他去给他的报社发电报的路上，雷蒙德注意到一个焦躁不安、体格魁梧的旁听者冲出大门，宣称要就陪审团未能定罪采取行动。

15

雷蒙德知道，全国有色人种促进会的律师已经受到私刑的威胁，并被告知他们的尸体将“漂浮在达克河上”，那是他们每天来法院要经过的河。那些报道审判的白人记者恳请雷蒙德和他们一起离开小镇，但他觉得哥伦比亚种族骚乱的故事不会因判决而结束，因此，他选择和马歇尔还有全国有色人种促进会的律师一起乘车返回纳什维尔。

律师们低着头，姿态谦恭地走出法庭。而马歇尔和往常一样昂首阔步。法院的台阶上没有图片或者公告。马歇尔快步走着，腿脚不便的卢比努力跟上他的步伐；几个月前，卢比被一辆汽车撞了，到现在腿上还打着石膏，走路仍一瘸一拐。马歇尔不耐烦地等着，另外两位律师以及紧随其后的雷蒙德一一钻进卢比的车里。他们驶过几个街区来到明克斯莱德，在九个月前种族骚乱的核心朱利叶斯·布莱尔药店买了一些软饮料和饼干。在庆祝性的握手之后，布莱尔催促他们赶紧离开。但马歇尔想私下庆祝一下。

莫里县禁酒，但马歇尔和当地酿造私酒的人非常熟悉，所以他们打算在往北去纳什维尔之前先去另一个地方。晚上八点左右，汽车悄悄拐到一条土路上。但私酒酿造商给了他们一个令人失望的消息。他告诉马歇尔："我刚刚把最后两瓶酒卖给了法官！"四人只好两手空空地前往纳什维尔。

马歇尔开车，雷蒙德坐在他旁边，而卢比（部分出于他的腿的缘故）和韦弗坐在后座的一堆法律书和案件卷宗中间。当他们驶出哥伦比亚市时，四个人都松了口气。在审判期间，他们看到小镇周围贴着这样的标语：

> 黑鬼看好了，赶紧跑。不要在太阳下山时还在这里。如果你看不懂，就赶紧跑！

马歇尔回想起在审判中期从沃尔特·怀特那里得到的信息："多保重，时刻做好逃跑的准备。"

车子刚驶过横跨达克河的一座桥，他们就看到一辆车停在马路中间。马歇尔按了喇叭，等待，但那辆车并没有动，于是他绕过它，继续朝纳什维尔开。车里很安静，毫无疑问，大家都生怕出什么差错。此时，警笛声从后面响起，打破了宁静。

16

“瑟古德，”卢比开口了，“那是警笛声。是一辆警车！”

“它一直跟着我们？”马歇尔问。

“是的，它就要追上我们了。”

“瑟古德，你最好停车。”韦弗说。

马歇尔转过头，发现有三辆警车跟着他们，他深感不安。载着高速公路巡警的第一辆车从他们的小轿车边呼啸而过，迫使马歇尔踩住刹车。八个人——有的穿警服，有的穿便服——迅速围住了小轿车。马歇尔看到其中几个人手里拿着枪，其他人则拿着手电筒照着车里的人。记者哈里·雷蒙德一言不发，但他知道这不是警察的例行拦截。

律师们和雷蒙德被命令下车。一名警察走了过来，四个人都僵住了。

“你们是全国有色人种促进会的？”

“是的，我是瑟古德·马歇尔。这是莫里斯·韦弗，这位先生是亚历山大·卢比。”

警察看了他们一眼：“喝酒了，嗯？”

“你说什么？”马歇尔回道。

“我说你们喝酒了，庆祝无罪释放。酒后驾车。”

韦弗插话说，拦截他们属于侵犯人权，而且很显然他们都没有喝酒。

“韦弗，少管闲事，”警察说，“你是白人，根本不应该坐这辆车。”

接着，警察宣称他们有权搜查这辆汽车，韦弗要求他们出示搜查令。借着手电筒的光，马歇尔看到由一位名叫“约翰·多伊”的副警长签署的搜查令，指控律师们运输威士忌，违反了“县地方选择法”。

“听着，”马歇尔告诉韦弗，“我们要盯紧他，别让他放进去任何酒，这可是个禁酒的县。”

警察没在车里找到任何东西，因此，他们决定搜查律师们。

17

“你有搜查我们的搜查令吗？”马歇尔问。

“没有。”警察回答。

“那你就不能搜查我们。”马歇尔说。

警察让律师们回到车里，这次由卢比开车。

“刚才开车的人不是你，对吧？”一名警察问卢比。

“我不会回答你的问题。”卢比答道。

警察转向马歇尔，马歇尔说：“我也不会回答你的问题。”

由于不确定接下来要做什么，警察开始讨论当他们被拦下时由谁开车。其中一名警察非常肯定地说：“是那个人，那个穿黄衣服的高个儿黑鬼！”于是，他们走向马歇尔，要他出示驾照。

警察看了他一眼。“出来，”他说，“举起手来。”

马歇尔很惊讶。“什么意思？”他问。

“酒后驾车。”警察回答。

“酒后驾车？你知道我没有喝酒，”马歇尔说，“过去 24 小时之内，我滴酒未沾！”

“到那辆车里去。”一位警察说。

用枪指着、用手电筒照着，四个人把马歇尔推搡到一辆非公用轿车的后座上。

在他们抓捕马歇尔时，他们回过头对卢比和韦弗喊道："接着开吧。"马歇尔被塞进后座，汽车飞速驶回哥伦比亚市。当他们飞速行驶时，这四名执法人员很安静，一副胜券在握的样子。他们驶进了黑夜。沃尔特·怀特曾经告诉过马歇尔、卢比和韦弗关于田纳西警察的事，以及他们的"优等种族言论"。马歇尔知道三K党根深蒂固地盘踞在哥伦比亚当地的警察中；他也知道三K党成员有的当上了警长，有的是地方法官。他曾经看过全国有色人种促进会的报告。这不是"懦弱地套着头套的"三K党，相反，他们"穿着警服、戴着警帽、佩戴警徽……他们就是律法。他们逮捕不知所措的受害者，而且不登记"。

马歇尔不知道他们要去哪里。多年来，每当他详细描述南方的警察或三K党如何在树林里残忍地对待那些不听话的黑人，他的黑色幽默总是会吓坏年轻的律师和助手。现在，马歇尔自己就是不听话的黑人，独自一个人，他再也没有开玩笑的心情了。从车窗望去，借着车灯，他能看到雪松。正是在路边的一棵雪松下，数百名小镇居民在年轻的科迪埃·奇克生命的最后时刻，聚集在他周围。当公务人员剥下他的裤子，阉割他，然后逼迫他爬上梯子，最后将他绞死时，他们看着，欢呼着。人们将手枪传来递去，他们不停地开枪，直到子弹打光为止。 18

车子开始减速。那些执法人员在悄声低语，指指点点；接着，车子往左拐到一条土路上，往"著名的达克河"开去。马歇尔知道，载着黑人的警车开上未铺设的道路，这绝不是什么好事。他知道，数十年来，河岸上不时发现黑人的尸体，那是私刑的遇难者，偶尔有几个是杀人犯。就在审判期间，全国有色人种促进会的律师被警告说他们的尸体会出现在达克河的河底。

车子缓缓向前，在土路上颠簸，马歇尔瞥了一眼，看到有人等在河边。车的前灯照亮了他们铁青的脸。车子放慢速度，停了下来。忽然，他们的背后亮起了车灯。难道已经有人知道全国有色人种促进会的律师要被施以私刑？马歇尔这辆车里的一名警察瞥了一眼他们后面的灯光，冲出轿车，面对第二辆车的司机。马歇尔伸长脖子看了一眼，他认出那个跛脚的人。

是卢比！

卢比没有按警察的要求驶往纳什维尔，而是转了个头，跟着警车。当警车离开大路时，他知道马歇尔有麻烦了。他之前一直在费斯克大学任教，正是从那所学校所在的地区，莫里县的警察“逮捕”科迪埃·奇克，把他塞进车里，带到达克河边的这片树林里。卢比想，好吧，除非他们把我也一并杀死。他决不会把马歇尔丢给那些凶残的执法人员。

警察再次命令卢比离开现场。这位纤瘦、跛脚的律师站在那里，他拒绝让步，等着被捕，甚至是更坏的结果。在法庭上，就是这一批警察和小镇的官员坐在证人席上，当时他很想问他们每个人关于科迪埃·奇克被处以私刑的问题，如此他便能顺理成章地提出正当防卫问题，但法官不允许他这么做。现在，卢比说出了他的心声：他说，如果马歇尔不和他一起走，他也不会走。那些副警长和警察铁青着脸在一旁商量。不管原来的计划如何，现在的目击者太多了，而且，如果这事被律师传出去，势必引发另一场骚乱。警察回到车旁，背对着大路，围成一个圆圈，马歇尔望着河边正等待私刑狂欢的人们，而被马歇尔称为“直布罗陀巨岩”[1]的卢比则紧跟在韦弗和雷蒙德之后。这次，警察开车把马歇尔送回哥伦比亚的法院，指了指治安法官的办公室。

19

“进去吧，”一名警察说道，“你进去，我们的任务就结束了。”

“不，还没结束，”马歇尔回答说，“我要跟你们走。”他提醒警察他们已逮捕了他。“你们别指望在我‘逃跑’的时候从背后把我击毙。我们依法行事吧。”

“自以为是的黑鬼。”一名警察说。他们把马歇尔拖到法院二楼，韦弗紧随其后，担当马歇尔的律师。在那里，他们见到了治安法官吉姆·“巴克”·波格，一个瘦小、秃顶、身高不到五英尺的男人。

“怎么回事？”波格问警察。

“我们抓到这个黑鬼酒后驾车。”一名警察说。

韦弗被惹怒了。他指控那名警察“捏造事实”，并要求波格调查马歇尔。

波格打量了马歇尔一番。“在我看来，他不像是喝过酒。”他总结道。

---

1 又称“磐石山”，是位于西班牙南部直布罗陀港附近的一处悬崖，象征十分安全或坚如磐石。

“我没有喝酒。”马歇尔大声说。

“孩子，你愿不愿意接受我的测试？”波格问。

马歇尔迟疑了一下，疑惑地看着治安法官。“好吧，你的测试是什么？”

“我是个禁酒主义者，”波格说，“我这辈子从来没喝过酒。一英里开外的酒味儿我都闻得出来。你要不要试试？”

马歇尔上前一步。“当然。”他说，瘦高的身躯向波格靠去，直到嘴离治安法官的鼻子只剩一英寸的距离，他重重地吹了口气，“差点儿把那个人吹倒”。

波格深吸了口气，对警察咆哮起来。“该死，这个人根本没喝酒。你们刚才说什么呢？”

那些逮捕他的公务人员匆忙溜出了办公室。

“还有其他问题吗？”马歇尔问。

波格告诉他没事了，还说，那些公务人员如果想陷害马歇尔，那么他们找错人了。他说他就是那位在2月的骚乱中拒绝签署逮捕令逮捕黑人的哥伦比亚治安法官，接着，他伸出手和马歇尔握了一下，说：“你自由了，可以离开了。”

马歇尔那天第二次迅速地离开这个法院。他再次注意到街上冷冷清清。但这次，他知道为什么。“每个人，”马歇尔意识到，“都在达克河边等待狂欢。”

他和韦弗赶紧来到下区，卢比和雷蒙德在索尔·布莱尔的理发店等着他们。他们确定马歇尔没事，但仍怀疑他尚未完全脱离危险。他们推测，那些公务人员想把马歇尔带到治安法官

C. 海斯 · 登顿那里，他肯定会把马歇尔铐起来关一个晚上。接着，按照“莫里县近来所有私刑的模式”，会有人带着绳索冲进看守所，此事就了结了。

卢比认为那些公务人员很可能还没打算放弃他们的狂欢。他提出了一个计划。“嗯，瑟古德，”他说，“我们要你上另一辆车。”

他们决定让一位司机充当诱饵，开着卢比的车前往纳什维尔，而马歇尔和卢比开另一辆车，从小路偷偷溜出小镇。果然，马歇尔看到成群的暴徒从各个角落拥了出来，跟着卢比的车；接着，他和卢比朝另一个方向驶去。他后来得知卢比的车确实被推倒了，那些追赶的人发现马歇尔不在里面，“他们痛打了司机，害得他在医院住了一周”。

那晚，莫里斯 · 韦弗和哈里 · 雷蒙德坐另一辆车回到了纳什维尔，雷蒙德立即给《工人日报》撰写报道。“我确信……他们在酝酿一次私刑，”他写道，“而瑟古德 · 马歇尔是目标受害者。”

沃尔特 · 怀特深信，如果卢比听从了警察的命令，在 1946 年 11 月的那个晚上继续开往纳什维尔，马歇尔“将永远消失”。

安全抵达纳什维尔后，马歇尔的心仍怦怦跳，他给美国司法部长汤姆 · C. 克拉克打了个深夜电话，告诉对方所发生的事情。

“酒后驾车？”克拉克问。

“是的。”

克拉克停顿了一下。自打 1945 年被杜鲁门总统任命为司法部长以来，他与马歇尔已成为挚交。此刻，对于这个终有一天会取代他在联邦最高法院位置的人，他只有一个问题。

“那么，”克拉克问，“你喝酒了吗？”

“没有。”马歇尔坚定地说，“但我打算挂上电话五分钟后来上一杯！”

第二章　舒格希尔

“小黑鬼，你在这儿干什么？”

炎炎烈日之下，马歇尔一直站在站台尽头。他的胃因饥饿[21]而隐隐作痛，他努力想让自己不那么显眼，但那个白人径直走向他，目光冷酷而严厉，别在腰后的枪十分醒目。

“在等火车。”马歇尔告诉他。

那人上上下下打量他，对他那套西装起了疑。

“只剩下一趟火车经过这里，”那人对他说，“时间是四点——你最好能赶上，因为在这个小镇上，夕阳永远不会照到[22]一个活的黑人的身上。”

当那人离开时，马歇尔一直看着他，他不再觉得饿了。“于是，我用玻璃纸卷起我的宪法权利，揣进我的裤子后兜……赶下一班火车离开那里。”律师回忆道。

一趟旅程接着一趟旅程，但只有再次踏上北归的列车，他才会真正觉得安全：坐在座位上，手里拿着一杯波本威士忌，等待服务员给他上切好的肉。在头等车厢的窗外，刷白的棚屋最终被工厂、高速公路和带大理石台阶的联排住宅所取代……直到最终停靠在完全不同的世界——纽约。宾夕法尼亚车站有着巨大的粉红色花岗石石柱和钢架玻璃顶棚，是世界上最大的公共场所之一，其宏伟令每天经过那里的成千上万的旅客和通勤者惊叹。建筑史学家文森特·斯库利说："人们像神一样进入这座城市。"然而，像那些戴着费多拉软呢帽、夹着公文包、拉着行李箱的男人一样，不露身份地穿过令人吃惊的足足有十层楼那么高的拱形大厅，这种感觉很适合马歇尔。在火车站的站台上，站在人群中间，马歇尔很高兴能把南方抛在脑后。

在宾夕法尼亚车站，他叫了德索托天景的出租车，径直开往位于曼哈顿西边哈莱姆区的他的公寓。尽管大萧条终结了哈莱姆文艺复兴，但聚集在这 58 个街区的黑人迸发出巨大的能量，创造了灿烂炫目的文化，这种繁荣延续到了 20 世纪 40 年代战后时期；哈莱姆依然是"美国黑人的首都"。那些从二战战场回来的穿着制服的黑人战士拥到上城的街头，他们晚上聚集在萨沃伊舞厅这样的热门的俱乐部，白天则去布朗轰炸机那样的酒吧。走过第 125 街的维多利亚剧院和阿波罗剧院，马歇尔穿过铺在鹅卵石上的轨道，那里的有轨电车方便通勤者"使用地面交通方式"。

瑟古德和他的妻子巴斯特于 1936 年秋天来到纽约，当时他们二十多岁，结婚七年，没有孩子。和许多从南方移民来的黑人一样，这对年轻的夫妇也落脚在哈莱姆，但他们此行不是为了逃离种族隔离制度。全国有色人种促进会给了瑟古德一份工作，在那里，他和他的导师查尔斯·汉密尔顿·休斯顿在曼哈顿共用一间办公室。薪水不是很高。休斯顿本人住在哈莱姆的基督教青年会，他的收入约为瑟古德的月薪（200 美元）的两倍。马歇尔夫妇则带着他们在巴尔的摩的行李去往北边，同瑟古德的舅妈梅迪、舅舅布茨（迪梅迪亚·多德森和克拉伦斯·多德森）一起住在莱诺克斯街。在那个文艺复兴衰微的年代，莱诺克斯街是哈莱姆的核心。那是个好地方。 23

夜晚，在哈莱姆的一间公寓里，费茨·沃勒坐在琴凳上，头上戴着费多拉软呢帽，酒瓶就在手边。那些跳舞的人，住在上城的女佣、电梯操作员和其他蓝领黑人，在他身边挤来挤去，争抢空间伸展手脚，他则随着音乐的节奏转动眼睛，扬扬眉毛。在入口处，男人被搜身，但费茨不得不一边唱一边提醒他们中的一些人注意自己的行为举止，直到那些话被说了太多次，变成歌词的一部分："把枪拿走！"舞池上方挂着彩色灯泡，光线昏暗，一个空间被清理出来，除了一张桌子和几把椅子外没有其他家具，在这里可以连续玩五个小时的扑克游戏。人们喝着波本威士忌和杜松子酒。地板在震动，从厨房飘出来的烤鸡和烤玉米粒的香味在空气中飘荡。整个晚上，刺耳的笑声和尖叫声盖过费茨的声音，直到灯光变暗，他在黑暗中歌唱，弹奏大跨度摇摆乐钢琴。

瑟古德和巴斯特这对活泼的年轻夫妇在哈莱姆的夜生活中如痴如醉。他们为自己找过住处，但很快意识到他们不得不妥协。那时的总人口是现在的两倍不止，上城的房屋和公寓里挤满了“房客”：他们在公寓里租下睡觉的地方，白天是客厅和餐厅，晚上就变成卧室。为了补贴房租，许多房客举办租客舞会，他们只需要留下日期和地址这样的标记，来宾付上一美元左右就可以进入。

> 我们有黄皮肤姑娘，我们也有黑棕鸡尾酒。
> 你会玩得开心吗？——当然！

哈莱姆文艺复兴时期盛行的租客舞会的传统一直延续到 20 世纪 40 年代，但已不再是出于经济方面的原因。因为像康尼酒店和棉花俱乐部这样著名的俱乐部不允许黑人顾客入内，而斯马尔乐园尽管不实行种族隔离，但昂贵的门票价格确保其顾客绝大多数是高收入白人，所以，那个时期的黑人很难进入大多数的现场音乐会。这促使像沃勒和路易斯·阿姆斯特朗这样的音乐家在租客舞会上演奏——并不仅仅是为了额外的收入，也是为了享受在热闹的派对上给热情的黑人民众演奏的乐趣。

24

在和马歇尔的亲戚同住了几周之后，这对年轻的夫妇在 149 街找到了自己的住处。它很狭小，但至少他们不需要和年长他们两倍的人一起住，也不需要和查尔斯·休斯顿一起蜗居在基督教青年会（在那期间，不管是瑟古德还是巴斯特都没有抱怨），尽管这样一来更加拮据了。由于入不敷出，巴斯特意识到她得做点什么。她有着浅色皮肤、鬈发和温和的棕色眼睛，在华盛顿的一家餐厅遇见瑟古德时，她还是宾夕法尼亚大学的一名学生。瑟古德说他第一眼就爱上了她，但18岁的维维安·伯雷并不这么认为，她说这位林肯大学的学生、自称讨女人喜欢的男人“忙于和桌子旁的每个人争吵辩论，根本就没瞧我一眼”。这位费城食品供应商的女儿很丰满，以至于在十几岁时就得到保持终身的绰号：巴斯特。她的勇气和灿烂的笑容、她的智慧和外向的性格帮助她和丈夫一样很快适应了纽约的生活。

在他们抵达纽约后不久，她就投身于大萧条后出现的旨在提升黑人经济实力的杂货合作市场。她参与的合作工作降低了这对年轻夫妇每周的食物账单，还额外增加了少量现金。尽管马歇尔为全国有色人种促进会所做的工作给他自己和巴斯特的生活增添了快乐及声望，但他们在经济上依然窘迫。不过，这对年轻的夫妇仍旧微笑面对，期待着好日子和光明的未来。在帮助查尔斯·休斯顿准备全国有色人种促进会打算提交到联邦最高法院的、关于教育领域种族隔离的第一起测试案件的辩护摘要期间，瑟古德和巴斯特为了多赚一点现金，在哈莱姆及华盛顿高地那一带运送杂货。

不久，休斯顿减少了自己在纽约的工作，准备返回华盛顿。马歇尔已证明自己不仅称职，而且很勤奋，因此，休斯顿毫不犹豫地让他的得意门生承担更多的责任。休斯顿打算在1938年7月离开，马歇尔将接手管理全国有色人种促进会的法律办公室。他的薪水涨了200美元，现在他一年的收入有2 600美元。节俭的巴斯特问：“那一周是多少？”

在休斯顿离开前，他常常和马歇尔走出办公室，一起散步。这是两个性格迥异的人。休斯顿严肃而紧张，而马歇尔和气、平易近人，总是开怀大笑。但他们都喜欢努力工作、充分准备，休斯顿还希望马歇尔知道，他会继续给这位前学生提供指导和支持。休斯顿警告瑟古德，在全国有色人种促进会的行政秘书沃尔特·怀特手下工作不是易事。怀特不是律师，但他有时候觉得自己是，而且他并不羞于就法律策略发表意见。怀特也很自负，休斯顿希望马歇尔知道，可能需要一段时间，他才能得到一份足以匹配他所做工作的合理薪水。休斯顿说："你知道你创造了多少财富。"马歇尔只是点点头。

"你可以想象我创造了多少财富。而我仍然要说，你从中得到的快乐比我要多。"

马歇尔听完大笑，一如既往地响亮、高昂。"这倒是毋庸置疑！"

马歇尔晋升后不久，巴斯特意识到 149 街上的小公寓不再适合夫妻俩了，它和她丈夫新获得的社会地位不符。她开始在周围打听，和其他一些全国有色人种促进会工作人员的妻子交流，不久之后，她的目光锁定了海岬。

在结束另一趟令人疲惫的南方之行，从宾夕法尼亚车站回家的路上，马歇尔坐在德索托天景的出租车里，经过舒格希尔，看着被纽约市房屋管理局贴上"拆迁"标志的超级食品市场和哈莱姆的公寓前宽阔的人行道。在哈莱姆这个著名的街区，和马歇尔比邻而居的有成功的艺术家、知识精英和追求“甜蜜生活”梦想的富有的黑人，他们在文艺复兴时期被吸引到这里。如果说哈莱姆是美国黑人的首都，那舒格希尔就是美国黑人的文化灵魂。它“可能是美国最现代、最优美的黑人居住区”，孕育了音乐家杜克·埃林顿、路易斯·阿姆斯特朗和莉娜·霍恩，作家拉尔夫·艾里森，演员保罗·罗伯逊。位于舒格希尔中心的是埃奇科姆大道409号，这是一座建在库根海岬上的13层高的新乔治亚风格的建筑，俯视着哈莱姆的排屋和公寓。诗人兰斯顿·休斯说过，有“两个哈莱姆”，当他写下那些人“住在迷人的海岬上的高楼里……那里的管道真的有用，那里的房间又高又通风”时，很明显，他说的就是埃奇科姆大道409号。它的住户包括那位生于堪萨斯、受教育于巴黎、以“美国黑人艺术之父”而著称的艺术家阿伦·道格拉斯，作家和民权活动家 26 W. E. B. 杜波依斯，还有马歇尔的上司沃尔特·怀特。1947年的一期《乌木》杂志曾说，那座建筑物吸引了如此多的黑人精英，“人们传说，炸毁409号，就将消灭未来二十年的黑人领袖——虽然这种说法略显夸张”。

409号有一位领袖才能毫无争议的住户，尽管杜波依斯在写作拯救黑人种族的非同寻常的“天才十人”时没有想到她——斯蒂芬妮·圣克莱尔夫人，众所周知的“女王”，据说她是哈莱姆的数字女王，一度还是最富有的美国黑人女性。从马提尼克岛来到纽约，严厉、不苟言笑、像钉子一样坚硬的圣克莱尔夫人设法挡住了达基·舒尔茨和试图入侵她的赌场领地的其他暴徒。

格拉迪斯·怀特和沃尔特·怀特夫妇举办的社交聚会在这幢楼里很受欢迎，他们位于13层的公寓被称为“哈莱姆的白宫”，在那个时期营造了一种友好的气氛。新来的巴尔的摩夫妇对此很适应。在怀特家的一次聚会上，马歇尔一边看着他的新朋友、世界重量级拳击冠军乔·路易斯追逐着女演员塔露拉·班克黑德，吓得她尖叫着跑进409号的走廊，而追逐者紧追不放，一边忍不住放声大笑。然而，大多数情况下，与他在外面的生活形成鲜明对比的是，瑟古德·马歇尔在409号过着安静的日子。

每逢周末，年轻的马歇尔夫妇就前往位于哈莱姆第143街和莱诺克斯街交叉口的高档晚餐俱乐部“快乐罗恩乐园”，它被称为“全国有色人种促进会业余时间总部”；在那里，二战期间蓬勃发展起来的民权运动的领袖和黑人知识分子、作家以及演艺界人士一起开会。《土生子》的作者、1941年斯平加恩奖得主、被全国有色人种促进会授予“美国黑人最高成就奖”的理查德·赖特，是马歇尔在哈莱姆的另一个“活力四射”的邻居，他也是在那段时间搬到了那里。瑟古德也和他在林肯大学时的同学兰斯顿·休斯保持联系，后者几年前来到纽约，是哈莱姆文艺复兴的代表人物之一。与许多加入全国有色人种促进会、为平权运动而奋斗的知识分子和社会活动家一样，赖特和休斯都被共产主义吸引，而数十年来，马歇尔不得不应对民权议会——一个致力于公民自由的共产主义先锋组织——中的共

27

产主义支持者和 J. 埃德加·胡佛的联邦调查局之间的复杂关系。马歇尔知道，在红色恐怖时期，联邦调查局只需要适时地说几句话，就足以毁了全国有色人种促进会。

马歇尔夫妇最终在埃奇科姆大道 409 号九楼一套朴素的一居室公寓安顿下来，在那里，他们周末的大多数社交活动都是和一对自大学时就认识的夫妇在一起，吃饭、喝酒、打扑克，直到深夜。（他们用 Po-Ke-No 扑克牌游戏将这个团体命名为 Pokenos。）由于瑟古德经常去很远的地方出差，巴斯特便一头扎进了哈莱姆的社区事务和城市联盟活动。从很多方面看，他们过着美好的生活—— 一对光彩照人、受过教育的年轻夫妇，在世界上最大的城市拥有一个令人向往的家。然而，私下里，马歇尔夫妇饱受失望的折磨。巴斯特又流产了。他们结婚十多年了，她还没生下一个孩子，失望最终转化为沮丧和悲伤。

马歇尔的秘书爱丽丝·斯托瓦尔说“巴斯特的子宫有点问题”，她还说，巴斯特已经怀孕了“好几次，因为她知道瑟古德很想要孩子”。在他们周围，好像每个人都有孩子，巴斯特感觉到她的自我价值已经和生育绑到了一起，感觉到是她让丈夫失望了。她无法摆脱笼罩着她的这种悲伤。

瑟古德转移这种痛苦的办法是花更多的时间在工作和旅行上。在少有的待在纽约的早上，他乘电梯到楼下贴着白瓷砖的大厅，门房内森为他打开高高的玻璃门，他便走上埃奇科姆大道。在上班途中，身处库根海岬的马歇尔一路俯瞰哈莱姆河到洋基体育场。但让他印象更深刻的是纽约巨人队的主场波洛体育场的风景。这个体育场举办了1946年黑人棒球世界大赛的首场比赛，堪萨斯城国王队以2:1击败纽华克老鹰队。这场胜利是在没有了他们从前的明星杰基·罗宾逊的情况下取得的。罗宾逊在那个赛季前被布鲁克林道奇队签走了，随后，他和蒙特利尔皇家队并肩作战，惊艳了国际联盟，那是他1947年首秀之前的准备战。1947年，他打破了棒球运动的肤色界限，成为美国职业棒球大联盟首位黑人球员。那个赛季，当布鲁克林道奇队的总裁布兰奇·里基想要一位黑人律师帮助理顺鲁宾逊的财务时，他让这位新秀去找瑟古德·马歇尔。

28 在前往市中心的全国有色人种促进会办公室的路上，马歇尔要穿过殖民公园，沿着第七大道，走到第125街的特雷莎酒店，第125街被称为“美国黑人社交之都”。1946年6月19日，将近25万人盛装前往第125街游行，预祝乔·路易斯当天晚上在洋基体育场上与比利·康恩的复赛好运。沿着第125街，人们用音乐、花车、喇叭声以及写着“乔，祝你好运”的巨幅标语向他致意。比赛之前，路易斯对体重较轻的康恩说了那句著名的话——“他可以跑，但不能躲”。第八回合，在观众见证世界重量级拳王诞生之前，路易斯最终找到战胜康恩的办法，他用连续的右勾拳和左勾拳组合在第十回合把这位匹兹堡的挑战者击倒在地。

《乌木》在特雷莎酒店有一间办公室，沃尔特·怀特在那里给WLIB电台做节目，而街对面就是黑人报纸《芝加哥卫士报》《匹兹堡信使报》的办公室。马歇尔经常在酒店会见记者或者对女性团体发表演讲。在特蕾莎酒店的咖啡馆，他有时和乔·路易斯坐在一起吃蘑菇煎蛋卷，有时和邦皮·约翰逊之类的人士会面，后者是为著名的圣克莱尔夫人工作的出版商。但马歇尔引起了那些服务员的注意。一位女服务员回忆道：“他们像对待电影明星那样对待他。那时的他真是太英俊了。”这位服务员还记得咖啡馆的经理茱莉亚·斯科特经常亲自去给马歇尔提供服务，“因为她怕我们把咖啡洒在他身上，或者弄出其他令人尴尬的事故，因为他在场时我们都太紧张了。当他进来时，她会说，‘你们这些女孩子别盯着马歇尔先生看了’”。

尽管家里有些问题，但马歇尔在 1946 年春风得意。5 月，这位 37 岁的律师获得第 31 届斯平加恩奖，加入怀特、罗伯逊、杜波依斯、作家和社会活动家詹姆斯·韦尔登·约翰逊以及女低音歌唱家玛丽安·安德森等人的行列，成为这个令人尊敬的奖项的获得者。马歇尔是继怀特之后最年轻的斯平加恩奖得主，该奖授予他以表彰其“作为一名律师在联邦最高法院……特别是在得克萨斯州初选案中的出色表现，毫无疑问，对于这个国家基于种族或肤色而剥夺公民选举权的行为而言，该案比其他任何法案都具有更深远的影响”。在 1944 年的史密斯诉奥尔赖特案中，全部由白人构成的联邦最高法院的大法官们，以 8:1 的投票结果支持马歇尔，裁定“在得克萨斯州民主党初选中，不得在法律上禁止黑人投票”。斯平加恩奖评选委员会的一位委员注意到马歇尔在这个案件中“给黑人带来了自黑人解放后最有利的结果”。马歇尔对交通制度中的种族隔离和不平等的教育

29

机会的抨击，以及他为黑人争取“在法庭上获得基本的人权和公正”的斗争也被提及。

1946年5月，沃尔特·怀特给马歇尔写了一张便条，告诉他由于制造斯平加恩奖章的公司无法在6月于辛辛那提举办的庆祝大会之前造出新的奖章，全国有色人种促进会决定颁给他一枚镀金的奖章复制品作为替代。“免得你认为我们欺骗你”，怀特接着解释说，公司会铸造一枚结实的金质奖章，马歇尔只需等待“奖章送出”。马歇尔收到字条后回了两个字：“好啊。”

瑟古德·马歇尔每天抽三包烟。

但到了1946年6月中旬，马歇尔的身体垮了。他经常喝酒，睡眠不足，不断地到田纳西州哥伦比亚出差，那里的气温经常飙升到100华氏度以上，这使得他筋疲力尽，没时间运动——并不是说他对运动不感兴趣。而他喜欢油炸食物和红肉，这对他的身体也没好处。他笑得少了，说话语调低缓，在他的朋友和同事看来，这不像他。马歇尔觉察到自己的健康可能出了问题，于是他安排全国有色人种促进会的员工参与了蓝十字住院保险计划，他说，那个计划“价格非常公道”，可以减轻员工“不知该去哪儿筹钱付医疗费的精神压力”。

两周之后，七百多名代表和好几千位会员一起参加了在辛辛那提举办的全国有色人种促进会第37届年会，在闭幕的那天晚上，马歇尔被授予斯平加恩奖。在台上，马歇尔坐在乔·路易斯和来自塔斯基吉的那位著名飞行员本杰明·O. 戴维斯上校边上。马歇尔穿着黑色细条纹西装、拼色皮鞋，枯瘦、憔悴，和挨着他的面带微笑、肌肉发达的斗士路易斯形成鲜明对比。但马歇尔仍然应付自如。马歇尔站在导师查尔斯·汉密尔顿·休斯顿面前，明确表示，这枚奖章“颁给了一个人，但表彰的是一大群律师的工作，他们一直全心全意通力合作，除了把一件事情做成之外不求任何回报”。发表完获奖致辞之后，他介绍了在哥伦比亚案件中和他一起工作的律师：Z. 亚历山大·卢比、莫里斯·韦弗，以及格拉迪斯·斯蒂芬森夫人，她那坏了的收音机引发了2月的暴乱。这个案件让马歇尔精疲力竭，听斯蒂芬森夫人在台上讲述她的故事使他回想起他所忍受的身体上和精神上的压力。实际上，他刚从哥伦比亚回来，在那里的一整周，他“发烧到103华氏度至104华氏度”，而在辛辛那提他的情况也没好到哪里去。马歇尔说，这太糟糕了，他“一天只能下床两到三个小时”。

30

会议结束后，马歇尔回到纽约，他根本无法下床。看到他的情况如此严重，很有可能“时日无多”，沃尔特·怀特很担心。怀特不想把马歇尔送到哈莱姆医院，他知道，那个地方以对黑人患者“冷酷无情、治疗不当”而闻名，以至于坊间流传这样的说法：“要是你家里有人去了哈莱姆医院，就赶紧给殡仪馆打电话吧。”怀特便联络一些朋友和同事，试图把马歇尔送进西奈山医院，但没有成功。医院以手续烦琐、人满为患，以及无法临时为马歇尔“提供一个病房”为借口，怀特得出结论，马歇尔在他有需要的时候，因为他的种族而被拒之门外。

最终，马歇尔住进了哈莱姆医院的2D病房，但那里的医生找不到他的病因。他们一开始怀疑是肿瘤或“肺癌”，而怀特被马歇尔病情预后的严重性所震惊，向全国有色人种促进会委员会的委员报告说，这位律师的病情“完全是因为他忘我地工作到了不要命的地步”。

马歇尔本来希望封锁他在哈莱姆医院住院的消息，但这几乎是不可能的，尤其是当他收到埃莉诺·罗斯福送来的大量的花和卡片时，走廊里议论纷纷。身为第一夫人期间，她被吸引到种族正义事业中来，成为全国有色人种促进会的一名委员和活动家。她在从公民权利到科斯蒂根-瓦格纳反私刑法案等与种族相关的问题上游说她的丈夫。富兰克林·德拉诺·罗斯福则不像他妻子那么热衷于和全国有色人种促进会保持联系，而白宫试图让总统与埃莉诺为黑人而战的激进主义保持距离。马歇尔自己能感觉到，当司法部长弗朗西斯·比德尔给罗斯福总统打电话讨论全国有色人种促进会卷入弗吉尼亚种族案件时，总统表现得很冷漠。按照比德尔的指示，马歇尔拿起分机，他只听到总统大喊：“我警告你不要再给我打电话说任何关于埃莉诺的黑鬼的事情。你再打的话，就等着丢工作吧。”马歇尔后来回忆道：“总统只说了一次‘黑鬼’，但对我来说，一次就够了。”

31

然而，埃莉诺·罗斯福在罗斯福总统在任期间及卸任之后一直继续和全国有色人种促进会并肩作战。震惊于田纳西州哥伦比亚市所发生的暴行，她和马歇尔密切合作，迫使不情愿的司法部门介入。花和卡片只不过表达她对一个战斗在这个国家公民权利斗争前线的人的尊敬和赞赏。但罗斯福夫人不是唯一知道马歇尔已经住进哈莱姆医院的人。7月的一天，马歇尔的妻子巴斯特正在他们位于舒格希尔的家中，一位铁路快运的工作人员出现在埃奇科姆大道的这间公寓门前，带着一个包裹，寄件人是马歇尔曾在田纳西骚乱案件中为之辩护的人。送货员告诉巴斯特："你知道，我是田纳西人，我闻得出来这里面是什么，我都很想要一点。"盒子里面是一只"二十磅重的乡下火腿"和一封信，信中写着："亲爱的律师……当妻子的都想给你送花，但我们知道你更想要这个。"

哈莱姆医院的医生继续进行检查。马歇尔仍然无法下床，似乎没有任何好转。现在能确定的是马歇尔身上没有肿瘤，最后医生诊断这是某种类似肺炎的神秘病毒，马歇尔称之为"X病毒"。这个诊断结果并不能使这个38岁的人稍感安慰。就在几年前，费茨·沃勒——他讲故事时夸张的表情和举止经常感染马歇尔——在40岁生日前不久，在南下的火车上死于肺炎。医生要求马歇尔卧床六周，不能有任何人探视，如果情况有好转，可以允许他回去工作，但"只能隔天工作一次，一次不能超过三个小时"。一个月之后，马歇尔的体力开始有所恢复。他不再发高烧，但医生仍然不允许他回去工作。怀特7月中旬去探望他，注意到马歇尔"远未脱离险境"。但怀特也注意到马歇尔的精神状态的确有所好转，因为他要求怀特带口信给全国有色人种促进会的工作人员——"告诉他们一个坏消息，我还活着。"马歇尔说。

到 8 月初，马歇尔的医生路易斯 · T. 赖特“命令”马歇尔离开这个国家；赖特是哈莱姆医院的第一位黑人外科大夫，也是 1940 年斯平加恩奖获得者。赖特认为远离这里对这位律师有好处，最好是去热带地区，在那里他可以好好休息，慢慢康复。从全国有色人种促进会的捐助人那里，怀特筹集了 500 美元，用来支付马歇尔的医疗费用，他让瑟古德和巴斯特去威廉 · H. 黑斯蒂那里，后者是另一位斯平加恩奖获得者，也是马歇尔所在的霍华德大学法学院的前教授。他刚刚被杜鲁门总统任命为美属维尔京群岛的首位黑人总督。

32

马歇尔在维尔京群岛休养了一周。没过多久，他就忍不住为全国有色人种促进会法律辩护基金会做起预算工作来。与医生要求的相反，他每天晚上都要和卢比通电话，讨论哥伦比亚种族骚乱案的法律策略及当日进展。但他向怀特汇报说，他“太放松了”，每天的锻炼活动唯有打扑克输钱，而这“对我来说毫不费力”。

到 8 月中旬，马歇尔差不多康复了。趁着好天气，他和巴斯特访问了古巴、海地和牙买加。马歇尔写信告诉怀特：“很难说服巴斯特离开，我自己也不着急离开，但我知道我的人气很快会耗尽，所以最好在完全耗尽之前离开。”他告诉怀特不要太在意黑斯蒂“精心编造的”马歇尔“突然降临维尔京”的假话，尽管怀特认为大概需要“用一整个月耐心的解释”去应对黑斯蒂的指控。

尽管还需要几个月才能完全康复，但马歇尔不顾医生警告，回到了哥伦比亚。11月，他赢了田纳西的案件，但更重要的是，他不仅打败了神秘病毒，还逃过了一场私刑派对。沃尔特·怀特在自传《一个名叫怀特的男人》中写道："很难想象在美国历史上是否还有其他审判是在比这更具爆炸性的条件下进行的。"但怀特的这些话写于1948年，一年之后，瑟古德·马歇尔卷入了他遇到的最致命、最戏剧性的案件。其爆炸性程度远超哥伦比亚种族骚乱审判，在未来的几十年中，其结果对全国有色人种促进会法律辩护基金会及其工作人员都有影响。

第三章　快点推啊

33

诺尔玛·李在她一生中最糟糕的那个夜晚穿着一条粉红色的农家连衣裙。

这个 17 岁的金发女孩把手指上的结婚戒指往里推了推，把粉饼盒、蜜粉和香水扔进她的手提包中，走出她父亲的房子，威利在他那辆破旧的 1940 年的福特车旁等她。他为她打开车门，她单薄的身体坐进破旧的座位，他的目光落在她露出来的大腿上。佛罗里达的太阳缓缓落下，威利开车离开泰森的农舍，几分钟之后，他把老福特车挂空挡停在弗里茨的酒吧和烤肉店前，跑进去为盛大的舞会买了一瓶威士忌。

34

1949 年 7 月 15 日，全美国报纸的头版都刊登了让美国人害怕的新闻。杜鲁门总统召集了一个由“最高级别的内阁成员、军事人员、原子能领域和国会的领导人”参加的紧急会议，由于涉及的问题太机密了，“为了国家利益”，没有一个与会者愿意就此发表评论。原来，是苏联在曾经参与“曼哈顿工程”的间谍的帮助下，就在几周前成功试射了第一颗原子弹，它很像美国设计的“胖子”的复制品，比分析人士预期的要早好几年。美国本来就已经处于“红色恐怖”的剧痛之中，美国人对核战争和共产主义蔓延的恐惧在加剧。

同一天，报纸上的另一条大新闻是，著名的舞台明星和歌手保罗·罗伯逊在多年以前就是共产党员，并且“雄心勃勃要成为‘黑人的斯大林’”——这是一位前共产党员在华盛顿特区众议院反美活动调查委员会听证会上做证时说的。这位证人说，共产党还计划通过发动武装暴乱在南方建立一个黑人共和国，范围从马里兰州到得克萨斯州，而罗伯逊被指派承担“某项洲际秘密工作”。

在那个7月中旬的周五，23岁的威利·黑文·帕吉特做完了这个周的农场工作，对核战争的征兆或共产主义蔓延的恐惧毫无感觉。他正期待着周五晚上的饮酒、跳舞，以及日出之前在汽车后座上可能发生的事情。威利是土生土长的佐治亚州塔特纳尔县的下层白人，后来和他的家人搬到了佛罗里达州的贝莱克，他们是部落式的卡车农民，大多住在格罗夫兰以南几英里处分散的小木屋里。他初中没毕业，当他在这条路上遇见柔弱又漂亮的姑娘诺尔玛·李·泰森时，他已经在莱克县他家这片肥沃的土地上辛勤劳作了好多年。

尽管这几乎算不上他们的第一次约会，但威利仍然很紧张。他在一年前遇见泰森家的这个女孩，那时她只有16岁，几个月后，他和诺尔玛结婚了。但事情从一开始就不怎么顺利，还没等结婚一周年，他俩就分居了。诺尔玛的父亲科伊·泰森要负

35

主要责任。他不喜欢这个满脸雀斑、大龅牙、想和他女儿结婚的孩子，科伊·泰森也不喜欢他女儿经常被留在家里而威利却整夜在莱克县四处游荡。谣言在小镇四处传播，说坏脾气的威利对年轻的诺尔玛很粗暴，他有时会扇她耳光；而贝莱克的人都知道，科伊·泰森绝不会容忍这种行为。威利意识到，最近他必须和诺尔玛改善关系，因为泰森家的人不好糊弄，而今晚可能是他和诺尔玛·李步入正轨的最后机会。

但有一件事对威利有利，那就是诺尔玛虽然年纪小，却并非一个完全天真的农村姑娘，甚至在她父亲眼里也不是。以一个了解她的白人女子的话说，她在小镇上的名声“不太好”；另一个当地人说她是个“坏蛋”。因为诺尔玛曾经被人看到“和黑人嬉闹”，而这对一个白人女孩来说有损名声，这可能也是科伊·泰森愿意给威利和他女儿一个机会的原因。帕吉特家和泰森家都认为，这对年轻的夫妇暂时分开对彼此都有好处，因为他们都需要成长。

到 1949 年夏天，诺尔玛住在她父亲家，威利则住回他母亲的房子，离泰森家大概一英里。农场的劳作生活漫长而单调，威利常忆起过去的点滴，感到自己的婚姻过早地失败，所以威利很期待周末有机会和他十几岁的新娘重归于好。在大约 16 英里外的克莱蒙特，美国退伍军人协会的礼堂有个舞会，如果他那破旧的轿车还能跑，并且科伊·泰森允许的话，他会让诺尔玛在小镇外度过愉快的时光。

对诺尔玛来说，即使她和威利之间有些问题，周五晚上和他外出跳舞也比在家和她父亲待在一起强。为什么威利总是出去寻欢作乐，而她却总是待在家里的那个？

在弗里茨的店里买了一瓶威士忌之后，帕吉特夫妇大约在晚上九点半来到克莱蒙特的美国退伍军人协会礼堂。他们找到一张桌子，和威利的姐姐及姐夫坐在一起，席间还有一些年轻的农民和二十多岁的退伍军人，这对年轻夫妇喝威士忌，跳舞，聊天，直到凌晨 1 点。跳了最后一支舞之后，他们离开礼堂，走向威利的福特车。

威利想发动车，但发动机没启动。按照诺尔玛后来的叙述，他们不得不“推着它”以便离开没有铺路的停车场。当他们在 36 黑暗中滚下马路时，两个人都烂醉如泥，诺尔玛说她饿了，因为那晚她几乎没吃东西；因此他们决定开车去奥卡洪普卡的巴特福德咖啡馆—— 一个可以“吃饭和跳舞的地方”——去买个三明治。农田和牧草在车窗外掠过，他们轮流喝着酒瓶里剩下的威士忌。他们往北朝奥卡洪普卡的方向开了好几英里，天已破晓，威利才意识到，这个时间巴特福德咖啡馆应该还没开门。诺尔玛坚决要掉头回去；她很累，只想回家。

威利放慢车速。这条路很荒凉，威利的希望落空了。他和诺尔玛之间没有任何奇迹出现——他们共享的只有挫败以及年轻人的急躁和迷茫。他们之间的问题可能无法解决。那么，接下来他们是什么关系？邻居？威利没觉得自己会离开贝莱克，诺尔玛也不可能去其他地方。17 岁，纤瘦，漂亮，却被囚禁在她父亲的房子中，整日整夜听她父亲在耳边唠叨威利・帕吉特这不好那不好。肯定会有另一个男人出现，来拯救她。当威利和诺尔玛跳舞时，已经看到有年轻的退伍军人向她送秋波。毫无疑问，他们也在窃窃私语，在猜测事情会怎么发展，诺尔玛从他那里获得自由需要花多长时间。但她现在仍然是威利·帕吉特的妻子，至少名义上是。

此刻，威利喝得醉醺醺的，在把瓶子递给诺尔玛之前又灌下一大口威士忌。然后，他放慢速度，向右转到一条土路上，但没走远。他打着方向盘，把车停在长满青苔的橡树旁，停在一扇栅栏门前。福特车的发动机震得仪表盘吱吱作响。车前灯照亮了前面的白色沙路。尽管有月光，但天色黑极了，四周安静得令人不安。没有任何迹象表明前后两个方向会有车来。诺尔玛·李，穿着粉红色的棉质连衣裙，坐在前排座位上，纤细的身体靠在门上，她在等着威利——这位她在高兴时称为“天堂”的男孩——等着他把手放在变速杆上把车掉头，她就可以回家了。

塞缪尔·谢菲尔德的车在那个晚上也出了问题。他和他的朋友沃尔特·欧文都是二十多岁的退伍军人，过去在同一个团里服役。那天晚上，他们开着塞缪尔父亲的 1937 年的福特车出发，但那车在格罗夫兰出了问题。因此，塞缪尔在晚上 9：30 左右把车开回谢菲尔德家；他希望把这部老福特车和他兄弟詹姆斯的水星换一下。詹姆斯已经和沃尔特的姐姐结婚，他最终同意换车，条件是他们必须在詹姆斯早上去上班之前把车还回来。两人给车加满油，往东驶去，去过他们的夜生活。

37

伊顿维尔镇就在奥兰多以北6英里，在塞缪尔和沃尔特家乡以东35英里。但那里和格罗夫兰完全是两个世界。内战后，许多黑人老兵由于不满被赶到小镇的脏乱差角落，选择在全国已经涌现的几十个种族聚居点中的一个定居。在那里，黑人可以生活在一个事实上没有种族摩擦的世界。1887年，伊顿维尔成为美国第一个非裔美国人社区。按照该小镇最著名的居民、作家佐拉·尼尔·赫斯顿——她在哈莱姆文艺复兴时期出名——的说法，伊顿维尔在某种程度上是黑人的绿洲，“一个纯粹的黑人小镇……在那里，唯一的白人就是过路者”。她把它描述为“一个有5个湖、3个槌球场、300个棕色皮肤的人、300个游泳好手、许多番石榴树、2所学校、0座监狱的城市”。（1949年，已环游全世界并在纽约和瑟古德·马歇尔同在哈莱姆的圈子里生活几十年之后，赫斯顿被诬告猥亵一名10岁男孩，随后回到家乡。这项指控虽然最终被撤销，但对赫斯顿的声誉造成不可弥补的损失，这位才华横溢、直言不讳的作家再也无法依靠她的笔谋生，现在，这名潦倒的伊顿维尔居民在佛罗里达当女仆。）

对塞缪尔·谢菲尔德和沃尔特·欧文来说，尽管要面对对黑人的歧视和连续不断的种族骚乱，但离开他们一起长大的莱克县到伊顿维尔过一个晚上还是很开心的。抵达伊顿维尔后，这对朋友大摇大摆地走进伊顿俱乐部—— 一个在奇特林巡回大舞台中很有名的夜总会。在种族隔离时代，奇特林巡回大舞台因著名的黑人音乐家如杜克·埃林顿、埃拉·菲茨杰拉德、比利·霍利迪以及当地的一位名叫雷·查尔斯的年轻男孩在那里演出而闻名。塞缪尔和沃尔顿吃了一点晚餐，喝了一些啤酒，和姑娘们聊天，还玩了自动点唱机。接着他们决定去看看阿尔塔蒙特斯普林斯附近的436俱乐部有什么好玩的。这两个军中伙伴要了一夸脱啤酒。过了大约一小时，因为欧文得早起和他父亲一起在佛罗里达烈日下的柑橘园工作，而且他也想至少睡上几个小时，他们便把啤酒喝完，向西开了大概40英里，经过一片点缀着野生柑橘树和长满西班牙苔藓的橡树的闷热的平原。

38

已经过午夜很长时间了，就在格罗夫兰以北几英里远的地方，他们在路旁发现了那辆1940年的福特车。塞缪尔放慢水星的车速，经过那辆车时，他看到一对年轻的白人夫妇在里面。大概过了50码，塞缪尔掉转车头。当塞缪尔和沃尔顿驶过来时，威利从福特车里出来，大声嚷嚷。谢菲尔德探出头来，问道：“需要帮忙吗？”

威利回答：“是的。”谢菲尔德把水星停好，欧文下了车，威利解释说他的车的电池不能用了，需要推车启动。诺尔玛坐在福特车里，好几次打断他们的商量，叫威利回到车里发动车然后回家。“好的，马上。”威利告诉她。

最终，谢菲尔德和欧文走到福特车的后面，威利进去坐在诺尔玛的旁边。两个退伍军人弯下腰开始推车，但没有效果。一个后车轮仍然陷在沙里。塞缪尔和沃尔特停下来休息。威利从车窗里探出头来，命令他们：“快点推啊。”塞缪尔不喜欢他的口气。

诺尔玛和威利沮丧又焦急地从车里出来，想看看为什么那两个黑人停止了他们的努力。塞缪尔试图解释这样做没用：电池已经用尽，他们试了一下但车挪不动。他们两个人满头大汗，气喘吁吁，而且谢菲尔德有些生气。他停下来帮忙，可不是为了让帕吉特使唤他。为了缓和紧张气氛，诺尔玛对这两个朋友微笑，并把威士忌的瓶子递给塞缪尔。他感激地大喝一口，把瓶子递给沃尔特，然后沃尔特把它递回给诺尔玛。威利的眼睛一直紧盯着瓶子，当诺尔玛把瓶子递给他时，他爆发了。威利咆哮道：“你认为我会在黑鬼喝过之后再喝吗？”

就是这句话惹毛了塞缪尔·谢菲尔德。谢菲尔德受够了；在竭尽全力帮助这个脾气暴躁的醉汉后，他不想受到侮辱。他抓住威利的衬衫。威利想要反击，但他喝醉了，又骨瘦如柴，根本不是塞缪尔的对手。片刻之后，威利就栽进了水沟，神志不清，也可能失去了知觉。

这对朋友站了一会儿，盯着趴在牧场栅栏边的草地上一动不动的威利·帕吉特。他们下手不重，而且他是自找的，但这里是莱克县，人们会看到这一幕。错误地让一个白人倒在这种地方，你就会让身为黑人的自己被私刑处死在水沟里。诺尔玛·李·帕吉特仍然握着那个几乎空了的威士忌酒瓶，坐在沙土上。月光和水星前车灯的灯光倾泻在她身上，她知道不好的事情就要来了。他们都知道。

39

第四章　黑鬼掉坑里了

她的绰号是“大东”，和她的朋友瑟古德·马歇尔一样，她 [40] 有一种让人无法忽视的力量。身高接近六英尺，长得像外国人，健壮又优雅，伊芙琳·坎宁安是《匹兹堡信使报》的黑人记者和专栏作家，以她的“高跟鞋、红头发、貂皮大衣和观点”而闻名纽约。

国会议员查尔斯·兰热尔来自纽约，在哈莱姆生活了很长时间，曾经是特雷莎酒店的服务员。他说：“当伊芙琳·坎宁安走进房间，你会知道的。”坎宁安的另一个绰号是“私刑编辑”，这源于她在《匹兹堡信使报》当特约记者的那段日子，那时她 [41] 在南方四处旅行，报道那些同样引起了马歇尔和全国有色人种促进会关注的种族暴行和审判。“我想去做那些棘手的报道，”坎宁安说，“而他［《匹兹堡信使报》主编］开始担心起我来，我说，‘如果我在某个地方被杀，那不是你的错。没人会起诉你，因为你不在那里，胆小鬼！’”和马歇尔一样，坎宁安喜欢旅行以及为她信仰的民权事业而工作带来的兴奋感。“我想我在那个危险时期写出了最好的作品，”她说，“我数次被投入监狱，受到威胁，差点被强奸，那些事真糟糕……太糟糕了。”

坎宁安说，她哄骗她的编辑们把她派去报道这些她想报道的危险故事。“我说，‘要知道，他们不对女人实施私刑。作为女性，我有优势。他们做的那些事情，都只针对男人’。他们就相信了！”

虽然马歇尔和坎宁安在旅途中所做的事情都很艰难，但他们在纽约也会找机会娱乐。有一天晚上，他们决定去一家凌晨三点才开门的非法俱乐部。那里烟雾缭绕，充斥着撩人的比波普爵士乐和那些马歇尔平时会绕着走的“不怎么有礼貌”的人。但喝了一些酒之后，律师就乐在其中了。坎宁安回忆说，马歇尔嘴里叼着烟，手里拿着酒，自得其乐。在这愉快又嘈杂的时刻，警察忽然从四面八方拥进俱乐部。这是一次突袭。音乐停住了，人们尖叫着四处逃窜。坎宁安反应很快，她和她认识的一位警察搭话，“你不能逮捕他。他是一名非常非常重要的人物，他在全国有色人种促进会工作，你得让他走”。那位警察允许坎宁安带马歇尔从侧门出去，逃到大街上。大东尽她最大努力让他尽快逃离现场，但马歇尔似乎不准备让那个晚上就这样结束。警车开过来，警笛长鸣，警察把那些人推进早已等候在那里的车中。看到刚才同在俱乐部中的那些人被戴上手铐关起来，有点喝醉了的律师大怒，转身大吼：“我要为这些人辩护，警察没权利这么做！”大东抓住他的外套袖子拉开了他。“回家。”她说，她确信如果不走的话马歇尔会被逮捕。“他喝高了。”她回忆道。

对马歇尔的朋友来说，住在纽约埃奇科姆大道 409 号期间，他夜里很晚都在外面并不奇怪，他们注意到马歇尔和他妻子的关系已经“变得疏远、死气沉沉”。巴斯特如今已习惯了马歇尔的长途旅行，习惯了他几天甚至几周不在家。1933 年，马歇尔在霍华德大学法学院的最后一年，当时他们结婚才几年，查尔斯·汉密尔顿·休斯顿给了这位获奖的学生一个建议。全国有色人种促进会希望休斯顿为乔治·克劳福德辩护，这个弗吉尼亚人被指控谋杀两名白人女性，休斯顿邀请马歇尔协助他办理这个案件。这是马歇尔无法拒绝的机会。他对休斯顿的协助不仅仅体现在长时间地在霍华德法律图书馆辛勤工作。他也引起了全国有色人种促进会行政秘书沃尔特·怀特的注意。怀特发现那个“瘦高个、性情急躁的法学院高年级学生”永远都在。“惊讶于［马歇尔］自信地挑战查尔斯和其他律师的观点”，怀特意识到年轻的瑟古德“从研究模糊的法律意见到寻找咖啡和三明治，在被交代的每件事上都表现出他对这个案件的巨大价值”。不仅有机会在休斯顿手下学习，而且有机会和一位法律巨人共事，这对马歇尔来说是改变人生的一件大事。尽管他们没能为克劳福德赢得无罪释放，但他们一起避免了死刑判决。这本身就值得庆贺，因为他们都知道，在南方，如果黑人被指控杀死白人，那么，被判终身监禁就是一场胜利。马歇尔后来说：“你赢了。因为通常他们会被绞死。”

42

接下来的夏天，在马歇尔作为霍华德大学法学院的学生代表发表毕业致辞后，休斯顿又向他提出一个建议。全国有色人种促进会派遣休斯顿到南方调查和记录学校中黑人孩子和白人孩子的不平等状况，休斯顿希望年轻的徒弟能够陪他去。马歇尔必须先和巴斯特商量一下这事。他们一直和马歇尔的父母一起生活在巴尔的摩德罗伊希尔街上的一套小房子里，耐心等待马歇尔从法学院毕业，挂个招牌开始拼事业的那一天。当时巴斯特做着好几份工作补贴家用，包括在一个犹太人开的面包房里卖面包，在服装店卖女帽。使这个决定变得更复杂的是哈佛大学法学院为马歇尔提供了一个获得更高法律学位的学习机会。但马歇尔无法抗拒和他导师一起旅行的机会。他打算回来后再为马里兰州律师资格考试做准备。

这两个人把行李和几袋水果塞进休斯顿六缸的格雷厄姆-佩奇车里，从华盛顿特区出发，开始他们横贯卡罗来纳州、佐治亚州、亚拉巴马州、路易斯安那州和密西西比州的旅途。这不像是律师的旅行，更像是记者和社会科学家的旅行。他们记

43

录了南部农村地区为黑人提供的公共设施和学校，在两人眼中，这些似乎都被时间遗忘了。他们用一架静物照相机和一台租来的手持无声摄影机，留下了他们见到的贫穷状况的影像档案。尘土飞扬的道路上，一排排摇摇欲坠的学校，学生坐在有着破旧窗户和大肚子火炉的小教室的地板上，这一切无可争议地表明，种族隔离主义者所说的和联邦最高法院 1896 年在臭名昭著的普莱西诉弗格森案的判决中所确立的“隔离但平等”的原则并不一致。“影片，”休斯顿写道，“比相应数量的演讲更有力地

以人性和戏剧的方式展示了黑人所遭受的苦难……”

在车里，马歇尔坐在休斯顿身旁，抽着烟，用一台靠他的膝盖来保持平衡的旧雷明顿手提式打字机把观察结果打出来。马歇尔写道：“情况比我们以前听到的要糟糕得多。”比如，街道上，人类的排泄物流入排水不畅的沟渠，因为城镇的黑人区没有铺设下水管道。他们两人的这次旅行对马歇尔产生了深远的影响。他目睹了他的导师曾经在课堂上对他描述的“种族隔离的邪恶结果”，同时，他的人生历程也发生了重大改变。休斯顿那恒定的信条——“律师要么是社会的工程师，要么是社会的寄生虫”——抓住了这位敏感的年轻人的心。

马歇尔回到了马里兰州，通过了律师资格考试，而后，在大萧条时期，在他私人执业过程中努力寻找付费的客户。巴尔的摩的黑人大多没什么钱，因此马歇尔的多数业务是以最低的收费为这些穷人服务。那些比较成功的黑人不愿意雇黑人律师，因为他们认为，由白人律师代理他们的案件，可以和对方律师以及法官保持更好的关系。所以，问题不在于马歇尔的智力和能力。他的种族身份阻碍他进入巴尔的摩较高的社会经济阶层的法律圈开展业务并建立关系——那个圈子里，即便是最没有竞争力的白人律师，也可以凭借他们的肤色如鱼得水。

查尔斯·汉密尔顿·休斯顿不得不再一次询问年轻的律师，是否愿意和他一起在全国有色人种促进会的纽约总部工作。

20 世纪 40 年代中期，各种案件已经让全国有色人种促进会不堪重负。多年来，瑟古德·马歇尔和协会一直在计划对种族隔离进行全面攻击，他们希望改变普莱西案所确立的“隔离但平等”的原则。为此，全国有色人种促进会法律辩护基金会在全国各地提起了众多诉讼，与教师工资、住房、交通、军队和高等教育等方面的不平等斗争。尽管全国有色人种促进会搬到了位于曼哈顿中心的威尔基纪念大楼的更宽敞的办公室，大量增加的雇员还是让马歇尔的法律辩护基金会空间不足。

44

自马歇尔1938年来到全国有色人种促进会以来，他被迫和别人共用一个办公室，一开始是和他的导师查尔斯·汉密尔顿·休斯顿，后来几年是和法律辩护基金会不同的律师。1947年，马歇尔在写给沃尔特·怀特的一份备忘录中说他是“唯一和别人共用办公室的主管”。那是在他被塞进自由之家四楼的一个小办公室，和两名年轻女性——律师康斯坦斯·贝克和社会学家安妮特·佩泽——共用一部电话之后。马歇尔告诉怀特，他无法再忍受下去了；三个人在同一间办公室办不同类型的案件，“接电话，做口述”，这让人很难集中精力。马歇尔写道，他已经“走投无路了”。

尽管很同情他，但怀特并不打算容忍马歇尔不拘礼节的工作作风。他已经很明确地告诉马歇尔，后者在法律辩护基金会的一些行为并不合适，尤其是“过分亲密和随意”，以及马歇尔允许办公时间内主管和秘书或速记员之间直呼名字。W. E. B. 杜波依斯早在1934年就离开了这个机构，但他仍然常来常往，注意到马歇尔那“无拘无束的办公室礼仪相当不好”。对于这个指控，律师无法否认。他们通常在周五下午庆祝胜利，马歇尔会从桌子抽屉里拿出一瓶威士忌并模拟法庭的情况。他会模仿法官、对方律师或者悲惨的汤姆叔叔的证人，在民权运动前线的故事中插入他那些著名的冷笑话或者粗俗的哏。他嗜好种族幽默，比如这样的故事：一个奴隶从他的主人那里偷了一只火鸡，把它吃了，主人正要鞭打他，奴隶求情道，“主人，请不要打我，你的火鸡是少了，但你的黑鬼却重了”。

米尔德丽德·罗克斯伯勒于20世纪50年代初到全国有色人种促进会做秘书，开始了她漫长的职业生涯。据她回忆：“他会说一些非常下流的笑话，如果由别人说，你可能会感到尴尬，但你发现你会回应他，因为他是以他那独有的方式说的。”

45

在工作很辛苦、通常很沮丧、时而还很悲惨的办公室里，马歇尔喜欢用一些幼稚的笑话或黑色幽默来缓解压力。一位同事回想起有一次马歇尔正在做调查，无意中发现一张19世纪的报纸上有关于一个在中西部修铁路的黑人掉到一条沟里的故事。夸张的标题吸引了马歇尔的注意，他坐在桌前一遍又一遍地大声读着，仿佛它概括了黑人当时和现在的处境：“黑鬼掉坑里了……黑鬼掉坑里了……黑鬼掉坑里了。”

全国有色人种促进会办公室收到的来自南方的信件通常是哀求帮助或者寻求公正，马歇尔经常读给他的手下听，即使法律辩护基金会无法提供帮助。1949年5月收到的一封来自佐治亚州霍格瓦洛的查尔斯·琼斯的感人又幽默的信就是典型例子：

瑟古德先生：

我从《信使报》[《匹兹堡信使报》]上得知你是有史以来黑人中的一号人物，所以我提笔给你写信，你一定是我多年来一直在找的那个人。

你看，瑟古德先生，我遇到大麻烦了，去教堂也不起作用。《信使报》说你已经把南方的白人吓得一听到你的名字就跑。好吧，可能确实如此，但你让他们跟在我后面跑，我给你写信是想让你告诉他们到别的路上跑，离我远点。上周，就在隔壁县，在离我很近的地方，他们到处开枪和殴打，到处都是沾着焦油的羽毛；我希望你能尽快来这里，因为这里的白人的所作所为就像是他们没听说过最高法院或者其他法院或者其他任何东西。他们的行为很野蛮，我们任何时候都非常需要黑人中的一号人物或其他人来阻止他们虐待我们。

你们都住在哈莱姆，如果情况变糟，你们可以躲到地下室，一个没人能发现的地方，但在这里没处可躲，他们会抓住你，就看你是倒霉还是走运了。求你了，瑟古德先生，如果你是有史以来黑人中的一号人物，你就能做到，你是自我出生以来我们一直在等待的那个人，请帮帮忙吧，这些白人非常卑鄙，并且离我很近。

你真诚的

查尔斯·琼斯

46

另：瑟古德先生，是我替查理写这封信的，因为他不会读写，但他的判断力很好。我是他的妻子埃茜·梅。

格洛丽亚·塞缪尔斯1949年时任马歇尔的秘书。她承认，沃尔特·怀特注意到的工作时直呼名字以及办公室里时有哄堂大笑确有其事，但四楼没有行政秘书所想的那么随意。那儿的工作量大到不可能因为几个玩笑就延宕，而工作效率也完全不能构成怀特担忧的正当理由。

“马歇尔先生很敬业，也很细心，”塞缪尔斯说，“他每天都穿西装打领带，而他身边也都是一群认真的年轻律师，做着重要的事情。如果有必要，我们就会工作到很晚。即使是在周六。那是工作的一部分。”米尔德丽德·罗克斯伯勒证实了塞缪尔斯的观察。她说：“他工作时，你不能开玩笑。你不能浪费时间。他分配给你一个任务，他希望你能按时完成。你要工作，要产出，要执行，这是不容亵渎的工作。”

康斯坦斯·贝克是一位黑人女性，马歇尔在1945年10月雇她做法律助手时，她还在哥伦比亚大学法学院读最后一年，她认为马歇尔的用人实践超前于他的时代。贝克于1946年结婚，她的名字变成康斯坦斯·贝克·莫特利，她还记得马歇尔在面试的时候“完全不按程序来”，大多数时间他都在说他认识和赞赏的女律师的故事，尤其是黑人女性如何鼓起勇气进入白人男性统治的法律领域的故事。同年，马歇尔也雇了白人女性玛丽安·温·佩里做助理律师，不管怎样，在1945年，如马歇尔注意到的那样，“没人雇用女律师”。马歇尔的用人实践不是有意识地使他的雇员多元化，莫特利说，他只是不考虑这些因素，她注意到，马歇尔的母亲诺尔玛在巴尔的摩一所种族隔离的小学教书，是最早从哥伦比亚大学著名的师范学院毕业的黑人女性之一。诺尔玛典当了她的订婚和结婚戒指，资助瑟古德上霍华德大学法学院（他的兄弟奥布里上了医学院）。马歇尔对那些努力取得成就的认真的女性充满尊重。“他的母亲就是一位职业女性，”莫特利说，“因此他认为女性从事职业性的工作没什么问题。他在法学院的同学中就有女性。他不觉得女性做律师有什么奇怪的。”

47 后来成为哈莱姆著名专栏作家和女权主义者的伊芙琳·坎宁安说，她的朋友瑟古德·马歇尔是“最早的女权主义者”之一。

20 世纪 40 年代后期，马歇尔每年到南方城镇的里程记录大约是五万英里，通常是一个人。内战后那几年标志着美国南方更加暴力的时代的开端，而马歇尔为了实现废除种族隔离的远大目标，一头扎入种族冲突的马蜂窝，这使他的正义斗士的美名愈发远扬。马歇尔很享受他作为民权先生的角色，这契合他喜欢社交、喜欢传奇生活的性格，而他也敏锐地意识到，当他下火车后，他唯一的武器就是“一纸名为‘宪法’的文件”。他现在已成为名人，而他所到之处，人们也把他当名人对待。男人们尊敬他，希望和他一同饮酒，听他讲故事；而女人们公开地奉承他。他越来越经常地在旅途中的会议之后选择不回哈莱姆的家，不回到巴斯特身旁。为了避免来回奔波，他不想再绕道回曼哈顿了，如他在一封信中所写的那样，“没必要回纽约”。他的信中含糊地暗示他需要隐私。他在公务旅行时一般是留宿朋友或者同事家，但有一次他给西海岸的民权律师洛伦·米勒写信说，“我不想再给你和胡安妮塔添麻烦了”，并请求他“在洛杉矶附近找一个好地方，可以让人好好休息并躲起来”。

丹尼尔·埃利斯·伯德，英俊外向的哈莱姆环球旅行者篮球队的前队员，他后来成为全国有色人种促进会驻路易斯安那州的秘书，曾经在数个废除种族隔离的案件中和马歇尔一起工作。他们俩是好朋友，而伯德喜欢取笑马歇尔对女性的品位。伯德有一次写信告诉马歇尔，他不得不重新安排这位律师的旅程，因为他为律师安排了一场在新奥尔良的母亲节演讲。伯德写道：“但我有个建议，既然你不是母亲节演讲方面的权威人士，那么如果你被允许在母亲节那天为某位漂亮母亲‘脱下衣服’的话，你可能会更加成功，那样的场合对你来说也会更加愉快（笑）。”

在新奥尔良，马歇尔通常待在克里奥尔律师 A. P. 图里德的家中，他也是一名曾经在霍华德大学的查尔斯·汉密尔顿·休斯顿手下学习法律的学生。图里德一度是路易斯安那州唯一的黑人律师，代表全国有色人种促进会在这个州各个行政区提起无数关于同工同酬以及废除种族隔离的案件，几十年来，他几乎为每一个案件都上了法庭。图里德住在第七区，那是新奥尔良一片很大的克里奥尔人居住的区域。他家附近的街角有一家马歇尔很喜欢的名为杜奇蔡斯的饭店，马歇尔和图里德经常在 48

饭店楼上的会议室边享用秋葵汤和炸鸡，边讨论公务。要不然就是在工作，就像这个晚上一样：他们在图里德在法语区的办公室，马歇尔决定休息一下，到楼下的酒吧喝一杯，尽管他知道那个酒吧不对黑人开放。这种行为给他带来“Nogood”[1]这样的绰号。图里德和伯德继续工作，好几个小时过去了，马歇尔还没回来，他们开始担心了。他们没有在酒吧或其他地方找到马歇尔，就更担心了。沮丧的他们只好回到办公室，却发现马歇尔正在审读辩护摘要。第二天在楼梯口，图里德遇到酒吧魁梧的白人老板，他的心跳加快了。“嘿，昨天到我那里的那个高个子黑人小伙在哪儿呢？”图里德说他不知道。老板笑着说：“好吧，如果你看到他，并且他不忙的话，欢迎他今晚再来。他一定有一些有趣的故事。”

1949 年 2 月，全国有色人种促进会收到的刑事案件的数量多得吓人，足以使法律辩护基金会陷入瘫痪，马歇尔签署了一份备忘录，确立接受刑事案件的三条规则：“（1）由种族或肤色导致的不公正；（2）当事人是无辜的；（3）有可能确立一个有利于正当程序和一般意义上的平等保护，尤其是黑人权利保护的先例。”

这份备忘录还提到了一个“误解”的产生，法律辩护基金会的律师玛丽安·温·佩里极力反对“把我们局限在第二点

1 意为“不好”，针对他的名字“Thurgood”。

上”，而马歇尔不得不提醒她全国有色人种促进会不是一个法律援助机构。尽管他承认被告是否无辜是个判断问题，但他也认为“任何有经验的律师在看案件卷宗时通常能推测出那个人是显然有罪还是明显无辜”。他还进一步告诫他的下属：“不要相信一名已被定罪的被告的无罪申诉，正如我们不可轻信有罪陈述。这本身既不充分也不必要。”佩里最终答应她会“遵守这些规则”。 49

马歇尔为法律辩护基金会制定的核心策略就是精心挑选教育、同工同酬、交通等方面的案件的原告，目的是通过这些案件，利用上诉程序，使法院确立先例。对这家机构来说，避免因他们的辩护而陷入窘境无疑是十分必要的。他们承担不起审判中的任何挫折或者意外。虽然马歇尔也预料到会在陪审团面前输掉刑事案件，但他也希望法律辩护基金会的案件为上诉记录建立一个稳固的基础。因此，法律辩护基金会需要一些可以上诉到更高级法院的强有力的平等保护案件。对马歇尔来说，至关重要的是，他的律师们坚信某位潜在客户是被诬告的。有时，一些从南方的连锁团伙[1]中逃出来的人会来到全国有色人种促进会的办公室，而马歇尔坚决把他们送走，以免机构被指控“包庇在逃重罪犯”。尽管如此，有时律师也会倾听囚犯的恐怖故事，并且说服囚犯逃离的那个州的州长“不要签署引渡文件”。

1949 年夏天，杰克·格林伯格，一个最近被马歇尔雇为法

1 连锁团伙（chain gang），一群被锁在一起的囚犯，他们共同进行体力劳动。

律辩护基金会专职律师的有着天使般面容、留着平头的24岁的犹太男孩，正坐在他的桌子前听一名黑人妇女讲述一个令人震惊的故事：她的儿子仅仅因为被指控偷了一袋花生，就在弗吉尼亚州的里士满被判10年徒刑。这个判决在格林伯格看来太过严厉，他怀疑种族因素在起作用。尽管他在布朗克斯区长大，那里"没有黑人在附近生活"，他的家庭也没卷入民权运动，但他父母灌输给他的是"对弱势群体保持关注"。他被这个妇女的故事所震惊，冲进马歇尔的办公室，鼓动他的老板接下这个案子。马歇尔有些疑惑。他对格林伯格点点头，然后给他认识的一位里士满律师打电话，请后者去调查一下情况。过了一会儿，马歇尔把格林伯格叫回他的办公室，告诉他，事情查清楚了，那个装花生的袋子是"一只巨大的麻布袋子，足足有一辆平板卡车那么大"。格林伯格正在消化这个新信息时，马歇尔"噘了噘嘴，扬了扬眉毛"，补充了一个细节，"一起被盗的还有那辆卡车"。

50 1940年12月，来自康涅狄格州格林威治的埃莉诺·斯图宾格，32岁的家庭主妇、交际花和前时装模特，声称她的黑人管家兼司机约瑟夫·斯佩尔绑架了她，写了勒索信，并把她捆起来，强奸了她四次，然后把她拖到一辆汽车上，开往与纽约州威斯切斯特县相邻的肯西科水库，在一座桥上把她推入水中，向她扔石头。不出意料，报纸的报道引起轰动。《纽约每日新闻》头版刊登了一张斯图宾格身穿泳装的照片，旁边是斯佩尔的照片，这样安排让管家看起来像是正若有所思地盯着柔弱的交际花。这个惊悚的故事引发了“惊慌失措的威斯切斯特家庭纷纷解雇他们的黑人仆人”的谣言。

当时 32 岁的马歇尔在格林威治镇看守所和斯佩尔会面。当他离开时，他相信管家说的是真的。管家说斯图宾格在一个她丈夫外出的晚上，不仅同意而且主动要求发生性关系。性行为一开始发生在客厅里，后来斯图宾格担心有人会从窗户看到他们，于是他们退到车库。他们在车里做爱，但斯图宾格害怕怀孕，“性行为停止了”。接着，这两个人开车出去兜风，斯图宾格再次感到恐慌，并要求斯佩尔停车。她自己走回了家。好几个小时过去了，她并没有向警察报告后来所称的犯罪。

马歇尔记得，“他被怀疑一个晚上强奸那个女人四次”，他也记得，这个故事登报后在法律辩护基金会所引起的质疑：“所有的秘书，他们所有人，都跑进来说，‘嘿，为那个人辩护吧。我们想要看看。四次！哈哈，一晚四次。把他带到这里，让我们看看他’。我告诉他们，离开我的办公室”。

马歇尔说，这个案件很重要，因为，为斯佩尔赢得自由将提高“全国各地因这个案件而受到损害的成千上万的黑人用人、司机、女仆和管家”的安全感。马歇尔在把他的调查结果提交给全国有色人种促进会后，宣布该机构将“竭尽所能”为斯佩尔辩护。

审判一开始就发现，警方既没有找到绳子也没有发现索要赎金的信，格林威治的医生也没有发现任何强奸的证据。斯图宾格被问话时似乎有些语无伦次，说：“我确信他强奸了我三

51 次。但我现在不记得了。在石地上或者类似的地方。我有点记不清了。”案件的事实太混乱了，以至于检方提出进行辩诉交易。但马歇尔辩护说斯佩尔“是无辜的，而且每一个人都知道他是无辜的”。尽管可能被判 30 年的刑期，但斯佩尔把信心寄托在他的律师给的建议上。

在总结陈词中，州检察官要求给这个“被欲望冲昏头脑的黑人”定罪，以免斯图宾格夫人背负“羞辱和耻辱”。六个白人男性和六个白人女性组成的陪审团经过从 2 月 1 日中午一直持续到将近午夜的审慎考虑，全体一致投票取消对约瑟夫·斯佩尔的所有指控，无罪释放。这次审判没有引起太多波澜，除了斯图宾格的一些社交界的朋友打电话给州长，说他们“严厉谴责无罪释放，这给她个人添加了如此不公正的污名”。斯佩尔只觉得“终于可以松口气了！”。

瑟古德·马歇尔很高兴管家遭遇的强奸指控能为法律辩护基金会的秘书带来一些乐趣，但绝大多数放在马歇尔办公桌上的案件都是令人痛苦的，通常是可怕的悲剧，以至于他都不愿意给办公室里的女性看。最令人不安的是，在南方，黑人社区里的十几岁的女孩会被地位优越甚至赫赫有名的白人市民和执法人员强奸，时常遭到殴打或杀害。这些被指控的男人通常不会被起诉，即使被起诉，他们面对的也是和他地位一样的人组成的陪审团的审判（而指控被降为非法性关系），那些白人警察、医生、保险收费员、水暖设备承包商不会替黑人说话。更让马歇尔沮丧的是，全国有色人种促进会没有足够的资金提供法律援助；而且，许多强奸案件也不能满足马歇尔自己为法律辩护基金会设定的标准。对白人滥用权力或权威的不人道行为的愤慨，以及对穷苦黑人受害者遭遇的深切同情，使马歇尔为他和这个组织不能做更多事而感到遗憾，在他写给全国有色人种促进会分部工作人员以及被强奸、被殴打甚或被谋杀的少女的家人的信件中，都能看到他的这种愧疚之情。

尽管全国有色人种促进会无法全力起诉那些对手无寸铁的黑人所实施的暴行，但在为被指控强奸白人女性的黑人辩护方面，这个组织有更多的选择。W. J. 卡什在他那本开创性地阐释美国南方文化的书《南方的精神》中写道：“南方白人女性遭到黑人强暴的实际危险通常是相当小的……比如，比她被闪电击中的概率更小”，“在南方的世界里，很自然地把这看作一件大事，全心全意地相信这种可能，将其当作一种需不顾一切地阻止的威胁”。卡什推断，南方的强奸情结“与性不直接相关”，而是与弥漫在南方人心中的那种感觉相关——如果黑人超越了他们被严格限定的社会地位，那么可能“有一天他们会提出一整套完全平等的方案，而且一定会包括至关重要的婚姻权”。瑟古德·马歇尔完全了解南方人的这种心理，他知道，一旦在南方发生强奸案，就必须尽快行动，否则私刑很快就会让对被告的辩护变成对谋杀者的起诉。

52

康涅狄格州的约瑟夫·斯佩尔强奸案的审判结束之后，马歇尔回到了他在哈莱姆的家中，时间只够和巴斯特吃一顿饭，然后他又收拾了三天行程所需要的行李，回到宾夕法尼亚车站，前往俄克拉荷马州。当马歇尔说他又要上路时，巴斯特除了耸耸肩之外无能为力，在接下来的十年，他不在的时间只会更多。对巴斯特来说，她只能从全国有色人种促进会那些同事的妻子和埃奇科姆大道409号的邻居（比如格拉迪斯·怀特和明妮·威尔金斯）那里得到保证，说马歇尔很安全，精神很好，很快就会回家。

坐火车前往俄克拉荷马州的旅程很长，给了马歇尔足够的时间为下一个刑事案件起草辩护摘要。那是个可怕的案件，他所要辩护的一个佃农供认了一件残忍的屠杀罪行，震惊了整个俄克拉荷马州。一年前，一对年轻的白人夫妇，埃尔默·罗杰斯夫妻二人，和他们四岁的儿子埃尔维·迪安于新年前夜在位于俄克拉荷马州查克托县的家中被杀害，他们的农舍也付之一炬。案件发生后不多时，立刻有个被假释的白人囚犯供认是他实施的谋杀。报纸报道说他还光顾了当地的酒吧和妓院，典狱长和州长利昂·蔡斯·菲利普斯都受到严厉的批评。为了化解争议，州长解雇了典狱长，然后派特别调查员到查克托县政府所在地雨果，试图遏制日益扩大的政治影响。尽管那个囚犯已认罪，但调查员安排他离开本州前往得克萨斯州。两周之后，调查员宣布他发现了“真正的”凶手：一个名叫W. D. 莱昂斯的黑人佃农。

53

在州长的助手、特别调查员弗农·奇特伍德的监督下，莱昂斯的头和身体遭包革警棍殴打，而奇特伍德和其他警察审讯了他好几天。尽管被打，莱昂斯拒绝承认他涉嫌谋杀，直到奇特伍德拿出一盘骨头。他把盘子放在莱昂斯的膝盖上，咆哮道："这是被你烧死的孩子的骨头。"

被剥夺睡眠的莱昂斯被迫去辨认那个孩子和他母亲的牙齿、骨头以及被烧焦的残留物。事实证明，它超出了这位迷信的佃农忍耐力的极限。莱昂斯认罪了，用他的话说，因为"他们一直打我，直到我无法忍受，直到我向他们屈服……"。

拿到莱昂斯的供词后，奇特伍德和警察开车把莱昂斯带回农舍，在那里，他们从灰烬中发现了此前调查没有注意到的一件作案工具——斧头。他们威胁莱昂斯要烧死他，用十字镐打死他，于是莱昂斯被迫在犯罪现场第二次认罪。

马歇尔对这起刑讯逼供案件感兴趣，是受到他一年前在联邦最高法院的一起案件的胜利的鼓舞。在钱伯斯诉佛罗里达案中，马歇尔辩称，用来给四名过路黑人定罪谋杀佛罗里达男人的供词，应裁定不被采纳，因为他们受到"暴力和酷刑的逼迫"，这违反了宪法第十四修正案。九名大法官一致裁决推翻佛罗里达法院的判决，使马歇尔赢得在最高法院的第一次胜利。在最高法院公布的法律意见中，大法官雨果·布莱克写了一段深具说服力的话，他的遗孀后来回忆说，他"大声念出来的时候没有一次不是流着泪的"。

如今，和过去一样，我们仍不乏悲剧性的证据证明，一些政府部门用来惩罚人为的罪行的独裁权力变成了暴政的婢女。在我们的宪法制度下，法院迎风而立，绝不左右摇摆，是因无助、弱小、寡不敌众而遭受痛苦的人，以及不服从偏见和公众激情的牺牲者的庇护所。受我们宪法保护的法律的正当程序，要求不能用本案所公开的那些行为来给任何被告定死罪。对本法院来说，最崇高的义务、最庄严的责任莫过于将宪法转化为活法，维系宪法的庇佑——它被审慎地设计出来，保护每一个遵守我们的宪法的人的利益，无论其种族、信念或者派别。

54

马歇尔的谨慎乐观至少可以建立在莱昂斯的认罪是被迫的这一点上，以及，如果没有其他情况，通过上诉把这个案件呈送到有同情心的最高法院。然而，他首先需要应对俄克拉荷马危险而又高度紧张的气氛。这次旅行与他以往和休斯顿一起到南方的旅行不同。以往主要是为了调查事实，很少卷入冲突，甚至很少和白人接触，而这次马歇尔到查克托县是去战斗的。关于他马上就要到来的传言已在小镇散播开来；情况变得越来越不稳定，对马歇尔来说，被白人看成敌人，则更加危险。正如一位副警长在法院走廊谈到马歇尔在田纳西的一个案件时所说的："我们要教那些北方黑人知道，不要来这里提奇怪的法律问题。"法律可能站在马歇尔这一边，但法律执行并不是这样的。

在他坐了六个小时的汽车来到查克托县之后，他很快被黑人带走，他们认为有必要在武装护卫下把他藏起来，并且在他逗留期间把他从一个地方转移到另外一个地方。由于"一名来自纽约的黑鬼律师”要来办这个案件的流言已经传出，这个小黑人社区担心马歇尔的安全。一名上了年纪的固执的寡妇勇敢地把他带回家。马歇尔记录道，她很平静地说“我不害怕”，整晚都在打呼噜，而他却躺着睡不着，流汗、害怕。他回忆道：“我想我记得我读过的一战后每个有关私刑的故事。”他无法入眠，那些可怕的照片出现在他眼前，而马歇尔把自己带入照片中——他扭曲的身体躺在镇中央的沟渠中，或者被吊在树上，而穿着主日学校校服的白人孩子们指指点点，咧着嘴笑，并且欢呼。

马歇尔开始相信，莱昂斯成了州长的政治替罪羊，因为如果有证据表明那名假释的囚犯应该对那三个人被谋杀负责的话，州长难辞其咎。审判推迟了整整一年，这恰恰证实了马歇尔的怀疑，即检方“害怕起诉这个案件”，因为通常情况下，当黑人承认谋杀白人时，正义总是迅速而无情的。

审判期间，马歇尔给在纽约的沃尔特·怀特写信，告诉他法庭挤进超过 1 000 人，很多人是坐着卡车和四轮运货马车来的，只为一睹“第一位进入这个法院的黑人律师——法警如是说”。马歇尔还说，白人学校的老师甚至带上他们的学生来到法庭，法官说孩子能够来见证这样“一个节日”是件好事。马歇尔写道：“想象一下，事关一个黑人生命的审判被称为‘一个节日’。”他还指出，“陪审团很糟糕……在这里没有机会赢。要保存记录，以备上诉”。

55

在法庭第一天做证之前，马歇尔来到一位“非正式”的县法官面前，后者抽着一支大雪茄，宣布本案涉及“两个民族”，他不希望有任何骚乱。他并没有缓解马歇尔关于一名纽约的黑人律师出现在俄克拉荷马州会招致怎样的反应的担心。莱昂斯案开庭了，马歇尔被介绍；他在辩护席找了一个座位坐下，如他告诉沃尔特·怀特的那样：“房子没塌下来，世界末日也没到来。”

但中午休庭后，因警察殴打了被告，马歇尔把第一次认罪供词排除在证据之外，这时，人数“大约翻了一番”，“开始有火药味了”。整个上午，警察宣誓做证坚称莱昂斯“没有受到任何形式的殴打或伤害”。但当县检察官要求莱昂斯出庭时，被告做证说检察官本人就目睹了拷打，检察官在法官面前否认了这一指控，这让法庭里的所有人感到震惊。当平时沉默寡言的佃农和检察官对视时，法庭鸦雀无声。莱昂斯说：“是的，你就在那里。”检察官脸红了。他指着莱昂斯的脸结结巴巴地说：“我、我阻止他们鞭打你了。”

这个回答在法庭引起巨大震动。旁听者立刻唧唧喳喳地议论起来；县法官敲了敲法槌，试图维持法庭的秩序。马歇尔快速走上前，确认法庭记录写下检察官承认在莱昂斯被羁押期间受到殴打。法庭中没有人此前见过这种情景：一个黑人站在奉行种族隔离的州的法庭上，和白人权贵交谈，没有半分卑躬屈膝之意，并且直视他们。而这还没完。

当特别调查员弗农·奇特伍德出庭做证时，马歇尔询问他关于审讯 W. D. 莱昂斯的情况，奇特伍德回答说他讯问莱昂斯

“六七个小时，但从来没有提高他的声调，没有咒骂他，而且绝对没有用任何东西打他”。特别调查员承认把那盘骨头放在莱昂斯的膝盖上，但接下来否认曾用包革警棍或任何棍棒殴打过他。

56

在一名酒店职员做证奇特伍德曾经指示他“到我的房间去拿那件黑鬼刑具”后，马歇尔决定把撒手锏保留到最后。他传唤了被杀女性的两名亲戚，包括罗杰斯夫人的父亲，他做证说奇特伍德曾经给他看他的包革警棍，并且承认他打了莱昂斯“六七个小时……［他说］我连觉都没睡”。

俄克拉荷马的一份报纸报道说，在马歇尔讯问之后，特别调查员从证人席上走下来时“抖得像中风似的”。马歇尔自己写道：“老天，我高兴坏了。法庭里的那些黑人也高兴坏了。你无法想象，对那些长年被欺压的人来说，知道有一个组织来帮助他们意味着什么。现在他们准备好尽他们的一份力。他们已经为一切做好准备了。”

马歇尔对在挤满人的法庭中传唤刑事案件证人的戏剧性效果感到振奋。他和全国有色人种促进会已下定决心干掉南方的种族隔离制度，但这项工作的进展相当缓慢，而投票权和州际交通案件的胜利在东海岸律师和社论作家的会议室之外几乎没有引起关注。但是，刑事案件立刻引起了轰动，从北方来的黑人律师的发言引得旁听者阵阵喝彩。不仅黑人旁听者是这样，白人旁听者也一样如此，他们“在大厅里或大街上把我们拦下，告诉我们，他们喜欢案件的这种进展状况，他们不相信莱昂斯有罪”。马歇尔向沃尔特·怀特汇报说，“90%的白人此时和莱昂斯站在一起。这次审判成就了一件事，给这个地区的好公民上了一堂有关宪法和黑人权利的课，他们在一段时间内都将牢记。那些执法人员现在知道，当他们殴打一个黑人时，他们可能得在证人席上回答问题。那些警察在证人席上说谎后，法庭里所有的白人都发表了一些很是难听的言论。有几个人还在大厅里告诉警察他们的想法”。

法庭里的白人可能相信莱昂斯是无辜的，但陪审团里的白人不打算那么说。在经过五个半小时的审议后，他们作出了有罪裁定。马歇尔并不感到惊讶。“我们必得上诉”，马歇尔说，并指出检方此前要求判处死刑，但陪审团判莱昂斯无期徒刑，57 因其罪行导致“三人因枪击、砍杀及焚烧而遇害——这清楚地表明他们相信他是无辜的”。

莱昂斯的案件点燃了舆论，而那名被杀白人女性的父亲E. O. 科尔克拉泽发表的声明又为之添了一把火。他告诉媒体，他不相信W. D. 莱昂斯有罪，而且他认为俄克拉荷马州的警察和检察官合谋陷害这位佃农。受瑟古德·马歇尔在法庭上的辩护的感染，这位仍处于悲伤之中的父亲加入了全国有色人种促进会。

马歇尔确信上诉时这个裁定会被推翻，他踏上火车，长途跋涉回到纽约。尽管败诉了，但他对俄克拉荷马所发生的事情变得更加乐观。每次来到南方的法庭，他都感到，美国的司法制度完全不利于无权无势的黑人，但马歇尔在事情的表面看到一丝裂缝。附带宽大处理建议的有罪裁定代替了死刑判决。警察因其暴行受到指控。这是以前无从想象的事。刑事案件能以意想不到的方式影响人们。他们提高了认识，全国有色人种促进会的会员增多了，如果处理得当，这能让促进会获得更多资金。大量的资金。马歇尔给怀特写信说：“我想我们可以把目标定在 10 000 美元，我想我们可以使用另一个好的辩护基金，而这个案件到目前为止比其他任何案件都更有吸引力。殴打加上使用死者的遗骸，这将让我们筹集到更多的钱。”从格林威治的斯佩尔案到俄克拉荷马的莱昂斯案，马歇尔对未来很乐观。“全国有色人种促进会这个月干得很出色……我们一直都在等待一个好的刑事案件，现在我们等到了。让我们筹上一大笔钱吧。”

第五章　麻烦来了

美国南方三K党，由比尔·亨德里克斯领导，1949年

那个晚上，诺尔玛·帕吉特没能回家。　58

当7月温暖的朝晖又一次洒落在佛罗里达奥卡洪普卡，照耀着干枯的高草时，像往常一样早起的克利夫顿·C. 特威斯和他的妻子埃塞尔听到一辆车从公路上开过来。发动机熄了一会儿，又再次启动。他们从窗户往外看，看到一个瘦弱的女孩从一辆朝向岔路驶去的小小的黑色车子里走出来。克利夫顿拿起他的双筒望远镜，想看得清楚一点，接着他把望远镜递给妻子。那辆由白人男子驾驶的车子加速离开了。天还这么早，眼前这事不太寻常，他们想——打扮入时的年轻的金发女子沿着新铺设的路来回走动，肩上背着一个小包。他们盯着她，奇怪这个十几岁的女孩怎么会在周六早上六点外出，出现在奥卡洪普卡，这个小镇充其量只是莱克县的一个十字路口。他们想，这太奇怪了，但她看起来没遇到任何麻烦。这对夫妇看到她在路边下车，心想她也许是准备搭车或者在等什么人，于是他们继续去忙他们早上通常做的事情，喝着咖啡，看着报纸，偶尔瞥一眼那个穿着粉红色连衣裙、背着小包的女孩。

59

早上 6:45，19 岁的劳伦斯·巴特福德就要结束照看他父亲的奥卡洪普卡餐馆的轮班，从窗户望出去，他看到一个女孩站在利斯堡和森特希尔的交叉路口。他不知道她的名字，但他以前在餐馆见过她，知道她来自贝莱克，一个此地以南 20 英里处的一个小社区，居民多是极为贫穷的农夫。他不清楚她这么早在奥卡洪普卡的牛棚边做什么。她看起来像是在等人。巴特福德穿好衣服，到门外去取每天天亮前送来的新鲜面包。

“早上好。”当巴特福德走近时，那个女孩对他说。在他们互致问候后，她问有没有人可以顺路把她带回格罗夫兰。巴特福德告诉她没有，并且提议给她一杯水或是一杯咖啡。她谢绝了，但他们还是走进了餐馆。坐在诺尔玛·李对面，巴特福德慢悠悠地啜着咖啡，想了解——不是为了八卦——这个女孩为什么来到这个蛮荒之地。

闲聊了几分钟之后，诺尔玛暗示自己遇到了一些麻烦。她告诉巴特福德，昨天晚上她和丈夫威利·帕吉特一起外出，而他的车在去格罗夫兰的路上出了故障。她说，几个黑人开车经过，停下来问他们是否需要帮忙。

当那个女孩告诉他黑人打了威利的脑袋并且用他们的车把她带走时，巴特福德正好喝完他的咖啡。

巴特福德的眼睛盯着这个女孩。“他们伤害你了吗？”他问。

“没有。”她说，接着补充道，只是她的脚因为走了很长的路，受了伤。

巴特福德发现，她的裙子撕了一道口子；一定是碰到了有倒刺的铁丝围栏，她解释道。巴特福德注意到，没有什么行为能说明这个女孩几小时之前被几个黑人绑架。除了几滴眼泪和偶尔的抽噎外，“在她丈夫死在路边的情况下，她看起来相当冷静”。

60

两个人在餐馆里坐了十五分钟左右，诺尔玛耐心地等巴特福德吃完早餐，然后问他能不能帮忙寻找她的丈夫。巴特福德发现她的声音没有任何急迫的感觉，而当他骑着自行车到他父母那里取他们的汽车时，他突然觉得这件事很奇怪：对于她丈夫可能已死在了前往格罗夫兰的路上这种情况，诺尔玛·李显得太平静了。

他开着他家的车回到餐馆，载上诺尔玛·李往南开，返回格罗夫兰。巴特福德不愿意打探别人的私事，可他实在很好奇。当他开始留意女孩告诉他的事实时，他的心跳加快了。

“你认为你能认出他们吗？”他问。

“不。”她说。她不认为她能够认出他们，因为天太黑了，尽管她注意到其中一个人很黑，而另一个人“肤色很浅”。

开了几英里后，诺尔玛要求巴特福德靠边停车。他跟着女孩走进路边的高草中，时刻准备着被她丈夫的尸体绊倒。但他们什么也没发现。诺尔玛承认她记不住准确位置，但他们继续往前开了。当诺尔玛·李认为他们开得太远时，巴特福德掉转车头，往回朝奥卡洪普卡开。在说服诺尔玛·李把这起事故报告给此地以北五英里的利斯堡的警察后，巴特福德开了一英里左右，发现路边有另一辆车。两个男人从车里钻出来，向他们招手要求停车。巴特福德停了下来，他认出其中的一个男人是他在利斯堡中学的同学柯蒂斯·霍华德，而另一个人他也见过，这人又矮又瘦，巴特福德不止一次在舞厅里见到他，但从没见过和诺尔玛一起。威利·帕吉特走向他的妻子。他们彼此一句话也没说。

巴特福德想，真是奇怪的平静。就在几分钟之前，诺尔玛·李还以为会发现她丈夫的尸体。而威利·帕吉特也不太确定他的妻子还活着。巴特福德期待着更为动人的团聚场面，但是，当威利为浪费了巴特福德的时间并且给他带来麻烦表示歉意时，诺尔玛一语不发地上了那辆车。

“不必客气。”巴特福德说。他看着那两个男人载着女孩离开，心中仍是一片困惑。

61

警长威利斯·麦考尔刚参加完俄亥俄州克里夫兰召开的埃克斯俱乐部大会，正在返回的路上，随行的还有一名副警长、一名囚犯和几个朋友。他把他那辆彪悍的奥斯莫比 88 停在佛罗里达的一个小镇锡特拉，这里盛产菠萝橙，距格罗夫兰约一个半小时路程。这位动作迟缓、40 岁左右的警长戴着高高的白色斯特森帽站在车外，喝了一大口可口可乐；他已经开了好几个小时的车了。这次旅行算是脱离没完没了的维持莱克县“法律与秩序”工作的短假，但他还是在俄亥俄办了点事，抓捕了哥伦布市的一名罪犯，将其带回莱克县法院并接受有关非法闯入和袭击罪的指控。麦考尔只离开佛罗里达几天，但他依然忍不住想检查一下他的地盘。他伸出手打开了警局的对讲机。

他发动汽车，把他那六英尺三英寸的身躯塞进方向盘后面，说：“我们可能离得太远，没法从塔瓦里斯得到任何消息。”当他往南朝到处是橘园的乡下开时，发动机巨大的声音盖过对讲机的滋滋声，直到麦考尔听出那头应该是他的副警长詹姆斯·耶茨焦灼的声音。莱克县发生一起枪击案。麦考尔在方向盘后的身体一僵，然后把手伸向对讲机，设法联系另一头的县监狱看守鲁本·哈彻。

麦考尔在表明身份后问：“有什么麻烦？”

哈彻呼吸急促，但努力让自己平静下来。他告诉麦考尔：

"老天，我从来没这么高兴听到别人的声音，大麻烦来了……那里有些人正在制造各种各样的威胁。"

麦考尔试图弄清楚哈彻在紧张什么，但他几乎听不清看守在对讲机里说的话。他想知道格罗夫兰究竟发生了什么事情。但对讲机安静下来。过了好几分钟它才又响了起来。但除了电流声，什么也没有。最终，无比清晰的声音传来了。

"一个白人已婚女子……遭四名黑人强奸……"

车里的其他人目瞪口呆，威利斯·麦考尔竖起耳朵。他们告诉他，黑人嫌疑人已被拘留，但一伙暴徒正在格罗夫兰聚集，全县的人都"情绪激动"。麦考尔直盯着公路，一只手紧握方向盘，猛地踩下油门。他比任何人都了解莱克县，他能感觉到对讲机另一端面临的困境。夜幕即将降临，他需要尽快回去。警长还有一点想法，要传达给看守。

62

"接通耶茨，叫他把黑人弄走，"他说，"把他们藏在树林里。"

麦考尔迅速地把他的奥斯莫比停在他位于尤斯蒂斯的错层农舍，开始从后备箱取出行李，卸在车库里。夜幕降临，而他现在知道一大群携带重武器的暴徒已经在格罗夫兰聚集，而另外一伙在此地以南 25 英里的马斯科特。他被告知，一伙黑人强奸了一名莱克县的白人女孩，这个消息迅速传播开来，很多汽车迅速聚集。整个县弥漫着复仇的气氛。麦考尔知道结果会怎样，除非耶茨把黑人藏到树林里。麦考尔没在对讲机里多说，他已告诉他的副警长们：利斯堡的人可能在监听，而麦考尔不希望给密报制造机会，引来路障或者埋伏。他需要确保嫌疑人的安全，因为他知道莱克县的那些男人会在夜里北上前往塔瓦里斯。他确信这一点。他们会冲进看守所，私刑无可阻挡。

警长正取着行李，两辆车已经开到他家。在第一辆车里，他看到副警长耶茨和另一个人，比尔·艾利森警监，塔瓦里斯监狱的监狱长。副警长勒罗伊·坎贝尔开着另一辆车跟在后面。他们和警长在房子前会合，耶茨告诉他，黑人正躺在他车子的后座上；他命令他们不准抬头，所以他们经过小镇时没人看到他们。耶茨又加了一句说，他们承认强奸了诺尔玛·帕吉特。

威利斯·麦考尔没说话。他走到耶茨车的后座。他的妻子多丽丝从房子里走出来，而他能听见儿子马尔科姆和唐尼在里面玩闹，对父亲的情绪和副警长的紧张一无所知。麦考尔朝副警长的车里看了一眼。他看到两个囚犯蜷缩在地板上，铐着手铐。他打开后座的门，立即认出塞缪尔·谢菲尔德和沃尔特·欧文的脸，这两个来自格罗夫兰的退伍军人是今天早晨被莱克县的副警长逮捕的。车门打开，一脸茫然的囚犯能听到孩子们的笑声回荡在空气中，与此同时，他们看到那个“戴大帽子的男人”俯视着他们。他们知道他们有麻烦了。

63

谢菲尔德和欧文依旧猫着腰蜷缩在车子后座的地板上，耶茨和另外一个副警长疾驰向北，前往离此地大概两个小时车程的位于雷福德的佛罗里达州监狱。麦考尔发动他的奥斯莫比，直接前往反方向的格罗夫兰，他想要让那些他可能遇到的暴徒平静下来。但他没做到。就在城区之外，他发现一支由 25 辆汽车组成的车队正在驶往塔瓦里斯，他们的车灯照亮了前往监狱的路。麦考尔明白他们想干什么，他掉转车头。在跟了他们几英里之后，他开足马力，驶到车队的前面，他带领这支队伍进入塔瓦里斯。他的左轮手枪就放在旁边的座位上。

麦考尔停好车，匆匆走进法院的后面。他没带枪；在超过 125 名“武装到牙齿”的男人面前，左轮手枪起不到威慑作用。麦考尔认出暴徒中的许多人是贝莱克的农夫，他很了解他们，他知道展示武器会激发他们的暴力行为。想要阻止私刑，麦考尔必须发挥他的机智和个人魅力。

“威利斯，我们想要那些黑鬼。”

弗劳尔斯·科克罗夫特 35 岁，是莱克县一名瓜农的儿子，“强壮又鲁莽”。他走上前代表这些暴徒发言。警长脱下帽子，试图以微笑缓和他们的愤怒，他语速很快，和他叫得出名字的人一一打招呼。他看着科克罗夫特，说：“我不能让你的人这么做，你们选我是为了让我维护法律，这是我的职责。”

回应麦考尔的是从人群后面爆发出的咒骂声，但他丝毫不显得害怕。他压低声音。他说：“我可能有同感，我知道你们被这件事惹怒了，你们有愤怒的权利。但你们没有权利左右法律。这些黑人应被押上法庭接受审判。”

一个男人喊道：“听着，麦考尔，我们要修理一下那些黑鬼，否则我们的女人就没一个是安全的了。”

即使警长继续规劝他们，但他也意识到他们已下决心达到他们的目的，而他担心他们即将冲击看守所。凭借他在莱克县的声望，他可以拖住他们，但需要改变策略。麦考尔对他们说：“你们要的囚犯不在这里，他们被带到别的地方去了。”

从后面爆发的嘲笑声和“骗子！”的叫喊声响彻夜空。这些暴徒认为麦考尔虚张声势；他们要求进看守所。经过几分钟激烈的争论之后，麦考尔同意让一小部分代表到看守所里搜查牢房，寻找那两个黑人囚犯。他指了指这群要求私刑的暴徒中冲在最前面的两个人，威利·帕吉特和他的岳父科伊·泰森走上前来。帕吉特至少认得昨晚打他并绑架诺尔玛的人，而科伊·泰森急着想看看是谁强奸了他的女儿。自称是这群人的发言人的弗劳尔斯·科克罗夫特也加入他们。麦考尔和他们约定，副警长坎贝尔带着这三个人进入法院，而警长和其他神经紧张的副警长等在外面，和其余的暴徒待在一起。

64

在看守所顶层的一间小牢房里，16 岁的查尔斯·格林利还在试图搞清楚在他身上发生的事情。他昨晚刚从盖恩斯维尔来到这里，他和他的朋友欧内斯特·托马斯在那里的汉普蒂邓普蒂汽车旅馆干着洗碗和做汉堡的活儿。25 岁的欧内斯特打算回他在格罗夫兰的家，他向他的年轻朋友保证，莱克县的果园里有充足的摘橘子的活儿等着他们。

由于身高有六英尺，查尔斯看起来比实际年龄大一些，但他仍然有瘦长的身材和少年的恐惧。离开家对他来说并不容易。他那关系密切的家庭这个夏天刚刚遭受难以忍受的痛苦。5 月，查尔斯四岁的妹妹被经过他们家附近的大西洋海岸线的火车撞死，这里位于佛罗里达州贝克县的派恩托普，靠近佐治亚州。他那32岁的母亲埃玛伤心欲绝，但命运是残酷的，几周后，她两岁的女儿也在这条铁轨上被撞死了。这个家庭遭受了难以挽回的损失。查尔斯自己也很悲痛，不得不离开。

7月15日早晨，在佛罗里达的祖伯，查尔斯和欧内斯特搭上一辆往南去的佛罗里达大学的卡车。他们又搭了几次便车，最后，几个白人开的道奇卡车把他们放在了马斯科特。还剩下几英里路，他们沿着往格罗夫兰的铁路走。他们俩都脏兮兮的，考虑到他们本来的计划是让查尔斯住在托马斯家中，于是他们决定，查尔斯先在火车站停车场等，欧内斯特回家为查尔斯拿几件干净的换洗衣服。查尔斯等了一个半小时，欧内斯特开着1941年的庞迪克回来了，带着两袋曲奇、一包花生和一瓶苏打水，但没有干净的衣服。为了衣服，查尔斯还得再等几个小时，65 直到欧内斯特的母亲从她在格罗夫兰经营的小酒吧下班回来。

想到大晚上的在一个不熟悉的小镇的火车站停车场逗留，浑身汗臭并沾满灰尘，查尔斯感到十分焦虑。因此，当他发现在庞迪克前排座位上有一支四英寸枪管的点45左轮手枪时，他半开玩笑地问欧内斯特能否让他拿上一把枪。令查尔斯意外的是，欧内斯特同意了。他把枪递过去，然后开着庞迪克走了。查尔斯从此再也没见到他的朋友。

入夜后，在车站站台旁的西红柿棚里，查尔斯用他的外套当枕头，打算睡几个小时。午夜之后的某个时刻，他被蚊子的嗡嗡声吵醒了。他把左轮手枪别在腰带上，穿过街道去L.戴·埃奇的加油站。他在站里的饮水器那儿用苏打水的瓶子装上水，两个带着手电筒在埃奇商场值夜班的人发现了他。

查尔斯问守夜人：“在哪里能弄到吃的？”

其中一人拔出枪，说：“等一下，小子。”查尔斯本能地举起手来。

他们押着查尔斯穿过街道，回到停车场，在那里他们用来复枪挑起他的衣服。仔细检查了他的社会福利卡和驾照。他们问他关于枪的事情，它没有上膛。因为不想让欧内斯特卷进来，查尔斯说枪属于他的父亲，后者住在佛罗里达的圣菲，在盖恩斯维尔北边。他们正打算放他走的时候，从加油站那里过来了另一个人。

那个人问：“你为什么在这里露宿？”查尔斯耐心地解释他从哪里来，但那个人很谨慎。他对守夜人说：“你们不知道那个男孩做了什么，你们最好把他扣留到早上。”

其中的一个男人走进电话亭，不一会儿，大概凌晨三点，格罗夫兰的警察局长乔治·梅斯来了。他决定最好在夜里把查尔斯关起来。那两个守夜人带了更多的曲奇和一瓶水到看守所，他们还告诉他如果他有兴趣把枪卖了，他们愿意“把这把枪的问题解决掉”。因此，查尔斯并不担心。这些人对他很好，而且他们很快就会发现他没做错什么。查尔斯预计到早晨他就可以离开看守所。

但他错了。第二天上午，副警长詹姆斯·耶茨和勒罗伊·坎贝尔来到看守所，两个人的情绪看起来都不好。

66 当他们走进牢房里，坎贝尔说："站起来，黑鬼。"接着，他们向这个十几岁的孩子连珠炮似地发问："昨天和你在一起的那些男孩去哪儿了？""车子在哪儿？""是一辆旧别克还是新别克？"

查尔斯被搞糊涂了。他回答说："我没有在任何车里。"他还说他昨天晚上没跟什么男孩在一起。副警长让那个男孩脱下裤子，耶茨想看看有没有"什么和强奸有关的线索"。他什么也没发现，很失望，怒气冲冲地离开了。

耶茨咆哮道："你在撒谎。"

不久后，查尔斯意识到一伙人正在看守所周围聚集。他听到外面的人在说"如果他们抓到这个叫格林利的男孩，他们要做什么，不做什么"。接着，他听到一阵脚步声，越来越近。

警察局长梅斯带着一对年轻的白人夫妇走进查尔斯的牢房。当威利·帕吉特和诺尔玛·帕吉特上下打量他时，由于站在那里没穿衣服，查尔斯低着头看着地板。

威利说："那些男孩里没有他。"

诺尔玛转向梅斯，说："他有点像其中的一个男孩。"

威利又看了一眼，重复道："那些男孩里没有他。"然后和诺尔玛一起离开了。

过了几分钟，威利又回来了，他平静地问查尔斯昨晚是否和几个男孩在一起。查尔斯说他不认识威利所说的那些男孩。威利说："那些男孩昨晚把我从沟里拉了上来。"

查尔斯回答："不，先生。我不是其中之一。"威利描述了更多的细节，再次问查尔斯是否看见过他们。查尔斯回答说，"除了那些把我带到看守所的人之外"，昨晚没有看见任何人。

威利·帕吉特似乎很满意，离开了看守所，但其他人进来问查尔斯更多关于昨天晚上在一辆车里的几个男孩的事情。他不明白为什么最后警察局长梅斯对他说："孩子，如果你不知道，那你就有麻烦了。昨晚几个男孩强奸了一名白人女子，还抢劫了一名男子。如果我不快点儿把你带离这里，他们会把你带走并杀了你。"

看守所外面又喧闹起来，查尔斯请求梅斯"快点儿把我带走"。警察局长告诉他车正在路上。

67

大约与此同时，格罗夫兰市长埃尔玛·李·普里尔开车经过时，看到大概五十个贝莱克男人站在看守所外面。他感觉有些不对劲，怀疑他们"可能会制造麻烦"，他从莱克县的一位副警长那里得知，这群人认为看守所关押着昨晚强奸了一名贝莱克女孩的黑人。普里尔和副警长决定，将那名黑人从形势不妙的格罗夫兰看守所转移走。他们推搡着那个少年出了看守所，穿过聚集的暴徒，进入市长的车里。查尔斯顺利转移到塔瓦里斯。

在塔瓦里斯，查尔斯发现自己在候审室里，在那里，他"看到两个挨过打的有色人种男孩"。他们的脸肿了，流着血；他们顺从而萎靡地坐着，也不说话。查尔斯注意到其中一个人"后脑勺有一个大洞"。犯人的晚餐送过来时，那两个被打的人已经被带走。在查尔斯吃完晚饭之前，那两人中的高个子回来了。他脱去衬衫，上身布满瘀伤和鞭痕。

这样的命运转折对查尔斯来说实在难以置信。他从来没在法律上惹过大麻烦。昨天，他和他的朋友欧内斯特计划前往格罗夫兰，他们确信在那里可以找到一份采摘柑橘的体面工作。他们甚至计划好了住宿的地方。最重要的是，查尔斯出发前得到了父母的祝福，他们希望，他能够自力更生，争取在新的小镇上开启崭新生活。当父亲告诉他“勇敢去尝试”时，查尔斯觉得自己已准备好去冒险。但不是这样的冒险。

夜幕降临了。当规模更大的一群人愤怒的叫喊声引起了顶层囚犯的骚动时，查尔斯·格林利已经在据说更安全的塔瓦里斯县看守所待了大约九个小时。和一起被关押的其他人不同，查尔斯有点明白为什么这些暴徒会聚集起来，他也担心自己的性命。他听见几个人从一间牢房走到另一间牢房。当他们到达候审犯的房间时，他立刻认出了威利·帕吉特，那个今天早些时候曾经和他在格罗夫兰交谈过的男人。帕吉特也认出了查尔斯，就像他曾告诉诺尔玛的那样，他现在告诉她的父亲，查尔斯不是那些男孩中的一个。

帕吉特说：“这个男孩就是他们在格罗夫兰抓到的那个带着枪的男孩。”查尔斯松了一口气，他开始觉得所有的误会很快就会得到澄清。

只是，勒罗伊·坎贝尔正用怀疑和威胁的眼神看着他。这位“穿着沾血的白衬衫、戴着毡帽、穿着褐色夏裤，左轮手枪别在后腰，腰带上有一枚小小的褐色徽章的强壮白人男子”，正

是曾在格罗夫兰拷问他的副警长之一，而在塔瓦里斯，他把那两个有色人种男孩从候审室带走又带回。 68

在搜索了地下室和其他楼层后，那三个贝莱克男人——帕吉特、泰森和科克罗夫特——终于满意了，的确如警长所说的那样，塞缪尔·谢菲尔德和沃尔特·欧文已被转移到雷福德。但他们仍然不开心，离开大楼时在抱怨。外面的那群暴徒向科伊·泰森保证，如果法律不能为他和他的女儿主持公道，他们将按照他们的方式把事办妥。威利斯·麦考尔劝他们全部快快回家。

他告诉他们："你们都有家庭，肩负责任，我相信周六晚上除了坐在这里和我争论关于几个黑人的事情之外，你们还有很多事情要做。我已经控制了他们，事实就是如此。我将按照法律来处理。现在，你们放下这件事，去忙你们自己的事情吧。你们的妻子可能正在等你们吃晚饭，也可能在等你们带她们出去看电影或者做其他事情。"

慢慢地，这些人开始散去，麦考尔松了口气。

当这个周末结束时，威利斯·麦考尔警长将被当地的报纸奉为英雄，因为他成功地阻止了莱克县的一场私刑。《奥兰多星期日守望报》在题为"莱克县的新娘遭绑架"的头版头条中表扬了麦考尔在暴徒面前表现出的刚毅。而远在俄勒冈州尤金的报纸则称"警长击退了私刑"。就连《纽约时报》也指出，"说话很快"的警长行动迅速，"驱散了一伙带着武器试图从看守所带走两名黑人的暴徒"。《迈阿密先驱报》称赞麦考尔"坚定不移的勇气”，但补充道，“整个事件有三 K 党的风格”。

当那支垂头丧气的贝莱克自卫队带着他们的来复枪和斧头回到轿车和卡车时，一场典型的佛罗里达暴雨下了起来。麦考尔觉得现在是和第三名涉嫌强奸诺尔玛·帕吉特年轻男孩谈谈的恰当时机。他乘坐法院的慢速电梯到顶层的牢房。

不管是对警长威利斯·麦考尔还是对查尔斯·格林利来说，这个晚上的恐惧远没有结束。他们的周末并不平静。

1949 年夏天，长期为心脏病所困扰的沃尔特·怀特成为全国有色人种促进会内部一场毁灭性的争论的焦点。在承认和南非白人社交名媛波比·坎农有染之后，怀特与结婚 27 年的黑人妻子格拉迪斯离婚，并于 6 月和坎农结婚。黑人媒体对这桩跨种族婚姻并不看好，这场乱局导致全国有色人种促进会内部出现了分裂，“全乱套了”。这个组织的官方刊物《危机》的主编罗伊·威尔金斯和马歇尔以及怀特一样，也住在埃奇科姆大道 409 号，他认为怀特最好不要参加全国有色人种促进会的年会。怀特已招致诸多批评，而批评他的正是先前把他视为种族领袖的那些人；这位“打扮得像英国乡绅”，人称“全国有色人种促进会先生”的金发碧眼的黑人，在这个夏天很不好过。他给《眺望》8 月刊写了一篇极具挑衅性的文章，《科学是否已经战胜了种族界限？》。在文章中，他仔细分析了对苯二酚的作用，这是一种抗氧化剂，可以去除皮肤中的黑色素，他还写道，不知它把黑皮肤变白的特效能否“解决美国的种族问题”。

69

在马歇尔看来，怀特有权和“任何他想要且得到其同意的人”结婚，但这不能阻止怀特在那段时间认为马歇尔“难以管束”甚至“心胸狭窄”。马歇尔从不讳言怀特没有法学学位的事实，只要行政秘书试图对法律辩护基金会的法律事务施加影响，马歇尔就会发怒，尤其是在怀特开始前往华盛顿去观察马歇尔在最高法院的辩护时——在法庭上，怀特总是坐在“围栏里面”，而那个位置是专为最高法院的出庭律师提供的。

“听着，”马歇尔告诉他，“你不该坐在那里，而且他们知道你和我有关系，总有一天他们会发现你不是律师。我会为此遭到指责。这会影响我的地位。我不想让任何事影响我在最高法院的地位。因此，我要告诉你，别让我再看到你坐在那里，否则我会告诉警卫。”

“你不会那样做。”怀特愤怒地说。

“等着瞧。”马歇尔说。

那次交锋后不久，马歇尔又发现怀特坐在那里。马歇尔很平静地走到一位警卫跟前，指着怀特，低声说：“看到那个人了吗？我想他并不是律师。”警卫很礼貌地要求怀特移步法庭后方的旁听席。

马歇尔下一次来到最高法院时，很高兴地看到怀特不再和他对抗。直到他发现这位行政秘书居然有了个更高级的专座。 70
应怀特的要求，大法官雨果·布莱克在法官席那儿为他安排了一个客人的位子。马歇尔只好摇摇头说：“他还是赢了。”

尽管怀特仍然获得埃莉诺·罗斯福的全力支持，但在 1949

年夏天，他最终决定停薪留职，让马歇尔和现任代理秘书威尔金斯负责全国有色人种促进会的日常工作。在法律辩护基金会对种族隔离制度发起的全方位的法律攻势中，不只有常规的关于教师工资、选举、教育和交通的案件，强奸案也源源不断地进入这个办公室。马歇尔早就意识到，此类指控会引发严重的人权问题，因为强奸罪的死刑判决是“比美国法律中其他任何判决都更一贯也更露骨的种族主义”。

因为牵涉种族的性侵犯案件更复杂也更有争议，马歇尔总担心它们可能会“挤掉其他重要工作”。但他也知道，抢头条新闻的媒体对全国有色人种促进会涉及性的刑事案件的报道，比他们多年来默默处理的那些种族隔离案件的工作更快也更引人注目地提高了会员人数和捐款金额。作为特别顾问，马歇尔是全国有色人种促进会的代言人，他也经常上头条。他出现在全国各地的法庭内外，为手无寸铁的黑人辩护以寻求公正，这为他牢牢树立起“民权先生”的名声。他已经在最高法院获得重要的胜利，包括 1948 年的谢利诉克雷默案，法院以全体一致的意见支持马歇尔，裁定州法院所执行的禁止“黑人和蒙古族人”拥有财产的限制性规定违反了第十四修正案的平等保护条款。马歇尔的名字醒目地出现在美国各大报纸的头条，而电台则称赞他是“法庭上的乔·路易斯”。

1949 年 7 月 17 日，就在塞缪尔·谢菲尔德和沃尔特·欧文在佛罗里达格罗夫兰以北的一条偏僻小路上停下来帮助威利·帕吉特和诺尔玛·帕吉特的第二天，马歇尔和威尔金斯在

2 500英里之外的洛杉矶参加全国有色人种促进会的年会，代表们对沃尔特·怀特的事情仍旧议论纷纷。威尔金斯注意到，“他们中的一半人希望对怀特抛弃格拉迪斯处以私刑，另一半则因为他和白人女性结婚，想把他绞死”。该组织如果想在西海岸进行损害控制，则需要更多的行政人员以及法律辩护基金会律师，因此，在纽约总部只有一支骨干团队。马歇尔只留了一名年轻的律师在那儿协助法律顾问富兰克林·威廉斯，以防发生紧急法律事件。

71

第六章　小球赌博

成百上千的黑人坐上运送柑橘的卡车离开格罗夫兰，其他 72
人带着毯子、食物和水，和他们的孩子一起逃到松林中。他们相信那绝不是谣言：据说三 K 党要从四面八方赶来，烧毁格罗夫兰西边的斯塔基斯蒂尔这块黑人飞地。

麦考尔警长并未满足于缓和了当晚看守所外那群暴徒的情绪，他带着一些高速公路巡警前往格罗夫兰，在那里他很不安地发现，那些贝莱克的男人并没有按照他的建议直接回家和妻子及家人待在一起。事实上，他们的人数在增加。警长估计大 73
概有 250 人聚集在大街上，在他们的轿车和卡车周围，很快又有更多的车拥入小镇，发出刺耳的喇叭声。格罗夫兰的街道因危险的激情而喧闹。其中两名强奸犯可能已经到达雷福德，但不意味着这个晚上已经过去。

诺尔玛·帕吉特声称她被“四名黑人”强奸，朋友查尔斯·格林利被关在看守所里，而那里有一大群人渴望一场私刑的盛宴，这一切让欧内斯特·托马斯感到大难临头。欧内斯特想要逃走，他在那天清晨跳上一辆往北去的公共汽车。

空手离开塔瓦里斯看守所让他们很失望，科伊·泰森和弗劳尔斯·科克罗夫特向“目露怒光”的暴徒明确表示，他们还有其他事情要解决。其中一部分就与格罗夫兰郊外的斯塔基斯蒂尔有关，那里的黑人住在饱经风雨的木头棚屋里，就在那片点缀着棕榈树和松树的小块土地上。然而，夜幕降临时，那里的大多数黑人已经逃离。

麦考尔小心地跟着那队车，突然，响起猎枪的声音。在一片喧哗中，车子四处逃散，消失在飞扬的尘土中。警长循着枪声望去。他看到了他们的目标：欧内斯特的母亲埃塞尔·托马斯经营的小酒吧——蓝色火焰。窗户被“15发铅弹”炸飞，麦考尔正在估计那个空心砖棚屋的损坏程度时，他发现里面有个男人，他显然刚从睡梦中惊醒，没有受伤。警长认为，射向托马斯那里的炮火至少稍微平息了那些暴徒的气焰。他在那个地方观察了一会儿，但很显然，贝莱克的暴徒已经回家睡觉了。那个晚上剩下的时间，格罗夫兰周围基本上很安静。

勒罗伊·坎贝尔走向查尔斯，说：“小子，我认为你说了谎。你拿的那支枪来自格罗夫兰。”

在坎贝尔把科伊·泰森和威利·帕吉特送出大楼后不久，这位健壮的40岁上下的兼职卡车司机、副警长回到四楼；这让查尔斯·格林利很紧张，因为副警长又在盯着他看。那群暴徒可能离开了法院周围，但这个男孩不认为危险已经过去。今天早上在格罗夫兰，这名副警长站在候审室外盯着他，大声喊他“黑鬼”。查尔斯注意到，他走来走去，小声说着一些和枪有关但查尔斯听不清楚的话；查尔斯觉得自己听到了欧内斯特·托马斯的名字。查尔斯坐在地上，赤裸的背靠在墙上，随着时间的流逝，他昏昏欲睡，而塔瓦里斯看守所水泥地上传来的每一下皮靴的声音都让他心跳加速。但那位健壮的副警长勒罗伊·坎贝尔再次来到他这里，焦点仍然是枪。

74

查尔斯能辨认出阴影中的其他人，包括鲁本·哈彻，这位53岁的老看守拿着一大串牢房钥匙。但当他们抓住查尔斯的胳膊把他拽到地下室时，他还是受了惊吓。房间很潮湿，水管裸露着，地是泥地。他们中的一个人把他铐在上面一条管道上，他的脚勉强够得到地面。查尔斯仍然赤裸上身被吊在管道上，副警长坎贝尔解开这位16岁男孩的裤子，拉了下来，把他的内裤也一并扒到地上。

查尔斯看着副警长坎贝尔，他现在知道候审室里的那两个人是在哪里以及如何被打得遍体鳞伤的了。坎贝尔拿起一根长约1.5英尺的看起来像是橡胶管的东西，把一只肥手插进管子一端的绳子以免滑落。这位副警长一句话都没说，就开始用力抽打男孩的胸部。打了三四下之后，坎贝尔又一次问他有没有撒谎。他吼道：“你是不是其中的一个男孩？”

查尔斯回答：“不是。”就在此时，副警长詹姆斯·耶茨从坎贝尔背后走过来，拿起另外一条橡胶管。他照着男孩的骨盆打，打了一下又一下。查尔斯看出来耶茨“想打我的私处”，于是他试图把双腿交叉起来，但当坎贝尔开始鞭打他的胳膊和脸时，这个男孩昏过去了，他的腿耷拉下来，耶茨狠狠地朝他的腹股沟抽去。

坎贝尔又问："你是不是强奸那个女人的其中一个男孩？"每问一次，他就扬起橡胶管抽打一下。

查尔斯尖叫道："不是！"

鲜血从查尔斯的鼻子和嘴里流了出来。他感觉他的眼睛肿得看不见了。他感觉有什么锋利的东西刺痛他的脚；耶茨敲碎一个可口可乐瓶子，把碎玻璃扎进男孩光着的脚下面的泥土里。大多数审问由那位健壮的副警长进行，只有在坎贝尔暂时停手喘口气时，耶茨才插几句话。查尔斯注意到，在这两名副警长后面还站着第三个男人，他似乎是"这件事的指挥"。

对查尔斯·格林利的讯问持续了 45 分钟左右，这个十几岁的孩子渐渐失去了知觉。随着殴打力度的加强，坎贝尔冷酷的声音也提高了。他又厉声对被打的孩子吼道："你是否强奸了那个女人？"

只有一个方法能停止这一切，查尔斯回答道："是的。"

站在他后面的男人们情绪高昂，低声窃语。警官坎贝尔慢慢地把他的胳膊放下来，让它们垂在他身体两侧。他不再殴打了，但问了更多的问题：其他那些男孩是否和他在一起？他们是否抢劫了那个男人？他们是否用枪对着那个女孩？

查尔斯对所有问题都回答"是"。

坎贝尔把橡胶管扔到地上。他盯着男孩看了很长时间，然后从枪套里拔出手枪，抵在查尔斯的腰上。他劝说查尔斯："你最好开始祈祷吧"。

看守鲁本·哈彻想让坎贝尔仁慈一些。他说："对着他的腹部开枪，这样他会死得快一点。"

查尔斯·格林利—— 一只眼睁不开，血从脸上流下来，碎玻璃扎进脚掌——终于崩溃了。他开始像他那悲伤的母亲一样哭泣，他母亲整个夏天都承受着在铁道上失去两个孩子的极度痛苦。他边喘气边颤抖，乞求坎贝尔别杀他。

警官享受着这一刻，缓缓地把手枪放回枪套。但就算查尔斯被哈彻从管道上放下来，他也没能逃脱威胁。他的手腕火辣辣的，流着血；就在查尔斯弯下腰捡起裤子时，背后被重重地踢了一脚，他往前一个趔趄，倒在泥地上的一堆玻璃碴上。就在这时，他看到有人在暗处盯着他。是那个戴大帽子的男人，警长威利斯·麦考尔。

这些人现在又夹着他，把他带到电梯旁。麦考尔把事情搞定了。和塞缪尔·谢菲尔德以及沃尔特·欧文一样，这个来自圣塔菲的年轻男孩承认强奸了白人妇女，而麦考尔会抓到欧内斯特·托马斯。就在电梯门要开的时候，查尔斯的"私处"被重重地踢了一脚；他蜷缩在地上，不能动也无法呼吸。电梯上到四楼，坎贝尔把男孩拖到一间牢房里，将这个已经认罪的强奸犯关了起来。

威利斯·麦考尔是土生土长的莱克县人，和查尔斯·格林

76 利一样，他了解丧子的家庭所遭受的痛苦。在威利斯出生之前，他的父母眼睁睁看着一个女儿和两个儿子死去，当他还是个孩子时，生活在父亲的“心形黄松木屋”，也同样经历了弟弟淹死在附近湖里的悲剧。作为自耕农的儿子，麦考尔有着“艰苦的童年”，在田里干很长时间的农活，耕地、砍伐和采摘棉花，通常是打着赤脚。麦考尔知道，那些开车穿过格罗夫兰的贝莱克男人，和他父亲没什么两样；也许是因为对贫困怀有深深的恐惧，他早就下定决心，不走他父亲的老路。因为他既聪明又有野心。他在 21 岁时，不仅娶了妻子（他和女朋友多丽丝·戴利，一位尤马蒂拉的本地女孩，结了婚），还养了一些奶牛，并且很快把他的小规模牛奶生意发展成莱克县全县第一家采用美国最先进的巴氏消毒法的企业——蓝鸟乳业。

20 世纪 30 年代中期，26 岁的麦考尔把他的牛奶厂卖掉，从美国农业部获得了一份果蔬督察员的工作，而果蔬产业一直以来风不调雨不顺。在大萧条时期，不只是无数银行倒闭，柑橘的价格也创了新低，佛罗里达州中部还遭受飓风、地中海果蝇疫情和该州有史以来最恶劣的冬季冰冻等灾害。但接下来的九年里，麦考尔见证了佛罗里达州中部柑橘产业的大复兴——佛罗里达州柑橘产量一举超过加利福尼亚州，成为柑橘产量最大的州，这要归功于一系列的政府项目、合同和干预措施。

民间资源保护队是富兰克林·罗斯福总统的以工代赈计划之一，他们在佛罗里达修建铁路和公路，使种植户的水果更方便快捷地运送到美国其他地区。接着，国家研究公司在 1945 年研制出一种浓缩橙汁的新方法，并得到一份75万美元的政府合同，为美军在海外的士兵生产更有营养、口感更好的食品。该公司成立了佛罗里达食品公司以履行合同，但不久后战争结束了，军队取消了订单；因此，已经完成研发的公司把重点转移到消费者市场，成立了一个新的实体，即后来的美汁源公司。很快，美国人的冰柜里就有了六盎司的罐装浓缩果汁，只需加水就可以把佛罗里达的橙汁端上餐桌；威利斯·麦考尔在莱克县开车时，道路旁边无不竖着“这是美汁源果园”的牌子。同年，联邦政府开始允许农户给农作物喷洒DDT，这是一种有毒的合成农药，二战期间用于控制伤寒和疟疾，它被证明对长期威胁佛罗里达柑橘园的柑橘害虫非常有效。

77

随着莱克县逐渐成为美国最富有的县之一，作为美国农业部督察员的威利斯·麦考尔与佛罗里达中部最有权势的柑橘大亨建立了密切的关系。20世纪40年代中期，对柑橘种植户来说最关键的因素是劳动力。新的果园在这个地区遍地开花；果树生长得更好，产量也增加了。生意很好，那些规模大到足以自己进行包装、运输和加工的种植户尤甚。但利润取决于对劳动力成本的控制，因为劳动力在成本中所占的比例最大。从20世纪20年代开始，黑人流动工人从两个方向来到佛罗里达：北方的佐治亚州，南方的巴哈马群岛。贫穷的白人也南下拥入佛罗里达，在柑橘园从事季节性的采摘和包装工作。不过，随着这个行业生产期的延长，白人和黑人流动人口都开始在这个地方定居。然而，随着20世纪40年代美国陷入战争，即便拥入的流动工人和新定居的固定工人加起来也不能缓解这个地区劳动力长期短缺的状况。

威利斯·麦考尔威武、粗暴、聪明、专注，脚蹬狩猎靴，头戴宽檐斯泰森帽，他引起当地一些银行家和种植大亨的注意，这个“在果园中素有硬汉之名”的人了解这些商人的需求。在柑橘业兴旺之前，莱克县充斥着木材厂和松节油蒸馏厂，那里盛行强迫劳动，车间常有持枪的看守，以防工人逃跑。工厂老板实行铁腕管理。他们都是难对付的人，经常诉诸武力殴打工人，以达到产量要求。尽管在20世纪初，持续不断的欧洲移民拥入美国，但黑人仍是首选的工人。“没有哪个国家的白人……会……像普通黑人平静接受那样被对待”，1904年《南方伐木工人报》圣诞节特刊的一篇评论写道。威利斯·麦考尔再一次展现莱克县的昔日情景。

1944年初，当时的警长在任上去世之后，麦考尔在县里柑橘大亨的支持下宣布参选，开始竞选。他不做作、机智、平易近人，有一张又大又圆的脸，在选民面前同时显示出非凡的自信和朴素的谦逊。就连他的对手也宣称他能够“让蛇乖乖起舞”。他自我标榜是“人民的候选人”。他微笑着，一只胖乎乎的手亲切地拍拍一个男人的肩膀，用另一只手与其握手，他给人以信任和安全感。他说：“人们对我有信心，他们知道我的立场。”

78

在初选击败五名挑战者后，麦考尔赢得与临时警长、前匹兹堡海盗队投手埃米尔·雅迪尔的紧张对决，于1944年5月成为莱克县的新警长。麦考尔当上警长的第一个动作就是以闪电般的速度回应一份报纸对他的指控——他的竞选得到赌博利益集团的资助，而他本人会被证明是“政治上的叛徒”。为了证明报道是错的，麦考尔突袭了一个仓库，他宣称自己捣毁了那儿的86台老虎机和弹球机——它们属于他的所谓资金支持者，这个县的“老虎机之王”。《利斯堡商报》随后撤回他们的指控，并在一篇社论中略带歉意地说：“看起来我们在莱克县有一位好警长。”

然而，清理老虎机并把乐透彩票机从莱克县的小酒馆清扫出去，对麦考尔来说，主要是一种象征性的姿态，而不是受道德驱使对非法赌博进行持续性打击的行动。因为新警长要管理的是一个以小球赌博（Bolita，在西班牙语中是“小球”的意思）为主的县。这种乐透赌博也称为古巴，将100个带数字的乒乓球似的小球放进一个麻袋里，然后一个接一个随意地掏出，每晚或者每周“开”一次。玩家可以用少至五美分的金额对他们选中的号码进行下注，从麻袋里最后掏出来的数字球是赢家。这取决于谁在操作这个游戏，回报大致在70:1到90:1之间。小球赌博盛行于拉美裔社区和黑人社区，麦考尔对这个事实很清楚。他在提到莱克县的黑人时说：“只要有一点凑在一起的时间，他们就会来一个小的小球赌博，一点私酒，许许多多的性。任何人如果不知道这一点，就无法了解他们。”

赌博也使得政客和执法人员可以中饱私囊，赌博在哪里进行，哪里就频频爆发血腥的地盘争夺战；谁控制了游戏，谁就获得回报——从“佛罗里达中部的游戏高手暴徒”到小球赌博之王、臭名昭著的从坦帕来的黑手党老大老桑托·特拉菲坎特，都是如此。

一些麦考尔的批评者和政治对手指责他支持小球赌博并使之猖獗。另一些人则认为，除非和麦考尔达成某种金钱协议，否则那些私酒经营者和小球赌博敲诈者不可能在警长眼皮底下从中得到那么多的钱，因为他经常吹嘘他对莱克县整整 1 100 平方英里土地上发生的每个行动都了如指掌。实际上，麦考尔的一个副警长后来承认，警长和他的副警长“通过县看守所的后门”控制了莱克县的赌博。因此，当《坦帕论坛报》报道说被州饮料代理商收缴的 19 台老虎机出现在莱克县各家埃尔克斯俱乐部，而麦考尔是该俱乐部活跃的会员时，这对他的政敌和批评者来说就不足为奇了。而一位全国有色人种促进会该县分会的前主席承认他自己的母亲就是麦考尔小球赌博的一个托收代理人。

可以肯定的是，警长威利斯·V. 麦考尔从上任的第一天起，就知道柑橘是莱克县经济的驱动力，而他对劳动力问题几乎倾尽全力。由于那么多年轻人在部队服役，而每个月都在增加的柑橘产量要求更多的人手，种植户都在争先恐后地寻找足够的工人到他们的果园工作。果园需要每一个健康的人，1945 年 1 月，佛罗里达州州长米勒德·考德威尔写信给该州的每个警长，敦促他们“用好他们手中的权力”，采取警戒行动，执行已经制定的“防止街头游荡、游手好闲和旷工”的“要么劳动要么作战”的法律。为了进一步激励佛罗里达的执法工作，考德威尔的法令还允许警长可以从他们收到的罚款中抽取最高每年 7 500 美元的数额，装进自己的腰包。尽管麦考尔也得到授权，可以从罚款中得到额外的收入，但记者们仍然感到困惑的是，警长如何能够以区区四位数的薪水购置了大片的土地，后来在尤马蒂拉建立了自己的农场。

尽管果园长期劳动力短缺，但薪水一直很低；而随着新警长实施要么劳动要么作战的法律，莱克县的柑橘大亨已经把黑人放进“一个时刻准备好的、[廉价的]非自愿劳动力的池中，一旦白人面临任何种类的劳动力短缺，就可以从中抽取所需”。在收到州长考德威尔信件的几天之内，麦考尔就逮捕了 40 名周六没有去工作而是闲逛的柑橘采摘工人。接下来的那个月，另一名采摘工麦克·弗里耶因为已经工作了整整一周，周六便没有去工作。麦考尔没有逮捕令，走进弗里耶的家，并且逮捕了他。弗里耶抗议，但麦考尔没有心情解释，警长说：“别废话，跟我走。”并且无缘无故地挥动皮包铁棍，冷酷无情地在他的妻子和 14 岁的儿子面前把他赶出去。然后，麦考尔拖着被假定有罪的采摘工到他的车里，并且把他关进塔瓦里斯的看守所，在那里他得不到任何治疗，被关了好几天。 80

像弗里耶这样的采摘工被处以过高的罚金，被迫以劳务抵债，这和奴隶没什么两样。按一位前奥兰多报社编辑的说法，“佛罗里达州的保释金是这个州最有利可图的生意”。保证人和雇主狼狈为奸，确保以劳动换取罚金和保释金。柑橘果园的工头会告知保证人需要多少人，工人由“地下监狱保护”。如果工人试图跨州逃跑，他们会被抓回来而“不需要任何正式的引渡程序”。他们别无选择，只能在他们被带去的任何果园或者工地工作以支付罚金，而他们通常是在武装警卫的监督下工作，并且可能被锁链铐在一起。

1945 年 4 月，六名采摘工指控警长使用暴力——麦考尔已经得到风声，说他们想要在利斯堡的 A. S. 赫朗有限公司组织柑橘采摘工起来抗议每周七天的强制工作——因此，没多久麦考尔警长就引起了全国有色人种促进会的注意。关于麦考尔的主要执法作用“似乎是以武力强制有色人种劳工在这个县的柑橘地或包装厂工作”的指控被送到全国有色人种促进会。全国有色人种促进会注意到警长的“殴打和虐待模式”，上报给美国司法部。联邦调查局奉命展开人权调查。但联邦调查局的外勤人员遇到阻碍，那些采摘工和他们的家人突然开始消失：从莱克县逃去很远的州，如得克萨斯州和密苏里州；或者像弗里耶那样，逃至哈莱姆那么远的北方。（弗里耶夫妇设法卖掉他们的鸡，但留下所有的财产。）当地的白人明确表示，如果黑人和 J. 埃德加·胡佛的人谈话而给警长和莱克县惹麻烦的话，他们可以想到后果，以及可能会有暴力行为。于是，警长威利斯·麦考尔成功地逃脱了指控，联邦调查局由于缺乏证据，放弃了调查。

受到莱克县柑橘园种植户和白人的支持，麦考尔在逮捕上更加有恃无恐，胆大到 1948 年冬天他上了新闻头条。当地的果园削减了 20% 的水果采摘的工资，这一举动导致一名外地的产业工会联合会（Congress of Industrial Organizations，CIO）的组织者埃里克·阿克西尔罗德来到芒特多拉。在一次公开会议上，阿克西尔罗德鼓励采摘工通过举行“复活节”罢工抗议降薪，以防止“回到一盒水果八美分”的水平。当麦考尔和他的一些副警长来到现场，发现阿克西尔罗德发的“不要饿死累死”的传单，麦考尔立即给组织者戴上手铐并且逮捕了他，然后让他在一百多号人面前示众，以警告那些考虑加入工会组织的采摘工。麦考尔大喊“看看他的手腕”，然后把阿克西尔罗德和六名支持工会的工人关进看守所，他们在那地方关了好几天。这位活动者的父亲花了一千美元保释金，阿克西尔罗德才被释放，麦考尔警告他和他的“共产主义渗透小组”再也不要回到莱克县。阿克西尔罗德付了保释金，直接驱车前往亚拉巴马州，麦考尔的副警长跟在后面，以确保这名工会的煽动者离开佛罗里达州。

81

“我是威利斯·麦考尔，而你是该死的撒谎者！”

1948年，当“一个身材魁梧、戴着十加仑大的帽子的男人破门而入”时，34岁的记者梅布尔·诺里斯·里斯刚到莱克县没多久。在她的丈夫（一名俄亥俄州的新闻记者）一年前买下莱克县的周报《芒特多拉头条》后，她正在试图了解黑人世界。同样是不久前，在里斯成为报纸的主编之前，她第一次和警长麦考尔发生了冲突。她曾经在警长的第一个任期内写过一篇关于麦考尔“政治恶作剧”的文章，即他声称他突袭莱克县“老虎机之王”仓库的故事。事实上，“老虎机之王”不是麦考尔的支持者之一，而是一个政敌，当时刚刚脱离老虎机生意。按照“老虎机之王”的说法，麦考尔也没有捣毁弹球机和老虎机，他的仓库里只有还没组装的机器零件。他告诉里斯，麦考尔只是在作秀，想拿老虎机敲打他一下，但并没有成功。

里斯耐心地为愤怒和吓人的警长记着笔记，她把记着指控者原话的笔记给他看，并且解释说她只是在报道别人说的话。麦考尔并不满意。他气呼呼地离开办公室，在芒特多拉古色古香、布满树荫的商业街上的每家商店和办公室前停下来，强烈建议他们不要在《芒特多拉头条》上刊登广告。

在阿克西尔罗德被释放并驱逐后的好几天里，麦考尔都非常愤怒。虽然警长成功地禁止了产业工会联合会进入莱克县，但后者雇了一架小型飞机，在柑橘园上方盘旋，传单从天空中飘下来，落到地面。这些传单指控麦考尔用枪把工会组织者赶出该县，而警长办公室诉诸“希特勒盖世太保式的手段”恐吓工人，迫使他们回到“低薪酬的工作”上，所有这些都违反了法律。

82

当梅布尔收到一张便条说一个和工会代表谈过话的采摘工有麻烦时，她正在家里。当她赶到黑人工人的家中时，发现他从头到脚都缠着绷带。他告诉梅布尔，麦考尔的两名副警长对他实施殴打。其中一个是麦考尔的左膀右臂詹姆斯·耶茨。采摘工被警告说：“现在给你一个教训，不要再和那个组织中的任何人谈话。”

这个“教训”正是莱克县的白人强硬派想让他们的警长做的，威胁要在收获季节的最繁忙时期，在佛罗里达中部柑橘园的果园和包装厂组织工人罢工的消息，这对想让警长威利斯·麦考尔下台的政敌来说是坏消息。按照产业工人联合会的说法，麦考尔已经表明，他将掀起一场“巨大的‘红色恐怖’，以掩盖非法行为以及一个人的恐吓运动”，而他也不惧怕对黑人采取强硬措施。麦考尔更担心的是，全国有色人种促进会对动摇他以及佛罗里达中部的政治生活方式所进行的持续不懈的努力。自重建时期以来，民主党控制了南方的政治，大多数一般选举取决于民主党的初选结果。麦考尔与大多数南方警长和政治家一样，即使他们通过了全部是白人的初选，共和党通常没有足够的人数去挑战。

在具有里程碑意义的史密斯诉奥尔赖特案中，瑟古德·马歇尔于 1944 年在联邦最高法院辩护说，得克萨斯州禁止黑人在民主党初选中投票是违宪的。马歇尔指出，最高法院赞同并推翻了全部是白人的党内初选，这个判决是“非裔美国人朝着完整公民权利迈出的具有里程碑意义的巨大进步”。他后来评价说，史密斯诉奥尔赖特案的胜利是他职业生涯“最伟大的事件之一”。

当最高法院的判决结果在 1944 年 6 月宣布时，在曼哈顿的全国有色人种促进会开了一个热闹的派对。电话铃声响个不停，秘书们在办公室玩着把各种各样的、无休止的新闻和祝贺电话转来转去的游戏。马歇尔开了一瓶波本威士忌和工作人员一起庆祝，并因此错过了最高法院大法官弗兰克·墨菲的电话，他后来告诉马歇尔“一个人有权在那样的时刻喝醉”。

83 司法部长汤姆·克拉克说，“告诉其他州他们最好排好队，否则他将沉重地打击他们”，这使得这个胜利更加甜蜜。马歇尔知道，这的确是个具有分水岭意义的时刻，这将引导黑人朝着更加接近完整公民权利前进，并且一劳永逸地使他们能够在各地的初选阶段进行投票。但他也知道，南方不会不斗争就对最高法院的判决投降，他们会通过州选举立法设置障碍，以减缓变革的潮流。不过，随着法律不再禁止得克萨斯州的黑人进行投票，南方的政治革命已经真正开始，白人至上主义也在投票箱里被瓦解了。

与此同时，在离莱克县不远的地方，一个安静且毫不留情的来自全国有色人种促进会的人正打算让威利斯·麦考尔的日子难过起来。从佛罗里达米姆斯来的一名教师哈里·泰森·穆尔一直密切关注史密斯诉奥尔赖特案，因为他自己曾于几年前在布里瓦德县就平等工资问题和瑟古德·马歇尔一起工作过。在最高法院1944年作出判决之后，穆尔和他在全国有色人种促进会的一些同事一起组织了进步主义选民联盟（Progressive Voters League），他们发起积极的竞选运动，让黑人注册参加佛罗里达州的选举。到1948年，他已经把将近七万名黑人民主党选民带到选举系统中；而且，随着佛罗里达州黑人人口逐年显著增长，穆尔的选民登记活动成为柑橘园地带、南方生活方式以及威利斯·V. 麦考尔面临的最大威胁。

在选举日到来之前的周末，三K党在莱克县举办了五场集会，以示对麦考尔以及南卡罗来纳州的总统候选人斯特罗姆·瑟蒙德的支持，这不是巧合。（瑟蒙德是一个奉行种族隔离主义的南方民主党党派的成员，该党派在1948年时得名南方各州民主党。）很显然，对警长来说，任何想要得到黑人选民选票的产业工会联合会支持的候选人，都要度过一段艰难的时光。为了使之更加艰难，在选举将要进行的头天晚上，250名蒙面的三K党成员组成车队，蜿蜒进入莱克县，“警告黑人如果珍惜他们的生命的话，就不要参加投票”。跟在车队后面的是一辆大奥斯莫比，那是警长的，他标志性的白色斯泰森毡帽很显眼，当三K党成员停下来，在利斯堡街上一家小酒吧前焚烧十字架时，“没人试图干预”。那天晚上以三K党在奥卡洪普卡以北的一块空地上发表演讲并且进行焚烧结束。这也被看作为威利斯·V. 麦考尔必将以压倒性的多数票连任而举行的庆祝。他作为莱克县警长最重要的任期开始了。

第七章　把这地方清理干净

格罗夫兰是一个幽灵般的小镇。 84

梅布尔·诺里斯·里斯放下电话，往南疾驰，亲自去看出了什么事。

她注意到“一切都很安静”。作为《芒特多拉头条》的记者，她从来没看到过类似的情况。黑人都消失了。过了不久，她就听到远处发动机的轰鸣声，当她看到汽车排成长龙开进小镇时，有一种“恐怖的感觉”，随着声音越来越大，她可以看清每一个人。她说：“人们冲进房内关上门，拉上百叶窗。”黑人 85 逃到树林里“或者飞奔几英里躲进果园”。梅布尔试图数一下车的数量；有超过 200 辆车，她注意到，多数是波克县和奥兰治县的车牌。她的直觉告诉她，要回到芒特多拉的家与丈夫、女儿待在一起，但作为一名记者，梅布尔感知到了动荡，她不能离开。

在周六那些贝莱克男人发生骚乱的那个晚上，威利斯·麦考尔没有回到他在尤斯蒂斯的家，而是在格罗夫兰的旅馆开了一个房间，以防他们策划另一次行动。可那天晚上大多数时间很安静，而警长甚至在位于切里街和主街上的那家老旧的旅馆小睡了几个小时。周日上午，他和他的副警长去查看马斯科特和斯塔基斯蒂尔的损失情况，但很显然，只有埃塞尔·托马斯的酒吧“蓝色火焰”被烧毁了。上午 10：00 左右，格罗夫兰有一种奇怪的安静气氛，仿佛一个荒弃的小镇，似乎是一个从大西洋而来的强飓风已经登陆的警告把居民都赶走了似的。麦考尔很清楚，如果没有充分的理由，不会发生大批黑人离开的事情，而他的直觉告诉他应该继续留着这家旅馆的钥匙，因为可能还会有更多的麻烦。在几公里以南的贝莱克，家里有电话的白人农民和他们的妻子正在给朋友和亲戚散布消息，说四名莱克县的黑人强奸了科伊·泰森 17 岁的女儿。

麦考尔忙得不可开交。他对欧内斯特·托马斯在他还没来得及与之交谈之前就逃离小镇很生气，麦考尔给盖恩斯维尔警察局和阿拉楚阿县的警长打电话，要他们留意那个想实施绑架和强奸的年轻黑人。麦考尔已经和诺尔玛·帕吉特与威利·帕吉特见面，了解他们对周五晚上以来的事件的看法，也和州检察官杰西·亨特见了面，他向检察官保证，除了那对年轻的贝莱克夫妇的指控，他可以找到足够多的证据，证明在莱克县发生了绑架和强奸。他已经从囚犯那里得到了口供，而詹姆斯·耶茨已经从犯罪现场收集了包括轮胎印迹和鞋印在内的物证；一名利斯堡的医生对诺尔玛进行了检查。麦考尔告诉亨特，这是一个板上钉钉的案件，而他会抓住欧内斯特·托马斯。

到了中午，格罗夫兰变得越来越不平静了。“成群结队的男人站在主街上冷眼旁观”，麦考尔注意到那些汽车——有的停在路边，有的在街上游荡——来自邻县，也有的来自佐治亚州。这是三K党的惯常做法，就是使用故意遮挡住车牌号的、三K党外地分部的车充当“座驾”或者执行“任务”，以使本地的车手不容易被认出来。黄昏时分，一个由二十辆车组成的车队开进格罗夫兰；传单上是宣传他们的事业的广告。标题是“三K党的理想”，在塞缪尔·格林医生的佐治亚三K党协会的标志下，他们称颂白人至上的美德。作为一名亚特兰大的产科医生和龙头老大，格林吹嘘三K党再次进入“跨越式发展”，其目标是在“佛罗里达建立桥头堡”。格林对杜鲁门总统支持民权立法感到愤怒，他曾发誓，任何北方佬，如果试图强制让种族之间平等，将让美国人“在这些街道上看到血流成河。三K党决不允许这个国家的人变成杂种”。

86

威利斯·麦考尔意识到局面很容易失控。早上的报纸还把他誉为阻止私刑进入塔瓦里斯看守所的英雄，但警长知道，对于在格罗夫兰商业区转悠，并下决心在斯塔基斯蒂尔采取第二波行动的四五百人来说，他和他的几名副警长无力应对。他也知道，在南方愤怒的暴徒的压力下（有时是在枪口下），当地的警长所控制的被指控强奸白人妇女的黑人男人被从看守所带走，这样的前例数不胜数。通常接下来的事就是黑人“被身份不明的人”处以私刑。（全国有色人种促进会把“私刑”界定为“以正义或传统的名义，由三名或更多的人实施的非法杀害”。）格罗夫兰的这个案件与17年前发生在亚拉巴马州思科茨伯勒的案件有令人不安的相似之处。两名白人妇女指控九名黑人青年强奸，警长M. L. 沃恩在国民警卫队被叫来之前，把暴徒挡在思科茨伯勒看守所外面，宣称："如果你们到这里来，我就让你们的脑袋开花。"警长沃恩持反三K党的立场，在北方人看来他可能是个英雄，但一年后，他在神秘的情况下被一名白人枪杀，而凶手没有被捕。威利斯·麦考尔很清楚在法律的要求和三K党潜在的希望之间采取什么样的路线才是最好的。因为无论是政治家，还是柑橘园大亨，都无法控制那些因如花的南方妇女被强奸而下决心对黑人复仇的白人暴徒。

一群有影响力的莱克县市民和麦考尔见面，表达了他们对格罗夫兰事态发展的关注。其中一人是诺顿·威尔金斯，他是这个州雇用人数最多的罐头公司B & W罐头公司的所有者之一。该厂拥有超过五百名工人，其中绝大多数是妇女，她们以穿着护士制服著称，还有无数在果园工作的采摘工。1949年，B & W罐头公司每年运送出超过一百万件罐头水果以及25万箱新鲜柑橘和葡萄柚。威尔金斯担心，三K党的暴力行动会使黑人大量外流，给他的工厂的生产和利润带来灾难性的负面影响。L. 戴·埃奇也出席了，他是一名富有的商人和前州参议员，在这个县拥有大量不动产。他家曾经拥有一个松节油厂，占据着那片现在被称为斯塔基斯蒂尔的全部土地；当那个工厂关闭时，埃奇给"有色人种家园和财产，是因为他们对他的服务如此忠诚"。到场的还有格罗夫兰市市长埃尔玛·普里尔（他周六

87

把查尔斯·格林利从格罗夫兰载到塔瓦里斯），还有莱克县的其他一些头面人物。由于担心这伙难以驾驭的暴徒带来比对黑人小酒吧少量射击更大的损害，他们讨论决定，采取行动“保护在格罗夫兰的有色人种区域生活的人的生命和财产”。他们最终一致认为麦考尔应该给佛罗里达州州长富勒·沃伦打个电话，请求支援。几分钟后，沃伦通知了国民警卫队，告诉指挥官在贝莱克女孩被强奸之后，格罗夫兰的“局势失去控制”。

晚上 11：00，从利斯堡和尤斯蒂斯来的国民警卫队已经抵达。在麦考尔的指挥下，他们被派往这个小镇黑人聚居区的战略位置，正如麦考尔告诉他们的，主要是起“心理作用”。现场指挥官注意到有五百名武装人员用汽车围堵了格罗夫兰的街道，詹姆斯·赫朗中尉立刻明白，在潜在的骚乱区域，如果战线拉得太长，他的二十个人远远寡不敌众。他打电话给州长要求增派部队。到午夜，又有约七十名警卫散布在斯塔基斯蒂尔周围的空地和开阔地带。

大约在凌晨 1:30，麦考尔注意到那些在格罗夫兰不受欢迎的汽车开始散去，而当地白人回到他们在贝莱克的家中。国民警卫队的到来大大地阻止了任何进一步的骚乱。警长保证，麦考尔确信威胁已经过去，便立刻遣散了尤斯蒂斯和利斯堡的部队。白天，他和州检察官亨特在警长办公室会见了美联社几名记者和摄影师。亨特和麦考尔不仅在维持莱克县的法律与秩序方面很成功，他们还化解了柑橘园的劳工危机；他们面露很有成就感的笑容。但在法院外面，一些来自莱克县的男人又蠢蠢

88

欲动地聚在一起，警长表面上在微笑，其实咬牙切齿。他还有事情要做，因为很显然，消息从塔瓦里斯传了出去，说第三名强奸犯被关在县看守所。当和蔼可亲的杰西·亨特在招待记者时，麦考尔和他的副警长勒罗伊·坎贝尔以及詹姆斯·耶茨一起溜上楼去。

囚犯们刚吃过早饭。查尔斯·格林利多半是被麦考尔的副警长殴打的缘故，茫然地坐在他的牢房里。血迹已经结痂变干了，未着上衣的身体疼痛难忍；眼睛肿得睁不开。当他听到副警长坎贝尔熟悉的脚步声时，他几乎很难支起他的脑袋。24 小时内，这个男孩已经第二次被告知他需要转移到更安全的看守所，否则将面临私刑。他一点不怀疑这件事的真实性。副警长把查尔斯带上楼，在那里，按照麦考尔预先设想的计划，坎贝尔和耶茨在把这个男孩带下楼交给麦考尔之前，让他先换上囚犯的工作服。警长将一把镰刀塞在男孩的手中，叫他“就好像是一个忠实的伙计要走到院子里去割草”那样一路走到停在停车场的一辆没有标志的 1948 年的蓝色福特车那里去。他一瘸一拐地走着，因为疼痛表情痛苦，被玻璃碴割过的脚每走一步都火烧火燎，终于走到巡逻车那里。坎贝尔从男孩手里抓过镰刀，并且告诉他躺在地板上不要被看到。坎贝尔和耶茨跳上前排，他们三个人开始了前往雷福德的州监狱的漫长旅程。

当天晚些时候，麦考尔接到来自利斯堡广播电台经理的一通电话，对方想在广播之前确认一则新闻的真实性。麦考尔专注地听着；经理获悉，莱克县强奸案的一名囚犯被两名副警长抓住并处以私刑。警长很震惊，难道暴徒抓到了格林利？难道有人走漏了风声并且给三K党通风报信？或者就是坎贝尔和耶茨他们自己？警长立刻打电话到雷福德，得知就在副警长离开塔瓦里斯两个小时之后，查尔斯·格林利已经被安全送到佛罗里达州监狱，和塞缪尔·谢菲尔德以及沃尔特·欧文一样都被关起来了。麦考尔松了一口气，但很快就被法院围墙外人群的吵闹声打断了。

就在两个晚上之前，记者刚刚见识了这位“高超的警长”阻止了一场私刑，而麦考尔传递的是一个男人掌控他所管辖的县的那份冷静与自信。当地报纸也报道了他已经从三名强奸犯那里得到口供；那天早上的《奥卡拉星旗报》头版头条是《三名黑人供认在格罗夫兰附近实施强奸》。警长给国民警卫队打电话请求平息潜在骚乱的消息也传播开来，记者开始光临莱克县，逼问麦考尔关于三K党在格罗夫兰附近活动报道的相关问题。麦考尔回答说，他对来自奥兰治县和波克县的汽车开进小镇的事知之不多；而三K党散发传单时，他也不在现场。

89

麦考尔更感兴趣的是传递这样一个信息：他有三份坚如磐石的口供，而且，如果不是他在周六忙于控制暴徒的话，他会有四份口供，而为了这个，他现在需要逮捕欧内斯特·托马斯。麦考尔宣称：“只要我是莱克县的警长，就不会有对黑人的私刑。”他告诉记者，起诉书很快就会下来，而他希望人们了解那些囚犯会被很好地对待，也会得到公正的审判。他说：“我们不会对他们做什么。”他承认接下来的一两个晚上可能会有更多的“示威”，但他希望不要有暴力行为。麦考尔告诉记者（尤其是北方记者）的正是他们想听的，而他沉浸在奉承中。

威利斯·麦考尔也不是那种羞于表达自己想法的男人，即使是面对记者。事实上，他向他们透露说，他接到来自全国有色人种促进会纽约办事处一位女士的电话。（最可能来自法律辩护基金会的律师康斯坦斯·贝克·莫特利，数年后，她帮助瑟古德·马歇尔撰写布朗诉教育委员会案的辩护摘要。）她想知道警察部门正在做什么来保护格罗夫兰的黑人公民。麦考尔向记者介绍说：“我告诉她我们把他们照顾得很好，我还说如果他们需要的话，我们会照顾哈莱姆区一半的人。然后我挂了电话。”

7 月 18 日，周一，日落时分，在格罗夫兰以北几英里的地方发现一伙超过百人的暴徒。他们设置路障，拦截汽车，搜寻黑人。麦考尔办公室得到传闻说“三 K 党正打算消灭整个格罗夫兰的黑人社区”。警长召集了几名副警长，立刻冲向斯塔基斯蒂尔，他们和国民警卫队在那里一起等待，看着载有白人的汽车在街上兜圈子。忽然，车里的人向屋内胡乱扫射，枪声响成一片。大多数的黑人居民已经撤离该区域，但还有一些人连夜躲进沼泽和森林中，害怕有更多的暴力活动。乔·马克斯韦尔不是其中之一。他和家人留守在他自己建造的小房子内，决定共度夜晚。马克斯韦尔最近刚退役，要养妻子和三个孩子，他计划第二天早上去果园，在那里他完全有可能和晚上开着汽车、排成长龙威胁斯塔基斯蒂尔的同一群白人中的一些人一起工作。

90

他能听到汽车的轰鸣声和开枪的人难听的叫喊声。

至少有三辆运牛的卡车装满了人，所有人都在尖叫、叫喊，他们的枪从侧缝中露出来。跟在后面的是无数汽车，长枪从车窗伸出。马克斯韦尔听到可怕的叫喊声："那边是老乔·马克斯韦尔的房子！"

马克斯韦尔让孩子们躲在床底下，并试图保证他们的安全，他把床垫堆在他们身旁。马克斯韦尔事后回忆说，"当他们向房子射击时"，他"听到窗户破碎的声音"。猎枪射出的子弹击中了一袋蜡笔，这袋蜡笔就在他六岁女儿床上方几英寸的地方。到处都是碎玻璃。孩子害怕的尖叫声和外面可怕暴徒的叫喊声遥相呼应。

麦考尔和他的副警长加速前往开枪的地方。有人警告："你最好别去那里，他们会杀了你。"他回答道："我别无选择。"

枪声在黑暗中不停地回荡，但借着车前灯的强光，警长辨认出那些奔跑的身影。他说："狗娘养的，他们让我抓狂。"

警长从他的车里跳出来，向人群发射了催泪弹，但没有效果；暴徒只是跑到更远一点的地方。麦考尔重新装上催泪弹，向卡车发射；这次的烟雾驱散了那个地方的人群。当警长和副警长试图去追那些暴徒时，风把催泪瓦斯吹向他们，使得他们暂时无法行动。

此时记者也已经前往现场。这群暴徒沿着 50 号公路停下车，重新集结，并清理他们的眼睛。副警长耶茨和坎贝尔以及国民警卫队的赫朗中尉与麦考尔会合，他们和记者一起走着，

91 向暴徒靠近。麦考尔认出人群中的很多人就是两天前的那个晚上冲击莱克县法院大楼的那批贝莱克男人，包括陪着科伊·泰森和威利·帕吉特上看守所楼上去搜查谢菲尔德和欧文的弗劳尔斯·科克罗夫特。科克罗夫特是位于马斯科特的一家杂货店和加油站的老板，他白天已经把所有的弹药都卖光了，他是这群暴徒的领头人。

麦考尔喊道："你们这群人不要那么做！你们犯了法，我要让你们知道我会逮捕你们的。你们在这里没用。回家吧。"

一个声音划破黑暗："我们想把这个地方的黑人清理干净！"

麦考尔能感觉到，这群人被激怒了，他们不想放弃自己的计划，就像两天前在看守所以及昨晚国民警卫队到来之前那样。这些人朝麦考尔大喊说逮捕的威胁对他们不起作用。他再次呼吁他们要理性，告诉他们如果他们做了任何冲动的事情，他们的家人会受苦的。"不要做那些你们会后悔的事。"

但他们没有撤退。麦考尔被激怒了，他和赫朗碰头。警长和国民警卫队的士兵必须尽快制订一个计划。麦考尔巡视着人群，在那些没有戴面具的面孔中，他看到许多他认识的人，其中一些还是执法人员，比如克莱蒙特的警察局长 C. E. 萨伦斯。格罗夫兰的柯蒂斯·梅里特也是领头人之一，还有韦斯利·埃文斯，警长曾雇过这个矮胖的、不识字的柑橘园看管人，他能熟练使用含铅软棍对付黑人采摘工，事实证明，埃文斯在莱克县法院大楼的地下室对合法获得黑人嫌疑犯的供词很有帮助。麦考尔也认出萨姆特县的副警长詹姆斯·金布罗，当州巡警确认他的车被当作向黑人居民开枪的射击源时，他被迫辞职，还有三 K 党成员威廉·杰克逊·博加，他是三 K 党内部的调查机构“克劳肯委员会”的主席。麦考尔曾经和博加一起参加过佐治亚州三 K 党联合会阿波普卡支部的会议，在那里，佛罗里达州中部的很多执法人员被介绍加入三 K 党。正如一位记者所指出的，不可能“分清暴徒从哪里结束，而执法人员从哪里开始”。

大规模的逮捕是不可能的，但麦考尔和赫朗正在想一个更加谨慎的选项时，他们身后的一名车手向国民警卫队的士兵提出他自己的解决方案。他说：“你们为什么不拿着你们的玩具枪回家呢，你们看起来像童子军。”作为回答，士兵突然把他的 M3 自动步枪对准地面射击，发出几声巨响，然后问车手这声音听起来像不像玩具枪的声音。空气中弥漫着浓烟和紧张的气氛。 92

麦考尔和赫朗决定，他们最好和车手中显然是领头人的弗劳尔斯·科克罗夫特协商。几分钟的讨价还价之后，科克罗夫特点头同意，但他的眼神变得更冷酷了。显然，他和麦考尔达成一项协议。赫朗命令国民警卫队撤离。

如果说国民警卫队的士兵对赫朗的命令感到困惑的话，那记者更是如此，特别是警长很显然不打算逮捕任何人。美联社的一名记者问麦考尔暴徒叫什么名字。麦考尔回答说：“我不知道名字，我不知道他们是谁。”记者追问麦考尔，为什么暴徒朝斯塔基斯蒂尔的许多黑人的家里开枪射击却得到不会被逮捕的保证。麦考尔置之不理。

好打听的记者的话传到科克罗夫特那里，他去找警长。科克罗夫特质问道：“那个要我们的名字的狗娘养的人在哪里？”麦考尔知道如果他指明是哪个记者的话，会“闹翻天”，所以他只是耸耸肩。科克罗夫特生气地说：“我要告诉他我那该死的名字并且要踢他的屁股。”就在这个时候，暴徒开始威胁所有的记者，叫他们离开小镇，并且警告他们不要对在莱克县发生的事情撒任何谎。

麦考尔敦促赫朗执行他的命令，让部队撤回到“利斯堡公路沿线，并且在不被看到的地方待命”。按照协商结果，警长让他的副警长回去；记者为了安全跟在后面。科克罗夫特看着执法人员和国民警卫队的士兵离开。然后他转向他的人，吼道：“去，拿更多的弹药，清走街道上的妇女和儿童。”

运牛的卡车再次装上带武器的男人，开走，后面跟着几十辆汽车。国民警卫队的士兵和莱克县的执法人员并没有追赶。不到半个小时，沿着土路开了数英里，到达“贝莱克一片偏僻的农田”，暴徒开始点燃汽油瓶，通过窗户和屋顶扔进黑人废弃的家中。此时麦考尔和记者赶上了他们，一个教堂已经被炸毁，而两座房子已经在一片火海中。那个已经认罪的强奸犯塞缪尔·谢菲尔德家是第三家，已经被夷为平地，只剩下余烬。三K党和贝莱克的白人冷漠地看着火苗吞噬着松枝，油脂遇热爆发出的噼里啪啦的声音。一个九岁的小女孩，（小）玛丽·罗谢尔·亨特在从暴徒那里逃离时和她的家人走散了。她被愤怒的叫喊声和爆炸声吓坏了，躲了几个小时，并且独自一个人在树林中睡着了。(第二天下午，瓦利家的这个失踪的女孩出现了，她回到她那被烧焦的家所在的地方寻找食物。)

午夜时分，哈里·贝亚中校带着超过200名国民警卫队的士兵从坦帕来到贝莱克。贝亚立即向麦考尔报告，麦考尔拒绝指认任何卷入烧毁黑人家园的男人，尽管“他知道该对这些暴徒行为负责的所有头目的名字”。警长承认，许多人来自贝莱克，他们是诺尔玛·泰森或者威利·帕吉特的亲戚，但他不希望他们中的任何人被逮捕，甚至也不愿意讨论。麦考尔为他拒绝指认或者逮捕科伊·泰森、弗劳尔斯·科克罗夫特以及像威廉·杰克逊·博加这样的三K党徒辩护，认为这是确保和平、避免陷入全面种族暴乱的必要步骤。麦考尔以他的方式说服那些车手，通过焚烧废弃的房子出气，而没有导致任何流血事件。

贝亚和弗劳尔斯·科克罗夫特的会面并不令人满意。科克罗夫特的车手在国民警卫队在那里的时候并没有对黑人采取进一步的行动，而一旦撤出，他们将继续，直到达到“恐吓黑人”并且把“五六名他们认为不受欢迎的黑人”赶走的目的。科克罗夫特补充说，他不能代表那些全副武装、沿着公路开着车拥入格罗夫兰的“外县”人。尽管如此，暴行和对黑人家园，特别是谢菲尔德财产的破坏似乎暂时平息了科克罗夫特的暴徒的怒火，到凌晨1:30，莱克县似乎又恢复了平静。

科克罗夫特向他的人建议说，他们今晚的事情已经完成，现在他们应该回到自己的车里并且分散开。他在黑暗中自言自语，瞥了一眼在那里逗留的一名记者，透露了他真正的决定。

他说："下一次，我们要把莱克县南部的每个黑人区都清理干净。"

在格罗夫兰，L. 戴·埃奇、诺顿·威尔金斯、普里尔市长和其他一些著名的白人市民和企业家对他们的社区出现恐怖活动非常不满。无论他们持什么样的种族立场，都要让位于经济利益，而在黑人社区枪击、破坏和焚烧房屋会带来灾难性的经济后果。

94 埃奇和威尔金斯的企业都在很大程度上依赖这个县的黑人劳动力，而劳动力短缺已经是个严重问题。普里尔拥有大量在黑人社区出租的房产，"他的生活来源"和黑人经济捆绑在一起。

对这些白人社会的支柱来说，格罗夫兰黑人聚居区事态的发展变化令人不安，它与26年前发生在佛罗里达州莱维县罗斯伍德的大屠杀很相似。由于执法人员和暴徒沆瀣一气，白人企业主拥有的松节油厂和木材厂因为黑人的大量离去而被摧毁，不得不向州长求助。但警长坚称他已经控制住局面，不需要召来国民警卫队。尽管他采取了必要的控制手段，但当数以百计的三K党党徒和当地的白人纠集在一起用枪和火把驱赶黑人居民时，他失去了控制。这些人摧毁了罗斯伍德每个黑人的家。

始于1923年1月的罗斯伍德的麻烦与7月的周五晚上威利·帕吉特和他分居的17岁的妻子离开舞场后在奥卡洪普卡郊外发生的事情惊人地相似。在罗斯伍德，有一天早上，邻居发现22岁的范妮·泰勒在自己家中被打得鼻青脸肿；她声称有个黑人强行进入她家并且殴打了她。和一名白人女孩被强奸的流言不谋而合的是，有个可疑的举报说有个逃犯就藏在同一地区。这两个故事像野火般很快传遍了整个莱维县，数以百计的暴徒聚集起来。这群暴徒放火烧了房子，把黑人赶到沼泽地。当黑人试图对暴徒还以颜色、保护自己的家园时，暴力活动升级了。教堂被烧毁。一名白人松节油厂老板 W. H. 皮尔斯伯里帮助黑人逃离该地区——他甚至让一个黑人躲到他家——与此同时，他也请求白人停止骚乱。不幸的是，暴徒得知皮尔斯伯里窝藏了一个黑人。他们让这个黑人挖了一个坟墓，然后开枪打死了他。一名妇女躲在家里时被击中了脸部，是范妮·泰勒的姐夫打死了她。不计其数的黑人死在骚乱中，但并没有发现逃犯。甚至连强奸和殴打也没有被证实曾经发生过。在大屠杀中幸存下来的黑人被迫迁徙，他们再也没有回来，而那些依赖他们的劳动和光顾的白人的生意遭受了巨大损失。

26 年后，在此地以南一百多英里的地方，L. 戴·埃奇和诺顿·威尔金斯以及那些富有的企业主并不希望罗斯伍德的悲剧在格罗夫兰重演。

亨利·谢菲尔德说：“他们告诉我，我的鸡和鸭都跑了。” 95

塞缪尔·谢菲尔德的父亲与家人一起躲到他在奥兰多的女儿的家中，当他得知他的房子已经在前一天晚上格罗夫兰的暴乱中被夷为平地时，他正在听收音机。

就在不久前，谢菲尔德还是个自豪而成功的农民。他养活了一大家子人，并且通过从佃农提升为地主，大大地改善了自己的经济状况；但过去几年经历的事也让他心灰意冷：人们经常能听到这个有着“被蹂躏的鬼魂”的男人嘟囔着说他不想要“更多的麻烦”。亨利·谢菲尔德确信，前一天晚上发生在格罗夫兰的恐怖活动更多地是针对他，而不是因为他的儿子塞缪尔涉嫌强奸诺尔玛·帕吉特。他后来得知，他的邻居正是朝他家窗户扔燃烧的汽油瓶的人。

在亨利·谢菲尔德看来，一辈子为拥有果园的白人采摘水果不太有前途。尽管强迫劳动以及以劳动抵债的情况在莱克县依然存在，但在过去的几年里，那里也发生着“黑人自我解放”运动。一些黑人以低至每英亩八美元的价格购买了贝莱克周围的沼泽地，他们在业余时间抽干沼泽并且清理土地，以建造持久的农场。一旦这些土地中的水被抽干，周围的土地就自动脱水了，白人农场主以低廉价格买下相邻的土地。荒地排水带来的一个意想不到的结果是贝莱克的种族隔离分崩离析了。亨利·谢菲尔德的土地的最北端和帕吉特的农场接壤。这两个家庭对彼此都不陌生。

谢菲尔德下决心摆脱果园繁重的劳动，他省吃俭用，积攒着任何一笔哪怕是很微薄的从佃农那里的租金收入，跟塞缪尔的部队津贴攒到一起。1943 年，他以 255 美元的价格在贝莱克买了 55 英亩的沼泽地。他不知疲倦地工作以抽干沼泽，更不要说他的腿曾无数次地被蛇咬伤，他最终开垦出富饶的佛罗里达土地。没过多久，他的农作物就获得丰收，还养了几百只鸡、几头奶牛，而他的妻子查利·梅打理着“这个地区最好的仓库”。

他也在他的土地上造了一栋相当舒适的有六个房间的房子。

谢菲尔德无意间也引起了贝莱克周围那些贫穷白人农民的怨恨。邻居拆了谢菲尔德的篱笆，让奶牛跑进他的农场吃快要收获的庄稼。谢菲尔德反抗他们，但无济于事；而当同样的事情再次发生时，他给麦考尔警长打电话，让他帮忙解决纠纷。麦考尔只是证实了谢菲尔德已经知道的事实：“黑鬼没权向白人提起诉讼。”

96

由于得不到法律援助，查利·梅想通过文明的方式来解决。当奥斯卡·约翰斯的奶牛再次糟蹋谢菲尔德的农作物时，她建议他们应该就损失赔偿签订某种形式的协议。约翰斯的回应是咒骂，并且扬言要杀了她。

骚扰持续不断。栅栏被推倒了又重建，农作物重新种植。而谢菲尔德拒绝离开贝莱克。

尽管遭遇挫折，但亨利·谢菲尔德家越来越兴旺发达，这部分由于他六个孩子中较年长的更多的是在家庭农场而不是柑橘园干活：这对许多白人是另一个刺激。谢菲尔德拒绝让他十几岁的女儿亨丽埃塔去白人邻居家当女仆，因为谢菲尔德知道，那个白人邻居曾经试图强奸一名前女仆。当他的长子詹姆斯·谢菲尔德找到一份机修工的工作并且开始开着最新款的水星汽车出现在镇上时，在当地白人的眼里，谢菲尔德家“太他妈的特立独行了”：一个“丑陋的黑鬼”家庭，居然有两辆车停在他们家的房子前。

当塞缪尔从部队回到家中后，他没有去柑橘园工作，而是和他父亲一起工作，谢菲尔德家的财产以及不断增强的讨价还价的能力让人嫉妒。看着那个“聪明的黑鬼”还穿着部队的制服，在小镇上开着他哥哥的水星，白人对此颇为看不惯。是时候让“亨利和塞缪尔安分守己”了。

特伦斯·麦卡锡是一名英国经济学家以及研究南方劳务偿债的专家，他在暴乱后抵达格罗夫兰。在前往斯塔基斯蒂尔和贝莱克的路上，他的司机，一名三K党党徒，指给他看谢菲尔德家的废墟。麦卡锡看到“三个因为火的热量而扭曲变形的床架，一张破碎的帆布床，一个翻过来的炉子”，他简直不敢相信有人曾经住在这里。打劫的邻居已经偷了谢菲尔德家的鸡和查利·梅的果酱。麦卡锡问为什么，他的司机回答说：“他们不该让那些黑鬼住在那里。我们应该让他们住在一起，这样我们就可以看着他们，不让他们买白人的土地。”麦卡锡知道格罗夫兰的白人（他们大约占小镇一千人人口中的60%）可以容忍黑人，只要他们继续在白人拥有的柑橘园里工作。那个三K党党徒告诉麦卡锡：“黑人做了这里的大部分的工作，而那些黑人农场主——他们应该离开。”麦卡锡写道，像亨利·谢菲尔德以及他的家人这样的黑人农场主以他们的榜样力量“威胁着作为当地经济基础的奴役和强迫劳动的整个体系”。他注意到，和他交谈过的白人，对为诺尔玛·帕吉特被强奸而复仇的兴趣远远小于对看到“所有有色人种的农场主”消失的兴趣。

亨利·谢菲尔德的几个孩子，不愿意不加抵抗就离开他们在农场的家，决定留在贝莱克。电台报道的骚乱引起谢菲尔德的担心，他第二天回到格罗夫兰去看他们。当他到家时，发现价值超过一千美元的工具和设备已经被洗劫一空，消失的还有一个手摇钻床、一个磨坊以及数千个汽车配件。他找到了他的家人，他们仍然躲在树林里。

而谢菲尔德的儿子塞缪尔被关在看守所里，面临死刑。他家里没有一个人是安全的。谢菲尔德说："我不断接到要我离开格罗夫兰的命令，他们说暴徒追寻我家里的每个人，他们会杀了我们。"亨利·谢菲尔德知道他不得不离开他的农场，而且他也知道他不可能再回来了。虽然他对他的房子以及这六年来养活他和他的家人的农场感到骄傲，但他也知道，他别无选择，只能离开。他说："我的家散了。"

特伦斯·麦卡锡在看到亨利·谢菲尔德被烧为废墟的房子后，想知道那些敢抛弃果园并且购买自己的独立农场的其他黑人会有什么下场。他的三K党司机毫不迟疑地说："他们会消失，被赶出去或者被杀，尤其是在贝莱克附近。"

暴徒被驱散了，但格罗夫兰仍然不得安宁，人们正烦躁不安地期待着公正。一名莱克县的居民大胆地告诉报社："我们正在等着看法律会如何实施，如果法律不能得到很好的实施，我们自己来做。"无论是警长麦考尔还是州检察官杰西·亨特，他们都希望通过确保正义的车轮在格罗夫兰强奸案中迅速运转来平息暴徒的暴力行为。但在7月19日周二，还没有进行任何指

98 控，没有任何涉嫌犯罪的细节向公众公布，国民警卫队还在这个地区巡逻以阻止暴徒和三K党的各种进一步暴力行动，在此情况下，《奥兰多哨兵晨报》在头版显著位置刊登了一幅漫画《绝不妥协!》，它把“莱克县的悲剧”描绘为四张并排着的空电椅，用图画表明“最高惩罚”的意思。

由于警长让人知道全国有色人种促进会纽约办事处已就格罗夫兰的暴力行动和他联系过，《奥兰多哨兵晨报》的一篇社论提到了全国有色人种促进会进行辩护的可能性：

> 如果个别组织的聪明的律师或代理人想通过使用法律术语妨碍正义的话，他们将给许多无辜的黑人带来痛苦。

该报还报道称，诺尔玛·帕吉特受到侵犯她的人的“殴打”，三名囚犯都已经承认了强奸，而且诺尔玛已经指认了塞缪尔、欧文和格林利。尽管没有一件事是真的，但《奥兰多哨兵晨报》有效地赢得了莱克县大多数白人的情感，尤其是它暗含着某种警告或者威胁：除非那些被指控的人——如麦卡锡所写的那样——“被‘合法地’献祭……否则，不幸将降临黑人社区的其他人”。

梅布尔·诺里斯·里斯做了她该做的事，就是让莱克县的居民相信私刑是不必要的，因为麦考尔和亨特将有效地让人们看到强奸犯会很快受到佛罗里达州法律的惩罚。她在《芒特多拉头条》发表一篇文章《荣誉将要复仇》，写道：“发生在这对年轻夫妇身上的事情令人遗憾。他们的荣誉遭受践踏，对此必须复仇，复仇的方式将比暴徒所能实施的更令人震惊和可怕。”

威利斯·麦考尔警长担心有更多的暴力行动，不急于解散国民警卫队，但周二早上，他需要面对营长贝亚中校提出的一系列问题。其一，贝亚知道有个谣言正在流传，说逃离格罗夫兰的黑人正在武装自己并且准备返回，为此，允许那些白人代表拦截黑人的车并且没收他们的武器。其二，指挥官知道麦考尔已经签署一份书面法令，“任何携带武器的人必须被解除武装并且移交给警长”，但他自己忽视了这份法令里所指的人是白人的可能性。其三，警长不仅拒绝向贝亚提供暴徒头目的名字，也不打算自己逮捕他们，因为他“忙于抓捕侥幸逃跑的黑人”。

99

麦考尔不愿意让白人暴徒被逮捕或者被牵连进去，理由是这样的行为“将导致一场可怕的种族骚乱”，贝亚想让他的 200 多人的部队撤离。他和州长沃伦取得了联系，建议对麦考尔施加政治压力，以抓捕这些头目并采取“积极的行动对付他们”。

威利斯·麦考尔整个晚上和早上的大部分时间都没睡。当他把车停在格罗夫兰的旅馆前时，佛罗里达炎热的阳光已经照射下来。他拖着沉重的步伐走回房间，他希望能在日落之前，在贝莱克的男人（可能还有三 K 党）晚上开车行动之前睡上几个小时。他已经和科伊·泰森谈过，告诉他暴乱必须停止，泰森必须想办法让它停止。麦考尔告诉他，他们已经得到他们想要的结果——房子被夷为平地、财物被毁，如果他们再开车出来制造麻烦的话，麦考尔无法保证他们不进监狱。他告诉泰森他已经把三个黑人关在雷福德，而他和杰西·亨特将看着那三个强奸他女儿的人被定罪并且送上电椅。麦考尔保证，他很快会抓到第四个。

科伊·泰森把这些告诉了其中的一些头目。他向警长汇报说他们“已同意停止一切进一步的暴力活动”。有了这些消息，麦考尔给州长富勒·沃伦打电话，说他已经控制住了格罗夫兰的局面。但他补充说，为了安全起见，他希望国民警卫队周末时继续在周围巡逻。

第八章　一张圣诞卡

“你要么跳进河里，要么把这把枪里的东西拿走。” 100

站在岩石边上，那个白人稳稳地握着他的手枪等着男孩做出选择。詹姆斯·霍华德无助地看着他那正在抽泣的15岁的儿子——手脚被绳子捆着，被推到河岸边——他看着儿子跳进萨旺尼河冰冷的深水中，消失了。

1944年1月对威利·詹姆斯·霍华德的私刑发生十多年前，14岁的黑人青年埃默特·蒂尔因据称他轻佻地对一名白人妇女吹口哨而被殴打并枪杀，随后尸体被扔进密西西比州塔拉 101 哈奇县的一条河里。在芝加哥的葬礼上，成千上万的哀悼者目睹了蒂尔被毁容的尸体放在一个开放的棺材中，随后对两名被控谋杀的白人的调查和审判引发了规模前所未有的媒体报道和超越种族界限的愤怒。两名犯罪嫌疑人被无罪释放，年轻的埃默特·蒂尔成为民权的殉难者。

与此相反，威利·詹姆斯·霍华德的遇害在佛罗里达州内外几乎没引起任何关注，提交给瑟古德·马歇尔的只是一份对暴乱的最初介绍和为佛罗里达州辩白的调查。1943年12月，威利在静谧的城市莱夫奥克的范普里斯特廉价商店做一份扫地的工作。他是一个有着圆脸和甜美歌声的早熟的男孩，他性格温和，他的家人因此给他一个“开心男孩”的绰号。正是这种性格促使威利给他在廉价商店的同事送圣诞卡。

在威利的收卡人中，有一名15岁的范普里斯特的收银员，名叫辛西娅·戈夫，就读于该镇一所全部是白人的高中。她觉得受到黑人男孩的冒犯，就把这件事告诉了她的父亲菲尔·戈夫，他是佛罗里达州前众议院议员以及莱夫奥克的邮政局局长，而威利意识到他惹辛西娅不高兴了，就给她写了一张便条试图解释一下。他在1944年元旦把便条给了辛西娅。上面写道：

> 亲爱的弗里德：
>
> 给你写短短几行字只是想让你知道我很好，希望你也一样。这也是我在圣诞卡中表达的意思。来自怀着好意的威利·詹姆斯·霍华德。我希望你明白我的意思。这就是我现在要说的，请不要生我的气，因为你永远无法知道我没有设身处地地替别人着想。上帝啊，我也无能为力。我知道你并不太了解我们这样的人，但我们并不讨厌你，我们全都想成为你全心全意的朋友，如果你不想的话，不要让任何人看到这个。我希望我没有让你难堪，如果有，请告诉我，我会把它忘掉的。我希望这是在北方的州，我想，你让我感到很新奇。写信给我，告诉我你认为我是好

人还是坏人。

你的真诚的

知名不具（Y.K.W）

致辛西娅·戈夫

我喜欢你的名字。我喜欢你的声音。 102

致 S.H.［甜心］，你是我的菜。

威利·霍华德选择辛西娅做他的心上人激怒了戈夫的家人。据男孩的母亲卢拉·霍华德说，1 月 2 日上午，菲尔·戈夫和两个白人男子来到霍华德家找她的儿子威利。当那两个男人想把威利从门廊拽走时，卢拉·霍华德奋力抓住她的儿子，直到戈夫拿着一把枪对着她。她放开了威利，接着他被推进他们的汽车里。

那三个男人把车开到邦德–豪厄尔木材公司。在那里他们把男孩的父亲詹姆斯·霍华德带上车，他是公司的一名员工，然后他们开车把这对父子带到森林中的一条红土路上。他们在萨旺尼河的堤岸边停了车。在车里时，男孩承认曾经给女孩写过信，戈夫和那两个白人用绳子把 15 岁男孩的手脚绑起来。当詹姆斯·霍华德试图和他儿子说话时，他被用枪指着，命令他闭嘴。

他接下来命令詹姆斯·霍华德把他儿子从车里拉出来并且站在离河岸几英尺远的地方。男孩被绑着并且哭起来，戈夫问他是否知道“对他罪行的惩罚”。

威利抽泣着说：“是的，先生。”

现在，詹姆斯·霍华德知道他的儿子在树林里得不到任何怜悯，最终他被获准说话，他对他儿子说："威利，我现在无法为你做任何事情。我很高兴我信教，我会替你祈祷。"

戈夫答应了男孩的最后一个请求，威利要求他父亲把他的钱包从口袋里掏出来。邮政局长举起枪，强迫男孩在子弹和萨旺尼河之间做出选择。威利被枪吓得大喊大叫，摇摇晃晃向后转，从岩石的边缘掉了下去，掉进河里，又深又暗的河水吞没了他。

那三个人把詹姆斯·霍华德送回木材公司。在邦德-豪厄尔木材公司的办公室，卢拉已经在那里等了大概一个小时，情绪激动。詹姆斯·霍华德看起来"极度恐惧"，他告诉他的妻子说："威利回不了家了。"他说不出更多的话。

那天晚上，菲尔·戈夫和他的两个朋友以及詹姆斯·霍华德出现在萨旺尼县警长面前，做书面陈述。那三个白人宣称，他们把威利·詹姆斯从他家带走只是为了就他给十几岁的辛西103 娅·戈夫写的冒犯性便条让他父亲教训他一下。三个男人把男孩的手脚捆绑起来只是为了防止他在接受鞭打时逃跑，但男孩变得歇斯底里。他拒绝被羞辱，包括被他自己的父亲羞辱。他说他"宁愿死"，并因此跳进河里自杀身亡。那三个人在书面陈述书上签字，詹姆斯·霍华德也被要求签字以表明他同意对事件的描述。第二份文件表明，詹姆斯·霍华德已经找到他儿子的尸体，并且不希望验尸官进行调查。

三天后，霍华德卖掉他们的房子，搬到奥兰多。

对威利·詹姆斯·霍华德的私刑很快引起哈里·泰森·穆

尔的注意，他就在莱夫奥克城外长大，并且和卢拉·霍华德一起上过学。他有两个女儿，皮奇斯和伊万杰琳，年龄与威利·詹姆斯相仿，穆尔被对15岁男孩的谋杀所激怒。在得知詹姆斯·霍华德既愿意为他被胁迫签署书面陈述做证，又愿意提供关于他儿子之死的真实说法后，身为全国有色人种促进会佛罗里达州联合会主席的穆尔和全国办公室取得了联系。让穆尔吃惊的是，不仅纽约办事处已经得到关于私刑的风声，而且瑟古德·马歇尔已经着手处理这个案件了。

因为穆尔有私刑目击证人这个武器，马歇尔给州长斯佩萨德·霍兰写了一封信要求调查。州长向马歇尔保证在詹姆斯·霍华德做证期间会为他提供保护，霍兰严厉谴责谋杀者，但与此同时警告马歇尔可能得不到他所希望的结果。霍兰说："我确信你会意识到卷入三个白人男人做证，而可能那个女孩反对为一个黑人男人做证这件事中会特别困难。"

马歇尔还呼吁佛罗里达州的左翼参议员克劳德·佩珀对这个案件施加他的影响。马歇尔诉诸爱国主义，他提醒参议员关于美国陆军作战部最近证实在菲律宾的战俘营里美国军人遭到日本人虐待的故事，并说，对一名15岁的男孩实施私刑会玷污美国的国际形象："东京电台随时准备用这种素材，并会有效抵消我们所做的有关不幸落入战俘营的美国公民的合法抗议。"但克劳德·佩珀拒绝介入。

在佛罗里达，哈里·泰森·穆尔继续采取行动，尽管过去 104 对私刑的调查经验已经使他确信"从州政府那里寻求帮助"可能是在浪费时间。1944 年 5 月 8 日，佛罗里达州就威利·詹姆斯·霍华德之死召开了一个大陪审团会议。汤姆·亨利警长对男孩的父亲到场做证感到不快。然而，霍华德的证词并没有成功获得对戈夫及他的两个朋友的起诉。穆尔本可以预料到这种情况，案件甚至不会开庭审理。

然而，穆尔不想就此罢休。他写信给马歇尔就大陪审团的诉讼进行评论："我们不得不怀疑警长自己是否参与这桩罪行。很可能他至少试图帮助掩盖这起案件的事实。"马歇尔也不准备放弃威利·霍华德。他给美国司法部长弗朗西斯·比德尔发出新的书面陈述，要求进行联邦调查。几周后，助理司法部长汤姆·C. 克拉克回复说，司法部已就男孩之死展开初步调查。几周变成几个月，几个月变成一年，司法部还没有报告任何进展。穆尔难以掩饰他的失望，他在一封给克拉克的信中说："萨旺尼县的黑人的性命是非常廉价的物品。"

威利·詹姆斯·霍华德之死在 1945 年被司法部有效地搁置了。除了司法部，穆尔和马歇尔无处可去。从悲剧性的开端到不公正的结果，案件的过程极度令人沮丧，它令人反感地提醒穆尔和马歇尔，为了保护南方白人女性这朵娇羞的花，那些男人会采取多么无情的手段。这个教训无疑使同年另外一个案件的情况变得更糟，在这个案件中，同样在枪口下，一名萨旺尼县巡警强迫一名黑人从桥上跳下去，后者淹死在萨旺尼河中。当地的大陪审团拒绝起诉，这并不让人奇怪。然而，在联邦法院，巡警被审判并定罪，但不是谋杀罪。这个侵犯公民权利的判决并不令哈里·泰森·穆尔满意，“因此，一个人犯了一级谋杀罪却只需要在监狱待一年，罚款一千美元。这种状况已经在美国存在很长时间，我们的民主只是‘连篇空话’”。

全国有色人种促进会在纽约的全国办事处并没有忽视穆尔的不懈努力。分会的主管格洛斯特·B. 科伦特写道：“你那些关于私刑和暴徒的暴力行动的信件非常出色，你所指出的在你所在的州发生的案件有助于我们把注意力放在联邦立法的必要性上。”和马歇尔一样，他现在知道，尽管佛罗里达州的私刑记录一直保持在高位，而且所登记的三K党人数比南方任何其他的州都多，却难以置信地躲在20世纪40年代迪克西兰爵士乐的阴影下。佛罗里达被称为“南方中的南方”，所发生的种族事件比在密西西比州或亚拉巴马州更可能引起全国的关注，却以某种方式逃脱监管，因为它们是发生在有阳光和海浪的被遗忘之地。战后几年，穆尔发现他越来越多地置身于刑事案件，包括白人强奸十几岁的黑人女学生和女仆（通常得到公开承认），他们通常不是因为愤怒的私刑暴徒而是由家庭成员缴纳保释金而免于牢狱之灾。如果没有穆尔的声音，没有他那令人不安的信件和抗议的电报，太过频繁地发生在后院的暴行会更容易被掩盖或忽视。

105

1949年，在格罗夫兰，当另一名佛罗里达的警长无视黑人的公民权利和人人享有的公正时，他也将发出那种声音。

在大西洋以东75英里的小镇米姆斯，穆尔一直在关注发生在莱克县的案件，他虽然很悲伤，但一点也不意外。作为全国有色人种促进会在佛罗里达的行政秘书，他已经在这个州出差超过十年；开会、筹款、调查私刑和警察的暴力事件，然后迫使政客采取行动。他利用周末以及他在布里瓦德县教育系统工作之外的所有业余时间，无偿为黑人事业工作。他和他的妻子哈丽雅特都是教师，他们被迫离开他们工作了二十年的岗位，因为在1946年的夏天，哈里被视为“麻烦的制造者和黑人的组织者”。

穆尔有洞察力且平静、谦逊、温文尔雅，他撰写的公开演讲词充满激情而且有重点，他那反映个人习惯的温和语调和朴素语言与南方福音布道者惯常的烈火般的修辞形成鲜明对比。然而，穆尔不允许不鼓舞人心的信息传递方式阻碍他想传播的紧急消息。为了让他十几岁的女儿代表他发言，每天晚上吃过晚饭后，他都会和他的女儿排练他要她传达的话，这些话刻在她的记忆中，这样她就可以戏剧性地来一个停顿，或者在让人理解某个观点时增强效果。伊万杰琳第一次在莱克县的浸礼会教堂演讲时因为紧张几乎吓倒了，但她完美地按照她的练习完成了演讲。穆尔开始和家人驾驶他们的蓝色福特轿车在这个州旅行，而伊万杰琳在她的家庭作业和全国有色人种促进会要她做的工作之间分配时间。

106

穆尔一家住在哈里1926年建造的一套三居室的、一层的木结构房子里。它大约45英尺长，22英尺宽，用木桩支撑起来，离地面大概两英尺。房子有一个开阔的前廊，用四根木头柱子支撑，在通往老迪克西公路的用白沙铺设的私家车道的尽头。

橙子、葡萄柚和棕榈树为房子附近的风景增色不少。和米姆斯大多数黑人劳工住在用小树枝扎起来的木头棚屋中不同，穆尔的房子坐落在将近11英亩的土地上，并且是在柑橘园的深处。白人把这个地方称作“富豪教授穆尔”的居住地。尽管谈不上富有，但家庭中有受过教育的有工作的父母，家里堆满了书，无疑使得他们在米姆斯的黑人中显得很特殊。

哈里因参与政治活动而他持续失业，但经过将近两年的工作寻找，1948年5月，比奇县为哈丽雅特提供了一个教师职位，离米姆斯大概两个小时的车程。穆尔一家决定在学年期间在里维拉比奇的一个私人住宅租一间卧室，这样他们就可以保留米姆斯的房子。尽管如此，他们仍然需要紧缩开支，尤其是在两个女孩被代托纳比奇的贝休恩–库克曼学院录取后。虽然哈里一直打算等他退休时以果园为生，但他以前没想过在四十多岁时退休。而他无论如何也没想到，他退休的原因是致力于佛罗里达黑人的公民权利。

哈里·泰森·穆尔1905年出生于佛罗里达，他就比瑟古德·马歇尔大三岁。这两个人都在三十岁生日之前开始为全国有色人种促进会工作，尽管他们相距一千多英里。1934年穆尔设立了全国有色人种促进会布里瓦德县分会；同年，马歇尔开始协助查尔斯·汉密尔顿·休斯顿进行民权诉讼。三年之后，马歇尔认识了穆尔，是因为《马戈尔德报告》，这项研究由全国有色人种促进会委托，并最终导致关于种族改革的法律政策出台。

1930年，全国有色人种促进会聘请在哈佛大学受过教育的律师内森·罗斯·马戈尔德研究哪些领域合法的种族隔离最容易在法庭上受到攻击，后者发现，公立学校财政歧视尤其容易受到攻击；马戈尔德建议全国有色人种促进会“大胆挑战宪法权威”，即关于黑人学校系统性的拨款不足直接违反了第十四修正案关于平等保护的条款；因为在每个案件中，当各州行使自由裁量权把公共基金分配给中小学时，拨付给白人学校的数额明显高于给黑人学校的。在研究了这份报告后，休斯顿制订了一个长期的计划，即全国有色人种促进会应该在数年内在南方就公立学校拨款和设施上的不平等在法庭积累一系列的判例，以证明“法律帮助维护白人至上主义”。

107

哈里·穆尔一直密切关注全国有色人种促进会全国办事处的活动，1937年，他写了一封信告诉沃尔特·怀特，促进会布里瓦德县分会已经雇用了一名律师就该县教师的同工同酬提起诉讼。当这封信放在马歇尔的桌子上时，这位年轻的律师难以掩饰激动心情。这正是他和休斯顿要寻找的那类案件，这不仅表明穆尔全身心投入这个诉讼案件，而且他已经做了很多搜集材料的工作。这封信开启了未来十年里马歇尔和穆尔之间的多次会面，其中一些是在穆尔位于米姆斯的家中。当他们为起诉布里瓦德县教育委员会做准备时，穆尔在家中接待了马歇尔（部分因为当地的旅馆不对黑人开放）。马歇尔在一封给沃尔特·怀特的信中这样描述穆尔：如果“他因在教师同工同酬案件中的行为承受巨大的压力，他似乎是个不错的人”。穆尔在很多方面完美地和热情、坚定自信、有英雄主义色彩的纽约律师瑟古德·马歇尔形成互补，因为这位前教师恰好是这位律师可信赖的无私、忠诚和细心的人。两人关系的蓬勃发展基于他们的相互尊重。布里瓦德县学校案件将鼓舞佛罗里达各县提起类似的诉讼，而哈里·穆尔将他们的成功首先归功于瑟古德·马歇尔的活力和奉献精神。穆尔的朋友和同事吉尔伯特·波特博士说："瑟古德是救世主，他来之前我们从来没有赢得任何案件。但在他赢得几个案件之后，我们只要对白人负责人说，'好吧，那我和马歇尔先生谈谈'，他们就会配合。"

马歇尔到访佛罗里达，无疑影响了穆尔。他对他本地分会单调的工作倾注了更多的热情——收集签名，在这个州最贫穷的黑人那里四处筹集几个美元——因为他知道这的确起作用了。他在晚上花好几个小时在打字机上不停地敲打，给政治家写信，写信给纽约办事处汇报会员的情况，纽约办事处的管理者认为穆尔是一个有价值的关键人物，那个州具有无限的发展潜力。在战后十年间，即使是考虑南方其他地方，佛罗里达州也被证明拥有无限的种族不人道的能力，马歇尔和穆尔也发现他们自己需要在一些 20 世纪最可怕的私刑案件中，挑战那些没有良心的、下决心进行粉饰的执法人员和民选官员。 108

从 1882 年到 1930 年，佛罗里达记录的对黑人实施私刑的人数（266 人）超过其他任何一个州，而从 1900 年到 1930 年，人均私刑率是密西西比州、佐治亚州和路易斯安那州的两倍。但无论是马歇尔还是穆尔，都不需要这些统计数据就知道，到二战时，佛罗里达州仍然位居南方最暴力的州的行列。

杰克·E. 戴维斯是研究南方种族暴乱的佛罗里达大学历史学教授，他得出结论说，“黑人在佛罗里达被处以私刑的风险比在这个国家的任何其他地方都大”。令人担忧的是，尽管佛罗里达私刑的性质极其令人震惊和残忍，但罪行以及对罪行的掩盖很少引起关注，遑论在黑人报纸之外的地方引起愤怒。佛罗里达州位于佐治亚州以南的热带度假区，对南方黑人来说，它似乎是不受媒体监督的地方。

哈里·穆尔不认为报纸上关于威利斯·麦考尔在所谓的诺尔玛·帕吉特被四名黑人强奸后所发生的格罗夫兰暴徒的暴力行动中的立场像个英雄。在穆尔看来，黑人家园和财产的毁坏不仅不是由于警长勇敢的监督，而恰恰是由于他的视而不见：麦考尔既不知道也不寻找该对莱克县骚乱负责的人，这简直不合常理。1949 年 7 月 20 日，周三，穆尔给州长富勒·沃伦发了一份电报，敦促他“起诉对向莱克县无辜黑人公民实施恐怖主义和毁坏行为负责的暴徒头目”。

沃伦至少看起来比他的前任、种族隔离主义者米勒德·考德威尔更同情黑人的遭遇，米勒德·考德威尔把对黑人的谋杀视为一种政治麻烦，他曾经让他的行政秘书要求地方法官展开一项调查，因为“对黑人实施私刑已经开始让州长格外头疼……”。

富勒·沃伦有着温和的姿态，他以保证缓和佛罗里达的种

109

族紧张和暴力为筹码，赢得 1948 年的选举。他曾谴责选举前

夜在莱克县游行的三K党人是“戴着头巾、披着床单的混蛋”（而威利斯·麦考尔警长却尾随其后），穆尔对这位新州长谨慎地寄予一丝希望。沃伦承认自己是前三K党党徒，和许多政治家一样，他宣布从此以后和过去告别，他说他许多年前加入三K党是“帮朋友一个忙”，而他“从来没有戴过头巾”。穆尔没有对新州长采取观望态度。1949年7月22日，在他第一次就威利斯·麦考尔之事发电报给沃伦两天后，穆尔第二次发电报给州长，他引用警长自己的话来表达他的观点。穆尔写道：“既然已经知道暴徒头目是谁，我们再次敦促逮捕他们并且对他们给无辜的黑人公民造成的损害提出强有力的起诉……”

穆尔的电报被沃伦办公室的一名工作人员拦截下来了，“他已经写得够多了”，这名助手在它上面划了几笔，然后把它归档。

由于有数百名国民警卫队士兵驻扎在斯塔基斯蒂尔、马斯科特和莱克县周围，而且只有一个人被逮捕（因为在公共场所醉酒），周二晚上没有发生任何事情。麦考尔和州检察官杰西·亨特确信对那三名被拘押的黑人迅速起诉将有效遏制格罗夫兰周围的暴力活动，他们于7月20日周三和杜鲁门·G.富奇法官会面，以加快对塞缪尔·谢菲尔德、沃尔特·欧文和查尔斯·格林利强奸诺尔玛·帕吉特的正式起诉。下午晚些时候，大陪审团（包括有史以来第一位为莱克县服务的黑人）已经坐在法庭上审查证据。诺尔玛·帕吉特告诉法庭她被四个男人强奸。威利斯·麦考尔做证说他已经从其中的三个人那里得到供词。到午夜，亨特已经起草好起诉书。

到场的记者只有《芒特多拉头条》的梅布尔·诺里斯·里斯一个，她受州检察官邀请，她对这个案件中对被告的强有力指控印象深刻。她对“明智和训练有素的杰西·亨特”以及威利斯·麦考尔警长赞不绝口，她写道：麦考尔因为在“被抹黑的强奸案”发生期间对莱克县的控制方式“赢得荣誉徽章”。

格罗夫兰周围已经平静下来。麦考尔终于可以专心去追捕第四名强奸犯。

110

富兰克林·威廉斯在全国有色人种促进会在曼哈顿中心的办事处一直在跟踪格罗夫兰暴乱的新闻报道，但由于大部分工作人员还在洛杉矶参加年会，他除了收集信息以备回答瑟古德·马歇尔可能提出的问题之外，做不了什么。康斯坦斯·贝克·莫特利也已经和威利斯·麦考尔警长谈过保护莱克县的黑人免遭白人暴力的问题；但会谈的效果并不好。哈里·穆尔在米姆斯也知道谢菲尔德、欧文和格林利已经被指控犯有强奸罪，开庭日期就定在 8 月 29 日，周一。只剩下不到一个月的时间为一个判决结果可能是把三个男人送上电椅的死刑案件做准备，而他们甚至还没有律师。穆尔曾经派一名年轻的黑人律师从坦帕市到位于雷福德的佛罗里达州立监狱，想获得谢菲尔德、欧文和格林利的证词。

马歇尔在一片混乱中回到纽约办事处。电话响个不停，从佛罗里达分部打来的是为了关于莱克县的黑人社区遭到攻击的事，还有全国有色人种促进会会员打来的电话，他们关心洛杉矶年会上发生的事情，代表们投票通过一项决议，允许委员会的委员把那些已知的共产党员从分部中清理出去。马歇尔已经开始和联邦调查局局长J. 埃德加·胡佛进行一场机智的政治过招。由于胡佛的机构是民众对红色恐怖认知的关键，马歇尔渴望证明全国有色人种促进会是爱国的。与此同时，马歇尔的威信和在媒体界的受欢迎程度也给胡佛施加了压力，迫使他纠正联邦调查局作为政府机构却没有致力于保护黑人公民权利的形象。两个人都以政治上谨慎的态度发表对于对方机构的公开声明。

但在谨慎的公开声明的背后，是积累数十年的紧张关系。马歇尔一次又一次地看到，联邦调查局到达私刑现场处理善后事宜，但一次又一次地离开，没有任何嫌疑人。此外，马歇尔还了解到，这个机构的特工在处理善后事宜时被证明对黑人受害者和证人很有敌意，后者根本不愿意和联邦调查局的人谈话，因为担心他们提供的任何信息都会被转达给当地的执法机关，从而使他们自己有生命危险。马歇尔曾在民权问题总统委员会面前表达过对联邦调查局的不满，“你不能以调查发动的汽车的方式来调查私刑……你需要克服当地人的很多情感因素。你需要和更多不愿意说的人交谈”。他说，那些特工需要特别的训练，最重要的是，他们必须“自己相信公民权利的实施”。 111

1946 年初，黑人老兵艾萨克·武达德在南卡罗来纳州被殴打致盲之后，当马歇尔再次被告知联邦调查局无法获得足够的证据以进一步调查这个案件时，他被激怒了。那个夏天在南方忽然出现了大量的私刑——所有的都不了了之（要么就是未经调查）——沮丧的马歇尔给汤姆·C. 克拉克写了一封信，要求司法部长对联邦调查局本身进行调查。“联邦调查局在搜查违反我们联邦法律的个人方面创造了不可原谅的［原文如此］记录……范围从对性质恶劣的间谍和破坏分子的起诉……延伸到偷盗汽车并驾车穿越州际公路的普通的流氓。但另一方面，联邦调查局却无法对那些伤害黑人的违反联邦法律的人进行查证或将其绳之以法。”

克拉克反而把马歇尔的信转给了胡佛。联邦调查局局长大发雷霆，反击道，“我从之前和［马歇尔］打交道的情况中发现，他在指控联邦调查局时对事实和真相更加不小心”，他补充道，“我相信马歇尔先生对联邦调查局明显的敌意主导着他在全国有色人种促进会的同事处理法律事务时的思想”。胡佛继续挑战，要马歇尔提供那些自认为被联邦调查局错误对待的南方人的具体名单，马歇尔拒绝接招。

众所周知，胡佛在每次公民权利调查的开始都退缩不前，然后在“少数群体的呐喊声”的敦促下“横冲直撞”。胡佛满意于联邦调查局在私刑案件中用“清楚、无懈可击的关于阴谋的证据”为检察官提供强有力的论据，开始对南方法庭全部由白人组成的陪审团既不宣告被告无罪也拒绝起诉嫌疑人的公正性表示担忧。但在这些案件中，是联邦调查局首当其冲遭到批评，而不是那些选择忽视那些可靠证据的检察官或者陪审团。胡佛估计，公众会认为那些案件是种失败，这有损联邦调查局的声誉。

沃尔特·怀特试图为马歇尔和胡佛安排一次会面，他希望他们能够休战，但马歇尔对此并不乐观。“无论对胡佛先生还是他的调查员……我都不信任。”胡佛干脆拒绝会面。但怀特坚持认为，面对不断高涨的反共热潮，全国有色人种促进会需要被联邦调查局视为民主的堡垒，而不是靶子。1947 年 4 月，怀特撰写了一个反映全国有色人种促进会立场的小册子，希望能从 J. 埃德加·胡佛那里得到爱国主义的赞词，胡佛回答说这是他的“荣幸”。胡佛写道：“平等、自由和宽容是民主政府的根本，全国有色人种促进会已经为维护这些原则以及延续我们的国父的愿望做了很多事情。”几个月后，怀特最终说服马歇尔去华盛顿会见胡佛，作为回报，局长伸出橄榄枝，展望未来的合作。没过多久，马歇尔就“以他那迷人的、好小伙子式的、‘我是巴尔的摩的一名小律师’、能够和南方的警长和政治家很好地合作”的形象赢得了胡佛的支持。他向胡佛明确表示，全国有色人种促进会会帮助他避免关于联邦调查局对南方的种族犯罪漠不关心的批评，而胡佛也意识到，有像马歇尔这样在黑人社区地位崇高的人的支持，对联邦调查局及其代理机构的声誉很有价值。马歇尔只要求，对那些明显违反黑人公民权利的案件，联邦调查局要再次介入。

112

当格罗夫兰案件的备忘录第一次放在胡佛的桌子上时，局长写道，“对此事给予充分的重视”，命令下级进行全面的调查。

不久之后，联邦调查局当地的主管向胡佛报告说“全国有色人种促进会的瑟古德·马歇尔称赞联邦调查局在这个案件中所做的努力”。这两个人似乎确实化解了他们之间的分歧。全国有色人种促进会的杰克·格林伯格对此冷嘲热讽。他说：“促进会和胡佛相互利用。”

第九章　别开枪，白人

警犬已经闻了欧内斯特·托马斯的气味，威利斯·麦考尔带领超过一千名武装人员进入佛罗里达北部的柏树沼泽，他们已经对第四名格罗夫兰男孩形成包围。黄昏时分，其中一群骑马的人发现欧内斯特正在穿越一片农田，离他们就两百码的距离。他们大喊着让他停下，他只是跑得更快，六到八人拍马全速前进，并且开始开枪，麦考尔说："就像你在西部片中看到的那样"。 113 114

欧内斯特·托马斯 7 月 15 日晚上没再回到格罗夫兰火车站的停车场。他把那个裤兜里塞了一把枪的 16 岁男孩查尔斯·格林利留下来喂蚊子之后，就消失了。第二天哪儿也找不到他。在太阳升起之前肯定有什么东西吓到他了。他可能已经听说塞缪尔·谢菲尔德和沃尔特·欧文在那个早上因为强奸白人妇女而被莱克县的副警长抓住的事情，或者是听说了暴徒聚集在格罗夫兰看守所外面，而查尔斯·格林利已经被关进其中的一间牢房里。小镇到处传说，欧内斯特回到格罗夫兰是为了更多地参与小球赌博的生意——可能就开在他母亲的小酒吧“蓝色火焰”里，他可能因此得罪了某些人，尤其是亨利·辛格尔顿。他是这个小镇里仅有的另一个为黑人提供酒精饮料的小酒吧“蓝色月亮”的老板。多年来，辛格尔顿不仅经营着利润丰厚的小球赌博游戏，而且设法给威利斯·麦考尔提供好处。欧内斯特·托马斯和亨利·辛格尔顿在那个晚上之前是否有过冲突？或许这是欧内斯特认为明智的做法是离开格罗夫兰，因此第二天乘第一班公共汽车离开小镇的原因？

理查德·卡特，纽约一家短命的左翼报纸《每日指南》的记者，到莱克县进行调查后就勾勒出一幅画面。当卡特把他的视线转向格罗夫兰前，他正在报道纽约海滨码头的敲诈。凭着对有组织犯罪及其政治经济影响的敏锐把握，卡特很快把目光聚焦在莱克县的小球赌博游戏上，试图解释为什么欧内斯特·托马斯在7月16日一早逃离格罗夫兰。

在调查过程中，卡特发现欧内斯特·托马斯曾经在盖恩斯维尔为一个名叫勒罗伊·麦金尼的男人“兜售小球赌博”，当时两人决定“通过把钱押在赔率比传统的70∶1高得多的获胜小球数字上来赚钱”。卡特了解到，回到格罗夫兰时，欧内斯特希望扩大他的小球赌博业务，但他在格罗夫兰需要一个合伙人，所以他找到乔治·瓦里，“一名有胡子的、古怪的黑人，他曾经通过巫毒教积累了财富”。瓦里在格罗夫兰有两座房子。在其中的一座房子里，“他通过看水晶球”既为当地黑人，也为几英里

115 之外的、付钱给他的白人富人提供服务。另外一座房子“被称

作南莱克县小球赌博的总部”。瓦里的生意如此之好，“最近刚给自己买了一辆凯迪拉克”。

按卡特的说法，欧内斯特·托马斯已经和瓦里进行了“一个合适的安排”，瓦里开始把业务介绍给他。但新的合伙人和格罗夫兰“根基很深的当地小球赌博骗子”亨利·辛格尔顿关系并不好。此外，由于自己也开了一家小酒吧，辛格尔顿还参与非法贩卖私酒以及数字赌博，辛格尔顿“给执法人员支付保护费”，他们并不喜欢这个新竞争者，卡特写道。欧内斯特·托马斯不会被允许回到莱克县并且从他们的口袋里掏钱。他们不会束手就擒。7月15日晚上，辛格尔顿和托马斯在街上相遇并争吵起来，卡特写道：“事情到了为小球赌博而战的紧要关头。”“托马斯兴致勃勃，而辛格尔顿愤愤不平”，但辛格尔顿在莱克县有一群有权势的盟友，他们在维持小球赌博经销商的可持续发展上有决定性的利益。辛格尔顿所需要做的就是拿起电话打给威利斯·麦考尔，并且让警长知道他的小球赌博有点麻烦。

在四名黑人涉嫌强奸诺尔玛·帕吉特一事过去三个晚上后，贝莱克的一伙暴徒把乔治·瓦里的两座房子都付之一炬。欧内斯特·托马斯因为害怕自己有生命危险，已经逃离格罗夫兰。而亨利·辛格尔顿再也不用担心凝视水晶球的预言家或者自以为是的欧内斯特·托马斯涉足他的小球赌博。

那周结束时，暴徒终于离开了莱克县的街道，威利斯·麦考尔解散了国民警卫队；随着那三名已经招供的强奸犯被起诉并且安全地在雷福德，警长把他的注意力转向欧内斯特·托马斯。一个打给盖恩斯维尔警察局的电话告诉警长，欧内斯特最近被人发现和他的妻子鲁比·李一起出现在小镇上。麦考尔和他的副警长詹姆斯·耶茨迅速赶往盖恩斯维尔。

鲁比·李·托马斯声称自从她丈夫离开格罗夫兰，她再也没有见过他。麦考尔注意到，“她显然在撒谎”，第二天他到处寻找线索但一无所获，他决定更进一步询问鲁比·李。碰巧她不在家，按照麦考尔后来说的，“在整个调查过程中，我只有这一次违反了法律”。托马斯邮箱里的一封信引起了他的注意。它“封得不牢，并且不怎么费力就可以打开”。信来自欧内斯特·托马斯。信中告诉鲁比·李，她的丈夫会在某个地方待着，“直到事情平息下来”，并且告诉她怎么联系到他，下面的签名是威利·格林，这封信显示了一个乡村免费邮递处的地址，用的是谢迪格罗夫的邮箱号码，谢迪格罗夫位于盖恩斯维尔西北方大约两小时的车程，靠近佐治亚州的边界。托马斯将待在那里，他说，“和一些亲戚”待在沼泽的深处。

116

这封信是个可靠的线索，麦考尔联系了麦迪逊县的警长西米·穆尔以及邻近的拉斐特县和泰勒县的警长，并且和他们一起制订了一个计划。由于麦考尔和耶茨在莱克县之外没有管辖权，当地的警长签署了逮捕令，授权他们以及几名从附近的佩里和梅奥来的巡警出发进行追捕。他们把托马斯的落脚点缩小至老松节油厂附近林木农场的一个出租屋，他们决定在那里潜伏起来，直到他们的猎物“安顿下来准备过夜”，当托马斯入睡时他们闯了进来。

他们于 7 月 25 日凌晨三点闯进出租屋。他们找到了托马斯的衣服和一些个人用品，但没发现托马斯本人。托马斯已经转移到附近的另外一个房子里，他听到了执法人员的动静。他从睡梦中醒来，从窗户悄悄溜出去，冲向树林。麦考尔承认："我们本该包围那个地方，但我们没有。"

这些执法人员给佩里的州公路营打电话请求警犬支持。一个小时后，卡车载着人、警犬还有马来了；此时欧内斯特·托马斯已经跑了两个小时。警犬闻了闻托马斯曾经睡过的房间的气味，然后领着追捕者穿过"一块棉花田，接着经过一个猪圈……然后通过一片大沼泽"。这伙人知道他们在沼泽地找到了欧内斯特的踪迹，当其中的一只警犬发现欧内斯特已经"割断他的工装裤裤腿"时，警犬变得异常兴奋，它挣脱了佩里监狱营囚犯手中的皮带。他们循着这个踪迹追了六英里，直到警犬精疲力竭，他们不得不把它们送回公路营以得到更多的警犬。这次暂缓使得欧内斯特·托马斯得到一些时间以扩大他和追踪他的那伙人的距离，但午后那些警犬又开始闻到他的气味。警长继续追捕。但几个小时过去了，他们意识到这个黑人逃犯显然对麦迪逊县这片偏远的树林和沼泽很熟悉，这使得他难以被捕获。

托马斯逃跑的消息已经传播开来，队伍也在壮大。天黑之前，轿车到达那片区域，人群被分成几个小组加入追捕行动中。麦考尔确保贝莱克和格罗夫兰的男人都得到警告，以防他 117

们中的任何一个人仍在想为强奸诺尔玛·帕吉特寻求正义。超过一千名武装人员响应号召，他们可以对被认为是托马斯藏身之地的农田和柏树沼泽进行包围。黄昏时分，一群骑马的人短暂地发现了托马斯并且展开追捕，他们开枪并且命令他投降。但托马斯再次逃脱对他的追捕。他消失在一个长着茂密柏树的池塘中，警犬无法闻到他的气味，而黑暗也妨碍了搜索。尽管如此，这伙人已经有效地限制了他的范围，到7月26日周二白天，当他们重新开始追捕时，托马斯可能经过的每一条路都被封锁了。他只能依靠沼泽了。

欧内斯特·托马斯穿着他那少了裤腿的工装裤、脏兮兮的白色法兰绒衬衫和一双满是泥土的棕色便鞋。由于缺乏睡眠以及在无情的阳光下无休止地奔跑，他已经精疲力竭了。当他发现自己在沼泽边缘一片茂密的松树林时，他已经跑了至少25英里；不远处就是莫斯利霍尔——麦迪逊县的一片黑人区，他希望他能够消失在那里。但当他看到那些汽车以及在路边巡逻的武装人员时，他的希望落空了。他退到森林更深处，坐下来，背靠一棵树，迷迷糊糊地睡着了。在他附近，一只追捕他的警犬也睡着了。威利斯·麦考尔无法确认，这只狗睡在欧内斯特身边是因为欧内斯特对它很友善，还是因为它想守着猎物，等待大部队的到来。警长无法问欧内斯特，因为当大部队看到睡着的欧内斯特那一刻，沼泽的四面八方顿时响起连珠炮似的枪声。7月26日周二上午大约11:30，欧内斯特·托马斯的尸体躺在血泊、泥土和松针中。他的衬衫口袋里露出一个残破的骆驼牌香烟盒，已空了一半。

第二天，麦考尔和耶茨开车载着诺尔玛和威利·帕吉特来到麦迪逊县的 T. J. 贝格斯殡仪馆辨认欧内斯特·托马斯的尸体。在场的还有州检察官杰西·亨特。诺尔玛靠近棺材，她低头看着尸体，说："就是他。"尽管欧内斯特的脸和头部弹痕累累，但她再次确认，"我在任何地方都能认出这张脸。他就是那个拿着枪和开车的人"。威利·帕吉特一言不发。

枪击事件发生两天后，在验尸官的调查中，一群证人在县法官柯蒂斯·厄普面前列队行进。几乎所有人都证实他们离托马斯足够近，可以清楚看到他携带武器，而当他被发现时，他试图用一支 0.32 口径的哈林顿与理查森左轮手枪射击；但最终，这些人无一不是因为当时"太过兴奋"而无法确切地说出甚或估计出在托马斯被杀时，他们究竟开了多少枪或者谁在开枪。其中一个人还声称，他已经近到可以听见托马斯的遗言——"别开枪，白人，别开枪"，却没有看见谁开的枪。他也无法说出接下来开了多少枪，尽管他证实，子弹到处飞，还打中了一只警犬。 118

一方面，威利斯·麦考尔告诉记者，托马斯是个"好斗的恶魔。他手里拿着一支上了膛的手枪，而他的手指扣在扳机上"；另一方面，宣誓后，麦考尔又告诉调查人员，托马斯被打死时他不在现场附近，"当枪击发生时我正在沼泽的另一边"。他不知道是谁开了致命的一枪，他随后告诉记者，"但那是一群好人"。

审讯前，西米·穆尔警长作为证人被传唤，他说当他到达现场时，托马斯已经死了，后脑勺有一个弹孔，右太阳穴有两个弹孔，前额“眼睛上方”也有枪伤。穆尔拿走报纸，“因为上面已血迹斑斑”，并且用一块布盖住托马斯的尸体。尽管《巴尔的摩非裔美国人》估计在尸体上发现“将近400块弹片”，但关于欧内斯特·托马斯究竟被打了多少枪，从来没有确切的统计。验尸官的报告发现“尸体上还有其他洞”，而且欧内斯特“既遭到大号铅弹射击，也遭受来复枪和左轮手枪子弹的射击”。

在做证快结束时，穆尔警长再次被传唤作为调查欧内斯特·托马斯的证人。很显然，在整个听证过程中，穆尔受到慢性失忆症的困扰，做出令人疑惑的证词，他希望在记录中有某些东西能显示，“当那个黑人被射杀时”，附近有警长。当被问到是哪个警长时，穆尔回答：“莱克县的麦考尔警长和泰勒县的托尔斯警长。”

州检察官接着问：“有多少副警长在那个地方？”

穆尔说：“一个。”

“那是谁呢？”

“麦考尔警长的副警长”。

奥蒙德·鲍尔斯是《奥兰多哨兵晨报》的记者，全程报道了格罗夫兰的事件，他告诉报纸的前主编米尔顿·C. 托马斯说，他感到很受挫，因为他认识到，威利斯·麦考尔对事件描述的版本有“明显的缺陷”。首先，鲍尔斯并没有看到麦考尔声称的已从那些格罗夫兰男孩那里得到的供词。他只是按照警长及其副警长告诉他的去报道，但他还是有点怀疑那些被告为

119

什么会如此大方地承认自己的罪行。鲍尔斯认为记者只是“被告知按照他们［执法人员］想写的事情去写”，而他自己“想要了解的问题从来不受欢迎”。《奥兰多哨兵晨报》的记者还怀疑欧内斯特·托马斯卷入小球赌博而非诺尔玛·帕吉特宣称被强奸这个事实是这个年轻人逃离莱克县的原因。鲍尔斯也问过麦考尔警长关于托马斯在遭到格罗夫兰当地人枪击时抵抗的细节，但那些问题“从来没有得到回答”。

这位记者开始怀疑麦考尔是“不惜一切代价要封住托马斯的嘴”，而如此大规模的追捕是为了“让托马斯永久闭嘴”。鲍尔斯认为，佛罗里达北部的官员“会抓到托马斯的”，但鲍尔斯怀疑“这是一个‘做掉’托马斯的阴谋，而他们的确也这么做了。这里的‘他们’指的是有组织的赌博商”。

鲍尔斯说，当局认为托马斯是对“莱克县的那个区域已建立并根深蒂固的赌博业的一个明确威胁”，因此这伙人被组织起来，“确保托马斯绝对再没有机会‘说话’”。记者还观察到，“托马斯死了似乎是个解脱”。最后，奥蒙德·鲍尔斯告诉主编，麦考尔“在现场——而且很可能开枪，当托马斯被杀时”，并且认为“这很可能是一场残酷的谋杀”。

验尸官陪审团认定欧内斯特·托马斯被“合法杀害”，并且裁定他的死因是有正当理由的过失杀人。在莫斯利霍尔以南200英里，托马斯的很多邻居发现支持陪审团裁定的证据有可疑之处。一名格罗夫兰的白人民选官员向一名记者“露骨地暗示”，欧内斯特·托马斯不像是那种为了走出沼泽而试图开枪的人，因为“托马斯是一名阳光的、打扮入时的、受过高等教育的男人。他不是那种鲁莽的人”。不过，毫无疑问的是，报纸所提到的莱克县强奸犯“格罗夫兰四人”，现在是格罗夫兰三人了。

审讯结束后，在开车回贝莱克的路上，威利斯·麦考尔让诺尔玛·帕吉特伸出手来。他从犯罪现场带来一个信物：一件可以减轻这个17岁农家女孩痛苦的东西。诺尔玛伸出她那苍白的手掌。警长把那颗最近射进黑人欧内斯特·托马斯身体的0.38口径手枪的子弹头放在她手上。

120

富兰克林·威廉斯没费多少口舌就说服瑟古德·马歇尔，格罗夫兰事件和小斯科茨伯勒案很相似，而全国有色人种促进会的律师应该介入。在第一次听证会上，这起案件大部分符合马歇尔为他的员工设立的三项要求。首先，不公正源于种族。其次，谢菲尔德、欧文和格林利是否清白值得追问，马歇尔见识过太多南方看守所里的执法人员获得可疑供词的案件，特别是在罪行可能导致死刑判决的情况下。最后，这个案件明显提出了正当程序和平等保护问题。

威廉斯的论证很有说服力，但纽约办事处人手不足。罗伯特·卡特作为怀特、威尔金斯和马歇尔的助理特别顾问，不能去。选择的余地很有限。1949年，康斯坦斯·贝克·莫特利还在马歇尔手下“学习怎么办案”，马歇尔认为派她去佛罗里达办一个刑事案件不太可行。但他手上也没有像威廉·黑斯蒂那样经验丰富的律师，他是霍华德大学法学院前院长和查尔斯·汉密尔顿·休斯顿的表亲，因为他现在仍然是维尔京群岛的总督。（杜鲁门总统不久后任命黑斯蒂为第三巡回上诉法院法官，从而使他成为美国首位黑人上诉法院法官。）

最后，马歇尔把这个案件指派给富兰克林·威廉斯。就在几个月前，威廉斯和马歇尔一起在最高法院为沃茨诉印第安纳州案辩护，也是在全国有色人种促进会人手短缺的情况下，这位年轻的律师有效地说服法官凶手的供词是在非自愿的情况下获得的。这就是威廉斯发现自己在前往佛罗里达的飞机上的原因。

这位 31 岁的助理特别顾问在他获得福德姆大学法学院的学位之前就通过了纽约州的律师资格考试，这给沃尔特·怀特留下深刻印象，全国有色人种促进会于 1945 年雇了他。威廉斯出生于纽约市皇后区法拉盛，和马歇尔一样，是林肯大学的毕业生，二战期间在美国陆军一个种族隔离的部队服役，他在军队的经历对马歇尔特别有帮助，因为有一段时间，全国有色人种促进会处理大量黑人军人受到军事法庭不公正审判的案件。尽管如此，和马歇尔手下的其他律师一样，威廉斯很快发现自己为各种涉及学校种族隔离、限制性条款和运输工具的案件撰写辩护摘要并上诉。1946 年的一个案件引起威廉斯的特别关注，这个案件涉及一名曾经在美国军队服役的年轻的前海军陆战队队员艾萨克·武达德，在获得荣誉勋章退伍之后几个小时，他就因警察而致残。

121

2月13日，穿着制服的武达德在佐治亚州奥古斯塔附近的戈登营登上一辆灰狗，准备去南加州接他的妻子，然后一起前往纽约去看他的父母。旅途开始后不久，武达德和司机就因为他需要在停车时使用药店的洗手间问题有过争吵。争吵很短暂，但当司机再次在南加州的贝茨堡停车时，武达德被从车上赶下来，被带到附近的一个小巷子里，在那里，警察用警棍打他。然后他们以妨碍治安罪逮捕了他并把他关进牢房，在那里他再次被警察局局长林伍德·沙尔用警棍殴打。当武达德第二天醒过来时，两只眼窝都破了，而且他的角膜受到永久性伤害，但警察拒绝了他看医生的任何请求达两天之久。武达德在被打了两天之后，被警察送到南加州艾肯县的一家医院，但已终身失明。不规范的治疗导致他得了健忘症，几周之后，他的亲戚报告中士失踪，人们才找到他。

威廉斯很想代理武达德的案件，因为它符合马歇尔的宗旨，他也知道任何调查都会很困难，因为他的客户对他所经受的磨难的很多细节既看不见也记不起来。最终，威廉斯设法找到曾经和武达德在同一辆车上的一名南加州大学的学生；这名学生证实沙尔就是那名来逮捕的警察。全国有色人种促进会随即马上开始公布武达德的遭遇。在“1946年那个可怕的夏天”，在好几起广受关注的黑人士兵在南方遭遇私刑的事件引起全国范围的关注后，沃尔特·怀特和哈里·杜鲁门总统进行了会谈，当杜鲁门得知南加州只是简单地驳回了武达德事件，他“暴跳如雷”。杜鲁门下令司法部进行调查；此后不久，沙尔和他手下的警官就遭到指控。

艾萨克·武达德的失明激怒了民众。奥森·韦尔斯在他的电台里呼吁对警察进行惩罚，伍迪·格斯里录制了《艾萨克·武达德的失明》。为了引起进一步的关注，全国有色人种促进会让武达德和富兰克林·威廉斯一起在全国巡回演讲，讲述士兵在警察手里被打失明的事。这对搭档给人留下难以忘怀的印象。武达德已经开始恢复记忆，由于他看不见，起初很害怕在大庭广众之下演讲，但从巡回演讲一开始，他讲述自己如何因为曾为这个国家在太平洋服役从而获得一枚“战役之星”和一枚“品德优良勋章”的荣誉而感到自豪，他的故事深深地打动了听众，而他踏上汽车，怀抱着过几个小时就会看到妻子的期待，以及他失去记忆并且失明的酸楚故事同样打动人心。威廉斯借武达德充满感情的故事筹集资金，按照他的说法，这名战士是“一个好的演讲者”。

122

威廉斯在讲台上的表现同样很出色。他消瘦而又英俊，有着一张轮廓分明的脸和又黑又深邃的眼睛，穿着笔挺的、定制的西装，经常打着领结、戴着软呢帽。这位彬彬有礼的年轻律师的自信弥补了他在经验上的不足，而他充分的才智和他的风度很相称。威廉斯完美地展现了全国有色人种促进会想要的公众形象。作为一名新律师，和瑟古德·马歇尔、罗伯特·卡特，以及康斯坦斯·贝克·莫特利一起工作，威廉斯在代理艾萨克·武达德案件时不知疲倦地为他辩护，证明了自己是有价值的新生力量。当武达德和威廉斯一起出现在哈莱姆的卢因森体育馆时，他们和重量级拳王乔·路易斯一起主持集会，有两万人参加，为援助武达德和一个“反暴徒暴力基金”筹集的钱超过 22 000 美元。

针对武达德袭击者的案件不那么成功，当威廉斯在法庭上坐在艾萨克·武达德身旁，他目睹了南方的司法。在庭审过程中，作为公民权利支持者的法官，被联邦检察官不适当、没创意地想把一个案件变成针对被告的努力所激怒，他宣称这“很荒唐”。更加侮辱伤者的是，沙尔的辩护律师直接在法庭上对武达德喊出种族主义的口号。陪审团甚至用了不到一个半个小时就认定沙尔和其他警察在所有的指控上都无罪，走廊里爆发出掌声。

威廉斯简直不敢相信他所看到的一切。马歇尔每次从南方回来，都绘声绘色地讲关于疯狂的警长、凶残的暴徒和恶意的死亡威胁的故事，而威廉斯曾经和其他的法律工作人员在全国有色人种促进会市中心舒适的办公室里一起对马歇尔的嘲讽放声大笑。但在了解了南方的这些景象后，威廉斯发现没什么可笑的。威廉斯说：他所讲述的他和武达德在梅森–狄克逊线经历的故事，会“让你毛骨悚然”。

123

尽管如此，威廉斯开始欣赏马歇尔在南方刑事案件中所采取的策略，在那里，地方执法部门、检察官、法官、陪审团都保证正义的天平向白人至上主义倾斜。正如马歇尔对他的工作人员反复提醒的，你去战斗，为了你可以活到明天继续战斗，无论是上诉到高一级的法院，还是仅仅承认当一个清一色由白人组成的陪审团裁定一个黑人终身监禁而不是死刑，在某种程度上你就已经赢了，因为陪审员相信你的当事人是无辜的。对马歇尔来说，战斗从来不因一个陪审团的裁定而结束。对他来说，最高法院是你在这片土地上能发现的一个公平的战场：这是他想战斗的法庭。对威廉斯而言也是如此。

然而，威廉斯现在在飞机上，要飞回那片陌生的、无法无天的土地，在那里，人们不乐意看到穿着西装的黑鬼像白人那样和法官说话。

第十章　使用橡胶管的行家

“不要担心，妈妈，我什么也没做。” 124

沃尔特·欧文平静地说着，然后经过他那在抽泣的母亲，走向副警长詹姆斯·耶茨和等在外面准备把他和塞缪尔·谢菲尔德带走的巡警。他离前门只有几步，威利·帕吉特就从一辆黑色轿车里冲了出来，并且开始骂他。

“你这个狗娘养的。你在那里。你最好把我的妻子还给我，否则我要杀了你……”

欧文很困惑，他告诉帕吉特他对他妻子一无所知。

“不，你知道。”帕吉特醉醺醺的，他冲向欧文，副警长耶茨和勒罗伊·坎贝尔拉开这个怒气冲冲的贝莱克农夫，让他重新回到车里。

巡警把谢菲尔德和欧文带到另一辆车的后座上，警车车队快速穿过格罗夫兰。与此同时，前一天晚上被塞缪尔开走的詹姆斯·谢菲尔德的水星被警方扣留；副警长坎贝尔把它开到一个加油站，在那里开始进行搜索，以发现证据。此时，朝马斯 125

科特方向开的车队已经转向一条荒凉的土路。开了四五英里，到了一个很偏僻的地方。他们在路边停下。

耶茨打开欧文那边的车门，他命令道："从车里出来，孩子。"欧文按他说的做了。

耶茨问："你为什么强奸那个白人妇女？"但欧文根本没机会回答。耶茨用警棍猛砸他的头。

谢菲尔德眼睁睁地看着朋友在他面前倒在路上，他也被命令从车里出来。巡警在他面前围成半圆形。耶茨建议："最好说出来。"而谢菲尔德回答说他什么也不知道。

巡警聚集到谢菲尔德和刚从地上爬起来的欧文身边。几个巡警抓着他们两个人，而其他人用皮包铁棍和拳头打他们。谢菲尔德和欧文最终倒在路基上。他们蜷曲着，不断地被拳打脚踢。

有人问："黑鬼，你就是昨晚带走这个白人女孩的那个？"

欧文回答说："什么白人女孩？"然后他被打了。

另外一个人说："你最好告诉我们是你干的，否则我们把你打到屁滚尿流，直到你告诉我们是你干的。"谢菲尔德的视线已经模糊，而欧文时而有意识时而没有意识。尽管如此，他们仍然否认和那个失踪的白人女孩有任何关系。

其中的一个巡警把威利·帕吉特带到被打的男人跟前，并且问他是否确信这两个人就是"那两个人"。帕吉特停顿了一下，脸涨得通红。

警察说着"去死吧"，举起他的皮包铁棍，狠狠地朝两个黑人的头上和身上打去。

当富兰克林·威廉斯抵达奥兰多时，他还来不及考虑怎么调查格罗夫兰的案件，必须先关注一下基本的住宿和交通问题。126 黑人开车通常靠《黑人驾驶员绿皮书》指导。这本80页的小册子由纽约的维克托·H. 格林公司出版，由埃索石油公司和福特汽车公司提供赞助，上面列着各城市和州可以接待黑人的酒店、饭店、出租车服务和加油站的名称和地址：如果你碰巧在不熟悉的地方，尤其是在种族隔离的州旅行，它可以“解决你的问题”。在莱克县，没有一家旅馆对黑人开放。此外，由于有人还建议他不要花太多时间在塔瓦里斯（威利斯·麦考尔的县）的法院附近（尤其是在天黑之后），威廉斯的担忧远超过绿皮书所标榜的“现在我们可以不尴尬地旅行了”。

通过全国有色人种促进会佛罗里达分会的网络，威廉斯在奥兰多一个相当于黑人经营的住宿加早餐客栈“旅行者之家”预定了一个房间。就是在这里，威廉斯遇见了来奥兰多参加拳击表演赛的乔·路易斯，他们成为好朋友。在得知格罗夫兰案件后，路易斯以一些现金资助威廉斯的工作，随后他还给全国有色人种促进会捐献了五百美元，用于为格罗夫兰男孩辩护的事宜。一幅路易斯和威廉斯的照片出现在《纽约邮报》题为“为平等而战”的新闻中，因为欧内斯特·托马斯被杀已经出现在北方报纸的头条上，比如，7月27日的《纽约时报》报道“一伙人杀死佛罗里达逃亡的黑人，他因格罗夫兰强奸案被追捕”。

在纽约的瑟古德·马歇尔和在佛罗里达的威廉斯商量后，第一次公开地把他那著名的名字和格罗夫兰案件联系在一起。他给美国司法部长汤姆·克拉克发了一封电报，要求进行联邦调查，他说：“由暴徒代理进行的肆意的杀戮比私刑更恶劣。”他接着向佛罗里达州州长富勒·沃伦抗议说：“严重怀疑那名被杀害的黑人和那所谓的强奸案有任何联系。”全国性的报纸报道了马歇尔的行动以及他那句“所谓的强奸”，这也是另一个第一次，因为此前除了黑人报纸，关于格罗夫兰事件的报道都避免把“所谓的”这个词和诺尔玛·帕吉特在7月15日晚上的困境联系在一起。

在佛罗里达，为了用全国有色人种促进会有限的预算继续进行调查，威廉斯不得不雇一名在这个州注册的律师：这不是一件容易的事，因为这个州注册的黑人律师的总数不超过24人，他们中的大多数在迈阿密或者其他大一点的城市执业，没有一个人在莱克县或者附近的任何一个县。尽管如此，127 威廉斯还是设法找到两名年轻的法学院毕业生——来自坦帕的威廉·福德姆和来自代托纳比奇、毕业于霍华德大学的霍勒斯·希尔，他们在一年前就已经取得佛罗里达的律师资格。当然，此前他们也看过报纸，不太确定自己是否想涉足莱克县强奸案。尽管如此，威廉斯可以从24岁的希尔身上发现期待与来自全国有色人种促进会的全国办事处以及瑟古德·马歇尔的法律辩护团队来的律师一起工作的激动心情。但希尔充分认识到莱克县的暴乱、叛变的地方武装人员，特别是大帽子警长的愤怒，他犹豫了。希尔回忆说："我阿姨想知道我是否失去了理智。我甚至给我父母打了电话，他们想知道我是不是疯了，他们说那有多危险啊。"

7月29日，周五，能说会道、有说服力的富兰克林·威廉斯驱车北行，前往在雷福德的佛罗里达州监狱，同行的不仅有他新招募的霍勒斯·希尔、希尔的妻子多萝西（威廉斯认为她可以替他们做速记员），当然还有威廉·福德姆，他们乘坐着希尔1948年的雪佛兰汽车。下午晚些时候，他们来到被称为"岩石"的监狱农场，并且被安排在一个房间里，在那里他们一个接一个地会见了三名被告。尽管此前福德姆曾被哈里·T. 穆尔派往雷福德，为纽约律师的来访做准备，但当威廉斯第一眼看到塞缪尔·谢菲尔德、沃尔特·欧文和查尔斯·格林利时，还是深感震惊。他们被送到雷福德已经快两个星期了，但他们的脸上和身上仍然带着他们在莱克县被殴打的烙印。威廉斯注意到："他们的脑袋一团糟"并且沾满"结成硬痂的血迹，他们的头发也一团糟。在州监狱出现这样的情况让我震惊，他们甚至都没能洗头"。瘀伤、疤痕、肿块是他们兄弟情谊的标记。

塞缪尔·谢菲尔德是第一位被接见的。他把律师带回7月15日晚上的事件中，他和沃尔特·欧文开车去伊顿维尔喝点啤酒，他描述了第二天早上发生的事情。他把他嫂子送到格罗夫兰一家美容院后，大约上午7∶00，他在沃尔特·欧文家停车，看看他的朋友是否准时起床去上班。此时，两辆佛罗里达高速公路巡警的车和第三辆黑色的小汽车停在房子的前面，几个白人出现了，其中有副警长坎贝尔和耶茨。耶茨问谢菲尔德："昨晚和你在一起的那家伙在哪儿？"这个问题最终导致他和欧文在格罗夫兰外荒凉的土路上遭到殴打。

128

谢菲尔德告诉律师，"他们打了我们有半个小时"，律师被他的证言所震惊。被打之后，他和欧文被推回巡逻车。欧文的衬衫被血浸透了，他用手摸了摸头，感到"肿起了一个大包"。一名巡警让他们快点坐下，以免他们的血滴到车内垫子上。和欧文一样，谢菲尔德张开嘴让威廉斯这些人看他被打断的牙齿，他掀开他的衬衫，他身上仍有很多瘀青。

谢菲尔德接着告诉律师，耶茨和坎贝尔怎么开着他们的黑色轿车，领着大队人马到周五舞会之后帕吉特的车抛锚的地方。谢菲尔德和欧文被命令从车里下来，站在副警长耶茨旁边，他正试图把他们的鞋和沙土上的鞋印进行比较。谢菲尔德发誓他和昨晚穿的是同一双鞋子，在比较了谢菲尔德的鞋子之后，耶茨再次研究了地面，宣布："那些不是你的脚印。"欧文被问了类似的问题，他的头还在流血，并且承认他穿的鞋子和昨晚不同。耶茨沮丧地让他们回到巡逻车里，把他们送到塔瓦里斯看守所。

他们被关在一间大牢房里，其他犯人可以清楚地看到，欧文坐在角落里的一个地板上用手压着他的头，无法让伤口停止流血。其中一名囚犯说，看起来像是警察要杀死他们，可以理解，欧文没心情说话。当耶茨和坎贝尔再次出现在牢房里时，已经过去几个小时了。对塞缪尔·谢菲尔德和沃尔特·欧文的审讯还没有结束。

坎贝尔警告说："黑鬼，你要告诉我们真相，否则我们会打得你屁滚尿流，我们会让你说的。"

他们在看守所里面。欧文环顾了地下室，房间里有一些管道，还有"大量的发动机"。副警长们把欧文吊起来，他们把他的双手铐在头上的管道上。欧文的身高只有五英尺二英寸，他的脚够不着地面。耶茨和坎贝尔对欧文被安全地吊着很满意，轮流用含铅的橡胶管殴打他。

"他们打我的背、肩膀、胳膊和臀部"，欧文告诉威廉斯和两名年轻的黑人律师，但无论是耶茨还是坎贝尔都没有问他任何问题。坎贝尔只是"不断地试图让我承认强奸了某个妇女，我不会承认，因为我不知道他们在说什么"。 129

坎贝尔把橡胶管扔到一边，拔出手枪，嘲笑着欧文，说"他会因为把我的脑袋炸飞而感到兴奋"。他走到一旁，另一个男人取代了他，那人抬起欧文的下巴，用拳头击打欧文的脸。接着，那个男人退后，抬起他的"高帮靴子"，欧文说，他"踢了我的私处"。

他们把欧文扔回牢房。接下来轮到谢菲尔德，副警长把他带到地下室，他在那里也忍受了一场残酷的殴打。谢菲尔德回忆道："当我的门牙被打掉时，我的嘴在流血，我的口腔后部还有三颗牙齿被打断。当我第一次来到这里时，我要求看医生，但没有医生来过监狱。"

威廉斯想了解另一个关键问题，这个案件中三个被告公布的供词。谢菲尔德说他从来没有签署任何东西，但反复的殴打，特别是那个穿高帮靴子的男人的殴打使得他口头认罪，他后来认出那个人是韦斯利·埃文斯，谢菲尔德曾经工作过的格罗夫兰一家乳品店的常客。埃文斯被要求狠揍囚犯，他充满仇恨地用橡胶管猛打谢菲尔德的脸和胸，谢菲尔德认为他是“使用橡胶管的行家”，他怀疑埃文斯和诺尔玛·帕吉特是否有什么亲戚关系。埃文斯说没有，但在他继续猛打谢菲尔德之前，他停顿了一下，承认诺尔玛和威利·帕吉特都是他的“好朋友”。两个晚上之后，韦斯利·埃文斯是那伙烧毁谢菲尔德在贝莱克的房子的暴徒头目之一。

谢菲尔德说：“他们试图让我说，我是强奸一个白人妇女的那伙人中的一个，我被打得太惨了，浑身都是肿块。他们说如果我不承认是其中的一员，他们就会不停地打我。我一直告诉他们我那时在奥兰多。最终，我再也受不了，我承认了。”谢菲尔德说，是的，他强奸了诺尔玛·帕吉特，那些男人放下了他们的橡胶管。耶茨告诉谢菲尔德，如果在他第一次讯问时就承认了，他就不会“挨这些打”。

威廉斯记录了谢菲尔德身上仍然可见的伤害证据：头上的伤疤、被打断的牙齿、被牙齿刺伤了的上唇、遍布背部和胸部的疤痕，还有支持谢菲尔德所说的他被铐到头上方的金属管的手腕上的疤痕。欧文被证明受过类似的伤害：身上的疤痕、大面积的瘀青、鞭痕、手腕上的疤痕。威廉斯还注意到，欧文的

130

“右下颚似乎断了”。

谢菲尔德被打之后也回到了看守所的四楼，和欧文一样，他被关在一个单独的牢房里。但欧文没待多久。他又被带到地下室，坎贝尔和耶茨实施了第二轮殴打；因为欧文没认罪。欧文告诉威廉斯，到最后，“我血流得很厉害”，但最终他还是拒绝承认强奸了诺尔玛·帕吉特。副警长们把他带回牢房；在路上，“他们中的一个人踢了我的私处”，欧文说。

下午 6：00 左右，耶茨和坎贝尔告诉这两名精疲力竭的被打的黑人说“一伙暴徒在路上”，副警长说他们是“幸运的”，因为他们将被带离看守所，以免被杀。他们的手被铐在一起，谢菲尔德和欧文被带到一辆车那里，并且被命令在后座上躺下以免被看见。他们能听见警方的对讲机发出的乱糟糟的声音，转播一个有色人种的人在附近被打并且被杀害，此时黑色轿车前往树林中的一片西瓜地。在那里，这两个囚犯的手被铐在一棵小松树上。他们本以为会被浇上汽油并且被烧，但他们只是等着。一个年轻的女孩骑马经过，副警长们待在轿车旁。大约半个小时后，谢菲尔德和欧文又被塞进汽车的后座，接着开往尤斯蒂斯。当车开进一条车道时，他们听到一个声音在大喊：“那些黑鬼在哪儿？”

谢菲尔德这一侧的车门被猛地打开，一个高个子、戴着白色斯泰森帽子的人立刻用一只又大又沉的手电筒痛打他，还用靴子踹他。警长麦考尔刚刚从俄亥俄州回家，结果却发现他的县已经完全失去控制，他已经很不高兴了，当谢菲尔德恳求他停止时，麦考尔更加愤怒了：警长开始“真的踢他”。由于有怒气要发泄，麦考尔绕到轿车的另一边，让欧文的胳膊和腿尝尝被手电筒砸的味道。副警长们随后继续与谢菲尔德和欧文的旅程。大约两个小时后，他们抵达雷福德的佛罗里达州监狱。

格罗夫兰强奸案第三名囚犯查尔斯·格林利也没能逃脱去塔瓦里斯看守所地下室的旅途。他也有伤口要展示。因为他年纪小，当律师对他进行检查时，霍勒斯·希尔的妻子多萝西被要求离开房间。威廉斯记录道，格林利的左眼“又红又肿”，他的右颧骨有两道伤疤，他的“脖子上到处都是伤疤”，腹股沟也有疤痕，他的睾丸仍然是肿的，双脚有很多割伤。检查结束后，希尔的妻子回来继续记录格林利余下的陈述。结束时他对威廉斯说：“所有一切都是真的。我对强奸案一无所知。我甚至不认识塞缪尔和欧文。”

131

律师合上他们的笔记本。威廉斯的怀疑得到证实：威利斯·麦考尔警长和他的副警长为了让这三个格罗夫兰男孩的证词支持他对媒体的吹嘘，对他们进行了拷打，就算其中的一个人，沃尔特·欧文，直到他们停止殴打都没有承认。这三个人对他们个人在塔瓦里斯看守所下面的地下室的遭遇以及对拷打者的描述都惊人地相似。尽管格林利否认在 7 月 15 日晚上见过诺尔玛·帕吉特和威利·帕吉特有足够的说服力，但关于那两个当兵时的伙伴那晚上的行踪的说法的确是有疑问的，因为它包含遇到所谓的受害者和她的丈夫。

在向三个被告保证他会安排一名医生来进行检查，以便提供一份更全面、专业的伤势报告后，威廉斯询问他们，自他们两周前被关押在雷福德后，他们是否被提供过律师，或者是否曾经寻求过律师。很显然，无论在塔瓦里斯的看守所，还是在州监狱，没有任何警察或者官员告诉他们，他们有权由律师代表。州检察官杰西·亨特曾经带诺尔玛·帕吉特和威利·帕吉特来雷福德，以便这对年轻的夫妇辨认三个嫌疑人，而当亨特在起诉之前和他们每个人见面时，他只问他们有没有律师。欧文和格林利都很天真地回答说他们不需要律师，因为他们没做错什么，这只是一起很快会被澄清的错认的案件，这让威廉斯感到难以置信。谢菲尔德的回应也不比他们世故，他说他是教会的成员，“将按照事情实际发生的情况来说”。暂且不论被告的天真，县和州官员的失察也增强了威廉斯的信心，他相信他从州监狱得到的报告会促进全国有色人种促进会对格罗夫兰案件有更多实质性的投入，尤其是欧内斯特·托马斯被一伙超过一千个带武器的男人组成的武装人员围捕并且枪杀，其中的许多人还是副警长，这些已足以促使瑟古德·马歇尔投入更多的精力到这场斗争中。

正当这三名囚犯站起来而律师准备离开时，威廉斯注意到，首先，欧文光着脚，而且他的裤子后面都是血迹，他一直穿着他在塔瓦里斯看守所被打那天穿的裤子。欧文告诉威廉斯：“我在这里没有鞋子，我只有衬衫和裤子。” 132

威廉斯和他的团队开始了驾车回奥兰多的漫长旅程，来自全国有色人种促进会纽约办事处的律师仍然感到战栗。尽管还不确定，但他自然而然地从被告那里得到启发，他们已经受到不公正的待遇，并且已经遭受了身体上的痛苦，16 岁的格林利用他那结结巴巴的、乡下人的口音做出的评论却是威廉斯不能撼动的。那个男孩含蓄地表明了自从奴隶制在南方衰落以来，每个黑人男性对种族和性的本能理解。这也可以解释为什么欧内斯特·托马斯在 1949 年 7 月 16 日早晨匆忙离开莱克县。格林利在格罗夫兰的第一个晚上，当副警长们把他从火车站的停车场带走并把他关进看守所时，他们把他单独留在一个没有上锁、只有一张床的牢房里。格林利曾经说："上帝啊，如果我当时意识到一个白人妇女在［格罗夫兰］一百英里以内被强奸而黑人是嫌疑人，我会打开门逃走。"

威廉斯留在奥兰多被证明是卓有成效的。他对这起针对格罗夫兰男孩的案件的调查把他带到特伦斯·麦卡锡那里，麦卡锡为《新领袖》—— 一份"致力于社会主义和工人运动"的左翼知识分子周报——报道了这个故事，他让威廉斯确信，而且的确如他确信的那样，这个案件更多地与种族和柑橘产业，与恐吓手段和情形有关，而不是和所谓的强奸诺尔玛·帕吉特有关。亨利·谢菲尔德对此表示同意，他长期忍受他的白人邻居的怒火，最终遭受了他们的暴力行动——燃起火把。谢菲尔德告诉威廉斯："很多人告诉我这无非是嫉妒，而嫉妒就是嫉妒。"谢菲尔德还有第二个理论，身为二战老兵的威廉斯很明白这个理论，谢菲尔德说："塞缪尔是个好孩子，在他去当兵之前，所有白人都会这么说。但自从他回来后，人们不喜欢塞缪尔和那个叫欧文的男孩开着詹姆斯的车到处转。他们不喜欢退伍老兵的态度。”

塞缪尔·谢菲尔德和沃尔特·欧文都是最近刚从部队退役。按照美军的规定，允许士兵在退役后继续穿着他们的军装，许多黑人士兵都那么做，可能是为了提醒社区自己曾经保卫他们的家园。他们也曾被派往国外，特别是欧洲，那里对少数族裔比在美国尤其是南方更宽容和开放。因此，和其他黑人退伍军人一样，他们回到家乡所在的州，回到南方中的南方，塞缪尔·谢菲尔德和沃尔特·欧文都不打算按照人们对黑人的限定，回到莱克县的田里或者柑橘园。与此同时，南方白人可能被欧洲人对黑人的平等主义态度所激怒，而他们最气愤的是来自法国的关于白人妇女和美国黑人男子睡觉的故事；因此，他们决定让黑人退伍军人回到黑人的位置。第一次世界大战后，数十名黑人士兵在南方遭受私刑，有些人还穿着他们的军装。1946年夏天，对黑人退伍军人的私刑迅速回归。黑人士兵的父亲警告他们的儿子不要穿着军装回家，因为警察已经开展搜索和殴打黑人军人的行动。密西西比州的一名男子说：“如果你的钱包里有一张白人妇女的照片，他们会杀了你。”

133

富兰克林·威廉斯自己也是一名退伍军人，并且和盲人退伍军人艾萨克·武达德有过广泛合作，他完全了解离开军队后黑人在美国遭受的敌意。退伍的塞缪尔·谢菲尔德和沃尔特·欧文在格罗夫兰周围仍然穿着他们部队的制服这一举动必然会激怒莱克县的白人，威廉斯知道这一点，他对麦考尔警长期待他们去做在果园里采摘水果的工作也不感到奇怪，黑人被认为应该去做这种劳动时间长、工资低的工作。相反，谢菲尔德和欧文却开着一辆新型水星在镇上转悠，就好像街道是他们的一样；对白人来说，这简直就是令人难堪的“傲慢”。而且，愤怒是普遍的，按照威廉斯的说法，乡下白人中的愤怒“是从警长……从威利斯·麦考尔那里传播到他们中间的”。亨利·谢菲尔德更直截了当。他说，对格罗夫兰附近的白人来说，他的儿子是个“不知天高地厚的黑鬼”。

威廉斯在格罗夫兰周围待的时间越长，他就越觉得所谓强奸很可能只不过是为莱克县的警长提供了一个借口，以便对制造麻烦的黑人和潜在的煽动者采取严厉的行动。威廉斯说：“麦考尔很清楚地知道他想要的是谁，他想要谢菲尔德和欧文。他想要抓住他们。”

134 一回到纽约，富兰克林·威廉斯就简要地向瑟古德·马歇尔全面介绍了格罗夫兰男孩案件的情况：他们在忍受了那样的毒打之后还能活下来是多么幸运；两周后，“他们的头发和头上还有血迹，而他们脚底仍然满是割伤”；谢菲尔德和格林利已经认罪——但只是口头上，是为了结束对他们的折磨，而欧文无论是口头上还是书面上都没有认罪。马歇尔对这一切都不感到奇怪，他已经见过太多那样的案件，知道刑讯逼供在南方更多地是规则而不是例外。甚至杜鲁门总统 1946 年的《总统委员会民权报告》也承认这一点，J. 埃德加·胡佛证实针对黑人的“非法警察行为”在南方如此普遍，看守所中“被监禁的黑人男人或者女人很少不被毒打，以手枪抽打开始，以橡胶管鞭打结束”。

由于有一名嫌疑人在法律上有问题的情况下死亡，同时其他三名嫌疑人被严重且非法地殴打，马歇尔毫不迟疑地加大了全国有色人种促进会对这个案件的投入。他让威廉斯把当地最好的、可能可以办理这个案件的律师列一个名单，以备办理此案，他还强硬地对媒体说：“协会将投入资源为这些男孩辩护，与此同时，我们也坚持保护该地区的其他黑人。”马歇尔向佛罗里达州发表严正声明。如果当地有种族主义偏见的政府官员计划通过他们的司法系统对无助的黑人进行定罪，他们将不得不面对无论是在州还是在联邦上诉方面都有强大背景的律师。此外，全国有色人种促进会介入一起刑事案件，保证了它会引起全国媒体的关注，这将把负责起诉的州检察官杰西·亨特置于报纸的聚光灯下，这些报纸不同于佛罗里达的地方报纸，它们没有在维护种族安宁和黑人的现状方面的投入。届时，在纽约的新闻发布会上，富兰克林·威廉斯将会告诉全国记者，他在莱克县的调查使他确信，不仅格罗夫兰男孩是“完全无辜的”，而且针对他们的“捏造的强奸指控”与黑人社区的骚乱及毁坏没有多少关系，与之更有关系的是白人暴徒头目下决心恐吓黑人，让他们接受被指定给他们的地方：柑橘园。

当马歇尔和威廉斯试图一同草拟一个初步的法律策略时，全国有色人种促进会纽约办事处告诉在佛罗里达的哈里·T. 穆尔，法律辩护基金会将大力为格罗夫兰男孩辩护，并且希望穆尔激起当地民众对这个案件的支持。穆尔立即投入行动。他已经分别在7月20日和22日给州长沃伦发过电报，呼吁惩罚应该对格罗夫兰骚乱负责的当事人，现在，在一封7月30日致州长的信中，他要求进行特别调查，并且召开大陪审团特别会议以“起诉那群犯罪的暴徒”。穆尔也把警长麦考尔纳入他的视野。穆尔曾经称赞警长阻止了7月16日的一场私刑，但他对麦考尔也有不满，特别是这个县的执法者“对暴徒持宽容态度”，允许暴徒头目进看守所搜寻嫌疑犯。穆尔也曾经询问过警长是否打算起诉那些没有持枪许可证的人，因为他声称他知道或者认识暴乱中所有的武装人员。现在穆尔已经知道那些被告的身体受到折磨，他起草了一个通告发给媒体。被指控卷入格罗夫兰案件的黑人被“当地官员毒打以迫使他们认罪”，并且呼吁沃伦州长暂停这些官员的职务。

135

麦考尔警长对穆尔指控的反应并不友好。他向媒体精心打造了自己作为一个无懈可击的县政府官员的形象，一个“负责任”地通过法治行使警长职权的人，即使这包括他站在愤怒的白人暴徒面前以保护他看守所里的黑人。实际上，麦考尔对他的公众形象很迷恋，他把报纸上提到他名字的每一篇文章，不管好坏，都剪下来，他会迅速纠正记者涉及他的任何事实或者争议的负面叙述或意见，有时亲自出马，例如他忽然出现在《芒特多拉头条》的办公室，踹开梅布尔·诺里斯·里斯的门，指控她对他的报道是谎言。当《奥卡拉星旗报》报道哈里·T.

穆尔指控当地官员曾经系统地对格罗夫兰强奸案的嫌疑犯进行殴打以便得到麦考尔三周之前吹嘘的证词时，警长暴跳如雷。他对这个指控的回答是，“那是该死的谎言”，“那完全不是事实”。

和马歇尔在纽约磋商后，威廉斯回到佛罗里达，并且再次前往雷福德的佛罗里达州监狱，这次是跟一名医生和一名牙医一起去的，这两个人都是黑人，目的是为了完成对囚犯伤势的医疗报告。在8月炎热的一天，纳尔逊·斯波尔丁医生开车，他的黄色敞篷车动感十足，但没有空调。当威廉斯建议他们至少应该把车篷放下来时，医生解释说，如果警察在佛罗里达的乡下发现三个“黑人待在一辆黄色的凯迪拉克敞篷车里”，他们会有麻烦的。斯波尔丁说，如果车篷敞开着，警察“不会注意到我们”。 136

威廉斯搜集到的证据，不管是医疗方面的还是其他的，都令人信服。格罗夫兰男孩案件中的正当程序被违反，执法人员违反法律的事实可以被证明。威廉斯的访谈已经提供了足够的证据。但马歇尔的人在奥兰多还没有找到一名有丰富经验的律师愿意代表三个被控在莱克县强奸一名白人妇女的黑人。在威廉斯和霍勒斯·希尔以及威廉·福德姆前往雷福德后不久，后者已经退出这个案件了。尽管希尔愿意继续下去，但威廉斯仍然需要一名经验丰富的律师，可以驾驭一个很可能对三名被告判处死刑的案件。案件已定于8月底审理。

8月初，威廉斯曾找到一名有美国产业工会联合会资格的当地律师，但他要一万美元才同意代理这个案件，这个数字远不是全国有色人种促进会有些拮据的收入能负担的。接着，一名“在代托纳比奇非常出色的刑事辩护律师”似乎愿意考虑代表这三名被告，直到他知道了审判地点。这名白人律师被吓跑了，他对威廉斯说：“富兰克林，你知道，在莱克县那里的那些破坏分子很快会站在那里，用威力强大的来复枪朝我射击，就像他们会对你做的那样。”另外一名律师同意代理这个案件，但拒绝提出任何技术问题。他说“他不会提出诸如改变审判地点或者选择陪审团或者任何其他类似的问题”，而威廉斯则认为，这些问题是重要的挑战，特别是在很可能将一个有罪判决上诉到更高级别的法院的情况下。

小斯佩萨德·L. 霍兰，这位29岁的前佛罗里达州州长和现联邦参议员的儿子，他在代理几个黑人流动工人遭监禁并且被迫在柑橘园劳动的案件后引起全国有色人种促进会的注意。他甚至代表工人向司法部提出指控。鉴于霍兰显然同情民权案件，威廉斯认为这个年轻的白人律师可能有兴趣代表这些格罗夫兰男孩。霍兰同意第二天早上和威廉斯及希尔见面。当他们按照安排到霍兰在维罗比奇的办公室和他讨论案件时，这位律师变卦了。

他坐在他的办公桌前，说：“弗兰克，我不能那么做。”

威廉斯问：“为什么不能？”

137 霍兰静静地坐着，这两个黑人男子在办公桌的另一边注视着他。他忽然落泪了。他定了定神，试图解释。“你们可能不理解这一点，但我的妻子是典型的南方白人女性，而这是一起强奸案，我不能代理它。”

无须多说。威廉斯和希尔离开了霍兰的办公室，开始返回奥兰多的漫长车程。如果说在佛罗里达找到一名有刑事审判经验的黑人律师被证明是徒劳的任务，那么找到一名有信誉的、愿意为代理三个被指控犯有强奸罪的黑人而冒职业风险的白人律师被证明是艰巨的。

时光飞逝。由于杜鲁门·富奇法官已经向莱克县的居民保证尽快审理此案，没理由认为他会推迟审判，以允许纽约来的律师有更多时间准备为三个已经认罪的强奸犯的辩护。在南方，司法和公众之间的讨价还价是不公开的：要么迅速审判并且快速判处死刑，要么是骚乱和私刑。随着剩下的时间越来越少，威廉斯不得不继续他的调查，寻找并探访潜在的不在犯罪现场的证人，并且为被告签下一名一流的刑事辩护律师。此外，来自纽约的律师威廉斯认为几乎没必要——如果不是经常的话——冒险进入莱克县，无论是单独去，还是和霍勒斯·希尔一起去。如果这两个律师不得不和格罗夫兰或者贝莱克的某个人说话的话，他们会偷偷溜进这个县然后悄悄离开，因为他们已经受到那些好斗的破坏分子的正式警告。威廉斯后来回忆道：“我不完全放心，我们只是没有告诉任何人我们在小镇上。”

有一次，正当他们准备一次可怕的旅程，从他们在奥兰多租的寓所到塔瓦里斯会见一名曾经和麦考尔警长有冲突的妇女，威廉斯忽然灵机一动：他可以请求也住在这里的乔·路易斯陪他去。世界重量级拳击冠军的出现肯定“会给我提供某种不寻常的保护”，但威廉斯也明白，“乔不会去的”。

8月5日，在华盛顿特区召开的联邦住房管理局的会议上，瑟古德·马歇尔指出，尽管他在谢利诉克雷默一案中取得胜利，但结束对黑人合法的住房歧视的战斗还在继续，他尖锐地批评联邦住房管理局“未能遵循”最高法院判决所隐含的意思。在会议上发表讲话时他不是很耐心，这被全国有色人种促进会的一个同事注意到了，他对马歇尔说：“你上周五以一种罕见的方式到处进行通识教育。”（在他讲话时，有个有点不高兴的政府律师给上面那位全国有色人种促进会的同事递了一张纸条，上面写着：“那家伙是谁？”还没等到他发出马歇尔名字的第二个音节时，那个律师就回答说“哦！”然后像“舌头打结的蛤蜊一样闭上嘴了”。）

138

在华盛顿期间，马歇尔还敦促司法部和联邦调查局发起对那三名幸存的格罗夫兰男孩遭殴打一事进行公民权利和家庭暴力调查。马歇尔那时在华盛顿还没获得支持，无法展开对欧内斯特·托马斯之死的全面调查；联邦调查局已经进行了一个初步的调查，但结论是“插手受害者欧内斯特·托马斯被杀害事件似乎是不明智的，因为除了瑟古德·马歇尔严重怀疑托马斯卷入强奸案的说法之外，没有其他线索。换句话说，这个说法显然产生暗示他卷入强奸案的证据”。马歇尔更成功的事是说服了司法部，殴打已经严重侵害了格罗夫兰男孩的权利。

联邦调查局在两天之内就派出特工约翰·L. 奎格利和托拜

厄斯·E. 马修斯前往雷福德的监狱，他们在那里会见了谢菲尔德、欧文和格林利，并拍了照片。他们发回总部的初步报告促使J. 埃德加·胡佛下令进行“对当局逮捕和虐待所有受害者的整个事件进行全面而彻底的调查”。特工继续留在该州的南部。他们在莱克县会见了数十个当地居民；他们记下目击者、执法人员、暴力活动的受害者，甚至还有诺尔玛和威利·帕吉特的陈述。在调查过程中，奎格利和马修斯开始注意到一些令人不安的因素。其中之一是“所有会见的被指控与那三个格罗夫兰男孩被殴打和折磨相关的人”都“拒绝提供任何信息，除非以书面的形式做出”，这意味着警长威利斯·麦考尔、副警长詹姆斯·耶茨、勒罗伊·坎贝尔和韦斯利·埃文斯这四名被谢菲尔德、欧文和格林利确认的嫌疑犯已经接受了法律建议，不为联邦调查局的调查提供全面的合作。

不出意料，麦考尔、耶茨、坎贝尔和埃文斯的陈述彼此相符，但与那三名嫌疑犯的陈述大相径庭。例如，两个副警长和埃文斯都说所有的审讯都在和监狱同一楼层的录音室进行，而不是像三名囚犯所说的在可以把手铐在上面的管子的地下室或者像格林利所说的在电梯里进行。此外，谢菲尔德和格林利承认，他们只是在无法忍受殴打的痛苦时才承认强奸了诺尔玛·帕吉特，而欧文则表示，他没有也不会承认他没犯过的罪。但坎贝尔、耶茨和埃文斯则有一个不同的说法。他们声称，在审讯时，当向嫌犯出示“一条裤子、一条手帕和其他一些证据”时，他们每个人都很快地承认抢劫和强奸（在佛罗里达州可以

139

被判处死刑），而且每个人都说欧内斯特·托马斯是第四名同伙。此外，欧文和谢菲尔德这一方说，他们坐在耶茨副警长的车后座时，警长威利斯·麦考尔猛地打开车门用大手电筒打他们；而警长那一方则说，当两个黑人囚犯坐在耶茨的车后座上到达他家时，他只是简单地打开门并且“问他们为什么要做那样的事情”。按照警长的说法，那两名军中伙伴告诉他“是另外两个人让他们这么做的”。最终，没有一个佛罗里达高速公路巡警或者莱克县的执法人员被联邦调查局问到时，注意到每个强奸案嫌疑犯在他们被转运到雷福德监狱时身上的瘀伤、伤痕和血迹；而特工奎格利和马修斯他们自己不仅已经观察到并且拍了照证明囚犯的“创伤”，而且还从几名监狱官员那里得到陈述说，他们在那三名黑人被关押时已经记录了“大量的瘀伤痕迹”、割伤、断牙和血迹斑斑的衣服。

奎格利和马修斯在莱克县不仅调查了执法部门的人，他们还从佛罗里达中部这个拥有 36 000 人口的广阔的农村地区的市政官员、政治家、著名商人以及果园拥有者那里得到证言。他们发现，这个县不是由政治、金钱、柑橘产业或者法律来控制，而是由愤怒的三 K 党分遣队控制，他们试图在必要时通过暴力手段实施种族等级制度，以有效剥夺黑人获得政治影响力、经济机会和社会公正的权利。

8 月 13 日，特工和格罗夫兰市长埃尔玛·普里尔进行了会140 面，他在 7 月 16 日早上目睹了暴徒聚集在看守所外并且安全地把查尔斯·格林利送到塔瓦里斯。在对联邦调查局的陈述中，他叙述了他努力帮助格罗夫兰的“头面市民”，保护他们的生命以及财产，免遭16号晚上在格罗夫兰的街道上到处都是的三K党的破坏。在不能发表的前提下，普里尔透露，格罗夫兰的大多数麻烦都是“由贝莱克地区的人引起的”。他还告诉特工，有些当事人已经知道联邦调查局在镇上出现，“[该镇知名的白人市民]已经被警告如果他们不保持沉默的话，格罗夫兰就会出事，他们的家和商业财产会被烧毁”。普里尔在陈述中也没有透露哪些知名人物帮助黑人疏散到安全的地方，但再次在不能发表的前提下，他的确指出，B & W罐头公司的老板诺顿·威尔金斯以及大型商场的富有的老板、前佛罗里达众议院发言人、格罗夫兰前市长L. 戴·埃奇对疏散做出帮助。

埃奇家族曾经在伐木工人“把这个县的松树砍光之前”从松节油和木材生意上聚集了财富，从那以后，他们则在莱克县同一片肥沃的土地上种植利润日渐丰厚的柑橘园。柑橘园大亨L. 戴·埃奇在黑人中赢得慷慨和公平的口碑，而在沃尔特·欧文被威利斯·麦考尔的副警长抓住的那个早上，他和他的父亲克利夫·欧文正准备在埃奇的果园开始他们新一天的工作。特工奎格利和马修斯因此很想和埃奇交谈，后者事实上也想和联邦调查局合作，直到他被笼罩在该县三K党威胁的阴云下。在被告知如果不保持沉默，“他在莱克县一座房子都不会剩下”以及发现格罗夫兰夜间车手之一柯蒂斯·梅里特“正在监视市政厅”，看看谁在和联邦调查局合作之后，埃奇认为，如果他和联邦调查局的特工会面对面，这他来说会是“非常草率的”。但埃奇的确告诉了普里尔，而市长在（在不能发表的前提下）告诉奎格利和马修斯，柯蒂斯和比尔·梅里特以及那位被塞缪尔·谢菲尔德确认在地下室的男人之一，文盲的、挥动橡胶管的看管果园的破坏分子韦斯利·埃文斯，是差不多一个月之前那场暴徒暴乱的头目，他们也是现在威胁要把格罗夫兰受尊敬市民的家园夷为平地的人。

141 在8月14日和特工奎格利和马修斯会谈中，格罗夫兰的警察局长乔治·梅斯告诉他们他是"一个人的警察局"，而他"绝对拒绝签署一份带签名的正式声明"。但梅斯非正式地证实，大家都知道副警长耶茨和坎贝尔参与殴打那三名强奸案嫌疑犯，因为有人证实被一些当地人戏称为"橡胶管行家"的埃文斯"发自内心"地大笑。梅斯还告诉特工，如果任何人发现他转达给他们的内容，"他的生命会处于极度危险之中，而且他很可能会丢掉工作，被迫离开这个地区"。

特工在和坦帕的国民警卫队的中校哈里·贝亚会谈时，马修斯和奎格利能感觉到这位指挥官在7月试图使不守规矩的格罗夫兰重归秩序时所体会到的挫败感，这种挫败感主要源于不愿合作的威利斯·麦考尔。警长拒绝确认暴徒的头目，更不用说对他们采取任何"积极行动"，按照他告诉贝亚的情况，因为他"太忙"，无法集中精力去逮捕罪魁祸首。这让贝亚很费解，他无法确认麦考尔是否"知道他们是谁，还是他只是想把他们隐藏起来"。

如联邦调查局已经意识到的，在整个南方乡村地区，所有的县和地方行政区中，警长办公室是权力之所在。通过全县范围的投票选举出来的警长不仅被他的选民视为该县的首席执法官，而且被视为是和选民有共同利益的社区领袖。联邦调查局也知道，在 20 世纪四五十年代的佛罗里达，“县警长公开加入三 K 党，而执法人员大胆地穿着制服、带着武器参加三 K 党会议”，就像麦考尔的一些好朋友，如附近的奥兰治县的警长戴夫·斯塔尔实际上所做的那样。尽管莱克县是威利斯·麦考尔个人的领地，但他在他的县恃强欺弱，和佛罗里达其他的警长并无二致。奥兰多前警察局长小汤姆·赫尔伯特曾经担任麦考尔的副警长，他的父亲是一名柑橘采购商，后者说：“我相信，在那个时候，比威利斯·麦考尔更有权势的唯有三 K 党。”

威利斯·麦考尔的权势也和三 K 党不无关系。这就是为什么那些莱克县的“头面人物”，例如市长埃尔玛·普里尔、警察局长乔治·梅斯、L. 戴·埃奇以及诺顿·威尔金斯，在受到三 K 党的公开威胁时并没有向警长麦考尔求助。这个县的那些柑橘园大亨以及受尊敬的市民在麦考尔 1944 年竞选时可能起到了作用，但五年后，在一次压倒性的连任之后，麦考尔把莱克县变成他自己的地盘。1949 年，麦考尔那总是模棱两可的忠诚对象，与其说是他的就职誓言上，不如说是一群随时可能做出极端暴力行为的选民的需求。梅斯告诉联邦调查局的特工，“贝莱克地区的人，都和帕吉特家的一个人或者其他人有关系。这些人非常排外而且抱团，当任何人试图骚扰或者侮辱他们的女人，他们就会拿起武器并且认为法律应该按照他们的方式来执行”。 142

麦考尔对他的选民很了解，他也知道他们的期望，如果他想要他们保住自己的警长之位的话。麦考尔一直任职到1972年。

1949年8月中旬，整个佛罗里达州的主流媒体也加入黑人媒体的行列，报道哈里·穆尔指控当地执法人员残酷殴打并且强迫格罗夫兰男孩承认强奸了诺尔玛·帕吉特。威利斯·麦考尔对媒体和联邦调查局（其特工毫无疑问都和全国有色人种促进会有勾结）很生气，他们在他的县里四处打探。不过，他也知道，他必须对那些证人明显被观察到并报告的瘀伤、血迹和伤口做出某种解释。警长向记者强调说："他们可能在监狱里或者其他某个地方参加打斗，所以有一两处伤痕，但他们不是在莱克县弄成这样的。"

到8月中旬，富兰克林·威廉斯和霍勒斯·希尔的调查也搜集到越来越多的证据和证言，可以反驳由麦考尔和州检察官杰西·亨特向媒体发布的"官方"叙述。但离预计开庭的时间仅剩下两周，威廉斯仍未找到能为格罗夫兰男孩辩护的律师。瑟古德·马歇尔从纽约办事处只能给威廉斯提供道义上的支持，直到全国有色人种促进会找到一位合适的出庭律师；但与此同时，马歇尔继续让他们给司法部通报他们找到的所有线索。其中一个线索是惊人的。

马歇尔知道"那名为涉嫌强奸的受害者做检查的医生报告说发现那名妇女的指控不属实"后，立刻给助理司法部长亚历山大·坎贝尔打电话。坎贝尔又告诉了J. 埃德加·胡佛，后者立刻派了第三名联邦调查局的特工去佛罗里达，到利斯堡核实检查医生关于涉嫌强奸诺尔玛·帕吉特案件的“事故报告”。即便这份报告支持了全国有色人种促进会的辩护案件并带来需要威廉斯进一步调查的新的问题，即便威廉斯还没找到被告的辩护律师，马歇尔办公室的强烈感觉是，无论是法官杜鲁门·富奇还是州检察官杰西·亨特，都不会允许审判推迟。实际上，无论对法官还是对亨特来说，联邦调查局的人在这个县到处问问题，这本身就把从执法人员到黑人采摘工和包装工的每个人都置于危险的边缘，审判进行得还不够快。 143

富兰克林·威廉斯最棘手的问题在8月22日开始得到解决，那天他遇到一名经验丰富的奥兰多出庭律师小亚历克斯·阿克曼，他在佛罗里达中部有特立独行的名声。他是由卡尔文·库利奇1929年提名并一直当法官直到1948年去世为止的佛罗里达共和党联邦法官老阿克曼的儿子，小亚历克斯是佛罗里达州立法机关中唯一的共和党人。对威廉斯来说更重要的是，阿克曼立刻表示，有一名在贝休恩-库克曼学院任教、正打算进入佛罗里达大学法学院学习的黑人教师弗吉尔·霍金斯，还有五名申请读研究生的黑人学生可以加入这个案件。阿克曼担心，如果他也代理格罗夫兰男孩的案件，这个州首个废除种族隔离的诉讼可能在佛罗里达州最高法院受挫，他因此不愿意接手全国有色人种促进会的案件。他顾虑的还有，他刚刚在这个州的政界开始他的职业生涯。他后来说：“我知道这会终结我的职业道路。”

寻找能代理这个案件的律师的漫长过程会以无果告终吗？现在只剩下短短的一周时间了，威廉斯不打算接受任何否定的回答。如果说他是在不顾一切地说服阿克曼的话，威廉斯也有力地向这位 39 岁的律师证明，在后者发起煽动性的、备受瞩目的法学院一体化的诉讼时，就已经在拿自己的政治生涯冒险了。此外，格罗夫兰男孩没有其他可以使用的律师，他们将面临的结局不是无法进入一所大学，而是被判处死刑、送上电椅，是因为——威廉斯坚持认为——他们没有犯过的罪。且不论他们有罪还是无罪，这三名被告都将面临死刑，当然有权有律师，因此，对阿克曼来说，代表他们、为他们辩护是在做一件正确的事情。阿克曼也赞赏威廉斯的取舍，因为尽管他由于时间有限而受挫并且有压力，但他选择舍弃那些只为了收费而答应的冷漠的刑事辩护律师。这并不是说费用是可观的，只有 1 500 美元，甚至都不充裕。阿克曼进行了谈判，最终，他和威廉斯握手达成一致，将费用定为 2 500 美元。这比威廉斯预期支付的要多，但低于其他律师的要价，而纽约办事处毫无疑问会指望哈里·穆尔继续提高人们对这个案件的关注，同时也筹到更多的钱来抵销部分的法律成本。最终，阿克曼承认时间很短，尽管他知道，即使他有一年的时间为格罗夫兰男孩的案件做准备，他们仍然很可能被送上电椅。尽管如此，他仍然保证会为这个案件贡献全部的专业知识和精力，而辅助这个案件的另一名律师——阿克曼的外甥、6 月刚刚从法学院毕业的小约瑟夫·E. 普莱斯也同样表示。因此，威廉斯可能会得到某些安

144

慰，因为他以一名律师的价钱得到两名律师。

当亚历克斯·阿克曼注视着这位来自全国有色人种促进会的纽约黑人律师时，他可能很想知道富兰克林·威廉斯是否充分认识到在莱克县的法庭上等待他的会是什么。几周以来，出于对自身安全的考虑，威廉斯避免到格罗夫兰和塔瓦里斯，因此他没机会进入县法院内。他也没机会见到警长威利斯·麦考尔，尽管他已经见到了麦考尔的副警长在审讯时在被告身体上创作的手工作品。同样，州检察官杰西·亨特、法官杜鲁门·富奇对威廉斯来说也只不过是个名字而已。为了让纽约人接受莱克县的法庭文化的教育，阿克曼安排在听证会召开之前，把威廉斯和希尔介绍给对方的律师杰西·亨特。

杰西·亨特 1879 年出生于佐治亚州的内勒，大约在塔瓦里斯以北 200 英里，但在他还是孩子时，就随家人搬到莱克县。在他 16 岁时，仅仅接受了两年的正规教育，他就被证明有资格在马斯科特的公立学校教书，而在 22 岁时，他已经是马里恩县一所学校的校长了。作为一个书迷，亨特在业余时间开始大量阅读法律书籍，因为他已经把目光投向一份新的事业；但他首先必须通过这个州的律师资格考试。由于无法同时满足全职工作和紧张的法律学习的双重要求，他辞去了校长职务，加入铁路邮政服务系统，成为往返基韦斯特和杰克逊维尔这条线路的职员。“工作一整天，然后休息两天”，这一时间表可以为他提供通过佛罗里达州的律师资格考试所需要的严格学习的时间，而无须进入法学院。五年无数的邮路来回和借阅了有小山那么高的法律书籍之后，亨特觉得已准备好了。虽然他没有参加过关于法律条文精细之处的苏格拉底式辩论，也没有建立起法学院的友谊和未来的人脉，但他学到了一些自律和自信。

145

1913 年，31 岁的杰西·亨特出现在佛罗里达州最高法院，参加律师资格考试宣誓，他听着一个又一个候选人站起来，说出他们想去读法律的有名望的大学的名称。接着，亨特听到自己的名字被叫到，来不及精心准备进行长篇大论，这个前邮政职员自豪而又简洁地宣布："斯卡夫顿大学"。

房间里充满压制着的笑声，法官没有拿起法槌，而是摇了摇"放着零碎东西"的盒子以恢复秩序，并且问："年轻人，你说的是哪个大学？"

亨特回答："法官大人，斯卡夫顿大学。"法官停顿了一下，然后笑了笑，说："亨特先生，这是这个县最好的大学。"

杰西·亨特通过了律师资格考试，另外一名"斯卡夫顿大学"毕业生杜鲁门·富奇也在同一天通过，他们相遇了，变成了好朋友。1913 年夏天，亨特来到塔瓦里斯，在那里，他从朋友处借了几百美元，在法院大楼的拐角处租了"一个铁皮房子"，买了一些旧椅子、一张旧书桌和一台二手的打字机。在那个办公室，他做了十年的法律实务工作，直到 1923 年，他成为县检察官。两年之后，州长约翰·W. 马丁任命他为州检察官，到格罗夫兰发生强奸并引发种族骚乱时，他已经在这个位置上工作了将近四分之一世纪。在莱克县从事法律工作已经 36 年的杰西·亨特对骚乱和谋杀已经不再惊讶。然而，在 1949 年 8 月底的一天，当亚历克斯·阿克曼和两名黑人一起走进他的办公室，他也许有点吃惊。

富兰克林·威廉斯对这个在州检察官办公室工作的70岁男子的形象感到相当震惊。威廉斯注意到，“他简直就是那种南方乡下男孩的卡通形象，他真的穿着红色吊带裤，没穿外套，卷着袖子”。亨特走上前和阿克曼握手时，威廉斯注意到，当阿克曼暗示他会代理格罗夫兰男孩的案件时，检察官斜睨了威廉斯和霍勒斯·希尔一眼。接着，令威廉斯震惊的是，亨特问阿克曼：“第三名被告在哪儿？这些男孩不是被告吗？”

威廉斯想：“这个肮脏的混蛋，他想这样贬低我们！”他现在被激怒了。难道这个县的律师真的会认为阿克曼会带着三个因为强奸妇女而面临死刑判决的黑人冲进检察官的办公室，就好像他们被保释了似的？威廉斯冷冷地回答：“我们不是被告。我是从纽约来的律师，这位是霍勒斯·希尔。” 146

亨特嘟哝了一下，然后笑了，点点头表示知道了，说：“好吧，进来和我一起喝杯可乐。”

对威廉斯来说，第一次见面时和亨特的短暂交锋奠定了此后他们的关系。威廉斯回忆道，“我很清楚，他很有个性”，并且补充说自己和“亨特相处从来没感到轻松”。亨特提及第三名被告可能只是暂时失忆，因为亨特曾经在雷福德见过所有三名被告并且在最近的传讯中问过他们问题。另一方面，亨特的评论可能是一个狡猾的尝试，想打破两个黑人律师的心理平衡，以此获得对他们的心理优势。有一件事是确定无疑的：亨特知道富兰克林·威廉斯会是莱克县所有法庭中的律师团队中的第一个黑人律师。如果亨特的目的是在与检察官的态度和意图相关的方面打破威廉斯的平衡，那他成功了。威廉斯说："在某一刻，他［亨特］会进行最尖刻和最激烈的种族主义评论，而在下一刻，他可能是你见过的最令人愉快的好人和乡村律师。"

8月25日，在塔瓦里斯的县法院，杜鲁门·富奇法官主持的审前听证会开始了。威廉斯在给纽约办事处的信中写道，他们就动议进行争论，大家"穿着衬衫，喝着可乐，抽着烟，而法官的脚就跷在我们面前的桌子上"。"所有人都很友好，尽管副警长们都围在周围！"被告方不期待获胜，但得为上诉打下基础。阿克曼首先提出撤销起诉的动议，理由是被告遭起诉时，"无法无天的暴徒在莱克县四处游荡，下决心寻找并发现被告，并且使他们遭受了严重的人身伤害……"该动议还指出，广为传播的报纸刊登的"呼吁并要求判处死刑"的社论和漫画对格罗夫兰男孩不利。富奇裁定"现在提这个太迟了"。

阿克曼接着提出一个不附带理由的申请，就是改变审判地点，他辩论说，暴徒的暴力私刑、偏见和莱克县充满敌意的环境将妨碍被告受到公正的审判。由于警长麦考尔和副警长詹姆 147 斯·耶茨以及勒罗伊·坎贝尔在场，被告方呼吁关注"由莱克县所谓的执法人员"所实施的明显"残忍"的殴打和虐待。富奇裁定支持该动议的是"完全不相关的和非实质性的东西"；此外，富奇宣布，在审判期间，他不允许任何和内容相关的证词。

接下来，被告方提出诉讼延期的动议，诚心诚意地解释了为什么审判应该延期：没有足够的时间为辩护进行适当的准备，尤其是被告现在在一百多英里之外的雷福德州监狱，他们和律师见面“很不方便而且不现实”。富奇考虑了这个动议。他认为这是个公平的请求，把开庭时间推迟到三天后。挑选陪审团的日期定在9月1日，周四。

在审前听证会剩余的时间里，威廉斯和阿克曼都希望能为被告寻找充分的证据，同时也能确定公诉人可能对这个案件所提问题的细节。为此，他们列了一个详细的清单，要求亨特确定哪些事实是佛罗里达州方打算证明与起诉书中所指控的罪行相关的。辩方律师迈出了第一步，尽管有些晚。但要更晚才能得到回复。

随着审前动议的进行，被告欧文、谢菲尔德和格林利再次被转回塔瓦里斯的看守所，关在一个月前他们所在的四楼牢房中。床上带血迹的床单没有被换掉，当威廉斯探访那三名被告时，他注意到这一点，感到有些不舒服。尽管如此，威廉斯相信，这些格罗夫兰男孩在第二次待在塔瓦里斯看守所期间至少可以不被虐待，因为此前他们所遭受的殴打不仅已经被详细地记录下来，而且被当地的和全国的报纸全面地报道，这导致威利斯·麦考尔和他的副警长受到谴责。因此，为了最大地有利于警长，他们会确保囚犯出现在法庭时没有可见的受虐待的证据——威廉斯是这么推测的。结果完全不是这样。“每一次”被告离开法庭返回牢房，在楼梯上，麦考尔不停地踢他们三人，而且尤其凶狠地打谢菲尔德。欧文说：“塞米，他用拳头击打塞米。”

在8月25日县法院的审前听证会上，麦考尔和他的副警长静静地坐着。他在沉思。这一个多月来，这个案件一直是属于他的。他受到记者的追捧，当名人他很享受。毕竟，他曾经勇敢地面对一群要实施私刑的暴徒，他没有损失一条生命就平息了骚乱。在强奸发生几个小时后他就把三名嫌疑犯关了起来，而他也解决了第四名嫌疑犯。只是到了现在，它成了杰西·亨特的案件。警长被晾在一旁，更糟糕的是，他还不得不看着一个来自纽约的全国有色人种促进会的黑人律师穿着可笑西装，坐在律师席上，与法官和检察官讨论刑讯逼供获得证据的问题，更不用说还得看到北方报纸那些“令人作呕和令人沮丧”的文章中同样哗众取宠的言语（尽管如此，他还是剪下来）。有些问题已达成一致意见；亨特将不再提供词——这不像是在莱克县。然后他们就休会了。

148

警长和他的副警长护送格罗夫兰男孩离开法庭。在楼梯间，警长用他穿靴子的脚和他的拳头发泄他的不满。在殴打的间隙，麦考尔问：“那些黑鬼律师为你们做了什么？”

这些被告没有回答这个愤怒的问题，他们只是设法保护自己免遭警长的怒火，他似乎终于不再直接针对他们，而是转向针对辩护律师。麦考尔告诉他们，“那些黑鬼律师最好小心点”，否则他们将同他们的当事人一起“死在看守所”。

休庭后，威廉斯、希尔和还有阿克曼回到奥兰多，他们利用每一分钟可以利用的时间制定策略并构想辩护。与此同时，一场热带风暴正从巴哈马向南佛罗里达移动，第二天，8月26

日，如今被归为四级的飓风在西棕榈滩登陆，从奥基乔比湖呼啸北上。当它晚上抵达莱克县时，强劲的大风已在佛罗里达中部造成灾难，导致数百万美元的损失。柑橘产业损失尤其严重；农业损失将近 2 000 万美元，因为大约三分之一的柑橘树被大风连根拔起，这相当于总数 1 400 万箱的水果。有两天时间，威廉斯和阿克曼被困在奥兰多的公寓里，既无法得到法院或检察官的清单，也无法通过电话工作。一些民房的屋顶被掀开，倒下的松树、倾倒的电线杆和工业垃圾阻塞了街道。辩护的案件一团糟。

律师因风暴而损失了为辩护做准备的时间，但公诉人不会对此感到遗憾。不过，公诉人还是多做了几手准备。由于亨特打算让塞缪尔·谢菲尔德的哥哥詹姆斯作为控方的时间线证人，因此，为了防止詹姆斯逃离这个县或与其他可能的证人合谋，州检察官要求富奇法官派麦考尔警长把詹姆斯·谢菲尔德带到县看守所关押，直到在他弟弟审判时做证。麦考尔从来不打折扣，尤其是在对待黑人时，他把塞缪尔的父母亨利和查利·梅·谢菲尔德也一起关到看守所里，并且还给北边的阿拉楚阿县的警长打了个电话，让他把查尔斯·格林利的父母也一起关起来。警长就是以这种方式保证格罗夫兰男孩的家人不会聚在一起，这样他们就无法为被告伪造不在现场的证据，编写一份和他自己关于 7 月 15—16 日事件的官方记录不同的文本。 149

麦考尔也去拜访了欧内斯特·托马斯的父母，然后开车把他们从格罗夫兰带到塔瓦里斯，在那里，埃塞尔·托马斯和卢瑟·托马斯也被关押到开庭那天。杰西·亨特在对案件进行公诉时需要埃塞尔·托马斯，部分是因为要还原欧内斯特·托马斯7月15日晚上的行踪，而麦考尔认为这是一次友好的私人会谈，尽管是在看守所里，他想说服这位悲伤的母亲合作。她的儿子欧内斯特已经死亡，而三K党又对蓝色火焰开枪，如果埃塞尔·托马斯想继续待在格罗夫兰，她没有多少选择的余地。如果高高在上的警长确保她可以继续经营小酒吧，那么同意为这个州做证对她又有什么坏处呢？

亨利·辛格尔顿不再需要担心那个看水晶球的骗子和狂妄的欧内斯特·托马斯插手他的小球赌博生意。但他可能有点担心麦考尔，辛格尔顿比大多数人更了解他，他不会无缘无故、不求回报地对一个黑人好的。因此，有着私酒酿造者、小球赌博商、夜总会老板、密探等称号的亨利·辛格尔顿出现在原告证人名单上，任何格罗夫兰人都不感到奇怪。

第十一章　坏　蛋

“如果我被问到那个女人是否被强奸，我只能回答‘我不知道’。” 150

这可不是威利斯·麦考尔想听到的。他去了利斯堡的特蕾莎霍兰医院，去要诺尔玛·帕吉特声称遭强奸之后医生的检查报告。在和检查医生杰弗里·宾尼菲尔德进行了短暂而不愉快的会谈后，他很生气地离开了，带着一份公证过的报告的复印件以及一些给州检察官杰西·亨特的坏消息返回塔瓦里斯。医学证据并不能证明诺尔玛·帕吉特遭四个男人强奸的说法。

8月中旬，当存在一份医生的事故报告的消息被透露给纽约的全国有色人种促进会时，瑟古德·马歇尔很快让联邦调查局去找医生和报告。迈阿密分部的特工沃森·罗珀颇费了一番工夫，但8月30日，他在利斯堡的特蕾莎霍兰医院见到并询问了年轻（30岁）但“备受尊敬”的杰弗里·宾尼菲尔德医生关于诺尔玛·帕吉特的事情。他说“医患关系保密协定”不允许他在没有诺尔玛·帕吉特书面许可的情况下为联邦调查局提供 151

一份带签名的声明，宾尼菲尔德也不允许罗珀阅读并记录医学报告。

诺尔玛·帕吉特曾于7月16日早上在她父亲科伊·泰森和她丈夫威利·帕吉特的陪同下出现在医院的白人入口处。由于医院的高级医师和医院的创始人霍华德·霍兰不在，宾尼菲尔德出来接待。她的父亲和丈夫留在候诊室，在检查室，医生解释了他们接下来要进行的程序。他注意到女孩似乎“情绪激动”，而如果她说的是真话，她已经超过24小时没有睡过觉，因为她晚上在奥卡洪普卡外的森林地区躲藏并且徘徊。在他进行外科检查时，他发现她的两个膝盖和右手掌有擦伤；她的脚底“发炎”。当他检查骨盆时，他观察到大阴唇和小阴唇“很红并且发炎”，在“后穹窿处有几处小的黏膜撕裂伤”。他认为这是由于她正处于月经期，还有少量的血液在阴道里。然后进入最后一个阶段，“除了上面提到的几处撕裂伤外，在阴道没有发现撕裂”。阴道涂片实验分析显示“阴道里没有精子或者其他任何类似于淋球菌的有机物”。宾尼菲尔德报告的结论是：“发现创伤性阴道炎”，一种可能由于阴道接触避孕套、肥皂水，灌洗或者许多其他可能性引起的非感染性炎症。

由于没有检查被指控的男人，而且“鉴于性病在他治疗过的有色人种中非常普遍”，医生告诉罗珀特工，他咨询了一位医生，也是他在弗吉尼亚大学医学院时的导师。后者建议宾尼菲尔德对帕吉特使用青霉素、金霉素或者其他一些预防措施，以防止任何感染性病的可能性，并且“给予病人‘疑点利益归于被告’的待遇”。

当然，通过麦考尔警长，宾尼菲尔德给州检察官一份报告的复印件，他说他也告知了警长“没有其他严重的擦伤、皮肤破损的痕迹，或者其他暴力痕迹”。但医生对罗珀特工强调说，他没有和任何方面的人讨论过他的检查结果。宾尼菲尔德医生——据他所知，他是唯一检查过诺尔玛·帕吉特的医生——也不知道如此机密的信息是怎么透露给全国有色人种促进会或者其他任何人的。罗珀特工问的最后一个问题和麦考尔警长一个月前问的问题遥相呼应：如果他被公诉人传唤要求作为证人，当被问到诺尔玛·帕吉特是否曾经被强奸时，他会如何做证？对这个问题的回答，医生已经想了好几周了。此时他想都不用想。他此前已说过答案：

152

“我不知道”。

1949年8月的最后一周，全国各地的新闻记者前来报道对格罗夫兰男孩的审判，这个案件曾被媒体称为“小斯科茨伯勒案”。当然，它在许多方面和1931年那个臭名昭著的案件惊人地相似；在那个案件中，年轻的白人妇女指控年轻黑人强奸，引发刑讯逼供以及私刑的企图，而参加暴力行动的暴徒包括亚拉巴马州斯科茨伯勒的有权势的警长、不守规矩的地方武装人员和三K党徒。在佛罗里达中部，黑人报纸自7月中旬暴乱以来已经报道了格罗夫兰的故事，绝大多数是在富兰克林·威廉斯在调查过程中传递给他们的信息的基础上进行的。8月下旬，当地记者、《匹兹堡信使报》《芝加哥卫士报》记者，还有一小部分对这个故事感兴趣的“北方”记者一起来到塔瓦里斯。此外，还有《基督教科学箴言报》，但令威廉斯感到奇怪的是，没有美联社和合众社。但当马歇尔和纽约的全国有色人种促进会试图让全国都关注在佛罗里达州的格罗夫兰发生的种族紧张和种族主义暴力时，8 月最重大的种族故事却发生在他们自家的后院。

1949 年 8 月 27 日，保罗·罗伯逊计划在纽约的皮克斯基尔为民权议会举办一场慈善音乐会，民权议会这个组织是由他的朋友，黑人共产主义者、律师和社会活动家威廉·帕特森领导的。那个夏天的早些时候，罗伯逊在法国发表了不受欢迎的、有争议的反美言论；正当他准备演唱他的第一首歌曲时，153 数百名抗议者拥上舞台，向演唱者投掷石块，用椅子砸他们，并且焚烧了节目单。警方几乎没有干预，但罗伯逊发誓下周还会回来。如他所言，他回来了，25 000 名支持者和数百名工会会员围绕着科特兰庄园筑起人墙，保护舞台上的表演者。与此同时，一伙抗议者投掷石块、掀翻汽车，并且高喊诸如“犹太佬！”“喜欢黑鬼的人！”“滚回苏联！”的口号，他们在附近一个山坡上焚烧了罗伯逊的肖像，还在附近焚烧了十字架。

五个月之后，在西弗吉尼亚州惠灵共和党妇女俱乐部的一次演讲中，威斯康星州参议员约瑟夫·麦卡锡挥舞着他自称是一份列出超过 200 名在美国国务院工作的知名共产党员的秘密名单。由此开始了接下来十年敌意滔天的反共情绪的浪潮，不仅威胁着政府部门，还波及学术界、电影业、工会和全国有色人种促进会。瑟古德·马歇尔时刻保持警惕，竭尽全力继续维护全国有色人种促进会的声誉和活动免受影响。尽管如此，无论是麦卡锡的名单还是众议院反美活动调查委员会都没有让马歇尔过分沮丧，他后来说："如果你是一个黑人，而你都不在那两份名单上，你就应该让你的脑袋开花。"

1949 年夏末，所有美国人的眼睛都盯着保罗·罗伯逊以及皮克斯基尔的骚乱，马歇尔稍感轻松，因为民权议会将全力应付自己的事情，而无法像斯科茨伯勒男孩审判时那样处理或者插手格罗夫兰的案件。如果说"富兰克林·威廉斯曾错误指控[民权议会]试图偷走格罗夫兰的这个案件"，那么，这个指控尽管可能是错误的，但威廉斯的怀疑还是有道理的，因为这不是民权议会打算从全国有色人种促进会偷走的第一个案件。

1949 年 5 月，弗吉尼亚州，七名年轻的黑人男子被指控强奸一名白人妇女，在 11 天内举行的六场系列审判中，"马丁斯维尔七人案"中的每个人都被定罪并且被判处死刑。只是在审判后，因一名被定罪男子的亲戚的请求，全国有色人种促进会才介入。尽管马歇尔对全国有色人种促进会不是一个法律援助机构的事实很敏感，但他仍尽力通过上诉程序，试图找机会建立一个重要的法律先例。对马丁斯维尔七人案的死刑判决显然为上诉提供了显而易见的基础，因为自 1908 年弗吉尼亚州开始使用电椅以来，因被控袭击和强奸白人妇女而被执行死刑的 45 人全都是黑人。问题是，马丁斯维尔七人案中一个人的妻子允 154

许民权议会代表她丈夫上诉。马歇尔脸色铁青。

关于公民权利和法律策略，马歇尔和帕特森在理念上有深刻的分歧。马歇尔尤其反感民权议会在死刑案件上的高调战略，他相信，“走进当地社区，在法院门口吐痰、咒骂法官并且拔高凶手的圣洁度，这样做恰恰会让那人被处以电刑”。在马歇尔眼里，民权议会存在和运作的首要目的是筹款，绝大多数时候是通过唤起人们对美国资本主义的种族和经济压迫的关注以及“给予外国政府一些他们可以呼吁的东西”。和全国有色人种促进会不同，民权议会并没有把它筹集到的大量的资金真正用于为其当事人进行辩护，而是花在制作传单、在广告牌上做广告和精心编制“强有力的但陪审团从来不会看的请愿书”这些成本巨大的事情上。从帕特森这方面看，维持全国范围的认识是至关重要的，而且“只有人民作为一个整体的运动才能保证成功”。而马歇尔则认为，由一个组织领导的一场乱糟糟的运动会被杜鲁门政府认为是破坏性的和共产主义的，对被告上诉到高一级的法院只有破坏性作用。最终，帕特森把民权议会从对马丁斯维尔七人案的辩护中拉出来。他选择最大限度地宣传这个案件，而不必冒在法庭上可能遭受损失的风险。

马歇尔和帕特森彼此之间没有好感，不管是在个人方面还是在职业方面。他们有信件往来，偶尔也一起参加由相关的第三方举办的希望撮合这两个组织的徒劳无功的会议，因为这两个男人都固守自己的立场并且对对方的原则进行猛烈抨击。他们的关系越发紧张，因为这两个男人碰巧都住在哈莱姆区埃奇科姆大道 409 号，尽管马歇尔紧张的行程安排减少了他和帕特森在纽约偶遇或者争论的可能性。当然，帕特森自己也要出差，而在 1949 年的夏末他不止一次打算去一趟格罗夫兰。马歇尔警告他的邻居说：“这些案件，格罗夫兰案件和其他任何在促进会管辖权下的案件，都必须以合乎法律的方式［lawfullike，原文如此］在我们政府的合法机构中解决。我们从来不相信民权议会主要关心保护黑人或者所涉及的具体的黑人的权利……因此，我们在任何情况下都不打算允许你们干预任何此类案件。”

155

马歇尔把他的信转给在白宫担任总统助理特别顾问的斯蒂芬·斯平加恩，附上下面的便条：

亲爱的史蒂夫：

我想你可能对那些同志介入我们案件的最新进展感兴趣。这些男孩从不放弃，他们很高兴活动活动关节。

真诚的，瑟古德·马歇尔

当审前听证会在格罗夫兰举行时，富兰克林·威廉斯打电话给在纽约的瑟古德·马歇尔，向他通报最新的证人名单和陪审团的组成人员。威廉斯向马歇尔保证，在挑选陪审团的过程中，辩方会以任何可能的方式进行挑战，但他和马歇尔都知道到那天结束时，在陪审席中就座的会是 12 名莱克县的白人陪审员。威廉斯说：“我从来不相信我们除了有罪判决还会得到什么，我脑子里没别的念头……我希望我们得到的结果会是他们活着而不是死去。但我从来不相信这些男孩会被认为是无辜的。”

马歇尔对威廉斯有充分的信心，他说威廉斯“在一分钟之内想出的办法比我认识的任何一个人都多”。威廉斯雄心勃勃，但他也审慎对待全国有色人种促进会的使命，他是一个愿意“投入日常工作”的人，马歇尔说。然而，马歇尔也意识到，156 威廉斯在面对闪电般的审判日程安排时步履蹒跚，他几乎都没时间找到一名佛罗里达的律师，更不用说制定一个周全的策略，因此胜算很低。时间的不足迫使威廉斯和阿克曼在审判开始时只能采取应急式的辩护方式，而威廉斯向马歇尔保证“会竭尽全力让案件产生一个瑕疵，以使我们在上诉时可以逆转”。马歇尔强调，一如既往，这项工作是“找出一个宪法性瑕疵，或者在程序中发现宪法性瑕疵”。

控方和辩方都被要求在审判前向法庭提交他们的证据清单。杰西·亨特的清单很简洁，仅包括以下十项内容：

1. 手帕和棉布
2. 左后轮胎模型
3. 右后轮胎模型
4. 左前轮胎模型
5. 右前轮胎模型
6. 左边的鞋子和模型
7. 右边的鞋子和模型

8. 沃尔特·欧文的裤子

9. 手枪

10. 日历

这份清单反映了控方的简洁和力度，亨特将向陪审团证明这一点，无论坐在陪审团席上的是谁。亨特几乎不需要担心陪审团的选择问题；正如梅布尔·诺里斯·里斯在她的审前报道中所指出的，“杰西·亨特不需要对陪审团提出详细的问题，因为他认识他们所有的人，而且很可能他可以叫出 100 个左右的人的姓，选择他们中的任何人参加陪审团”。他也不需要担心他的证人及其证词的可信度。他已经对州这方面的证人的证词进行过彻底的审查，从诺尔玛和威利·帕吉特到副警长以及高速公路巡警。他的确有理由感到自信，正如里斯所写的，“荣誉将要复仇”会在几天内出现。

如果说亨特清单的策略是简洁的话，那么辩方的证据无疑是有限的：41 份 1949 年 7—8 月某个日期发行的当地报纸上的文章。辩方的证人名单暗示他们只传唤三个人：沃尔特·欧文、塞缪尔·谢菲尔德和查尔斯·格林利。然后他们只能祈祷了。

杜鲁门·富奇法官也有自己的名单。他还把他的“特别法庭规则”张贴在法院外面的电线杆上。在 12 条针对审判中的旁听者的规则中，有禁止在大厅和楼梯上闲逛；禁止携带手提包、瓶子和大袋子进入法庭；在做证或者辩护时禁止鼓掌或者突然

157

发出声音以作响应。他说，法官这么做的理由，并不是那么担心三K党在诉讼过程中搞破坏，他更关心的是在外来的“煽动者或者代理人”——可能是由全国有色人种促进会派往塔瓦里斯的，目的是在审判时制造麻烦以便“南方的批评家有发表批评的基础”。正如威廉斯和阿克曼在审判第一天到庭时注意到现场加强了安保那样，富奇法官还采取了其他更加明显的预防措施，防止任何可疑陌生人的存在。威廉斯回忆道：“他们安排了在通往法庭的台阶上，每十级台阶就站着一名副警长，他们全是带着枪的大块头。那是可怕的场景。”

但这吓不到梅布尔·诺里斯·里斯，也同样没吓到辩护律师，他们在审前听证会上传唤前者做证人，这样她就可以因独家报道“莱克县有史以来最恶劣的犯罪”而载入史册。在那次听证会上，她在宣誓时曾暗示，关于这个案件的很多文章和社论的消息来源都是州检察官杰西·亨特。她还说，基于她的观察，在她居住的南方，和她出生的北方相比，“这里的黑人要满意得多”；的确，在莱克县她生活的那片区域，她没有发现偏见。审判的那天上午，威廉斯和阿克曼到庭时，里斯拦住了他们，让他们说说他们对法庭的期望。威廉斯罕见地没有防备，他回答说他对富奇法官法庭的正义不抱太大希望，而且不管怎么说，“最高法院才是目标”。不管是否合适发表，他的评论出现在第二天《芒特多拉头条》的头版上，而威廉斯和里斯的关系在此后只能恶化。也是在这一篇头版文章中，里斯预期审判将使“坚定相信当污点被洗刷，清白名誉得到恢复时，莱克县的美好就会到来的人”感到宽慰，而她再次为北方报纸发表的关于黑人被殴打和虐待的轰动新闻感到惋惜，她写道，那些故事力图“使莱克县看起来卑劣和残酷，并不适合上帝偏爱”。当然，由于里斯依赖杰西·亨特作为关于这个案件的主要消息来源，她知道，在莱克县能够恢复为“伊甸园”之前，控方不得不详细叙述那个7月的晚上难以启齿的事情，“那对年轻的贝莱克夫妇身上所发生的真正的故事将被公开，可能有一些丑陋的细节，以便让陪审团信服”。

158

特德·波斯顿来到塔瓦里斯，至少在和媒体有关的事情上对富兰克林·威廉斯来说是个安慰，特德·波斯顿是《纽约邮报》的黑人记者，他成功地游说主编允许他飞往南方为报纸报道此次审判。作为埃奇科姆大道409号曾经的居民，他是瑟古德·马歇尔的老朋友了。事实上，波斯顿还曾经陪同马歇尔参加全国有色人种促进会律师一次深夜的冒险行动，在这次行动中，他们要从一群黑人那里获取书面陈述，而这些黑人受到纽约自由港警察的恐吓，那里在20世纪30年代是三K党的活动中心。当得知警察正在寻找两个来自哈莱姆的麻烦制造者时（警察中就有不少三K党），按波斯顿自己的说法，他“吓死了”；尽管他想“尽快离开小镇”，但那个晚上他还是和马歇尔在一起，躲着三K党，律师继续收集他的书面陈述，他把它们藏在备用轮胎里，与此同时，说了“越来越多关于［警察如果］抓到我们会怎么样的稀奇古怪的笑话”。这些笑话可能并没有减轻波斯顿的焦虑，但这些书面陈述最终为马歇尔赢得州检察长在自由港“停止三K党活动的一纸禁令”。波斯顿只能佩服这个男人的勇气以及律师“为一个案件投入的程度”。

波斯顿不缺乏勇气，但他也在保护自己。1933年，当他在亚拉巴马州为总部在哈莱姆的《阿姆斯特丹新闻》报道斯科茨伯勒案的审判时，离开法庭后，他每个晚上都会偷偷溜到铁路边，以便把他的故事通过“午夜特快邮车”发走。但很显然，他还不够隐蔽，有一个晚上，一些年轻的白人男子在铁轨旁等待这个报道斯科茨伯勒案的黑人记者。他们用枪顶着他的背，而波斯顿拿出证明他是非洲卫理公会传教士的假证件，为此他“屁股上挨了一脚”，但躲过一劫。当斯科茨伯勒案再审结束而波斯顿完成了他的任务后，他故意让人看到他在火车站订了一张白天的车票，这样售票员一定会记住他。然后，他悄悄地坐汽车离开小镇。他后来得知，如他所担心的那样，就在他预订的列车将要到达时，将近一千名愤怒的白人出现在火车站的停车场，很显然他们不打算和他友好地说再见。

159 波斯顿自己亲身经历过南方黑人所面临的种族和性之间危险的紧张关系，使他一开始就被诺尔玛·帕吉特和格罗夫兰男孩之间的故事所吸引。他1906年出生于肯塔基州的霍普金斯维尔，比瑟古德·马歇尔大两岁，皮肤黝黑的波斯顿发现自己不管是在白人还是黑人中，都自然地被归为社会和经济地位比较低的那个阶层。在13岁时，他为镇上的牙医照看壁炉，每周可以赚50美分。一个特别的早上，当他进入一个房间清理灰烬，然后把木头放进去生一堆新火时，他遇到一个“成熟的年轻女士”。她示意男孩走近她，把她的手按在他裤子的前面，评论他的身体，然后问张口结舌的波斯顿，“你玩过黑人女孩吗？”惊慌失措的男孩看着她在他面前脱下衣服，他颤抖着，既害怕，又渴望，她哄着他发生性关系，第二天早上她接着来，然后是下一天，最后变成“每天都发生的事情”。男孩的心理创伤越来越大；尽管只有 13 岁，他也知道，如果黑人被抓到和白人妇女在一起会发生什么。罪恶感和恐惧迫使他告诉那个女人他想辞去工作，她以威胁回答他。她说：“如果你不干了，我就告诉医生你强奸我。”超过三年的时间里，波斯顿一直是她的奴隶。

在格罗夫兰男孩被审判前几周，波斯顿已经为《纽约邮报》以“南方阳光下的恐惧”为题写了一系列特稿。当他一从新闻专线上拿到诺尔玛·帕吉特声称遭强奸的故事时，他就开始调查这个案件。他采访了塞缪尔·谢菲尔德的家人，也和暴徒暴力活动的受害者谈过话。是波斯顿第一个把格罗夫兰事件和近二十年前的那些类似的强奸案进行比较。是波斯顿第一个把这个案件称为“佛罗里达的小斯科茨伯勒案”。

拉蒙娜·洛是《芝加哥卫士报》驻佛罗里达州的兼职通讯员，她也来到塔瓦里斯报道这次审判。洛是第一个曝光格罗夫兰男孩在拘留期间遭麦考尔警长各种虐待的记者。如果说她的那些关于这个案件的煽动性文章赢得全国有色人种促进会的赞赏的话，一篇刊登在《芝加哥卫士报》头版的特别报道则让马歇尔和威廉斯都觉得头疼。除了仔细描述贝莱克贫穷的白人农民对那些像亨利·谢菲尔德那样能干的黑人农民的熊熊燃烧的“嫉妒之火”外，洛声称，根据不知名的消息人士，塞缪尔·谢菲尔德和诺尔玛·帕吉特早已是老朋友。因此，谢菲尔德被捕让诺尔玛心烦意乱，该消息人士说，她曾经说，如果有什么坏事发生，“我将离开这个地方［格罗夫兰］。我知道塞米是我生命的全部”。如果洛和她的消息来源可靠的话，这些断言将改变警长和州检察官描述的情况并且可以支持威廉斯的辩护；但在另一篇文章中，洛以同样的确信，报道查尔斯·格林利在7月15日晚上开着车和欧文、谢菲尔德在一起，威廉斯确认这个论断不是真的。洛的报道让威廉斯迷惑不解，但他很高兴又有一名记者站在他这边报道审判。

160

对马歇尔和威廉斯来说，实际上，对全国有色人种促进会任何一个被分配在充满敌意的南方为刑事案件进行辩护的律师来说，记者的在场，哪怕记者是来自《匹兹堡信使报》或《芝加哥卫士报》这样的黑人报纸，都对确保他们的安全有帮助。威廉斯说：“理论上，如果全世界都知道你在那里，你就是安全的。”（尽管不全是这样。联邦调查局在佛罗里达中部三K党内的一名线人后来披露，“通常在三K党一楼的会议室可以读到《匹兹堡信使报》”。）如果媒体认为一个审判不够引人注目而不能保证进行报道时，瑟古德·马歇尔自己会让全国有色人种促进会纽约办事处发新闻稿，通报他自己或某个同事抵达和离开南方小镇的时间。有波斯顿在莱克县，威廉斯就有一个纽约的大报报道他的每个行动，因此他感到“安全系数大一点”。同样，为了保证安全，在执行任务期间，波斯顿在奥兰多的黑人旅馆预定了一套房间，但每个晚上，他都会偷偷从旅馆的后门出去，睡在三个秘密私人住宅中的一个。在南方，不能抱侥幸心理，波斯顿确保辩护律师有《纽约邮报》本地主编的电话号码，“以防万一有什么事情发生”。

随着审判做证即将开始，富兰克林·威廉斯可能会羡慕梅布尔·诺里斯·里斯对案件即将披露的“真实的故事”（尽管细节“丑陋”）的自信，或者希望他能证实拉蒙娜·洛关于诺尔玛·帕吉特过去的发现。谣言、线索和猜测给了律师的辩护诸多可能性，但对法庭来说它们无法构成有力的证据，因此他不得不面对这样一个现实：尽管有这些访谈和调查，但他对7月那个周五晚上究竟发生了什么并不清楚。当然，疑云集中在诺尔玛·帕吉特声称她遭到四名格罗夫兰男孩强奸的说法上，而且不仅仅在黑人中间。特伦斯·麦卡锡这位为《新领袖》调查真相的经济学家告诉威廉斯，格罗夫兰的警察局长乔治·梅斯曾经私下告诉他，诺尔玛·帕吉特是个“坏蛋”，她否认认识那些格罗夫兰男孩这一点很可疑，按照梅斯的说法，诺尔玛“打小就和欧内斯特·托马斯是邻居”。

161

富兰克林·威廉斯自己曾经和奥兰多一名白人卫理公会的牧师科利斯·C. 布莱尔交谈过，后者在暴乱发生后曾在贝莱克待过。在那次会谈中，布莱尔告诉威廉斯（随后，在全国有色人种促进会8月的简报上，威廉斯告诉了联邦调查局），有人向他指出了大多数“煽动”这起暴乱并且“让它持续下去”的暴徒，只是没有提到名字。当威廉斯追问他们是谁时，可以想见，布莱尔很紧张，回答说“三K党”，并补充说那些男人还告诉他“要给这些黑鬼一个教训”。无论布莱尔对骚乱的受害者怀有什么样的同情，也无论他可能受到过三K党什么样的恐吓，这名牧师知道，三K党可以像烧毁一个黑人的家园一样毫无顾忌地烧毁教堂；他需要降低自己的风险。

感觉到白人牧师正在对他隐瞒关键性的信息，威廉斯步步紧逼：难道布莱尔这位来自佛罗里达的年轻的卫理公会牧师不是在开明的北方，在耶鲁大学神学院学习的宗教吗？难道他不承认宗教在调停不同人种间的暴力方面有战略性作用？在一个男孩已经死亡而其他三个很可能面临死刑的情况下，难道他只是沉默？律师几乎是在恳求，而牧师在犹豫了一会儿之后，最终承认他在诺尔玛·帕吉特被发现赤脚走近奥卡洪普卡时，他和一些人交谈过。威廉斯问，和谁交谈？布莱尔回答：“她的丈夫帕吉特先生和她的婆婆。”

从良心上说，威廉斯知道他不能让布莱尔牧师出庭做证。布莱尔所知道的一切虽然对威廉斯洞悉这个案件难以捉摸的真实情况来说至关重要，但这必须保密。威廉斯问布莱尔牧师在他和诺尔玛以及帕吉特家人谈话后得出什么结论，布莱尔既不忸怩也不回避。他观察到诺尔玛并没有显示出“刚刚经历一个可怕事件的任何迹象”，而且似乎“很高兴成为那么多人关注的对象”。作为对贝莱克社会很熟悉的土生土长的佛罗里达人，布莱尔也觉得很奇怪的是，“这个家庭不像人们预期的那样［对那

些格罗夫兰男孩］怀有仇恨”。他最终向威廉斯承认，他“严重怀疑强奸是否真的发生”。 162

威廉斯把牧师的名字和电话告诉了联邦调查局，纽约律师相信，调查局的特工已经搜集到对被告来说同样有价值的信息，尽管按照莱克县执法人员散布的话说，一旦联邦调查局对那三名嫌疑人实施的暴行进行调查，将会对被告产生“严重影响”。威廉斯当然知道，面对“调查将为全国有色人种促进会的律师的辩护提供材料”的谣言、威胁和误导，有些愿意和联邦调查局交谈的莱克县居民已经人间蒸发。事实上，威廉斯的确也试图使特工奎格利和马修斯做证，方法是给他们一张匿名的“理查德·罗和约翰·多伊”的传票，但最终被联邦检察官办公室以“联邦调查局调查的机密性”为由否决了。威廉斯也受挫于州检察官办公室，因为州检察官办公室在策略上合理地决定不传唤杰弗里·宾尼菲尔德作为证人，也不把他的医师报告作为证据，同样，也不把格罗夫兰男孩（被迫）认罪作为证据。杰西·亨特依赖这种可能性：一个白人妇女的证词胜过三个黑人在他们辩护时所说的任何话。与此同时，富奇法官加重了威廉斯的挫败感，他裁定不把医学报告提供给被告，也不允许任何关于囚犯被执法人员殴打的证词。法官认为这是不相关的，威廉斯觉得他故意这么做，以确保亨特得到他想要的定罪。

9月2日，周五上午，在审判做证开始前，富奇法官主持完成陪审团的挑选，辩方在仅有几个他们可用的人的挑战的情况下尽可能做到最好。在过去的几天中，一个接一个，那些预备陪审员——莱克县的农民、采摘工和卡车司机，有着肉乎乎的手，穿着破旧的工作服——出现在法庭上，威廉斯这位敏锐的纽约律师，又再次回想起那位拒绝这个案件的代托纳比奇律师所说的话，他拒绝是因为“那些破坏分子”一看到你就会朝你开枪。在询问那些潜在的陪审员时，阿克曼试图评估他们在看到一个黑人男子以他们以前没有见过的、和白人一样的说话方式说话时他们的反应，从而含蓄地挑战他们所了解的种族权力结构。他问一个人：“如果这些黑人律师中的一个跳起来反163 对，你有什么感觉？”对另外一个人，他提问：“你认为他们作为辩护律师，对证人进行交叉询问是否合适，即使证人恰好是白人？”（当阿克曼指着坐在辩护席上的威廉斯和希尔时，一个潜在的陪审员很困惑，问：“不是他们受审，对吗？”）阿克曼其他的关注点主要是要发现潜在的陪审员是不是泰森或者帕吉特的什么亲戚，但只有很少人能排除在外。另一方面，杰西·亨特主要集中在那些可能反对死刑的潜在的陪审员；大多数人“赞成”。

大多数预备陪审员是白人，这并不奇怪。有三个黑人的名字被从陪审团人选中去掉，只有一个岳父最近刚刚去世的“白发苍苍的老手艺人”到了法庭。法庭的书记员恳求威廉斯放过这个“男孩”，以便他可以去参加葬礼，并且补充说，这个手艺人是“莱克县最好的黑人之一”。然后，所有的陪审员就都是白人了，到9月初的周五上午结束时，亨特和阿克曼都对富奇法官宣布，他们对选中的陪审团满意了。尽管情况可能更糟糕，但在威廉斯看来，这仍然很可怕。但辩方已经设法创造了一个黑人被历史性和系统性地排除在莱克县的陪审团服务之外的记录，这样，他就可以在周五晚上告诉马歇尔，全国有色人种促进会在上诉时处在有利位置。这是审判中的小小的胜利，威廉斯担心，这很可能也是他最后的胜利。

经过休庭之后，1949 年 9 月 2 日，周五，佛罗里达州诉塞缪尔·谢菲尔德、沃尔特·欧文、查尔斯·格林利、欧内斯特·E. 托马斯案的做证开始了。数百名旁听者挤进莱克县法院大楼，其中有数十名黑人被安排到阳台上一个为有色人种保留的区域。几天前，梅布尔·诺里斯·里斯写了一篇题为“妇女恳求在审判时有保留座位”的新闻，但坐在木制长凳上的大多数还是莱克县的白人男性。拉蒙娜·洛观察到：“通过佛罗里达报纸每天的情绪煽动，审判变成那些寻求刺激的、残暴的、乡下长大的白人的即兴表演。”

威廉斯和希尔步入法庭，看到那些目光严厉的“嘴里叼着烟斗的贝莱克的破坏分子”时吓了一跳，当地的男人被任命为治安警察，他们的出现更多地是威胁而不是让人安心。其中一些来法庭保证安全的人很可能与两个月前和科伊·泰森以及威利·帕吉特在一起的是同一批人，尽管威廉斯无法确定。当他发现威利斯·麦考尔在法庭上走来走去，就像在家过感恩节，握手欢迎来的朋友和家人似的，威廉斯感到一阵恐惧。律师说，麦考尔“总是吓到我”。 164

下午 2：00，铁门的响声让人群安静下来。法官席后面的一扇门打开了。副警长耶茨和坎贝尔慢慢地陪着那三个神情严肃的年轻人走到被告席他们的座位上，莱克县的居民得以第一次看到被指控强奸诺尔玛·帕吉特的男人。几周前，在提审时，梅布尔·诺里斯·里斯提醒她的读者，欧文没穿鞋子，他“光着的脚在爬楼梯时发出温和的‘嗒嗒嗒’的声音”，但他在审判时穿着鞋，而且和他的同案犯一样，穿着西装。9 月的下午，气温超过 90 华氏度，一个巨大的落地扇在证人席后面吹着，声音有望盖过安静的证词。法官席上放着一堆松枝，杜鲁门·富奇从抽屉里拿出一把小刀开始削，在整个审判过程中他都会那么做，这就是为什么他会得到“削棒法官”的绰号。空气闷热，穿着红色吊带裤的南方的老检察官，削棒法官，可怕的警长，一大群种族主义者，坐在后面凳子上的浑身烟草味的破坏分子，威廉斯说，“对我来说，这就像我穿越到了一个故事里，出现在漫画的场景中。”

威廉斯看了一眼阳台，这并没有减轻他的疑虑。从那些黑人阴郁的脸上他读出了放弃，夹杂着害怕，他们害怕麦考尔，“他可能做任何事，而他可以逃脱”，没有一张脸上可以看到对公正的期待。“他们只是在那里看着。”

威廉斯发现了那个女孩，诺尔玛·帕吉特，坐在前排她丈夫旁边，她的金发刚刚卷过，嘴唇紧闭，脸上没有一点对格罗夫兰男孩的怜悯。

州检察官传唤他的第一个证人，后者唯一的作用就是证明他在 7 月 26 日下午看到过欧内斯特·托马斯，而托马斯在那里并且已经死了。威廉斯怀疑控方的一份“临终公告是伪造的”，但亨特对证词很满意。辩方没有问题，由于这个格罗夫兰男孩已经死亡，检察官转向他们的下一个证人，强奸案受害者23岁的丈夫：威利·帕吉特。在威廉斯看来，亨特引导着帕吉特回忆一个精密安排好的场景：在靠近奥卡洪普卡的公路旁，威利是如何被殴打和抢劫的；他如何恢复知觉，足以看到那四个黑人载着他妻子离开；他如何开了好几英里到利斯堡的迪安加油站，在那里，他告诉服务员柯蒂斯·霍华德关于袭击和绑架的事情。威廉斯发现威利·帕吉特的故事有可疑之处，在佛罗里达州方检察官进行交叉询问之前，他和阿克曼低语。在证词结束时，帕吉特承认出现在那个晚上的四名被告中他只能认出其中的两个——谢菲尔德和欧文。这是辩方的一个小小的胜利，但几分钟之后就失去了。

165

亨特接下来传唤诺尔玛·帕吉特。她下巴抬得高高的，肩膀挺直，她不是快步走而更像是闲逛到证人席上。她穿着一件臀部装饰着一朵花的深色晚礼服，用一根似乎是自己做的白色宽腰带束着，无袖上衣，颜色鲜艳的宽披肩盖住她的双肩，就像天使服装的翅膀似的。在威廉斯和希尔看来，她在法庭“漫步”，似乎没有任何羞耻或者不适的感觉，就好像她的目的是统领并品味莱克县数百名男子对她的关注，而不是来为她作为一个还只有十几岁的白人姑娘最近刚刚被四个黑人男子强奸做证。如果说最初对这个女孩的外表和神态感到困惑的话，威廉斯不久后立刻想起来最近被当地和全国的媒体宣传的另一个莱克县女孩洛伊丝·德赖弗。当《妇女之家》杂志开始在全美各地的小镇寻找并且进行一系列被称为“未被发现的美国美女”报道时，洛伊丝已经赢得当地的一些选美大赛——圣诞小姐还有其他一些和农业相关的头衔，比如柑橘皇后，她至少在全县是有名气的。这个杂志希望全国各地的摄影师在海滩、足球场、教堂或者高中寻找那些“她们的脸可以让一千艘船下水或者卖出一百万本杂志”的女孩。杂志承诺给那些在这项每个月数千入围者、高度主观的商业选美中获胜的摄影师和女孩支付高额报酬。1949 年 7 月，不管是怀着赞赏、嫉妒还是期望，每个莱克县女孩都知道，《妇女之家》杂志封面上的“未被发现的美国美女”是洛伊丝·德赖弗。富兰克林·威廉斯也知道这件事，因为 J. E. 德赖弗，洛伊丝的机械师父亲，被传唤并且要求在格罗夫兰强奸案中担任陪审员的职责（他没有被选中）。而诺尔玛·帕吉特在这个时候淋漓尽致地进行了发挥。

就像刚才他引导威利·帕吉特做证那样，杰西·亨特对诺尔玛进行提示。他很显然也教过她。当他要求诺尔玛“站起来并且指认”强奸她的人时，当她直视那些被告时，她似乎首先
166
需要花几秒钟想一下她的任务。在她站起来并整理她的衣服之前，她坚定地瞥了他们每个人一眼。她盯着这些格罗夫兰男孩，然后，如威廉斯所回忆的那样，诺尔玛慢慢地站起来，抬起一只胳膊，伸出她的手指，再依次地，从容不迫地指着每个被告，她慢悠悠地说：“黑鬼谢菲尔德……黑鬼欧文……黑鬼格林利。”

威廉斯宣称这“可能是审判中最具戏剧性的一幕”，而他和法庭里的其他人一样，紧盯着她的每个动作。他后来回忆说：

“气氛很紧张。”而梅布尔·诺里斯·里斯看到，随着诺尔玛做证，威廉斯的眼睛一直充满不满和愤恨（实际上贯穿于整个审判过程）。在她的一篇关于审判的文章中，里斯把威廉斯描述成有着“愤怒的眼睛”并且眼里“充满仇恨，当他坐在法庭时，你可以看到它，你可以感觉到它”。

阿克曼和威廉斯此前同意对诺尔玛·帕吉特的交叉询问仅限于试图在确认被告方面提出合理怀疑上，而不追问不存在强奸的可能性上；根据可接受的证据，这是一个徒劳无功的任务。阿克曼对控方案件中时间线的准确性问题提出了质疑，诺尔玛告诉他，因为她“没有戴表”，所以不可能准确，而诺尔玛显然对确认她的攻击者的身份有绝对的把握。诺尔玛·帕吉特镇定自若，她离开证人席时表现得前所未有的自信。无论梅布尔·诺里斯·里斯从威廉斯的眼睛里读到什么，他心里知道诺尔玛·帕吉特刚刚把格罗夫兰男孩送上电椅。她那纤细白皙的手指就像是轻按开关一样。

如果说诺尔玛·帕吉特刚刚把格罗夫兰男孩送往死路，那么控方的下一个证人就是准备埋葬他们的尸体。副警长詹姆斯·耶茨做证说塞缪尔·谢菲尔德的车的轮胎印迹刚好和那些他们在奥卡洪普卡外的路基上，也就是诺尔玛·帕吉特声称她遭强奸的地点发现的轮胎痕迹相吻合。以联邦调查局的规程为指导，耶茨已经制作了“石膏模型”来确认它们是匹配的。他还制作了在路边发现的脚印的模型，威利·帕吉特声称在那里遭到殴打和抢劫；脚印正好和沃尔特·欧文的鞋子吻合。在交叉询问时，阿克曼质疑耶茨作为轮胎痕迹专家和脚印分析师的资格，但耶茨对自己的能力充满自信。耶茨说他做的一定是对的，因为“警长已经让我干了四年了”。这就是陪审团需要听到的全部。

167 塔瓦里斯的太阳已经落山，而富奇法官已经在第一天的审判中削了一天松枝了，他宣布休庭。陪审团和法警带着法官“吃好睡好”的指示离开了法庭。特德·波斯顿冲出去想找一部电话，以便把白天的诉讼故事告诉《纽约邮报》的新闻服务台。在楼梯间，他不得不和戴着金属护手的副警长和其他全副武装、准备提供安全保障的莱克县的男人交手。在他得到一部电话之前，在没有任何警告或者理由的情况下，他被“几个流氓推搡着”，倒在地上，一个人“不小心”踩到了他的眼镜。而波斯顿没有带备用眼镜。

审判在 9 月 3 日周六上午 9:30 重新开庭，杰西·亨特需要做一些清理工作。他首先传唤格罗夫兰的私酒和小球赌博商人亨利·辛格尔顿到庭。辛格尔顿声称，7 月 15 日晚上，一个年轻人——他认出是查尔斯·格林利——出现在他家门口，想买一些古巴赌博的数字。辛格尔顿觉得很可疑，他告诉亨特。几乎可以肯定格林利是为了回来抢劫他而来踩点的，辛格尔顿把这个男孩轰走，过了一会儿，他自己开车出去兜风了。这时候，他偶遇塞缪尔·谢菲尔德，而沃尔特·怀特和他在一起。因此，亨利·辛格尔顿以相当平淡的叙述，在 7 月 15 日傍晚把三个被告在格罗夫兰联系起来。他也把自己和警长置于这个县的小球赌博生意的幕后。亨特的下一个证人把已故的欧内斯特·托马斯置于15日的格罗夫兰。欧内斯特的母亲埃塞尔·托马斯在审判前几天被关起来，毫无疑问有时间考虑她的“蓝色火焰”生意的未来，因此决定和警长以及州检察官合作。她做证说她儿子那天晚上去镇上参加一个聚会。

随着控方案件接近尾声，亨特引入控方的最后一个证据——1949年7月的历书，向陪审团表明那个月15日晚上10:36月亮已经升起，并且论证说因此天空足够明亮，威利和诺尔玛·帕吉特可以很容易地认出袭击者。阿克曼表示反对，理由是证据是不相干的，因为日历只能证明10:36月亮在密苏里州的圣路易斯已经升起。如果法官继续削松枝而没有回应说“反对无效”，辩方可能会享受这一时刻。

亨特对他的案件如此自信，因此他表示放弃传唤剩下的证人。他说：“我看不出还有什么必要引入他们，因此，控方到此为止。”直到下午1:30，富奇才宣布休庭，威廉斯和阿克曼决定在佛罗里达的户外清醒一下头脑并且重新检视他们的策略。

168

就在法庭外面，被工作和紧张弄得精疲力竭的辩护律师遇到一个过于热情的书记员，他问：“你好！威廉斯先生，你觉得审判方式怎么样？”这个不合时宜的问题得到一个未经深思熟虑的回答。“这是我多年执业以来遇到的最糟糕的诬告案！”威廉斯厉声说。

威廉斯后来对这一框架进行了阐述。他说：“这就像一个故事，一个好莱坞故事。他们让一切恰好那样。他们有欧文的脚印。想象一下在犯罪现场制作一个模型。那只在电影里出现。当然你知道［他们］能制作一个模型。他们逮捕他时已经拿走他的鞋子。他们有欧文或者谢菲尔德的手帕，而他们声称手帕是绑在汽车牌照上的，以遮挡他们的牌照。好家伙，这也太巧了。他们有轮胎的印迹。当然，他们有轮胎的印迹。他们有车。他们制作了轮胎的印迹，这样他们就可以让这个县的陪审团对被他们高度夸大的联邦调查局类型的证据印象深刻……这样，我们面对的似乎是个铁案……一个我知道或者怀疑完全是捏造出来的铁案……你们打算干什么？”

他们打算让这些格罗夫兰男孩去死。他们没有其他选项。

威廉斯和阿克曼在被告席上坐下了。富奇法官席后面的铁门发出响声，门打开了，他们的当事人由副警长护送，慢慢走进来。塞缪尔·谢菲尔德坐在威廉斯旁边，他的兄弟詹姆斯和他的母亲正聚精会神地坐在阳台上。威廉斯回想起那位父亲，那个腿被蛇咬的亨利·谢菲尔德，那些汗水、辛劳以及他如何努力抽干贝莱克沼泽的水，以便可以在他自己的田里种庄稼，为他自己和家人建立起一个远离柑橘园的生活；他的儿子塞缪尔离开家去战场，然后回来，惹了一些麻烦，而现在这个父亲已经失去房子和农场，他的儿子眼看着要被送上电椅……威廉斯看着塞缪尔·谢菲尔德的眼睛，告诉他阿克曼先生打算让他坐在证人席上，问他一些问题，而塞缪尔要如实地告诉法庭，那天晚上发生了什么。

当威廉斯完成他的指导之后，谢菲尔德转向他，也很认真地给出了自己对律师的指导，他说："威廉斯先生，审判结束后，你要小心。"

谢菲尔德接着说了很多，但茫然的律师没听进去几句话，直到他听到谢菲尔德说有人"想要那个黑人律师的命"。

威廉斯需要知道，谢菲尔德从哪儿听到的这些。 169

"威利斯·麦考尔，"谢菲尔德告诉他，"说他想要那个黑人律师的命。"

威廉斯看到麦考尔在法庭的对面，而他也看到了警长警徽背后的那个怪物，那个号称"莱克县的黑人杀手"的人。威廉斯曾经听到过一个故事，是关于一个小球赌博商人的遗孀，她因为丈夫的保险金得到一笔钱，而警长声称他们欠他钱。他甚至逮捕了这个女人，在她仍然拒绝支付麦考尔声称的债务之后，她被发现从县监狱四楼的窗户掉下去摔死了。威廉斯自己曾经看到过他的当事人身体被殴打的证据，看到过血迹斑斑的床单还有地板上的血迹。警长所做的和州检察官案件中其他人所做的一样多。几个小时之内，三个黑人将被法庭定罪，而且几乎可以肯定，他们会被判处死刑。

富奇法官让法庭恢复秩序。阿克曼传唤塞缪尔·谢菲尔德到证人席上，谢菲尔德更多的是东拉西扯而不是平实地叙述那天晚上发生在他和沃尔特·欧文身上的事情：关于那辆破车，停下来加油，在伊顿维尔喝啤酒，回家睡觉。亨特对案件很自信，并没有费心对谢菲尔德或者欧文进行交叉询问，欧文的证词和谢菲尔德的相符，尽管他展示的是故事的另一面。

查尔斯·格林利最后被传唤。坐在证人席上，脸上带着无比震惊的表情，这个“又高又瘦、发育过快的乡下孩子”在威廉斯看来似乎“不过是个文盲”，他调整他的姿势，看了一眼阿克曼，等待提问开始。威廉斯看得出来，这个男孩“不知道发生在他身上究竟是什么事情”，但从他一开始做证，威廉斯就发现自己坐到了座位的最边缘。格林利以一种乡下人天真、笨拙的方式，叙述了他平生第一次来到格罗夫兰过周末的经历，像个孩子那样格外关注一些有趣的细节。他那“悠扬的南方口音”反而凸显了他叙述中的悬疑、危险和黑色幽默色彩，不时引发长凳上和走廊里的笑声。他朴实、生动的表达促使阿克曼允许这个男孩仅仅是说出“真相”就好——因为，如查尔斯提醒他律师的那样，“如果你告诉那些好白人真相并且让他们理解，那么一切都会水到渠成”——而不是用问题引导他做证。

170 当查尔斯叙述他被带到格罗夫兰的看守所时，他仍然不知道贝莱克男人怀疑他是诺尔玛·帕吉特的强奸犯之一，他回忆道（根据庭审记录）：

> 我对自己说：“这是怎么回事？”然后，那个把我关进看守所的人，在那里的办公室进进出出。我猜那是个办公室。那是一道门。人们走进办公室又走出来。走进去走出来。走进去走出来。一个老家伙直接进来了。他和亨特先生身材差不多，而且看起来也像他，但我认为不是他。我想他没有亨特先生那么老。他说：“黑鬼，你坐在这里

对我撒谎。”他还说：“我应该把我的猎枪拿来，让你受尽折磨，然后朝你开枪。”我说：“怎么啦，先生？”他说：“你知道我在说什么。”然后，他走开了。我对我自己说：“一定有什么事情不对劲，在这里，在某个地方。”我知道我什么也没做。

格林利做证说他以前从来不认识也没见过同案犯谢菲尔德和欧文，直到他在看守所里遇到他们。此外，他还说，那天晚上他没有见过任何车的内部，他那时正在火车站的停车场那里被蚊子咬，等着欧内斯特·托马斯回来。而警察把他扔进牢里就因为他在那里闲逛并且带着一把枪。到了第二天早上，他才开始害怕，因为越来越多的男人聚集在看守所外面，而他听到外面有些男人说要杀他。他恳求一名狱警“赶紧带我离开那里，到什么地方我不在乎”，而他被告知很快会有警察把他转移到一个更安全的看守所。

因此，我就坐在那里等车来，很快，一辆1948年的黑色雪佛兰停在牢房前，那些男人又拥了过来围在那里。一个家伙说：“如果你把钥匙扔下来，我就进去把他带走。”另外一个家伙说：“只要你告诉我，如果我抓住他，他就归我了。”那些人不断地说、问并告诉别人如果他们抓到我他们会干什么。那儿的一个家伙拿着一把这么长的刀对我说：“靠门站着。”我对他说：“先生，我什么也没

171

做，如果你想拿那把钝刀刺伤我，那么让我站在门边也没意义。”因此他说：“好吧。”但又说：“反正你会死的，黑小子。”因此我就又坐在床上。好吧，我开始哭了，因为我不知道接下来会发生什么，所有在那里的这些人都想杀我，而我又没钱，而圣塔菲还在一百英里之外，走路太远了，而且我没钱。

阿克曼问：“查理，如果你做了那样的事情，你还会在格罗夫兰那里闲逛吗？”

“我？如果我能想到会有那样的事情发生，我早就在回圣塔菲或者其他地方的路上了。”

辩方结束了。

控方再次选择了不进行交叉询问。阿克曼和亨特商定稍事休息以便准备总结陈词。富奇法官宣布休庭到下午 4：00。在法庭外，威廉斯又遇到了“戴比波普眼镜的白人妇女”梅布尔·诺里斯·里斯。审判还没结束，但里斯忍不住评论 16 岁的男孩在证人席上的表现。

“查尔斯·格林利真是个好演员。”她叫道。威廉斯惊呆了。这个男孩面临一场事关生命的审判。他只不过告诉整个法庭他的妹妹被火车轧死，而他妈妈整天哭泣，因此他不得不离开家。就在几周前，副警长几乎将他打死，而他此后一直待在看守所里。而现在他的老父亲“眼里充满泪水”，被迫每天坐在法庭上，看着他的儿子戴着手铐被带走。

"你打算什么时候让他去百老汇，富兰克林？"

梅布尔从来都称呼他"富兰克林"，而不是"威廉斯先生"。律师受够了。

威廉斯冷笑道："你知道你的问题在哪儿吗？你在这里有生意，而你比那些破坏分子还破坏分子。"

梅布尔被纽约律师再一次不愉快的谈话吓了一跳。那个晚上她开车回办公室并开始敲下她对审判的报道，她讽刺地把全国有色人种促进会的辩护比作虚构的戏剧。以"最终，格罗夫兰的故事上演了"为题，梅布尔嘲笑"明星格林利"，并且注意到这个男孩"带来的最后乐章，就如同黑人歌手保罗·罗伯逊强调的一首歌要逐渐进入高潮"，以至于"可以让百老汇的评论家排除种族偏见，在专栏中给予他高度的关注"。

172

特德·波斯顿跟在杰西·亨特后面走出法庭，他无法把诺尔玛·帕吉特排除在他的脑海之外。波斯顿注意到，"除了那个身材修长、脾气暴躁的金发女郎自己的证词外，在塔瓦里斯三天的审判中，没有一点记录在案的证据支持她关于四个黑人先后于16日凌晨在一辆1946年水星汽车后座上强奸她的说法"。波斯顿曾经听说有个医生对她进行了检查，但没有医生被要求做证。靠近亨特时，波斯顿问为什么。

亨特厉声说道："没必要。她说她被强奸了，不是吗？"

"亨特先生不打算曝光所有这些细节而让帕吉特夫人感到尴尬。"一个助理检察官补充道。

波斯顿注意到控方没有提供任何关于"四个人在汽车后座

同一个角落实施强奸可能会产生的污渍、斑点的证据”。一个旁听者在法院一楼有色人种的男洗手间里甚至这样对波斯顿说：

“如果那个白人妇女像她说的那样被强奸，那这是在莱克县或者其他任何地方看到的最干净的强奸。”

回到法庭，波斯顿发现小球赌博商人和控方证人亨利·辛格尔顿“在一个副警长后面点头哈腰——比被自己人报复更恐慌似的……”。他甚至在走廊里听到副警长在讨论格林利的证词。“太糟糕了，格林利那个黑鬼把一切都搞乱了。你知道，他是你喜欢的那类黑鬼。太遗憾了，帕吉特小姐已经说过他在那里。”

重新开庭后，杰西·亨特急于把被告消灭掉。他对富奇法官说，“我不希望拖太长时间，法官大人”，然后靠近陪审席，向陪审员保证，无论他们有什么关于人物、地点和时间的问题，他们都应该记住“一辆又好又快的车加一些坏男人，会导致很多事情发生”。他告诉陪审团“没有人像那个女孩那样经历一个如此可怕的夜晚”，接着提醒他们，辩方没有传唤任何可以证明谢菲尔德和欧文那天晚上在奥兰多的证人，“因为那两个男人在那个可怕的夜晚没有在奥兰多，他们在去森特希尔的路上强奸了这个女人！”。

阿克曼站起来以合理怀疑进行辩护，他认为控方的时间线不合逻辑。格林利在诺尔玛·帕吉特受攻击的同一时间已经在二十英里之外被捕。如果查尔斯·格林利不在现场，那就没有枪。阿克曼在结束时告诉陪审团，在他办过的大多数案件中，

罪犯在犯罪后会本能地潜逃。但这三名被告在涉嫌犯罪后并没有这么做。 173

威廉斯不认为陪审团需要离开很长时间。在审判的早些时间，他们已经要求看过那辆车的内部，帕吉特称自己在这里遭强奸。威廉斯曾经抱一线希望，希望他们恰好会考虑“那个‘抢椅子’的残酷游戏怎么会发生”在如此狭小的汽车后座。但富奇否决了，说那个要求“有点过界”。这一点也不奇怪，富奇对审判严加控制。

威廉斯认为阿克曼的总结陈词非常出色，毕竟他们没有足够的时间为这个案件做准备，同时富奇法官在审判中对他们进行了严格限制。但威廉斯对阿克曼的称赞怎么也比不上富奇法官对杰西·亨特的盛赞。

富奇和检察官握手，说：“杰西，我这辈子没听过比这更好的辩护。”

晚上7:25，莱克县的12名白人已经出去审议，波斯顿沿着街道飞奔到法院附近的“一个长途电话亭”。他给《纽约邮报》新闻服务台打了个电话。他被告知当地的主编吉米·格雷厄姆非常紧张，就像“一个准爸爸”一样走来走去，因为他已经好几个小时没有波斯顿的消息了。格雷厄姆甚至给沃伦州长打电话，希望为他的记者提供一些安全保护。

波斯顿说：“沉住气，完全没什么可担心的。告诉吉米判决很快就会作出，今晚晚些时候我会在四十英里外的奥兰多和你们联系。”

波斯顿不是唯一一个在陪审团审议期间在法院附近打电话的人。威廉·博加尔，7月格罗夫兰骚乱的夜间车手之一、威利斯·麦考尔警长的三K党同伴，也差不多在同一时间接到阿波普卡三K党支部另一个成员的电话。那个三K党党徒告诉博加尔，警长麦考尔“需要帮助”以“赶走黑人律师”。一伙人聚集在莱克奥拉附近441号公路旁一座房子附近的一片空地上，他们在那里等着车来。

有消息说陪审团已经作出裁决，晚上9:26，他们坐上陪审席上，等待富奇法官维持法庭秩序。在宣读判决前，富奇警告“禁止游行、鼓掌或者其他诸如此类的行动”，所有的旁听者都要留在法庭，直到警长和他的副警长把被告带走。法官要求法庭的书记员宣读判决书。格林利的眼睛盯着那张从陪审团主席传到书记员的文件。

174

> 我们陪审团裁定被告有罪。所以，我们所有人，以多数意见建议对查尔斯·格林利宽大处理。
>
> 查尔斯·A.布莱兹·福尔曼

梅布尔·诺里斯·里斯注意到，“谢菲尔德和欧文的眼里失去了希望。他们的视线越过陪审团望向前方，望向他们前往电椅的旅程”。

没有爆发，只有沉默。富兰克林·威廉斯回过头来，和查尔斯·格林利握手。梅布尔写道：“然后一个微笑—— 一个孩子气的胜利的微笑出现在那个黑人男孩的脸上，表演奏效了。查尔斯·格林利没理由那么做。他正接受的喝彩来自那些被迷惑了的听众。”

这个仁慈的建议意味着那个16岁的男孩很可能会在监狱度过余生。辩方对陪审团的投票没有兴趣。他们需要行动。

“亚历克斯，嘿，亚历克斯。”从法庭对面传出一阵嘘声。是富奇法官，他在招呼辩方的两名白人律师，他们可以通过他的私人房间离开法庭。阿克曼迅速要求量刑推迟三天，以便他提交一个重新审判的动议。富奇批准了这个请求，他似乎更关心让律师安全地离开他的法庭。由于谢菲尔德、欧文和格林利已经被铐着带走，阿克曼和普莱斯退到法官席后面。亨特还留在法庭里，催促旁听者“平静地回家，不要制造任何麻烦”。

当格罗夫兰男孩被威利斯·麦考尔警长带回楼上时，威廉斯可以听到他背后铁门的响声。亨特走近威廉斯和他握手，而威廉斯想让亨特知道一件事，以非正式的方式。他看着那些被告离开法庭，告诉亨特，那些男孩被警长和他的副警长毒打。

亨特回答：“我一点都不怀疑。”

什么也不用多说了，威廉斯和希尔由高速公路巡警护送下楼从后门离开，他们出现在法院后面的一片空地上，那里正是麦考尔和7月份要求进看守所搜索强奸诺尔玛·帕吉特的强奸犯的愤怒的贝莱克暴徒见面的地方。这里又热又潮，又黑暗又安静，当他们走向希尔的车时，巡警转身朝另一个方向走去。

175

威廉斯问："你们不跟着我们的车护送我们？"

一个警察说："不，我的工作完成了，审判已经结束了。"

在办这个案件的过程中，威廉斯第一次真正感到害怕。他曾经受到过威利斯·麦考尔的威胁，但"我太年轻了，我猜我足够傻，所以不怕他"。

就在那些旁听者离开法院时，这两个律师穿过草坪，他们跳进希尔 1948 年的轿车。希尔打算点一根烟，但轿车的打火机开始冒烟。威廉斯伸手过去把打火机打落到地板上，他的手指被烫了一下。有人试图让汽车短路并且"就在我们上车之前的几分钟堵住了点烟器"。这两人此前答应让特德·波斯顿和拉蒙娜·洛搭车回奥兰多，他们紧张地在车里等着，而旁听者走了过来。

一个男人和他的妻子及女儿经过时说，"男孩，黑鬼男孩"。越来越多的人缓缓经过汽车，威廉斯急躁起来。

他咕哝道："波斯顿和洛现在究竟在哪儿？"

特德·波斯顿刚刚从黑人阳台下来，他碰了碰洛的胳膊，带她走到走廊，在那里他们差点撞到诺尔玛·帕吉特，她双唇紧闭，看了黑人记者一眼。波斯顿走到大厅，但他发现在拥挤和"充满敌意的白人的人海"中，洛不见了。他从侧门出来，外套搭在肩上，他听到霍勒斯·希尔已经发动了车，车灯熄着，希尔轻声叫着他的名字。

希尔告诉他："赶快上来。"

波斯顿说："天啊，我吓死了！"

威廉斯问："拉蒙娜在哪儿呢？"

波斯顿打开车门。他不得不回去找她，但希尔打算拦住他。

威廉斯说："霍勒斯，现在不要争论，让他去吧。"

希尔说："听着，弗兰克，你现在不是在纽约。那些破坏分子不是在开玩笑。我知道。我在这儿长大可不是闹着玩的。"

波斯顿穿过草坪跑回法院，在那里他发现体格健壮的洛正在和詹姆斯·谢菲尔德交谈。他说"快点"，带她回到车上。

希尔责怪道："你们真棒。"他告诉记者们，护卫的州巡警已经走了。 176

即使是威廉斯也不乐意原地等待。他说："他们怪**我们**让格林利逃脱了电椅，你们俩刚才差点出事。"

希尔一路都在骂波斯顿和洛"愚蠢透顶"，直到他们成功离开了塔瓦里斯。交通很拥挤，直到大多数车朝北开往尤斯蒂斯，而他们上了441号公路，路面变得空旷。希尔以每小时60英里的速度沿着蜿蜒的公路朝莱克奥拉开去。他们终于可以松口气了，甚至可以开一些关于希尔不得不和那些破坏分子一起住在这里的玩笑，但他们忽然发现公路两侧停着两辆车，朝着奥兰多的方向，玩笑戛然而止。希尔快速超过他们，但"那两辆停在那里的车马上发动，而第三辆紧随其后跟了上来"。

希尔把油门踩到底，并且以超过每小时80英里的速度，超过路上那些慢车，这时威廉斯发现两辆车闪着灯，跟上来了。

威廉斯说："上帝啊，有人在我们后面。"

而在前方，他们发现有人在路上挥着一块白手帕或一件衣服，但希尔不打算停下来，当他们经过时，那人跳到一旁。威廉斯发现有三辆车在追赶他们，而在第一辆车里，前排有三个人影。威廉斯注意到，中间的那位戴着牛仔帽——“就是威利斯·麦考尔戴的那种”。

高速行驶的四辆车都闯了红灯。

威廉斯尖叫：“该死，又来了！”

威廉斯曾经有过类似的可怕经历，他在林肯大学读书时，有一次车子撞上冰块，打滑，失去控制。那次撞车极为可怕，上了新闻，但威廉斯活了下来。然而，那辆车报废了，而威廉斯当时的速度只有希尔现在的一半。

拉蒙娜开始抽泣。“哦，上帝啊，都是我的错。我让你们陷入……我应该——”

波斯顿喊道：“闭嘴！”

在一片寂静中，车子朝阿波普卡狂奔，威廉斯冷静地提供新信息。“他在加速，霍勒斯。”

波斯顿得到一副“临时替代的二手眼镜”，但他很感激他只能看到“不超过两英尺远”。《纽约邮报》的地方新闻编辑部曾经三次拒绝了他报道小斯科茨伯勒案的请求，但他一再坚持，而现在他又回到了每次到南方时都会饱受困扰的那些时刻了。177 他们在“地狱般的黑暗中向前疾驰”，因为希尔把灯关了，“只信任佛罗里达的月光”。他已经开到每小时 90 英里，但还没摆脱三 K 党的追逐者，而他在马路上沿着轻微的之字形开，这样他们就没法开枪打轮胎。他们身后的车离他们足够近，他们可以听到司机在按喇叭。进入有灯光的阿波普卡市区，希尔闯了几个红灯，在电影院附近和一辆皮卡车“擦肩而过”。威廉斯注意到后面的一辆车近得几乎撞上了，但打了一下方向盘，而“有个破坏分子把身子探出前窗”。

威廉斯说：“那么，我想就是这样，没有一个破坏分子会危及其他破坏分子的生命，更不用说他自己的生命和肢体，只是为了吓唬一群黑人。我猜他们真的想要我们的命。”

他们仍然在441号公路上，经过阿波普卡向南开往奥兰多，再次加速，这时拉蒙娜·洛尖叫道：

“他们现在不在我们后面了！”

三K党的车开走了，可能是不愿意追得更远。威廉斯点了一根烟，但希尔保持高速，直到他确信他们没有被跟踪。他们经过了熟悉的帐篷旅馆，31个白色圆形大帐篷在南香橙花小径旁，然后希尔向左转，进入帕勒莫尔，小镇的黑人区，他们停在一家小旅馆前。

威廉斯想：“我这辈子从来没那么高兴看到如此多的黑人。”

波斯顿静静地坐在后座上，他们都默默地看着其他人。他很庆幸他那副好的眼镜已经破了，他后来写道。“我看不到自己的羞愧，这一定映在他们的眼中。”

希尔停好车，他们走进旅馆。他们从后门直接走到威廉斯所住的那个女人的房子里。他们喝了点东西，待了大概一个小时。等到他们紧张的神经有所放松，威廉斯和希尔就又回到车里，开车前往阿克曼的办公室。威廉斯说：“我们得为上诉做准备。”

当他们到那里时，阿克曼和普莱斯已经开始查看这个案件的卷宗。

威廉斯告诉他们被三辆车以时速 90 英里从莱克县追到奥兰治县的故事。

阿克曼说：“哦，你一定是在开玩笑。”

威廉斯告诉他，“感谢上帝”，不是在开玩笑。

第十二章　原子加速器

平顶，亦称“死牢”，位于雷福德佛罗里达州监狱内

威利斯·麦考尔决定是时候让那些格罗夫兰男孩“与主同在”。他让副警长把沃尔特·欧文和塞缪尔·谢菲尔德拖到他办公室下面的塔瓦里斯看守所。这两个强奸犯很快就会被送回位于雷福德的佛罗里达州监狱，这次是作为死囚，他们将在那里等待和电椅的约会。然而，现在，一旦他有机会，麦考尔想和 178

那两个男孩谈谈。他更希望律师不在场。

麦考尔指着有线录音机。他对男孩们暗示，他们洗心革面的时机已经到了；现在做个声明也无妨，因为无论如何他们很快就会坐上电椅。谢菲尔德和欧文都拒绝了，和在法庭上一样，他们说自己是无辜的。麦考尔狠狠地盯着他们，这两个人都没有退缩。警长让人把他们带回牢房。他们很快就会离开莱克县，而他们回来的唯一办法就是躺在松木棺材里。

179

对查尔斯·格林利，警长采取强硬态度。他指着他桌子上的有线录音机，告诉那个男孩他想要个说法。那男孩的眼睛从录音机转到警长再转到天花板和墙。他想要知道，“如果他不说警长想要听的”，他是不是还会挨打。警长发怒了。他告诉男孩，不，不是被打，而是被杀。

这个16岁的孩子彻底吓到了，查尔斯·格林利后来说：“他要把我交给暴徒。”麦考尔打开有线录音机，开始引导这个囚犯回答一系列简单的问题。因为深信他如果合作就会避免麻烦，这个男孩以他认为这个大帽子男人想听的话作为回答。这些回答和这个男孩在证人席上杂乱无章的回答不同，那些回答最终让陪审团的12名白人男子饶了他一命。饶他不用过镣铐加身的生活——这男孩逃脱得如此轻易，警长大为光火。

麦考尔问：“你在证人席上撒谎？”

“是的，先生。”

“你虚构了那个故事？”

“是的，先生。”

麦考尔说："有时你说出事情的真相会好点，谁是第一个？"

"我相信是欧内斯特·托马斯。"

"那么，你没有费事去说服他们，是吗？"

"没有，先生。"格林利回答。

"为什么你们不杀了那女人？"

"嗯，我恳请他们不要这么做，他们当时在谈论这件事。"

警长发现了一个机会，可以让全国有色人种促进会难堪，而且是用他们的辩护团队的明星证人提供的一份有录音的陈述。他问道："那么，律师和你谈过这些吗？他们是不是让你提供这些……他们对你说了什么？"

格林利没有上当。"他们只是问我们发生了什么事情。然后，他们说不要担心，他们会为我们辩护，他们打算为我们而战。"

麦考尔以一连串的问题结束："那么，没人答应你什么？""没人给你提供建议或者向你承诺什么？""没人恐吓你？""你没有受到任何形式的威胁？""现在本来你不需要说这些，是吗？"

"是，先生。""是，先生。""是，先生。""是，先生。""是，先生。"格林利迅速地回答。

威利斯·麦考尔满意了。他的声音变得平静，几乎让人放心。他慢慢地说："我只是为了满足我的好奇心，想知道那里究竟发生了什么。""我只是为了满足我的好奇心，想知道你是否撒谎。"然后，他的手伸到桌子上，关掉录音机。 180

副警长耶茨和坎贝尔带着这个瘦高的男孩回到莱克县法院

大楼的电梯，两个月前就是这个电梯带他到地下室，在那里他被铐在头顶上的管子上，遭到毒打。他安然无恙地过了麦考尔警长的问答这一关，活了下来。副警长把他锁在四楼的牢房里。耶茨冷笑着离开。

塞缪尔·谢菲尔德和沃尔特·欧文默默地看着。男孩坐了下来。他把脸埋在手掌中，他的身体在颤抖。他哭了起来。

“苏格兰场，请不要带走我们的耶茨。”

梅布尔·诺里斯·里斯为《芒特多拉头条》写头条报道，而她似乎从来不厌倦宣传詹姆斯·耶茨副警长一流的侦探工作。梅布尔在审后报道中写道，归功于耶茨在犯罪现场的轮胎痕迹以及鞋印的取证分析，“削棒法官”才能如此公正地判处塞缪尔·谢菲尔德和沃尔特·欧文死刑，送他们上电椅。登在《芒特多拉头条》头版的耶茨副警长站在石膏模型旁边的照片足以让瑟古德·马歇尔反胃，因为他在照片中看到的耶茨就是严重并且连续殴打格罗夫兰男孩的虐待狂副警长耶茨。

富兰克林·威廉斯返回在纽约的全国有色人种促进会办公室，给马歇尔带来的唯一的好消息就是查尔斯·格林利被判处终身监禁服劳役，如一个记者所写的，“一个口才好的16岁文盲男孩用他自己的话让他摆脱了佛罗里达的电椅”。在其他事项上，富奇法官毫不妥协地否决了辩方，这不出意料。他不仅否决了进行新审判的动议，而且指出，已经为被告的辩护律师提供了“充分的准备机会”，而威廉斯和阿克曼已“创纪录地引入种族问题”，他把这两点都记录在案。与此同时，威廉斯断定，梅布尔·诺里斯·里斯在《芒特多拉头条》上关于审判及其后续的报道充满“恶毒的”偏见，它们经常被自鸣得意的威利斯·麦考尔警长加以引用，如同他提醒莱克县的居民“证据是压倒性的，这三个人都供认了”一样。这些报道对马歇尔的伤害不比对威廉斯的伤害轻。 181

由于过去两个月威廉斯不在纽约，马歇尔和往常一样，被案件压得不堪重负，除此之外，他还被赋予管理职责，他和罗伊·威尔金斯维持着全国有色人种促进会的日常工作，而沃尔特·怀特继续休假。8 月，威尔金斯作为代理秘书，授权为马歇尔增加 300 美元的年薪，但 9 月初，他对阿瑟·斯平加恩说，“我感觉加得不够”，并且提议理事会批准另外增加 500 美元，这使得马歇尔的年薪总额达到了 8 500 美元。

马歇尔和威廉斯更关心的是支撑格罗夫兰男孩案的资金问题，因为正如威廉斯告诉佛罗里达居民的那样，“塔瓦里斯只是第一轮搏斗”，而“真正的角斗才刚刚开始”。然而，迄今为止，全国有色人种促进会只筹集到大约 1 500 美元，大多数是来自佛罗里达贫穷黑人的个人捐款，然而，案件的花费已经超过 5 000 美元，而“将来上诉的花费还要多得多”。罗伊·威尔金斯同情地听着威廉斯的诉求和特德·波斯顿的故事，而他的立场和马歇尔在几周前说的一样，马歇尔说，全国有色人种促进会的资金应该“用在为这些男孩辩护上”。威尔金斯保证，“我们会遵守弗兰克的承诺，尽管把这个案子打到最高法院将至少花费两万多美元。我们会以某种方式得到钱的”。

“某种方式”至少部分意味着巡回演讲，而马歇尔决定让富兰克林·威廉斯重归筹集资金之路，看样子与几年前威廉斯和盲人士兵艾萨克·武达德走遍全国的方式差不多。

在格罗夫兰男孩庭审后，关于囚犯在莱克县审讯时被殴打、虐待以及被合法地处以私刑的故事赢得当地和全国报纸的关注，9月中旬，特德·波斯顿“南方阳光下的恐惧”系列报道每天都在《纽约邮报》上刊登，他的以每小时90英里的速度被“残忍的、开着车的暴徒”赶出莱克县的故事已经引起全国范围的特别关注。时机已经成熟，充满各种可能。正如威廉斯所说的那样，“我们已经证明那些遵循古老传统、良好正派的非裔美国家庭的孩子是无辜的。我们有大火的故事、暴徒的行为……整个社区爱好和平的黑人工人被驱赶……法律人的恐吓，等等”。182 而威廉斯也证明马歇尔是对的。他的格罗夫兰男孩案之旅——在他的复述中他说这“有所有廉价小说的特点……一场完美的陷害”——为全国有色人种促进会筹集到超过4 600美元的法律辩护基金。

31岁的富兰克林·威廉斯似乎拥有无限的潜能。“他可能是我见过的最有天赋的演讲者”，法律辩护基金会的同事杰克·格林伯格这样评价他。“他的崇拜者用‘能言善辩’来形容他，但这似乎还不足以描述他的口才。”对他的批评者来说，威廉斯“油嘴滑舌”，有时傲慢无礼，他当然会激起梅布尔·诺里斯·里斯的怒火。她有一次建议这位纽约律师应该在有绅士风度的南方生活一段时间，这样他可能从中受益；威廉斯毫不客气地大吼：“我不会生活在南方！”马歇尔对他的口才和准确的理解力很有信心，这位年轻的律师已经在佛罗里达充分地证明了这一点；因此，对马歇尔来说，让富兰克林·威廉斯在州上诉法院为格罗夫兰案辩护是合情合理的；上诉是必经的程序，如果无果而终，那全国有色人种促进会在佛罗里达州就没有真正逆转的希望。

不过，法律辩护基金会首先要决定格罗夫兰男孩上诉的框架。由于谢菲尔德和欧文均面临电椅刑罚，他们当然会加入上诉。但是，鉴于陪审团仁慈的建议，查尔斯·格林利已经被判处无期徒刑，因此，他完全有可能赢得上诉，但在再审时被判处死刑。直到 1981 年（在法律辩护基金会援助的一个案件中）最高法院才裁定，那样的可能性妨碍了上诉并“阻止宪法权利的主张”。那么，从本质上说，最高法院把一个低于死刑的判决解释为在一审中陪审团对“无论何种情况都有必要施加死刑”的一种“赦免”，因此，根据第五修正案的双重危险条款，上诉人不能在第二次审判中被判处死刑。但在 1949 年，上诉过程中的法律失误可能会把查尔斯·格林利从劳改农场送到死囚牢房。

威廉斯自己在莱克县的经验使他相信，正如他会让马歇尔相信的那样，格林利被判无期徒刑，已是这个乳臭未干的 16 岁孩子或其辩护人所能期待的最仁慈的结果。此外，威廉斯推测，在监狱度过两三年之后，在重审之前，在法庭出现的将是一个长大了的、可能更加坚强而不再那么天真的十八九岁的查尔斯·格林利，此时，将不会再有提议宽大处理的可能了。在这183个推理的基础上，马歇尔和威廉斯制定了他们的策略：他们在上诉时将不包括格林利；这样，如果他们败诉了，格林利仍然可以逃脱电椅。相反，如果他们胜利，赢得对谢菲尔德和欧文的无罪判决，有完美说服能力的马歇尔将力争获得州长对格林利的减刑。两个律师对格林利解释了他的可选择的方案，一周之后，他在塔瓦里斯接受了他的无期徒刑。查尔斯·格林利手写了一封信，在信中他说他完全理解他所做的选择，尽管他咨询了律师和他的家人，但不加入上诉最终是他的决定。他写道："如果上帝与我同在，如果其他男孩获得自由，我会祈祷我得到宽恕。"此后不久，他被送到在莱克市的佛罗里达州第16号公路营，开始他作为养路工劳役的服刑生活。

有罪判决和死刑判决并没有如梅布尔·诺里斯·里斯向她的读者保证的那样让莱克县回归其伊甸园般的幸福。相反，一波又一波不说好话的报道在审判结束后冲击着这个县，让富奇法官、亨特检察官和麦考尔警长很是恼火。全国发行的《纽约邮报》发表了特德·波斯顿的报道，这个庭审后的全国性的戏剧性追逐的故事尤其刺痛了亨特，他宁愿相信莱克县的居民依法行事。因此，为了让波斯顿丢脸，亨特在塔瓦里斯举行了一次听证会，他邀请了高速公路巡警、警察和莱克县各地的代表来证明他们没看到任何小汽车在审判当晚以每小时90英里的速度朝奥兰多行驶，他们也没看到任何人踩碎特德·波斯顿的眼镜，而且波斯顿也没有向任何官员抱怨有人曾那么做过。

麦考尔基本上对这场追逐保持沉默，但当波斯顿关于格罗夫兰审判的系列报道为他从“美国报业协会”的首席信息官那里赢得 500 美元奖金时，喜欢收集剪报的、注重形象的警长发怒了。他咒骂那个协会，咒骂波斯顿只不过是“试图破坏种族关系，试图分裂种族而不是促使他们融合”。当波斯顿因他的系列报道赢得第二个久负盛名的奖项时，梅布尔·诺里斯·里斯拿起她的笔；在一封写给海伍德奖委员会主席的信中，她质疑了波斯顿报道的准确性。委员会不为所动。

尽管亨特、富奇和麦考尔对听证会充分揭穿了波斯顿的故事纯属虚构感到很满意，但为什么佛罗里达州中部的居民选择相信从北方来的记者和律师，而不是莱克县的警察和巡警？联邦调查局没有相信。联邦调查局选择相信比尔·博加尔，三 K 党阿波普卡分部的“尊贵的独眼巨人”和联邦调查局的主要线人。博加尔指出，是威利斯·麦考尔发起了这场广闻天下但确凿无疑的追逐，而联邦调查局的报告表明，三 K 党人曾“打算拦截汽车并且毒打车上的人，以命令他们离开这个州”。这也导致后来联邦大陪审团指控四名三 K 党人做伪证。

184

联邦调查局对格罗夫兰男孩案的调查、波斯顿的文章以及威廉斯给在纽约的全国有色人种促进会的详细报告，这些促使马歇尔再次和司法部长办公室联系。在一封信中，马歇尔告诉司法部长，一个“联邦大陪审团的调查是必要的”，调查不仅要针对格罗夫兰男孩被殴打，而且也要针对副警长詹姆斯·耶茨和勒罗伊·坎贝尔、佛罗里达州国民警卫队队长赫朗，以及恐吓黑人居民并且焚烧他们的家园的“一群当地武装人员的头领”弗劳尔斯·科克罗夫特，马歇尔迫切请求司法部长起诉这些人。他还提出全国有色人种促进会将提供全面的合作。

9月13日，美国司法部长办公室的亚历山大·坎贝尔通知在坦帕的联邦检察官赫伯特·S. 菲利普斯，“有充分的证据证明……受害人在被指控期间被殴打和虐待，而耶茨、[韦斯利·]埃文斯和[勒罗伊·]坎贝尔在使受害者经受所描述的侮辱中发挥了积极作用”。然而，亚历山大·坎贝尔的信心动摇了。他说，如果菲利普斯认为针对耶茨、埃文斯和坎贝尔的行为——考虑到“该地区人民的脾气”以及他们的“恐惧和担忧”——是“必要的和可取的”，司法部长办公室会“非常感激”，最后，他发出最弱的指令，坎贝尔写道：“我们必须考虑执行至高无上的法律的需要，只要那些行为不过度地和当地的程序相抵触。”坎贝尔为菲利普斯开了个口子，这正是他所需要的。

在给司法部长办公室的回复中，菲利普斯说，在他看来，被告已经“得到一个人得到的最公正的审判”，并表示，尽管耶茨、坎贝尔和埃文斯“可能犯下严重和可鄙的罪行”，但“在起诉当事人殴打所谓的受害者之前，一些和这个案件有关的事情需要仔细考虑”。尽管司法部提供了压倒性的证据，但菲利普斯不愿意推进这个案件，他说他“严重怀疑”大陪审团是否会起诉，但如果他们这么做了，“有可能会导致另一次对被告或受害人的严重暴行”。换句话说，任何对耶茨、坎贝尔和埃文斯进行

185

起诉的企图只会激起残暴的当事人对格罗夫兰男孩的进一步伤害，后者事实上相当**幸运**——菲利普斯不带挖苦地推测——他们本可能被处以私刑，却只是被殴打肉体上的折磨“和如果警长没有处理这件事可能发生的情况相比，是小事一桩”。菲利普斯写道，最后需要考虑的一点是，尽管“对法律的严格解释”保护囚犯免于被迫认罪，但重要的是要记住，“供述没有被当作证据使用”。

20 世纪 40 年代接近尾声时，瑟古德·马歇尔和他的法律辩护基金会的律师即将进入他们职业生涯中最富有成果、最重要的几个月。案件逐渐增加。除了格罗夫兰上诉的工作外，马歇尔还在为法律辩护基金会已经等了 12 年、打算提交联邦最高法院的两个案件准备辩护摘要。此外，马歇尔的导师查尔斯·汉密尔顿·休斯顿最近心脏病复发，请求他的学生接手一名黑人妇女被马里兰大学护理学院拒绝入学的案件。

15 年前的 1935 年，马歇尔和休斯顿一起成功地起诉了马里兰大学，使其法学院对黑人申请者唐纳德·盖恩斯·默拉里敞开大门，而马歇尔现在着手开始让法官相信两个案件存在惊人的相似之处，以支持埃丝特·麦克里迪被录取。但另一方面，被告辩称两个案件不同，因为默拉里案涉及的是法学院，而埃丝特·麦克里迪起诉的是护理学院。

“法官，我同意这一点，”马歇尔坦然承认，“法学院和护理学院是不同的，这我可以**证明**。”法官身体往前倾，谨慎而好奇地注意马歇尔辩护的方向。马歇尔接着说："我可以证明这一点，因为我去了法学院，而我没有变成一个护士"。

马歇尔知道，像他导师那种"老古董"绝不会在法庭上那样说话，但可以肯定，这种突然冒出来的机智没有削弱马歇尔论证的力度。他的成就让他生病的朋友和导师感到自豪。他为原告赢得胜利，甚至都不需要上诉到联邦最高法院。马里兰州上诉法院裁定麦克里迪胜诉。

186 纽约办事处同时开展很多活动。"每天都在忙，并且最终每个晚上都在办公室"，法律辩护基金会的律师——富兰克林·威廉斯、杰克·格林伯格和康斯坦斯·贝克·莫特利获得了千载难逢的学习机会，他们不仅和马歇尔一起准备辩护摘要，而且和——用格林伯格的话说——愿意把"聪明才智用在致富之外的其他的东西上"学术顾问以及一流的律师一起工作，比如前最高法院大法官威利·拉特利奇的助手路易斯·H. 波拉克（他的父亲瓦尔特·波拉克曾经为斯科茨伯勒男孩案辩护）。全国有色人种促进会在威尔基纪念大楼的办公室空间有限，在马歇尔的安排下，他的律师可以在纽约市律师协会离曼哈顿的威尔基不远的一座地标性建筑的图书馆工作。下班后，马歇尔和他的法律辩护基金会的团队经常在街边一家名为"蓝丝带"的德国餐厅聚会，喝"大杯慕尼黑桶装黑啤"，如果马歇尔在的话，他们还会吃猪肘。然而，在啤酒、猪肘和欢乐之后，马歇尔经常带他们回办公室通宵熬夜。

然而，无论是对马歇尔还是他的年轻的工作人员来说，这份工作都是令人振奋的，因为他们向最高法院提供的辩护摘要真的有可能改变美国的种族面貌。其中一个案件涉及希曼·马里昂·斯韦特，休斯顿的一名黑人邮递员。他在1946年被得克萨斯大学法学院以种族原因拒绝入学，在全国有色人种促进会的代理下，斯韦特以得克萨斯州没有黑人法学院为理由起诉得克萨斯大学。马歇尔的目的很明确，他对一位记者说："如果我们能迫使得克萨斯大学让希曼·斯韦特入学，就可以击倒居住设施方面的隔离但平等的理论，不仅在学校中推翻，在其他公共领域也是如此。"为了应诉，得克萨斯大学校长西奥菲勒斯·佩因特在州议会大厦附近的石油大楼租了个地下室，运了几箱教科书进去，然后通知全国有色人种促进会，现在已有为黑人单独设立的法学院，和"得克萨斯大学法学院是平等的"。

当瑟古德·马歇尔1947年5月抵达奥斯汀时，他自信已经找到一个完美的案件，给合法的隔离以致命一击。渴望听到马歇尔会怎么论证地下室的一堆教科书不构成一个法学院，数十名得克萨斯大学法学院的白人学生和当地全国有色人种促进会的会员拥进特拉维斯县法院。法警要求白人学生不要坐在黑人区，以免遭到抵抗，学生拒绝让步，除非有黑人要求他们挪动。 187 第一次休庭后，黑人和白人肩并肩地挤在法庭里，法警放弃让他们分开坐的努力。

当得克萨斯大学法学院的院长宣誓说两个法学院是平等的时候，学生发出嘘声，当他辩称为了保证白人教育的质量，隔离是必要的，学生又发出嘘声。然而，当马歇尔的证人宾夕法尼亚大学法学院院长做证说，将只有一个学生的机构称为法学院是荒谬的，却赢得了学生们的掌声。马歇尔在法庭上的表演一半是对着那些被自己校园中制度性的隔离和虚伪的管理激怒的白人学生。正是这些学生在奥斯汀成立了全国有色人种促进会第一个完全由白人组成的分会。

罗伊·阿切法官在看到为黑人设立的得克萨斯新法学院的照片时在法庭上大笑，因此他裁定斯韦特败诉不足为奇。本案上诉到得克萨斯州最高法院，后者作出同样的裁定。然而，马歇尔早有先见之明，他没有将法律辩论聚焦在两个设施硬件上的差别或者是书籍和图书馆的缺乏上，而是聚焦在“传统的”法学院可以提供的一种无形优势，而在一个隔离的环境下学习会带来社会和心理上的劣势，这正是1950年他打算在联邦最高法院辩护的要点。

从斯韦特诉佩因特案一开始，马歇尔的视野就已经超越了在特拉维斯县法院的这个案件本身，这个案件基本上为联邦最高法院推翻1896年那个具有里程碑意义的支持种族隔离的普莱西诉弗格森案奠定了法律基础。一个记者在得克萨斯观察马歇尔时写道：“每个人都知道比分……而我们这些日复一日坐在拥挤的法庭里的人都意识到，我们正在见证历史。”

在马歇尔和他手下的律师为斯韦特诉佩因特案做准备的同时，他们也在为另一个种族隔离案件麦克劳林诉俄克拉荷马州立大学校务委员会案准备辩护摘要，在这个案件中，乔治·麦克劳林已经获得硕士学位，申请攻读俄克拉荷马大学的教育学博士学位。对马歇尔和他的同事来说，俄克拉荷马州从来不是友好的地方；几年前他在莱昂斯谋杀案中败诉，最近，在1946年，他回来代表埃达·赛普尔辩护，埃达·赛普尔被拒绝进入全是白人的俄克拉荷马大学法学院学习。赛普尔案审判接近尾声时，法官在他的办公室召见马歇尔；在那里，法官承认，不管是马歇尔的辩护还是他的黑人专家证人的证词，都很清晰并且充满智慧，所有这些“让［法官］对学校隔离之离谱大开眼界”。马歇尔只是短暂享受了那一时刻，因为法官回到法庭，判决赛普尔和全国有色人种促进会的律师败诉。 188

在同一场合，但远离辩护席，马歇尔和俄克拉荷马州助理总检察长私下进行了一次不太令人满意的交换意见，对方猛烈抨击说：“你一直在讲公平正义、平等的设施。我们已经在俄克拉荷马大学建立了一个粒子加速器。你的意思是我们也要为黑鬼建立一个粒子加速器？每个人都知道黑鬼没能力学科学。”一年后，当马歇尔在俄克拉荷马州为赛普尔案上诉辩护时，再次遇到这位讨厌的助理总检察长，马歇尔回想道，全程都是“‘黑鬼’这‘黑鬼’那”。但更令人惊奇的是，助理检察长1948年来到华盛顿特区，在联邦最高法院为赛普尔诉俄克拉荷马州立大学校务委员会案辩护。尤其让马歇尔沮丧的是，助理检察长告知法官，他捍卫种族隔离只是因为他的就职宣誓，而如果最高法院裁定他败诉，他将“不仅从字面上，而且从法律精神上遵守”。当在律师休息室，马歇尔问那个助理总检察长“究竟发生了什么”时，马歇尔的震惊已经让位于好奇。助理总检察长回答说：“我儿子是俄克拉荷马大学的一名学生，他听说过本案。他曾经就本案斥责过我，包括问我是否真的相信美国宪法。他让我相信自己是个傻瓜。”

马歇尔在联邦最高法院为赛普尔案辩护时，未来的最高法院大法官约翰·保罗·史蒂文斯就注意到他了，史蒂文斯当时是大法官威利·拉特利奇的助理，“瑟古德有礼、有力又有说服力，如此有说服力，以至于辩护仅过四天，下一个周一，最高法院以全体一致的意见裁定赛普尔胜诉”。

当马歇尔回到俄克拉荷马城为麦克劳林诉俄克拉荷马州立大学校务委员会辩护时，南方各州的民主党人已经在鼓动大家，预估任何关于黑人社会平等的立法都有潜在风险，特别是他们预测，如果教育机构的种族隔离被废除，那么就“可能有种族间通婚”。然而，马歇尔设法比南方的政治势力领先一步。在俄克拉荷马，马歇尔指出，“我们已经有八个人申请，并且他们有资格成为原告，但我们慎重挑选了麦克劳林教授，因为他已经68岁了，并且我们不认为他打算结婚或者通婚……无论如何，他们不能对我们提出这个问题”。

189

该州对这个诉讼的回应是允许麦克劳林到俄克拉荷马大学入学攻读教育学博士学位课程，但附有条件。其中之一就是麦克劳林只能坐在能看见教室的“接待室”的一张书桌旁。（马歇尔指出那个“接待室”只不过是个“杂物间”。）接着爆发的抗议迫使该州对裁决略做修改：麦克劳林被指定在教室中的一个特殊的座位，周围用栏杆围着，并且标明“为有色人种保留”。

白人学生并没有忘记其荒谬，他们立刻拆除栏杆和标志，以及所有取代它们的新东西，代价就是该州多花了 5 000 美元。

杰克·格林伯格认为麦克劳林案特别有吸引力和挑战性，因为“它使得［美国最高］法院不能逃避对种族隔离问题作出裁决”。另一方面，格林伯格认为在那个时候“这很危险，因为没有推翻普莱西案的基础，可能不会取得胜利，最高法院可能不愿意那么做”。他和康斯坦斯·贝克·莫特利以及富兰克林·威廉斯把他们的法律经验和无限能量集中在准备斯韦特案和麦克劳林案的辩护摘要和上诉书上，而这正是马歇尔想要他们做的，因为两个案件在最高法院的辩护被安排在同一天，1950 年 4 月 3 日。在打印店里，年轻的律师站在“咔啦作响的热导排字机和当当作响的打包机”旁，文件打印出来后，他们进行编辑并且互相大声读出来，以确保校稿是瑟古德式的完美。当太阳升起时，他们的视力可能开始模糊，但他们的焦点没有模糊。或者说马歇尔的焦点没有模糊。如格林伯格所说的那样，“瑟古德专注于种族隔离的终结”，站在黑人身边，和黑人在一起，喜欢他们。

当斯韦特案和麦克劳林案的辩护摘要都完成时，马歇尔的导师查尔斯·汉密尔顿·休斯顿为他的前学生所做的不仅仅是建议。他从侧面发动进攻，凭借他和司法部的牢固关系，向最高法院提交“法庭之友”意见书，以此支持斯韦特和麦克劳林两个案件，特别提到“普莱西案必须被推翻”。与此同时，马歇尔自己也在笔记本上写满案件的概要，以便掌握所有相关的参考资料，他也把他能想到的法官有可能提出的问题都列了清单。在华盛顿，在他要辩护的前几天，他定期带着他的手下到霍华德大学，在包括休斯顿和他的表亲威廉·黑斯蒂在内的那些出色的学术专家和律师组面前进行“排练”。大多数情况下，他们会努力准备可能由爱进行纠问的大法官费利克斯·弗兰克福特提出的问题，他是前哈佛大学法学院教授和法官中公认的知识分子，马歇尔及其团队认为他是个潜在的危险的对手。马歇尔进入霍华德严肃的模拟法庭，就像“拳击手准备进行训练一样”，格林伯格说。“马歇尔限制自己晚餐时只喝一杯酒，通常是雪利酒，不喝其他酒。”

190

4月3日和4日，在同事格林伯格、威廉斯和莫特利的陪同支持下，助理特别顾问罗伯特·卡特为麦克劳林案辩护，而马歇尔为斯韦特案辩护。马歇尔三言两语就提炼出他提供给法庭的观点。言词感人而又克制的律师站在法官面前，“所使用的有说服力的修辞超越了其基本观点”。马歇尔说：

> 斯韦特进入得克萨斯大学的权利不能以任何公民团体的意愿为条件。对我来说，这个国家的每个黑人是否希望学校实施隔离并不重要。每个白人是否希望学校实施隔离也同样如此。如果斯韦特想要维护他个人的宪法权利，这种权利不以其他任何公民的意愿为条件。

马歇尔被证明做了充分的准备，他的辩护结构紧凑，没有遇到任何他没在霍华德那里“排练”过的问题。得克萨斯州总检察长试图以斯韦特被录取会导致黑人被允许在诸如游泳馆和医院等公共场所出现来反驳马歇尔，但没有成功。他说：“我们在南方所要求的，就是有机会对这件事负责并［自己］解决它。”

马歇尔和他的法律辩护基金会的律师现在将联邦最高法院进行的这两场艰巨的辩护抛在脑后，他们回到纽约，回到他们为格罗夫兰案上诉的工作中，富兰克林·威廉斯将和亚历克斯·阿克曼在佛罗里达州最高法院辩护。尽管威廉斯不想重返柑橘园和佛罗里达中部的那些白人破坏分子在一起，但到1950年春天，他已经培养起一种在联邦最高法院为种族隔离案件辩护的喜好，在威廉斯看来，这些案件位于这个国家逐渐增长的公民权利运动的前列。随着喜好而来的是雄心。

191

一年前，威廉斯曾经陪马歇尔去华盛顿，在那里，作为助理法律顾问的时年31岁的律师已经在全国有色人种促进会的明星律师身旁为沃茨诉印第安纳州案辩护，尽管他不得不说服不情愿的马歇尔——因为他已经捉襟见肘，没有其他任何人可以为这个案件辩护——给他这个机会。威廉斯说，“我是瑟古德在这个法庭为一个案件辩护的第一助手”，而他的初次亮相就令人难忘，法庭推翻了一项谋杀定罪，因为被告的有罪供述不是自愿的。此外，威廉斯的表现引起费利克斯·弗兰克福特的注意，他在诉讼过程中给他的助手比尔·科尔曼写了一张便条：“比尔，离开几分钟去听听富兰克林·威廉斯（你认识他吗？）怎么说。”科尔曼回答说，威廉斯“现在是马歇尔先生的助手”，他曾经在“霍华德学习法律并且得到强烈推荐”。弗兰克福特画掉“霍华德”，写上“福德姆”，然后加了“好极了！”一词来形容威廉斯在法庭上的表现。

自1945年来到法律辩护基金会后，威廉斯一直和沃尔特·怀特保持密切的关系，事实上是沃尔特·怀特雇了这个刚从福德姆大学法学院毕业的毕业生。这两个人在办公室外也有交往。威廉斯回忆说：“沃尔特喜欢我并且尊重我，认为我是一个在办公室里充满活力的年轻人，而瑟古德可能认为我和沃尔特是一伙的——既然我的确常和他一起出去，我想我们是一伙。”所以，当马歇尔知道沃尔特·怀特发布的关于在法律辩护基金会办公室“过分亲密和随便”会制造一个效率比较低的工作氛围的备忘录背后是威廉斯的提醒时，他并不奇怪。但马歇尔对这个年轻律师的雄心不仅仅是宽容。实际上，他鼓励这份雄心，因为他并不忌惮聪明的、有事业心的人。

作为自信的管理者和处事灵活的领袖，马歇尔在管理他的工作人员和同事方面是个天才。即便是威廉斯，对马歇尔明显的不拘小节持批判态度，也不得不佩服其手段的有效性。威廉斯这样说马歇尔，“他在挖掘人们的智慧和掌控他们做有益的事情方面很成功”。“他让很多外部律师聚在一个房间里，他和他们有说有笑，喝着酒，让每个人都放松和开放，而他似乎和他们一起享受好时光，你不会觉得他在倾听。但当他们离开后，事实是他受益于他们的智慧，这是他的首要策略。坦率地说，这有点尴尬，直到我终于明白他想要干什么。”

威廉斯理解也知道为什么马歇尔对全国有色人种促进会要代理的案件很谨慎，但理解并没有阻止这个深受沃尔特影响的年轻律师批评马歇尔“对接受那些棘手的案件很小心，生怕犯错”。威廉斯跟全国有色人种促进会其他的律师和同事不太一样，他渴望把公民权利案件扩大到更广泛的领域，然而，威廉斯说，“瑟古德要排除合理怀疑以确保胜利，他才会同意”。在全国有色人种促进会办公室里，赞同威廉斯的工作人员和律师比赞同马歇尔的少，他们不愿意过早地把案件提交到联邦最高法院，“因为这可能制造有持久影响力的不好的先例”。不过，马歇尔认为，在主管和法律辩护基金会工作人员之间进行关于全国有色人种促进会所要达到的目标的辩论，这是一个正常的事情，他并不会阻止。（尽管当全国有色人种促进会的杂志《危机》误称富兰克林·威廉斯为“特别顾问”时，他不太高兴。特别顾问马歇尔半开玩笑地匆忙给威廉斯发了一个备忘录，指出“任何觊觎王位的人可以采取任何方式……退出这个大楼，不能带走任何过期未付的薪水”，并且以非正式的“收到请确认”结尾。）

1950 年春天，威廉斯坚定的盟友沃尔特·怀特仍然无限期离开全国有色人种促进会。所以，威廉斯真的别无选择。尽管他想在纽约和华盛顿继续他关于公民权利的开创性的工作，但他还是收拾行囊回到阳光之州，与那些可怕的、不友好的、面朝黄土的、追逐汽车的破坏分子打交道。

第十三章　在任何战斗中都会有人倒下

柯蒂斯·霍华德

在佛罗里达州最高法院，威廉斯做了一个大胆的尝试，辩称查尔斯·格林利不可能参与对诺尔玛·帕吉特的所谓强奸，因为根据她自己的证词所排出的时间线，警察已经在离现场几英里的地方逮捕了格林利。然而，佛罗里达州总检察长只是对全国有色人种促进会的律师认为如此重要的时间线的不一致做了一个简单的解释： 193

> 帕吉特太太对四个黑人花了多长时间强奸她没有概念。虽然在某些场合，性行为可能是一个长时间的事情，但这四个黑人很可能对和一个年轻的白人女子发生性行为感到刺激，所花的时间可能和一头公牛在一头发情的母牛身上的时间差不多。压着她，几次快速的插入，结束，再来一次。

194 对曾经和阿克曼一起前往塔拉哈西把他们的案件呈现在法官面前的威廉斯来说，这就像“在某人的后院”辩护……“面对一群拒绝承认事实的男人，他们不承认在他们的州有那样一种压抑的气氛，这些年轻男性无法得到公正的审判”。法官不爱提问，也没有威廉斯在联邦最高法院辩护时曾经经历过的“有很多回合的表演”。

不出任何人的意料，佛罗里达州最高法院维持莱克县的判决。尽管如此，法官同意对谢菲尔德和欧文的死刑缓期 90 天执行，以便他们有时间上诉到更高一级的法院。马歇尔让杰克·格林伯格和威廉斯一起准备辩护摘要，而办事处正在焦急地等待斯韦特案和麦克劳林案的判决结果。那些格罗夫兰男孩则在看守所里焦急地等待。

对瑟古德·马歇尔来说，T. S. 艾略特是对的：4 月是最残酷的月份。那时联邦调查局尚未完成对殴打格罗夫兰男孩的调查，但也给联邦检察官赫伯特·菲利普斯施压，要求提起对詹姆斯·耶茨和勒罗伊·坎贝尔的指控。菲利普斯的回应是，在奥卡拉的法庭上，面对联邦大陪审团的陪审员，谢菲尔德、欧文和格林利做证说遭到莱克县执法人员对他们身体的虐待。但大陪审团回答“不予起诉”，这基本上宣告耶茨和坎贝尔无罪，同时额外附上一段声明，表扬麦考尔警长对被指控犯下极端罪行的被告的保护。在给菲利普斯的一封信中，司法部的部长助理说，司法部“对大陪审团的不作为感到不安和失望，因为我们确信受害者在被指控时遭到殴打和虐待”。

马歇尔被激怒了。菲利普斯在最后一分钟传唤两名在雷福德州监狱给格罗夫兰男孩做过身体检查的医生到奥卡拉，但当那个下午他们到达时，听证会已经结束了。菲利普斯没有传唤监狱的任何工作人员或者曾与这三名囚犯会面并且拍下他们相当明显的伤痕照片的联邦调查局特工。此外，为了不被指责带有种族偏见，菲利普斯的确让那三个黑人坐在大陪审团面前，这样他们就可以听到两个正直的副警长和三名被定罪的强奸犯的对话。对马歇尔和司法部来说，如果菲利普斯真的想要起诉这两名副警长，他很容易做到。相反，由伍德罗·威尔逊总统于 1913 年任命的、公开宣称是种族隔离主义者的赫伯特·S. 菲利普斯，把诉讼过程中的这个重要决定留给了他的朋友杰西·亨特，后者立刻断定，他们不“需要任何来自联邦调查局特工的帮助”。

195

1949 年 8 月，当格罗夫兰男孩的审判即将开始时，查尔斯·汉密尔顿·休斯顿给助理特别顾问罗伯特·卡特写了一封信。通常，休斯顿会写给马歇尔，但他知道，因沃尔特·怀特不在，他的前学生以及老朋友正和罗伊·威尔金斯一道全力投入到全国有色人种促进会办公室的管理中；休斯顿也不想他那“不仅仅是疲劳问题”的健康恶化的消息给马歇尔增加负担。在信中，他向卡特保证：“这些教育案件紧密联系并且是充分的，因此，任何熟悉判决过程的人都能够引导这些案件通过。你和瑟古德可以继续前进，不要担心违反我此前可能有的任何计划。”

休斯顿心脏病发作后搬进他的医生爱德华·马齐克的家中，正在试图恢复体力，而他的病情在后来被诊断为急性冠状动脉血栓。他把案件工作交到和他一起工作超过四分之一世纪的他的父亲威廉的手中，即使卧床不起，54 岁的查尔斯·休斯顿也确实“不知如何”停止工作。比起案件工作，更让休斯顿担心的是五岁的儿子波，马歇尔称他为“小查理”。

持续的胸部疼痛给休斯顿的身体带来更加严重的伤害，他也不想让儿子目睹他日渐衰弱，而是宁愿儿子“记住他的父亲是精力充沛、令人敬佩且强壮的人”。休斯顿一直觉得应该格外保护他的小儿子。休斯顿律师事务所的合伙人约瑟夫·沃迪曾回忆在华盛顿特区发生的一件事，在药房里，波爬到柜台的一个凳子上，而休斯顿正在买药。一个男人在冷饮柜台后冲男孩喊道，“从那里下来，你这个小黑鬼，这里没你什么事”。这让他的父亲非常沮丧，沃迪说，“当他们回到办公室，我们不得不把查理带到里屋，给他一剂镇静剂”。

尽管查理的妻子亨丽埃塔和儿子都抗议他最近的保护欲，但他还是和他们吻别，把他们送上去巴吞鲁日的火车，前往亨丽埃塔姐妹的家中。

那年12月，休斯顿太虚弱了，不能去购买圣诞礼物。因此，为了表达对体贴的马齐克医生的感激之情，休斯顿送给他自己最珍贵的财产之一——一张“在阿姆斯特丹举行的露天的斯科茨伯勒案抗议集会的海报”，他希望马齐克有一天会把海报交给波。为了进一步对波解释他二十年前为之工作的这个具有“国内和国际意义的”里程碑案件，他用磁带录了斯科茨伯勒男孩的故事。由于斯科茨伯勒案，“你已经看到了……伟大的群众运动”，休斯顿对他儿子说，因此“必须建立不可分割的自由原则，以便人们能够认识到，无论自由在何处受到挑战，不管在哪里对它进行压制，它将成为所有人的事”。 196

在霍华德大学附属弗里德曼医院，休斯顿第二次心脏病发作。尽管遭受打击，并且他的病情危急，休斯顿还是不打算让他的家人回到华盛顿。他的姨妈克洛蒂常去探望他，他们在一起时就阅读和讨论乔舒亚·洛思·利布曼的《心灵的安宁》。克洛蒂姨妈给她外甥这本书，而他要求她答应把这本书传给波，如果他没法出院的话。

4月22日午后，马齐克正在准备治疗恶心的药，而他的病人在床上休息，正当此时，约瑟夫·沃迪顺便来拜访。休斯顿轻声地说：“约瑟夫，你好。”他的手微微抬起，然后垂在他身体的一侧。查尔斯·汉密尔顿·休斯顿咽下了最后一口气。他的床边放着一本《心灵的安宁》。在书中，休斯顿给他儿子写了最后一些话：

> 告诉波，我没有遗弃他，而是在战斗中倒下了，这场战斗是为了让他有比我更好、更广阔的机会，免遭歧视和偏见，而在任何战斗中都会有人倒下。

他曾经开车载着年轻的瑟古德·马歇尔穿越整个南方；他打开了他曾经的学生的眼界和心灵，使其看到黑人所遭受的法律的不平等。数十年来，他一直为推翻因普莱西案而对他的种族施加的不平等奠定基础。他没有活着看到自己的劳动成果。参加在霍华德大学兰金教堂为查尔斯·汉密尔顿·休斯顿举行的葬礼的有联邦最高法院的大法官汤姆·C. 克拉克和大法官雨果·布莱克、杜鲁门总统内阁的一名官员、许许多多的民权活动家以及数以百计的朋友和同事。休斯顿的表亲、1949 年被杜鲁门总统提名为联邦上诉法院法官的威廉·黑斯蒂向这位民权活动的领袖表达了敬意，称赞他“为黑人赢得无歧视的完全地位而不懈抗争”。黑斯蒂称赞了这种勇士精神：“尽管我们悲痛，但我们不能忘记他所相信的——可能高于其他一切的——力量；有力量去行动，并且忍受那些弱者认为不可能或者无法忍受的事情。他不计较任何东西，不计较身体的虚弱甚至死亡本身，不认为它们会阻碍健壮的男人和女人为实现他们认为有

197

价值的目标向前进。他有士兵的信仰，那就是赢得战斗是最重要的；每个战役都必须打，直到打赢为止，不因那些在战斗中受伤的人而停下来。他给他的学生的一个口号反映了这样一种信念：‘弱者没茶喝，死者没饼吃。’我知道他希望我们所有人坚守他的这种精神。”

马歇尔是护柩者之一。他也是确保休斯顿死后被授予第35届斯平加恩奖的全国有色人种促进会的高管之一，这个表彰在几年后才姗姗来迟。马歇尔这样评价他的导师，“无论把什么荣誉归于他都不够”，他对民权事业的贡献根本无法估量，因为他是如此欣然而又无私地在幕后辛勤工作，而其他人却因此获得了荣誉。在波士顿举办的全国有色人种促进会第41届年会上把斯平加恩奖颁发给休斯顿的儿子是马歇尔的主意。在一张出现在全国各地报纸上的照片中，可以看到面露一丝笑容而难掩悲伤的马歇尔站在男孩边上，而波手里拿着他父亲的奖章。

四年前，在辛辛那提，查尔斯·汉密尔顿·休斯顿就已经给瑟古德·马歇尔颁发过斯平加恩奖。即使在那时，马歇尔也没有越过他的导师或者停止跟随他的指导。在这之前的二十年或者近四年以来，马歇尔很少有哪个重要的法律决定不向休斯顿咨询，休斯顿的去世使马歇尔也失去了一个重要的保护者和支持者。大师的衣钵现在已传给他的学生。休斯顿曾经告诉马歇尔，法律策略已经到位；所需要的就是把它贯彻下去的勇气和力量。如黑斯蒂富有表现力地称赞的那样，休斯顿“引导我们穿越二等公民的法律旷野。他是这个征程上的真正的摩西。

他活着看到我们靠近应许之地……甚至比他所大胆希望的更接近……”。

198 残酷的4月过去了，如艾略特比喻的那样，春天使死亡之地上长出紫丁香。就在休斯顿去世后几周，联邦最高法院宣布了对斯韦特案和麦克劳林案的判决结果。两个案件中，大法官的意见都是全体一致同意。

马歇尔立刻给希曼·斯韦特打电话。“我们大获全胜！”他宣布道，并向这个邮递员解释说，最高法院没有在得克萨斯大学法学院与堆了一堆教科书的地下室之间发现“实质上的平等”。马歇尔告诉他，“现在该州必须让法学院像好的威士忌一样有年头”。

《纽约时报》认为最高法院的判决使普莱西案成为一个“烂摊子”。私下里，一些最高法院的大法官的结论是，斯韦特案、麦克劳林案以及同一天作出判决的关于火车上的种族隔离的亨德森诉合众国案决定了黑人的命运。南方要为不可避免地终结中小学的种族隔离做好准备。

接着，1950年6月，马歇尔再次有心情庆祝。再次，“瑟古德……是一个聚会男人。‘聚会’是他的中间名”，康斯坦斯·贝克·莫特利说。他证明了这一点。他在市中心的办公室举办了一个庆祝聚会，在那里，如年轻的杰克·格林伯格所回忆的那样，有“很多苏格兰威士忌和波本威士忌，烟雾缭绕、欢声笑语、吵吵闹闹，开着各种和种族有关的玩笑，还有几乎不能推辞的扑克牌游戏”。办公室经理鲍比·布兰奇，“这个长得像《南太平洋》中的血腥玛丽似的丰满女人”在判决后特别兴奋；她在那里大摇大摆地走着，并且“像海军陆战队队员一样说粗话”，格林伯格回忆道。报社的电话不断地打进来，访客拥进办公室和他们一起庆祝。没人想回家。

当然，马歇尔知道此项判决还没走得那样远，还不足以完全消除普莱西案的影响，但他终于开始看到休斯顿种下的种子开始结果，那是在 1930 年，休斯顿和马歇尔坐下来研究《马戈尔德报告》的调查结果时种下的。在这二十年间，他们已经准备好“摧毁政府强加的种族隔离的工具”。这个工作还没完成，但毫无疑问，它不可逆转地开始了。马歇尔说，“这需要时间。这需要勇气和决心”，这好像是在说服他自己，他注定要继续履行这一使命，即便开创者已经不在此地。

对马歇尔和法律辩护基金会的律师来说，这个春天最大的惊喜或许来自 4 月初《圣彼得堡时报》的一篇由三部分组成的调查报道。诺曼·布宁，一名 26 岁的文字编辑，他曾经密切关注发生在佛罗里达的格罗夫兰案，他发现有些证词根本不成立。为了满足自己的好奇心，他开始阅读庭审笔录，试图拼凑出 1949 年 7 月 15 日那天晚上究竟发生了什么。根据几个证人的叙述，在布宁看来，似乎一开始就很明显，在涉嫌强奸的那个时间，查尔斯·格林利已经在监狱中。只有诺尔玛·帕吉特的证词把格林利置于所谓的犯罪现场，而令人震惊的是，事实上缺乏物证，公诉人把这个案件完全建立在诺尔玛·帕吉特以及

199

她在法庭上对所谓四名袭击者的辨认的基础上。布宁很挑剔地看着法庭记录的其他细节，比如公诉人的证人名单，几乎所有人都没有被传唤做证，为什么？布宁在怀疑。

疑惑越多，他对这个案件就越着迷。只要有时间——他并没有被报社正式分配到这个案件中——他就埋头在法庭记录中，而在周末，他驱车从墨西哥湾来到莱克县，他去做辩方在庭审之前没来得及做的调查工作。他开车去伊顿维尔，然后回到马斯科特，再往上去奥卡洪普卡，到威利·帕吉特的车抛锚的地方。他开到声称强奸发生的靠近萨姆特县县界的现场，然后开回格罗夫兰火车站停车场。他记下速度、时间和距离，他试图弄清楚检方的时间线。但他发现这条时间线不清不楚。

布宁不仅找到了威廉斯和阿克曼没找到的不在现场的证人，而且还找到了劳伦斯·巴特福德，这个年轻人在帕吉特声称遭到绑架和强奸之后的那个早晨，曾经在他父亲的咖啡馆和诺尔玛·帕吉特说过话。杰西·亨特曾经两次和巴特福德交谈过，并且选择了不传唤他做证人。布宁开始理解为什么了；因为，根据巴特福德的说法，诺尔玛曾经说过，她不能认出绑架她的人，而且她也没有受到过任何方式的伤害。此外，在巴特福德看来，她似乎很平静，尽管事实上她声称，她丈夫可能被杀死在路边。她并没有让巴特福德通知警方。她说她只想搭车回家，而“在［巴特福德］吃早餐时，她耐心地等着”。

某个周末，布宁驱车前往布莱克。一条长长的环形路把他带到泰森的农舍，他希望在那里能见到诺尔玛·帕吉特。他的

200

希望没有落空：科伊·泰森没有表示反对，可能因为布宁既不是纽约那些报社的记者，也不是和全国有色人种促进会有某种联系的人，或者可能因为强奸他女儿的强奸犯已经被顺利地审判并定罪。诺尔玛穿着一件绿色的农家衣服，她的头发乱糟糟的，光着的脚很脏，和那个在塔瓦里斯法庭上出现的有着金色鬈发、穿着自制短上衣的女孩几乎没有相似之处。然而，她所讲的故事基本上是一致的，尽管布宁的确注意到几处不同，最显著的是和她7月16日早晨的心情有关。诺尔玛告诉布宁，当她告诉巴特福德她被四名黑人强奸时，她“大哭并且剧烈颤抖”，而且她急于找到她丈夫，以确认他在遭到四名黑人殴打后是否还活着。她的叙述和她在法庭上的证词不完全吻合，也和巴特福德对她那个周六早上的行为的描述根本对不上。关于她的证词，诺尔玛几乎很随意地提到，她的父亲对她在法庭上的证词没什么信心——他甚至和一个男人打赌说她会在证人席上“搞砸”。她也告诉布宁，她压根就不在乎那个“黑鬼律师”。布宁发表在《圣彼得堡时报》的附有莱克县关键地点手绘地图的三篇文章，说明了检察官的时间线是虚构的，这激怒了杰西·亨特，他说这个报道是“一个卑鄙的谎言，诋毁了全体莱克县人民”。他还说，布宁和《圣彼得堡时报》“在莱克县正在制造或者试图制造种族仇恨和不和谐，那里的白人和有色人种之间的关系一直很好”。他也不失时机地攻击克劳德·佩珀参议员，政治对手嘲弄地送给他“红色”佩珀的绰号——因为他支持公民权利和工会，亨特还从“诽谤”中捞取政治利益。他要求正在白热化的连任竞选中的佩珀批评这个报道，因为《圣彼得堡时报》“已经被公认是你最热心的支持者，而他们所刊登的东西被认为是你竞选的一部分”。

布宁的系列报道不仅证实了富兰克林·威廉斯既没时间也没来源去证实的怀疑：公诉人隐瞒了部分证人和证据。他和马歇尔、格林伯格分享了这篇文章，然后把它们存档。它们可能是非常有用的，如果全国有色人种促进会的上诉可以说服最高法院推翻格罗夫兰男孩案的判决的话。

201 1950 年 5 月，在休假将近一年后，沃尔特·怀特没找到另一份工作，决定回到全国有色人种促进会。他没有受到百分百的热烈欢迎。按罗伊·威尔金斯的说法，全国有色人种促进会有相当一部分人“试图阻止他回来”，理事会成员埃莉诺·罗斯福不是其中之一。作为怀特背后的支持者，她相信理事会会允许他继续发挥他作为行政秘书的作用，条件是把管理职能交给威尔金斯。富兰克林·威廉斯赞赏罗斯福代表他的盟友和支持者所进行的调停，希望通过他们的影响力加强他在法律辩护基金会的地位。

怀特不在的这段时间，全国有色人种促进会会员人数已显著下降。下降的很大一部分原因是会员费由每年一美元翻倍至两美元，但也有人担心，不断增长的组织机构导致地方分支机构和全国办公室之间因领导和协调失灵而分裂。只有很少比例的黑人人口——在 1950 年，大概是 1 500 万——给全国有色人种促进会捐款。在莫尔豪斯学院院长和民权活动家本杰明·梅斯看来，如此缺乏支持是一个“悲剧”和“灾难”，他告诫说：“如果我们想要取得更大份额的自由，我们必须要愿意为它付出。”

哈里·T. 穆尔曾经希望格罗夫兰男孩案所带来的曝光度可以用来扩大佛罗里达州的会员数量，但在那里，和大多数的州一样，全国有色人种促进会正遭受严重的财政赤字和会员数量的螺旋式下降。这个分部的主管格洛斯特·柯伦特曾经对穆尔表达过对“佛罗里达分部的凄凉状况”的担忧，这使得他决定派遣马歇尔在路易斯安那州的朋友丹尼尔·伯德会见该州的分部代表。柯伦特还告诉全国会员秘书露西尔·布莱克，穆尔尽管确实尽心尽力，但尚未“做到足以恢复这个州的工作的程度”。

富兰克林·威廉斯在佛罗里达州为格罗夫兰男孩辩护筹款的巡回演讲过程中，也应柯伦特的请求，访问了穆尔在这个州的一些城市的分部。威廉斯曾在迈阿密、坦帕和杰克逊维尔和代表会谈，他回到纽约时带着一份权威报告，得出的结论是，佛罗里达州会员数量的下跌直接归因于穆尔的领导能力。尽管全国有色人种促进会在这三个城市分部的代表都对穆尔推动的选民登记印象深刻，但他们都严厉批评了他通过“进步主义选民联盟”为候选人背书，因为这既疏远了民主党的黑人，也疏远了共和党的黑人。 202

毫无疑问，穆尔有大难临头的感觉。尽管如此，他还是继续为公正和金钱而努力。通过引用格罗夫兰案中未解决的问题，穆尔游说并成功安排了一个由黑人领袖组成的代表团和富勒·沃伦州长会面，就对黑人至关重要的广泛的政治议题进行了讨论，议题包括警察暴行与投票权。他继续在佛罗里达州从一个县旅行到另一个县，继续演讲并且为法律辩护基金会为格罗夫兰案的上诉筹款。他也继续给佛罗里达各报纸的编辑写信，其中包括梅布尔·诺里斯·里斯，在信中他严厉批评了警长威利斯·麦考尔、州检察官杰西·亨特和法官杜鲁门·富奇。在判决后几个月，穆尔仍然保持格罗夫兰男孩案的热度，因为他希望保住他们的生命和他的工作，这是他的使命和天命。穆尔给纽约办事处的信中写道："我打算接触更多的［分部］以使格罗夫兰案在他们的头脑中是鲜活的。"

哈里·穆尔不是全国有色人种促进会中工作面临危机的唯一一个人。当杰克·格林伯格正坐在全国有色人种促进会在曼哈顿的总部四楼办公桌前写格罗夫兰案的诉状时，富兰克林·威廉斯大步经过他径直走进瑟古德·马歇尔的办公室。门砰的一声关上。办公室里的女性绷紧了神经；她们以前见过类似的情况，一年前，关上门之后，是一阵怒吼，威廉斯和马歇尔就在最高法院辩护沃茨诉印第安纳州案一事发生了争论。几分钟之后，格林伯格听到关于格罗夫兰男孩上诉的"很多的咆哮和尖叫，并且持续下去"。最高法院可能很快就会开庭审理此案，而威廉斯希望他能够像在塔拉哈西一样，在最高法院为这个案件辩护。但马歇尔不保证任何东西，威廉斯把这个回应理解为不应该得到的不信任投票，争论变得越来越激烈。忍无可忍、倔强的威廉斯要求得到一个直截了当的回答。格罗夫兰案件是不是他的?

马歇尔告诉他不是，威廉斯爆发了，“我不会接受的！”

马歇尔回答：“好吧……”他朝门口瞥了一眼，暗示威廉斯可以走了。

威廉斯忽略了这个动作，坚持他自己的立场，马歇尔痛斥他——马歇尔自己后来说，就像一个“严厉的批评者”：“弗兰克，我知道你在争取什么。你希望得到我或者罗伊·威尔金斯的工作，但只要我和这事还有关系，你最好开始争取罗伊的工作，因为你不能拿走我的。你还不算是一个大丈夫。”

威廉斯冲出马歇尔的办公室，冲进沃尔特·怀特的办公室。 203

不仅仅是关于格罗夫兰案。瑟古德知道，在行政秘书离开之前和回来之后，威廉斯曾对怀特抱怨马歇尔的“领导不够大胆”，特别是法律辩护基金会对普莱西案的攻击。怀特显然同意；1949年，他自己也对马歇尔对公民权利不够明确的斗争策略表示不满，马歇尔曾经把学校种族隔离的测试性案件布里格斯诉埃利奥特案呈现在南卡罗来纳州友好的朱利斯·瓦迪斯·华林法官面前，这个案件是最终构成布朗诉教育委员会五个案件中的第一个。华林反过来对马歇尔施加压力，要求对州的种族隔离法律提出更有进攻性的攻击。这使得“马歇尔看起来既不称职又怯懦”，在罗伯特·卡特看来，事实上他“在这件事上不是在拖后腿”，而只是“努力寻找正确的方式”。更重要的是，在和工作人员以及法律辩护基金会运作有关的事情上，马歇尔相信，他在布里格斯案上的尴尬处境源于富兰克林·威廉斯，后者曾利用沃尔特·怀特对华林法官施加影响。

当愤怒的威廉斯向沃尔特·怀特描述了他和马歇尔就格罗夫兰案交换意见的详细情况后，刚恢复工作的行政主管就向他年轻的同事保证“他不需要担心瑟古德·马歇尔，只要他还是秘书，就会让他拥有这份工作”。

怀特的保证传回到马歇尔那里。这事发生时，威廉斯已经走出办公室，因此马歇尔让接电话的人叫威廉斯回来时给他回电话。马歇尔没等太久。他在门口碰到威廉斯，并宣布，“你被解雇了”。

威廉斯再次冲进沃尔特·怀特的办公室。怀特立刻明白，他不在的这段时间里，全国有色人种促进会办公室的权力已经发生了转移，而威廉斯也立刻明白，他的盟友和支持者无法兑现他的诺言。富兰克林·威廉斯实际上必须担心瑟古德·马歇尔，因为他做这个工作的时间和怀特当秘书一样长……怀特告诉他：“老天，我不是那个意思。”

富兰克林·威廉斯的确得到了另一份工作。几周后，他被任命为西海岸主管以及全国有色人种促进会在旧金山的地区法律顾问。而他被换到西海岸也可以恰当地被视为一次晋升，威廉斯失望地离开纽约，因为他相信，他可能再也没有机会在最高法院为法律辩护基金会的公民权利案件辩护了。他告诉杰克·格林伯格，他的雄心是有一天能回到全国有色人种促进会

做主席，但他不那么乐观地对其他朋友和同事透露说“他感觉他被流放了”。事实证明，他的归来比他预想的要快很多。 204

1950年夏天，马歇尔决定更积极地推动格罗夫兰男孩案。诺曼·布宁在《圣彼得堡时报》所披露的事实使马歇尔相信诺尔玛·帕吉特的故事比她或者法庭所披露的要多，而如果联邦最高法院可以改变莱克县的判决，他更愿意对这个案件进行进一步的彻底调查，或者至少在第二次开庭之前设定一个日期进行调查。在纽约与美国公民自由联盟的代表的一次会议上，巴尔的摩的律师会见了工人保护联盟的全国秘书长罗兰·沃茨、《新领袖》的记者特伦斯·麦卡锡，马歇尔还邀请了一位来自迈阿密的朋友、欧文斯侦探社的巴克·欧文斯以及一位年轻的私人侦探“L. B. 德·福里斯特小姐”一起参加，他们制订了一个计划。

布宁告诉马歇尔，“尽管那里［莱克县］的白人对这个定罪感到高兴，但他们中的大多数人不相信诺尔玛·帕吉特的说法”。马歇尔认为——其他人也同意——如果德·福里斯特小姐可以和帕吉特家的某些人建立某种关系的话，“可能会很有成果”，“帕吉特家不是每个人都和诺尔玛关系很好”。他们也一致认为，侦探“要努力和格罗夫兰当地的人搞好关系，特别是警察局长［乔治·梅斯］”，后者曾经表示既愿意向麦卡锡也愿意向联邦调查局提供信息。麦卡锡和沃茨也简要地向德·福里斯特小姐提供了更多的线索。他们决定，她以房地产的潜在买家的身份进入莱克县做卧底，并且定期给在纽约的“房地产经纪人”罗兰·沃茨发回报告，“以避免任何可能的失误”。马歇尔同意由全国有色人种促进会为调查者的服务预付500美元，每天35美元，以及各种开支。协议达成。德·福里斯特小姐所需要做的就是收拾她的行囊，跳上一辆开往莱克县的公共汽车，并且遵守马歇尔、那些律师和麦卡锡给她的一些建议。他们告诉她，“远离麦考尔警长”，但“他的副警长们如果喝上点酒，可能就会谈谈他们在这个案件中所起的作用”。

205 瑟古德·马歇尔指派给杰克·格林伯格的任务是写请求最高法院对格罗夫兰男孩案举行听证会的复审令，而格林伯格完全按照马歇尔教给他的那样写：他首先和学者及法学教授交谈，接着和比尔·黑斯蒂交谈。他学会了。

最近，在得克萨斯的一桩谋杀案——卡斯尔诉得克萨斯州案——的上诉中，联邦最高法院以陪审员的排除违宪为理由，推翻了对一名黑人的定罪，因为委员会“只从他们熟悉的人中挑选陪审员，而他们不认识有资格并且可以参加大陪审团的服务的黑人”。而莱克县的州检察官实际上以同样的方式挑选了一个大陪审团，格林伯格以卡斯尔案作为他诉状的第一个要点。尽管佛罗里达州最高法院对这一观点持封闭态度，以至于无法辩护，但格林伯格注意到，联邦最高法院“不太可能会如此草率地对待自己的先例”。

此外，在研究法庭记录时，格林伯格很高兴地发现威廉斯和阿克曼已经及时地向初审法官提出适当的动议。当他们就变更审判地点提出动议时，他们也恰当地对莱克县的不公正的审判气氛提出宪法上的反对意见。可能威廉斯和阿克曼自己感觉到在诉讼和审判过程中被杰西·亨特和杜鲁门·富奇压制，但格林伯格在阅读笔录和书面陈述时对格罗夫兰男孩可能在上诉时获胜有信心。

格林伯格的信心没有出错。1950 年 11 月 27 日，联邦最高法院同意审理格罗夫兰男孩案件。这位年轻的律师马上开始准备辩护摘要，其中包括了“1700 年以来改变审判地点的一些英国案例，因为弗兰克福特大法官喜欢英国案例”。

1950 年夏初，在波士顿召开的全国有色人种促进会第 41 届年会上，马歇尔向代表们宣布，“对所有种族隔离的彻底摧毁有望实现……我们要坚持在美国公立学校从上到下——从法学院到幼儿园——废除种族隔离”。

在一些涉及士兵的案件中，马歇尔断定没有基于种族的不公正，例如，在一个案件中，他的结论是被定罪的士兵“只是一个坏蛋或者是以种族问题包庇他做的坏事”。不管是军事案件还是民事案件，马歇尔都希望他的工作人员能仔细挑选他们代理的案件，要超越肤色看那个人。这是马歇尔在全国有色人种促进会开始他的法律生涯的早年就定下的原则。“我父亲很早以前就告诉我”——那时年轻的瑟古德还在巴尔的摩成长着——“你不能利用种族。例如，白色的蛇和黑色的蛇没有差别。它们都会咬人。”一些教训你不会忘记。

第十四章　这是一起强奸案

警长威利斯·麦考尔

1950年7月24日，她乘坐灰狗抵达莱克县。她做的第一件事就是给利斯堡的浸礼会牧师打电话：她需要住几天，或许他可以带她到可以租一间房间给她的教区居民那里。她在大街上的一户人家里找到了地方，靠近加油站，威利·帕吉特声称 210

被殴打而他的妻子遭到四个黑人男子绑架的那晚，柯蒂斯·霍华德正在这家加油站工作。

211 她二十多岁，穿着朴素的农家衣服，拖着装有衣服、文具和一本《圣经》的行李箱，她向大街上那座房子的女主人介绍自己名叫 L. B. 德·福里斯特，不过那不是她的真名。她告诉那个女人以及她在莱克县遇到的其他人，她打算买一座带有小柑橘园的房子；那也不是真的。她来到贝莱克地区是为了建立与诺尔玛·帕吉特的关系，并且通过这种关系发现可以帮助格罗夫兰男孩案在最高法院推翻莱克县判决的证据。德·福里斯特小姐强烈反对死刑，而她也坚信格罗夫兰男孩是制度性不公正的牺牲品。一旦厘清这名年轻女子到访莱克县的意图，杜鲁门·富奇法官可能会告诉记者“特工……已经被派到莱克县”并且从事违反佛罗里达州法律的活动。

在到达两天之后的晚上，在浸礼会教堂，德·福里斯特小姐作为“来和我们生活在一起的陌生人”被介绍给参加聚会的人。她受到热烈的欢迎，她汇报说：“他们似乎打心眼里接受我。”教堂的一些年轻的女士邀请她去卡尼药店喝汽水，就在她住处的街对面。她们喝着香草可乐，讨论德·福里斯特小姐可能会考虑的永久居住的地方，而当她被告知最近一年莱克县经历了一些种族麻烦时，这名年轻的陌生人假装对此表示惊讶。从教堂来的这些女士提供了关于“这个案件”和格罗夫兰男孩的细节。其中的一位女士指出“黑人没什么问题”，但如果他们“跨出自己的地盘……他们会被烧死”。另一个人说：“那些北方人把他们宠坏了，**平等地**对待他们。”那个租给德·福里斯特一个房间的女人也热切地讨论诺尔玛·帕吉特被强奸的事，她听说，帕吉特遭到野蛮殴打，以至于在受攻击后在医院待了两周，因为“她的乳房被撕裂并且受到绑架者牙齿的伤害”。谣言已经改写了案件的真实情况。

在接下来的几天，德·福里斯特“成功地避开一些”热衷于带她看有柑橘园房子的房地产经纪人。她戴着一个她自己设计的“世界和平”的徽章，她写道：“这个东西吸引了每个人，是很好的掩护。”在她租住的房间里，她写信汇报她调查的进展，邮寄给在纽约的工人保护联盟的罗兰·沃茨。她告诉他，在接下来的几天里，她希望被介绍给诺尔玛·帕吉特的一些亲戚，因此她盼望早点收拾她的文具、衣服和《圣经》，搬到贝莱克的某个地方。 212

由瑟古德·马歇尔发起的L. B. 德·福里斯特私人调查甫一开始，罗兰·沃茨就已经和全国有色人种促进会的律师分享了工人保护联盟对莱克县劳役偿债情况长期调查的结果。对工人保护联盟来说，格罗夫兰男孩案提供了一个引起媒体注意、聚焦佛罗里达州柑橘园普遍的强迫劳动的机会，同时突显并有希望改正死刑案件中的刑事不公正。沃茨在佛罗里达高层的联系人都很同情格罗夫兰男孩并且愿意在保密的前提下提供帮助，这样调查便能接近驾驶员登记记录甚至是警察局的记录这样的官方文件。沃茨的秘密线人中有米尔顿·C. 托马斯，他是《奥兰多哨兵晨报》前主编，现在是联邦参议员克劳德·佩珀的公共关系主管，杰西·亨特和威利斯·麦考尔不共戴天的政敌。

托马斯曾经与那些在佛罗里达中部为他们当地报纸报道格罗夫兰男孩案件，但在感觉到莱克县警察局的压力而无法深入挖掘故事的记者进行了多次会谈。奥蒙德·鲍尔斯是那些记者中的一个。他为《奥兰多哨兵晨报》报道格罗夫兰男孩案的审判，而此前他曾经在格罗夫兰骚乱现场报道过。他似乎总是发现自己站在警长威利斯·麦考尔这一边，警长似乎总是给鲍尔斯喂料，如声称三个被告都已经认罪。鲍尔斯基本上和麦考尔合作，他发表那些警长认为适合发表的新闻，但他后来对他被莱克县执法部门利用的事实不满。他没有进行深度报道的故事之一是关于柯蒂斯·霍华德的，鲍尔斯相信他是案件的关键之一。

L. B. 德·福里斯特雇了一辆出租车，前往巴特福德的咖啡馆，诺尔玛·帕吉特在声称遭到强奸的那天早上在那里寻求劳伦斯·巴特福德的帮助。在和巴特福德的母亲谈论了她有意出售的现代化的六个房间的家以及三英亩柑橘园之后，德·福里 213 斯特把话题转到诺尔玛·帕吉特。一位巴特福德夫人的邻居说："如果我们要谈论这个案件的事实，案情就会推翻，那些男孩就有证据重新审判了。"德·福里斯特写道，邻居"嘲笑了强奸论，说那是假的"。

巴特福德夫人的另一个邻居也知道"真相"，这些邻居甚至签了书面陈述，就他们于 1949 年 7 月 16 日早上在奥卡洪普卡的住宅外面所看到的情形做证。克利夫顿和埃塞尔·特威斯在那个周六早上6:00至6:30之间已经醒来，他们听到一辆车在他们的家门口减速。他们听到发动机熄火的声音，过了一会，车又发动，他从他家的窗户看到她：一位年轻的女士，“娇小而又苗条”，穿着粉红色的衣服，拿着一个白色的手提包。她看起来没有衣冠不整，而且似乎也不惊慌。她从车上下来，“大约有四、五或六英尺远，向森特希尔走去”，当她走到岔路口，她踱来踱去，大约三十分钟。特威斯说他和他的妻子用望远镜轮流观察她。他们以为她是个搭便车的，但在他们看来，“一位女士想在早上6:00搭便车”有点可笑。在这位女士下车之后，有辆小小的黑色轿车驶过特威斯家门口，“往格罗夫兰的路上开”；一个白人男子在开车。特威斯夫妇都同意就他们那天早上所看到的情形签字，但他们拒绝代表被告做证，克利夫顿·特威斯说：“我们不想被称为‘喜欢黑鬼的人’。”

罗兰·沃茨的一个消息来源告诉他最初的“警方警报”已经通过对讲机发送，可能表明在诺尔玛被发现之前副警长们正在找一辆别克车。实际上，当副警长詹姆斯·耶茨第二天早上出现在格罗夫兰看守所时，他问查尔斯·格林利的第一个问题是：“你所在的那辆新别克或者旧别克在哪里？”此外，他们后来给特威斯夫妇看一张小的、黑色别克车的图片，这对夫妇说很像7月16日早上停在他们家外面的那辆车。而柯蒂斯·霍华德在法庭上做证说，在7月16日他开一辆“1946年的别克”。M. C. 托马斯写信告诉沃茨说：“我知道你意识到理清别克车和柯蒂斯·霍华德那天晚上的活动的意义和价值”，他开始怀疑在7月的那个周末之前，“[霍华德]有可能认识帕吉特夫妇”。

沃茨对柯蒂斯·霍华德的怀疑是有充分根据的。在发生强奸指控之后的几天里，霍华德告诉莱克县的好几个人“当[诺尔玛·帕吉特]在树林里徘徊时，是他发现并且解救了她”。然而，等到审判时，他的故事变得和诺尔玛的叙述更加相符。在法庭上，霍华德做证说，在威利·帕吉特到达位于利斯堡的迪安加油站之后，他告诉霍华德诺尔玛被绑架了，霍华德给他的舅舅、副警长勒罗伊·坎贝尔打电话，后者在几分钟之内就到了迪安加油站并把帕吉特带到车里进行调查。对于一个给警察打了求救电话的加油站普通工作人员来说，这可能就是事情的结尾了，但事实上不是。6:30左右，霍华德下班离开迪安加油站，在他前往格罗夫兰想去喝一杯咖啡的路上，他声称他发现一个年轻的金发女郎“坐在路边的草地上”。霍华德放慢车速。他知道他的舅舅，一名副警长，已经和威利·帕吉特出发去找后者17岁的妻子，几个小时之前她被四个黑人绑架。霍华德甚至告诉人们在他下班之后，他自己也去找那个女孩，然而，令人难以理解的是，在看到那个女孩在日出之后坐在马路边的草地上时（按照霍华德的叙述，她穿着被撕烂的衣服），柯蒂斯·霍华德并没有把她和帕吉特失踪的十几岁的妻子联系起来。他做证说他“没有太注意”那个女孩，并且继续驶往格罗夫兰。

大约在早上7点，霍华德到了格罗夫兰的一家咖啡馆。他在那里遇到他的舅舅和另一个副警长詹姆斯·耶茨以及威利·帕吉

214

特。他们仍然没有发现诺尔玛·帕吉特，而柯蒂斯·霍华德也没有提到那个他几分钟之前见到的女孩。相反，在耶茨的要求下，霍华德同意载帕吉特回家；威利想换一下他的衬衫。在前往贝莱克的八英里的路上，他们停车两次，去了诺尔玛的亲戚家；威利后来做证说，他“认为她可能已想办法回家了”。在其中一个亲戚家，威利的小姨子给霍华德看了一张诺尔玛的照片。只有到了这个时候，柯蒂斯·霍华德似乎才意识到他知道诺尔玛在哪里。

奥蒙德·鲍尔斯不费吹灰之力地阐述了公诉人起诉格罗夫兰男孩案件的漏洞：缺乏医学证据；诺尔玛·帕吉特的口碑和可信度都是值得怀疑的；“夫妇俩的叙述都变化无常”；鲍尔斯说，“确实存在一系列夫妻之间的裂痕”。鲍尔斯告诉前《奥兰多哨兵晨报》的主编 M. C. 托马斯说，在他看来，“那四个男孩在心智上都优于那位声称遭到强奸的受害者以及她那摇摆不定的配偶”。

关于把柯蒂斯·霍华德带入格罗夫兰故事的那些奇怪巧合，鲍尔斯还没找到让自己满意的解释，最值得注意的事实是霍华德实际上“就在所谓的袭击现场的不远处看到了那个女孩”。鲍尔斯怀疑霍华德可能有“迪克·特雷西情节”——当他不在加油站时，他经常被看到和他的舅舅、副警长勒罗伊·坎贝尔一起在警长办公室附近闲逛，因此“他显然当时是自己开始单独寻找那个失踪的女孩”。但对鲍尔斯来说，有一点说不通，霍华

215

德怎么没有把他在路边看到的年轻的金发女郎和正好在那个时间被报告在路边遭到四个黑人男子绑架的年轻的金发女郎联系起来，走出别克车去看一下？

如果全国有色人种促进会上诉到联邦最高法院获得成功的话，罗兰·沃茨对“第二次格罗夫兰案审判如何取胜的评论”列了一个清单。很显然，沃茨认为特威斯夫妇的叙述是可信的。沃茨相信柯蒂斯·霍华德并没有在1949年7月16日早上开车经过诺尔玛·帕吉特所在的地方，而应该是这名年轻的加油站工作人员开车到那个地方，靠在路边让诺尔玛从他的车里下来。在沃茨的评论中，这部分的标题是“不可信的柯蒂斯·霍华德”，沃茨列了一系列问题：“那天早上他为什么去格罗夫兰？他把他的车停在奥卡洪普卡了吗？诺尔玛离车有多近？知道一个女孩在那个地区被绑架，为什么他没有停车下来和她说话？为什么他在咖啡馆时没对耶茨和帕吉特提及事实上他见过女孩？尽可能找出那个晚上他自己的活动以及他以前认识帕吉特的可能性。”

在出差东京和韩国之后，马歇尔回到纽约办事处，这已经超出了他的日程和他的能量所能承受的极限，他重拾与他纽约办事处的同事为格罗夫兰男孩案件上诉到最高法院的工作。他本来打算亲自为这个案件辩护，但他出差远东，在长达一个月的时间里不在这里，这使他重新考虑他的计划。他面临一个尴尬的决定。尽管罗伯特·卡特作为律师能力很强，但他对这个案件的熟悉程度不如正在准备辩护摘要的杰克·格林伯格。但另一方面，格林伯格缺乏卡特的经验，因为他只是最近才到全国有色人种促进会工作，而且尽管他已经赢得马歇尔的信任，但在马歇尔看来，他还没准备好在最高法院的案件中辩护。

12月初，富兰克林·威廉斯给马歇尔写了一封信，恳求给他一个机会让他在最高法院辩护。“我确信你能赞赏我的这个愿望”，威廉斯写道，并补充说，这是他和格罗夫兰案件联系起来的“合乎逻辑的结论”。然而，马歇尔不屑一顾。“把你从西海岸拉出来一两周肯定会在此期间失去你所服务的协会，”他写道，并且补充说，“我想你会同意最好还是保持现状吧。” 216

马歇尔很快意识到他没有其他任何现实的选择。他和威廉斯的分歧并不能阻止他承认这个年轻律师卓越的法律才能，更不用说他对格罗夫兰案无与伦比的理解，1951年冬天，他带着“流亡的”威廉斯回到东海岸，在最高法院为谢菲尔德诉佛罗里达州案辩护。马歇尔承认，威廉斯不仅仅是这项工作最好的人选，而且可能也是这期间处理这些辩护的最佳律师。

3月9日，马歇尔穿着厚重的冬大衣，戴着费多拉软呢帽，来到联邦最高法院的台阶前，在那里，他和他的法律辩护基金会的团队摆好姿势拍了一张照片：杰克·格林伯格、富兰克林·威廉斯，还有罗伯特·卡特。亚历克斯·阿克曼曾和格林伯格一起为上诉准备辩护摘要，由于他自己曾在塔瓦里斯在杜鲁门·富奇法官面前为格罗夫兰男孩辩护，他从佛罗里达跑来看看初审时曾有合作的律师富兰克林·威廉斯在最高法院九名大法官面前的辩护。在北行的旅途中，他遇到了佛罗里达州助理总检察长里夫斯·鲍恩，后者曾经在佛罗里达州最高法院为格罗夫兰男孩案的另一方辩护。阿克曼不清楚为什么鲍恩决定来华盛顿亲自为谢菲尔德诉佛罗里达州案辩护。鲍恩回答说："嗯，我不打算把任何其他人送进屠宰场。"因为，一旦法院对卡斯尔案作出裁决，鲍恩一点都不怀疑谢菲尔德案的结果会是怎样。

法警喊道："肃静！肃静！肃静！所有来到庄严的联邦最高法院的有关人员请上前来并且注意，本院正在开庭。上帝保佑美国和这庄严的法院！"

轮到谢菲尔德诉佛罗里达州案了，和威廉斯共同为这个案件辩护的罗伯特·卡特走上台前。全国有色人种促进会的律师在法庭上开始为三个具体的问题辩护：陪审员的排除、审判地点的变更、缺乏足够的时间为辩护做准备。出于只有他自己知道的原因，他把陪审员问题分配给卡特。威廉斯稍后说："马歇

217 尔把这问题分配给他，这有点激怒我，因为按照马歇尔的说法，我当时可能是我国在这个问题上的顶级权威。"不过，威廉斯对这个举动也不惊讶，因为"无论如何，瑟古德和我相处得并不太好"。

卡特就陪审团排除进行辩护没多久，按威廉斯的话说，他就"搞砸了"：弗兰克福特立刻引用了"五六个惯常的陪审员排除的案件"打断了他，并且问卡特，格罗夫兰案件是否和它们是一样的。

卡特回答说“是的”，但当他试图继续，他再次被打断，这次是大法官罗伯特·杰克逊。他不明白为什么卡特需要“说那么多”而不是简单引用佛罗里达州承认他们使用种族比例制度选择陪审团。

“那么，”卡特反问道，“为他们辩护有什么意义呢？”说完，他离开讲台坐了下来。

这是个奇怪且尴尬的开端。当然，如果是威廉斯处理这个问题，会有不同，但他被分配辩护的是变更开庭地点和缺乏时间为辩护做准备。而他很快证明他也有一个令人尴尬的时刻。威廉斯以“勾勒一幅”格罗夫兰男孩审判时莱克县的气氛的画面开始。口头辩论对这位有活力的、雄辩的纽约律师来说很容易，而且由于他亲身经历过他所描述的对抗的和充满紧张气氛的环境，他有效地完成了证明“在莱克县不可能得到公平和无偏见的审判”的任务。更重要的是，威廉斯知道记录“颠三倒四”，而上诉记录包括他和阿克曼收集到的那些报纸的报道——格罗夫兰白人暴徒焚烧黑人家园的报道、引用威利·麦考尔警长向媒体发布的公告的文章（如他宣布他已经获得全部三名被告的认罪）。然后，无论是他、马歇尔、法官还是任何其他人，都不清楚为什么威廉斯对弗兰克福特说：“弗兰克福特大法官先生，这是一起强奸案。”

威廉斯自己说完这些话简直要哭出来，不仅因为最高法院的规定要求，除非大法官直接向他们提出问题，否则律师只能对首席大法官说话。“上帝啊，我恨不得钻进地底下，”威廉斯回忆道，“但我意识到的一个事实是弗兰克福特认为我很棒。”杰克逊大法官没忍住那个时刻的尴尬，凑上前挖苦地问弗兰克福特：“费利克斯，你什么时候成为强奸方面的权威了？”

然而，按照格林伯格的评价，威廉斯对案件的辩护“很出色”。佛罗里达州检方对威廉斯的回应，如那位助理州检察长里夫斯·鲍恩预料的那样，变成屠杀。鲍恩几乎完全否认威廉斯在变更审判地点问题上如此生动展现的种族紧张，杰克逊大法官打断了他，提议“对你来说最需要攻克的难题”是杜鲁门·富奇法官在“预料会发生某种暴力”时设立的特殊规则。

218

同样，鲍恩为挑选陪审团程序的辩护同样被叫停，而他被迫承认在挑选格罗夫兰男孩案大陪审团时，“有意使用了种族比例代表制”，当他想通过说明莱克县挑选陪审团程序是考虑到“南方的历史背景”时，他的辩护就崩溃了；他认为这个县的治安法官“只不过没想到让黑人作为陪审员”，他们以同样的方式没“想到黑人在承担社会责任的名单上”。哈罗德·伯顿大法官想知道是否“有什么因素阻止”陪审团审选官把白人和黑人的名字都放在箱子里并且“从中随机地抽取出来”。汤姆·C. 克拉克大法官很惊讶莱克县从来没听说过把名字放在一个“陪审团转盘”中，并且允许转动转盘，随机选择将要担任陪审员的名字。两位大法官都引来旁听者和记者的笑声。鲍恩接受了大法官的打击，而马歇尔则咧着嘴笑。

在最高法院审理过程中，马歇尔享受着迫使南方人在这个国家最顶尖的法律人士面前为他们的种族隔离传统辩护的每分每秒。这几乎弥补了他在南方法庭频频遭遇的羞辱。只是，当为佛罗里达州辩护的律师在辩护结束后走出最高法院的大楼时，他会和对手握手，并且会安全地回到他在南方之南的家中。没人以每小时 90 英里的速度追逐佛罗里达州助理检察长，把他赶出省会，或者拿枪指着他，把他拖到波托马克河岸边，那里一群暴徒正等着他。

阿克曼也回到了佛罗里达，而威廉斯开启长途飞行，返回西海岸。马歇尔则和法律辩护基金会的其他律师一起坐火车回纽约。

第十五章　你在我的威士忌里撒尿

瑟古德·马歇尔给德利亚·欧文发了一封仅十余字的电报：“在联邦最高法院赢得沃尔特·欧文的新审判。” 219

1951年4月9日，正好在他们为谢菲尔德诉佛罗里达州案听证辩护一个月之后，最高法院的九名大法官作出全体一致的判决（也就是说，判决是由法院作为一个整体而不是某个具体法官授权作出的），因此，对塞缪尔·谢菲尔德和沃尔特·欧文的定罪被推翻。

罗伯特·卡特关于莱克县大陪审团选择程序的辩护为案件的推翻提供了基础。罗伯特·杰克逊大法官写了一致意见，他 220 和费利克斯·弗兰克福特一道严厉谴责了法官杜鲁门·富奇、州检察官杰西·亨特、警长威利斯·麦考尔，甚至《芒特多拉头条》的梅布尔·诺里斯·里斯在定罪中所起的作用，认为他们的所作所为“不符合任何关于法律的正当程序的文明概念”。杰克逊大法官指出：“法庭之外的不利影响对陪审团施加了那样的压力，结果不可避免的是这些被告被偏见定罪，审判只不过是个法律姿态，以记录由媒体和公众意见产生的裁判。”杰克逊指出，因此，“这些黑人被认定无罪的唯一机会是有足够多的坚定的和直率的白人以勇气和正直站出来，直面并且改正其白人邻居对黑人的憎恨，如果需要的话，进行那样一次投票”。最后，大法官解释了这两个定罪被推翻，其中陪审团的选择“仅在理论上是重要的”。出于恰当描述佛罗里达州处理格罗夫兰案特点的需要，杰克逊大法官使用强有力的语言而不是通过商讨或者通过引用卡斯尔诉得克萨斯州的先例；而且，在言辞激烈的结论中，他写道：“这个案件是对美国司法最坏威胁的绝佳事例。正是出于这个原因，我想推翻它。”

杰克逊大法官以这两个判决控告了莱克县的法律机构和司法部门。记者急忙要求县官员评论。尽管杜鲁门·富奇法官拒绝对最高法院的判决发表任何声明，但佛罗里达州最高法院的一名法官说他对这个判决“不感到惊讶”。佛罗里达州总检察长理查德·W. 欧文说他对这个判决“非常失望”，但“现在要做的事情就是继续往前，尽快再审案件并且解决它”。杰西·亨特并没有退缩。几个月来，他一直公开批评全国有色人种促进会努力筹集基金以使“上诉完美”，这些努力“除了给他们的律师付费之外……没有其他原因”。讽刺的是，正是亨特虚伪地试图展示没有偏见而在格罗夫兰的大陪审团中人工挑选了一名黑人，由此给了全国有色人种促进会以及联邦最高法院以推翻判决的宪法根据。回避杰克逊激烈的一致意见所提出的问题，亨特坚持对《匹兹堡信使报》说被推翻是技术性的。他还说他“非常喜欢全国有色人种促进会的富兰克林·H. 威廉斯律师”。

至于沉迷于塑造个人形象的莱克县警长威利斯·麦考尔，他被最高法院的判决及糟糕的媒体激怒了。在一份公开声明中，221 他痛骂最高法院对判决的推翻以及像全国有色人种促进会和美国产业工会联合会报业协会的“破坏性影响”。他说：“他们没有让这个案件中的格林利和其他两个人一起上诉实际上就是承认有罪。事实上我们的最高法院被一些像全国有色人种促进会那样的少数族裔团体，以及他们雄辩的、耸人听闻的谎言，还有从美国产业工会联合会报业协会接受奖金的人（如《纽约邮报》的黑人记者特德·波斯顿）影响到如此偏颇的程度，以至于他们认为推翻一个我见过的最公正和最不偏不倚的审判是合适的。想到我们的最高法院屈从于如此有破坏性的影响，令人震惊。”

在这 20 个月中，麦考尔对光临莱克县来看格罗夫兰男孩审判“正义得以伸张”的黑人记者和全国有色人种促进会的反感一点没减轻，他嘲笑在审判之后被赶出莱克县的纽约黑人律师以及获奖记者提出的要求，“他们意识到他们多管闲事……我告诉他们没人邀请他们来佛罗里达。他们不需要在这里，他们只会把事情变得更加复杂……我建议他们回家或者到任何他们觉得安全的地方，我们可以在这里有条不紊地处理由他们带来的干扰和混乱”。

22 个月以前，7 月中旬，当愤怒的暴徒聚集在塔瓦里斯看守所前，威利斯·麦考尔已经避免了一次对格罗夫兰男孩的私刑。他也心照不宣地和来自贝莱克的男人达成一个协议：他们允许按照法治的正常程序，但如果没有如麦考尔所允诺的那样对强奸诺尔玛·帕吉特的罪犯采取迅速的电刑——如果法律做得不对的话——他们将在莱克县恢复白人的正义。麦考尔现在不得不回答他们，而他将不得不对付另外一个比以前那个更大的黑人马戏团，这些人嘲弄他的县的法律与秩序以及法庭上的观众。他被另一场审判的想法所激怒。“我直接从奥兰治县警长戴夫·斯塔尔那里得知麦考尔警长对最高法院的决定‘忧虑万分’”，记者奥蒙德·鲍尔斯告诉他的前主编 M. C. 托马斯。麦考尔的“心态……很难理解，如果他的手是干净的话，我怀疑他知道关于佛罗里达政治和赌博结盟的有些事情”。

亚历克斯·阿克曼在格罗夫兰男孩审判后曾经电话联系过麦考尔。甚至在律师开口说麦考尔的事情之前，他就爆发了。222 他强烈谴责阿克曼是“该死的喜欢黑鬼的人”，警告他不要再回到莱克县。阿克曼对警长尖刻的话感到震惊和害怕，特别是当谢菲尔德和欧文正走向电椅而格林利面对用铁链铐着的囚徒时。然而麦考尔不是沾沾自喜或者幸灾乐祸，他耿耿于怀。几个月来，他反复思量，收集他的剪报，并且在敌人的名单上不断增加新的名字。他通过法庭追踪格罗夫兰男孩案的进展；他对着这些名字做鬼脸：威廉斯、阿克曼、马歇尔、卡特、杰克逊。他们会回来的。他告诉自己，他们会回来的，然后他像通常做的那样，自言自语：“我不是好对付的。不。我不是好对付的。”

在联邦最高法院对谢菲尔德诉佛罗里达州案作出判决两天之后，沃尔特·怀特给在旧金山的富兰克林·威廉斯发了份电报："我们对在最高法院迅速赢得格罗夫兰男孩案你所发挥的显著作用表示热情的感谢。"4月的同一天，哈里·杜鲁门解除了道格拉斯·麦克阿瑟将军的职位，理由是他"无法完全支持美国政府的政策"。尽管马歇尔并没有假装杜鲁门的决定和麦克阿瑟对美国军队中黑人军人的种族隔离的拖延反应有什么联系，但他很高兴地注意到，麦克阿瑟的继任者马修·里奇韦将军"在大约三周内废除了种族隔离。完全废除了"。

马歇尔决定不以任何方式拖延全国有色人种促进会对谢菲尔德诉佛罗里达州案判决的反应；他要确保在塔瓦里斯对格罗夫兰男孩的第二次审判的辩护有足够的时间准备。由于谢菲尔德和欧文的传讯时间被州检察官杰西·亨特设定为8月15日，马歇尔立刻开始组建一支合适的辩护团队，杰克·格林伯格主动请缨，不仅因为他觉得这是一个重要的案件，而且因为他发现无法拒绝前往在高度种族主义的南方参加刑事审判的可能性。因为富兰克林·威廉斯在莱克县的经历令人担忧，格林伯格在谈到他的决定时说，如果"这不是很明智"，那么这段经历将被证明是惊心动魄且让人大开眼界的。

亚历克斯·阿克曼已经搬到弗吉尼亚州，虽然他可以继续为审判服务，但马歇尔仍然需要一名在佛罗里达的律师为这个案件工作：去展开调查、去追踪新的线索（其中许多是诺曼·布宁在《圣彼得堡时报》上所披露的结果），去提交辩护摘

223 要。保罗·帕金斯正是符合需要的那个人。他是一名来自奥兰多的32岁的黑人律师，在美国军队服役后进入霍华德大学法学院学习，帕金斯抓住这个和瑟古德·马歇尔一起工作的机会，甚至接受法律辩护基金会能够支付得起的每小时3.75美元微薄的报酬；他已经习惯了长时间低报酬地工作，更通常的情况是，他的贫穷的代理人以“火腿或橘子”支付。他的声音低沉而又自信，让他那瘦弱的五英尺六英寸的身材显得高大魁梧许多，他毫不后悔地与威廉斯一起驱车深入莱克县，挨家挨户敲门。然而，在前往格罗夫兰时，他会带着他一个朋友的小儿子一起，因为，有可能有一些“奇怪的道德准则”阻止三K党向一个带着孩子的黑人搭话。

格罗夫兰男孩案的第二次审判于7月6日正式开始，杰西·亨特再次指控塞缪尔·谢菲尔德和沃尔特·欧文，他们由警长威利斯·麦考尔及其副警长詹姆斯·耶茨从雷福德押送到塔瓦里斯。（在州监狱，当着谢菲尔德和欧文的面，麦考尔曾对看守说：“你们还没把那些黑鬼送上电椅？上电椅的时候，我想看看他们挣扎的样子。”耶茨加了一句：“希望你们都逃跑，这样我就可以把你们的脑袋打开花。”）再次指控时，亨特向记者保证，控方对被告的指控无懈可击，而全国有色人种促进会只不过是为了试图使那两个黑人免于电椅而使用法律技巧“制造一些麻烦”而已。然而，他可以肯定的是，这次使用“大量黑人”担任陪审员，他接着补充说，他不介意尝试被告“在全部是黑人的陪审团面前”审判。

莱克县格罗夫兰男孩案的再审使全国有色人种促进会再次站上全国性的舞台，就像二十年前的斯科茨伯勒男孩案那时一样，瑟古德·马歇尔决定充分利用它，既是为了全国有色人种促进会的政治地位，也是为了美国黑人。尽管“辩护委员会”曾使斯科茨伯勒男孩案变得复杂，但对格罗夫兰案来说，全国有色人种促进会从一开始就确信被告是清白的，毫不犹豫地拿下这个案件，因此阻止了民权大会或者其他任何辩护团体侵占其司法领域。由于新的审判很可能作为全国性事件引起关注，马歇尔认为辩护需要的不仅仅是一个有着可信资质和成功经验的律师，这名律师还要有丰富的公关经验、全国性的声誉以及毫不妥协地在不友好的威利斯·麦考尔警长的地盘上履行职责的不屈不挠的精神。马歇尔喜欢说他在南方旅行时“背上有一 224 丝凉意”。但不是在法庭或者庭审阶段：他在那里从来没有推卸自己对保护那些像欧文和谢菲尔德这样无权无势的黑人的宪法权利的承诺，也不在与以警长或州检察官为典型代表的南方白人的战斗中退缩。但在1951年夏天，瑟古德·马歇尔决定亲自代理格罗夫兰的被告，他将携着气势和自信前往莱克县，刚结束布朗案的他将告诉报社：“你可以说任何你想说的，但那些白人会厌倦黑人律师每天在法庭上击败他们。”

在第一次前往佛罗里达之前，杰克·格林伯格问马歇尔，在前往南方过夜的火车上是为他订一个单独的房间还是订一个双人间。“我不和任何不穿花边睡衣的人睡在一起”，马歇尔告诉这个跃跃欲试的年轻律师，年轻律师后来记录了一次他们从宾夕法尼亚车站出发后在海滨快线火车上的情景。尽管格林伯格听说过马歇尔在巴尔的摩和俄亥俄铁路做餐车服务员的故事，但他没有预料到搬运工会给马歇尔如此的尊敬和特权。尽管“白人旅客还没习惯在餐车看到黑人”，但马歇尔接受名人待遇以及厨师“招待的烤牛外脊肉”。“即使在禁酒的州”，服务员也一直让波本酒流动着，而马歇尔和格林伯格准备辩护摘要或者相互审读庭审证词并做了大量的笔记。他们白天待在马歇尔的房间里，而晚上则坐在前面的黑人车厢里，随着火车摇摇晃晃穿过南方，经过那些堆积在黑暗中的摇摇欲坠的房子。

在前往西海岸之前，富兰克林·威廉斯已经向马歇尔和格林伯格简要介绍了格罗夫兰案。威廉斯相信，1949 年 7 月 16 日凌晨没有发生强奸。“诺尔玛·帕吉特及其丈夫都是非常底层的人，”威廉斯说，“他们生活在离格罗夫兰不太远的偏僻的小沼泽地区。”威廉斯在那个地区和认识这对年轻夫妇的人进行过谈话。从他们那里他搜集到的信息包括帕吉特夫妇在所谓的强奸发生之前已经分开；可能因为遭到家暴，诺尔玛回家和她的父母一起生活。威利一直试图在修补他们的关系，因此他邀请诺尔玛外出去跳方块舞。他们在弗里茨的酒吧和烤肉店买了一些威士忌，然后前往克莱蒙特，他们在那里喝酒跳舞直到舞厅凌晨 1：00 关门。

225 据威廉斯估计，此后发生的事是醉醺醺的威利·帕吉特想在车里和诺尔玛发生性关系，甚至可能强暴了她，“她变得歇斯底里并且跳下车跑了”，留下威利一个人，她可能吓唬说她要回家“告诉她粗暴的父母和兄弟们，他意图强奸她”。那样的话，威廉斯说，将是“他的死期”。因为在佛罗里达州中部，三K党充当社会道德的执行者的情况并不少见，车手会在晚上突然光临，惩治据称在家殴打妻子的白人男子或者对丈夫不忠、喝酒并且忽视孩子的女人。三K党的线人曾经向联邦调查局的探员描述，“一条通常有四英寸宽、三英尺长的钉在圆木把手上的皮带”在莱克县的好多场合被用来纠正道德过失。科伊·泰森可以轻而易举地“揭发”威利·帕吉特，如果他知道他的女儿诺尔玛再次有麻烦的话。

威廉斯坚信，强奸的故事是威利·帕吉特的主意。他在那个周六的黎明时分和他妻子重聚，当威利和柯蒂斯·霍华德驱车返回奥卡洪普卡时，遇到诺尔玛在劳伦斯·巴特福德的车中，巴特福德并没有特别强调这一点是因为这对夫妇还没有修改他们的故事。威利对霍华德说到绑架、强奸和黑人，但诺尔玛没有对年轻的巴特福德说或者暗示有任何形式的暴力。威廉斯猜测，威利·帕吉特跑到霍华德和巴特福德“听不到的距离”，对他的妻子说：“你知道，宝贝，你刚刚被四个黑鬼强奸。不要说别的。这就是我刚才告诉他的。”

马歇尔和格林伯格列了一个要跟踪和调查的人员的名单，以便更有效地应对控方再审时的证据。查找劳伦斯·巴特福德将是辩护的关键；州检察官杰西·亨特已经基本上排除了这个年轻男人对本案的影响，出于一个显而易见的理由——他的证词与诺尔玛·帕吉特的相矛盾。保罗·帕金斯曾经追踪到一些不在现场的证据，包括一名在伊顿俱乐部的女服务员、一名女大学生，她回忆道，谢菲尔德和欧文至少直到凌晨 2:00 都还在那里。一名迈阿密的私人侦探建议马歇尔找专家评估曾经引起富兰克林 · 威廉斯怀疑的石膏模型和轮胎印迹。这份名单还在扩充。

因此，需要跑腿。他们在奥兰多住下来，马歇尔住在一些自愿提供住处的黑人家庭，而格林伯格住在圣胡安酒店，因为“格罗夫兰案带来的情绪仍然高涨”，没有哪个家庭愿意冒一名犹太律师在其家中被发现的风险，一旦安顿好，格林伯格和帕金斯白天在格罗夫兰附近调查，晚上马歇尔和帕金斯与格林伯格在酒店会合。在他们一次白天的旅行中，格林伯格和帕金斯拜访了欧文的家人，他们仍然生活在格罗夫兰，和为了得到自己的（也因此被毁掉的）农场而抛弃柑橘园的“自大的”亨利 · 谢菲尔德不同，克利夫 · 欧文知道自己身为黑人的位置。他们在拜访中发现沃尔特租住在他父母的“没有上漆的、历经沧桑的”家中；而且，房间的门上没锁。因此，格林伯格推断，副警长没收沃尔特的裤子和靴子作为证据的做法构成“非法搜查和扣押”，因为德利亚 · 欧文没有把她儿子的东西交出去的法律权利。

226

由于格林伯格以“战场式的紧张”在莱克县四处走动，当地居民不愿意或者害怕表达他们对格罗夫兰男孩案的意见可能比与个人无关的民意调查更能真实反映被告能否在莱克县得到公正的审判，这打击了这位年轻律师。马歇尔同意全国有色人种协进会可以不惜成本雇用一位有前途的、名为路易斯·哈里斯的民意调查专家，代表威廉斯学院的罗珀民意调查中心对莱克县进行人口调查。哈里斯很快发现有人跟踪，而他声称，最终威利斯·麦考尔把他赶出了城。

从夏天到秋天，格林伯格和马歇尔坐火车在纽约和佛罗里达之间往返。他们为格罗夫兰男孩构筑了牢固的辩护，而帕金斯继续孜孜不倦地在莱克县梳理潜在的证人。马歇尔和威廉斯在第一次格罗夫兰审判中实施的策略是"在案件中创造一个错误，这样我们可以在上诉时推翻"。一旦他们赢得上诉，律师们希望，随着时间的推移，"情绪会稳定下来，而你将有机会"：一个可能在第二次审判中证明合理怀疑的机会，或者诺尔玛·帕吉特"改变主意"。律师的跑腿工作开始创造无罪释放的机会。现在看来，时间似乎至少在他们这一边。如威廉斯数月前提醒格林伯格和马歇尔的那样，"任何事情都可能在这期间发生"。

227

L. B. 德·福里斯特把自己融入她所拜访的莱克县的社区的日常生活中，没碰到任何问题。她已经在不同的教堂联系了牧师并且和教友会面，讨论废除死刑。浸礼会和卫理公会教徒特别支持她的事业，反而是一位天主教牧师劝她不要浪费时间。"监狱滋生犯罪"，他断言，而"不管为他们做多少事，他们只计划一件事，逃跑和自由。如果给他们机会的话，他们会为获得自由而杀人"。她花了好几个小时和格罗夫兰的法官 F. R. 布兰登在一起，他公开反对“电椅酷刑”并且在她主张废除死刑活动的“请愿书”上签了自己的名字。法官也对格罗夫兰男孩案提供了一些个人观点；他“知道其中的一个男孩因涉嫌强奸遭逮捕，并且认为处罚过于严厉”，而他认为泰森家的人和帕吉特夫妇是“酗酒、无能、毫无价值的白人垃圾”。而利斯堡一家报社的主编同意发表她的诗歌《母亲的爱》。她的“世界和平”徽章继续唤起这个县居民的兴趣。她在做有用的联络。

不是每个人都接受德·福里斯特小姐的事业。8月4日在利斯堡，她已经和一些年轻的警察和消防员谈过，他们本来很愿意在她的请愿书上签名，直到警察局长比尔·费舍尔说服他们那样做并不明智。在同一个场合，德·福里斯特小姐遇到曾经警告她和莱克县保持距离的男人。他戴着白色的斯特森帽，缓慢地向她走来。他斜眼看着她的和平徽章和她的请愿书。当她说她不喜欢死刑并且列举如亚历克斯·阿克曼这样的废除死刑支持者的名字时，他咆哮道，亚历克斯·阿克曼“不是好人”，至于她的死刑立场，他不同意，“我相信‘以牙还牙’是正义的”。然后，威利斯·麦考尔转过身走了。

德·福里斯特小姐遇到好几个白人（例如哈里·麦克唐纳），他们坚信格罗夫兰男孩已经供认强奸，如警长广而告之的那样。哈里建议，如果德·福里斯特不相信的话，她可以去位于雷福德的州监狱，在那里“她可以听到他们自己亲口说”。哈里对那个晚上的强奸如此肯定，可他作为埃奇商场值夜班的人，曾和查尔斯·格林利在犯罪现场几英里外的路上相遇。在哈里看

来，那四名被告“应该被当场击毙，而不是花州的钱进行审判”。 228

柯蒂斯·霍华德也在德·福里斯特小姐的请愿书上签名。当她靠近看签名时，她发现狡猾的霍华德写下他的同事马文·史密斯的名字。而德·福里斯特幸运地知道，马文·史密斯和“帕吉特夫妇及其朋友关系密切”。新婚的史密斯和他的妻子、浸礼会教堂风琴手玛丽安义务带德·福里斯特去一趟格罗夫兰。当他们驱车经过蓝色火焰的水泥屋时，史密斯夫人注意到它“自从强奸事件发生后就关门了，但如今租给一个黑人家庭”。史密斯夫人也注意到诺尔玛和威利“认识那四个有色人种男孩”，这不奇怪，因为诺尔玛出身“穷苦白人”并且“名声不太好”。霍华德的另一个朋友和同事托马斯·弗吉尔·弗格森也“对帕吉特夫妇没有好话”。如德·福里斯特的报告所写的，弗格森“讨厌帕吉特夫妇，并且相信如果对他们稍加施压，他们会说出更多的东西”。

L. B. 德·福里斯特戴着和平徽章，拿着请愿书，继续前往贝莱克，在莱克县南部那片排外的沼泽地，在那里她的感受和大多数外来者一样，就是感到自己不受欢迎。危险似乎显而易见，但她决定找到威利·帕吉特，并在8月2日在利斯堡登上一辆公共汽车。她在格罗夫兰下车并询问车站的老板帕吉特住在哪儿。他建议她和“帕吉特夫人”谈谈，她就住在大街上的一所房子里。帕吉特夫人邀请这位讨人喜欢的年轻女子共进午餐。德·福里斯特对这种热情好客感到惊讶。

碰巧这个家庭的车被一个儿子借走了，所以帕吉特夫人无法开车送这位不速之客去贝莱克；然而，她的一个邻居，弗劳尔斯·科克罗夫特夫人愿意帮忙。过了一会儿，德·福里斯特小姐就和科克罗夫特夫人以及她年幼的孩子——他们是那个晚上在格罗夫兰开车的那伙暴徒的领头男人的妻儿，特伦斯·麦卡锡在和德·福里斯特一起行驶在一条土路上，经过散落着砖头和烧焦的废墟的亨利·谢菲尔德的家时曾经简单告诉过她。科克罗夫特夫人保持沉默，她的眼睛盯着她前面的路。

诺尔玛和威利不在家。诺尔玛的婶婶在附近，她把德·福里斯特小姐介绍给她“非常热情”的家人并且邀请德·福里斯特晚上住在那里。她遇到了帕吉特夫妇、泰森夫妇和汤姆林森夫妇，他们也都是亲戚，她观察到他们“以原始的方式生活”在贝莱克：“没有洗手间，屋外厕所和房子有一段距离；有电灯和油炉”。在泰森50英亩的地产上有“一匹马、奶牛、猪、鸡和拖拉机”，诺尔玛的叔叔也有一座小一点的房子，威利和诺尔玛现在又一起住在那座房子里。诺尔玛的表亲贝蒂·卢·汤姆林森和其他亲戚的立场不一样，对来访者“很坦率地谈论这个案件”，乔伊纳夫妇尤其“不喜欢这种做法”，德·福里斯特写道。贝蒂·卢肯定格罗夫兰男孩得到酒作为他们在公路旁停下来帮助诺尔玛和威利的“回报”，这是在庭审做证时被忽略的叙述细节。

8月2日傍晚，L. B. 德·福里斯待在莱克县的第十天，她终于在一个祈祷会上和诺尔玛·帕吉特面对面相遇。诺尔玛抱着一个刚出生的男婴。在她声称遭到格罗夫兰男孩强奸一年后，“诺尔玛刚刚生下一个白人孩子”，德·福里斯特报告说，并指

229

出威利“似乎喜欢他的婴儿”。他现在在附近的一家锯木厂工作并且“正要修完一门关于耕作的课程”。诺尔玛和威利喜欢这个陌生人，他们也邀请她留下来过夜，第二天跟他们一起去钓鱼。德·福里斯特小姐答应了两次。她的包里一直装着一件婴儿的礼物—— 一条绣花的围兜，以备她最终和诺尔玛见面。诺尔玛微笑着接受了围兜。

友善和好客的氛围围绕着德·福里斯特。她开始在贝莱克浸礼会教堂的祷告会和教区居民交流。他们赞赏她的和平徽章，他们想知道她的书是什么。她解释说她的书是一份关于废除死刑的请愿书，贝莱克的浸礼会教徒表示同意。他们翻开书页，浏览签名。德·福里斯特把她的笔递给一位妇女。这位妇女翻到签名的最后一页并且签下她的名字。请愿书和笔从一位贝莱克居民传到另一位居民，从泰森夫妇传到帕吉特夫妇再到乔伊纳夫妇。“帕吉特家没人赞成死刑”，德·福里斯特写道。

德·福里斯特小姐发现了威利·帕吉特。他站在诺尔玛旁边，诺尔玛手里抱着婴儿。德·福里斯特想，可能“他们可以帮助把那两个男孩从电椅上拯救出来，并且缩短那个最年轻的男孩的刑期，即使……他们被控所谓的强奸”。她脸上带着微笑走近这对年轻的夫妇，手里拿着笔和请愿书。

11 月 6 日，就是预审动议被安排在塔瓦里斯的前一天，瑟古德·马歇尔在纽约。他计划 7 日飞抵奥兰多。帕金斯、格林伯格和亚历克斯·阿克曼已经回到佛罗里达为审判做准备，他 230

们将处理被告申请的听证会的动议。阿克曼留在圣胡安酒店，格林伯格要求早上7:00叫醒他们，以便他和阿克曼有足够的时间舒舒服服地开车前往塔瓦里斯法院，和帕金斯一起在上午10:00以前在富奇法官之前出现。辩方的动议包括变更审判地点和取消州检察官杰西·亨特的资格，这出于几方面的考虑，包括控方未告知被告律师目击证人劳伦斯·巴特福德的存在以及向媒体散布被告所谓的认罪，这些供词显然不能作为证据被承认。成功取消亨特作为公诉人的希望很渺茫，但变更审判地点的可能性很大，鉴于最高法院的裁决和罗伯特·杰克逊大法官的一致意见说莱克县最初对这个案件的审判是“对美国司法最坏的威胁之一”。最起码在另一个县，格罗夫兰男孩可以免于法庭任何进一步的命令与来自警长威利斯·V. 麦考尔的对他们来说最大的威胁的相互作用。

就在11月6日，日落之后，在奥兰多以北150英里，塞缪尔·谢菲尔德和沃尔特·欧文正期待着离开“平顶”——位于雷福德佛罗里达州监狱内的没有窗户、白色混凝土制、以墙壁与外界隔离的最高安全级别的设施——过去两年他们被关在这里面的小单间内。平顶建于1935年，只关押最暴力的罪犯，在这个矩形建筑中的一个小房间安装了电椅。自这两个格罗夫兰男孩被关押在那里后，它已经被使用了十次。既然最高法院已经推翻了对他们的定罪，而瑟古德·马歇尔正处理他们的案件，谢菲尔德和欧文至少希望他们可以不必面对电椅。两个人都穿着囚裤，一侧有条黑色条纹。谢菲尔德匆匆穿上一件汗衫，同时戴上棒球帽，而欧文穿上一件薄外套，准备前往塔瓦里斯。他们在他们的单间里等待监狱转移，把他们带回莱克县准备早上的听证会。

那天晚上，一名戴着手铐的黑人囚犯由威利斯·麦考尔警长和副警长詹姆斯·耶茨送到雷福德。这真是一举两得，他们放下新的囚犯并且把两个格罗夫兰男孩从死囚牢房带走。他们押着两名犯人，把他们的手腕铐在一起，进入麦考尔崭新的1951年的8缸的奥斯莫比98。麦考尔命令两个人坐在前排的座位上，欧文先进去。耶茨坐在后座上。当他们驶离大门时，执法人员做出了一些露骨的威胁并且摆出拔枪瞄准的姿势。麦考尔夸口说“我现在做好了一切准备”，但这两名囚犯已经习惯了警长的这种方式，欧文说：“我们并没有太注意他们。”

231

轿车平稳地行驶在漫长而宁静的441号公路上。这是一个有点凉的夜晚，麦考尔打开了汽车的加热器。他向东驶离441号公路，前往马里恩县的韦尔斯代尔，在韦尔斯代尔和尤马蒂拉的交叉路口，他在路边的一辆车旁停下。那是耶茨的车，此前副警长在交叉路口和警长会合，驱车前往雷福德。副警长要求麦考尔等他确认发动机能发动后再走，车发动后，耶茨向东在42号县道上行驶，穿过佛罗里达的灌木丛和奥卡拉国家森林公园的长叶松。麦考尔在后面慢慢地跟着。几英里之后，两辆车都向南转到450号县道，一条很少有人走的、黑暗的土路。这不是通往莱克县看守所最近的路，欧文知道，而他也知道，他没法问麦考尔问题。他们已经进入莱克县，离尤马蒂拉和威利斯·麦考尔在尤斯蒂斯的家不远。警长对小路很熟悉。

麦考尔通过对讲机对耶茨说:“往前走。”耶茨答应说好的,这两名囚犯看到副警长的车离开时闪烁的尾灯,灯光划了个弧线消失了。麦考尔急促地敲打他的警报器,然后开始打方向盘。

警长说:“我的左前轮爆胎了。”然后把车停在路边。他从他的座位底下拿出有着红色绑带的金属手电筒,下了车。在检查每一边的轮胎之后,他回到座位上继续行驶在同样黑暗的路上。已经看不到耶茨了。奥斯莫比又行驶了大约两英里,麦考尔的轮胎再次发出响声,他再次停下车来,踢着右前轮。

车门摇晃着打开,麦考尔说:“你们这狗娘养的,出来,把这轮胎修好。”塞缪尔·谢菲尔德一脚踩进沙土里。当他走进佛罗里达黑暗的夜晚中,在他身后,与他的手腕铐在一起的朋友沃尔特·欧文跌跌撞撞下了车。警长走到车后面,从皮套里拔出他的枪。

232

11 月的清晨,瑟古德·马歇尔正在埃奇科姆大道 409 号熟睡着,电话响起,吵醒了他。亚历克斯·阿克曼从奥兰多的圣胡安酒店给他打电话。

他告诉马歇尔:“好吧,我们不再有任何案件了,因为你没有其他被告了。”半睡半醒中,马歇尔试图理解阿克曼告诉他的事。阿克曼说:“今晚他们被警长杀了。”

早晨 7:00,杰克·格林伯格在圣胡安酒店房间的电话铃响了。按他的要求,他被从睡梦中叫醒,他拿起早晨的《奥兰多哨兵晨报》，它像往常一样被塞在门缝里。当他扫过头版头条时，他被惊醒了：《莱克县的警长射杀两名黑人》。

警长威利斯·麦考尔站在他的奥斯莫比98前，塞缪尔·谢菲尔德（面朝下）已死亡，沃尔特·欧文重伤

格林伯格试图把注意力集中在他所读的东西上。小标题吸引了他："警官杀死了袭击案中的嫌疑人""两人在听证会途中试图逃跑"。威利斯·麦考尔警长的名字在这一版上随处可见。麦考尔枪击了格罗夫兰男孩。谢菲尔德死了。欧文在医院，伤势严重。试图逃跑？

233

这些对他来说没有意义。格林伯格立刻打电话，想证实他在报纸上看到的报道。的确，谢菲尔德死了，但欧文在枪击中活了下来。阿克曼也已经给联邦调查局迈阿密办公室打了电话，说他“想提供和谋杀有关的信息”。瑟古德·马歇尔将在当天晚些时候抵达奥兰多。帕金斯冲出去给州长富勒·沃伦发了份电报，要求立刻展开对“威利斯·麦考尔警长杀死谢菲尔德并重伤沃尔特·欧文”的调查。这三位律师飞奔至尤斯蒂斯的沃特曼纪念医院，欧文躺在那里，情况危急。

沃尔特·欧文（右）在遭到警长威利斯·麦考尔枪击后活了下来

格林伯格、阿克曼和帕金斯作为沃尔特·欧文的律师，被允许在医生和护士的陪伴下和他们的当事人说话。他们几乎看不清欧文——穿着白色病号服，头用两个枕头支撑着，绷带斜缚在头上，从他的左下颌穿过他的鼻子到他的右眼角，一只红色的橡胶鼻饲管穿进他的鼻子通到他的胃，他们被一个“身材魁梧”、把枪套和枪“挂在他那 250 磅的身躯上”的男人拦住了。阿克曼走到欧文的床边，让他的当事人告诉他“究竟发生了什么，像你一直以来那样实话实说”，但欧文还没来得及回答，那个魁梧的男人下令三名律师离开房间：“你们最好离开，因为我不打算让你们进去。” 234

格林伯格已经听够了富兰克林·威廉斯关于魁梧的虐待狂副警长詹姆斯·耶茨令人毛骨悚然的故事，知道他们所要面对的是谁。阿克曼向副警长解释说他们的探访得到了病人医生的允许，他还引用了佛罗里达州法令 901.24 的具体规定，如果需要的话，允许律师私下会见他的当事人。但法令并没有说服耶茨允许律师靠近他们的当事人；相反，他让他们在大厅等着，而他消失在另外一个房间。当他回来时，耶茨告诉律师他们要得到杜鲁门·富奇法官的书面许可，才能让他们越过副警长 250 磅体重的封锁。耶茨说：“我接到命令，不许任何人和这个男孩谈话。”

他得到的命令来自威利斯·麦考尔，麦考尔本人已经被送入医院。麦考尔在被他开枪打伤的那个人所在走廊另一端的一个房间里，根据医生的说法，他“正遭受休克和心脏问题”。阿克曼试图和富奇法官联系，而如格林伯格所说，“耶茨从医院的一个窗户监视我们”。当记者陆续抵达沃特曼纪念医院，律师可以告诉他们的只是副警长耶茨不允许他们接近他们的当事人。阿克曼说“当法律赋予我们权利”时，他们会去看望欧文，尽管他确信麦考尔“仍然控制着欧文和他所有的行动，但是我认为从麦考尔的行为得出的合理推论是只要他能阻止，他就不会允许欧文告诉他的律师导致谢菲尔德被杀而欧文受伤的事实”。对律师来说，很显然麦考尔和耶茨希望在欧文有机会说话之前死于伤势。

几个小时过去了，仍然没有从杜鲁门·富奇那里得到一个字。由于欧文完全在副警长耶茨的守卫之下，而阴险的麦考尔警长在大厅另一头的一个房间里，律师对他们的当事人的状况感到不安，他已经被负责把他安全转移到塔瓦里斯的人严重打伤，而且伤势在加重。当他们对院方表示他们的担忧时，一名医生被警方的放肆所激怒，直接冲过没防备的、吓了一跳的耶茨去检查欧文的伤情。两名联邦调查局特工带着闪烁的徽章和证件试图威慑慌张的耶茨离开他的岗位，他们继续向前，不理会律师和记者，和欧文谈了45分钟，直到主治护士干预，因为病人“似乎在疼痛”。此后不久，医院周围就传来谣言说，欧文讲了一个关于谢菲尔德之死和他的受伤事件的“完全不同的故事”。

235

与此同时，威利斯·麦考尔在他的房间和助理州检察官A. P. 萨姆·布伊（他是佛罗里达大学橄榄球队的杰出队员，曾经在对格罗夫兰男孩的公诉时协助杰西·亨特）以及麦考尔的老朋友W. 特洛伊·霍尔法官——他恰好是负责对谢菲尔德的死亡方式进行调查的验尸官—— 一起把自己和外界隔离开来。他们一起研究麦考尔对前一天晚上发生的事情的详细陈述，因此当联邦调查局的特工韦恩·斯温尼和克莱德·阿德霍尔德来到警长身边时，后者已经准备好说话了。特工手里拿着笔记本，跟随麦考尔进入他如何运送囚犯，使他和欧文在医院而塞缪尔·谢菲尔德在太平间的故事。

麦考尔、耶茨和两名囚犯在傍晚离开雷福德，警长宣称。麦考尔在韦尔斯代尔让耶茨下车，然后他跟着副警长跨过奥卡拉瓦哈河大桥。在土路的拐弯处，他看不到耶茨的尾灯了。与此同时，他感到方向盘有压力，当他停车时，他注意到轮胎“半坏了”。因此他用对讲机告诉耶茨，从尤马蒂拉的海湾维修站派人来修轮胎。就在此时，塞缪尔·谢菲尔德说他要方便一下。

“他说，‘如果你不让我出去，我就要尿在裤子里了’。我说，‘好吧，该死的，出去解决掉吧’。这是我的原话，我打开车门，他们两个都下了车，他们走出车，就在谢菲尔德站直身子那一刻，他用手电筒击打我并大声叫欧文‘去拿他的枪’，而他用手电筒打我。”

特工忙着记录。麦考尔继续说：“这时，其中的一个男孩，我不知道是哪一个，抓住我的衬衫……抓住我的头发并且抓紧我的衬衫和头发，然后我抢在他们之前摸到我的枪，开始射击。我只是不得不那么做，要么是我，要么是他们，而我用我的枪击败了他们。”警长打空了他的子弹，然后，就是谢菲尔德和欧文躺在沟里，麦考尔再次用对讲机呼叫耶茨。他尖叫：“黑鬼们试图扑倒我，我不得不朝他们开枪！”

警长再次为特工演示了枪击那部分。他给他们看他被撕坏的衬衫，他破了的眼镜、被火药烧坏的外套。他回答了他们的 236

问题。他也告诉他们他不愿意在此时签署一份声明，但补充说他“可能在稍后提交一份声明”。

副警长詹姆斯·耶茨告诉特工“他对开枪一无所知”，因为当他再次回到警长的车那儿的时候，一切都已经结束了，他也拒绝发表声明。他说他现在“宁愿仔细思考此事”并且考虑“在晚些时候给局里提交一份声明”。

令麦考尔沮丧的是，特工斯温尼和阿德霍尔德继续在医院逗留，与医生、护士和管理人员谈话。在接下来的几天中，他们去了枪击现场，取了麦考尔头发的样本，检查了警长的汽车，并且出席了塞缪尔·谢菲尔德的尸检。他们能够验证一些重要的事实并且建立了似乎没有争议的事件的链条。

特工也知道，在枪击发生一小时内，许多汽车已经聚集在现场，其中的一些车带来警长的朋友。最先到达的人中有一个是海湾维修站的斯潘塞·赖尼尔森，麦考尔不管两个黑人躺在车旁的事实，指示他更换轮胎。他把轮胎扔到警长的奥斯莫比后面，在一个凹槽中，他发现刺破轮胎的钉子。耶茨关于枪击的消息打断了市议会的会议，而麦考尔在尤马蒂拉的朋友们、这个镇的镇长、市议会的议员和当地基瓦尼俱乐部的成员，很快出现在公路旁，一起来的还有警察。州检察官杰西·亨特差不多和《尤斯蒂斯湖区新闻》的编辑玛丽·博尔斯同时到达，后者迅速对在现场的衣冠不整的警长进行了拍照；他站在他的车旁，他那皱巴巴的、撕破的衬衫挂在他的背上，太阳穴上的伤口清晰可见；两个身体难看地在他身后的草沟趴着，其中一个人的头枕在另一个人的大腿上；到处都是血。

“玛丽，这只是其中的一件事。我痛恨它发生了”，麦考尔对站在亨特旁边的他的邻居说，她走近拍摄那两个死囚犯。是亨特“看到其中的一个人在动”。塔瓦里斯的看守鲁本·哈彻确认其中一名黑人确实还有呼吸，他用耶茨的对讲机和沃特曼纪念医院联系。但会耽搁；运送黑人的车将从利斯堡的达布尼的殡仪馆出发，因为医院的救护车不能被用来运送黑人。与此同时，沃尔特·欧文因痛苦而呻吟和扭动，躺在那里没人关心。注意力都集中在麦考尔警长的伤势上。

237

斯特森·肯尼迪，杰克逊维尔本地人，经常为许多自由派和黑人报纸写稿，他注意到杰西·亨特在那个晚上的枪击现场用怀疑的目光看着麦考尔。警长在他的奥斯莫比边上徘徊；他的头发乱糟糟的，他的破眼镜架在他的鼻子上，他太阳穴上的一块血迹没有被擦去，他似乎在发呆。他那精疲力竭和懊悔的神情没有赢得州检察官的同情，警长几乎不把他放在眼里。亨特把他的视线从麦考尔那里转到沃尔特·欧文，他现在膝盖弯曲蜷缩在地上，张开嘴巴呼吸。他又转过来朝向麦考尔，检察官相信其他人不会听到，带着失望，他说：“你在我的威士忌里撒尿。”

麦考尔表达了对黑人的关心，大约有三十个人的人群正等着救护车的到来。麦考尔说：“其中的一个人有脉搏，脉搏很好，我希望他能活着。”与此同时，麦考尔儿时的朋友，法官兼县验尸官 W. 特洛伊·霍尔，负责进行询问。在聚集在土路上的十多辆汽车前灯的照耀下，霍尔匆忙召集了一个由“威利斯·V. 麦考尔警长的朋友”组成的六人陪审团，包括玛丽·博尔斯。

救护车一到，就把麦考尔和欧文都带到沃特曼纪念医院，就在离尤斯蒂斯六英里远的地方。欧文被注射了杜冷丁，到达时“重度休克”，没有意识，也不能回答任何问题。检查时他上半身的两处枪伤和脖子上的另一处枪伤发出“咕噜咕噜”和“嗞嗞”的声音。医生已经从他的右肩膀取出一颗“铅弹”。他们注意到，除了“出血导致的重度休克外”，欧文的精神状态很正常，并且在几个小时内变得“对时间、人物和地点都很熟悉，愿意并且似乎能够没有困难地回答问题”。

入院的第二天早上，尽管有余力，但麦考尔和耶茨都不愿意回答媒体的任何问题。霍尔法官代表警长发言，他对聚集在沃特曼纪念医院的记者致辞，并且似乎在证实他对死因调查的结果，他报告说自己看见欧文的手里有“警长的一撮头发”，他昨天晚上在警长的病房中实际上已经和麦考尔一起发布了同样的声明。一些记者开始想知道县政府官员如何在一个可能事关对枪击受害者死因的公正调查的情况下充当警长的发言人。

238

麦考尔很乐意在他的病床前摆姿势供媒体拍照。他穿着有圆点的深色睡衣；他身后站着他的妻子多丽丝、儿子马尔科姆，而他的小儿子唐尼则坐在床上。麦考尔告诉《奥兰多哨兵晨报》的摄影师说：“我很高兴在这里环抱这个男孩。”当新闻记者慢慢走出房间后，警长毫无疑问期望接下来几天他会着迷地剪下新闻标题。麦考尔说：“我能想到我会为这件事受到很多批评，但批评总比死好。”

沃尔特·欧文的家人试图在那天早上去探望他。他们希望在他们的儿子像其朋友塞缪尔·谢菲尔德那样死于枪伤或者陷入昏迷之前去看他。克利夫和德利亚·欧文很早就来到沃特曼纪念医院，但就在沃尔特的门口，副警长詹姆斯·耶茨拒绝让他们探视。他们无人可求助，特别是在全国有色人种促进会的律师离开医院去机场接瑟古德·马歇尔之后，克利夫·欧文很害怕和迷茫，受制于规则和程序，他早已放弃搞清楚的想法。权利是白人告诉他可以去做的事，他知道没有任何法律可以超越这一点。因此，他甚至没有想去质疑副警长耶茨的权威。相反，他和他的妻子转身离开了。

英国记者特伦斯·麦卡锡在走廊上发现了他，麦卡锡曾在1949年为《新领袖》报道格罗夫兰骚乱。这两个男人在交谈，克利夫由于焦虑，把声音降低为耳语，因为他不想让德利亚听见，他恳求：“请给我一个真实的回答……如果我的孩子不得不出庭做证指证麦考尔先生，你认为他们会杀了我们吗？他们会杀了我的其他孩子吗？我是否要带他们离开这里？你知道，我们没有像谢菲尔德先生［塞缪尔的父亲亨利］那样离开，因为他们没有像告诉他们那样告诉我们［在骚乱之后］离开这里不要再回来。你认为现在我们在这里安全吗？”尽管麦卡锡很想向克利夫·欧文保证他和他的家人是安全的，尤其是现在瑟古德·马歇尔就要来了，但记者保持沉默。他知道，“对欧文先生的问题，没有真实答案”。

239　那天早上，有个人的确设法去探访了沃尔特·欧文。他感觉欧文不堪岁月的重负，健康状况不好，而且很快还会变得更糟。他对自己在不到12小时前在靠近尤马蒂拉的黑暗的公路上看到的事没有太大的兴趣。这个老者“非常震惊”，他看到莱克县的警长的表演：麦考尔在他的车旁蹒跚而行，假装关心欧文，告诉每个人他祈求欧文还活着。即便那时，警长都不知道欧文究竟是活着还是情况更坏，他不知道并且不希望在那个受伤的人死之前有任何人靠近他。有件事是确定的，有些事不对劲。

老者带着疑问和怀疑回到了家，而他也给自己的朋友梅布尔·诺里斯·里斯打了电话。他说：“猜猜发生什么事了？麦考尔枪击那些黑人。”里斯目瞪口呆，说不出话来，只是让老者讲述他所看到的，而她做笔记。他说出自己的结论：“梅布尔，我根本不相信那些男孩袭击警长。我认为这是精心策划的。”

因此，第二天早上，他步履缓慢但坚定地出门了，这个老者走进沃特曼纪念医院明亮的走廊。一只手插在他的红色吊带裤中，一边热情微笑着回应护士，每个人都认识他。在沃尔特·欧文房间的门口，老者对副警长詹姆斯·耶茨坚定地点了一下头，但他并没有停下步伐。他在欧文的床边停下；他得到了他想要的：一些私人时间。他环顾房间，确定只有他们两个人在。他身体前倾，直视沃尔特的眼睛。然后，杰西·亨特开始低声说话。

第十六章　这是件荒唐的事

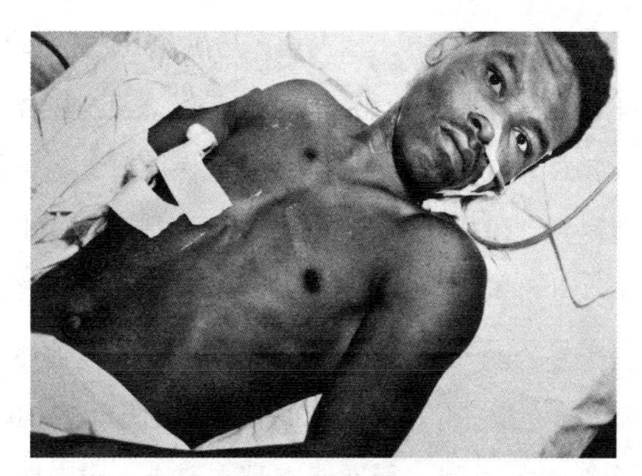

沃尔特·欧文在沃特曼纪念医院，佛罗里达州尤斯蒂斯

“这就是人权在美国的意思！这就是美国人的生活方式”，240 苏联外交部长安德烈·维辛斯基在联合国的讲台上对着安理会成员以及全世界喊道。他挥舞着一份《纽约邮报》增刊的复印件，是来自莱克县的关于格罗夫兰男孩遭枪击的令人震惊的最新报道。维辛斯基嘲讽道：“我想，有些人在干预别人的事情之前应该管好自己的事情。”

241 1951年11月7日，格罗夫兰男孩案再次引起轰动，出现在全国各地的报纸头版上。在当地，出现在《圣彼得堡时报》头版头条的标题是“莱克县强奸案的黑人遭射杀”，第二天，一篇社论指出，“枪击格罗夫兰被告是不可原谅的”，并且称这次事件是佛罗里达州司法界的“可怕丑闻”。像斯特森·肯尼迪那样为全国报道这个故事的记者拥进莱克县，他们中的许多人住在尤斯蒂斯的喷泉酒店。

在塞缪尔·谢菲尔德被杀而沃尔特·欧文遭枪击所引发的国内乃至国外的舆论风暴中，瑟古德·马歇尔在奥兰多机场下了飞机，在那里他和律师亚历克斯·阿克曼、杰克·格林伯格和保罗·帕金斯会面。当他们抵达沃特曼纪念医院时，等待他们的是一大群希望得到“民权先生”评论的记者。马歇尔的出现毫无疑问增强了莱克县最近发生的事件的重要性；然而，尽管全国有色人种促进会头号公众人物和媒体在一起很自在，但他还是打断了记者。他那天排在第一位的事是和他的当事人沃尔特·欧文谈话。

差不多在同一时间，特别调查员杰弗森·詹宁斯·艾略特开着他的1950年的福特轿车驶进医院的停车场，还带着“简单的可移动的取证实验工具，以鉴定精液、血液和指纹；石蜡，用以探测近期手枪开火的情况；手提灯，用来照亮犯罪现场；还有一套完整的尸检工具”。艾略特被州长富勒·沃伦办公室派到尤斯蒂斯对麦考尔射杀囚犯“进行全方位的检查”，并且“让事情水落石出”。下巴下垂，腰带绑在大肚子上，大费多拉软呢帽笨拙地斜戴在头上，艾略特似乎是刚走出冷酷的侦探小说。

他推了推他的镶边圆眼镜，告诉记者：“好了，孩子们，我在这里，但这就是我能说的一切。”

威利斯·麦考尔希望把任何关于致命枪击的调查控制在莱克县管辖权的范围内，他要求富奇法官“由法院指定验尸官”调查塞缪尔·谢菲尔德的死因，但富奇拒绝了，说：“州长说他不会承认那个人。”代之以艾略特主导调查，因此，11 月 7 日，周三，和一位法院的速记员一起，州长的人艾略特带着马歇尔、阿克曼、格林伯格、帕金斯、梅布尔·诺里斯·里斯、媒体的七名其他成员和一名“特别护士”走进欧文的病房里。

鼻饲管仍然贴在病人的脸上，欧文虽然衰弱但很清醒。房间变得很安静，都期待着传说中的和麦考尔警长的叙述“完全不同的故事”。法院的速记员艾伦·哈姆林固定好他的速记机器。马歇尔站在欧文的边上，J. J. 艾略特准备好他的笔记本和笔。格林伯格、帕金斯和阿克曼此前也听过那个传闻，但他们不比其他任何人更清楚有哪些细节会使得他们当事人的故事“完全不同”。此外，如里斯将要报道的：“这是马歇尔第一次看到欧文，所以不会有引导。” 242

亚历克斯·阿克曼在提问之前轻声对欧文说：“没人会伤害你。”从一开始就很明显的是，尽管欧文受到创伤，但他并没有失忆。他声音带喘、紧张，但他的回答是干脆的，并且他回答时没有精神上的犹豫。他描述了晚上从雷福德被带出来，他回忆被戴上手铐并且被要求坐在前排。他记得警长麦考尔让耶茨在韦尔斯代尔下车并且他们跟在开着自己车的副警长后面，开到一条土路时他们通过对讲机通话。到此时为止，欧文对监狱转移的叙述就是警长叙述的翻版，但在耶茨驶离时，警长的轮胎发出嘎嘎声并且说轮胎出了问题，欧文的版本就不一样了。麦考尔走出去检查轮胎，但在欧文的叙述中，麦考尔没有如自己说的那样用对讲机让耶茨联系海湾服务站。

相反，在欧文的叙述中，警长凑近打开的车门对两名犯人大喊："你们这狗娘养的，出来，把这轮胎修好。"问题是，欧文"没看到后面有轮胎，但我们不得不服从，因为他是警长，所以我们走出来，[谢菲尔德]他抬脚下车，正要走出来，我说不上有多快，但他朝他开枪了，非常快，他转过身，是警长干的，他手里有一把手枪并且迅速朝他开枪，然后迅速朝我开枪，就打在我这里[指右上胸]，当他朝我开枪时走上来，他抓住我衣服的某个地方，拽着我……他拽着我们两个并且把我们两个都扔到地上，然后我什么也没说"。

阿克曼问："当他朝你开枪时，你仍然在车里？"

欧文说："我刚走出来，但子弹把我逼进车里，然后他把我拽出来。"

欧文停了下来，病房保持着沉默。你可以听到笔在笔记本上书写的声音。速记敲击的声音也停了下来。没人提示欧文继续。

"我什么也没说，就这样……他拽住我之后，他又朝我开枪，打在肩膀上，但我仍然没出声，但我知道我没死。"

243

欧文回忆说麦考尔绕着车跑，抓住对讲机。他呼叫副警长。"我听到他说'我已经摆脱他们了，杀掉那狗娘养的'，但我仍然没有说话……我听到他说‘尽快赶到这里……这两个狗娘养的想扑倒我，但我干得太漂亮了’。我不知道他什么意思，因为我们没有那么做……然后过了五到十分钟，副警长耶茨就在那里了。”

欧文两次受伤，但仍然有意识，尽管他在任何情况下都无法动弹，因为他和谢菲尔德被铐在一起，没有任何选择：他安静地躺着装死。塞缪尔的手压着他，两个格罗夫兰男孩挨在一起……只是塞米已经死了。麦考尔的第一枪就已经把谢菲尔德的胸部打了个洞；随后，紧接着的子弹打中他脑部的前额叶，并且打断了他的脊柱。麦考尔接下来的两颗子弹击穿了欧文的胸部和侧面。然后，麦考尔回到躺在地上的谢菲尔德身边，并且用 0.38 口径的手枪直接对着他的心脏射击。

欧文静静地躺着，他看到来自尤马蒂拉方向的车前灯。它们照了一下警长的奥斯莫比的后部，然后暗了下来。副警长耶茨从他的车下来。他和警长交谈了几句。副警长手里有一个手电筒；他朝下照了一下躺在沟里的两名囚犯。欧文闭上他的眼睛，但他可以感觉到灯光经过他的脸，前前后后，灯光暗了下来，然后灯光又长时间照着他，照着他的眼睛。他可以感觉到在灯光下血从他的鼻子、嘴巴流了出来；他试图屏住呼吸，在灯光对着他时躺着不动。当他听到副警长呼叫警长时，他无法阻止心脏的剧烈跳动，“这个黑鬼没有死。我们最好杀了这个狗娘养的”。

病房本身甚至都要倒抽一口气。马歇尔的目光和格林伯格的相遇，然后是帕金斯的和阿克曼的；恐怖程度超出欧文的律师们的想象。

欧文继续，他生动地描绘了他自己躺在地上看着副警长站在他边上，手里拿着手枪，他看着副警长朝他弯下腰，慢慢地瞄准。“然后副警长把枪对着我扣动扳机，但扳机滑了，没有射击成功，于是他拿着枪回到车灯附近，并在灯光的照射下检查它，然后他们说了些关于让它竖起来的话，他又拿着它对着我并且再次扣动，这次它开火了，穿过这里［指颈部］，然后血就不断地从我的鼻子流出来。”

244

“你说的是副警长耶茨？”阿克曼问，目瞪口呆。

欧文回答：“是的，先生。”他的声音渐渐消失。他停下来喘口气。“第三次是他向我开的枪，但我挺过来了，因为我没有说任何话，并且没有让他们知道我没死，然后所有人都来了，很多人来到这里，他们中的一些人预测我没死……我听到一些人评论说‘他早就应该死了’。”

意识到欧文的叙述可能成为美国所有媒体次日的头版头条，律师努力想在医生进来并叫停之前得到欧文更多的证词。阿克曼说：“我知道你很累了，但只有一两个问题。你是否曾经试图扑倒他？扑倒警长？”

欧文回答：“没有，先生。”

马歇尔倾身。他问：“他的枪在哪里？他是在你身旁用右手拿着吗？”

欧文回答：“左手拿着。”

马歇尔问：“你那天晚上有没有试图逃跑？”

“不，从来没有。”

“你是在车的前排座位吗？”

欧文说：“是的，他把我们两个都放在前面的座位。”

帕金斯转身说：“沃尔特，你是否觉得自己很有希望从这件事中解脱出来？”

欧文说：“是的，先生。我当然是，因为我是非常有希望从这件事里解脱出来的，所以我为什么要试图逃跑呢，没有理由那么做。”

阿克曼不时将几个决定性的、简洁的问题插入病房的新闻发布会，以确保记者在离开这里去写他们的报道时能抓住关于枪击的最重要的事实。

“警长朝你开了几次枪？”

欧文告诉他：“两次。”

“副警长耶茨朝你开了几次枪？”

“一次。”

“你被射中三次？”

“是的，先生。”

此时护士叫停了谈话。艾伦·哈姆林合上他的速记机，马歇尔要求艾略特立即转移欧文，远离警长威利斯·麦考尔的看管；艾略特说这样的行动超出了他的权限，但他会把这个请求转达给州长。格林伯格和帕金斯陪伴左右，马歇尔下楼到医院的入口，他知道，记者在那里等他发表声明。因为如果欧文能从枪伤中活过来的话，他还将继续接受审判。马歇尔感觉有必要保持镇定和理性，以和近期不守规矩的警长似乎变本加厉的 245

行为形成对比。

马歇尔宣布："我们真诚地希望莱克县的好心人立即对沃尔特·李·欧文宣誓声明中指出的如此明显的事实采取行动。"当被问及全国有色人种促进会的律师是否会敦促以谋杀罪指控威利斯·麦考尔时，他回答道："莱克县的好心人应该有时间采取行动，但如果他们不这么做，全国有色人种促进会会做的。"

斯特森·肯尼迪匆忙离开，想获得医务人员进一步的评论。梅布尔·诺里斯·里斯给州检察官杰西·亨特打电话，告诉他欧文声明的细节。其他记者则紧跟着全国有色人种促进会的团队，他们之中比较引人注目的是马歇尔在纽约的朋友伊芙琳·"大东"·坎宁安，她以"私刑编辑"著称，曾经代表《匹兹堡信使报》报道过尤斯蒂斯的事件。她写道："被指控强奸白人妇女的有色人种在这个地方没有活下来的机会，沃尔特·欧文的一线生机悬在周六，当莱克县终于清醒过来并且开始相信或许他完全是无辜的。"

一个记者在芒特多拉找到詹姆斯·耶茨的家。当被问到如何评论欧文的声明说是耶茨而不是警长对欧文的脖子开了有意杀死他的一枪时，副警长似乎猝不及防。"这是件荒唐的事，"耶茨结结巴巴地说，又补充道，"无可奉告。"

有一个记者注意到，亨特显然也对他周二晚上目睹的事"感到震惊"，并且"自枪击发生以来，事实上已经抛弃了麦考尔警长"。亨特说："这是莱克县有史以来发生的最糟糕的事情，这会毁了这个县。"

联邦调查局的特工返回他们的地区分部，键入他们的笔记并归档。在编号为 MM 44-267 的机密报告中出现了这样的句子："欧文同意进行测谎。警长麦考尔和副警长耶茨不希望进行测谎，麦考尔声称没有理由进行测谎，因为他说的是实话。"

律师们回到圣胡安酒店，研究对策。格林伯格修改了关于改变审判地点的动议，援引警长及其副警长试图谋杀沃尔特·欧文作为欧文在莱克县不能得到公正审判的一个理由。与此同时，马歇尔给司法部发电报；他希望麦考尔和耶茨以藐视联邦最高法院和"这个国家的法律"的罪名被起诉。马歇尔也和在纽约的罗伊·威尔金斯和沃尔特·怀特联系，让他们通知所有全国有色人种促进会的分支机构，眼下格罗夫兰男孩案是他们的头等大事。马歇尔希望沃尔特·欧文的故事在即将到来的周日在每个黑人教堂被讲述，他希望在美国各地举行当地的抗议。作为回应，威尔金斯计划在全国有色人种促进会各分支机构安排一个"格罗夫兰追悼抗议会议"，并且有组织地给报纸和电台写信，提请关注南方的司法状况。威尔金斯告诉全国有色人种促进会的工作人员说："我们要千方百计地让整个国家都知道这个令人震惊的冷血谋杀一个男孩的事实。""我们必须调动一切可能的力量施压，让那些合法的私刑者承受被绳之以法的结局。如果我们在这件事上失败了，我们为人权的整个斗争将处于危险之中。"很快，州长富勒·沃伦位于塔拉哈西的办公室就被来自工会、教堂和犹太教堂、退伍军人委员会及其兄弟组织以及全国各

246

地义愤填膺的市民的谴责麦考尔警长暴行的信件和电报淹没了。

马歇尔也发了一封电报给他的老朋友哈里·T. 穆尔，这个男人在佛罗里达以他的坚忍和毅力给莱克县的男人施压，认为他们不仅应该对格罗夫兰男孩案的不公正负责，也要对坚决“粉饰整个事件”负责。事实上，穆尔已经给州长沃伦打电报，敦促对警长枪击两个格罗夫兰男孩进行调查；而且，他数年来一直敦促州长办公室对佛罗里达州的私刑进行调查，尽管没有成功。尽管穆尔在全国有色人种促进会的地位岌岌可危，但马歇尔希望穆尔和他一道为格罗夫兰男孩争取公正。全国办事处，更具体说是马歇尔，认为格洛斯特·科伦特是一个只着眼于会员资格变化的好的公司员工，他曾经提出一个反对穆尔在佛罗里达分部的管理和领导权的提案，但马歇尔凭借自己在南方的经验，尤其了解像穆尔这样有献身精神的人在他们所代表的地区遭受的敌对状况。马歇尔说：“没有什么威胁他们没受到过，他们从来没有摆脱压力。我不认为我能忍受一周。他们和他们的家庭已经习惯了与暴力死亡的可能性和平共处，就像一个人学会在手臂酸痛的情况下睡觉一样。”对马歇尔来说，穆尔就是一个英雄。在电报中，马歇尔问穆尔是否可以和他在 11 月 9 日周五在奥兰多见面。穆尔说可以。

247

11 月 8 日，全国各地的报纸都刊登了沃尔特·欧文关于在尤马蒂拉外遭到枪击的说法，欧文声称副警长耶茨故意朝他开枪，想置他于死地占据了大多数的头版头条，但没有比《纽约邮报》更有煽动性的了：《警长及其助手嗜血成性暴露无遗，佛罗里达对黑人被杀越来越愤怒》。《纽约邮报》的标题又大又挑衅地放在头版上，配上由杰伊·尼尔森·塔克写的故事，他发现自己就像他的前任特德·波斯顿一样，去报道一个比他以前被派去报道的审判更重要的事件，此前的报道描述了执法人员“回避、编造和散布今天报道所写的内容”。美联社挑选了玛丽·博尔斯所拍的格罗夫兰男孩浑身是血躺在路边的照片，还有一幅副警长詹姆斯·耶茨的肖像，其中一篇文章用“这是件荒唐的事”作为标题。

据报道，州检察官杰西·亨特11月8日和州长富勒·沃伦谈过，据说州长同意亨特的建议，要么让麦考尔警长停职，要么命令他暂时辞职。会谈的新闻很显然使警长麦考尔的身体状况有显著好转，他出了院，开了两个半小时的车北上杰克逊维尔，到一个宾馆秘密会见富勒·沃伦。1951年11月，沃伦在全州进行巡回演讲，充满竞选演说和乡村音乐狂欢，试图重新捕获1948年使他上任的一些魔法。或者至少恢复他的名誉。非法赌博丑闻已经把沃伦置于他的长期对手——参议员埃斯蒂斯·基福弗——所做的调查的靶心。1950年全国电视直播的针对有组织犯罪的基福弗听证会不仅曝光了众多佛罗里达执法人员从非法数字赌博和小球赌博中抽成的普遍腐败，而且也曝光了沃伦的州长竞选由有组织犯罪的知名人物大量资助。基福弗邀请沃伦到迈阿密做证，但沃伦拒绝了。然后，在1951年，佛罗里达州众议院作出要求弹劾沃伦的决议，因此州长现在是为他的政治生涯而战。威利斯·麦考尔花了不到一个小时就说服

248

了前三K党人和州长重新考虑让他停职或者暂时离开警长职位的主意。目的达到了，麦考尔警长回到尤斯蒂斯，他在那里开始另一场午夜闭门会面，这次是同沃伦的特别调查员J. J. 艾略特，在莱克县酒店。同样，毫无疑问，通过勒索手段，麦考尔得到结果，而艾略特在即将到来的审讯中起独特作用。

周五早些时候，一名年轻的联邦调查局线人和几个三K党人前往塔瓦里斯，他们中有埃迪·杰克逊，奥兰多三K党尊贵的独眼巨人。杰克逊想执行威利斯·麦考尔的一个计划，如果警长同意，三K党就能“把你打得落花流水”，杰克逊告诉这个年轻的、未来的三K党人。他们安排和警长在法院的男洗手间会面。在那里，杰克逊解释说他带着“两三个男孩”来莱克县办点事，并且让一个新成员加入三K党。接着，杰克逊说得更直白：他们来“杀亚历克斯·阿克曼”。但让三K党人失望的是，警长立刻否定了这个主意。警长告诉杰克逊：“我要和这件事撇清关系，而我也不希望你做，这只会带来麻烦。”

可是麦考尔并没有说不恐吓阿克曼。因此，三K党人驱车前往尤斯蒂斯，把车停在沃特曼纪念医院街对面，他们在那里等着阿克曼前往会见他的当事人。但阿克曼没去，他那天整天都在奥兰多工作，因此杰克逊和他的人把注意力转移到其他可能的目标，比如那个黑鬼，“全国有色人种促进会的那个大混蛋”。

马歇尔想，这一点也不像哈里·T. 穆尔的行事风格。周五，穆尔不仅没有来奥兰多和他会面，而且也没有通知马歇尔他不会来。

249

在过去的12个月里，分部主管格洛斯特·科伦特对穆尔施加的压力在加剧。一年前，新奥尔良地区秘书和前哈莱姆环球旅行家丹·伯德被派往在坦帕举办的佛罗里达州会议，带着“恶意攻击”穆尔的指令，尽管如此，在代表们的投票计算后，穆尔设法保住了佛罗里达州行政秘书的位置。但只过了两周，在科伦特直接授意下，东南部地区主管鲁比·赫尔利陪着沃尔特·怀特，参加1951年在代托纳比奇举办的州年会，而赫尔利声望很好——她“总是投赞成票”。过去，马歇尔总是让自己远离科伦特分部的事，穆尔肯定很清楚。尽管如此，罗伯特·卡特和其他全国有色人种促进会的律师“不清楚穆尔是否临阵退缩”，没有在11月9日的会议上出现，尽管马歇尔明确跟他说希望讨论格罗夫兰案件。

到11月，格罗夫兰男孩审判和上诉以及现在受到阻挠的再审从1949年7月到将近1951年底积累的压力，开始缓慢地消磨着通常冷静的穆尔。他致力于纠正对谢菲尔德、欧文和格林利不公正遭遇的承诺开始带来危险。穆尔家乡米姆斯一名柑橘园种植者对全国有色人种促进会的工作人员说，穆尔的“脖子该被拧断”。最近，也有信件威胁穆尔要让他受伤或者更糟，因为他的工作代表格罗夫兰男孩的利益；他随身带着这些信件，以防受到伤害。他向全国有色人种促进会的一位领导透露他现在“害怕白天出门”。他的恐惧不是没道理的；那个深冬，他和妻子哈丽雅特回到他们在米姆斯的家中度周末，他发现门锁被弄坏了，家里被洗劫一空，而他的猎枪被盗。

然而，尽管有这些威胁，穆尔面对恐惧，继续——实际上，增加——他在格罗夫兰男孩事情上的工作。他组织群众集会和抗议，发表演讲。他帮助谢菲尔德的家人取回谢菲尔德的尸体，并且确保全国有色人种促进会在当地的分支机构支付他们儿子葬礼的费用。他抓住格罗夫兰案每个转折的机会，给像梅布尔·诺里斯·里斯这样的报纸编辑写信，后者认为在莱克县难以抵御不公正的执法人员。他坚持对威利斯·V. 麦考尔给予最直言不讳的批评。他也继续支持并补充瑟古德·马歇尔以及法律辩护基金会在莱克县的工作，但不管怎样，无论出于何种原因和误解，他都不应该缺席 11 月 9 日在奥兰多的会议。

250

11 月 9 日晚上晚些时候，W. 特洛伊·霍尔法官开始作为验尸官对塞缪尔·谢菲尔德尸体的验尸启动正式程序，在场的有陪审团成员以及特别调查员艾略特、州检察官杰西·亨特、麦考尔、耶茨、媒体成员、一名护士和一名法院书记员。11 月 10 日周六，调查在沃特曼纪念医院重新开始，欧文的主治医生拉本·威廉斯原定做证，但没有来，因为法官认定医生的做证是不必要的。陪审团、媒体和县政府官员陪同霍尔法官和 J. J. 艾略特走进沃尔特·欧文的房间，他们在那里听到了欧文周四告诉律师及媒体成员的那个故事。作为验尸官的霍尔以及艾略特都对欧文进行了详细审问，但他对 11 月 6 日事件细节的叙述和他之前说的没什么两样。做证四十分钟后，欧文累了；他从他的房间被推到等候的救护车上，被送到在雷福德的监狱医院。

接下来的调查转移到尤马蒂拉附近的公路旁进行，按照霍尔法官的观点，在那里发生了一次企图逃跑而不是一次无端谋杀。霍尔带着他的朋友威利斯回顾了一个可能是基于证据的事件的版本。在麦考尔的奥斯莫比车的后备箱放着一个轮胎，这个轮胎是警长的另一个朋友斯潘塞·赖尼尔森在周二晚上大多数证人到达现场前不久换下的；如霍尔向陪审团和媒体指出的那样，在轮胎"胎面的一个凹槽"内有一枚钉子。然后霍尔对麦考尔说："我想请你检查轮胎上的这枚钉子，并请你说明它是否在和路面接触时被磨平。"警长在声称此前根本没注意到钉子直到"有人指给他看"后，回答说："是的，它被磨平了，它看起来像是在轮胎运转时已经在轮胎里；当然，它现在有点生锈。"

梅布尔·诺里斯·里斯已经听过两次沃尔特·欧文令人信服地描述在监狱转移的那个晚上发生在公路边的事情，她无法相信实物证据："轮胎的钉子如此明显地扎在那里，而人们站在那里、看着它并相信它，这让人感到不舒服。"

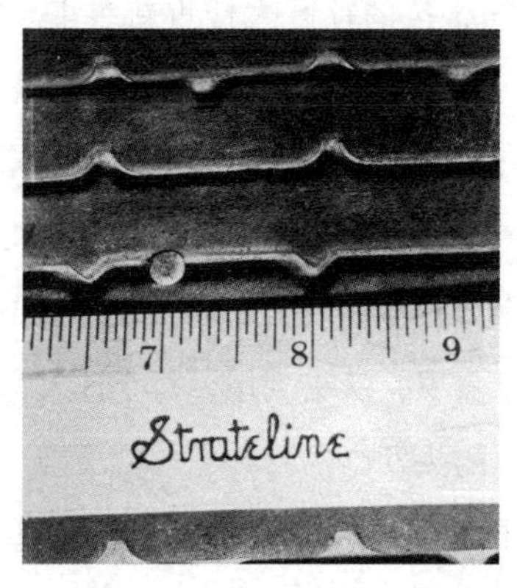

警长威利斯·麦考尔车胎上的钉子，美国联邦调查局拍摄

251 然后，霍尔让麦考尔带头走过公路旁的事故现场。注意到谢菲尔德和欧文被枪击后躺着的那块地已经被挖过，霍尔问："这块地在当时是以这种方式被挖过吗？"麦考尔说不是的，他检查了那块三平方英尺的翻过来的沙土，并且解释说："联邦调查局已经筛查过了，试图找到子弹。"一颗子弹很特别，它穿过了欧文的脖子，仍然下落不明，对麦考尔和耶茨关于囚犯大胆252 尝试逃跑的说法的可信度构成严峻的挑战。按照警长的说法，在他躲开那两个试图攻击他的囚犯后他开了六枪。然而，按照沃尔特·欧文的描述，最后一枪是由副警长耶茨开的，当他朝欧文开枪时，欧文躺着，脸朝上，而枪直着朝下瞄准。子弹穿过欧文的脖子，击中了大部分软组织和肌肉，如果说像麦考尔的说法那样，当警长开最后一枪时，囚犯已经扑向前来，子弹就可能不会被发现。另一方面，如果子弹穿过脖子时欧文已经躺在地上的话，很可能在三平方英尺的沙土地上可以找到子弹。

陪审团在尤马蒂拉的社区大楼重新召集。霍尔引导或者诱导麦考尔说出关于开枪的更多细节：麦考尔携带的左轮手枪的口径是多少，耶茨什么时间到达，警长通过对讲机和谁通话。这些问题产生了一系列证人，包括尤马蒂拉的市长和一位镇议会议员，后者在那个死亡事件发生的周二晚上曾出现在路边，他证实警长开枪是为了自卫：从头到尾，每个证人都做证说看到欧文的手中攥着麦考尔的头发。

验尸官已经构建了一个自卫案件而法官基本上认为自卫无罪，霍尔允许警长提醒陪审员、媒体和旁听者他自己是作为格罗夫兰男孩的保护者：他曾几次在塔瓦里斯和雷福德之间安全转移谢菲尔德和欧文，而在1949年7月，他甚至还把他们藏在他在尤斯蒂斯的家中，“直到我从一个愤怒的暴徒那里得到允许，便在第一时间把他们放在雷福德以保护他们”。

霍尔问：“你那么做是为了保护他们的生命，是这样吗？”

麦考尔回答说：“是的，如果我要做他们认为我已经做的事情，那我早就做了。我只想说我很感激我现在仍然在这里而不是在坟墓里。”

霍尔问：“那么，警长，你或者你的一个副警长在周二晚上特地跑了一趟在奥兰多的血库，为了得到足够的血以治疗囚犯，是这样吗？”

麦考尔回答说：“是的，我的一个副警长这么做。而我还为他的手术签字，他没有一个家人在这里，因此我签字以便医生做手术。”

斯特森·肯尼迪在他对调查的报道中，注意到麦考尔被当作“上宾”对待，不管是陪审团还是法官，没人敢提出一点可能证明欧文的指控属实的质疑。结果出来后，州长沃伦的特别调查员杰弗森·J. 艾略特也是如此。艾略特以他的权威和说服力，提出科学的证据，而不是证人模糊不清的叙述或者自相矛盾的口头证词，他的取证讲求客观性：以他最先进的移动犯罪实验室获取的证据，这种证据不会说谎。比如火药在警长威利斯·V. 麦考尔外套上灼烧的证据。艾略特指出外套左袖管灼烧的位置，郑重地向陪审团宣布：“我认为这是我们要呈现在陪审 253

团面前最重要的一件证据。”这个证据表明警长的左手在开枪时抬起来，而不是朝下，因此支持麦考尔所说的他“试图甩掉某人或者抓住某人……对我来说，这表明在将要开枪时有某种争斗。他当然是没目标地开枪”。就这样，听证会结束了。

陪审员只花了半个多小时就判定塞缪尔·谢菲尔德的死“是因为威利斯·V. 麦考尔当时正在履行职责，并为保护他自己的生命而自卫，是正当的”。麦考尔所有不当行为都被洗清了。

11 月 12 日，周一，杜鲁门·富奇法官发出法庭声明。与他此前的决定相反，他决定不再就塞缪尔·谢菲尔德被枪杀成立大陪审团。富奇写道：“在那个时候，我不知道验尸官的陪审团能够或者将完成其工作；我也不知道其工作是否周密。通常验尸官陪审团的工作是敷衍和表面的，但在这种情况下，我认为作为州检察官的尊敬的 J. W. 亨特以及作为县法官及当然验尸官的尊敬的小 W. 特洛伊·霍尔，还有验尸官陪审团的成员，对任何与囚犯塞缪尔·谢菲尔德之死有关者的刑事责任做了一件周密的事……现在佛罗里达州莱克县不需要一个大陪审团，在这个时候没人需要被挑选为陪审员。”

然而，尊敬的 J. W. 亨特不完全愿意把他自己和对塞缪尔·谢菲尔德之死的调查联系在一起。验尸官调查后，他发出他自己语义含混的声明（他后来拒绝详细说明），说他参与调查“只是按［霍尔法官的］命令去做”。亨特对霍尔调查的结论和富奇不挑选一个大陪审团的决定感到不安，因为 11 月 10 日信息没有送达验尸官陪审团，而通过富奇法官 11 月 12 日的行为，

254

信息将从公共记录中撤销。

11 月 11 日，周日，联邦调查局特工罗伯特·沃尔和州检察官杰西·亨特及霍尔法官联系，告诉他们联邦调查局发现一颗子弹“就在欧文遭受枪击后躺的地方的血迹正下方”。特工“挖了一个大约十英寸深的洞”并且把他们的手指伸进“沙壤土型的土壤”中，他们发现了 0.38 口径的子弹。联邦调查局认为这颗埋在欧文脖子正下方的沙土中的子弹，是以轻微倾斜的角度直接朝下穿过脖子进入沙土。实验室检测后来表明，子弹以如此快的速度穿过沙土，使得任何可能确定它究竟是从哪支枪射出的痕迹都被抹去。

对亨特来说，新证据足以证明他对警长威利斯·麦考尔和副警长詹姆斯·耶茨实际上犯下谋杀罪的怀疑，尤其是根据联邦调查局在过去两天中与他分享的其他信息。沃尔特·欧文曾经告诉两个在他被耶茨枪击之后被阻止进入他房间的联邦调查局的特工说，他看到副警长和警长凑到一起，在麦考尔的奥斯莫比 98 前灯的照耀下，警长“抬起手用他的手抓起衬衫并撕了它”，而欧文“听到他告诉耶茨先生，我们要做得让场面看起来像是他们试图逃跑”。杰西·亨特对威利斯·麦考尔很了解；他知道，那些莱克县柑橘园是被“麦考尔杀死的黑鬼施肥”的传言更多的是事实而不是虚构，而如果需要的话，副警长詹姆斯·耶茨会伴随麦考尔。杰西·亨特不喜欢有人在他的威士忌里撒尿。

在周日的私人聚会上，沃尔特工表示愿意把联邦调查局的证据提供给亨特和霍尔，以便“可能在大陪审团前使用”。当霍尔随后告诉杜鲁门·富奇联邦调查局已经发现失踪的最后一颗子弹时，这两个法官很快得出“不需要大陪审团”的结论。这最后一颗子弹需要在法庭内外永远不再被提及，因为联邦调查局不能把报告透露给任何其他当事人。亨特不满于法官关于大陪审团的决定，他希望自己从过去几天的所有程序中脱离。他不希望他的好名声被用在掩盖真相上。

美国联邦调查局发现了这颗子弹，埋在沃尔特·欧文留在地上的“血迹”正下方的土中

255　在亨特的敦促下，11 月 8 日，州长富勒·沃伦已准备让威利斯·麦考尔停职或者暂时离职，但第二天州长改主意了，这在某种程度上得益于警长自己晚上在杰克逊维尔酒店安排的私人会面。显然沃伦已经决定他的政府宁愿经受另一场公民权利

丑闻，而不是忍受州长和有组织犯罪有关联的弹劾指控。前者可能会令《如何在政治上获胜》的作者感到尴尬，但后者对他的政治前途将有灾难性的影响。到 11 月中旬，沃伦办公室再次被要求他干预最近莱克县官员在格罗夫兰男孩案中的误判的信件、电报以及当地和全国报纸的社论淹没。州长富勒·沃伦通过他的助手发表了一个他“这段时间要在全州做巡回演讲”的声明。除此之外，他没有发表任何评论。

莱克县的报纸把验尸官陪审团和杜鲁门·富奇法官关于大陪审团的决定看作对他们的警长的“彻底平反”；他对谢菲尔德和欧文的枪击被正当化为自卫，而他也不会面临由大陪审团作出的可能对他进行指控的任何调查。与此同时，这个国家北方的和城市的报纸报道说粉饰行为不仅在这个县的层面上进行，而且到了佛罗里达州政府最高层。全国性媒体的社论谴责了从警长麦考尔到州长沃伦的每个人，他们对“佛罗里达丛林”的无法无天和“不可思议的野蛮”缺乏愤怒。没有人比瑟古德·马歇尔更愤怒。

256

马歇尔说：“欧文的故事如此有说服力，所有听到它的人都相信他和谢菲尔德是一个精心策划的、在最高法院命令的再审开始之前的冷血谋杀计划的牺牲品。”马歇尔给富勒·沃伦发了一份愤怒的电报，他在电报中首次谴责了州长在验尸调查前一天晚上和威利斯·麦考尔的会面，然后责备“在这次会面后你的代表 J. J. 艾略特的做证为麦考尔辩护的事实。所有这一切直接使用新方式的私刑代替旧方式的私刑。你仍然有机会证明佛罗里达州是否相信公平和正义”。马歇尔要求把麦考尔和艾略特都换掉。“答案在你手中”，他写道。

马歇尔最严厉的控诉落在威利斯·麦考尔头上。在接受《芝加哥卫士报》专栏记者阿诺德·德米尔采访时，马歇尔宣称“这是我职业生涯遇到的最不公正的和掩盖真相的案件。我和其他听过沃尔特·李·欧文叙述的人都毫无疑问地相信他和塞缪尔·谢菲尔德在上周二被警长威利斯·V. 麦考尔故意射杀。[欧文]脖子上的弹孔在每一次呼吸、每说一句话时提醒他，他可能已经死了，可能还会死。在那种情况下任何人都不容易撒谎。在听到欧文说所发生的事情时，你得到的印象是他仍然不知道为什么上帝救了他的性命”。随后马歇尔提出验尸官调查没有提出的显而易见的问题：“是否有必要三次枪击两个铐在一起的男人来自卫？为什么和他铐在一起的死去男人的身体没有阻碍欧文逃跑或者做其他事？为什么只有麦考尔警长一个人在深夜的路上护卫两个被判死刑的囚犯？如果警长是勇敢的，为什么他还要朝他们开六次枪？最后一个问题：如果麦考尔警长是为了自卫，子弹的位置怎么那么刚好，没有一颗乱飞？”

威利斯·麦考尔没有收集和剪裁当地的报纸，他也剔除了那些对他在位成就不那么吹捧的像《芝加哥卫士报》《匹兹堡信使报》这样的黑人报纸，他们以社论的形式与民权平台全国有色人种促进会—— 一个在麦考尔看来由“完全不是好人”的男人领导的组织——结盟。由全国有色人种促进会的律师在联邦最高法院辩护而导致对格罗夫兰男孩案的裁定被推翻，麦考

257

尔把这看成是对他作为莱克县执法官员的个人身份的侮辱。被推翻的事实和再审的前景加剧了警长自28个月前面对富兰克林·威廉斯以来对全国有色人种促进会的反感情绪，他对瑟古德·马歇尔很愤怒，后者在北方的黑人报纸上把他诽谤为一个漫画式的南方白人种族主义警长。这并不是说像杰伊·尼尔森·塔克这样的记者没有得到全国有色人种促进会的帮助就没有意识到麦考尔的偏执。在《纽约邮报》的文章中，塔克表达了憎恶，他写道，“麦考尔警长在一次公开审讯中说，他在雨中打开他的车窗是‘因为黑人的味道太大了’”，这是“绝对肮脏的冒犯”。麦考尔更喜欢把自己装扮成一个坦率地说出真相的人，如果人们不能接受事实，那不是他的错。麦考尔说：“我不认为白人种族比黑人种族优越有任何问题，我相信这是一个已被证明的事实。在他们的祖国，他们还在自相残杀。我们不那么做。”

威利斯·V. 麦考尔可能在莱克县被认为是无辜的，而他也逃过了打死塞缪尔·谢菲尔德的刑事指控。然而，他仍然需要在法庭上直面公众意见，以获得完全的无罪，这是麦考尔无法摆脱的。他还有工作需要做，而他也知道怎么去做。

第十七章　没有人活着或者出生

特别调查员 J. J. 艾略特完成了另一项工作，当他回到在尤斯蒂斯喷泉酒店的房间时，他允许自己自我满足一会儿。他与州长富勒·沃伦一直相处得很好。当参议员埃斯蒂斯·基福弗在 1950 年电视直播的听证会上揭露遍及全州的腐败时，艾略特为沃伦州长在华盛顿特区扳回一局，他揭露“投骰子赌博、在营业时间之后销售威士忌以及四处泛滥的卖淫就在基福弗眼皮底下发生”。　258 259

艾略特手里拿着一堆头条是麦考尔脱罪的报纸，正在用钥匙开他房间的门，这时斯特森·肯尼迪发现了他，并和这位特别调查员聊了一会儿。在就如何钓鲈鱼议论了一番之后，肯尼迪凭着直觉，决定“亮出王牌”：他从他的钱包里掏出一张“三 K 党卡片”。

作为社会活动家、民俗学者兼记者，肯尼迪曾经在大萧条时期和佐拉·尼尔·赫斯顿一起穿越佛罗里达州旅行，他们合作完成了美国公共事业振兴署的一个佛罗里达州作家项目，在松节油营地、铁路黑帮、施粥场等地方记录美国民间生活的影像和声音。20 世纪 40 年代中期，肯尼迪打入佐治亚的三 K 党，这是他为一些出版物所做研究的一部分，他揭露三 K 党耸人听闻的组织活动和内部运作，以及神秘的仪式和“黑话”，让公众很着迷。在 1947 年的一封信中，佐治亚州州长埃利斯·阿诺尔肯定了肯尼迪所揭露的证据“有助于佐治亚州对三 K 党的起诉”。1951 年，肯尼迪还没出版《我与三 K 党人同行》这本书，这本书将使艾略特更清楚地明白他的身份。肯尼迪把三 K 党卡片递给特别调查员。

艾略特说：“好，好，我看你认识 A-y-a-k 先生［‘你是一个三 K 党人？’的暗号］……”

肯尼迪回答说：“当然了，还有 A-y-a-i 先生［‘我是一个三 K 党人’］。”

根据肯尼迪的叙述，艾略特在回答中透露他是亚特兰大三 K 党东站的一名成员，经过快速的交流，他和肯尼迪分享了他们都认识的人的名字，之后，艾略特“立即敞开心怀”，对记者透露了格罗夫兰男孩案的情况。

艾略特说：“看在你刚才给我看卡片的分上，我不介意告诉你，当那些黑鬼第一次被送到州监狱时，他们就已经受到了毒打。”艾略特还说，那些雷福德的工作人员“也害怕有人把毒打栽赃到他们头上”。格罗夫兰男孩一到，他们就拍了照片。

260 当一位记者同行出现时，谈话被打断了，而肯尼迪借故离开，避免他的卧底工作成为被谈论的话题。他离开时想，这是一个重大的独家新闻，尽管那时联邦调查局已经有文件证明副警长耶茨和坎贝尔殴打了格罗夫兰男孩。另外，可能更大的故事是杰弗森·J. 艾略特已经承认他是三 K 党的成员：在肯尼迪看来，这个细节可能指向这是州长那边的一个阴谋，他自己就是一个三 K 党人，而他的特别调查员粉饰这个冷血的谋杀者警长威利斯·麦考尔。

斯特森·肯尼迪甚至都没有停下来收拾牙刷或他的衣服。他决定直接飞往华盛顿，他跳上一辆前往奥兰多的公共汽车并且抵达机场，在那里他发现没有足够的现金支付去华盛顿特区的机票，但还没短缺到不能买一些波本威士忌，他把酒洒在他衬衫前面，使他闻起来——如果看起来不完全——像个普通的醉汉。他给已经回到纽约办事处的瑟古德·马歇尔打电话。他和全国有色人种促进会做了一笔交易：以一张去华盛顿特区的机票做交换，肯尼迪提供给他们关于 J. J. 艾略特直接影响格罗夫兰男孩案的信息。肯尼迪说，“有劲爆的信息”，劲爆到他“不得不匆忙离开小镇”。

马歇尔问：“什么样的信息？”

肯尼迪说：“不能在电话里告诉你，不知道谁在听。你今晚 11:30 能在华盛顿机场见我吗？”

肯尼迪还暗示马歇尔他在寻找“资金以进行深入调查”。马歇尔打算一次只处理一件事，他同意为肯尼迪安排一张机票。

马歇尔告诉正在听的《芝加哥卫士报》的阿诺德·德米尔说：“如果信息站得住脚的话，这将是非常好的故事，并且对这个案件意义重大。我们去会会那家伙。或许他真的有料。”

马歇尔给他自己和德米尔都订了机票，在11月11日晚上11:30，从纽约抵达华盛顿。他住进2400酒店，在他的房间里，他和德米尔、一位全国有色人种促进会在当地的律师弗兰克·里夫斯以及联邦调查局的一名特工一起等着。

联邦调查局对肯尼迪的信息没有反应，而肯尼迪“完全被他们的情报惊呆了”：大陪审团已经拒绝指控耶茨和坎贝尔应对有关殴打格罗夫兰男孩的事情负责。为了更好地在作品中表现莱克县警察局如何对待格罗夫兰男孩，肯尼迪建议联邦调查局把他们的内部报告提供给他。此外，肯尼迪还给联邦调查局的特工概述了要求重启大陪审团程序所需调查的性质；他还表示，派去调查的人不应来自南方，也不应现在居住在南方，因为他认为，目前为该案工作的特工已经表现出“对黑人的偏见”。

261

联邦调查局的特工立刻质疑肯尼迪。特工要求提供名字、日期、具体的例子，他需要支持特工有偏见的主张的具体内容。肯尼迪没有正面回应，他需要时间去查看档案。尽管如此，联邦调查局仍然会坚持下去，在肯尼迪回到他在杰克逊维尔的家后，调查局会每天和他电话联系，要求他提供他认为应该放在档案中的具体信息：“要么支持它，要么闭嘴”。调查局关于和肯尼迪在华盛顿特区会面的内部报告表明，如果肯尼迪不能提供具体内容，特工将“彻底驳回他的这些指控”。该报告还注明作家和左翼人士的关系，引用了对肯尼迪同事的一次采访。审查了报告后，J. 埃德加·胡佛写道：“我不会在肯尼迪身上浪费更多时间。他只不过是个骗子。”

在会面后的第二天上午，马歇尔给联邦调查局打电话，承认“似乎是肯尼迪骗全国有色人种促进会为他支付从佛罗里达到华盛顿的交通费”，因为在这个交易中，全国有色人种促进会没有获得对格罗夫兰案至关重要的新信息。虽然肯尼迪的关系很难对这个案件施加影响，但在作家假设的独家新闻被马歇尔否定之后，马歇尔和联邦调查局的团结也可能受到影响。和往常一样，马歇尔对调查局的努力以及“[联邦调查局]主导的彻底调查”表示感谢。作为回报，联邦调查局感谢他“他对调查局工作的信心，并且确信调查局在任何时间都非常乐意接受从他那里来的任何信息”。再一次，胡佛和马歇尔完成了他们合作的私人仪式。

德米尔告诉马歇尔他不想碰关于艾略特是三K党人的故事，因为它“可能导致最完美、最有责任的[原文如此]法律诉讼”，保证让“你滚到大街上找新工作”。尽管对肯尼迪告诉他及联邦调查局的事不屑一顾，但马歇尔把和艾略特有关的信息用电报发给富勒·沃伦，而马歇尔并没有明确提及艾略特可能和三K党有关系，但他的确暗示沃伦，州长应该准确知道特别调查员的调查结果将影响他在莱克县的职责，知道那样的结果将对谁特别有利。此外，肯尼迪坚定相信但只得到模糊支持的关于联邦调查局在南方的特工“在民权调查中有偏见”的说法和马歇尔自己的思路很吻合。（马歇尔自己也陷入了胡佛布下的同样的圈套，后者要求提供特工的名字和具体的事件，马歇

262

尔同样没法提供。）而且，尽管联邦调查局努力把斯特森·肯尼迪作为共产党人排斥并且把他当作骗子赶走，但肯尼迪对格罗夫兰男孩案的报告与同一时期北方报纸的报道是一致的。最后，肯尼迪把杰弗森·J. 艾略特和三 K 党联系在一起的主张，即使是联邦调查局也知道这是“完全可能的”，艾略特是“前佐治亚州州长［尤金］·塔尔梅奇的调查人员”，此州长是一位公认的三 K 党鞭挞者和主持过“三 K 党骑士制度”的种族煽动者。联邦调查局已经问过沃伦和艾略特相关的问题，两个人都否认艾略特是三 K 党人。然而，“后来”，根据联邦调查局的说明，艾略特承认他是三 K 党人，把他的会员资格描述为“我工作的一部分”。

现在，涉嫌强奸诺尔玛·帕吉特的那个格罗夫兰男孩的再审听证会因为枪击被推迟三十天。沃尔特·欧文在雷福德受的伤正在逐渐康复。杰克·格林伯格修改了变更审判地点的动议。瑟古德·马歇尔正准备回到莱克县，一则奇怪的新闻出现在当地的报纸上。1951 年 12 月 4 日，杜鲁门·富奇法官签署了一道密令，以变更听证会地点为理由让警长威利斯·麦考尔（再次）把沃尔特·欧文从雷福德州监狱运送到塔瓦里斯，很显然，这是由愤怒的州检察官杰西·亨特透露给媒体的。但即使是麦考尔的朋友 W. 特洛伊·霍尔法官也认为这显然是个坏主意，因为他已经联系联邦调查局，探讨由调查局派一名特工陪同警长的可能性。马歇尔怀疑地思考着这则新闻。无论如何，沃伦州长忽视了马歇尔一个月前发给他的与悲惨的监狱转移有关的每一个抗议，沮丧的马歇尔还是发去另一份电报恳求：“以人类尊严和正义的名义，我们迫切请求你换掉麦考尔警长并且由州工作人员而不是麦考尔运送欧文。我们进一步敦促你采取一切必要的措施，确保欧文在这次旅途中不被杀害或者受伤。” 263

亨特的警告使沃尔特·欧文不再需要和一个月前对他开枪的人一起经历两个小时的车程，欧文由州高速公路巡警运送。尽管如此，威利斯·麦考尔仍然到访雷福德。到目前为止，麦考尔已经逃脱了州对他在靠近尤马蒂拉的公路旁开枪的刑事指控，但警长完全清楚联邦调查局已经发现了埋在欧文身下的沙土中的揭露秘密的第六颗子弹。因此麦考尔为他自己找到了一个讲故事的人：默林·詹姆斯·利比，在雷福德死囚牢里一名24岁的白人。警长的雷福德之行被证明卓有成效。利比，一个几天之内就要上电椅的“在劫难逃的杀人犯”，由州长沃伦签署了缓期执行的命令。州长就此打破他整个月对格罗夫兰男孩案的沉默，而他这样做是基于莱克县警长的书面请求。麦考尔在信中报告说，在由警长和副警长耶茨运送囚犯谢菲尔德和欧文从雷福德到塔瓦里斯之前，默林·詹姆斯·利比无意中听到他的狱友在死囚牢房的“逃跑计划”。然后，麦考尔得出结论：“我相信由他［利比］亲口说出的证词有很大的作用，以防在纽约有偏见的团体给在华盛顿的司法部施加足够的压力，把这个案件置于联邦大陪审团前。”

利比发现自己很快把他的故事告诉了两个联邦调查局的特工。利比告诉他们，在运送的前一天晚上，他无意中听到塞缪尔·谢菲尔德对另一个犯人说:“当我在周三晚上在外面喝着卡尔弗特地区的威士忌、和着点唱机跳舞时会想着你的。”根据利比的说法,在运送的那天晚上,当谢菲尔德离开牢房,他对另一个囚犯说:“朋友们,我今晚将获得自由。”进一步调查时,特工了解到另一个犯人罗伯特·塞西尔·贝尔也听到过一次对话。在他的陈述中,贝尔声称他听到两个狱警(用监狱的暗语说是“自由人”)在讨论,如果利比足够幸运能听到谢菲尔德和欧文的逃跑计划,他将如何逃脱电椅。按照贝尔的说法,其中的一个狱警问:“为什么你不给利比提建议?”另一个回答说:“已经有人关照过了。”最后,联邦调查局发现,对于每一个相信利比故事的人来说,都有另外一个人证实贝尔所说的是狱警把那个故事植入那个在劫难逃的犯人心中。联邦调查局的结论是:“不采取行动似乎是有道理的。”尽管全国有色人种促进会嘲笑这是麦考尔粉饰他的枪击的另一种努力——因为根据沃尔特·怀特和监狱密探打交道的经验,白人犯人关在足够近的地方,以至于能无意听见黑人犯人的交谈“不是惯例”,但麦考尔的努力的确导致媒体报道了州长的缓期执行以及对警长努力寻求避开联邦指控的宣传。它也给默林·詹姆斯·利比带来时间,直到一年后,佛罗里达州才在平顶拉了开关。

264

11 月 23 日的那个周末,全国有色人种促进会佛罗里达州分部在代托纳比奇举办第 11 届年会,哈里·T. 穆尔全家都在这个城市的贝休恩-库克曼学院获得学士学位。哈里实际上是最后一位，他几个月前才被授予学位。这几个月的大多数时间他都在考虑他的选择。大学学位为他提供了一些职业保障，他作为行政秘书被驱逐出全国有色人种促进会不是不可能的：这是一个他仍然不能完全承认的前景。他本来可以选择辞职，或者选择和全国办事处有关的其他工作职位。然而，他继续做他一直做的。他选择去代托纳比奇抗争。

议程上的第一项决议和格罗夫兰案有关，呼吁州长富勒·沃伦“立即罢免警长威利斯·麦考尔”，这可能是穆尔一封信的草稿。这项决议在全体表决时压倒性通过，不像第五项决议，遇到的阻力比哈里预料的大，并且大大超出格洛斯特·柯伦特和鲁比·赫尔利的预期。全国的分部主管以及东南地区主管不能投票，而取消佛罗里达州有薪水的行政秘书职位的决议被搁置了。事实证明，对穆尔来说也没有胜利。毋宁说是陷入一场可能削弱全国有色人种促进会佛罗里达分部的持久战，穆尔同意妥协，就是过一段时间后，支付给他超过 2 600 美元的报酬，条件是他继续在全国有色人种促进会作为不付薪水的“州协调员”工作。

穆尔离开代托纳比奇的希望破灭了。柯伦特和赫尔利“进来接管了”，穆尔抱怨说“这次会议……是我们开过的最糟糕的一次”。他沮丧地回到家，他与柯伦特及赫尔利之间的问题很大程度上是因为他没有在佛罗里达筹到更多的钱。他告诉母亲罗莎·穆尔“他无法理解什么在佛罗里达的有色人种对全国有色人种促进会的工作不感兴趣”，为什么他们不能看到投入时间、精力或者每年两美元的费用在全国有色人种促进会就等于为他

265

们及其孩子投资一个更美好的未来。变化已经到来，但如果能得到来自黑人社区的更多支持，它会来得更快。如马歇尔经常提醒全国有色人种促进会的工作人员和当地工作者的那样，“工作中最简单的部分是和白人作斗争”。

穆尔再次考虑如何选择。他能从全国有色人种促进会还有他的欠薪中得到一些收入（有人可能对此冷嘲热讽）；同时，哈丽雅特在棕榈滩县的职位是安全的。他们在米姆斯拥有自己的房子，而他们也不再需要抚养他们的女儿，因为皮奇斯在奥卡拉的一所学校教书，而伊万杰琳在华盛顿为美国劳工部工作。有人提供给哈里一份很好的教学工作，如果他感兴趣的话，可以从 2 月开始，而他也在考虑，或许应该回到学校获取硕士学位。但再一次，不管有没有被拖欠工资，作为秘书或者协调员，哈里知道他还是会一如既往地为民权的最终目标而战斗。

在代托纳比奇会议之前的那几周中，一波种族主义暴力浪潮席卷佛罗里达州。这一年开始出现零星的三 K 党人殴打黑人的事件，但到 3 月，一名冬季花园园丁被鞭打、射杀后，暴力活动加剧。4 月，暴力活动升级。州参议院的“反面具”法案通过，禁止穿戴头套以及非法焚烧十字架，三 K 党的回应是在这个州制造了大量“打了就跑”的十字架焚烧事件。同样在那个春天，为了将三 K 党的不同派系团结起来，比尔·亨德里克斯——白天是塔拉哈西的管道承包商，其他时间则是三 K 党南部骑士团的巨龙——宣布对“仇恨组织”，尤其是全国有色人种促进会和圣约信徒开战。在迈阿密，爆炸已经使一个犹太社区中心和一栋黑人公寓大楼成为废墟；在一所希伯来学校和一座天主教堂，爆炸物被发现，但还没引爆。在另一个犹太爆炸地点，碎石被摆成“反犹和反黑人的口号”以及带有纳粹和三K党标志的十字架。“犹太人已经摧毁了北方的城市并且希望入侵南方”，一封给州长办公室的信中这样写道。“他们在对有色人种宣传共产主义，并且通过他们煽动骚乱。”到秋天，使用炸药的暴力活动已经蔓延到佛罗里达中部。三K党把在奥兰多的科里米特冷冻蛋奶站夷为平地，因为老板拒绝为黑人单独开一个服务窗口。到年底，媒体所称的“佛罗里达恐怖”已经导致十多起灾难性的爆炸事件和多次破坏种族和宗教场所的失败尝试；《星期六晚邮报》认为，1951年是“佛罗里达州历史上或者其他州近段时间以来针对少数族裔暴行最严重的一年”。

266

对哈里·穆尔来说，佛罗里达的白人至上的暴行可以用一个案件和一个人来概括。12月的一个周末，在代托纳比奇会议之后、哈丽雅特学校圣诞节放假之前，穆尔坐在他米姆斯家中的书桌前，把一张信纸塞进他的打字机，由于仍对全国有色人种促进会这样对待他而耿耿于怀，他选择了佛罗里达州进步选民联盟的信笺。他以“亲爱的州长”开头。他的手指激动地敲击着键盘，不管州长的助理会把这封冗长的、愤怒的信件拦截下来，放在哈里·T. 穆尔的文件夹中，那里已经有关于警长威利斯·麦考尔和格罗夫兰男孩案的厚厚的、尚未回复的信件和电报。二十年的经验，二十年在佛罗里达州为公民权利而斗争的愤怒使得穆尔对格罗夫兰案非常气愤，而州政府现在和警长在谋杀一事上沆瀣一气。麦考尔开枪，不仅仅是杀死一名黑人并且严重伤害另一个，穆尔写道：“枪声的余音仍然在这个世界上回荡。”因此他再次质问沃伦州长，他必须再问一遍这些问题，哪怕过去的二十年里他已问过佛罗里达州的州长无数次而没有得到回答。“在佛罗里达州，是否黑人的话和白人的话放在一起权衡时什么也不是？”谁会去为了黑人家庭追捕对他们的家投掷炸弹的三K党人？谁会为年轻的威利·詹姆斯·霍华德站出来，这个孩子仅仅因为给一个白人女孩送了一张圣诞卡就在自己父亲面前被杀害？当一个白人男人强奸一个年轻的黑人姑娘而在法庭上只是被判罚款时，谁会去寻求正义？当他写完他的信时，他知道谁会这么做——哈里·T. 穆尔。

最近他已经随身携带一把手枪。“如果事情到了那种程度的话，我会带着它几个月”，他告诉他的两个女儿和忠诚的妻子。

马歇尔把在纽约的法律工作人员叫到一起，讨论另一次筹

267 款之旅。他认为“最好是有来自谢菲尔德家里的某个人”，但他也有实际的考虑。马歇尔告诉他们：“谢菲尔德的父亲不能去，因为你无法永远让他保持清醒”。格林伯格插话说：“我们真的应该给民权大会打个电话，看看他们是怎么筹款的。”但威尔金斯否定了这个主意。“我们和其他组织的纪律不同。我们分部的人不硬来。”

“有些策略我们应该用，”马歇尔说，“我们应该把最恐怖的照片打印出来向公众展示。”他最终决定发出“8 000 封信件给

高收入的黑人”，此外，“我们可以说，谢菲尔德死了，我们要支付他的葬礼的费用，这样我们就可以关心死者。但我们现在要关心活着的人”。

沃尔特·欧文双手戴着手铐，从高速公路巡警的车里出来，出现在塔瓦里斯的县法院，格罗夫兰男孩案的审前听证会于12月6日在那里举行。瑟古德·马歇尔和杰克·格林伯格都不敢看他，因为第二次审判的被告已经由两个减少为一个。“事情已经变成这样了,”马歇尔对记者说，“两个有色人种男人已经因为被指控袭击一个白人妇女而失去了他们的生命；一个被警长纠集的人所杀，一个被麦考尔警长杀害。另外一个正在服无期徒刑。第四个，沃尔特·欧文，尽管胸部挨了两枪、颈部挨了一枪，但仍然必须接受审判，而且面临电椅的威胁。这就是典型的南方司法。”

不管杰西·亨特本人对莱克县警长的态度有多暧昧，这位州检察官无意克制他作为控告沃尔特·欧文强奸诺尔玛·帕吉特的公诉人的热情。首先，亨特以全国有色人种促进会对案件发表了“恶意的、可耻的、诽谤的内容”为由提出动议，认为马歇尔和格林伯格不应该被认可为被告的律师。亨特介绍了佛罗里达百人委员会将近两年前发放的募集资金活动的材料，其中包括特德·波斯顿关于格罗夫兰男孩的文章《佛罗里达合法私刑的故事》，然后他论辩说，委员会在全国有色人种促进会的庇护下已经着手“散发可耻的和诽谤的言论和材料，攻击佛罗里达州莱克县的好人”。马歇尔反驳说，他只是一个代表当事人沃尔特·欧文的律师，而委员会“和我的办公室没有任何关系”。他第一次在同一个法庭经历了曾经让富兰克林·威廉斯感到不舒服的敌意。

268

不过，马歇尔来到佛罗里达是有备而来的。辩方提出取消杰西·亨特资格的动议，不是因为他们对杜鲁门·富奇法官会同意这个动议有任何期望，而是因为他们想让亨特与强奸发生后第一个记录在案的和诺尔玛·帕吉特说话的人，劳伦斯·巴特福德面对面。他们传唤州检察官到证人席上。

阿克曼问：“作为本案的一名潜在证人，你和他［劳伦斯·巴特福德］见过面吗？”

亨特回答：“是的，我见了，但我不会告诉你他告诉我什么，他是你的证人，你可以从他那里查明。”

面对亨特的挑战，辩方指出，在与《圣彼得堡时报》的记者会谈时，巴特福德声称他已经告诉亨特，诺尔玛·帕吉特说她没有受到伤害，还说她无法认出绑架她的人。

“那个说法完全是假的，”亨特沙哑着嗓子咆哮道，“他在任何时候都没有对我那么说，而我不打算说他告诉了我什么……你可以通过巴特福德先生证明，而不是我。”

“巴特福德先生不在本法庭管辖的范围内，他在美国的武装部队，在北卡罗来纳州。”阿克曼说。

“好吧，那你就应该在他回到这里去做任何那样的陈述之前走得更远，因为他从来没有做过那样的陈述。”亨特回答道。

既然亨特已经完全投入到和辩方的战斗中，他就使用经检验靠得住的古老策略。他躲闪和否认，当然，在第一次审判时他没有让巴特福德宣誓做证，出于同样的原因，他也没有传唤杰弗里·宾尼菲尔德医生做证人：这两个人的证词都不能支持控方的案件。亨特也在释放信号。亨特好像从来没有听说过最高法院对在第一次审判时释放给媒体的虚假信息的警告，他告诉记者，联邦调查局已经得出结论，所有六颗子弹都从同一把枪射出，而实际上，联邦调查局曾经告诉州检察官，第六发子弹不能证实和麦考尔的枪有关系。

关于改变审判地点的动议，尽管杰西·亨特说“这个事情由一伙种族主义者一手策划……针对的是从州外来到这里的制造种族仇恨的人”，但杜鲁门·富奇法官别无选择，只能作出有利于被告的裁决。而法官希望快速定罪的信念一点不比亨特弱，富奇承认联邦最高法院已经清楚地强制他把审判移出莱克县。这不是说裁决将被证明对被告有利。

269

马里恩县和莱克县西北部接壤，人口统计特征也相似。马里恩县警长最近也卷入一名16岁黑人青年的枪击事件中，这让瑟古德·马歇尔及辩方非常惊讶。在那个案件中，那个黑人青年已经被警长小爱德华·波特抓住，被询问从一家男装店偷大衣的事情，他先是用冰锥袭击警长，然后用他自己的枪朝波特开枪。警长波特之死对马里恩县的人来说是响亮的号召：必须不惜一切代价维护法律和秩序，特别是在面对不守规矩的黑人时。在1951年12月，佛罗里达没有哪一个县比这个县更同情一个声称两个黑人囚犯在车里袭击了自己的警长。

马歇尔本来希望富奇法官会把再审移到更远一点的城市，比如迈阿密或者杰克逊维尔，从而让他自己从对格罗夫兰男孩案的进一步审理中脱身。然而，富奇选择了第五司法区里的一个审判地点，在那里他可以主持再审。他把听证会推迟到1月中旬。这样，他“迈出对沃尔特·李·欧文合法私刑的第一步”，如一家报纸所报道的：法官禁止瑟古德·马歇尔和杰克·格林伯格为沃尔特·欧文辩护，理由是他们“在社区中制造麻烦”。富奇说，决定已经作出，并且正如亨特此前所指出的那样，“因为他们代表全国有色人种促进会”而不是当事人。

哈里·T. 穆尔开着他的蓝色福特，沿着被称为“大黑人之道”的第二大街，经过利里克剧院和灯光明亮的夜总会与舞厅，进入上城——又称“有色之城”或“南方的哈莱姆”——的核心地带，因为它作为紧邻迈阿密市中心轨道一侧的熙熙攘攘、自给自足的街道，更为人所熟知。这是一个远离北佛罗里达农场社区的世界，有粉刷过的社区中心和整洁的教堂，哈里希望在这里为全国有色人种促进会多筹一些钱。在上城，教堂是社区的中心，充满活力，对迈阿密黑人的社会和精神生活来说必不可少。穆尔把他的车停在离锡安山浸礼会教堂不远的地方。他享受着傍晚时分空气中的能量，朝着宏伟的地中海式复古建270 筑走去。他期待着许多穿着时尚的黑人进入教堂，但没想到警察来了。

人行道上到处都是警觉的、全副武装的警察，他们在教堂外的街上巡逻。尽管迈阿密过去一年中忽然出现大量的暴力活动，但大多数爆炸都是“打了就跑”，意在破坏财产，通常针对的是无人居住的教堂和犹太教堂，并不伤人。尽管，毫无疑问，12月13日在锡安山浸礼会教堂的群众集会的主题被广为宣传是“关于格罗夫兰的真相”——其意在为格罗夫兰男孩的辩护筹款的目的被证明是挑衅的：匿名电话恐吓说，当晚著名人物瑟古德·马歇尔走上讲坛时，教堂会被炸。一知道这个威胁，锡安山的牧师爱德华·T. 格雷厄姆就通知了城市委员会的一名委员，此后不久，“相信恐吓来自对格罗夫兰案感兴趣的某个人，因为马歇尔先生要对那个案件发表讲话”的迈阿密警察局长答应对教堂及马歇尔进行保护。两周之前，在一个与之类似的全国有色人种促进会的筹款场合，瑟古德·马歇尔在纽约市布鲁克林的西罗亚长老会教堂就格罗夫兰发表讲话；他不需要一大帮警察保护他，而他安全地进入教堂。

在锡安山教堂，武装警卫包围了讲坛。几个白人市民在主席台上和马歇尔坐在一起，而教堂的前几排也坐着好多白人。当马歇尔站起来讲话时，雷鸣般的掌声欢迎他；教堂内的警察紧张地来回走动。穆尔从未在最高法院听过马歇尔为案件辩护，据杰克·格林伯格说，他认为法庭风格是“普通的、对话式和非戏剧性的”。锡安山浸礼会教堂不是法庭，而穆尔近乎敬畏地看着马歇尔——后者热情、慷慨激昂、挑衅，放弃了律师的行事风格，代之以略带夸张的南方腔调的传教般的方式。格林伯格说："在群众集会上，他能让听众站起来，鼓掌和跺脚。"那天晚上在上城，他正是这么做的。

穆尔对马歇尔在讲台上的表现感到惊叹。马歇尔吸引他的听众，激发他们惊恐的喘息和悲伤的低语，展开格罗夫兰男孩的故事，并且引起愤怒的感叹，作为对他的故事所强调问题的回应：同样的问题，过去的两年半里，穆尔已经在给州长沃伦的信中提出过。

271 "为什么麦考尔非要在晚上转移囚犯？"马歇尔发出急促的声音，当听众不满的声音开始平息下来时，他再次激发了听众："为什么他要在一条偏僻的路上而不是干线公路上行驶？"还有："为什么他不让副警长和他待在车里，跟囚犯在一起？"

马歇尔告诉他们，这是谋杀，这场由执法人员实施的私刑随后被莱克县的官员和法院粉饰成自卫行为。但他也告诉他们，迈阿密的全国有色人种促进会自豪而坚定地反对这场对正义的践踏，而且，今晚他们——不惧威胁和暴力的迈阿密的善良之士——贡献的资金将支持瑟古德·马歇尔及法律辩护基金会与莱克县作斗争。

人群躁动，热情高涨，马歇尔也提高了音量。他要传达他的威胁：给杜鲁门·富奇法官，以及认为瑟古德·马歇尔打算逃离或者放弃格罗夫兰案的人，他们认为他会仅仅因为莱克县的一名法官决定禁止他为沃尔特·欧文辩护就逃走。马歇尔大声说："他们可以把我赶出佛罗里达的法院，但能够阻止我在联邦最高法院为格罗夫兰案辩护的人还没出生！"

人们阵阵喝彩。对哈里·T. 穆尔来说，他见证了一次引人注目的事件。在二十年全国有色人种促进会的旅程中，他听过令人鼓舞的、类似《圣经》中的荒漠之旅以及海水分开的民权布道，但马歇尔的愿景是以宪法为基础，他还从他个人的经历、从斗争的胜利和策略的掌握、从他与志同道合的男人女人共同决定不让未来重复过去的角度，描绘了他的希望的轮廓。锡安山浸礼会教友那天晚上慷慨解囊——他们捐献了超过一千美元，最高的那些单笔捐款“来自听众中的一些白人”。出席的白人中有一位是迈阿密卫理公会教堂的牧师卡克斯顿·多格特，他后来写信给马歇尔：“我很高兴有机会在那天晚上的迈阿密聆听您的演讲。您是一位很好的演讲者。如果您不是一位律师，您会是一个好的牧师……在听到您的演讲后，我决定加入全国有色人种促进会……您在做伟大的事，我希望您知道我是越来越多高度尊敬您的职业能力和正直品格的南方白人中的一员。”

272 基于同样的原因，他们找到了社区和宗教团体：这就是为什么穆尔把他生命中的二十年奉献给全国有色人种促进会。他没有瑟古德·马歇尔的法律背景，或者丹·伯德的权威，或者富兰克林·威廉斯的口才。他不喜欢格洛斯特·科伦特冷冰冰的务实作风。尽管他没有吸引力，但他以坚持不懈和决心来弥补，而他向他的人民承诺他会与任何一个人一道为正义和平等而斗争。在锡安山浸礼会教堂的最后一个小时，他的脑海里萦绕着掌声和跺脚声，他的心因马歇尔的话而激动，穆尔再次坚定了他投身这项事业的决心。他也记得其他的话：十年前，当他代表黑人教师为佛罗里达州的平等报酬诉讼与马歇尔并肩作战时，马歇尔曾经说："这不是一次单独的战役，而是一场我们可能会输掉一些战役但会赢得其他战役的真正的战争。"在为格罗夫兰男孩而战时，穆尔已经准备好迎接下一次战役。

他行驶在美国 1 号公路上。两个小时内，他就会回到位于里维拉比奇的他和哈丽雅特在学年期间的出租屋内。莱克帕克有色人种学校的课很快就会结束，放假后，他们将回到他们在米姆斯的家中。哈丽雅特的兄弟乔治·西姆斯，一名军士长，将离开韩国回家休假，和他及他们的女儿皮奇斯及伊万杰琳在一起，他们不仅要一起过圣诞节，还要过他们的 25 周年结婚纪念日。他期待着米姆斯、他的家人、庆祝活动、新年。他和往常一样，开到海岸边，在墨尔本的一家小杂货店停了下来；他认识店主人很多年。他们谈论了格罗夫兰男孩案，那个男人表达了对这位朋友的安全的关心。他担心哈里是否在为全国有色人种促进会的工作方面"走得太远"。穆尔以他低调的方式回答道："我会继续做下去，即使耗尽我的生命。耶稣基督为他认为正确的事情失去生命。而我相信主希望我为有色人种做这项工作。不管我活到耄耋之年还是明天或下个月被杀，或者可能永远不会遇害，但我打算做这件事，直到我死的那一天。"

第十八章　像老鼠一样，到处都是

1951 年圣诞节晚上 9：00，浓雾开始笼罩在米姆斯的柑橘园。哈里 · T. 穆尔发动了他的车，穆尔一家人——哈里、他的母亲罗莎、他的妻子哈丽雅特、他们的女儿皮奇斯——已在哈

273

丽雅特的兄弟阿诺德·西姆斯的家中和亲朋好友享受了一顿安静的节日晚餐。穆尔在老迪克西公路上缓慢地开着车，在雾气中，车前灯一点用也没有。不过，这段车程很短，只有几百码，几分钟后，他就回到家中。

福特车停了下来，哈里帮助他71岁的母亲从车里下来并且送到家里；哈丽雅特和皮奇斯跟在后面。哈里独自在门廊处徘徊了一会儿，在大雾中，他的思绪消失在夜晚梦幻的空气中。在果园的另一端，另一个男人也在雾气中安静地站着，在一棵柑橘树下，他的眼睛瞄准一片模糊的、发散的光。

274

当哈里和他的家人一起来到客厅时，屋里的灯似乎更亮了。这一天已经让哈丽雅特很累了，但她的丈夫坚持说，他们要庆祝的不仅仅是圣诞节。毕竟，这是他们结婚25周年的纪念日，他们至少应该吃点蛋糕。

罗莎把一个水果蛋糕放在橡木餐桌上。哈里正要切第一块蛋糕时，哈丽雅特轻轻地把她的手也放上去，他们相视一笑，就好像摆拍结婚照似的，他们一起隆重地把刀插进蛋糕里。吃过蛋糕，哈丽雅特休息了，哈里和他母亲坐在桌前，他回忆起他的婚礼（很低调，在科可的一个医生家中举行，只有少数人参加）、他的青春、他的妻子、他们年幼的女儿。晚上10：00刚过，罗莎也去休息了；当她前往房子后部的客房时，她提醒哈里让皮奇斯睡觉并且关灯。

皮奇斯已经在客厅的沙发上睡着了。哈里把她推醒，她手里拿着一些漫画书，道了声晚安。哈里关上了她身后的灯。

罗莎快睡着时听到脚步声。“是你吗，哈里？”她问。哈里走进卫生间，回答她：“是的，妈妈，是我。”

房子里几乎黑了。当哈里躺在他妻子身边时，皮奇斯已放下手中的书准备睡觉了。他关上卧室的灯。外面的雾气中不再有朦胧的灯光。等在柑橘树下的男人花了一点时间做准备并且为完成自己的任务而稳住阵脚。此时是晚上10:20。

爆炸的威力把房子的接缝处撕裂了，烟囱抛到空中，窗户被震飞，前廊被撕裂。哈里和哈丽雅特卧室的地板被粉碎了，一把椅子的靠背穿过天花板进入阁楼。爆炸的声音传到四英里以外的泰特斯维尔镇。

烟囱砸在穆尔的房子上。皮奇斯被爆炸震醒，尖叫起来喊她的母亲，但没有回应，她接着喊她的奶奶。昏昏沉沉、晕头转向的罗莎进入房间。

皮奇斯问：“奶奶，你有没有受伤？”

“没有，你呢？”

“没有。”皮奇斯回答道。

275

然后，罗莎听到呻吟声。她和皮奇斯走到位于房子前部的穆尔的卧室。皮奇斯打开餐厅灯的开关；它还可以工作，借着灯光，在卧室的狼藉中，在地板上的一堆碎片里，她和她奶奶勉强地辨认出哈里和哈丽雅特的身影。他们的弹簧床和床垫已经被掀翻，压在墙上。

“伊万杰琳……伊万杰琳……”哈丽雅特重复喃喃自语：伊万杰琳打算过两天和她的家人一起来米姆斯参加更多的庆祝活动。

罗莎的脚刚迈进门内，就陷进地板中。她和皮奇斯设法把一个书柜从哈丽雅特的身上拉开，但她们力气不够，搬不动他们的身体和所有的碎片。罗莎让皮奇斯到外面向她舅舅求助。

“乔治！阿诺德！救命啊！”皮奇斯在大雾中尖叫，因为西姆斯家的房子就在路边几百码远。“乔治！”

几分钟后，他们到了。前廊散落的碎片说明炸弹的威力：炸药或者硝化甘油。不管是什么，当哈丽雅特的两个兄弟进入房间时，他们感觉很糟。

皮奇斯歇斯底里地哭泣。“爸爸出事了！”她哭喊，两个男人冲进去把两个人从卧室的废墟里救出来。

他们把哈丽雅特放在乔治宽敞的别克轿车的前座，和她的兄弟欧内斯廷及妻子梅布尔在一起，哈里和他的母亲在后排的座位上，然后，他们以在大雾中可以允许的最快速度开往30英里外桑福德的弗纳尔德-劳顿纪念医院。车里安静得让人紧张，打破安静的只有哈丽雅特微弱的呼唤伊万杰琳的声音和担心地小声叫“哈里”的声音。哈里渐渐衰弱。他的头靠在罗莎的肩膀上，罗莎试图安慰儿子，他穿着睡衣，痛苦不堪。他“呻吟了好几次”。

大雾终于消失，乔治加大油门。他有点担心开车送哈里和哈丽雅特到桑福德的医院的决定是否正确，但他很清楚，在圣诞夜从米姆斯叫黑人救护车是不会迅速得到回应的。他们刚刚抵达医院，乔治就听到哈里的呻吟以及罗莎令人窒息的哭声：哈里的头已经耷拉在他母亲的膝盖上，鲜血从他的嘴里流到她的衣服和别克车的内饰上。

弗纳尔德–劳顿纪念医院不是一个现代化的医疗机构。它是由桑福德一栋居民楼改建而成的，其人手有限：当乔治·西姆斯把他的姐夫放上急诊室的担架时，圣诞夜只有一名护士而没有值班医生。护士给乔治·斯塔克医生打电话，他是那个地区仅有的几名黑人外科大夫之一。西姆斯焦急、烦躁，他见多了因战争而受伤的人，知道爆炸受伤主要损害的是肺部和其他内脏器官，他认为他姐夫还有机会，因为经历爆炸的受害者在情况变坏、发生致命转折之前生存下来的情形并不罕见。但斯塔克医生还没到医院。 276

西姆斯军士长回到他的车里。他想自己去把斯塔克医生接到医院来，但他在佛罗里达的夜色中和斯塔克错过了。大约就在西姆斯到达斯塔克的住处时，医生进了弗纳尔德–劳顿的急诊室。而当西姆斯回到医院时，斯塔克医生低头看着担架上的男人摇着头。“脑出血、内脏出血和休克。”医生对西姆斯说。他的言语可以解释原因但不能改变结果：哈里·T. 穆尔死了。

“是的，妈妈，是我。”这是哈里·T. 穆尔说的最后一句话。几分钟后，他穿着睡衣，掀开被子，像他二十五年来一直做的那样，躺在床上已经睡着了的妻子的身边……而一转眼，穆尔的工作结束了。他的话变成呻吟。不再对他的人民演讲，不再有给编辑的信件，不再打电报给州长，也不再有文字。这就是他们想要的，这就是在大雾笼罩下躲在柑橘树下的男人想要的：闭嘴。穆尔最后的文字是他 12 月 2 日给州长富勒·沃伦的慷慨激昂的信，在信中他恳求州长让警长威利斯·麦考尔对冷血谋杀塞缪尔·谢菲尔德负责，而他在信中最后提的问题日后在全球媒体引起共鸣。

> 我们不寻求特别的恩赐；但我们无疑有权期待正义和法律的平等保护，即使是最卑微的黑人。我们是否会再次失望？
>
> 您恭敬的，
>
> 哈里·T. 穆尔

277 当布劳沃德县的警长比尔·威廉斯带着副警长和警犬出现在爆炸现场时，穆尔的柑橘园凝结着厚厚的水汽。几个小时后，联邦调查局的特工也到了。调查人员梳理残骸，拍下树林里的脚印，搜集由于爆炸而四处散落的穆尔的文件。当清晨的阳光驱散残留的雾气时，哀悼者已经开始在被警戒起来的穆尔的房子前聚集。到那天结束时，来了超过一千人，许多人是走路来的。他们都认识哈里·T. 穆尔，无论是通过选民登记活动，还是通过他在全国有色人种促进会的工作。他们交谈、推测，想知道为什么有人想伤害近乎圣人的穆尔先生。副警长克莱德·贝茨参与了“民众的交谈”，他说，大家一致认为，哈里·穆尔的谋杀和格罗夫兰案有关。

正当哀悼者在前廊用一堆破碎的木板搭建的一个临时的灵堂前表示对穆尔的尊敬时，一个年轻的黑人男孩爬到房子底下，用木棍敲打一楼的下面。联邦调查局的一名特工罗伯特·尼茨威辛看见或者听到他，他问男孩在下面干什么。男孩回答说“吓跑老鼠”，尼茨威辛发现这是对米姆斯情况的恰当比喻。当这位特工到达现场，“确定”三K党人要对爆炸负责时，他也指出三K党人“像老鼠一样，到处都是”。像打老鼠一样，要从隐蔽处把他们打出来。

与此同时，在弗纳尔德-劳顿纪念医院的哈丽雅特·穆尔仍处于极度惊恐状态。她开始恢复说话的能力，但斯塔克医生担心她可能因为严重的内伤而无法活下来。接下来的一周将是至关重要的，医生认为她有50%的存活机会。但当哈丽雅特被告知她丈夫已经去世，她的心情变坏。她放弃了希望。“没有什么可留恋的，”她告诉一位《奥兰多哨兵晨报》的记者，“我的家被毁了。我的孩子们已经长大了。她们不需要我。其他人可以继续生活。”在被问及她认为什么人有可能实施爆炸，哈丽雅特回答说：“我能想到好几个人，但这种事他们不会自己做，他们会让别人去做。”

在爆炸发生的第二天早上，《纽约时报》头版刊登了《一场爆炸杀害了黑人领袖》在第一段就把对哈里·穆尔的谋杀和警长威利斯·麦考尔联系起来清楚地说明了佛罗里达很多人——可能还包括哈丽雅特·穆尔——所想的： 278

> 佛罗里达州，米姆斯，12月26日——昨夜，一名黑人斗士因呼吁起诉一位白人警长射杀两名戴手铐的黑人

> 被一颗放在卧室下面的炸弹炸死，他的妻子受重伤。哈里·T. 穆尔，46 岁……被认为是第三位因 1949 年格罗夫兰强奸案而死亡的黑人。

《华盛顿邮报》在一篇题为“佛罗里达州的恐怖行动”的社论中更直白地把谋杀案和警长联系起来，文章说：“当州政府官员无视法律时，私刑情绪的扩散就不足为奇了。”

当哈里·T. 穆尔于 1951 年圣诞夜被杀害时，他成为美国第一位被暗杀的民权领袖。就在爆炸发生后不久，埃莉诺·罗斯福警告说：“那样的暴力事件将扩散到这个世界上的每个国家，其对世界人民的危害是无法估量的。”的确，遥远的亚洲和非洲的报纸报道了这个“暴力事件”，而全球最有影响力的报纸的社论都对此进行谴责。

穆尔被杀害让瑟古德·马歇尔深感不安。在穿越南方的旅途中，马歇尔所居住的家庭的主人总是在他往返法庭的路上、他的社交拜访中，甚至在他睡觉时守护他的安全。尽管在交谈中他通常对危险和他的恐惧轻描淡写，以免让家人和同事担心，但在 1951 年发表的一次声明中，他承认每当他涉足南方充满敌意的环境时，他都会感到恐惧。他说：“我可以做证，好多次吓得要死。但你不能承认它，你只能拼命对自己撒谎。否则，你就会开始在晚上看床底下。”马歇尔可以感同身受地想象那种敌意、威胁，这种“压力”，像哈里·穆尔这样的当地人每天都在承受，年复一年，但他们继续为在种族隔离制度下的南方黑人的公民权利战斗，尽管“有被杀害的可能性”。州长办公室堆满要求为穆尔事件采取行动的信件和电报，但沃伦州长收到的来自瑟古德·马歇尔的电报更加郑重，马歇尔提醒州长，穆尔一家是“该州最优秀的市民的代表”，“除非他们可以受到保护免于无法无天的威胁，否则佛罗里达州没有人是安全的”。

沃伦州长对媒体关于穆尔遭暗杀的反应感到委屈。全国的社论都宣传“佛罗里达州的恐怖主义”，这导致抵制柑橘和旅游业的有组织的努力。一篇专栏文章发问：“注意到你的葡萄柚上有黑人的鲜血了吗？”另一篇批评纽约市长文森特·因佩利特里的妻子在佛罗里达度假：“这是对三 K 党凶手的鼓励。”广为流传的美联社报道的标题是“恐怖分子在夜间行凶　暴力阴影飘过阳光度假胜地”，这正是佛罗里达州和富勒·沃伦最不想要的那种全国性宣传。 279

在对佛罗里达旅游业和柑橘产业产生巨大经济影响的威胁下，沃伦不能简单忽视穆尔事件，从而默许对三 K 党免罪，尤其是现在媒体和公众认为三 K 党在这个州没有受到任何约束。沃伦因此提供了 6 000 美元的奖金给为“让使用炸药的人遭到逮捕和定罪”提供信息的人，同时他保证对这一谋杀案进行全面调查，因为“行凶者必须被抓到并受到惩罚”。此外，沃伦宣布，他将派他的特别调查员 J. J. 艾略特来米姆斯。

艾略特则宣布他个人将参加穆尔的葬礼，他将在那里“充当人盾以保护教堂的安全”。他也表示，他愿意“和这个家庭一起开车以设法做到没有事情发生，如果他们要我这么做的话”。

他的提议伴随着自夸："我是这个州第二好的手枪手。"同样，当沃尔特·怀特宣布他要到佛罗里达"看看能做什么以结束这个恐怖时期"时，艾略特为他提供专人武装护送服务。

随着穆尔葬礼时间的临近，舆论开始升温。对此的反应也是如此，在整个南方，黑人家庭和社交俱乐部成为爆炸的目标。不过，在大多数情况下，全国的注意力集中在佛罗里达以及日益引人注目的民权领袖死于1951年这个州的第12起爆炸。《纽约时报》持续每天报道与穆尔被暗杀有关的新闻。例如，它报道：纽约市中心曼哈顿社区教堂的一位牧师唐纳德·哈林顿"在他们堕落和屈辱的时刻"为佛罗里达居民祈祷，这一时刻不仅让佛罗里达蒙羞，而且使整个美国失去其他国家的尊敬："因为佛罗里达未能保护其所有公民的生命和自由，我们整个国家无颜面对这个世界。"哈林顿继续说："我为佛罗里达感到惭愧。我为白人种族主义感到惭愧……我为佛罗里达的所有教堂以及其他地方在过去几年中把他们的眼睛从莱克县发生的事情转开，在他们的肤色黑一点的美国同胞最基本的人权和权利被剥夺时走到另一边的人感到惭愧。我为我的国家的神圣荣誉而哭泣。"

280

就在几周前，全国有色人种促进会还迫使穆尔辞去他在佛罗里达的行政职务，但现在它呼吁杜鲁门总统"快速、果断地采取行动"，因为"杀害哈里·T. 穆尔的人是民主理念的刺客"。12月28日，如已经宣布的那样，沃尔特·怀特抵达佛罗里达。在桑福德医院，他把一张金额为250美元的支票给了哈丽雅特·穆尔，并且保证全国有色人种促进会将全额支付欠哈里·穆尔的钱——另外2 600美元欠付的工资。事实上，在接下来的几周，全国有色人种促进会以穆尔去世的名义募集到几千美元，而怀特意识到，如果捐款人知道全国有色人种促进会在谋杀案发生前几个月虐待其“民主典范”，他将无法承担由此必然导致的公关灾难。

在J. J. 艾略特的保卫下，怀特参观穆尔在米姆斯的房子。在那里，他对媒体表扬了联邦调查局对致命爆炸的调查。他告诉记者“该做的每件事都做了”，他也注意到美国司法部长J. 霍华德·麦格拉思曾经告诉他“联邦调查局的十几名特工正分布在爆炸现场”，因为J. 埃德加·胡佛“从来没有为一个案件感到如此不安”。怀特以在奥兰多参加一个群众性集会结束这一天。

沃尔特·怀特两天后离开了佛罗里达，因为穆尔的葬礼被推迟，希望哈丽雅特不久后可以恢复到能够参加。怀特飞回家是仓促安排的，没有公开。尽管在他逗留佛罗里达期间，全国有色人种促进会的领导人的生命没有受到威胁，但在他访问期间局势还是高度紧张。奥兰多警方发言人对记者表示，“他走了是一种解脱”。

和斯塔克医生希望的相反，哈丽雅特·穆尔去伯顿殡仪馆看她丈夫的遗体。当她最后一次接触哈里时，她失声痛哭。她没能参加葬礼。在葬礼的那天早晨，她的血压急剧下降，医生禁止她离开医院。 281

同样是在那天清晨，乔治·西姆斯和J. J. 艾略特来到圣詹姆斯浸礼会教堂。穿着专业的连体衣，拿着手电筒，军士长和特别调查员在教堂下匍匐前行，检查隐藏的爆炸物。他们什么也没发现。然后他们对教堂内部一堵墙一堵墙、一排座位一排座位地检查。确保教堂是安全的之后，他们允许葬礼举行。

1952年元旦，超过600人参加了哈里·T. 穆尔的葬礼，大多数人在小教堂外面的院子里。伊万杰琳和皮奇斯坐在奶奶罗莎·穆尔旁边，在前排，留声机上放着哀乐《万古磐石》，她们父亲朴素的棺材因装点着有点蔫的插花而使走廊和布道坛生色。送葬者中有民权大会的代表，他们散发了一份请愿书，其中部分内容由斯特森·肯尼迪所写，控告美国政府对黑人的种族灭绝。十几名男女歌颂着穆尔，而沃尔特·怀特代表全国有色人种促进会全国办事处从纽约发来一份声明。

葬礼后，送葬的人群从教堂沿着老迪克西公路前往拉格朗日公墓，队伍有一英里长。他们身着深色西服和最好的礼服，表情肃穆，聚集在爬着寄生藤的橡树下那块隔离出来的给黑人的墓地。随着他的遗体下降，最后的祷告发出，以使哈里·T. 穆尔的灵魂升天。灵柩缓慢下沉，然后停顿了一下，不再前进，如同哈里·穆尔一生的工作。皮奇斯和伊万杰琳无助地朝下看着灵柩上白色的花——她们不得不从迈阿密运来鲜花，因为当地的花农拒绝给黑人的葬礼运送鲜花——直到鲜花被移走，灵柩继续下降。

第二天，哈丽雅特·穆尔维持原来的情况。J. J. 艾略特和一名州检察官赶到她的医院的床边想得到一份最后声明，但哈里·T. 穆尔这位虚弱的遗孀态度坚决。她对他们一言不发，“哪怕他们有枪”。哈丽雅特·维达·西姆斯·穆尔于1月3日去世。她两个悲痛欲绝的女儿勇敢面对在一周内安葬她们挚爱的双亲。

瑟古德·马歇尔外出进行全国有色人种促进会的巡回演讲，他在哈里·T. 穆尔及妻子的追悼会上发表演讲。哈莱姆区橄榄山浸礼会教堂挤着两千人，马歇尔和杰基·罗宾逊以及沃尔特·怀特一起站在讲台上，后者宣布，如果佛罗里达州不能把该对穆尔之死负责的人绳之以法的话，全国有色人种促进会正考虑进行全国范围的罢工；即便如此，怀特继续表达他对联邦调查局的信心。然而，马歇尔更加激烈的言辞根本不可能取悦J. 埃德加·胡佛。实际上，马歇尔使用的方式是假定回想起他和他的朋友穆尔在战后的40年代在佛罗里达反对私刑，只是现在他不是与朋友一道而是代表他的朋友来反对。“你可以在任何时间拿起一份报纸或者打开电台，就可以知道联邦调查局在哪里找到这个世界上最聪明的一些罪犯，”马歇尔在匹兹堡中央浸礼会教堂说，“然而，当暴徒的暴力活动针对的是黑人时，你所能得到的就是‘我们正在调查’。现在是我们离开舒适座椅并且做些事情的时候了。”

282

联邦调查局的确在继续调查此案，富勒·沃伦的手下J. J. 艾略特也在继续调查，但在爆炸发生后的几周里，他们没有取得任何显著进展。追踪炸药的来源几乎是不可能的，因为，正如联邦调查局的特工弗兰克·米奇在他的报告中所指出的那样：“在佛罗里达中部得到炸药就像买口香糖一样方便。”更让特工沮丧，也更对他们的调查构成妨碍的是联邦调查局对讯问程序的严重依赖。县警察部门和已知的三K党人几乎不可能来，而在佛罗里达中部，执法部门和三K党之间的界限很难分清。到1940年代末，这一界限已完全模糊。米奇报告道："我们去和执法部门的一些人谈，他们说，'你到底在调查什么？'他只不过是个黑鬼。"

穆尔爆炸案之后联邦调查局在佛罗里达活动的加强在莱克县的三K党人中引起相当的焦虑，尽管警长威利斯·麦考尔自己否认和三K党有任何的关联，但他还是出现在格罗夫兰附近的一次三K党会议上。根据特工米奇的说法，麦考尔在那儿给紧张的三K党人授课，教他们如何对付联邦调查局的特工及其问题。米奇说："我们在三K党内部有线人，我们的线人确认麦考尔教那些三K党人：'你们不要和联邦调查局的人说话，不要告诉他们任何事情，甚至不要告诉他们你们的名字。'"

第十九章　不便提及

联邦调查局特工韦恩·斯温尼奉命保护瑟古德·马歇尔在[283]佛罗里达中部各地的活动。穆尔爆炸案后，局势仍高度紧张，[284]当马歇尔告诉年轻的联邦调查局特工东部航线“客满”，因此他预订不到返程的机票时，斯温尼爆发了。他告诉东部航线的预定代理商：“我才不管你怎么预订，你最好为这个家伙找到一个座位，好让他离开这里。”

绝不是他低估在佛罗里达马歇尔面临的威胁。斯温尼和其他二十多名负责穆尔案“以确保联邦调查局可以进行彻底调查”的特工一道，最近也着手调查塞缪尔·谢菲尔德和沃尔特·欧文遭枪击事件。事实上，他刚刚花了三天时间调查威利斯·麦考尔以及当地的三 K 党人和格罗夫兰案的关系，尽管关于哈里和他的妻子，他还没有得出最后结论，但“在这些谋杀者背后有三 K 党人和一些执法人员”。不管在什么情况下，这些人都极力阻挠联邦调查局，更不用说阻挠全国有色人种促进会了。按照斯温尼的说法，麦考尔的朋友、已知的三 K 党人，奥兰治县的警长戴夫·斯塔尔，“不断地妨碍联邦调查局的调查”，而局里“担心马歇尔在那个地区时会受到人身伤害”。

斯温尼拿起预约台上的电话打了几个电话，而马歇尔站在他身边。像马歇尔这样引人注目的全国有色人种促进会的高管到访佛罗里达，由此产生的安全和后勤问题让联邦调查局的特工很头疼，他们比大多数人都了解三K党带来的威胁。年轻的特工看到马歇尔走上台阶，登上返回纽约的飞机，终于松了口气。

1952年2月初，杰克·格林伯格登上一列前往奥兰多的火车。与他同行的有一名来自埃尔莫·罗珀研究机构的代表以及《芝加哥卫士报》的专栏作家阿诺德·德米尔。他们在弗吉尼亚州的亚历山德里亚和亚历克斯·阿克曼会合。格林伯格全神贯注于即将开始的沃尔特·欧文再审听证会可以理解，这是自然而然的，但阿克曼的思绪总是被拉回到初审，那时的他和富兰克林·威廉斯尽可能在一起强奸案中为三个格罗夫兰男孩辩护以对抗莱克县的白人司法。他试图给他的旅伴就等待他们的威利斯·麦考尔的县的种种危险打预防针。格林伯格当然听说过威廉斯那些令人不安的故事，而他对亨特和富奇的法律也有一

285 些亲身经历，因此两个辩护律师之间的讨论开始频繁使用黑色幽默，如德米尔注意到的，当就该县法律两边的暴徒进行交流时，阿克曼转向格林伯格，问：“你打算怎么运回你的尸体？”

他们于2月9日周六下午抵达奥兰多，这给了他们一天多

的时间为预定于周一在马里恩县法院举行的听证会做准备。杰克·格林伯格住在市中心的圣胡安旅馆。差不多就在格林伯格入住旅馆的同时，巨龙比尔·亨德里克斯正在奥兰多的一个集会上煽动他的人。他对全国有色人种促进会的总体进展，尤其是瑟古德·马歇尔在反对种族隔离的斗争所震惊，按亨德里克斯的说法，他组织了一支“美国南方同盟军”，在 31 个州有 97 个军团，他们所有人都准备在最高法院宣布种族隔离非法时拿起武器。在当晚的集会上，亨德里克斯的“叛军”投票支持旨在阻止为所有人争取正义的三项措施：

1. 声讨全国有色人种促进会及反诽谤联盟为“仇恨组织”；
2. 保留头罩、长袍和面具作为正式制服；
3. 保留血红的十字架为宗教象征。

据报道，亨德里克斯在带领他的军队沿着奥兰多市中心的街道游行后说：“如果执法人员无法在佛罗里达州实施百分百的种族隔离，那么本州就需要一些私刑。”

格林伯格在他看到之前就听到声音了。可怕的轰鸣声出现在黄昏，有发动机转动的声音、喇叭声和男性嘈杂的声音。在窗户下面的街道上，格林伯格看到至少 25 辆车环绕着圣胡安旅馆，他目睹三 K 党人全副武装在游行，“联盟的旗帜在飘扬，有些人还拿着燃烧的火把”，好几个月，格林伯格睡觉时总是被“戴着白色的头罩、披着床单的人坐在纳什大使特车特大号引擎盖上，在车驶过时挥手致意”这种噩梦吓醒。就在七年前，格林伯格还是1945年美军攻击硫黄岛时第一批登陆的人之一，他还在船上与冲绳港日本的神风突击队的飞机作战过：“这很可怕，但也令人兴奋……那时一点也不害怕。”20岁的格林伯格说，他那时“没头脑地相信他自己不会死”。27岁时，作为二战期间美国在太平洋战役最惨烈的战斗之一的幸存者，他对自己不会死这一点不那么有信心。三K党人在他的酒店外游行，在准备睡觉前，格林伯格“徒劳地用床头柜抵着门作为防御措施”。

286

据称，亨德里克斯2月9日的聚会地点由警长戴夫·斯塔尔和他的副警长“巡逻”。报纸报道说，不管是斯塔尔还是他的副警长都没有看到非法的头罩或者面具，因为他们“忙于处理交通事故”。亨德里克斯最近宣布他将竞选佛罗里达州州长，他告诉记者他关于“少量绞刑”的讲话被“错误引用”。他因给记者和政客邮寄“诽谤和中伤”的明信片，于2月11日被指控违反邮政法。

在佛罗里达的律师保罗·帕金斯和记者阿诺德·德米尔与瑟古德·马歇尔于奥兰多机场见面之前一个小时，三K党人已经散开了。当他们驱车经过时，集会地点已经安静下来了。“孩子们，那些三K党人是在这儿迎接你的，”德米尔告诉瑟古德，“但他们等不及了，就离开了。他们会在奥卡拉的审判时去见你的。”

2月11日上午，马歇尔和他的律师团队乘专车前往80英里外的奥卡拉，令他们非常惊讶的是，接他们的汽车是一辆“美丽锃亮的凯迪拉克”。他们曾经安排要一辆车，但马歇尔可不想开着一辆最新款的灵车在马里恩县法院大楼前出现。

马里恩县法院大楼建于1907年，是一座庄严的建筑，正面使用印第安纳石灰石，远眺奥卡拉公共广场。马歇尔抵达时，记者在外面等着，他们想知道马歇尔对三K党“喧闹的欢迎游行”作何感想，但他淡淡地回答说：“我们要开始审判了。”更确切地说，他们想知道马歇尔打算如何对待杜鲁门·富奇法官，这名法官曾经禁止全国有色人种促进会的律师作为被告的代理人，理由是他们“在社区中制造麻烦”。马歇尔的回答很简洁。“那个指控没有事实根据，”他说，并表示他会在法庭上提出动议，“如果动议被否决，如果必要的话，我会上诉再上诉，直到最高法院。”马歇尔还暗示会引进“一个新的轰动的审判要素”，但记者如他所料的那样进一步追问时，他只给他们一个词“证人”，并苦笑了一下，然后继续往前走。

由于再审已经转移到马里恩县，沃尔特·欧文至少已经逃脱警长威利斯·麦考尔的看管。但他没能摆脱对去年11月遭遇的痛苦的回忆。“我的肩膀经常让我担心，”他告诉在奥卡拉法院的记者，“我的手经常发麻，而当我移动时，我的身体经常嘎嘎作响。两周以来，我一直恳求他们让我看医生，而我只得到两粒药，我猜是为了治疗我的神经。有一次他们带我去尤斯蒂斯的医院，医生说我的肾脏附近有一颗子弹。”

287

除了在尤斯蒂斯和监狱医院的时间，欧文已经在雷福德的死囚牢房里待了31个月。他向记者抱怨狱警没有给他任何东西阅读，他们“大发雷霆，当他们听说我得到重新审判的机会……塞米曾经得到《生活》和《时代》，并让我阅读它们，但被拿走了，后来就什么也没有了。除非有人安排送杂志给我，否则我什么也得不到，没有人给我”。

记者评论说，自从他上次出现在媒体上后，欧文显然得到允许，可以留小胡子。“典狱长说这次审判后他会让人给我刮胡子，”欧文说，“就像他希望我回去似的。”欧文的讽刺促使一个记者问他是不是无辜的。欧文似乎瞬间被这个问题惊呆了，可能对他来说这从来不是个问题。但他仍然回答它。“我是不是无辜的？……我当然是无辜的。”

“法庭即将开庭。请勿吸烟！”

从阳台到下面，法庭安静下来。这个阳台和莱克县法院的阳台一样，是给黑人的座位，而它“挤满了人”。黑人“从四面八方来赶来，带着装着午餐的纸袋”。中午休息时，他们会聚集在法院外面一起吃着午餐聊天，因为奥卡拉市中心的餐馆实施种族隔离，他们“无处可去”。

辩方的第一要务是请求富奇法官改变他先前的裁决，允许全国有色人种促进会的律师马歇尔和格林伯格作为沃尔特·欧文的代理人。马歇尔自信地走向法官席；他怀疑富奇法官是否想再冒一次判决在最高法院被推翻的风险，即在一个死刑案中，被告拒绝了他选择的法律代理人。马歇尔也暗地里希望，在这期《矿工》杂志的专题报道中他被称为“我们最伟大的民权自由律师”这件事可以为他赢得某种程度的尊重，即使是在南方的法庭。在职业生涯的早期，当马歇尔在一位“不是朋友”的路易斯安那州的法官面前为一个动议辩论时，对方要求法庭给予更多的时间以核对马歇尔所引用内容的准确性。当着众人，法官宣布：“你不必担心。如果马歇尔先生在上面签了他的名字，你不需要去核对。”马歇尔把这归于查尔斯·休斯顿的影响力。

288

很显然，州检察官杰西·亨特没有订阅《矿工》。他从他的椅子上站起来准备反对辩方的动议。然而，富奇重新考虑了；他批准了这个动议，而这两个全国有色人种促进会的律师继续担任被告的律师。不出意外，富奇否决了辩方要求取消亨特资格的动议。

辩方接下来再次提出变更地点问题。马歇尔辩称，全国有色人种促进会委托的埃尔莫·罗珀民意调查结果清楚地表明，马里恩的大多数居民相信沃尔特·欧文在奥卡拉无法得到公正的审判。马歇尔对这些合格的、值得信赖的证人很自信，他们的学术研究和统计分析可以用来说明对黑人的制度性歧视。因此，在关于学校隔离的布里格斯诉埃利奥特一案中，他使用了肯尼斯·克拉克博士的证言，后者曾经研究过孩子对黑色和白色玩偶的“好”和“坏”品质的反应来支持他的黑人小孩在种族隔离学校被污名化的观点。在欧文再审审前听证会上，马歇尔传唤罗珀民意调查中心主任、前康奈尔大学社会学教授做证，并且让他对他所领导的调查进行详细的解释。调查显示"当被问到欧文是否无辜时，518 名马里恩县的白人中没有一个人给出肯定的回答。1% 的人相信他可能不会被定罪"，罗珀的主任做证说。此外，他的研究还表明，佛罗里达的审判地点离莱克县和马里恩县越远，"审判就越可能处于中立的氛围"。

整个做证过程中，亨特大多数时间都在空空荡荡的陪审席上闲逛，"偶尔嚼嚼口香糖"，装作漠不关心。在他交叉询问时，他贬低这项研究并且嘲笑证人。"他给你多少钱？"亨特问主管，后者回答说调查的费用是 7 000 美元。

"那么，事实是，贵公司预测过 1948 年的大选，是这样吗？"亨特问，他指的是《芝加哥每日论坛报》著名的错误的头版头条《杜威击败杜鲁门》，报社急于抢先刊登，它是根据以民意调查为基础做出的预测。

"是的，的确是。"研究者承认，但在法庭上引起的任何娱乐都是无意的，因为他又说，"我们预测错了，但我们的确预测了它。"当法庭上的笑声逐渐消失后，没人怀疑亨特反对使用调查结果不会得到法官的支持。亨特通过传唤他自己的证人反驳辩方所说的马里恩县的偏见使得沃尔特·欧文不可能得到公正的审判，证人之一是 L. R. 汉普顿，一名 63 岁的黑人牙医。他很激动。他赞颂了马里恩县的白人和黑人互相给予的爱和尊重，他称富奇法官是"我和我的种族迄今为止最好的朋友之一"。他赞扬这个县历史上已经产生了一位黑人市议员和一位黑人县财政官员，而他表示担心在奥卡拉审判格罗夫兰男孩案可能破坏

289

这个县不同种族之间“已经存在多年的美好感觉”。

当开始交叉询问时，马歇尔问：“那么，汉普顿医生，你刚才做证时说的黑人官员是什么时候的事？”

汉普顿医生回答说：“嗯，太久了，我记不起来了。”

“大概是多久以前的事？”

“嗯，好像是 60 年前。”

马歇尔说：“那么你的意思是说，南北战争后，没有黑人获得此类职务，是吗？”

“嗯，是很久以前的事。”

马歇尔向汉普顿医生提出的最后一个问题涉及陪审团的选择和组成这个更直接的问题。“你认为黑人在陪审团中是否合适？”

牙医回答道：“嗯，我不知道他们是否足够理智可以充当陪审员。”

亨特的另外一个黑人证人说：“我认为这个县比耶路撒冷更好，我会在这里待到死。”

他的观点得到一个同样一生都在这个县度过的 64 岁的退伍黑人的响应。然而，在马歇尔的交叉询问下，他承认他此前从来没有到过法庭内部，因为他不曾应召履行陪审员义务。

马歇尔接着问：“你是这里的美国退伍军人协会的负责人，是吗？”

“是的。”

“那你的美国退伍军人协会中有白人成员吗？”

“不，先生，没有，我们有我们自己的成员，”这个人回答

290 道，“我们都是有色人种。我们有我们自己的成员，因为那是我们想要的方式。”马歇尔双唇紧闭，但他允许亨特的证人接着说。

“如果我们想要的话，可能有其他方式，我想，”那个男人结结巴巴地说，“唯一的理由是我们想要的就是我们一直有的，我是我们成员的头儿……关于它你还有其他想知道的吗？”

“没有了。”马歇尔说，转身背对这个证人。

一个待在阳台上的“穿外套的绅士”作为亨特证人名单上的年长黑人出来做证，一个记者说，“那样的人，我会带着极大的喜悦和尊敬在他们的遗体上撒土”。

杜鲁门·富奇法官可能需要五秒钟裁决亨特对埃尔莫·罗珀的调查是否被采用的反对意见。富奇说：“反对有效，书面陈述和报告被拒绝。”

马歇尔崩溃了，不仅 7 000 美元打水漂了，而且他的团队花在把研究处理成证据上的努力也白费了。警长威利斯·麦考尔曾经把罗珀的研究员路易斯·哈里斯赶出莱克县，现在富奇法官去掉研究本身。

午餐休庭时，马歇尔和辩护团队估计了损失。对他们不利，审判会在马里恩县进行。这肯定是一个损失，但正如阿克曼提醒马歇尔的，在富奇法官的主持下，他们无法合理预期很多胜利，无论在反对还是证据裁决方面。他和亨特有效地形成一个团队，一旦法庭上就座的陪审团主要由控方选择，几乎可以肯定裁决对欧文不利。因此，辩方的最佳策略就是在第一次审判中，尽可能制造一个记录在案的错误作为逆转的基础，并且等待法庭犯错。

回到法庭之前，在走廊里，当大腹便便的杰弗森·J. 艾略特在马歇尔附近转悠时，马歇尔注意到很多州警和副警长被安排在法院周围。马歇尔当然不会忘记格罗夫兰的被告遭枪击之后，艾略特在验尸官问询和粉饰时的作用，而斯特森·肯尼迪声称州长的特别调查员是三 K 党人。

“州长希望我在这里。”当两个人握手时，艾略特告诉马歇尔。然后，艾略特悄悄朝全国有色人种促进会的特别顾问探身，他警告说：“首先，你要当心”。他引起了马歇尔的注意。

“你会看到每个人都有一个那种徽章，”艾略特给马歇尔看他所说的徽章，“他们想要你的命。” 291

马歇尔问：“谁？威利斯·麦考尔？”

艾略特在回答之前停顿了一下，他降低声调。“不是，是副警长想要你的命”。

马歇尔花了一点时间消化艾略特所说的话。自从格罗夫兰男孩案开始以来，已经发生了四次和执法人员有关的谋杀，更不用说死亡威胁、殴打、爆炸、暴民和高速公路汽车追逐。马歇尔不怀疑他的生命可能处在危险中，他可以预见，如果“我们最伟大的民权律师”在佛罗里达被暗杀，州长可能发现它会带来政治上的麻烦。他没有理由不把特别调查员的警告当回事。

“所以，要面对他们而不要背对他们。”艾略特建议。马歇尔对他的提醒表示感谢。

在和马歇尔走出其他人的听力范围后，艾略特说，“其次，法官和州长已经通过电话”并且达成协议，经富勒·沃伦批准，可以公开：如果欧文认罪，州长将保证被告获得终身监禁。

马歇尔说：“好吧，我不能决定。欧文不得不做出决定。”艾略特同意了。

对马歇尔和格林伯格来说，考虑到审判地点、这个案件的法官和州检察官，他们的评估并不乐观，因此，保证被告可以免死的交易似乎还不错。这也正是富兰克林·威廉斯讨厌的“谨慎的”做法。“这让我震惊”，威廉斯后来对马歇尔甚至会考虑那样一个交易这样评论道。“我绝不会和他们讨论这个。我突然觉得马歇尔自己是不是也不确定他们是无辜的还是有罪的。我永远不会告诉他们这个。我会说，‘你绝不要服罪。我们会为这件事斗争到底’。”

事实上，马歇尔不仅仅是谨慎。他害怕。就在一年前，马丁斯维尔七人在弗吉尼亚州监狱吃了他们的最后一餐。全国有色人种促进会赢得对民权大会的斗争，而马歇尔也赢了他的对手威廉·帕特森，为七名被控强奸一名白人妇女的年轻黑人上诉。这场胜利没有什么东西值得回味，每一次上诉都失败了。1951年2月2日，马丁斯维尔七人中的前四人每间隔15分钟被弗吉尼亚州的电椅处决。其余三人在接下来的48小时内被处以电刑。马歇尔毫不怀疑，如同弗吉尼亚州在一起强奸案中处死七个人，也如同威利斯·麦考尔打死了所谓的强奸犯欧内斯特·托马斯和被控强奸的塞缪尔·谢菲尔德（在他们有机会发现任何对他们开放的法律途径之前），佛罗里达州将判处沃尔

292

特·欧文死刑。富兰克林·威廉斯可能的确对瑟古德愿意把这个交易放在欧文和他的家人面前感到震惊，但马歇尔已经因为被告不认罪而在电椅上失去太多当事人了，他们甚至根本无罪，却没有机会以认罪捡回一条命。

马歇尔和格林伯格与艾克曼及帕金斯进一步讨论艾略特的提议，四个律师决定向杰西·亨特提出此事。州检察官不仅保证这个交易是合法的，而且保证杜鲁门·富奇会兑现它。马歇尔找来欧文的家人。

在法院的有欧文的姐夫詹姆斯·谢菲尔德（塞缪尔的哥哥），还有他的母亲德利亚，“一位穿着深色衣服、旧棕色鞋子，戴着绿围巾的心情沉重的妇女”，她那天早上搭便车从60英里外的格罗夫兰来到奥卡拉。马歇尔尽可能向他们和欧文解释州长的提议，他还说，检察官和主审法官已经知道并且同意了。房间一片寂静。

然后欧文说：“嗯，你曾经让这个案子被推翻。”

“是的，但最终他们不能裁决……”马歇尔的声音低了下来。他继续说：“很可能，他们会判你有罪。而富奇法官，他肯定会判你死刑，因此，这取决于你。”

做决定的是欧文，但不管是马歇尔还是格林伯格都“清楚地暗示［他们］希望他接受这个交易”，因为“可能有一天情况会好转起来，他可以赢得自由”。

欧文看了看马歇尔，然后看着他母亲。他盯着自己的手背。他说：“好吧，我想我得做个决定。”

他把他母亲和詹姆斯拉到房间另一边。三个人以平静的语调交谈。格林伯格和马歇尔保持沉默。不到一分钟，欧文，然后是他母亲和詹姆斯，转身面对马歇尔。

“我猜这是唯一的出路。”欧文说。

马歇尔耸耸肩。“嗯，这取决于你。”

“我要做什么？”

“什么都不需要。就站在那里，当他们说‘你认为你有罪还是无罪’，你说我有罪。”为了澄清，为了让欧文搞清楚他的有罪辩护究竟意味着什么，马歇尔又说：“你要说你强奸了那个女人。”

293

“我强奸了那个婊子？”欧文摇摇头，“我没有。而且我不会那么说。”他已经做出决定。

德利亚·欧文抬起她的下巴。马歇尔回想起她可能也说过谎，在第一次审判时，在证人席上。她试图通过做证欧文在7月那个关键的凌晨2：00回家来挽救她儿子的生命。而她说他回家了但她不知道时间。

“我不会那么说。”欧文坚称。马歇尔和格林伯格试图让他们的当事人及家人记住他们在马里恩县不可能赢得审判；他们也强调，在最高法院也不能保证。但沃尔特·欧文态度坚决。他不会承认强奸。他告诉律师，只能由他们替他这么说。而律师们告诉他，法官只能从被告自己的口中接受有罪辩护。

这个固执的、年轻的被告的决定让格林伯格傻眼了，“他在遭受毒打后没有认罪，被打了三枪也没死”。马歇尔也一时语塞，尽管在那个时候他知道“那个男人肯定是无辜的”。

欧文重申："我现在想要终身监禁，因为那好过电椅，但如果要我说我没对那位小姐做过的事情，我不打算那么做。我没有罪。"

德利亚·欧文抓着一本旧《圣经》，给儿子一个拥抱。"没事了。"她安慰这个男孩，告诉他他会很快回家和她待在一起。

休庭后，被告律师和欧文回到他们在法庭的席位前。对马歇尔来说，房间里似乎笼罩着威胁的气氛，可能因为他的目光落到了威利斯·麦考尔身上。一个健壮的男人，穿着牛仔靴高高地站在那里；一只手放在皮套的枪托上，他曾经用这支枪击倒了两个格罗夫兰男孩，并且很可能也朝欧内斯特·托马斯开过几枪。马歇尔的目光移到脸色阴沉晦暗的威利·帕吉特身上，他在一些旁听者中间，忽然一声巨响，杰西·亨特身下的椅子坏了，州检察官摔到地板上。

亨特的吊带裤吸引了马歇尔的注意。红色的吊带裤。就像佐治亚州的赫尔曼·塔尔梅奇为了表示对他父亲、前州长尤金·塔尔梅奇的尊敬而穿的那种吊带裤。四年前，赫尔曼也发扬光大了他父亲的种族偏见。在竞选州长时，赫尔曼以他标志性的、只有一个词的竞选演说所表达的憎恨而名声在外。他站在讲台上，拽着他的红色吊带裤，一遍又一遍地喊"黑鬼！"直到他使人群陷入狂热。"你告诉他们，哈蒙。"他那些乡下选民呼喊道，混合着烟草汁的唾沫溅到他们"红色的塔尔梅奇领带"上。一个绰号和吊带裤为年轻的赫尔曼·塔尔梅奇赢得1948年的补选。如果种族隔离和白人至上主义想要在南方有一

294

个象征符号，那就是红色吊带裤。

亨特在另一把椅子上坐下，而富奇法官在法官席上就座，他曾经在那里削他的木棍。在法警或是在富奇的允许下，阿诺德·德米尔抓拍了一张削棒法官的照片，法官问这位《芝加哥卫士报》专栏作家，“如果登出来的话”，他能不能看一下。

最后一项审前动议的听证是关于允许把沃尔特·欧文的裤子作为证据，辩方质疑，依据是副警长詹姆斯·耶茨在所谓强奸的第二天早上进入欧文的房间搜集证据——没有搜查令——那条裤子欧文前一天晚上穿过。

律师保罗·帕金斯问辩方证人德利亚·欧文，谁于1949年7月16日早上来到她家，她回答：“嗯，是副警长，他进了房间并且说他‘来拿黑人男孩的衣服’。”

帕金斯确定那个“男孩”是她的儿子沃尔特，然后问道：“你给他什么？”

“我给他一条棕色的裤子、一双棕色的鞋子和一件白衬衫。”

“那么，德利亚，你害怕吗？”

“是的，先生，我害怕，因为他是法律。”

德利亚曾经问过耶茨可能的审判日期，而按她告诉帕金斯的，副警长对她咆哮道：“可能没有该死的审判。”

辩方认为，因为沃尔特·欧文付一间卧室的租金给他的父母，在其门上上锁，德利亚·欧文没有法律上的义务进入她儿子的私人房间，在没有搜查令的情况下为副警长搜集证据。此外，他们还认为，当耶茨走进房子时，德利亚·欧文并不是自愿把她儿子的裤子给副警长的，而是受到恐吓才那么做的。直到 1961 年的马普诉俄亥俄州一案，最高法院才确立了在州法院不允许使用非法搜查获得的证据的规定。

德利亚·欧文做证后，富奇法官结束了这一天的诉讼，第二天早上，当法庭于 2 月 12 日上午 9:30 重新开庭时，富奇的第一个裁定就是允许沃尔特·欧文的裤子作为证据，马歇尔对此并不奇怪。这对辩方来说并不是最糟糕的。马歇尔也记得欧文不在现场的证人卡罗尔·亚历山大，那个女服务员记得看到欧文和谢菲尔德直到凌晨 2：00 到 3：00 还在伊顿俱乐部，她没有回到佛罗里达参加审判，尽管事实上她愿意做证并且已经接受了差旅费。她选择留在亚特兰大的克拉克大学。她的家人不相信全国有色人种促进会可以保证她的安全。但马歇尔更关心的是他的“黑马”证人劳伦斯·巴特福德可能无法及时回到佛罗里达做证。他在驻扎于南卡罗来纳州杰克逊堡的军队中。辩方的证人名单比两年半前的 1949 年 9 月欧文在莱克县审判被定罪时更糟糕。 295

选择陪审员也不顺利。名单上的七个黑人有四个被取消资格，因为他们不相信死刑。（亨特很自信地对马歇尔说，其中的一个人是“名单上最好的有色人种，被取消资格真是太遗憾了”，而马歇尔对他的辩护团队说，“如果他说那个人好，我们就不要那个人”。）由于这个州的无因回避，亨特取消了剩下三个黑人的资格。沃尔特·欧文的命运将由马里恩县的 12 个白人决定，马歇尔依然没有感到惊讶。陪审团宣誓后，杰西·亨特的评价可能会让他感到受宠若惊；州检察官指着瑟古德·马歇尔对一位法庭的来宾说："一个聪明人。懂得的法律比任何美国人都多。"亨特喜欢扳倒一个真正的对手。

随着做证的开始，法庭里挤满了旁听者。黑人在楼上的阳台上，而白人在楼下的主场地。记者挤在媒体区：《纽约邮报》的杰伊·尼尔森·塔克，《纽约时报》的理查德·H. 帕克，《纽约每日指南》的理查德·卡特。卡特最近刚刚因对1949年关于格罗夫兰的一篇专题报道获得颁发给杰出都市报道的著名的波尔克奖，他的调查发现，欧内斯特·托马斯曾试图涉足莱克县的小球赌博生意，这增加了他的死亡与诺尔玛·帕吉特无关的可能性。前来报道的还有美联社和《星期六晚邮报》的记者，当然，还有佛罗里达报社的记者，包括《奥兰多哨兵晨报》的奥蒙德·鲍尔斯和《芒特多拉头条》的梅布尔·诺里斯·里斯。报道审判的黑人记者被安排了一张单独的桌子，他们是《匹兹堡信使报》的罗伯特·M. 拉特克利夫和《芝加哥卫士报》的阿诺德·德米尔。

296

沃尔特·欧文的起诉书在法庭上宣读，杰西·亨特传唤他的第一个证人。据一个记者的报道，瘦削但肌肉发达的威利·帕吉特慢慢走到台前，他的脸"令人印象深刻"，他的牙齿"如此之大，把嘴巴撑得很大，脸上似乎是极度痛苦的表情。他把嘴张开时似乎最舒服，而他似乎主要通过嘴来呼吸"。帕吉特的叙述基本上和他在第一次审判时说的一样。他的车被困住了，四个黑人碰巧经过并且提供帮助，但接着开始打他。他拿起一根棍子，朝他们“打了几下”，直到他们制服了他并且把他扔到公路旁靠近栅栏的地方，他在那里失去知觉。他醒过来时看到他们开车离开，显然诺尔玛在里面。他等了大约三十分钟，直到另一辆车终于出现；他清醒过来，但他不记得车的品牌或者型号或者帮助他的那个司机。然后他开了将近十英里，路过一片寂静的房子和几家还在营业的商店，甚至经过一个警察局，然后到利斯堡东边的迪安加油站。

在阿克曼进行交叉询问时，帕吉特承认 1949 年 7 月他和诺尔玛不住在一起，而且 15 日晚上他们喝了威士忌。阿克曼也注意到帕吉特此前做证说塞缪尔·谢菲尔德和沃尔特·欧文驾驶的是 1946 年或者 1948 年的黑色水星。后来，帕吉特声称那辆车是“浅绿色的”。然而，阿克曼没能解决帕吉特叙述中一些有疑问的关键细节，“为什么在受到攻击和疑似绑架后，帕吉特在经过警察局时没有停下来，而是在迪安加油站停下来？为什么他可以那么清楚地辨认并且回想起水星车里的黑人谈话的细节，却记不住让威利重新上路的车或者驾驶员的任何细节？”

一个婴儿哭了起来，杰西·亨特传唤他的下一个证人，而瑟古德·马歇尔转过头来寻找声音的来源。诺尔玛·帕吉特正在把一个三周大的婴儿——她的第二个儿子——递到她姐妹或者堂姐妹伸出的手中。

“穿得像是要参加舞会”，杰克·格林伯格在诺尔玛抚平她那白色印花棉布连衣裙的正面，又拉一拉她那“珊瑚色的开襟羊毛衫”时这么想。自从诺尔玛在莱克县做证到现在已经有两

297 年半的时间了，她作证时有个记者曾惊异道："为什么一个'强奸案受害者'会趾高气扬、昂首阔步得活像斯科茨伯勒案中臭名昭著的维多利亚·普莱斯？"这两年多她过得并不好。现已十九岁、"穷得叮当响"、借住在叔叔的农场里的她被困在和一个"忽视"她并且"乱花钱"的男人的婚姻中——她的亲戚这样说。她走上证人席，并没有昂首阔步；她"弯着身子，像一个有她三倍年龄的妇女那样慢慢走"，一家报纸这么报道。第一次审判时她的金色卷曲的短发如今变成毫无生机的披肩直发。她的眼睛浮肿。她的手臂"软绵无力"，而她的肩胛骨随着紧身连衣裙轻轻地动着，她举起右手宣誓她所说皆为事实。

杰西·亨特对诺尔玛很温和，他的声音几乎和她的一样柔和与低沉，"在从法庭打开的窗户传进来的交通声中几乎听不见"。如此的殷勤——战略性的殷勤——使得辩方律师认为，州检察官引导他的证人做证，这样，相比之下，交叉询问时任何对抗都显得野蛮和苛刻。

诺尔玛所描述的路边的遭遇和威利的版本没什么分歧。那场使威利失去知觉的打斗之后，故事变成诺尔玛自己的。她说，其中的一个黑人告诉其他人："抓住那位女士。"然后他们五个人——欧内斯特·托马斯开车、查尔斯·格林利坐在副驾驶的位子上，而诺尔玛坐在后座上，在塞缪尔·谢菲尔德和沃尔特·欧文中间，他们就像三明治——开往靠近萨姆特县界的一条小路上。车停了下来，"那个叫托马斯的黑鬼坐到后座上"。

当被问到托马斯是否对她做了什么时，诺尔玛回答说："是的，先生，他猛地向上拉我的衣服，而我把它拉下来，然后他告诉我别管它，又把它拉回去，他脱了我的裤子……托马斯第一个强奸了我，是托马斯。”

亨特说：“好的，第二个是谁？”

“然后是欧文强奸了我，他是第二个，而我不知道下一个是谁。”

“他们四个人都在路边强奸了你？”

“是的，先生。”

亨特停了下来，让诺尔玛有时间仔细描述。然而她在第一次审判时的热情已经不见了；她对在法庭引起的关注既不渴望也不感到舒适，不像她在莱克县那样。她没有表现出愤怒或者羞耻，但也没有明显的漠不关心；她似乎只是累了，垮了。她几乎不再称格罗夫兰男孩为黑鬼。

298

于是，亨特提示：“你的意思是他们把他们的私处放进你的私处？”

“是的，先生。”

“他们四个人都是？”

“是的，先生。”诺尔玛说，证实了私处的接触。她没必要再说什么了。一名南方的白人记者低声对一名北方的记者说：“结束了，兄弟。下一步就是上联邦最高法院。这个欧文现在就会在这里被定罪。”

当诺尔玛说那些黑人试图决定怎么处置她时，亨特继续问强奸后发生了什么。“他们中的一个人对我说，我是愿意在接下来的路上和他们继续坐车然后被杀掉还是愿意下车走，而我说，我要下车走，因此他们就让我下车了……”而诺尔玛就跑了。她躲在树林里，她说，“直到几乎天亮”，然后走到奥卡洪普卡，她在那里一直等到劳伦斯·巴特福德打开咖啡馆的门。

州检察官略过了诺尔玛可能和劳伦斯·巴特福德交谈过的内容，回到强奸的细节。亨特说：“那么，诺尔玛，你在车里反抗了这些黑人吗？”

“没有，先生。”

“为什么你不反抗他们？”

“因为我吓坏了。”

“他们恐吓你了吗？”

“是的，先生。”诺尔玛说。

“以什么方式？”

“他们说如果我发出任何声音或者大喊大叫或者试图做任何事情，他们就朝我开枪。”

“他们有枪？”

“是的，他们有。”

亨特对诺尔玛不愿意或者拒绝继续讲述她的故事感到不满，便引导她讲下去。“那么，诺尔玛，你屈从于这些黑人是因为你害怕他们？”

“是的，先生。”

“你说他们有枪并且恐吓你？”

“是的，先生。”

“你说坐在这个法庭里的这个被告是他们其中的一个？”

“是的，先生。”

“是沃尔特·欧文？”亨特几乎恳求道。

“是的，先生。”

“你能把他指给陪审团吗？”

299

诺尔玛·帕吉特含糊地指向沃尔特·欧文的方向。两个格罗夫兰男孩已经死了，而另一个在南佛罗里达被用铁链铐着做苦力，这无疑剥夺了这个时刻的戏剧性，但诺尔玛的柔弱姿态没有引发她在莱克县法院证人席上挨个指着被告说“黑鬼谢菲尔德……黑鬼欧文……黑鬼格林利”时所产生的那种激烈效果。

杰西·亨特作为公诉人的案件几乎每个都是强有力的，依靠的是他确信不管是莱克县的还是马里恩县的陪审团几乎都不会接受黑人的任何一个字，如果一个年轻的金发乡村女孩指控这个黑人强奸的话。因此，他让诺尔玛一次又一次地控告强奸犯。

“那么，诺尔玛，这事非常重要，”亨特强调说，“我想要你告诉法庭和陪审团，这个黑人是不是那天晚上在汽车后座上强奸你的其中一个黑人。”

“是的，先生，是的。”

“你确认？”

“是的，先生，我确认。”

“你证实他是那个晚上强奸你的其中一个人。”

“是的，先生。”诺尔玛说。亨特又问了她五次，而她又五次说她确认，因为亨特希望绝对保证陪审团确认沃尔特·欧文是那天晚上强奸她的四个黑人中的一个。

马歇尔下定决心并且宣布，无论他还是任何其他黑人律师都不会在马里恩县这个完全由白人男子组成的陪审团面前对诺尔玛·帕吉特进行交叉询问。梅布尔·诺里斯·里斯看到这个决定的智慧所在。“你有一个农民陪审团，在他们心中这件事就是一个白人妇女遭黑人强奸，”里斯说，“这事毫无疑问。他们不会考虑证据。他们的眼里只有亨特……如果马歇尔站起来在陪审团面前做任何辩护，那就是自杀。”

阿克曼很小心地不显得对州检察官的证人有任何敌意，他让诺尔玛回忆事件的高潮部分，即威利和四名黑人男子打斗的事情。然后，阿克曼几乎不承认所谓的强奸——因为辩方的策略是不质疑所谓的强奸而是对欧文的卷入提出合理怀疑——阿克曼集中在诺尔玛走路到奥卡洪普卡巴特福德的咖啡馆外这件事。在第一次审判时，因为亨特选择不传唤劳伦斯·巴特福德作为证人，控方的叙述省略了诺尔玛和咖啡馆所有者儿子的谈话。诺尔玛对阿克曼说，她认识劳伦斯·巴特福德，这个年轻人让她到咖啡馆里面，而她做证说她问他能不能让她搭车到几英里外的路旁，到她离开她丈夫的地方，但她说她想不起来他们交谈的其他内容。

300

“你告诉他什么？”阿克曼问。

“我记不起来我告诉他什么了，”诺尔玛回答说，“我在哭。我现在不记得我告诉他什么了。”

阿克曼没被说服，试图进一步推进。他想要证实诺尔玛曾经告诉巴特福德，她被“四个黑人带走”。“你没有告诉他那些吗？”他问。

“不，我没有。”

“你没有和他讨论过发生在你身上的那些事情？”

“不，我没有告诉他关于这件事的任何事情，我只是让他带我去那里。”诺尔玛回答。

“好了。”阿克曼说，放弃了。现在似乎辩方只能将唯一的希望放在劳伦斯·巴特福德身上，如果可以让他及时出庭做证的话。

对于诺尔玛·帕吉特在再审沃尔特·欧文时的表现，获奖记者理查德·卡特写道：“你看着她在证人席上。你听着她的故事。你注意到控方以凶猛的正义捍卫她的叙述。你注意到辩方在挑战她的叙述时的胆怯。你数一下死去的人……欧内斯特·托马斯……塞缪尔·谢菲尔德……可能还有沃尔特·欧文……而你意识到你可以让一个南方白人妇女挨饿，剥夺她的教育机会，并且让她在盛年之前老去，但感谢上帝，没有局外人斗胆质疑她的私处的圣洁，她的话语的无可辩驳。”

州检察官传唤副警长詹姆斯·耶茨，而马歇尔思考着这个“嚼着口香糖、穿着红色灯芯绒外套的声音沙哑的人”：这个人曾经试图阻止全国有色人种促进会的特别顾问到医院看望他的当事人；当被一名记者问他是否对欧文开枪时，这位警长的人认为这是“一件荒唐的事”并且“不予置评”；这位执法人员曾经毒打格罗夫兰男孩，甚至联邦调查局都施压要求起诉他；特别调查员 J. J. 艾略特曾经警告马歇尔，这位副警长“想要你的命”。

301 和第一次审判时一样，亨特引导耶茨做证，而副警长也和之前一样，说他制作的轮胎印迹的石膏模型、强奸现场的脚印和詹姆斯·谢菲尔德的水星车胎胎面、欧文的一只鞋“完全”匹配。在交叉询问时，和以前一样，耶茨对阿克曼承认他没有受过正规的制作模型的训练，他也不是在所谓强奸后几个小时内做的模型，那时欧文已经被捕，并且鞋子和汽车都在警长的看管下。当被问到是否熟悉用来“保护痕迹完整性”的科学设备时，耶茨回答：“不，我不懂你的意思。”此外，耶茨指出，他无法更及时地处理脚印和轮胎印是因为他不得不照顾“那个女人”——诺尔玛·帕吉特，她“受到伤害，而我不得不把她带到医生那里，我随后回到现场，浇筑轮胎石膏模型”。

被激怒的州检察官站起来，要求重新调查。亨特并不喜欢阿克曼贬低副警长在犯罪现场技术方面的专业知识。为了重新恢复他的证人在“农民”陪审团中的形象，亨特提供了一些直言不讳的美国南方的常识，来反对科学的专业知识的傲慢语言。“那么，耶茨先生，”亨特开始了，“你此前听说过他所谓的痕迹的‘完整性’吗？你此前听说过吗？”

“不，先生，我没有听说过，”耶茨说，“我对此一无所知。”

“你不是要寻找痕迹的完整性，是吗？”

“是的。”

“你是在寻找痕迹，是吗？”

“是的，先生。”

“那是你的工作，是吗？”

“是的，先生。”耶茨赞同道。

“而你正在寻找并且看到的那些正是和那些鞋子相符的痕迹，是吗？”

“是的，先生。”

“至于这些痕迹是否有完整性，你对此不感兴趣，是吗？”

“是的，先生。”耶茨回答道。

“你知道是那些鞋子产生了那些痕迹，是吗？”

“是的，先生。”

“而那是佛罗里达古老的常见的处理方式，是吗？”

“是的，先生。”

州检察官提到沃尔特·欧文的裤子，那是耶茨在没有搜查令的情况下，在他和坎贝尔在看守所里把这个男人打昏后不久从德利亚·欧文那里得到的。亨特拿着证据问：“那么，耶茨先生，裤子的前部有没有污渍？” 302

“是的，先生，有。”耶茨说。

“污渍都在那里吗？”亨特问。

“是的，先生，是这样的。”

亨特把裤子递给陪审团。对于亨特在陪审员面前关于“完整性”的乡下男孩式的表演，马歇尔起初是怀疑，现在则是愤怒。这条裤子现在不仅被富奇法官认定为反对被告的动议的证据，而且在没有经过实验室检验的情况下被承认。对证据的科学分析——联邦调查局免费提供给当地执法部门的一台机器——几乎可以确定欧文裤子上的污渍是否来自被告“射出的精子”，但亨特显然决定——如他对诺尔玛·帕吉特的体检报告所做的那样——不给机会，因为科学可能不支持控方的说法。他也不让陪审员以“佛罗里达古老的常见的处理方式”看证据。

亨特回到公诉席前。对于被告，再一次，和在莱克县对格罗夫兰男孩的审判以及对塞缪尔·谢菲尔德尸检的情况一样，即使是证据也带有偏见，而判决是早就预定了。马歇尔和阿克曼沮丧地对对方低语，他们认为他们受够了。阿克曼走近耶茨。

“那么，耶茨先生，被告沃尔特·欧文指控你和佛罗里达州莱克县的警长试图谋杀他，这是真的吗？”亨特跳起来反对。富奇示意继续。

“希望法庭满意，”阿克曼说，“这表明证人对被告有偏见。”

亚历克斯·阿克曼没等裁定，他回到马歇尔旁边的位子上。

第二十章　我们面前的一位天才

诺尔玛·帕吉特把在法庭上要表现的所有趾高气昂都留给公诉人的第四个证人。高个子、黑头发、像明星一样英俊的23岁的柯蒂斯·霍华德穿着“一件开领的紧身西装”，带着运动员般的自信大摇大摆地走到法庭前面。他宣誓说出全部真相，上帝保佑他吧。在接下来的几年，霍华德将打破他的誓言，与莱克县各处的年轻姑娘的风流韵事和性丑闻使得他三次陷入离婚诉讼——三次都是同一个妻子：他高中时的恋人、利斯堡高中啦啦队队长莉比·迪安。毫无疑问，甜言蜜语的霍华德的确很有魅力。 303

带着所有的个人魅力和那略带邪气的调皮笑容，霍华德为了参加审判回到奥卡拉，他应征入伍后驻扎在亚拉巴马州的蒙哥马利。霍华德开始打破他说出全部真相的誓言，他2月13日周三的证词中有三个问题。利斯堡当地的人告诉州检察官杰西·亨特，霍华德现在和他的妻子一起住在蒙哥马利，但事实上，霍华德在1950年抛弃了莉比，在她怀了双胞胎之后，他搬 304

到了亚拉巴马州，把她留在了佛罗里达。他和莉比目前正在办他们的第一次离婚手续。

和第一次格罗夫兰男孩审判中一样，州检察官把霍华德带进1949年7月16日凌晨的事件中，和以前一样，霍华德说他一直在莉比父亲所有的迪安加油站值夜班，大约在凌晨2:30或3:00，威利·帕吉特开着他那辆1940年的福特车进了加油站。威利看起来像是眼睛被打了一样，血在他一侧的脸上已经干了。他告诉霍华德自己遇到一些麻烦。

"只要说发生了什么事。"亨特引导他的证人。

"嗯，他给我的信息是他的妻子遭到强奸。"霍华德说。

亨特立即纠正霍华德回答中的"错误"，证人自己改口，说是那个妻子被"绑架并带走"而不是"被强奸"。因为，按照威利·帕吉特自己的证词，他那时只知道四个黑人已经绑架了他的妻子，而不是他们强奸了她。正是因为这样的错误会使控方的叙述产生矛盾和不协调，亨特给莱克县的全体执法人员施压，只允许他们给联邦调查局书面陈述（亨特帮助准备），并拒绝特工任何的口头访谈。亨特无法对沃尔特·欧文进行同样的控制，后者告诉联邦调查局的特工，7月16日周六凌晨，在诺尔玛·帕吉特被发现之前，副警长耶茨问欧文："你为什么强奸那个白人妇女？"同样，一名佛罗里达高速公路巡警（他在那个周六早上把谢菲尔德和欧文从欧文的家中带到声称抢劫和绑架的现场）告诉联邦调查局，他听到两名犯罪嫌疑人被副警长耶茨和坎贝尔讯问关于"强奸"的事。

和第一次审判一样，再审时，亨特当然采取了一切预防措施，先发制人地给人们控方已经把一个“故事”坐实了的印象。不过，他不能预防每一个错误，特别是他不总是能够以最快的速度对证人施加影响。然而，柯蒂斯·霍华德给人的感觉似乎是一个模范公民，竭尽全力帮助一个有困难的人。霍华德继续 305 他的叙述，为法庭讲述他如何在加油站下班后看到一个姑娘在公路旁，但没有多想，当他开车到格罗夫兰，如已经发生的那样，他在那里遇到耶茨和坎贝尔，还有威利·帕吉特。然后他载帕吉特回贝莱克，以便他换衬衫，直到威利的姐妹给霍华德看了一张诺尔玛的照片，他才把威利失踪的妻子和他在奥卡洪普卡公路边草地上看到的姑娘联系起来。

“你告诉他们你认为你看到的那个女人是他的妻子了吗？”亨特问。

“嗯，我告诉他们我想我知道她在哪里，”霍华德说，“因此，我们出来进了我的车，开回十字路口，而当我们到那里时，她在另一辆车里和一个男孩在一起，而我猜她是从某个餐厅或者舞厅找到的某个人。”霍华德没有指出“另外一个男孩”的名字，也没有暗示他认识和诺尔玛在一起的“某个人”。然而，霍华德对劳伦斯·巴特福德并不陌生。他们是利斯堡高中的同学，加入了同一个棒球队和橄榄球队。

亨特问他诺尔玛接着发生了什么事。阿克曼以传闻证据为由反对。富奇否决了。霍华德回答：“嗯，我问她是否受到任何形式的伤害，她说她的腿受伤了并且在流血，还说她的衣服破了，她浑身又脏又乱，我问她那些男人是否对她做了什么，而她说‘四个男人都袭击了我’，而她描述了那个时候发生的事情。”

“她的衣服的情况怎么样？”亨特问。

“嗯，被撕破了，乱糟糟的，而我记得，她的外套里面挂着内衣，而她的外套被撕破了。”

一个记者注意到霍华德在做证期间和“威利一样，如田园风光般平静”。即使在劳伦斯·巴特福德可能代表辩方做证的情况下，勒罗伊·坎贝尔的外甥也为杰西·亨特的这个案件提供了极好的证言。

亨特放过证人，在确认失去赢得审判机会的情况下，亚历克斯·阿克曼拒绝交叉询问。法庭休庭。柯蒂斯·霍华德随后回到亚拉巴马州。

第一次审判本应该为柯蒂斯·霍华德在莱克县的社区赢得一些称赞；至少在他自己的家里，他应被视为某种形式的英雄。306 但事实上并没有。格罗夫兰案从来没有在霍华德的家里被提及，而就在审判后不久，柯蒂斯和莉比的婚姻开始破裂，他们离婚了。第一次结婚在20岁，柯蒂斯和莉比后来又再婚和离婚了两次，但在他们的关系摇摆不定时，他们从不提及柯蒂斯·霍华德在对涉嫌强奸诺尔玛·帕吉特的人定罪中的作用。金·霍华德，柯蒂斯和莉比的女儿，记得在家中关于她父亲寻欢作乐、风流韵事以及说谎的争吵，但从来没听说过柯蒂斯·霍华德曾出现在佛罗里达中部最著名的审判中，为那个在路边草地上的女孩做证。

金·霍华德说："我母亲得是个圣人，才可以忍受他。"因为莉比完全清楚她的丈夫连续出轨。"他骗了那么多年轻的女孩。他不挑剔，又如此迷人和有魅力，因此有没完没了的女孩。他停不下来。我父母第二次离婚是因为我父亲让我们的保姆怀孕了。"金·霍华德认为，她父亲也是个不折不扣的种族主义者，"他和勒罗伊舅舅关系很好，可以为他做任何事"。因此，当她第一次了解格罗夫兰男孩的审判，金·霍华德说："我的第一个念头就是，'柯特，你现在要干吗？你干吗让自己牵连进去？'我父亲并没有开车经过诺尔玛·帕吉特身旁。他不傻。据我对我父亲的了解，他和那个女孩有些关系。他的确让他自己牵连进去了。如果他是一个真正的英雄，而我母亲也相信他是英雄，那我们早就会听到这件事。"

12 年前，在黑人管家约瑟夫·斯佩尔被指控强奸交际花埃莉诺·斯图宾格的案件中，马歇尔拒绝了公诉人提供的认罪协议而选择了继续进行审判，因为他相信在康涅狄格州，一个白人妇女声称遭到强奸这件事不会因为文化必然性而被当作不容置疑的事实。马歇尔正确地判断出陪审团不喜欢基于种族而定罪，并且为约瑟夫·斯佩尔赢得无罪释放。马歇尔也正确地得出结论，这种情况永远不可能在佛罗里达中部出现。

在拒绝对柯蒂斯·霍华德进行交叉询问后，辩方也失去了可能揭露格罗夫兰男孩案最核心问题的机会。但因为这是一起发生在南方的跨种族强奸案，辩方的团队必须谨慎对待。如一

307 个记者注意到的那样:“缺乏医学证明……只能被顺便提及。”诺尔玛和威利分享了一品脱的威士忌,毫无疑问喝醉了,他们此前不住在一起,或者在他妻子涉嫌遭绑架之后,威利经过了许多栋房子甚至一个警察局,“只能以最模糊、隐晦的方式被小心谨慎地暗示”。另外一个报道审判的记者怀疑诺尔玛是否捏造了强奸的故事,“以使自己从尴尬的或者不利的状况中解脱出来”,或者这个故事被制造出来是“为了把丈夫、妻子和第三者从一起涉及三角恋被公开的斗殴的麻烦中解脱出来”。记者写道,无论那些情景如何“确定无疑地真实”,都不能“进入此类南方审判作为证据”。辩方不敢以任何方式质疑南方妇女的纯洁性,而要诺尔玛·李·帕吉特证明她自己在被四个野蛮黑人“强奸的争论”中保持诚实,是多么粗鲁。倘若辩方胆敢践踏南方妇女的荣誉,不仅陪审团不会宣布一个遭强奸指控的黑人无罪,而且他们几乎肯定会判他死刑。因此,辩方对格罗夫兰男孩案唯一可行的策略就是提出合理怀疑,显示佛罗里达州抓错人了。

马歇尔不得不匆忙把劳伦斯·巴特福德带到奥卡拉。他让S. 拉尔夫·哈洛牧师,百人委员会的一名成员,给在南卡罗来纳州杰克逊堡的巴特福德写信:“如果要使审判公平,我们非常需要你……这个男孩的生命危在旦夕,佛罗里达的荣誉也危在旦夕。只有一次公平的审判才能把佛罗里达从永远无法洗清的污点中解救出来。为使那个审判公平,你可以做很多事情。我祈祷你有那样的勇气、正义感、基督精神,来证明真相。”

劳伦斯·巴特福德的证词直接挑战了诺尔玛·帕吉特叙述的真实性，这实际上是“辩方敢做的最大胆的事”。巴特福德乘坐全国有色人种促进会包租的一架飞机从南卡罗来纳州的杰克逊堡飞到奥卡拉。他仍然穿着他的制服，作为辩方的第一位证人出庭做证。这位奥卡洪普卡当地人做证说，7 月 16 日早晨，当诺尔玛·帕吉特出现在他父亲的咖啡馆时（即柯蒂斯·霍华德做证时所说的当地的“餐厅或者舞厅”），她告诉巴特福德，她的丈夫“头部被撞，而她想他可能已经被杀害”。她还说她遭到四个黑人绑架但没有提到被强奸。

“她有没有向你说过她能认出那些男人？”阿克曼代表辩方问。

“她告诉我她不能认出他们，主要是光线，那里很黑，她对他们所知道的一切就是这些。”巴特福德回答说。 308

巴特福德是唯一让亨特担心的辩方证人，因为州检察官知道咖啡馆老板的儿子的证词无法证实控方证人编造的证词。亨特交叉询问的目的在于破坏巴特福德作为证人的可信度。

“你对佛罗里达州有偏见吗？”亨特问。

“没有，先生，我对任何人都没有偏见。”

尽管阿克曼反对，但被富奇否决了，亨特暗示巴特福德对莱克县的警方有“不好的立场”；那个士兵冷静地予以否认。亨特接着暗示巴特福德改变了他两年半前在所谓的强奸案发生后不久，州检察官见他时说的故事：“当我第一次和你谈这个案件时，你不是告诉我你那天晚上听到一个妇女经过你的地方，在汽车里大喊救命吗？”

“不，我没有，”巴特福德强调说，“我甚至不知道他们什么时候经过。”

“你没有告诉我你听到一个妇女经过你的地方大喊救命吗？”

“不，先生，我没有，我没有听到任何此类东西，我甚至不知道你从哪里得到这些信息的。”

亨特继续施压。他告诉巴特福德他在第一次审判时决定不传唤奥卡洪普卡男孩作为控方证人就是因为他知道这个男孩的证词不真实，而他重复说他曾经在他们 1949 年会面时告诉巴特福德“我们不打算在那个审判中使用任何谎言”，因此问：“你不记得我告诉你那些？”

“不，没有。”巴特福德坚定地回答道，“你没有说那些。你骗不了我。我知道你说的是什么。”

亨特再次提及巴特福德的偏见，并且认为这是由于他“试图报复”佛罗里达州，因为这引起巴特福德家庭内部的分裂。此时此刻，州检察官许许多多其他的交叉询问，马歇尔和阿克曼本可以反对，但他们对巴特福德在回答亨特问题时所表现出来的冷静感到高兴和惊讶。巴特福德并没有因为亨特的建议而感到慌乱，按一个记者的说法，尽管劳伦斯很年轻，但他仍然和“在巴特福德家族中至少有一名三 K 党成员”以及如果劳伦斯为被指控强奸白人妇女的黑人男子的辩方做证，可能对他父亲生意有不利影响这样的“地方传统”作斗争。劳伦斯的母亲夏洛特·巴特福德由于她儿子的做证，“真的担心来自格罗夫兰周围的极端分子的报复”。她的其他的孩子不希望劳伦斯回来。

309

但巴特福德夫人也相信沃尔特·欧文是无辜的。而她支持她儿子发誓要说出真相的愿望。劳伦斯曾经和他的家人详细讨论了他的担心，他最终“希望以他的良心作为指导”，为此他向五角大楼申请了特别通行证，以便他可以前往奥卡拉做证。

亨特继续力图让巴特福德的证词不可信。“那么，作为一个事实，巴特福德先生，当你看到她时，那个女孩受到伤害，是不是？”

“不，她没有受到伤害。”巴特福德回答道。

“而你自己花时间弄了一辆车，是吗？”

“嗯，我没打算背她，”巴特福德说，“车就在房子那里。”

“为什么她会信任你，有没有什么理由？”

“我没问。这不是我该问她的。我只是问她，她认为自己能否认出他们，而她告诉我她不认为自己可以，”巴特福德说，“是她自愿告诉我故事的其他部分，是她告诉我她被四个黑人绑架了，而我问她是否能认出他们，她说不能。”

“你没有想过这相当于什么？”亨特问。

“嗯，我帮了她。”

“你不认为你一生中如果说一次真话会帮她更多吗？”亨特大声吼叫。对此，阿克曼提出反对。而富奇法官没有停止他的削棒来否决；为了维持控方的反对和否决辩方，法官不能犯不一致的错误。

亨特继续拷问巴特福德，但经过45分钟之后，州检察官已经证明无法撼动年轻人的证词。亨特最后一次暗示巴特福德关于7月的那个周六早晨诺尔玛·帕吉特出现在巴特福德咖啡馆的叙述无异于谎言，但巴特福德很坚定。他为检察官回忆了他们两个人分享的一段详细的谈话，“我此前已经告诉过你，她对她丈夫躺在公路旁快死了显得很平静，而你告诉我……她不是那种情绪外露的女孩”，亨特放过了证人。

尽管亨特想降低巴特福德的可信度，但他比大多数人都清楚，辩方的“黑马证人”并没有弄虚作假。宣誓后，诺尔玛·帕吉特否认她曾经告诉巴特福德她在枪口下被四个黑人带走，也否认告诉他她丈夫和四个黑人斗殴。据她说，她没有解释就说服劳伦斯·巴特福德送她到她丈夫所在的公路“那儿”的任意一个地方。这是荒谬的。此外，这也和她自己写给联邦调查局的书面陈述——这个陈述是所谓强奸发生几天后亨特帮忙准备的——相矛盾，在陈述中，诺尔玛发誓她出现在巴特福德那里，并且“告诉一个开店的人在我身上发生的事情”。对控方来说幸运的是，诺尔玛·帕吉特做伪证的证明埋在联邦调查局的文件堆里，不会在1949年或1952年作为证据被引入对格罗夫兰男孩们（或男孩）的案件中。美国司法部办公室撤销了辩方要求联邦调查局的特工出庭做证的传票，理由是“联邦调查局调查的机密性”。

310

毋庸置疑，劳伦斯·巴特福德的证词是勇敢的，要知道他父母不仅住在在警长威利斯·麦考尔掌管的县里，而且在那里有生意。在再审前，麦考尔已经很明确地对巴特福德说，由于他在军队里，他不是必须接受传唤。但巴特福德回到了佛罗里达，他这么做只有一个理由："说出我所知道的。"罗伯特·杰克逊大法官的意见与最高法院推翻对格罗夫兰男孩案定罪的决定相一致，根据在审判之前和审判期间法庭的"偏见的影响"，他认为公正问题超越挑选陪审团问题的"理论的重要性"，他写道："这些黑人被认定无罪的唯一机会是有足够多坚定而直率的白人凭借勇气和正直站出来，直面并且消除其白人邻居那样的投票带来的恶臭。"这个"白人"是劳伦斯·巴特福德，尽管不是陪审员，但他作为证人的证词可能给了沃尔特·欧文"唯一的机会"。

在1949年9月的审判中，当沃尔特·欧文最后一次坐在证人席上，他能够与他最好的朋友塞缪尔·谢菲尔德静静地分享经历，环视法庭或者瞥一眼被告席。他们在格罗夫兰一起长大，孩提时代一起玩耍，十几岁时一起摘柑橘。在同一天同一个时间，他们应征入伍，在菲律宾，他们在同一个军队服役。他们在一起的最后时刻也和以前一样一起分享，密不可分：精神上连在一起，当他们挨的子弹不是由亚洲森林里埋伏的敌人而是由两名莱克县的执法人员射出时，他们的手被钢制手铐铐在一起。此前，欧文已经在大陪审团、初审陪审团、验尸官陪审团、联邦调查局的特工、新闻记者、医生、白人面前说了在奥卡洪普卡外公路旁发生的事情。在欧文看来，似乎没有人相信他，或者即使相信，他们也不关心，而他们的冷漠将要夺去他的生命。沃尔特·欧文看了一眼法庭，他知道陪审席上的那些男人看到的是一个有罪的黑人坐在证人席上。他们希望在监狱或者

311

路边对他施以私刑，而他们决定对他定罪并且将他送上电椅。他们这一次仍然是这样的。他们的眼神是认真的。

欧文在为他的生命而战，但除了此前数次说过的真相之外，他没有弹药。阿克曼引导他做证，而他再次否认他绑架并强奸诺尔玛·帕吉特。他也否认所呈现的、他在 7 月 16 日早晨脱下来的裤子上的污渍是证据。阿克曼随后把证人交给州检察官。亨特的交叉询问主要集中在 7 月那个周五晚上欧文在哪里，以便正好在控方框定的时间内把他放在犯罪现场。实际上被告不可能产生任何不在现场的证据以让亨特有机会在控方的故事中更自由地描绘欧文的行动。亨特不关心欧文对有关他绑架并强奸诺尔玛·帕吉特的否认。控方甚至没有证据把欧文放在现场——轮胎印迹、脚印、裤子上的污渍——陪审团的决定仍然会根据诺尔玛的话而不是黑人的话来做出。他毫不怀疑正义的天平会朝哪一边倾斜。

马歇尔认为他们的案件需要辩方最后的证人扔个重磅炸弹。在有关格罗夫兰男孩的两次刑事审判、上诉以及最高法院的案件审理期间，全国有色人种促进会花费了差不多五万美元，包括律师费、差旅费、民意调查费以及包机航班的费用。其中，支付给在迈阿密当地的犯罪学家赫尔曼·贝内特的 800 美元是一笔很划算的交易。辩方认为他具备无可挑剔的信誉：在犯罪领域有三十年经验，为联邦调查局、特勤局、国税局、联邦麻醉品管理局和美国海军工作，为包括林德伯格婴儿绑架案在内的著名的刑事案件提供咨询。作为专家证人，赫尔曼·贝内

312

特的表现远超瑟古德·马歇尔的预期。他也没有让杰西·亨特失望。

州检察官迅速打量了一下贝内特。如果说辩方看中的是他的身份——令人印象深刻的可信的犯罪学家，他的证词可以质疑控方实物证据的完整性，杰西·亨特却看出大城市来的一位侃侃而谈的精英在“农民陪审团”面前可能不会起到太好的作用。

因此，当贝内特开始阐述他在辩方律师保罗·帕金斯的陪同下访问莱克县法院大楼，凭借法院的命令检查了控方的石膏模型时，他被亨特打断了。“请稍等，你是指在本案中作为证据的每个模型？”亨特问。

贝内特回答：“我不能回答这个问题。”但亨特坚持；他知道，被当作证据的唯一模型已经在此后副警长耶茨检查时被意外打破。

“请求法庭准许，”亨特反对，“那些模型不是本案的证据，我们没有把它们作为证据，即便如此，我也愿意听听这位极其重要的人物说说。我们面前似乎有一位天才，我想听听，我要指出的是，这些模型不在证据中。”

富奇当然觉得反对意见很好，阿克曼简直不敢相信。富奇先前不允许使用罗珀民意调查作为证据，而现在他在限制辩方对一个破碎的石膏模型的检查，只是因为副警长耶茨已经把他的发现呈现在陪审团面前。

阿克曼非常生气。“如果法庭允许的话！辩方此时——”

亨特打断了他。“稍等，我打算撤回我的反对。我打算听听这位专家学识渊博的全部证词。”

这是预估风险，但亨特相信，“所有的此类学识渊博的证词”都对控方有利。对阿克曼来说，这是诉讼过程中一个奇怪的转折点，而他既没有看到它来，也看不到它将往何处去。阿克曼的法庭风格不无自负和些许傲慢，他重新开始和贝内特的对话，他们以世界通行的情报科学协议讨论证据工作。对那些坐在陪审席上的农民和柑橘园工人来说，这无异于跟他们说波兰语，而亨特和他的助手萨姆·布伊很清楚这一点。控方因此允许辩方证人以专业的方式徒劳无益地谈论。

313

正当贝内特开始详细阐述对欧文衣物污渍的调查结果时，布伊插话了。“你可否让他说明他做这项工作的那个具体的步骤花了多长时间？”布伊问，“他把自己设定为专家，而他只给我们讲了一般的背景知识。”

阿克曼松了口气：至少，这是有礼貌的交流，而不是反对。“好的，贝内特先生，”阿克曼说，“你可否凭你的知识和你的经验解释一下和衣物污渍等相关的事情？”

“好的，衣物污渍是个科学问题，它是可以用显微镜和科学方法确定的东西，要区分不同种类的污渍，你需要对科学犯罪学领域的每个分支有广博的一般知识。有好几种不同的方法可以用来检测污渍，而在犯罪学领域，主要的和适当的方法是用显微镜检查它们……”

阿克曼显然从啰唆的贝内特那里得到了线索，他以冗长的方式提出了一个和精斑有关的问题，这引发贝内特再次展开学术阐述，这次关于“一定的荧光量”。布伊再次打断。“能不能说说荧光量是什么！”他要求。

贝内特欣然接受这个要求。“好的，这是一种荧光物质，当衣物被置于紫外灯下，那些荧光材料的小物质就会在灯下显示出来；然而，我要说的是，这不是一个结论性的测试，因为事实上其他异物可能混进这些物质或者衣物中，而那些异物也可能在紫外光下发出荧光，但这可以使调查者聚焦于那个部分……”他那对犯罪学家来说可以理解的关于污渍、棉布、纺织品及其化学特性的分析的专题论文还在继续。

亨特和布伊已经省去正式的反对；他们只是在贝内特的证词中不断地插入他们的问题，并且讥讽地请求再次或者进一步解释。与此同时，富奇继续削棒，就像任性的老师在容忍一个不守规矩的班级。亨特有时甚至在旁听者中踱步，并且“对他的朋友说笑”，他质问辩方的发言。当阿克曼最终意识到州检察官的意图时，他要求法官“停止公诉人的讥讽和嘲笑”。法官告诉证人“继续做证”。 314

当犯罪学家做证说副警长詹姆斯·耶茨制作的石膏模型**是伪造的**，这几乎使法庭变成马戏团。“通过对这些鞋子和模型的仔细研究可以知道，”贝内特得出结论说，“这些印迹被制作时鞋子里没有脚。”一个正常的脚印会形成一个凹面，贝内特解释说，如果脚印是用一只空的鞋子或者里面有鞋楦的鞋子制作的，就会形成凸面。贝内特宣布，由耶茨副警长制作的欧文鞋子石膏模型的印迹很显然是凸面的。

在交叉询问时，为了陪审团的利益，亨特假装怀疑辩方专家证人提出的观点——而这其实是州检察官曲解的——就是所有人鞋子的磨损是一样的，当然这样的命题肯定会被良好的古老的佛罗里达常识所否定。对贝内特，亨特提出问题："那么，根据你的观点，陪审团上所有12位绅士鞋子的磨损都是一样的，每个人都是吗？"

"嗯，鞋子不会完全磨损掉的。"贝内特回答说，亨特的问题让他感到困惑，就像陪审员对犯罪学家复杂的技术性回答感到困惑一样。

"你的意思是说这些人走路的方式很相似，所以磨损的也一样？"

贝内特详细分析了鞋子的构造和重量分布，亨特歪曲其回答，得出一个错误的结论，并用他更直白的常识表达，以此影响陪审团。他说："好的，我打算让陪审团自己来判断这个事实，他们是否以同样的速度、同样的方式穿他们的鞋子。"一旦贝内特坚持他的立场，亨特就马上采取行动，如格林伯格注意到的，他再次"嘲笑证词"。

州检察官通过迫使贝内特透露他每天150美元的收费来结束他的交叉询问。"那么，作为一个事实，"亨特说，他的声音很洪亮，"听说在这个案件中，作为专家证人，你用这些东西做证就能得到七八百美元？"贝内特回答说是，亨特放过了证人。"就这些问题，"亨特怀着毫不掩饰的厌恶补充，"这就够了。"

当天的诉讼程序结束后，马歇尔、帕金斯和德米尔回到当地一户愿意为黑人记者和律师提供住宿的人家中休息。格林伯格则搬到奥卡拉市中心的一家宾馆，大多数对审判感兴趣的外地人都住在那里。那天晚上，当格林伯格一个人在餐厅吃晚餐时，杰西·亨特问他能否作为对方律师和他坐在一起吃。由于不能“嚼大块的食物”，亨特要了玉米面包和牛奶，当他断断续续说话时，食物顺着下巴往下滴到他的衬衫上，格林伯格耐心地听他说最近一次北上参加侄子的毕业典礼，而年轻人不希望被人看到和他的杰西叔叔在一起吃饭的故事。但大多数时间里这两个男人都只是安安静静地吃饭。亨特的碗里还剩下最后一勺浸湿的玉米面包，他抬起头，花了几秒钟考虑了一下格林伯格的耐心态度，然后开口。他说“麦考尔是个畜生”，然后舀起最后一片玉米面包并且祝格林伯格晚安，给茫然的年轻律师放下一张支票。

315

当2月14日周四早上做证重新开始时，控方做了一件不寻常的事情。萨姆·布伊请求法庭允许沃尔特·欧文回到证人席，进行进一步的交叉询问。意料之中，阿克曼反对，提醒检察官他们是控方的反方。

“我们不坚持，”布伊说，“我们只有一个问题要问他，但这在法庭的裁量权内。”

对这个不当请求，富奇想都没想就裁定，“我认为反对很好，维持不变”。

“好的，”布伊说，一边撤回一边朝陪审团微笑，“我们不坚持。如果他们不想让他回到证人席时，也可以。”

马歇尔和阿克曼很生气，请求富奇让陪审员回避，以便他们提出一个动议。在陪审团不在场的情况下，辩方提议审判无效，因为根据宪法，被告不能被要求站在证人席上自证有罪，而“如果错误地让被告上证人席，可以在法官和陪审团面前不予回答”：阿克曼指出，控方刚才做了两次。尽管如此，富奇否决了这个动议。陪审团回来了，控方继续。

贝内特声称副警长詹姆斯·耶茨脚印的石膏模型作假折磨了亨特整个晚上。为了确保耶茨法庭做证的资质并因此进一步确保他的证词的结论，控方传唤勒罗伊·坎贝尔，前莱克县副 316 警长，现受雇于利斯堡市警察局。坎贝尔做证说，耶茨做脚印的石膏模型时他全程在场。这是确凿的证据，他向陪审团保证。

巩固了耶茨的可信度之后，亨特开始贬损劳伦斯·巴特福德的品格。为此，州检察官知道他可以依靠谁。他传唤威利斯·麦考尔，莱克县的警长，后者断言他对“对莱克县的人非常了解”，在这一点上阿克曼反对。由于麦考尔是莱克县的执法人员，富奇将其排除了。

庭审进入最后陈述阶段，萨姆·布伊开始为控方做辩护。这位年轻的检察官首先让陪审员回顾 1949 年 7 月 15 日的晚上，如同 17 岁的诺尔玛·帕吉特所经历的那样：她如何遭四名黑人强奸但又尽力记住他们的外表以及注意他们开的车。他告诉陪审团：“先生们，在这个案件中，你们唯一要考虑的事情是你们要相信谁的证词。你们要相信这个女孩还是要相信被告？他们是仅剩的活着的知道发生了什么事情的两个人……”

布伊接着说，他不赞成“疯狂”的赫尔曼·贝内特关于石膏模型脚印证据的证词。“现在，先生们，如果你相信那个来自迈阿密的男人，那么愿上帝放过那个男孩，”布伊恳求道，“如果你相信那个男人，放过他，这就是你们要做的，放过那个男孩。而不管可怜的乡下姑娘诺尔玛·帕吉特对你们说什么，如果你们看在老天的分上相信那个男人，就放了那个男孩……我要向各位先生指出，他所说的话是我在佛罗里达州任何县管辖法院所听到的最荒唐的说法，而他还坐在这里希望你们相信这种胡言乱语，我告诉你们，先生们，这是在侮辱你们的智商。”

最后，布伊提醒陪审员，莱克县的官员和副警长们已经庄严宣誓维护法律。“那么，所有这些人都是骗子吗？以上帝的名义，无论是耶茨……还是坎贝尔或是任何其他人，他们有任何理由说谎吗？没有，先生们，我不相信他们会说谎，而我知道你们也不相信。”

马歇尔知道他已别无选择，他需要对陪审团说话。他对在奥卡拉法庭外的记者说：“他们可能想知道为什么那个大个黑人坐在被告席上。”而在法庭内，当他站起来，和他在南方办案时经常感到的那样，他可以感觉到，不管是旁听者还是陪审员都不知道会从他那里得到什么。他站在“一个困难的位置”上，如一个记者观察到的那样，“如果他不说话，陪审团可能会认为他不过是阿克曼背后阴险的操控手”，但“如果他说话，他不

317

得不避免让白人陪审团觉得他‘傲慢’”。他当然打算说话，因为这不是一个选择，而是一种责任，不仅是对当事人也是对社会的责任。拥进阳台的黑人大多是为了看民权先生，听他说话，并见证一种可能性；而身处主楼层的白人也会在“那个高个子黑人”那里看到一些未来。他俯视着陪审员。其中一个年长的男子似乎有点怔住了，“似乎他们从来不知道黑人可以‘站在那里说话’”。另一方面，一个有着“一张诚实的脸”的年轻陪审员在审判过程中一直关注特别顾问。当马歇尔对着陪审团说话时，他“似乎怀着尊敬倾听”。

“陪审团的先生们，”马歇尔开始发言，“如果你们能容忍我一会儿，我会很高兴向你们解释我是谁，我来自哪里。我是瑟古德·马歇尔，我是全国有色人种促进会的首席律师，我来自马里兰州巴尔的摩，是这个案件的联席辩护律师，而保罗·帕金斯先生来自奥兰多，也是这个案件的联席辩护律师，并且是佛罗里达州律师公会的会员。先生们，我想要告诉你们，我认为我们了解当下的问题是什么，而我想就我所了解的，花一点时间和你们讨论一下。”

欧文笔直地坐在椅子上，据一家报纸报道，“他的手指并拢，全神贯注地听着，他的样子，就像是他的生命全赖于他将听到的内容”。另外一家报纸注意到，在另一边，威利斯·麦考尔“专心地听着，咬紧牙关”。

“可以这么说，在这类案件中，”马歇尔接着说，“我们所有人都面临一个艰难的命题，但这类案件和其他案件一样，都要保证对每个被指控犯罪的男人作出公平和无偏私的审判。但是，有时，当暴力犯罪发生，当所有善良的美国人感到震惊、厌恶，憎恨这种罪行以及犯下罪行的罪犯……当强奸罪涉及一个白人妇女和一个有色人种男人时，那么人们会对所谓的被告产生一种强烈的反感和敌意。”

马歇尔解释说，宪法以及其他涉及被告个人权利的法律“在法律书中有无数页，但它们可以很容易被归结为一件事，即确保每个被告受到公正和无偏私的审判，并保证在法律面前人人平等、一视同仁……不管他是白人、黑人还是黄种人，我们的政府是世界上最好的政府……而我们伟大的美国政府是建立在这一原则之上的……这解释了我们的政府这么多年来能存活下来的原因……” 318

马歇尔首先赞美法律源于“上帝自己在天堂设定的基本戒律”，并“历经数百年，充满慈爱而又煞费苦心地写下来”，然后他把法律作为神圣抽象物带进马里恩法庭具体的现实中，在那里，当被告坐在他们面前时，宪法的保障措施继续保护着法庭的规则和陪审团的权威。“沃尔特·李·欧文被控强奸罪，而他现在正在你们这些作为他的陪审员的先生面前接受审判，在这种情况下，我听到法官评论道，这种案件是考验人们灵魂的案件。”然而，他们的灵魂想让沃尔特·李·欧文的灵魂受审，而他们将决定他的生死，为此，正如马歇尔提醒他们的那样，“当这个政府成立后，古老的《大宪章》说，最终决定一个人生死的只能由审判所在的当地选出来的12名男性代表决定，而这就是你们今天在这里的原因”。

马歇尔的目的主要不在于激发陪审员对使命的敬畏，而在于诉诸履行使命的常识。“现在我要告诉你们我从来没当过陪审员，但这个案件的证词中有些东西使我印象深刻……印象最深的是这件事。当他们把沃尔特·欧文带到被认为发生这件事的现场，当他们追踪他踩在地上的脚印，当他们问欧文这是不是他昨晚穿的鞋子时，他告诉他们不是。他告诉他们他昨晚穿的鞋子在家里。现在，先生们，如果那些是那块地上欧文的脚印，而欧文知道多么严重的一项指控正悬在他头上，而当耶茨先生问他这鞋子是不是他前一天晚上穿的鞋子，现在，记住，先生们，沃尔特·欧文是个聪明的男孩。现在他知道耶茨先生指控他什么……而欧文告诉他的是什么？他告诉他，不是，那双鞋子在家里……现在，先生们，在我看来，如果沃尔特·欧文已经犯了罪，而当他意识到他穿的鞋子和地上的脚印并不吻合，任何犯了罪的人都会马上告诉耶茨先生，‘是的，是我昨晚穿的那双鞋子。’他不会告诉耶茨先生那双鞋子在家里。”

319

马歇尔在常识的竞技场击败巧妙的杰西·亨特，他让陪审员考虑欧文在涉嫌强奸后的那个早上的行为是否像一个犯了罪的男人。“我不相信任何刚刚犯了那样的罪的人第二天早上会愿意并且能够去工作，并且过着完全正常的生活。”实际上，即使面临逮捕，他也表现得毫无愧疚；他“甚至既不紧张，也不兴奋”，而“当他母亲告诉他警察正在找他时，他告诉她，叫他们进来，他什么也没做”。

马歇尔以对话的方式和陪审员说理；如一名记者指出的那样，他的话“耐心、有礼貌、温柔、流利而有尊严”。多年来，马歇尔已经磨炼出对待南方各地法院全白人陪审团的方法，而他的合理性让人难以抗拒。“有了马歇尔，你真正得到的印象是他说的必然是对的，”一名年轻的律师注意到，“没有哪个诚实的人可以逃避他所论证的东西的冲击力。而他真的，真的相信这项事业。这让他非常有效。”

马歇尔简短提及副警长詹姆斯·耶茨的石膏模型这件事，或者更确切地说，是针对控方提出的对霍华德·贝内特[1]证词的偏见，这份证词使这位专家证人从辩方那里获得了一大笔钱。亚历克斯·阿克曼将在最后陈述时对证据本身进行辩护，但马歇尔想要说清楚，他对陪审员解释说，为法庭提供“我们所能发现的最好证据”是辩方的义务，就像呈现他们最好的证据是控方的义务一样。“如果不付出，在这个世界上很难得到最佳证据”，马歇尔告诉他们。

在很大程度上，花在专家证人上的钱表明全国有色人种促进会对格罗夫兰男孩案及被告生命的重视。马歇尔向陪审团强调“这是一个极其重要的案件，也是对沃尔特·李·欧文极其重要的案件。它事关一个男人的性命，他的生命危在旦夕，先生们，我迫切希望你们在考虑这个案件并且作出你们对这个案件的裁决时，把这个事实放在你们心中最重要的地方。每个人，

---

1 原文为 Howard Bennett，疑为 Herman Bennett 之误。

不管他的肤色、种族或者信仰是什么，也不管他被控什么罪，在那种情况下，每个人有权获得其他人可能给予他的最公平的

320 对待……你们是这个案件中的证据和证词的唯一法官，作出裁决是你们的责任……”马歇尔以一个点头和“感谢你们的耐心和关心”结束。

富奇宣布休庭吃午饭。当陪审员陆续退出时，在被告席末端的杰克·格林伯格听到其中一个人对另一个人说：“该死，那个黑人真不错。看起来确实要结束了。”

第二十一章　有色人种的方式

“嘿，那是个伟大的男人。”亨特说，说的是马歇尔。 321

梅布尔·诺里斯·里斯有足够的机会观察法庭上的双方律师，在审判过程中，他们似乎变得很“亲密”。在诉讼中间休息时，亨特偶尔会拿着他的咖啡坐在被告席上和马歇尔谈话，让来自纽约的全国有色人种促进会的律师在马里恩县感到更自在。威利斯·麦考尔可能对瑟古德·马歇尔代表沃尔特·欧文的总结陈词没有深刻的印象，但按照里斯的说法，来自莱克县的州检察官——尽管众所周知，他是“一个可怕的种族主义者”——无疑令人印象深刻。里斯已经发现，自从那两个格罗 322 夫兰男孩在 11 月的那个晚上在尤马蒂拉附近漆黑的公路上遭枪击后，亨特对种族和警长的态度都发生了改变，能反映这个改变的是周四审判休庭时，亨特提出和马歇尔共进午餐，而里斯注意到，“你可以看到［亨特］脸上满是对那个人的尊重。他们不能一起共进午餐真是遗憾，但在那时，佛罗里达没有一家餐馆会允许这样的事发生”。

里斯自己的态度也在发生变化。她后来承认，在第一次审判前，她“被骗了，相信这些男孩有罪……开始时，我只是觉得证据已经在那里，而我承认在他们有机会被审判前我已经审判了他们”。在审判、上诉和判决被联邦最高法院推翻（实际上是对莱克县有偏见的司法系统的控诉）之后，亨特曾经“一贯直言不讳而现在一点不那样了”，里斯回忆道，而威利斯·麦考尔“咆哮再咆哮”。然而，里斯也承认，作为《芒特多拉头条》的记者和专栏作家，她曾经和莱克县的执法人员和法院的官员合作。“鉴于我［来自亨特］的信息渠道，我可能心里有偏见，没有考虑太多。我可能需要被谴责。”判决被撤销使里斯和亨特及麦考尔一起遭到批评；这也惩罚了她。当然，到再审时，她对全国有色人种促进会及法律辩护基金会的律师的敌意已经减弱。在诉讼开始时，她建议马歇尔参加“莱克县全国有色人种促进会会议”，在那里白人和黑人可以表达他们对格罗夫兰男孩案及其分歧的看法。马歇尔的回答让她大吃一惊；他说他很乐意参加，“因为它可能有利于种族关系，也有利于美国在全球范围内反对共产主义的努力，共产主义宣传正在借我们的种族困境抹黑我们”。他的积极响应甚至促使里斯给 J. 埃德加·胡佛写信称赞马歇尔。（里斯在信中要求联邦调查局公布调查结果。胡佛回答说，调查是保密的。）

里斯与亨特共进午餐，在休息时间快结束时，她陪州检察官回到法院，他将在那里作总结陈词。就在法庭外的走廊里，他们看到了副警长詹姆斯·耶茨。里斯发现亨特抓紧了她的胳膊；他们的脚步打乱了，他俯身向着她。“离那个男人越远越好，”亨特低语道，“他只想伤害别人。”

323

重新开庭。亚历克斯·阿克曼走近陪审团。他认为控方试图对沃尔特·欧文定罪的证据不足。就涉嫌强奸本身，他明确表示辩方不仅要质疑诺尔玛·帕吉特对7月15日晚上发生在她身上的事情所说的话，而且要质疑她对攻击她的人的指认。“我们不是要说她没有在那个地方遭到强奸或者玷污，而是要说被告对此一无所知。”阿克曼指出控方没有提交医疗证据支持诺尔玛的强奸，“我知道她被副警长带到医生那里，而我要向你们这些先生提出在这个案件中应该有医疗证据，但什么也没有被引入以显示这位年轻的女士是否确实遭到强奸或者玷污”，他让陪审团把注意力集中在辨认这个问题上。和马歇尔在中午休庭之前说的一样，阿克曼在中午休庭之后的辩护依据的是杰西·亨特高度评价的佛罗里达民间的常识。“我想你们中的大多数都有过辨认黑人的经验。有一件事，我知道这对我来说是真实的，而我相信对你们每位先生也同样是真实的，这件事就是，你们第一次看到一个黑人的时候，你们看不到别的，只看到一个黑人，而如果第二天你再看到他，你可能根本认不出他来，只不过认为是一个黑人，而当他为你工作，和你说了两天、三天、四天、五天或者六天的话，然后你终于开始认出他来，并分清他是吉姆、乔、杰克或者乔治。但事实是，如果你从来没见过一个黑人，只见过他一次，并且是在黑暗中，在一个漆黑的晚上，就像这个案件这样，那么我想向各位先生说的是，你可能无法再次认出他，就像诺尔玛·帕吉特那样。”

然后，阿克曼接着说，控方没有把实物证据送给联邦调查局进行分析，而是信赖司法鉴定技巧稍逊的副警长詹姆斯·耶茨。此外，阿克曼还明确指出，辩方付钱请专家证人赫尔曼·贝内特分析副警长的石膏模型，并不是像控方暗示的那样，是为了让他错误地认定证据已经被破坏或者系伪造。如果辩方真的付钱请赫尔曼·贝内特做伪证，他们只需要让他做证说石膏脚印和沃尔特·欧文的脚不匹配就可以了。事实上，脚印的确匹配，只不过是凸面的。“现在我们不想说，而我们也不知道且不认为副警长把一只鞋楦放进去并且制造了一个假的脚印，我们根本不这么认为，而我们也不认为麦考尔警长做了这件事，”阿克曼坚称，“无论如何，我们不散布［原文如此］或者歪曲任何人。但我们确实这么说……我们相信我们已经证明了它……”

324

州检察官杰西·亨特站了起来。他不仅要作为控方作总结陈词，他还要讲述他四十年的法律职业生涯，在这期间，他从来没有为像格罗夫兰男孩这样有争议且重要的案件辩护过。他扫视挤得满满当当的法庭；他注视着媒体席，很多记者他已经认识多年。这个案件、公众、法庭、他的虚荣心——都在等待一场大师级般的表演。他把注意力转向陪审团的先生们。

亨特以一种和谐的音调开始。他说他同意马歇尔所说的，每个男人，不管是白人还是黑人，都有受到公正审判的权利，而作为州检察官，他的职业生涯也建立在这个原则之上。“先生们，尽管我不想吹嘘，但我想告诉你们，在任何案件中，我都真诚地认为被控犯罪的被告是无罪的……在这个世界上我所能做的就是告诉法庭对他进行撤诉。我已经这么做很多次了……在我的职业生涯中，我从来没有起诉一个我相信在所控罪行上无辜的人。我从来没有起诉一个我不认为是有罪的人。现在，先生们，我告诉你们这一点，我的心灵和良知让我不想要起诉一个无辜的人，而我总是对这件事很小心。”

正是亨特在他漫长的控方的交叉询问时对劳伦斯·巴特福德的证词的重复把诉讼带入短暂的停顿。“我的朋友批评我问巴特福德先生的一些问题，”亨特开始陈述，“因为我问他是否对佛罗里达州莱克县的执法部门反感，而从技术上他阻止我证明这一点。”亨特确信，如果法官允许警长做证的话，本来威利斯·麦考尔可以使巴特福德失去信誉。

阿克曼气得直跺脚。“提请法庭！”他喊道，“我们请求陪审团回避。”

富奇问：“目的是什么？”

“想在陪审团不在场的情况下提出一个动议。”

富奇让陪审团回避。当阿克曼和马歇尔靠近法官席，马歇尔注意到亨特站在一旁，对正在退出法庭的陪审员做手势。马歇尔感觉富奇更像是在指挥一个马戏团而不是在主持审判，只不过法官的注意力似乎都在他的雪松枝上，而他的老朋友、州检察官则发起了一个又一个不恰当的攻击。富奇的确停止了他的削棒行为，以控方的“技术性”言辞为基础，来否决阿克曼

325

审判无效的动议。他也否决了辩方提出的把这些言辞从记录中删去的要求，然后，他让陪审团回来。

亨特继续。他为陪审团回顾了赫尔曼·贝内特的证词，“他坐在这里对你们说了超过三十分钟，这是一个多了不起的人啊。这对我来说非常有趣。他给我的印象是恐怕胡佛会打电话让他接替自己的工作”。亨特再次对犯罪学家的证词冷嘲热讽之后，再次以个人名誉担保副警长的诚实以提高詹姆斯·耶茨的声誉，因此他，这位州检察官，不“相信你们这些先生会有一刻相信任何处在像副警长这个位置上的人，会以任何方式对任何人制作假的痕迹。我不相信你们这些先生相信那样愚蠢的事会发生”。

亨特用方言讲了一个关于“两个有色人种男人在大街上行走”的笑话，拉近他和陪审员之间的距离，而在那片刻的乡下幽默之后，他打开本案中的这些乡下人的心灵。“这就是那位年轻女孩，诺尔玛·帕吉特，”亨特说，“你们看到她坐在那里。她是一个诚实的老农民的女儿，在佛罗里达州莱克县出生和长大。她是一个贫穷的诚实女孩，甚至没有可能离开莱克县，并且在她的生活中从来没惹什么麻烦……她只是一个普通的老佛罗里达州的乡下姑娘，来自一个普通的老佛罗里达州家庭，而我问你们，你们会相信谁？”

一个记者注意到，当他描述这起强奸案时，他“欢呼雀跃，挥舞着他的手臂，然后像对抱在臂弯里的婴儿低语那样说话”。他的声音因感冒而紧张，而他与喉炎的抗争似乎只是增强了他注入他的叙述中的警告的意味。“现在，先生们，她在车里被囚禁，而她告诉你们说她害怕。她担心她的性命，我的上帝，她怎么会不害怕呢？……一个女人的贞操对她来说是天大的事，实际上没有什么东西可以与之相比。”因此，那个晚上在汽车里发生的事不仅仅是对诺尔玛·李·帕吉特所犯的罪行，而且也是对南方妇女所犯的罪行，陪审员的裁决惩罚的不仅是对一个妇女，而是对所有妇女所犯的罪行，这罪行针对的是他们自己的妻子和女儿。“你们有权坐在这里保护你们的妇女同胞，而我要告诉你们，在某个历史时刻，有个好女人，来自一个好家庭，在她婚礼前夕，她被带到后院强奸，她走到悬崖边上，让她自己得到永生，还有什么比她自己的生命更珍贵的呢。先生们，那就是她的贞洁。现在，先生们，诺尔玛·帕吉特，只是一个乡下姑娘，选择活下来，而她遭受了可能降临到任何一个女人身上的最大的灾难，而她要终生为之受苦。她已经活着来说这个故事，先生们，别忘了，那件事，那件可怕的事情将永远不会从她的脑海中抹去。”

326

亨特停下来喘口气。他使用的词语在空中飘荡：“野蛮”“最大的灾难”“保护你们的妇女同胞”，他没有让陪审团免于戏剧性或者恐惧。过了一会儿，亨特挺直身体走近陪审团。一丝沮丧掠过他的脸庞。他很严肃。他声音低沉。“现在，先生们，我将向你们作这个案件最后的辩护。我试图做好这项工作。这是我的神圣职责。先生们，我已经病得很严重，而这可能是我在本县处理的最后一个死刑案件……我一直遭受一种可能致命的疾病的折磨。”

法庭上的所有人都听到了这句话。梅布尔·诺里斯·里斯、瑟古德·马歇尔、辩方的团队、萨姆·布伊，每个人的耳朵都竖了起来。富奇法官甚至一度放下了他的雪松枝。

“先生们，我不想让任何人，不管是黑人、白人还是其他有色人种，受到不公平待遇，我已意识到我可能很快会去见上帝，而我不愿意在去见上帝时我的灵魂沾着无辜者的血。先生们，我不相信我会那么做，但我的确希望在我离开这个县时，这里是这样一种状态，你们和你们的妻子、女儿、姐妹或恋人可以在这个县和这个州的大街上很安全地走路或者开车，你们可以那么做。我希望我离开这个县和这个州时，这里是那样一种状态，不会有一群人冲过来抢走你们的妻子或女儿，把她带到树林里强奸她。”

马歇尔已经记不清（尽管格林伯格没有）亨特作为公诉人的总结陈词有什么不恰当行为的具体例子，但亨特诉诸“致命疾病”显然是博得陪审员同情的一种策略，并且再次以审判无效为基础（格林伯格记得的另一次是在上诉时发生的）。辩方仍然没有表示反对，因为当亨特在进行总结陈述时，法官无疑在任何情况下都会否决反对。

证词和辩护都结束了。沃尔特·欧文并没有注意到特别顾问提醒他的眼神，而马歇尔是从州检察官那里得到的提醒——州长的提议“在案件准备提交陪审团之前都有效”。这是被告最后一次确保他得到的是终身监禁而不是死刑的机会，一旦陪审

327

团退出审议，如果他被定罪，这个提议将被取消。马歇尔提醒欧文他完全有可能面临电椅之刑。

欧文在被告席上漠然地盯着远方，他听从了自己的律师的建议。他的沉默是沉重的。然后，他的目光和马歇尔相遇。“我没有做那件事”，欧文说，并且表示他不会因为没有做过的事情认罪。马歇尔点点头，紧紧搂住欧文的肩膀。

杜鲁门·富奇给陪审团下令。当12个白人男子走出法庭，全国有色人种促进会的律师走近法官席，法官穿着一身日常的带着雪松斑点的棕色热带风格商务西装，坐在他的转椅上。他戴着一枚共济会会员图章戒指；马歇尔也是，而在审判的早些时候，法官和律师还比较了他们的戒指并且友好地分享了他们在共济会的一些经历。然而，在那个时候，马歇尔既没感到热情，也没感到亲切。他对杰西·亨特很生气。

“富奇法官，我很严肃地对待这个问题，”马歇尔说，“我打算让他失败，那些陪审员每个都有一个圣地兄弟会的徽章，你注意到了吗？”

“当然，我注意到了。”富奇回答。

“你是否也注意到州检察官在三个不同的时间给陪审团发共济会的求救信号？”

“是的，”富奇说，“事实上，是四次。”

“那么，我打算提出一项抗议。”马歇尔告诉他。

“我不会那么做的。”富奇回答。

“为什么不？”

"这与种族无关，"富奇说，"不管你是白人、黑人还是绿人，他都这么做。他总是发出求救信号。"

格林伯格、阿克曼和帕金斯对被告的前景并不比马歇尔更乐观。似乎整个审判都是按照控方的命令进行，而这显然是富奇法官的恩典。尽管判决似乎是预定好了的，但马歇尔让阿克曼请求法庭向陪审团提出附加说明，敦促审议不要受公众情绪的影响并对诺尔玛·帕吉特的证词"严格审查"，因为她所声称的行为没有其他证人。富奇拒绝了。

马歇尔退到走廊去抽烟。他警惕地看了一眼副警长耶茨；无论如何，他不想在审判后被一伙三K党暴徒用灵车把他送出马里恩县。尽管马里恩县的警察局很好地保护着法院，但即使戴着他们的牛仔帽、臀部上挂着他们的枪套，他们也没有防备来自莱克县的同行的威胁。

328

一个白人侧过身问马歇尔："陪审团要多长时间才能出来？"

"该死的，我希望我知道，"马歇尔说，"我说不准。"

两个人沉默地抽烟，那个白人盯着走廊。"我可以告诉你。"他说。

马歇尔等着解释。那个男人很愿意提供。"你看到那边那个抽雪茄的家伙吗？"

马歇尔看到他，说，是的，然后那个白人以一种在马歇尔看来过度自信的语气说："当他抽完那支雪茄，陪审团就会回来"。

马歇尔皱了皱眉头。"你到底在说什么？"律师问。

那个人指出抽雪茄的是一个陪审员，马歇尔认出他来，这时他又看到一个陪审员，这个陪审员也点了一支雪茄。

“他们不会浪费雪茄的，”那个人告诉马歇尔，“他们抽完雪茄才会进去。”

马歇尔观察那两个陪审员。他发现他们的姿态中没有任何紧张，他们的身体语言也没有紧张，就像平常抽他们的雪茄一样。这不是个好兆头。马歇尔宁愿看到他们不自在、紧张，准备尽可能快地跳过法院，违背民意，无罪释放沃尔特·欧文。相反，这两个陪审员看上去像是在懒散的周六下午，在理发店外消磨时光。这一点也不好。马歇尔又点了一根香烟。

烟雾缭绕在那两个陪审员的头上。又慢慢过去了几分钟。随后，一个陪审员踩灭了他的雪茄；他徘徊了一会儿，对他的同伴点点头，在走廊上消失了。没有任何紧迫感，第二个陪审员跟着。马歇尔扔了他的香烟。

他刚步入法庭就听到消息，说陪审团经过1小时23分钟的审议已经作出裁决。马歇尔的团队聚集在被告席边。沃尔特·欧文已经从牢房里被带回来。他的家人和黑人旁听者在一起，好奇并充满希望，挤在阳台上。主楼层发出嗡嗡的声音。记者团警惕地等待着。杰西·亨特在原告席上，坐在萨姆·布伊边上。富奇法官回到法官席。

329

富奇法官手里拿着一根香烟，对旁听者说：“现在陪审团已经作出裁决，我不希望这个房间有人走动，直到警长把被告带走。”

如果他没罪会发生什么？马歇尔想。结论似乎已经预定好了。

快到下午4∶00，12名陪审员进入法庭，他们的眼睛没泄露任何东西。房间安静下来。宣读裁决。

“我们陪审团认为被告有罪。”没有丝毫仁慈。

欧文没有任何表情。他坐在那里，一动不动，只有脸颊的肌肉在抽搐。沃尔特的母亲泣不成声。在她周围，黑人旁听席上一片饮泣声，陪伴着德利亚·欧文的悲伤。

马里恩县的警长唐·麦克劳德拍拍欧文的肩膀。“就像一个被打昏的人”，被告走到富奇法官面前接受判决宣判。他的感觉麻木了，他几乎没听见在他脑海里回响好几个月的话：“……处以电刑，愿上帝宽恕你的灵魂。”

马歇尔立刻提出审判无效的动议，理由是亨特作为公诉人在陪审团前总结陈词时的不当行为。富奇否决了这个动议，他在口袋里没有摸到笔，借了一支笔签上决定欧文厄运的名字。记者跑向电话和打字机。陪审团解散了，而沃尔特·欧文再次戴上手铐，由穿着西装戴着费多拉帽的警长麦克劳德从法庭护送到一辆等在那里的巡逻车。

《每日指南》记者理查德·卡特在法院徘徊。他想从公诉人那里得到一些说法，但他只找到了萨姆·布伊，他要求后者澄清州检察官在总结陈述时的一些说法。也就是辩方所提出的，如果沃尔特·欧文有罪，为什么他不在强奸诺尔玛·帕吉特后逃走呢？亨特曾经嘲笑那个逻辑，并且告诉陪审员他认为他们也知道的，“你不知道那是**有色人种的**思维方式吗？”布伊向提问的记者解释说，亨特实际上想说的是**罪犯的**，不是**有色人种的**。卡特是 1951 年乔治·波尔克奖得主，该奖项授予“即使在生命受到威胁时也忠于其职业最优原则的记者”，布伊这番话并没有说服他。他后来写道：“难道这又是一起南方地方政府为了引起激愤而事后编造的‘强奸’案，目的是让黑人待在 330 属于他的‘地方’？”

当卡特走开，助理州检察官萨姆·布伊确定他听不到自己说话后，便问站在附近的其他记者：“喂，那个卡特是个黑鬼吗？他有可怕的鬈发。你确信他不是一个黑鬼？”

德利亚·欧文追上正要离开法庭的瑟古德·马歇尔。眼泪顺着她的脸颊不规则地流下。“这是我见过的最令人印象深刻的女人的脸，”马歇尔后来说，“很高的颧骨，脸色很红。很红，很像印第安人。而她有那么敏锐的眼睛……”

“律师，你不能让我的儿子死去，你明白吗？”德利亚·欧文嘱咐他。“她说了四次，”马歇尔回忆道，“你不能让我的儿子死去。我几乎不能入睡，我能看到这张脸，和那个孩子，真的……”

马歇尔克制住自己，拥抱了这个悲痛欲绝的女人；她的身体在颤抖。“不要担心，亲爱的。”马歇尔试图安慰她，“以对我们人民的信仰和上帝的恩典，我们会回来的。”他的眼里也饱含泪水。马歇尔向她保证：“我们会和你一起坚持……我们会继续战斗。”

马歇尔在进“灵车”之前，告诉在法院外的记者，他将在周一提出在塔瓦里斯进行一次新的审判的动议。他和保罗·帕金斯、《芝加哥卫士报》的阿诺德·德米尔、《匹兹堡信使报》

的罗伯特·M. 拉特克利夫以及《巴尔的摩非裔美国人》的米尔顿·“巴迪”·罗纳森一起前往在帕勒莫尔的小酒店，那里有些黑人记者拿起他们的行李，然后奔向在奥兰多的机场。

梅布尔·诺里斯·里斯在法院大厅里等候。太阳开始下山，她还要开很长的路回莱克县，但是有些话不得不说。说什么她不确定，即使她知道他病了，有些话也还是要说。因此，她在那里等着，当她看到他慢近，所有的话都在她的泪水中失去了。杰西·亨特轻轻地揽着她的胳膊；他试图安慰她，提议他们去吃点东西。

“走开。”里斯说，把胳膊抽出来。

她克制但出人意料的激烈态度让亨特目瞪口呆。

“你怎么可以那么做？”她问他，泪水从她眼中涌出。

亨特忍耐着。“我不得不这么做。”他说。

里斯摇了摇头，甚至看都不看他一眼。

“这是我的职责，”他说，声音嘶哑到快要说不出话来，“作为一名检察官的职责。”

第二十二章　阳光沐浴之地

1955 年 1 月 4 日，勒罗伊·柯林斯州长宣誓就职

《巴尔的摩非裔美国人》记者巴迪·罗纳森说，“我想不通 331
怎么会有人以上帝的名义让那个男孩遭受这么多非人道的惩罚。佛罗里达是个糟糕的居住地”，他对他目睹的在欧文的审判中以及法庭外的残酷很惊讶。当他们雇的车在 2 月 14 日周四晚上驶

向奥兰多机场时，他坐在马歇尔旁边，为第二天的报纸做笔记。

332 这一判决出现在2月15日全国各地的头版头条。报道审判的记者几乎都不对沃尔特·欧文被判有罪感到惊讶；莱克县的司法从来没有宽恕的品质，尽管这的确让他们中的很多人感到困惑。报纸用黑体字表示他们的愤怒，但即使是不那么激烈的头条也呼吁要宽恕，比如周五的《纽约时报》，上面写道："全部是白人的陪审团在对1949年案件的三天再审中没有力促宽恕。"全国的新闻界表达了他们的希望，鉴于欧文已经忍受的毒打和枪击，杜鲁门·富奇法官应该表现得有所克制，即使在缺乏陪审团建议的情况下，也重新尝试并判决那个格罗夫兰男孩终身监禁。

当地的报纸称赞马里恩县的审判气氛"平静"，但北方左派和黑人报纸的社论不原谅佛罗里达州中部的白人司法。左翼的《工人日报》的社论说："残忍和陈腐的佛罗里达州白人至上主义再次宣布，它意图用黑人的鲜血抹黑《宪法》和《人权法案》。""由一个私刑法官主持的一个私刑法院在一个全部是白人市民的陪审团前对24岁的沃尔特·李·欧文进行了一场私刑审判，99%的人相信被告有罪。这个法庭和白人至上主义暴徒只在形式上不同。取代野蛮叫喊的是有偏见的公诉人杰西·亨特的呼吁。"这家报纸呼吁市民到州长富勒·沃伦的办公室前"要求赦免欧文"，并且以罢工和示威的形式抗议法院的行为。社论还指出，"佛罗里达州的14起爆炸案都没有产生一个被告"。

在奥卡拉的"私刑审判"后，沃尔特·欧文被马里恩县的警长送回雷福德的死囚牢房。《纽约邮报》的一名记者在州监狱采访了欧文，在那里他再次穿上发给死囚的灰色牢服。欧文承认不后悔拒绝州长提出的认罪协议。“我不后悔，现在也不，”他说，“自然，我宁愿得到终身监禁而不是电椅，但我想，我没有罪却要接受一份认罪协议，这是不对的。”这个决定是他自己做出的，他告诉记者——“我的律师没有告诉我该怎么做。他们让我做决定”——尽管他的确问“为什么控方提出这个建议。他们不知道。他们知道这个案件会得到大量报道，可能这就是原因”。欧文自己“认为控方可能认为我是无辜的。这让我很高兴，但我告诉我的律师，我不认为认罪是公平的，这是对自己撒谎”。即便如此，如马歇尔已经告诉他的，如果他接受这笔交易，他可能在八到十年内获得自由，除非有不良行为；尽管事实上，如果他不接受这笔交易，“会发生什么事情”，他的律师“不能给我一个确定的保证”。欧文不需要时间考虑这个。“我知道我在冒险，”他告诉《纽约邮报》的记者，“但我希望得到我应有的公正……”欧文的声音消失了。他还没有完成他的想法，但在他被带回他的牢房前，他补充说：“我能说什么？我没罪。而我仍然相信我还有机会。”这个机会没有在几周、几个月内出现，他等着来自全国有色人种促进会的消息。 333

到3月6日，佛罗里达州的执法部门对哈里·T. 穆尔及其妻子的谋杀调查几乎没有取得进展，但在纽约市，授予穆尔夫妇荣誉的“全国有色人种促进会的伟大夜晚”，吸引了15 000人拥进麦迪逊花园广场。由莉娜·霍恩和奥斯卡·哈默斯坦二世共同主持晚会，晚会的特色之一就是20世纪50年代娱乐界最有名的一些人出席，其中有亨利·方达、哈里·贝拉方特、塔露拉·班克黑德、埃德·苏利文、吉米·杜兰特以及来自全国有色人种促进会的伟大的瑟古德·马歇尔。当晚的表演中有一个很戏剧化的小品，叫“敲响自由之钟”，其中包括一篇纪念穆尔生平的作品，以及一首由兰斯顿·休斯作词、萨米·海沃德谱曲的《哈里·穆尔之歌》。幕间休息时，临时从西海岸飞过来的富兰克林·威廉斯以他的个人魅力和修辞进行了一场激动人心的筹款呼吁。这次集会为全国有色人种促进会筹得超过五万美元。当年的晚些时候，罗莎·穆尔接受了1952年的斯平加恩奖，这是追授给她的儿子哈里的。

1952年3月，瑟古德·马歇尔也回到了南方，这次是去南卡罗来纳州克拉伦登县，在那里他以布里格斯诉埃利奥特案继续和学校隔离作斗争。这个案件建立在教育公共财政花在白人孩子的总额是分配给黑人的四倍之事实上，已经由马歇尔在联邦最高法院辩护过，案件被撤销并发回南卡罗来纳州联邦地区法院，由三位法官组成合议庭重审。其大体上是以查尔斯·休斯顿曾经说过的那种方式进行，而公立学校的融合在南方接近变成现实。这些教育案件最终构成布朗诉教育委员会案，而作为休斯顿的弟子和接班人，马歇尔感受到他自己队伍内部的压力，但更多负面的东西来自他的对手。因为克拉伦登县让他觉得没有逃脱一个月前在佛罗里达中部经历过的威胁的气氛。在战后40年代的克拉伦登县法院，全国有色人种促进会没有成功

334

阻止南卡罗来纳州对一名被控谋杀的 90 磅重的 14 岁男孩小乔治·斯廷尼执行死刑。他在被定罪数月后被匆忙送上电椅，斯廷尼成为 20 世纪美国被执行死刑的最年轻的囚犯。种族主义情绪在 1952 年几乎没有消减；在同一个县法院，布里格斯案诉讼结束时，马歇尔受到对方一个白人律师的严厉警告："如果你再次在克拉伦登县秀你的黑屁股，你死定了。"

4 月，全国有色人种促进会执行委员会任命马歇尔负责法律辩护基金会，特别顾问变成首席顾问。随着马歇尔头衔的变化，法律辩护基金会的地位也发生了改变，它变成了一个子公司；因此，沃尔特·怀特不再是瑟古德·马歇尔的老板了。同年夏天，法律辩护基金会搬进自己的办公室，就在曼哈顿市中心，离全国有色人种促进会总部三个街区远。时代广场大楼为法律辩护基金会的律师提供了更宽敞的空间，还有一个破旧的大厅和充满尿骚味的带栅门的电梯。那个大楼显然没有提供足够的安全保障；很多时候，工作人员发现自己的打字机不见了，因为在夜幕下，窃贼不费什么力气就可以爬上逃生通道，撬开窗户。

尽管享受免税待遇，但法律辩护基金会总是资金短缺。如马歇尔所说，"我们只有在我们有钱时才能动"，为了筹款，律师经常需要进行巡回演讲。杰克·格林伯格认为这个筹款计划的成功很大程度上归功于马歇尔的"个人魅力"，首席顾问在法律辩护基金会的演讲可以激发听众的善行。1954 年前，格林伯格自己发表的演讲每个月大概为布朗案筹集到 10% 到 20% 的资金，而马歇尔更多。当他们准备代表沃尔特·欧文上诉时，他们很清楚格罗夫兰案有特殊的“筹款和组织的可能性”。沃尔特·欧文和格罗夫兰男孩的故事吸引了全国各地的民众。有一次，在弗吉尼亚州的里士满，格林伯格只是简单地读了欧文在被麦考尔警长和他的副警长枪击后在医院的病床上发表的声明，就不时被 1 500 名听众的叹息和抽噎打断。当格林伯格意识到缺了一页几乎无关紧要的文本时，他只好即兴演讲。听众以各种方式慷慨解囊。最终，格罗夫兰男孩的故事总共为法律辩护基金会弥补了 39 000 美元的资金缺口，但这不是来自马歇尔·菲尔德三世这样富有的捐赠者或者如普林斯·霍尔共济会那样的黑人共济会，每年马歇尔可以从他们那里获得大笔捐赠。相反，它是从那些被累积的不公正和英勇不屈的故事所打动的“没有大财产的黑人”那里获得的。

335

1952 年的整个夏天和秋天，法律上的挫折继续阻碍法律辩护基金会在沃尔特·欧文案上的进展；他的情况变得更加令人绝望。马歇尔统计出第二次格罗夫兰审判中控方有二十多处错误，他留下亚历克斯·阿克曼和保罗·帕金斯处理上诉。马歇尔和他的律师团队决定请一个已经与之建立良好关系的杰克逊维尔知名律师提交一份“法庭之友”请愿书，探讨执法人员在一个死刑案件中杀害被告证人的合法性问题。1952 年 11 月，佛罗里达州最高法院否决了请愿书。格林伯格继续准备上诉，同时撰写布朗案辩护摘要的初稿。

感恩节周末后，马歇尔住进华盛顿的斯塔特勒酒店，这是他到访首都后第一次没在法律上被要求住在黑人的房间里。在他第16次在最高法院出庭前，他把他的房间变成了一个作战室。在接下来的十天里，这个国家最杰出的黑人律师们在马歇尔的房间里进进出出，他们帮助他准备布里格斯诉埃利奥特案的战斗。他急躁且易怒，这种状态持续好几个月了。妻子巴斯特注意到在他为格罗夫兰男孩案工作的那段时间，“在过去五年里，他老了，他的性情都变了——他现在神经紧张，而以前他很平静。这项工作让他付出代价。这是他给自己安排的一项令人沮丧的工作”。1946年，当马歇尔从神秘的“X病毒”中康复时，曾经在维尔京群岛招待过马歇尔的威廉·黑斯蒂注意到律师再次显得筋疲力尽，“超出人类解剖学的极限”。

12月9日，马歇尔在联邦最高法院为布里格斯诉埃利奥特案辩护。在辩护即将结束时，出乎格林伯格的意料——因为他曾经在佛罗里达州看到过杰西·亨特使用同样的求救信号——马歇尔向他的共济会兄弟、大法官罗伯特·杰克逊发出秘密的共济会求救信号，后者友好地回应。马歇尔笑着回到自己的座位上。

同一天，在佛罗里达南部，关于迈阿密卡弗村爆炸案，一个大陪审团指控三名三K党成员在宣誓的情况下对联邦调查局和大陪审团做伪证。联邦调查局此前也已经指控七名三K党成员在有关在莱克县外的高速公路上追逐两名全国有色人种促进会的律师和两名黑人记者时做伪证，联邦调查局声称要在佛罗里达州反对三K党的暴力上取得进展。但哈里·T. 穆尔及其妻 336

子被谋杀一案仍然没得到解决。

几个月过去了，新的一年到了，沃尔特·欧文仍待在死囚牢房里。尽管他对牢房里缺乏阅读材料和收音机感到失望，但他依然相信瑟古德·马歇尔正在为他做的上诉工作会给他带来机会。与此同时，死牢里的狱友们继续最后一次走过走廊，走向电椅。1953 年 6 月，如马歇尔所料，佛罗里达州最高法院核准了马里恩县 1952 年 2 月 14 日的判决。尽管法官列举了几处富奇法官对检察官杰西·亨特“不合规则”和“不正确”的评论的宽松裁决，但他们认为这些基本上是无关紧要的错误；因此他们没有发现这些错误重大到足以推翻判决。一个月后，保罗·帕金斯在佛罗里达州最高法院为缓期执行辩护，也被否决了，但州法院批准了被告有 90 天的时间，以上诉到联邦最高法院。

纽约的辩护团队整个夏天都处于忙乱状态。联邦最高法院的法官要求现在布朗诉教育委员会案中包含的五个学校的隔离案更加清晰，并且要求五起案件全部要根据第十四修正案中的平等保护条款的立法意图重新论证，以决定废除公立学校的隔离是否属于国会或者事实上的任何联邦政府机构的权力之下。为了办理案件，马歇尔在全国招募了超过 200 名律师和历史学家。他四处出差，并且在全国各地马拉松式的会议上和他们磋商。当他回到纽约，他同样以学术讨论会的方式与他的法律辩护基金会的律师团队、主要合作者和学术专家讨论，他努力通过电话和电报让外地的律师和历史学家同步了解进展。那个夏天和秋天，马歇尔的法律工作人员没有休一天假；秘书不仅实行两班制，而且每周工作六七天——法律辩护基金会办公室每个人的忙碌程度都创下历史。马歇尔自己似乎从来没有离开过他的办公桌。头发凌乱，领带松开，衬衫最上面的扣子解开，嘴里叼着一根香烟，到了午夜，他才可能建议“为什么我们不休息 15 分钟”。因此，当时还在霍华德大学的学者约翰·霍普·富兰克林回忆说，有一次他们一直工作到凌晨，富兰克林叫马歇尔在办公室休息 15 分钟，而他自己偷偷回到他在阿尔冈昆酒店的房间睡觉，第二天早上他回到办公室，发现马歇尔仍 337 在办公桌前工作。

马歇尔依靠像约翰·霍普·富兰克林和约翰·霍普金斯大学的 C. 范·伍德沃德这样的历史学家，通过将布朗案的理路令人信服地置于社会和政治语境中，来解决联邦最高法院对废除种族隔离与国会的权力的关切。马歇尔反复提醒有时习惯于推测最高法院可能的意见的历史学家，这项任务只是“提供一个案件，以说服最高法院不得不作出对我们有利的判决”。为此，马歇尔和他的法律辩护基金会的团队引入心理学家肯尼斯·克拉克关于隔离对黑人儿童心理状态影响的研究，把后者的“玩偶实验”引入布朗诉教育委员会案的辩护摘要和总结中。（克拉克的研究证实马歇尔自己和黑人孩子对话时得出的结论，当他问那些男孩他们长大后想干什么时，令他心碎的是，即使是那些最开朗的孩子，也会回答：“我要做一个最好的管家”，或者“我希望我能进邮局”。）几个月来，马歇尔的团队将布朗案的辩护摘要改了又改。他们把自己所做的法律调查的结果和那些历史学家对与本案相关政治的和社会的问题的检视结合起来；他们以社会学的数据和克拉克心理学研究的证据来支持他们的辩护。富兰克林说，他们用 235 页纸发表了一份平等宣言，其语言、深度和说服力超出所有人的预期。另一位历史学家指出："其在辩护文献史上占有一席之地。"

1953 年 12 月 7 日黎明前的几个小时，黑人在联邦最高法院外排队，希望见证正在创造的历史。当瑟古德·马歇尔带着妻子巴斯特和母亲诺尔玛抵达时，天已破晓，他们被护送到为他们预留的座位上。马歇尔坐在法庭中间的座位。在口头辩论开始前，他看了一眼全国有色人种促进会的律师团队，他们长年累月为布朗诉教育委员会案中的五个教育案件辛勤工作，而"我意识到他们中没有一个人不被查尔斯·汉密尔顿·休斯顿所感动。有的受过他的教育，有的和他是朋友，或者接受过他关于职业生涯的指导。他们中的每个人，包括我"。马歇尔把在法院的这一天——属于他们的一天，献给他的导师和朋友查尔斯·汉密尔顿·休斯顿。

338

马歇尔和他的律师为布朗案辩护了三天，他们没想到判决到春天才作出。但 1954 年 1 月，他们从最高法院得到另外一件事的消息：沃尔特·欧文的上诉被驳回，最高法院拒绝审理格罗夫兰案。杰克·格林伯格曾认为，非法搜查和获取欧文的裤子和鞋子可以支持推翻判决（这要等到七年后，最高法院裁定被告不能以非法获得的证据被定罪），德利亚·欧文也没有做证说她找到所说的证据并把它交给副警长詹姆斯·耶茨。格林伯格提交了对格罗夫兰案重新审理的请求，最高法院也驳回了。欧文的律师没有其他的司法权可依赖了。他们现在只能集中精力推迟沃尔特·欧文被执行死刑的时间。

马歇尔可能比大多数人都清楚，最高法院非常不可预测，尤其是在刑事案件上。他已经在最高法院为32个案件辩护，尽管在他职业生涯中他只输了三个案件，其中两个是死刑判决。第三个是1944年的莱昂斯诉俄克拉荷马州案，在这个案件中，一个黑人佃农承认他在被反复殴打后实施了谋杀，然后指认了一盘被烧焦的婴儿受害者的骨头。马歇尔和威廉·黑斯蒂一起准备辩护摘要。四年前，马歇尔自己在联邦最高法院辩护钱伯斯诉佛罗里达案时，就曾经建立了有关在刑事案件中强制认罪的先例。他有充分的理由相信，他的翻案是建立在坚实的基础上的。然而，最高法院维持对莱昂斯的定罪。有人猜测大法官威廉·O. 道格拉斯也许会投票支持这一判决，此前他坚定而一贯地反对强制认罪，但他有可能被选为富兰克林·D. 罗斯福的副总统的竞选伙伴，而他因此不希望得罪南方的民主党人。如最高法院在之前的莱昂斯案所做的那样，维持俄克拉荷马州法院的判决是信任该州在涉及种族的犯罪审判方面所取得的进展。毕竟，被告没有被匆忙审判，他没有被判处死刑，而他当然由有能力的律师代理。然而，马歇尔认为最高法院的判决是在坚持错误。在接下来的十年间，他继续为莱昂斯早日获得假释向该州施压。他也一直与在监狱里的莱昂斯通信，并且自己掏腰包寄钱给莱昂斯。

1954年5月17日，最高法院宣布了关于20世纪最重要的 339 民权案件的全体一致的判决。法院认为，正如查尔斯·汉密尔顿·休斯顿和瑟古德·马歇尔20年前在南方之旅中所观察到的那样，“隔离的教育设施本质上是不平等的”。因此，为白人和黑人建立分离的公立学校的州法律被裁定违宪，违反了宪法第十四修正案的平等保护条款。

这个判决给了法律辩护基金会纽约办事处庆祝的理由。香槟打开了。工作人员一片沸腾，说话声和笑声雷动。马歇尔开玩笑地责备沃尔特·怀特，说公立学校种族隔离的废除要归罪于他。晚会转移到蓝丝带，在那里律师、工作人员和顾问互相敬酒，马歇尔喝着黑啤，他们和他们的首席顾问分享大浅盘的猪蹄。瑟古德的妻子没有参加，她病了，过去几个月，她有时因胸部疼痛和肺部病毒性感染而卧床不起。清晨时分，当晚会结束时，不止一个同事注意到马歇尔和格洛斯特·科伦特的秘书塞西莉亚·苏亚特一起离开蓝丝带。“瑟古德对他的桃色事件很谨慎，”为布朗案进行学术研究的约翰·奥布里·戴维斯说，“除了那次庆祝胜利外没有其他事例。他和塞西一起离开……这是第一次我发现，有迹象表明，她不仅仅是在那里的另一个工作人员。”

南方没有庆祝这次胜利。布朗案的裁决导致三K党活动和白人公民委员会激进主义的回潮，“可敬的公民”联合起来，对当地那些支持或者不公开反对废除种族隔离的个人和组织施加经济压力。在莱克县，梅布尔·诺里斯·里斯所写的称赞瑟古德·马歇尔和最高法院判决的社论并不是无关紧要的。反动派在她家前面的草坪上放了一个燃烧的十字架，在她办公室的窗户上涂上“三K党”的红色油漆，并用番木鳖碱毒死她家的狗。

讽刺的是，在过去五年间，为了拯救沃尔特·欧文的生命，尽管法律辩护基金会提交了那么多关于格罗夫兰案的辩护摘要，马歇尔在最高法院和佛罗里达县法院出现了一次又一次，在所有这些全国有色人种协进会的努力之后，最终却是马歇尔的布朗案在华盛顿的胜利偶然地触发了在佛罗里达的一系列事件，给了那个格罗夫兰男孩逃脱电椅的最佳机会。由于布朗案的判 340 决，威利斯·麦考尔被激怒了，既因为判决本身，更因为布朗案中备受称赞、大获全胜的律师就是曾经光临莱克县并且称警长无异于冷血杀人犯的那些律师。他不会允许他们恐吓他，也不会允许最高法院的判决决定他应该如何在他的领地维护法律和秩序。

1954年，南卡罗来纳州的干旱使得河流干涸、耕地荒芜，因此，在春天，艾伦·普拉特决定全家迁往南方，搬到佛罗里达州莱克县的芒特多拉，他的兄弟在那里帮他找到了采摘柑橘的工作。他和妻子劳拉让他们的五个孩子就读白人公立学校，不料却发现他们还不够白。学校并没有忽视家长表示的对棕色皮肤的普拉特家的孩子可能是黑人的担心；相反，校长把这些抱怨向县警长报告。因此，警长威利斯·麦考尔在学校校长的陪同下，拜访了普拉特的住宅，他在那里进行他的人类学调查。他让那五个孩子靠着墙排成一排，并且一个接一个地从他的眼镜下窥视、研究他们。“你知道，他更像是个黑鬼”，他做出决定，因此，去掉了 17 岁的登泽尔，至于 13 岁的劳拉·贝尔，“我不喜欢那个人的鼻子的形状”，而在每个孩子身上他都花了很长时间，他确定五个孩子实际上都是黑人。尽管艾伦·普拉特声称自己是爱尔兰人和美洲印第安人的后代，而出生证明和结婚证把普拉特标记为“白人”，但麦考尔并不认可，他命令孩子们在进一步调查期间离开学校。普拉特的反对意见被无视。威利斯·麦考尔吹嘘说，如果有一件事他能做，那就是辨认出“黑安格斯牛和黑白混血儿”。

当普拉特抗议警长的断言时，校长回答说：“警长在这里就是法律。”梅布尔·诺里斯·里斯也进行了报道，这些系列文章后来为她赢得普利策奖提名并在《时代》杂志持续刊登。由于普拉特一事，里斯和麦考尔警长现在是新仇加旧恨。“如果孩子们从来没看到另一所学校的内部，他们就不会去一所黑人学校”，艾伦·普拉特告诉里斯。因为他的家人不曾和黑人有关联；他们只上白人的教堂，而他的祖父在南北战争时为南方联盟作战。此外，普拉特一家在法律上被认定为“白人”，尽管有些文件也暗示有克洛坦印第安人的血统；麦考尔很快指出，按照韦氏词典的定义，这是一些“有印第安人、白人和黑人血统的混血的人”。麦考尔信口开河，而里斯的文章激励在芒特多拉学校的 65 名小学生签署一份请愿书，说普拉特家的孩子的“受教育权利因为一个男人的意见和偏见而被剥夺了”。第二天，当学校开学时，孩子们发现，人行道的中间用粉笔画了一条线；

341

一边标着“白人”，另外一边是“喜欢黑鬼的人”。一个曾经签署请愿书的小孩被人投掷石块。与此同时，一名副警长拜访普拉特一家，带来警长办公室的口信，“如果当天晚上不搬家，他们的房子就会被烧毁”。

1954 年夏天，公开的种族主义者的威利斯 · V. 麦考尔被任命为全国白人促进会的理事，主要致力于种族隔离的宣传。在由全国白人促进会发起人布莱恩特 · 鲍尔斯组织的在特拉华州的一次集会上，莱克县警长作为种族关系“专家”以及“一个知道怎么处理黑人的人”，被介绍给 5 000 名种族主义者。麦考尔谴责布朗案的判决，敦促每一个参与者在反对融合上“加油”。在返回莱克县时，他告诉一家报社，“比如说我，我会尽我所能阻止那样一场运动。我不是那种坐着发牢骚的煽动者，而是会采取行动。我们更需要的是行动，而不是那么多叽叽歪歪的牢骚”。

在纽约的瑟古德 · 马歇尔很快知道了警长呼吁采取“行动”的新闻，全国有色人种促进会迅速给佛罗里达州的代州长查理 · 约翰斯发了一封电报，要求罢免麦考尔。约翰斯通过记者回应说麦考尔的讲话是“不明智的”，但补充说他没有理由将其撤职。舞伴可能改变，但马歇尔和佛罗里达州州长们之间达 15 年的舞蹈保持不变，他们仍然踩着他的脚趾。只有查理 · 约翰斯跺脚。丹 · 麦卡蒂于 1953 年 9 月突发心脏病去世，约翰斯成为佛罗里达州的代州长，而约翰斯在民主党的初选中败给勒罗伊 · 柯林斯，后者 1954 年在没有对手的特别选举中当选州长。

11月1日，选举前夜，这位来自北佛罗里达州的持“猪肉玉米粥”[1]种族主义的代州长在两个多月的服务期内，处理了对他来说更紧迫的事情。他签署了对沃尔特·欧文的死刑执行令。执行时间定在11月8日，周一。

全国有色人种促进会立刻以有“新证据”为由提请佛罗里达州最高法院暂缓执行，并特别指出，在涉嫌强奸发生后，为诺尔玛·帕吉特体检的医生杰弗里·宾尼菲尔德愿意做证，如果他被传唤作为证人，将证明帕吉特“没有”遭到侵犯。佛罗里达州助理检察长里夫斯·鲍恩嘲笑这项请求；他指责全国有色人种促进会坐视不管，直到“最后时刻”才把上诉提交到塔拉哈西。法院拒绝批准暂缓。

瑟古德·马歇尔别无选择，他知道他必须做些什么。他此前曾经那么做过，在最后的紧要关头停止执行。但他在哪里都找不到首席大法官弗雷德·文森——不在家，也不在他在华盛顿经常去的地方。然后，他得到一个提示：离白宫两个街区的斯塔特勒希尔顿酒店的一个房间号。他破门而入。首席大法官正在打牌，文森对杜鲁门。

“你怎么找到我的？”文森问。

“我不能告诉你。”马歇尔说，把辩护摘要移到法官面前。

文森的眼睛扫过这些文件，时间紧迫。他对马歇尔挥舞着辩护摘要。“你能保证这是真的？”

342

1 南方黑人的传统食物。

“是的，先生。我写的。”马歇尔回答。

杜鲁门总统默默地看着。马歇尔屏住呼吸，等待着。文森把辩护摘要放在桌上，他拿起了笔。

“我要告诉你一件事，如果你有胆量打破僵局，我就有胆量签字。”文森说，把辩护摘要还给马歇尔。

这是 11 月 6 日周六深夜，离沃尔特·欧文被枪抵着脖子、躺在地沟里的那一天已经过去三年了，**“那个黑鬼还没死”**——还没有——但在不到两天的时间里，他就会最后一次走在平顶的走廊里，走向佛罗里达州的“老火花”电椅，除非……

马歇尔设法找到大法官雨果·布莱克，后者在最高法院的大法官会议上提交了签好字的辩护摘要。这最后一分钟的停留给了马歇尔 12 天的时间为最高法院 11 月 20 日的会议做准备，到时大法官们会再次决定是否批准对欧文的定罪进行审查。从那个时间起到 1 月 4 日当选的勒罗伊·柯林斯上任的这 45 天里，马歇尔毫不怀疑州长查理·约翰斯会用他能得到的第一个机会把欧文送上电椅。马歇尔也不怀疑，如果他能以某种方式延长司法程序，直到约翰斯搬出塔拉哈西的议会大厦，那么他营救欧文免遭死刑的机会将大大增加。

45 岁的和蔼可亲的塔拉哈西律师勒罗伊·柯林斯来自“老佛罗里达”，和大多数南方政治家一样，他谴责布朗案的判决。尽管马歇尔还不知道能从柯林斯那里期待什么，但他很清楚约翰斯的立场。11 月 20 日，马歇尔第四次上诉到联邦最高法院，最高法院同意对对欧文的定罪进行审查。佛罗里达州有三十天

343

时间回应，届时最高法院将决定是否对案件的辩护和意见进行听证。马歇尔重新设定了欧文和电椅之间嘀嗒作响的时间。更重要的是，他已经把查理·约翰斯的手从开关上移走。

另一个时钟在埃奇科姆大道409号嘀嗒响。巴斯特从医院回家过感恩节。她和医生一直把坏消息瞒着瑟古德，但现在时间不多了。胸部疼痛，病毒扩散：是癌症。马歇尔懊悔不已，他为自己没完没了的出差、案件、在法律辩护基金会无尽的加班、轻率的行为感到自责，他向全国有色人种促进会请假。马歇尔把自己关在公寓里，待在巴斯特的床边，细心而温柔，度过了他们长达四分之一世纪的婚姻的最后几周：这段婚姻可能在几年前失去了亲密感，但他们之间从来不缺乏爱。马歇尔和她一起忍受，似乎可以替她受苦，他日渐憔悴。他的身体似乎是她的身体的反映。杰克·格林伯格在马歇尔极少数几次到办公室中的一次注意到，“他变得苍白”。隆冬时节，1955年2月11日，在维维安·“巴斯特”·伯雷44岁生日那天，她离开了马歇尔。差不多在十年前，当马歇尔正在从神秘的疾病中康复时，她和马歇尔一起到维尔京群岛旅行。马歇尔自那以后没有休过假。全国有色人种促进会把他送上游轮，支付了所有的费用，而马歇尔——如格林伯格所说“郁郁寡欢……看起来很糟糕”——悲伤地航向墨西哥。

和南方腹地其他州不同，佛罗里达州在50年代中期经历了大规模的人口结构的变化。从二战结束到1955年1月勒罗伊·柯林斯上任，美国的工业活动增长了近11%，而佛罗里达州则增长高达50%以上。在柯林斯担任州长的第一年，超过500万游客到访阳光之州，而从1950年到1960年，佛罗里达州的人口增长了将近80%。这个州正享受着经济繁荣，如柯林斯说的，靠“三条粗壮的腿支撑，旅游业、工业和农业”。

在1月4日柯林斯的就职典礼上，数千人聚集在塔拉哈西的首都公园，聆听宣誓就职的佛罗里达州第33任州长的就职演说。当柯林斯用好斗的语气承诺“拉选票的、背后中伤的、自我吹嘘的政治体系”已经结束了时，那些保守的政治家在明媚的阳光下坐立不安。柯林斯告诉民众，“政府也必须有精神品质”。“真理、正义、公平和无私的服务是其中的一部分。没有这些品质就没有有价值的领袖，而我们在精神的旷野中奋斗和摸索。” 344

马歇尔注意到了。他确信，当新州长就任时，成千上万的信件和电报会让沃尔特·欧文的案件引起州长的注意。马歇尔也因此邀请《圣彼得堡时报》的执行主编汤姆·哈里斯参与这项事业。《圣彼得堡时报》曾经报道过格罗夫兰男孩的初审，并且引起威利斯·麦考尔的愤怒，因为该报竟然斗胆质疑对被告不利的证据。《圣彼得堡时报》又开始刊登文章和社论质疑法庭的程序和协定书。曾经为这个案件辛勤工作的《圣彼得堡时报》记者在报纸上说，“从来没有确信这四个被告有罪”，而且实际上相信辩方已提出足够的合理怀疑。因此，《圣彼得堡时报》认为，现在的情况需要“同情和冷静的判断”，在这个事件中，如果法庭及时发现四名被告没有犯强奸罪，那么，确保公正的最好的方法就是把欧文减刑为终身监禁。

勒罗伊·柯林斯就任一周后，联邦最高法院否决了马歇尔代表沃尔特·李·欧文的第四次上诉。在那些继续涌进州长办公室的支持欧文的信件中有两封来自这个案件的公诉人。一封来自助理州检察官萨姆·布伊，他敦促州长，既然现在可以自由地签署死刑执行令，那么就“一劳永逸地摆脱这个案件”。这不是布伊第一次试图在法庭外影响这个案件。1951 年 11 月，就在麦考尔对两个格罗夫兰男孩开枪仅仅几周后，布伊有一个令人震惊的故事要说，而他选择了告诉全国有色人种促进会在奥卡拉的一位高级别官员。布伊告诉这位官员，杰西·亨特对马歇尔试图取消他的第二次格罗夫兰男孩审判的公诉资格很生气，因此，亨特和威利斯·麦考尔密谋杀死塞缪尔·谢菲尔德和沃尔特·欧文。布伊在谈到他的上司时说，是亨特的骄傲“导致他和麦考尔策划这起谋杀”。

马歇尔立刻被告知了这个所谓的阴谋并看穿了布伊的伎俩。他怀疑布伊通过为全国有色人种促进会提供内幕消息，在执行他的朋友威利斯·麦考尔的命令，“试图把亨特拉进这起谋杀

345

中”。马歇尔确信亨特没有陷入那样的阴谋，因为当时亨特一直在通过梅布尔·诺里斯·里斯和全国有色人种促进会保持联系，告知联邦调查局调查麦考尔对格罗夫兰男孩开枪的进展。

和萨姆·布伊不同，州检察官杰西·亨特并没有为快速执行辩护。亨特给柯林斯的信反而把重点放在莱克县爆发的骚乱

上，三K党人和全国白人促进会的成员闯进所针对的家庭威胁住户，而他们的暴徒则气势汹汹地堵在门外，这些都是在警长威利斯·麦考尔的眼皮底下被允许发生的。

自从最后一次格罗夫兰审判后，亨特的健康恶化了。尽管如此，白血病并没有完全打垮他。是梅布尔·诺里斯·里斯向她75岁的老朋友报告了艾伦·普拉特最近的困境。虽然普拉特和他的家人尽力抵抗警长麦考尔的欺凌以及副警长的纵火威胁，但他们的房东没抵抗得住。警长的拜访使她确信要驱逐普拉特一家，出于担心，她告诉普拉特，“房子会着火”。亨特认定警长麦考尔“失控”了，前检察官代表普拉特一家状告莱克县学校委员会。他自己花钱前往南卡罗来纳州去获得必要的文件以支持普拉特一家的主张，并且在法庭要求委员会提供能决定性地证明普拉特的孩子有黑人血统的证据，他使学校委员会未经证实并且不可能证实的案件支离破碎。杜鲁门·富奇法官说，“尽管我讨厌它”，但别无选择，只能作出对普拉特一家有利的判决，他们在1955年10月赢得回到白人公立学校的权利。艾伦·普拉特说，“感谢上帝，”几乎落泪。“我知道它不可能有其他的方式。”

这个判决令麦考尔警长不高兴，同样令他不满的还有杰西·亨特忽然迸发的和《芒特多拉头条》“共产主义者”记者的友谊。麦考尔告诉记者，“我不做任何评论”。“绝对不评论”。尽管如此，几天后，当一群“夜驾恐怖分子”用燃烧瓶烧了普拉特的家时，他的确对艾伦·普拉特进行了评论。麦考尔对现场的脚印进行了调查，警长告诉普拉特，是一些“不想和黑人在一所学校”的高中男生所为。然后麦考尔把所有的骚扰、恐吓和暴力都归咎于普拉特一家，更不用说给莱克县学校委员会带来的尴尬；而普拉特自己，通过和梅布尔·诺里斯·里斯联系，策划了这整个系列的事件。普拉特告诉警长，“我从里斯太太那里得到的正义比从你那里得到的多”。

普拉特一家再次被迫离开他们的家，孩子们也离开了他们的学校；最终他们受邀到芒特多拉的一所私立学校就读。杰西·亨特公开并且强烈批评麦考尔，不仅因为没有保护好普拉特一家，而且还因为告诉记者莱克县的警察局没有理由或意图保护他们。前检察官也再次联系柯林斯州长。受到亨特报告的“干扰”，州长发表了一份声明：“莱克县的这种违法行为必须停止。这不仅涉及个人权利，而且也使这个州的这个优秀的县的名誉受损。”麦考尔警长依然我行我素。在普拉特家的房子被烧毁后不久的一次狮子俱乐部会议上，他宣布：“在我的心中，他们依然是混血儿。这只能证明，仍然有一些人堕落到想融合我们的学校。”

在纽约，马歇尔一直跟踪普拉特案的新闻报道，而他对梅布尔·诺里斯·里斯的报道尤其感兴趣。因为里斯曾经呼吁为遭强奸的诺尔玛·帕吉特的尊严复仇，并且宣称莱克县是种族天堂，而现在她已经失去对这个县的警长的所有尊敬，这证明，人是能够改变的。在警长对两个格罗夫兰被告开枪后，她再也不能无视在她自家后院的种族主义和白人至上主义，她向全国有色人种促进会透露了沙土中发现的最后一颗子弹的消息，而从那时起，通过中间人，她一直把她从杰西·亨特那里知道的关于案件的消息告知纽约办事处。很显然，亨特自己也重新考虑了整个格罗夫兰男孩事件，按照里斯的说法，“主要受瑟古德·马歇尔的影响”。亨特甚至可能后悔“神圣职责”迫使他，一个得了致命疾病的人，在莱克县赢得他最后一起死刑案件，却是以沃尔特·欧文的生命为代价。

在担任州长第一年期间，勒罗伊·柯林斯曾经无数次前往纽约“推销佛罗里达州”，他在那里寻求制造业交易、原子能工厂的建设和保险公司的迁入。如《时代》杂志观察到的那样，他是“一个为他的州的繁荣不知疲倦地工作的推销员”。柯林斯最不愿意看到的一件事就是纽约报纸的头条所追问的：“在你的柑橘中是否流着黑人的血？”这些负面新闻不仅会给这个州的农业和制造业造成巨大损失，也会阻止来自北方游客和冬季居民的资金流入，他们的季节性迁徙促进了住房和建设的繁荣。对这个阳光之州来说，无论是好战的警长和埋伏的炸弹，还是穿着白罩袍和头巾、举着火炬的暴徒，都既不是广告宣传，也不是有利条件。

347

随着写信运动和报纸的故事重新点燃了对格罗夫兰男孩案和沃尔特·欧文困境的兴趣，瑟古德·马歇尔向他的朋友、全国有色人种促进会法律辩护基金会前主席艾伦·奈特·查默斯提出附条件交易。查默斯这位在20世纪30年代曾经担任斯科茨伯勒辩护委员会主席的德高望重的白人牧师，17年来，他不厌其烦地和亚拉巴马州协商，直到九名被告都获得自由。在第一次格罗夫兰男孩审判时，查默斯就已经通过百人委员会参与对案件的调查，他离开时确信被告是无辜的。1955 年，当马歇尔就沃尔特·欧文的命运和他联系时，查默斯正在波士顿大学教书，他正在指导一个名叫小马丁·路德·金的年轻学生。在查默斯看来，马歇尔看起来是能说服勒罗伊·柯林斯顺利解决沃尔特·欧文处境的那种人，因为柯林斯似乎是一个能被语言和信念打动的人。此外，查默斯 1951 年出版的书《他们有权自由》拨动了柯林斯的心弦，柯林斯在他的就职演说中也提及，因为查默斯所说的就是在柯林斯那里被称为"道德旷野"中的"有效行动"：

> 这世上有足够多保守的人保持现状。我们不需要他们那样的人。我们需要的是被这种真理所吸引的人：只要有一个人被束缚，就没有人是自由的。这不是一个容易把握的理想。它必须一个人一个人地实施，而不仅仅是善良的人聚在一起时通过的协议，但分开后没有采取有效的行动。

马歇尔的请求促使查默斯给牧师写了一封信，在信中他呼吁他们对这个案件（查默斯描述为"绝望境地"）中的沃尔特·欧文给予的宽大给予支持。在信中，他还引用了佛罗里达当天的报纸，其中一篇文章报道了欧文即将到来的死期，而在另一篇报道中，一名 30 岁的白人男子强奸一名 14 岁的黑人女孩，被罚款100美元。这种巧合很难体现柯林斯在他的就职演说中所倡导的“真理、正义和公平”。

348

州长的确对这个案件采取了行动，即便没有在报纸上大张旗鼓，甚至也没有发个内部通告。就任后不久，柯林斯通过他的私人朋友、塔拉哈西律师比尔·哈里斯秘密调查格罗夫兰男孩案。柯林斯想要的是一份客观、详尽、基于事实的报告；因此，为了避免任何社会或政治党派因素对哈里斯或对州长办公室造成干扰，柯林斯向哈里斯保证，他只是以顾问的身份，没有经费，报告也不会被公开。对证据和证词的彻底调查使哈里斯怀疑帕吉特夫妇如何能够肯定地辨认出格罗夫兰男孩。更明显的是，控方没有使用可用的程序对裤子污渍、脚印和轮胎印迹进行科学分析，本来这样做“可以锁定这个案件并且排除任何合理怀疑”。还有争议的是，缺乏医疗证据支持强奸指控。哈里斯不仅仅怀疑控方的时间线的准确性，他否定了它，当时格林利已经在涉嫌强奸的犯罪现场二十英里外被拘留，而查尔斯·格林利所拥有的枪怎么可能被用来犯罪？哈里斯也不接受验尸官陪审团的调查结果，即警长威利斯·麦考尔有理由对塞缪尔·谢菲尔德和沃尔特·欧文开枪。在报告中，哈里斯说枪击“从最好的方面看是恶劣的、有意的过失，而对它的一个可能的解释是过失犯罪”。

在查默斯和百人委员会的进一步推动下，涌进州长办公室的信件和电报的风暴并没有消减。牧师们请求宽大处理。游客们发誓再也不会在阳光之州花一分钱。佛罗里达州居民表示对欧文案的不人道惩罚感到羞愧。但也有声音谴责委员会、机构和协会改变佛罗里达州或沃尔特·欧文案现状的企图。其中一封信来自联邦检察官赫伯特·菲利普斯，1950年，他曾经激怒美国司法部和联邦调查局，因为尽管有“足够的证据……说明受害者遭到莱克县警察局的毒打和折磨”，但他没有采取行动；这位公开承认的种族隔离主义者——菲利普斯只要一提到瑟古德·马歇尔的名字就生气——向柯林斯州长写道：“鉴于我是你的私人朋友，并希望全国有色人种促进会不能证明自己比我们的法院更有权威……我认为全国有色人种促进会的领袖和拥护他们的人没有理由应该期待你……把两个陪审团对罪行的裁定、巡回法院法官的判决和定刑、佛罗里达州最高法院的两个判决以及最高法院支持和确定对欧文的死刑判决搁置起来。”

349

不人道、耻辱、恶意和种族隔离——无一与州长对本州的个人愿景相符合。就在几个月内，勒罗伊·柯林斯和瑟古德·马歇尔相继出现在1955年《时代》杂志的封面上，但这两个人不仅仅在政治名声上有共同点。柯林斯是第一批“新南方”政治家，而马歇尔则以新美国的缔造者出现，两个人都拥护种族正义事业，不管这会在政治上带来怎样的麻烦，而两个人都将成为美国死刑的先行的、直言不讳的反对者。马歇尔后来说：“在承认我们同胞的人性时，我们向自己致以最崇高的敬意。”柯林斯更坦率地宣布死刑是“佛罗里达州的耻辱柱”。他也许会说，长期以来，这一种族不公正定义了保守的旧南方社会基调，尽管在他在竞选州长时，他自己曾反对废除种族隔离。在他读到这些信件和电报后，柯林斯说，“我意识到我们必须改变”，因为如果不改变，他就无法获得他在就职演说中所构想的新佛罗里达：一个能够“为世界上的人提供地球上最好的投资——阳光之地”的佛罗里达。

柯林斯从杰西·亨特那里收到的信，是成千上万信件中令人难忘的，既感人，又有说服力。格罗夫兰男孩案的检察官讲述了他和瑟古德·马歇尔如何达成一个协议，因此欧文将获得一个终身监禁以换取有罪辩护，但后来，经过一次漫长的协商，马歇尔告诉州检察官，被告坚持他是无辜的并且拒绝认罪。然后，亨特向州长讲述了在再审前三个月，即 1951 年 11 月 7 日早晨，当他在沃特曼纪念医院，躲过副警长詹姆斯·耶茨，走进被守卫的房间那次私人会面的细节。沃尔特·欧文躺在医院病床上，几乎没有意识，他的脸上贴着一根红色的管子，亨特发现这个曾经一度被他送上电椅的被告在此前一天的晚上还活着。这个男人能否康复还不确定，因为亨特一直怀疑——这就是他在黎明破晓时驱车前往医院的原因。这两个男人简单地讨论了欧文的状况，欧文告诉检察官他相信他快死了。亨特给他一个机会，“承认强奸”，他低声说，并向欧文保证他所说的都是保密的，并且不会用来对付他。“只是为了让我满意。”亨特说。他等待着，直到欧文粗声说：“不……我是无罪的。” 350

对柯林斯来说，亨特信中的意图很明确。当他在床边和欧文谈话后，生病的州检察官向梅布尔·诺里斯·里斯透露他怀疑欧文所犯的罪。然而，他的检察官身份不允许他放弃这个案件，放弃第二次定罪的机会。现在，76岁、身患白血病、健康状况不佳的前州检察官正在努力净化他的良心，做正确的事情——劝说州长勒罗伊·柯林斯对沃尔特·欧文的死刑减刑。

亨特的意图，威利斯·麦考尔也很清楚，这比最高法院推翻第一次对格罗夫兰男孩的判决更激怒警长。在与州长会面后，麦考尔自己给柯林斯发了一封信，在信中他试图把前检察官改变主意解释为"衰老的表现……受激进的女主编的影响很大，这个县的许多公民认为她有粉红倾向"。

在信中，麦考尔部分针对瑟古德·马歇尔和他的纽约律师，进一步指出，对欧文减刑"只会是全国有色人种促进会的胜利，该协会已经开始摧毁我们的法院的权威，他们是这场运动的幕后操控者，这是一个不争的事实。如果他们实现了这一目标，只意味着一件事。那就是一个黑人罪犯所需要做的就是挑选一些无辜、无助的白人妇女作为目标，以此满足他强奸的欲望，然后闭嘴，宣称他自己是无辜的，并且让全国有色人种促进会提供金钱和律师逃避强奸指控。州长，此时此刻，我非常相信你是一个有深刻思想的人，我祈祷你发现让法院的判决生效，让我们伟大的州保证我们美丽的妇女的安全是恰当的做法。这是我们对我们的孩子负有的义务"。警长的说法也许可以说服柯林斯的前任富勒·沃伦和查理·约翰斯，但这位新南方州长更彻底地被比尔·哈里斯偏见更少的报告说服，报告顺便提到威利斯·麦考尔染指格罗夫兰男孩案的各个部分。从一开始，麦考尔就希望四个格罗夫兰男孩死去，而且他已经证明，如果佛罗里达州不喜欢这样做，他准备自己执行。

梅布尔·诺里斯·里斯不喜欢这样，也不喜欢莱克县变节的警长。杰西·亨特也不再喜欢。最终，在格罗夫兰事件以及普拉特案中，里斯和亨特都冒着他们的家人和财产受伤害的风险站起来对抗麦考尔，和哈里·T. 穆尔为了抗议不公正以他和他妻子的生命为代价一样。和柯林斯一样，里斯和亨特曾经无视佛罗里达州的种族问题，而柯林斯和他们一样，已经“意识到我们必须改变”。

351

1955 年 9 月 21 日，当一份请愿书送到柯林斯州长的办公桌时，他已经快要对欧文事件作出决定。它显然就是五年前一个年轻女子在莱克县四处传阅的那份请愿书。一个诗人、一位激进分子、一个世界和平的支持者、一个死刑反对者（也是迈阿密欧文斯侦探社的私人侦探）——她引起了一些好奇，但没有警告。没有人完全知道她要干什么，她戴着她的和平徽章，穿着农家服装。她很友好，一个无害并且可能有点天真的女孩，而她似乎知道《圣经》。她谈了很多关于正义和死刑的事。她为她的请愿书征集签名，“废除死刑”。她得到了数百个签名——不是很多，她知道——尽管像威利斯·麦考尔这样的人不喜欢她，并且想赶她走。但大多数人听了她说的话。单纯的人、勤劳的农民和家庭主妇，他们邀请她到他们散落在贝莱克沼泽地各处的被风雨侵蚀的棚户屋，他们为她提供膳食和住处。他们可能强烈反对黑人，但他们坚信并且说死刑是错误的。这个县虔诚的浸礼会教徒，他们知道他们的行为和信条也有被审判的一天。这个女孩相信每个签名都是重要的，每一个都可能有作用，而征集的这些签名可能改变改变人们的想法，唤起人们的慈悲心，或者认识到人们还不敢说出来的真理：笔是一个强大的工具。

请愿书摊开，放在州长的办公桌上。它是由著名的本·F.怀兰牧师带给柯林斯的，怀兰是佛罗里达五十个教会的领袖。州长信手翻着文件，他在考虑是否饶过沃尔特·欧文一命。一个签名映入他的眼帘。在他面前的文件上，在数百个以笔宣称反对死刑的莱克县居民中，他看到了一个名字——“诺尔玛·泰森·帕吉特”。

后　记

州长勒罗伊·柯林斯说：“这个州并没有格外努力，并没有以绝对和确凿的方式证明沃尔特·李·欧文有罪。”柯林斯决定对欧文减刑，他告诉记者，这个决定是对一封来自前州检察官杰西·亨特的信件的慎重权衡，它增强了州长自己对这个案件的感觉。他解释道：“我的良知告诉我，这是一起糟糕的案件，糟糕的处理方式、糟糕的审理，现在，在这种糟糕的情况下，我被要求剥夺一个男人的生命。我的良知不让我这么做。”在亨特的信和比尔·哈里斯调查的基础上，为了尊重诺尔玛·李·帕吉特在建议废除死刑请愿书上的签名，柯林斯引导州赦免委员会一致通过了对格罗夫兰男孩“予以宽大处理的长期悬而未决的请求”。 [353] [354]

可能是为了抵消自己的决定带来的不可避免的政治后果，那周上了《时代》杂志封面的柯林斯也指责全国有色人种促进会卷入这个案件，称其介入“仅仅是因为被告是个有色人种这个事实，而不是对他有罪还是无辜的情况的仔细评估”。这个指责激怒了瑟古德·马歇尔，然而，令他高兴的是，州长和赦免委员会结束了关于沃尔特·欧文生命的长期斗争。对此，马歇尔宣布，柯林斯的减刑实际上证明了全国有色人种促进会关于欧文是“显而易见的不公正司法的牺牲品”这一立场是正确的。马歇尔也反过来指责州长，说他关于全国有色人种促进会的“每个说法”都是“完全错误的”，因为州长按照“其他南方官员的模式，把全国有色人种促进会作为在南方针对黑人再三的不公正行为的替罪羊”。马歇尔声称，如果全国有色人种促进会不干预，四个格罗夫兰男孩都会死亡，而柯林斯“不会请求赦免委员会对欧文减刑”。但有一件事马歇尔也承认，就像一家报纸所说的：“[对柯林斯来说] 让这个黑人逃过一死，比把他送上电椅更需要政治勇气。”

对沃尔特·欧文来说，减刑的政治表演让位于感激、安慰和希望。欧文在给州长柯林斯的信中说：“我想让你知道，只要我还活着，我必须而且愿意以我所有的真诚，把你看作我在尘世中的上帝。”“现在我的健康状况不佳，但我希望并祈祷我可以在某一天获得自由，因为我感觉，像我以前那样，我会一辈子过着干干净净、守法的生活，先生！”

莱克县并没有把欧文的减刑当作好消息。杜鲁门·富奇法官召集一个大陪审团，要求对州赦免委员会的行为进行调查，理由是柯林斯受到了“共产主义压力策略”的影响。而法官认为，州长可能是“一个聪明的欺骗的无辜受害者”，这个骗局显然是由一个共产主义机构实施的。因为，富奇声称，那些

“令人吃惊的文件”（比如抗议死刑的请愿书）能进入州长的视野，这证明“至少有一个被怀疑是共产主义机构的人被派到莱克县”，并且努力“搜集这个案件的信息……这既违背了上帝之法，也违背了人间的法律”。麦考尔警长在大陪审团前列举了请愿书上的两个签名——诺尔玛·帕吉特和她姑姑的签名，证明请愿书上的任何签名都是通过“诡计”获得的，因为她们甚至都不记得签署过任何此类文件。州长拒绝做证。因为“只对他的良心负责”，柯林斯说他不会参加任何秘密的大陪审团诉讼，尽管他非常愿意“在内阁办公室在媒体和公众出席的情况下”回答任何问题。 355

杜鲁门·富奇所做的特别的、没有先例的大陪审团调查引起梅布尔·诺里斯·里斯在《芒特多拉头条》上负面的编者按。她的抗议首先为她赢得丢到她家前院的死鱼。其次是扔到她家的手榴弹，爆炸声在五英里外都可以听见，但幸运的是，当时她和家人都不在家。麦考尔警长正在“调查”。

最终，莱克县的大陪审团发现，柯林斯和州赦免委员会对欧文的减刑是合法的。然而，陪审团的确谴责《圣彼得堡时报》的汤姆·哈里斯和本·F. 怀兰牧师“为欧文寻求宽大处理获取并且传递请愿书”“玷污了莱克县的好人及执法人员”。怀兰还写信给柯林斯，指出诺尔玛和威利签署请愿书时“情绪激昂”，并且强调对“受害者”的同情。“如果有此遭遇的女人对她的敌人表现出怜悯和宽恕，我们当然应追随这样一个值得称道的榜样。”

麦考尔警长不喜欢州长，对大陪审团的调查结果也不满意，也不支持他的朋友富勒·沃伦在下一次州长竞选时的计划。因此麦考尔在大陪审团之外策划了一个计划，试图让在任的州长难堪，他再次向诺尔玛·帕吉特求助。在麦考尔家乡尤斯蒂斯举行的华盛顿诞辰日游行中，正当柯林斯要离开格兰德维尤酒店时，两名莱克县的副警长护送“穿戴整齐”、不那么宽容的诺尔玛·帕吉特走到他跟前。当着数百名游行者，帕吉特向州长喊话，并且尖叫，“是你把那个强奸我的黑鬼放出来！如果那是你的妻子或者女儿，你有什么感觉？”

356 他生病的身体背叛了他，但他的良心最终得到洗涤。杰西·亨特活得足够长，得以看到欧文的减刑。他于1956年2月去世。

1960年3月，副警长詹姆斯·耶茨发现他自己处在一个不可思议的熟悉的情景中。一个中年白人妇女声称她在弗鲁特兰帕克市遭到强奸。她对犯罪的细节仅有模糊的印象，只记得其中一个袭击者大约四五十岁，另一个17岁左右。耶茨因此抓了两个黑人柑橘工人，无视他们都是二十出头。在审讯时，他们对罪行供认不讳，副警长没收了他们的鞋子。在攻击事件后不久，受害者被法院裁定为无行为能力者，并被送到精神病院，没有出庭为控方做证。被指控的强奸犯被定罪，被处以电椅死刑，这几乎完全建立在脚印证据的基础上。

全国有色人种促进会介入了，而这次很幸运。在这两个人被安排执行死刑的前一周，为弗鲁特兰帕克强奸案工作的麦考尔的一个副警长诺埃尔·格里芬向全国有色人种促进会佛罗里达分部的律师透露，被告被莱克县警察局陷害。按照格里芬的说法，副警长耶茨使用被告被没收的鞋子制作他们脚印的石膏模型时，不是在犯罪现场，而是在另一个副警长家的后院。格里芬的说法得到联邦调查局的证实，他们的分析表明，混进石膏模型中的土和那个副警长家后院的土是一致的。此外，联邦调查局得出和十年前在格罗夫兰强奸案中瑟古德·马歇尔的专家证人赫尔曼·贝内特一样的结论，被告留下脚印时，他们的脚并不在他们的鞋子中。这个伪造的事实使得全国有色人种促进会得以把两个男人从电椅中救出来，一位联邦法官推翻了对他们的判决。

1962 年 12 月，两名副警长——詹姆斯·耶茨和他的同伙——被停职，奥兰治县大陪审团以做伪证和共谋罪起诉了他们。如果上法庭并被定罪的话，詹姆斯·耶茨和他的同伙将被判终身监禁，但这个案件拖了太长时间，过了诉讼时效。威利斯·麦考尔给两个副警长都复职了，并且补发了的工资。

富勒·沃伦的特别调查员 J. J. 艾略特预测，麦考尔枪击谢菲尔德和欧文将保证警长再获得三个任期，艾略特的预测和事实相差 12 年。事实上，麦考尔连续担任莱克县的警长达七个任期。在他 28 年的任期内，他收到各种不同的不当行为的指控，受到几十项调查。但没有任何一项指控被查实。警长个人

357

的恐怖统治结束于 1972 年，他被起诉并且被州长鲁宾·艾斯丘停职——62 岁的麦考尔在他的牢房里踢死了一名智障的黑人囚犯。尽管麦考尔被无罪释放，但他花时间在法庭上为自己辩护这一点妨碍了他进行有效的竞选活动，不足以赢得那年的选举。尽管如此，他仅仅勉强在第八次连任中被击败。

威利斯·麦考尔的名字经常出现在联邦调查局对哈里·T. 穆尔及其妻子被谋杀的调查中。四十多年来，麦考尔否认任何牵连或者知情。在 1994 年去世前夕，他公开表示："我从来没有伤害过任何人……或者杀害任何不该被杀的人。"联邦调查局最终确定三 K 党对米姆斯的爆炸负责，并且确定四名可能的犯罪嫌疑人，其中两名是厄尔·布鲁克林和蒂尔曼·"卷毛"·贝尔文，他们和麦考尔一样，属于三 K 党阿波普卡分部，据联邦调查局的线人说，这两人也参与了格罗夫兰的骚乱。七名三 K 党人因在有关穆尔于圣诞夜被谋杀的案件中做伪证而被起诉。一名调查穆尔被谋杀的联邦调查局特工弗兰克·米奇对司法部为了"南方的宁静，撤销对这七个人的指控"感到不满。

这个案件仍然没有了结，尽管不是因为斯特森·肯尼迪不努力。在柑橘园里那个低调的小木屋发生爆炸后的 60 年间，肯尼迪从来没有放弃试图找出谋杀哈里·T. 穆尔的人。他按照《信息自由法案》申请访问联邦调查局的案件档案，他追踪证人，他继续对佛罗里达州的总检察长和州长施压，要求他们采取行动，在他活着的时候看到穆尔案三次重新启动：1978 年、1991 年和 2005 年。斯特森·肯尼迪于 2011 年在佛罗里达州去世，享年94岁。

八年来，查尔斯·格林利一直在贝尔格莱德州监狱农场服刑，他是个模范囚犯。他从铐住一队囚犯的镣铐中解脱，进入了一个道路施工队。他喜欢他的新职责，他很高兴有更多的自由。以至于在1957年的一天，他从罪犯劳改农场离开，走到北边80英里外的皮尔斯堡那里找到一份工作，在六周时间里，他过着一种“模范的生活”。这时候，他再次被捕，回到贝尔格莱德。1960年7月，格林利获准假释。他结了婚，建立了一个家庭，并且在田纳西州成功经营一家采暖和制冷维修公司，他在那里一直住到现在。 358

诺尔玛和威利·帕吉特的婚姻并没有维持下去，他们最终于1958年离婚。诺尔玛再婚，但现在是生活在佐治亚州的寡妇。

L. B. 德·福里斯特小姐……销声匿迹了。

1961年，当约翰·F. 肯尼迪总统任命瑟古德·马歇尔为联邦第二巡回上诉法院的法官时，杰克·格林伯格接替他的导师成为全国有色人种促进会法律辩护基金会的首席顾问。格林伯格曾经担任哥伦比亚学院院长，现在是纽约的哥伦比亚大学法学院的小阿方斯·弗莱彻讲席教授。

富兰克林·威廉斯1961年被肯尼迪政府任命协助萨金特·施赖弗组建和平队。林登·约翰逊总统后来任命他为加纳大使，但事先征求了他的朋友瑟古德·马歇尔的意见。马歇尔对总统说，“我会毫不犹豫地把他放在那个位置上”。1985年，威廉斯回到佛罗里达，接受佛罗里达大学口述史计划对格罗夫兰男孩案的采访。当话题转到警长威利斯·麦考尔时，威廉斯勃然大怒。威廉斯结结巴巴地说：“这个男人是一个、一个恶毒的杀手。”“他还活着吗？”他问，而答案是肯定的。“我毫不怀疑，”威廉斯断言，“如果他知道我今天在这里说话。我毫不怀疑他会来，并且试图杀了我。我不想和他有任何交集。”富兰克林·威廉斯于 1990 年在纽约去世。

梅布尔·诺里斯·里斯对威利斯·麦考尔和威廉斯有同样的看法。她的恐惧因死鱼和手榴弹而加剧，在州长柯林斯对沃尔特·欧文减刑后不久她就离开莱克县。她离婚又再婚，成为梅布尔·诺里斯·切斯利，和小马丁·路德·金以及其他著名黑人活动家成了朋友，承诺自己作为《代托纳比奇晨报》的一名记者和专栏作家，将促进佛罗里达州的民权运动。她定期给沃尔特·欧文写信，在他待在雷福德监狱的那些年里，她有时还去看望他。

1968 年 1 月，沃尔特·欧文获得假释，并被规定不能回到莱克县。他当时已经 40 岁了，在监狱度过了将近一半的人生。359 他在迈阿密和他的姐妹亨丽埃塔生活在一起，他找到一份建筑工作，尽管他健康状况不佳，但试图尽量过一种被人们称为正常的生活。1969 年 2 月，欧文获得假释官的许可，回莱克县参加他叔叔的葬礼。他回到威利斯·麦考尔的县，几个小时后，他的朋友和亲戚发现他似乎在一辆往北行驶的车里睡着了，但他并不是睡着了。沃尔特·欧文死了。

梅布尔·诺里斯·切斯利起了疑心。她丝毫不怀疑威利斯·麦考尔内心深处要让格罗夫兰男孩明白他的县的司法是怎么一回事的决心，做他 18 年前在黑暗的乡村公路上没能做到的事。莱克县警察局关于沃尔特·欧文的死亡报告说这位 41 岁的黑人男子死于自然原因。《圣彼得堡时报》的一位记者告诉梅布尔，他试图和宣布欧文死亡的医生通话，但医生挂了他的电话。

梅布尔·诺里斯·切斯利给大法官瑟古德·马歇尔的信附上她给报纸写的关于沃尔特·欧文在格罗夫兰死亡并被说成是自然原因导致的文章。马歇尔当时已经担任联邦最高法院大法官有一年半时间了，而沃尔特·欧文刚刚因假释获得自由不到四个月。尽管欧文被关押在雷福德已经有 18 年的时间，但马歇尔至少兑现了他对德利亚·欧文的承诺：让她的孩子免遭电椅之刑。

在这封信到达的前一天，马歇尔与他最高法院的大法官同事在勃兰登堡诉俄亥俄州案中投票推翻了另一项定罪。三 K 党头目克拉伦斯·勃兰登堡在三 K 党集会上发表反对“肮脏的黑鬼”和“犹太人”的演说被拍到，根据证据，他被指控鼓吹暴力，在州法院被定罪，并被判处十年监禁。最高法院以一致意见裁定，根据宪法第一修正案，政府不能惩罚抽象的煽动性言论。宪法就是宪法，马歇尔法官没有用投票进行斗争。

在四分之一世纪的时间里，瑟古德·马歇尔曾经在下级法院战斗，并且在最高法院为宪法权利辩护，但从未为白人至上主义者辩护过。在全国有色人种促进会时，特别顾问支持政治上的被剥夺者和社会上的被压迫者——还有像欧文那样的被诬告者——支持俄克拉荷马州、佐治亚州、亚拉巴马州和佛罗里达州的黑人。乘火车南下，令人窒息的法庭和黑人专用阳台，电风扇的叶片在头顶上缓慢地转着，铁门叮当作响，像欧文那样戴着手铐的黑人，他们的头上有肿块，手臂上有鞭痕，他们赤着脚，蹒跚地走向被告席——凭借一篇文章、一封信和一个名字“沃尔特·欧文”，已经过去的又回来了：警长和他的副警长分享一个笑话，并且和法官说笑，他们转过脸斜眼看着来自北方的无能为力的全国有色人种促进会的律师。

一切都已经改变了——而马歇尔以他的方式，与格罗夫兰男孩一起，帮助改变这一切。马歇尔于1966年在白宫关于公民权利的会议上说，“人们不能通过立法获得平等是没有多少真理的老调”。“法律不仅提供实实在在的利益，它们甚至可以改变人心——不管是好人还是坏人。”在格罗夫兰，梅布尔·诺里斯·里斯发生了转变。杰西·亨特也是。州长勒罗伊·柯林斯做了正确的事情。那个有着诚实面孔，如此专注地在奥卡拉听马歇尔的总结陈词的年轻陪审员可能也是如此，他想到了另一种截然不同的南方的未来。马歇尔的民事案件，他为投票权和学校种族隔离而进行的长期战斗，无疑会对社会的变化产生持久影响。但刑事案件更直接地带来正义。它们“做了最直接的好事，因为它们拯救了人们的生命”，马歇尔说。

梅布尔的文章不仅激起了瑟古德的回忆。他拿起电话，就像二十年前当格罗夫兰男孩的故事和沃尔特·欧文的名字第一次出现在纽约的全国有色人种促进会他的办公桌前那样，他给联邦调查局局长打电话，从J. 埃德加·胡佛那里他了解到，联邦调查局目前尚未对欧文被假定为自然原因的死亡进行调查，但局长将把所有有关这个案件的材料通过直接通道送到美国司法部。马歇尔感谢了局长，挂了电话。威利斯·麦考尔的名字很快将再次被胡佛的人听到。

自然原因。在这个结论中，有足够的合理怀疑的空间。马歇尔长期以来称警长为“狗娘养的”，对于这位警长，没有什么会让马歇尔感到惊讶，尤其是对一个格罗夫兰男孩的谋杀。

马歇尔把梅布尔关于沃尔特·欧文之死的文章保留存档。在他把信剪下来之前，他又仔细看了一下手写文字。落款时间是1969年3月7日。

尊敬的大法官先生：

361

随函附上剪报，我认为需要调查。

这些年我时常想起那个可怜的男人。我在早晨喝咖啡时读到这个消息，我很震惊。

麦考尔是我们这个美好国家的法律的耻辱。

我已经在佛罗里达州的霍利希尔生活了18年。我是天主教徒，我是白人，已婚并且有个16岁的儿子。

我为你感到骄傲。

真诚的，

露丝·N. 斯塔尔夫人

致 谢

我要向在格罗夫兰男孩案中作为瑟古德·马歇尔得力助手的法律辩护基金会的律师杰克·格林伯格致以最真诚的感谢。格林伯格教授的帮助对我来说是无价之宝，他耐心的解释和澄清为我指明了正确的方向，否则我无法解决在这本书的研究和写作中遇到的许多问题。对于他的慷慨、坦率并心甘情愿地帮我讲述这个故事，我非常感激。

363

我永远感激全国有色人种促进会法律辩护和教育基金会的特德·韦尔斯、杰弗里·鲁宾逊，还有迪博·阿德拜尔，感谢他们安排我使用法律辩护基金会的档案。我同样也感谢国会图书馆手稿分部的阿德里安娜·坎农在这个过程中提供的帮助，感谢她一直以来的指导。

许多人非常友善，他们花时间和我交谈，和我分享笔记、回忆、剪报、照片和记录，并且帮助我更好地理解这个故事、美国历史上的这个时代以及瑟古德·马歇尔。我要特别感谢塞西莉亚·“茜茜”·马歇尔、伊万杰琳·穆尔、已故的斯特森·肯尼迪、诺曼·布宁、格洛丽亚·塞缪尔斯、金·霍华德·特纳、加里·克赛尔、本·格林、马克·图什内特、丹尼尔·里奇曼、亚历山大·图里德、雷切尔·伊曼纽尔、艾萨克·弗洛雷斯、苏珊·C. 麦卡锡、卡克斯顿·多格特、欧内斯特·海克恩、罗宾·布里奇斯、凯瑟琳·埃克尔特和马文·邓恩。我把和每个人的每一次谈话都视为礼物，我非常感谢他们的友善和慷慨。我还很幸运地和几个出于种种原因要求我不要公开他们姓名的人交谈，他们的洞见和贡献对这个故事很重要，我很感谢他们愿意和我分享过去那痛苦的部分。

364

这本书极大受益于纽约公共图书馆咨询部杰出的马修·J. 博伊兰的研究和建议，他自己编排了所有目录，历史、政治哲学、法律、新闻学只是其中的几个例子。

手稿的早期版本交给一些可信赖的朋友，他们非常慷慨，进行阅读并且提供有价值的建议和鼓励。卡伦·阿博特以她的锐眼和精心打磨故事的本能帮助我，而吉姆·沃尔则是通过敏锐的判断力和对宏大画面的敏感。他们两人都以他们的幽默感在页边空白处和评论处进行改写，精心打磨作品。卡罗·德维托总是以他的乐观主义的天性，在我（经常）卡壳时给我激励，而汤姆·博卡总是在那里回答我稀奇古怪和令人费解的法律问题。贝齐·韦斯特给我明智的新闻建议，而安妮塔·金伯莉·索尔和多萝西·金是可信赖的研究人员，他们帮助我在全国追踪材料。佛罗里达州档案馆的档案人员博伊德·默弗里、韦恩州立大学瓦尔特·P. 鲁瑟图书馆的威廉·勒费夫尔帮助我得到对这本书来说必不可少的档案和信息，而朱迪·麦基以非常重要的方式为我找到答案。我也感谢国家档案馆、国会图书馆、南佛罗里达州大学图书馆特藏部、尚伯克黑人文化研究中心、莫兰德·斯平加恩研究中心、霍华德大学、善本和手稿图书馆、巴特勒图书馆、哥伦比亚大学以及纽约公共图书馆的工作人员。

如果没有独具慧眼的彼得·斯库奇斯在我身边检查我的手稿的话，我可能什么也做不了。耐心、让人放心并且不知疲倦，他是上天赐予我的一个朋友和手持神笔的魔鬼。

我要感谢我的老朋友乔·哈米拉和他的家人谢丽尔、汉娜和乔纳森，他们好心地接待我，并且容忍我好几次前往莱克县的研究之旅；同样还要感谢珍妮特、杰克和蔡斯·沃尔这些南方人的热情好客。也要感谢另一个老朋友汤姆·施密特，在我逗留华盛顿特区期间，他的友好陪伴以及他家舒适的沙发让我得到很好的休息，尽管我喝了很多含咖啡因的饮料。深深感谢佛罗里达州北部的金一家人，埃德、珍妮特、埃米莉、艾琳和吉米，还有多萝西·金、玛丽·简·迈尔斯和无处不在的波皮。

365

特别感谢我的前任编辑茱莉亚·谢费茨，她对这个故事的激情从一开始就令人备受鼓舞，还要感谢我的现任编辑盖尔·温斯顿，他热情地接过这本书的控制权，熟练地指导它完成。我非常感谢盖尔的沉着和从容，保证了整个过程平稳过渡。此外，哈珀柯林斯出版集团的玛雅·谢夫和凯蒂·索尔兹伯里也非常有帮助而且高效率，汤姆·皮顿尼亚警觉而且细心，而梅拉妮·琼斯非常努力地对手稿进行法律审读。

我非常幸运有法利·蔡斯作为我的经纪人，当他们来的时候，他总是那么令人鼓舞、清醒和敏锐。我很乐意承认我对他的尊重和钦佩。

最后，留给最重要的三个女孩——洛娜、马迪和利维——的只有几个字。我爱你们。

资料来源说明

我对瑟古德·马歇尔生平的研究，参考了许多很有价值的著作，杰克·格林伯格的《法庭上的十字军战士》(*Crusaders in the Courts*，1994) 极具吸引力，并且提供了他为瑟古德·马歇尔以及法律辩护基金会工作的那些年间不可或缺的一手资料。我的研究充分利用了胡安·威廉斯权威的传记《美国革命家：瑟古德·马歇尔》(*Thurgood Marshall, American Revolutionary*，1998)。威廉斯做了很多调查工作，而他对马歇尔的访谈有助于让这位民权律师的生活和事业散发光芒。

卡尔·罗恩的《筑梦人，破梦人：瑟古德·马歇尔法官的世界》(*Dream Makers, Dream Breakers: The World of Justice Thurgood Marshall*，1993)、马克·图什内特的《制定民权法》(*Making Civil Rights Law*，1994) 以及理查德·克鲁格的《简单正义》(*Simple Justice*，1975) 帮助我把瑟古德·马歇尔的生活片段整合起来。还有另外两本书是我身边最有价值的伙伴。加里·科赛尔极其详细的调查书《格罗夫兰四男孩》(*The Groveland Four*,

2004）非常有帮助，任何有兴趣了解更多关于格罗夫兰男孩的人可以认真阅读科赛尔对这个案件的描述。而本·格林的《先于时代：美国第一位民权殉道者哈里·T. 穆尔未曾披露的故事》（*Before His Time: The Untold Story of Harry T. Moore, America's First Civil Rights Martyr*，1999）是一部引人入胜的、可读性很强的关于前民权运动时期一位值得关注的被遗忘的英雄穆尔的传记。

莱克县警长威利斯·V. 麦考尔的自传对我很有帮助，它由威利斯·V. 麦考尔发表，我从佛罗里达大学图书馆的佛罗里达历史 P. K. 扬图书库那里得到一份复印件。

本书的大部分研究是根据联邦调查局大量的未经整理的格罗夫兰案件档案编辑而成的，这些档案是我根据《信息自由法案》的要求提交申请后对我公开的。这些档案已经被封存了六十年，其内容为我理解这个案件提供了大量丰富的、必不可少的材料和访谈。当佛罗里达州前总检察长查利·克里斯特于2006年公布该州对哈里·穆尔和哈丽雅特·穆尔谋杀案的调查结果，更深入的访谈和联邦调查局的报告显示该案和格罗夫兰案件以及三 K 党有关，这一点最有启发意义。

我在很大程度上依赖施姆堡黑人文化研究中心关于富兰克林·威廉斯的个人文件，我同样依赖国会图书馆关于全国有色人种促进会以及瑟古德·马歇尔的文件。韦恩州立大学沃尔特·P. 鲁瑟图书馆工人保护联盟藏品提供了大量关于工人保护联盟和全国有色人种促进会关系的洞见，我在那里发现了 L. B. 德·福里斯特的分类条目。到目前为止，国会图书馆中关于全国有色人种促进会法律辩护基金会的巨量档案是研究中最具挑战性的部分，我还要继续感谢特德·韦尔斯、迪博·阿德拜尔，尤其是法律辩护基金会的杰弗里·鲁宾逊，他在他的职责范围之外为我检查这些材料，以便我能够查阅它们。

注　释

以下引用页码为原书页码，见正文边码。

前言

第 2 页，“黑鬼的辩护摘要”，Greenberg, *Crusaders in the Courts*, p. 71。

第 2 页，“固有的缺陷”，Remarks of Thurgood Marshall at the Annual Seminar of the San Francisco Patent and Trademark Law Association, Maui, Hawaii, May 6, 1987; 通常被称为马歇尔的“两百年演讲”，Thurgood Marshall Papers, Manuscript Division, Library of Congress。

第 2 页，新美国的开国元勋，Jet, February 22, 1983。1993 年，在瑟古德 · 马歇尔（司法大楼 Thurgood Marshall Federal Judiciary Building）命名典礼上，约翰 · 刘易斯（John Lewis）称赞马歇尔说：“最高法院大法官瑟古德 · 马歇尔在法律意义上奠定了现代民权运动的基础。更进一步说，他可以被认为是新美国的开国元勋……如果没有像瑟古德 · 马歇尔这样的人的领导和能力，我们不会取得已经取得的进步。”

第 3 页，“我看到我的尸体”，Columbia University Oral History Project, Thurgood Marshall with Ed Erwin, Columbia Center for Oral History, Columbia University, Butler Library, New York, NY（下文用 COHP, Marshall 表示）。

第 3 页，“黑鬼谢菲尔德”，Samuel Proctor Oral History Project, Franklin Williams, 由 David Colburn and Steve Lawson, University of Florida, Gainesville 访谈（下文用 FOHP, Williams 表示）。

第 4 页，“战斗神经症”，Clark, *Toward Humanity and Justice*, p. 107。

第 4 页，“你知道”，马歇尔说，同上。

第 4 页，“自杀式斗士”，Rowan, Dream Makers, *Dream Breakers*, p. 7。

第 4 页，“瑟古德说他需要我”，同上。

第 4 页，“没什么道理”，马歇尔于 1966 年在白宫关于公民权利的会议上的演讲，*Thurgood Marshall: Justice for All*, A&E Biography, 2005。

第 5 页，“这个案件也推动了”，Greenberg, *Crusaders in the Courts*, p. 93。

第 5 页，“用胶水粘在一起”，Ball, “‘Thurgood's Coming’: Tale of a Hero Lawyer”。

第 5 页，“需要男人们来守夜”，Clark and Davis, *Thurgood Marshall*, p. 107。

第 5 页，“开着破旧的汽车”，Williams, *Thurgood Marshall*, p. 201。

第 5 页，“白人愿意倾听”，Janis Johnson, “A Tense Time in Tennessee,” *Humanities*, Vol. 25, No. 2, March/April 2004, http://www.neh.gov/news/humanities/2004-03/tennessee。

第 5 页，“瑟古德要来了”，这句话最初的出处不可考，但“瑟古德要来了”，或者“这个律师要来了”无数次在瑟古德前最高法院的雇员的故事中被重复，并且被各种文章、图书和法学期刊引用。

第一章　明克斯莱德

第 7 页，“如果那个狗娘养的”，Dray, *At the Hands of Persons Unknown*, p. 373。

第 8 页，“冷饮小卖部”，O'Brien, *The Color of the Law* , p. 66。

第 8 页，“唾沫四溅”，Leon A. Ransom to Daisy Lampkin, Library of Congress, Manuscript Division, NAACP Papers, November 14, 1946（NAACP）。

第 8 页，“那些穿着大衣的黑鬼”，Williams, Thurgood Marshall, p. 137。

第 8 页，“首次重大的种族”，Stephen Smith and Kate Ellis, American RadioWorks: Thurgood Marshall Before the Court, http://americanradioworks.publicradio.org/features/marshall/。

第 8 页，“失去理智”，Greenberg, *Crusaders in the Courts*, p. 41。

第 9 页，“法律的强制力”，*Daily Worker*, November, 20, 1946。

第 9 页，“情况”，Walter White to Robert Carter et al. , NAACP, June 8, 1946。

第 9 页，“切勿……通电话”，同上。

第 9 页，“在全国范围造成”，White to Thurgood Marshall, NAACP, June 12, 1946。

第 10 页，“浑身污垢”，O'Brien, *The Color of the Law* , p. 224。

第 10 页，“你差点儿在法院……”，Janis Johnson, “A Tense Time in Tennessee,” Humanities, Vol. 25, No. 2, March/April 2004, http://www.neh.gov/news/humanities/2004-03/tennessee. html。

第 10 页，“1946 年那个可怕的夏天”，White, *A Man Called White*, p. 325。

第 11 页，“哥伦比亚的案子”，Marshall to Ransom, NAACP, 未注明日期。

第 11 页，“你站在那儿”，Ikerd, *No More Social Lynchings*, p. 14。

第 11 页，“杀死那些混蛋”，Minor, *Lynching and Frame-Up in Tennessee*, p. 48。

第 11 页，“斯蒂芬森家的黑鬼”，O'Brien, *The Color of the Law*, p. 11。

第 12 页，“把他们交给我们吧”，同上，p. 12。

第 12 页，“我们为自由而战斗”，Williams, *Thurgood Marshall*, p. 133。

第 12 页，“头上披着毯子”，同上。

第 12 页，“他们为某事在上区聚集”，Ikard, *No More Social Lynchings*, p. 19。

第 12 页，“他们来了！” O'Brien, *The Color of the Law* , p. 18。

第 13 页，“烧了他们”，Ikard, *No More Social Lynchings*, p. 33。

第 13 页，“你们这些狗娘养的黑人”，O'Brien, *The Color of the Law* , p. 24。奥布莱恩引用了田纳西州诉威廉·A. 皮洛和劳埃德·肯尼迪（*State of Tennessee v. William A. Pillow and Lloyd Kennedy*）中的证词，根据肯尼迪的回忆，一个巡警大吼“你们这些黑人的儿子……”等等，我自作主张用“你们这些狗娘养的黑人”代替，因为证词的其他部分充斥着这样的表达，而毫无疑问，肯尼迪在法庭这样的正式场合进行了自我审查。

第 14 页，“血洒街头”，Williams, *American Revolutionary*, p. 13。

第 14 页，“局势”，*Columbia Daily Herald*, February 26, 1946。

第 14 页，“这让我……引以为傲”，Notes on telephone conversations between Ollie Harrington and Walter White from Nashville, TN, NAACP, October 5, 1946。

第 14 页，“闭嘴”，Ikerd, *No More Social Lynchings,* p. 109。

第 15 页，“严重、”，*Daily Worker,* November 20, 1946。

第 15 页，“漂浮在达克河上”，White, *A Man Called White*, p. 314。

第 15 页，“我刚刚把最后两瓶酒卖给了”，Williams, *Thurgood Marshall*, p. 132。

第 15 页，“黑鬼看好了，赶紧跑”，NAACP，未注明日期。

第 15 页，“多保重”，White to Marshall, NAACP, June 12, 1946。

第 16 页，“‘瑟古德，’卢比开口了”，这个场景中的对话和细节有好几个来源：COHP, Marshall; Marshall's letter to Assistant Attorney General Theron I. Caudle, December 4, 1946; the “Five Star Final” Radio Broadcast, November 20, 1946, 马歇尔审核过的全国有色人种促进会文件手稿；Carl Rowan's *Dream Makers, Dream Breakers*, p. 109; *Daily Worker*, November 20, 1946; and Stephen Smith and Kate Ellis, American RadioWorks: Thurgood Marshall Before the Court, http://americanradioworks.publicradio.org/features/marshall/。

第 17 页，“优等种族言论”，Miscellaneous Columbia, TN, reports, NAACP。

第 17 页，一棵雪松下，关于科迪埃·奇克事件，主要源自 Minor, *Lynching and Frame-Up in Tennessee*, pp. 31–34。

第 18 页，“著名的达克河”，Marshall to Caudle, NAACP, December 4, 1946。

第 19 页，“进去吧”，这个场景中的对话和细节源自：COHP, Marshall; Williams, *Thurgood Marshall*, pp. 140–141; *Daily Worker*, November 20, 1946。

第 20 页，“所有私刑的模式”，*Daily Worker*, November 20, 1946。

第 20 页，“嗯，瑟古德”，Rowan, *Dream Makers, Dream Breakers*, p. 109。

第 20 页，“他们痛打了司机”，同上。

第 20 页，“我确信”，*Daily Worker*, November 20, 1946。

第 20 页，“将永远消失”，White, *A Man Called White*, p. 321。

第 20 页，“酒后驾车？”，这个场景中的对话和细节源自 COHP, Marshall。

第二章　舒格希尔

第 21 页，“小黑鬼，你在这儿干什么？”Williams, *Thurgood Marshall*, p. 107。

第 22 页，“于是我……卷起”，Kluger, *Simple Justice*, p. 224。

第 22 页，“人们……进入这座城市”，Jackson and Dunbar, *Empire City*, p. 687。建筑史学家文森特·斯库利对 1963 年宾夕法尼亚车站被毁持批评态度，他评论道：“人们像神一样进入这座城市，而现在像老鼠一样逃窜。”

第 22 页，“使用地面交通方式”，Schomburg Center for Research in Black Culture, Photographs and Prints Division, New York Public Library。

第 23 页，“把枪拿走！”Janaya Williams, “Jason Moran Takes Fat Waller Back to the Club,” NPR Music, May 13, 2011, http://www.npr.org/2011/05/13/

136274480/jason-moran-takes-fats-waller-back-to-the-club。
第 23 页，“我们有黄皮肤姑娘”，Dance, *From My People*, p. 170。
第 24 页，“忙于……争吵辩论”，Ted Poston, “On Appeal to the Supreme Court,” *The Survey*, January 1949。
第 24 页，“那一周是多少？” Williams, *Thurgood Marshall*, p. 99。
第 25 页，“你知道你创造了多少财富”，同上，p. 100。
第 25 页，“拆迁”，Schomburg Photographs and Prints Division.
第 25 页，“可能是美国最现代”，Wald, *Josh White*, p. 48。
第 25 页，“住在迷人的”，“Down Under in Harlem,” *New Republic*, March 27, 1944。
第 26 页，“美国黑人艺术之父”，“In Sugar Hill, a Street Nurtured Black Talent When the World Wouldn't,” *New York Times*, January 22, 2010。
第 26 页，“人们传说”，Kurt Thometz, “The Harlem Revue,” Jumel Terrace Books, http://harlemrevue.wordpress.com/on-harlems-heights/。
第 26 页，“天才十人”，W. E. B. Du Bois, “The Talented Tenth,” in The Negro Problem。
第 26 页，“哈莱姆的白宫”，Aberjhani and West, Encyclopedia of the Harlem Renaissance, p. 320。
第 26 页，“在怀特的一次聚会上”，Greenberg, *Crusaders in the Courts*, p. 32。
第 26 页，“全国有色人种促进会业余时间总部”，Clark and Davis, *Thurgood Marshall*, p. 101。
第 27 页，给这个团体起名为，同上。
第 27 页，“巴斯特的子宫有点问题”，Williams, *Thurgood Marshall,* p. 163。
第 28 页，“美国黑人社交之都”，Ebony，1946 年未注明日期的文章。
第 28 页，“乔，祝你好运”，Schomburg Photographs and Prints Division。
第 28 页，“他们像对待……那样对待他”，Wilson, Meet Me at the Theresa, p. 104。
第 28 页，“出色表现”，NAACP Bulletin, May 1946。
第 28 页，“不得在法律上”，*Crisis*, May 1944。
第 29 页，“最有利的结果”，NAACP bulletin, May 1946。
第 29 页，“免得你认为”，White to Marshall, NAACP, May 8, 1946。
第 29 页，“好的”，同上。

第 29 页，“价格非常公道”，Marshall to staff, NAACP, June 13, 1946。

第 29 页，“颁给了一个人”，Crisis, August 1946。

第 30 页，“发烧”，Marshall to Ransom, NAACP，未注明日期。

第 30 页，“冷酷无情、治疗不当”，White, *A Man Called White*, pp. 63-64。

第 30 页，手续烦琐，White to Louis T. Wright and Dr. Ernst P. Boss, NAACP, 1946，未注明日期。

第 30 页，“肺癌”，Marshall to George Slaff, NAACP，未注明日期。

第 30 页，“完全是因为”，White to Board, NAACP, September 9, 1946。

第 31 页，“我警告你不要”，Rowan, Dream Makers, *Dream Breakers*, p. 132。

第 31 页，“总统只说了一次”，同上。

第 31 页，“送货人员告诉”，COHP, Marshall。

第 31 页，“二十磅”，Williams, *Thurgood Marshall,* p. 137。

第 31 页，“X 病毒”，COHP, Marshall。

第 31 页，“不能超过三个小时”，White to Board, NAACP, September 9, 1946。

第 31 页，“远未脱离险境”，White to staff. NAACP, July 12, 1946。

第 31 页，“告诉他们一个坏消息”，同上。

第 32 页，“毫不费力”，Marshall to White, NAACP, October 1, 1946。

第 32 页，“很难说服”，同上。

第 32 页，“很难想象”，White, *A Man Called White*, p. 314。

第三章　快点推啊

第 34 页，“最高级别的内阁成员、军事人员”，*St. Petersburg Times*, July 15, 1949。

第 34 页，“雄心勃勃要成为”，同上。

第 34 页，“某项洲际秘密工作”，同上。

第 34 页，分散的小木屋，*St. Petersburg Times,* April 9, 1950。

第 35 页，谣言在小镇四处传播，FOHP, Williams。

第 35 页，她在小镇上的名声，Unredacted FBI File 44-2722,（Groveland）Boxes 156-157; Unredacted FBI File 44-4055,（Civil Rights, Irvin, Shepherd, Greenlee）Boxes 222-229, National Archives and Records Administration, College Park, MD。这部分基于好几个资料来源，其中有联邦调查局现场特工于 1949 年 7 月和 8 月对莱克县居民的访谈报告，也有对格罗夫兰的

警察局长乔治·梅斯的访谈报告。《奥兰多哨兵报》的记者奥蒙德·鲍尔斯调查了所谓的犯罪，并把他对帕吉特名声的发现告诉了米尔顿·C. 托马斯，后者向罗兰·沃茨提供了鲍尔斯报告的摘要。Workers Defense League Records, Wayne State University, Walter P. Reuther Library, Detroit, MI. , The Groveland Case 1950–1952, Box 192（下文简称 WDL）。《新领袖》的记者特伦斯·麦卡锡也和梅斯谈过，后者称帕吉特是"坏蛋"。同样来自：Corsair, *The Groveland Four,* p. 233。

第 35 页，"推着它"，State of Florida, Plaintiff, v. Samuel Shepherd, Walter L. Irvin, Charles Greenlee, Ernest E. Thomas, Defendants, Transcript of Testimony, Florida State Archives, Tallahassee, August-September, 1949。关于帕吉特夫妇 1949 年 7 月 15 日晚上活动的大部分细节源自威利和诺尔玛的证词（Fl. v. Shepherd）。

第 36 页，"吃饭和跳舞"，*St. Petersburg Times,* April 9, 1949。

第 36 页，"天堂"，同上。

第 36 页，"塞缪尔·谢菲尔德的车"，同样，关于谢菲尔德和欧文 1949 年 7 月 15 日晚上活动的大部分细节源自谢菲尔德和欧文在 *Fl. v. Shepherd* 一案中的证词。

第 37 页，"一个纯粹的黑人小镇"，Hurston, *Dust Tracks on a Road,* p. 1。

第 37 页，"有 5 个湖"，Hurston, *Mules and Men,* Introduction。

第 38 页，"已经过午夜很长时间了"，此场景中的对话主要基于威利和诺尔玛在 *Fl. v. Shepherd* 一案中的庭审证词。谢菲尔德和欧文都没有做证说在 1949 年 7 月 16 日凌晨那几个小时中遇到帕吉特夫妇。但富兰克林·威廉斯说，谢菲尔德和欧文的确停下他们的车帮助帕吉特夫妇（FHOP, Williams）。而尽管帕吉特夫妇不承认和两个黑人分享威士忌，但诺尔玛的亲戚对 L. B. 德·福里斯特说，的确把威士忌给了谢菲尔德和欧文。WDL.

第 38 页，"你认为我会"，Corsair, *The Groveland Four,* p. 190。

第四章　黑鬼掉坑里了

第 40 页，"她的绰号是'大东'"，Congressional Record, Charles B. Rangel, June 25, 1998。

第 40 页，"当伊芙琳·坎宁安走进房间"，同上。

第 41 页，“我想去做那些棘手的报道”，National Visionary Leadership Project, Oral History Interviews: Evelyn Cunningham, http://www.visionaryproject.org/cunninghamevelyn/。

第 41 页，“我想我”，同上。

第 41 页，“我说，‘要知道’”，同上。

第 41 页，“不感冒的”，Williams, *Thurgood Marshall*, p. 191–192。

第 41 页，“你不能逮捕他”，同上。

第 41 页，“我要为这些人辩护”，同上。

第 41 页，“回家”，同上。

第 41 页，“变得疏远”，同上，p. 191。

第 42 页，“瘦高个、性情急躁的”，White, *A Man Called White*, p. 154。

第 42 页，“惊讶于［马歇尔］”，同上。

第 42 页，“你赢了”，Williams, *Thurgood Marshall*, p. 59。

第 42 页，他们一直和……一起生活，同上，p. 65。

第 42 页，塞进休斯顿……车里，James, *Root and Branch*, p. 56。

第 43 页，“影片”，McNeil, *Groundwork*, p. 140。

第 43 页，“情况”，Marshall wrote: Williams, Thurgood Marshall, p. 60。

第 43 页，“种族隔离的邪恶结果”，McNeil, *Groundwork*, p. 140。

第 43 页，“律师要么”，同上，p. 84。

第 44 页，“唯一……的主管”，Marshall to White, NAACP, January 21, 1947。

第 44 页，“接电话”，同上。

第 44 页，一些行为，White to Marshall, NAACP, July 17, 1945。

第 44 页，“无拘无束的办公室礼仪”，Sullivan, *Lift Every Voice*, p. 298。

第 44 页，“请不要打我”，Clark and Davis, *Thurgood Marshall*, p. 135。

第 44 页，“他会说一些”，Interview, Mildred Roxborough, *Thurgood Marshall: Justice for All*, A&E Biography, 2005。

第 45 页，“黑鬼掉坑里了”，Kluger, *Simple Justice*, p. 643。

第 45 页，“瑟古德先生”，NAACP, May 1949。

第 46 页，“马歇尔先生很敬业”，Author interview, Gloria Samuels, November 11, 2010。

第 46 页，“完全不按程序来”，Motley, *Equal Justice Under Law* , p. 58。

第 46 页，“没人雇用”，Constance Baker Motley, “My Personal Debt to Thurgood Marshall,” *Yale Law Journal*, Vol. 101, 1991–1992。

第 46 页，“他的母亲”，National Visionary Project, Oral Histories Interviews, Constance Baker Motley, http://www. visionaryproject.com/motleyconstancebaker/。

第 47 页，“最早的女权主义者”，Yanick Rice Lamb, “Evelyn Cunningham, A Witness to History,” Heart & Soul, http://www. heartandsoul.com/2010/04/evelyncunningham-a-witness-to-history/。

第 47 页，“一纸”，*Hearings Before the Committee on the Judiciary, United States Senate, One Hundred Third Congress, First Session on the Nomination of Ruth Bader Ginsberg, to Be Associate Justice of the Supreme Court of the United States*, July 20, 21, 22, and 23, 1993。同时参见 , Rowan, *Dream Makers, Dream Breakers*, p. 21。

第 47 页，“没必要回”，Marshall to Loren Miller, NAACP, 未注明日期。

第 47 页，“我不想再给你……添麻烦了”，同上。

第 47 页，“但我有个建议”，Daniel Byrd to Marshall, NAACP, April 23, 1948。

第 48 页，要不然就是在工作，Author interviews, Alexander Tureaud, Jr. , 2009 and 2010。

第 48 页，三条规则，Marshall to staff, NAACP, February 16, 1949。

第 48 页，“把我们局限在”，同上，佩里备忘录上的便条。

第 48 页，“任何有经验的律师”，Marshall to staff, NAACP, 未注明日期。

第 49 页，“包庇在逃”，Greenberg, *Crusaders in the Courts*, p. 81。

第 49 页，“不要签署”，同上。

第 49 页，“她的儿子仅仅”，同上，p. 31。

第 49 页，“没有黑人在附近生活”，同上，p. 46。

第 49 页，“一只巨大的”，同上，p. 31。

第 49 页，“噘了噘嘴”，同上。

第 50 页，“惊慌失措的威斯切斯特家庭”，Daniel J. Sharfstein, “Saving the Race,” *Legal Affairs,* March/April 2005。

第 50 页，“性行为停止了”，同上。

第 50 页，“他被怀疑”，Williams, *Thurgood Marshall,* p. 120。

第 50 页，“成千上万的黑人用人”，*Chicago Defender*, December 12, 1940。

第 50 页，“竭尽所能”，Sharfstein, “Saving the Race. ”

第 50 页，“我确信他强奸了”，同上。

第 51 页，“是无辜的”，同上。

第 51 页，“被欲望冲昏头脑的黑人”，同上。

第 51 页，“羞辱和耻辱”，*Daily Kennebec Journal,* February 1, 1941。

第 51 页，“严厉谴责无罪释放”，*Kingston Daily Freeman*, February 3, 1941。

第 51 页，“终于可以松口气了！”，Sharfstein, “Saving the Race.”。

第 51 页，“实际危险”，Cash, *The Mind of the South,* p. 115。

第 52 页，“不直接相关”，同上，p. 117。

第 53 页，“这是……骨头”，*Oklahoma Black Dispatch*, February 8, 1941。

第 53 页，“他们一直打我”，*Lyons v. Oklahoma*, 322 U. S. 596（1944）, Brief on Behalf of Petitioner。

第 53 页，“暴力和酷刑的逼迫”，*Chambers v. Florida*, 309 U. S. 227（1940）, Petitioner's Brief。

第 53 页，“大声念出来”，Black and Black, *Mr. Justice and Mrs. Black*, p. 73。

第 53 页，“如今，和过去一样”，*Chambers v. Florida*, 309 U. S. 227（1940）。

第 54 页，“我们要教”，Tushnet, *Making Civil Rights Law* , p. 52。

第 54 页，“来自纽约的黑鬼律师”，Marshall to White, NAACP, February 2, 1941。

第 54 页，“我不害怕”，Rowan, Dream Makers, *Dream Breakers*, p. 107。

第 54 页，“我想我记得”，COHP, Marshall。

第 54 页，“害怕起诉这个案件”，Marshall to White, NAACP, January 29, 1941。

第 54—55 页，“第一位……黑人律师”，Marshall to White, NAACP, January 28, 1941。

第 55 页，“一个节日”，Marshall to White, NAACP, January 29, 1941。

第 55 页，“两个民族”，Marshall to White, NAACP, February 2, 1941。

第 55 页，“房子没塌下来”，同上。

第 55 页，“大约翻了一番”，同上。

第 55 页，“是的，你就在那里”，*Oklahoma Black Dispatch*, February 8, 1941。

第 55 页，“结结巴巴地说”，同上。

第 55 页，“六七个小时”，Marshall to White, NAACP, April 5, 1941。

第 56 页，“到我的房间”，*Lyons v. Oklahoma*。

第 56 页，“六七个小时”，同上。

第 56 页，“抖得像中风似的”，*Oklahoma Black Dispatch*, February 8, 1941。

第 56 页，“老天，我高兴坏了”，Marshall to White, NAACP, April 2, 1941。

第 56 页，“在大厅里……把我们拦下”，同上。

第 56 页，“90% 的白人”，同上。

第 56 页，“我们必得上诉”，同上。

第 57 页，“我想我们可以把目标定在”，同上。

第五章　麻烦来了

第 58 页，发动机熄了一会儿，C. C. Twiss affidavit, WDL, April 29, 1951。工人保护联盟的罗兰·沃茨和另一个男人西摩·米勒拜访了克利夫顿·特威斯，特威斯提供了一份签名声明，说他和他的妻子是 1949 年 7 月 6 日早晨的目击证人。这个描述是基于特威斯夫妇的声明。

第 59 页，早上 6 : 45，Statement of Lawrence Burtoft, WDL, April 29, 1951。罗兰·沃茨拜访了巴特福德，后者提供了一份关于他于 1949 年 7 月 6 日早晨和诺尔玛·帕吉特见面时的情况的签名声明。我使用了这份声明，同时也使用了巴特福德向记者诺曼·布宁提供的声明，后一份声明出现在《圣彼得堡时报》（1949 年 4 月 9 日）布宁报道中。在这里，我还引用了巴特福德在 *Fl. v. Shepherd* 一案中的证词。

第 61 页，警长威利斯·麦考尔刚参加完，MM 44-156, FBI。这个场景源自联邦调查局对殴打谢菲尔德和欧文的关于公民权利和家庭暴力调查的文件（联邦调查局文件 44-4055 的一部分）。联邦调查局访谈了麦考尔、哈彻、耶茨、谢菲尔德和欧文，他们的回忆和复述取自报告中的陈述。

第 61 页，“我们可能离得太远”，同上。

第 61 页，“有什么麻烦？”，同上。

第 61 页，“老天，我从来没”，同上。

第 61 页，“一个白人已婚女子”，同上。

第 61 页，“情绪激动”，同上。

第 62 页，“接通耶茨”，同上。

第 63 页，“武装到牙齿”，*St. Petersburg Times*, July 18, 1949。

第 63 页，“威利斯，我们想要”，“Murmur in the Streets,” *Time*, August 1, 1949。

第 63 页，“强壮又鲁莽”，同上。

第 63 页，“我不能让你的人”，Flores, Justice Gone Wrong, p. 15。作者还于 2011 年 2 月 9 日访谈了艾萨克 · M. 弗洛雷斯。

第 63 页，“我可能有同感”，Flores, Justice Gone Wrong, p. 15。同时参见 *Corsair, The Groveland Four*, p. 31。

第 63 页，“听着，麦考尔”，Flores, *Justice Gone Wrong*, p. 15。

第 63 页，“你们要的囚犯”，同上。

第 63 页，从后面，“Murmur in the Streets”。

第 64 页，他昨晚刚从，MM 44-156, FBI。同时参见 Corsair, *The Groveland Four*, p. 1。这里由查尔斯 · 格林利所做的描述和复述主要来自他在雷福德的佛罗里达州监狱，在速记员多萝西 N. 马歇尔在场的情况下，和富兰克林 · 威廉斯的会谈，在联邦调查局的文件 MM 44-127（文件 44-4055 的一部分）中。格林利也和特工小托拜厄斯 · E. 马修斯和约翰 · L. 奎格利于 1949 年 8 月 8 日进行了会谈，联邦调查局的文件 MM 44-156 的一部分。

第 64 页，5 月，查尔斯四岁的，Corsair, *The Groveland Four*, pp. 1–2。同时参见 MM 44-156, FBI。

第 65 页，“在哪里能”，MM 44-156, FBI. 。

第 65 页，“等一下”，Corsair, *The Groveland Four*, p. 3。同时参见 MM 44-156, FBI。

第 65 页，查尔斯说枪属于他的父亲，MM 44-156, FBI。

第 65 页，“你为什么在这里露宿？”MM 44-127, FBI。

第 65 页，“把这把枪的问题解决掉”，MM 44-156, FBI。

第 66 页，“站起来，黑鬼”，同上。

第 66 页，“我没有在任何车里”，同上。

第 66 页，“你在撒谎”，同上。

第 66 页，“他们要做什么”，同上。

第 66 页，“那些男孩里没有他”，同上。

第 66 页，“那些男孩昨晚把我”，MM 44-127, FBI。

第 66 页，“不，先生”，同上。

第 66 页，“孩子，如果你不知道”，同上。

第 66 页，“快点儿把我带走”，MM 44-156, FBI。

第 67 页，“可能会制造麻烦”，同上。

第 67 页，“有色人种男孩”，同上。

第 67 页，“有一个大洞”，MM 44-127, FBI。
第 67 页，“勇敢去尝试”，Corsair, *The Groveland Four*, p. 2。
第 67 页，“这个男孩就是”，同上，p. 32。
第 67 页，“强壮白人男子”，MM 44-156, FBI。
第 68 页，“你们都有家庭”，Flores, *Justice Gone Wrong*, p. 16。
第 68 页，“莱克县的新娘”，*Orlando Sunday Sentinel*, July 17, 1949。
第 68 页，“警长击退了”，Flores, *Justice Gone Wrong*, p. 17。
第 68 页，“说话很快”，*New York Times*, July 18, 1949。
第 68 页，《迈阿密先驱报》称赞，*Miami Herald*, July 18, 1949。
第 69 页，“全乱套了”，Sullivan, *Lift Every Voice*, p. 372。
第 69 页，“英国乡绅”，Greenberg, *Crusaders in the Courts*, p. 16。
第 69 页，《科学是否已经战胜了……》，*Look*, August, 1949。
第 69 页，“任何他想要”，Janken, *Walter White*, p. 371。
第 69 页，“围栏里面”，Greenberg, *Crusaders in the Courts*, p. 21。
第 69 页，马歇尔告诉他，COHP, Marshall。
第 69 页，“等着瞧”，Greenberg, *Crusaders in the Courts*, p. 21。
第 70 页，“他还是赢了”，COHP, Marshall。
第 70 页，“比美国法律中”，Greenberg, *Crusaders in the Courts*, p. 9。
第 70 页，“挤掉其他”，同上，p. 102。
第 70 页，“黑人和蒙古族人”，*Shelley et ux. v. Kraemer et ux.*, 334 U. S. 1, May 3, 1948。
第 70 页，“法庭上的乔·路易斯”，Williams, *Thurgood Marshall*, p. 151。
第 70 页，“希望对怀特……处以私刑”，Greenberg, *Crusaders in the Courts*, p. 18。

第六章　小球赌博

第 73 页，“四名黑人”，FOHP, Williams。
第 73 页，“目露怒光”，“Murmur in the Streets,” *Time*, August 1, 1949。
第 73 页，“15 发铅弹”，同上。
第 73 页，坎贝尔说走向查尔斯，MM 44-127, FBI。
第 74 页，“你是不是其中的一个”，MM 44-156, FBI。格林利审讯的对话和细节绝大多数来自他在会谈时告诉富兰克林·威廉斯的内容，这些出现在报告中。
第 75 页，“这件事的指挥”，Corsair, *The Groveland Four*, p. 37。

第 75 页，“你是否强奸了”，MM 44-156, FBI。

第 75 页，“你最好开始”，同上。

第 75 页，“对着他的腹部开枪”，同上。

第 75 页，“私处”，同上。

第 76 页，“心形黄松木屋”，McCall, *Willis v. McCall, Sheriff of Lake County,* p. 11。

第 76 页，“艰苦的童年”，*Life,* November 17, 1972。

第 76 页，耕地、砍伐，McCall, Willis v. McCall, *Sheriff of Lake County,* p. 12。

第 77 页，“这是美汁源果园”，*New York Daily Compass*, March 1, 1952。

第 77 页，“在果园中素有硬汉之名”，Robinson, *Law and Order, by Any Means Necessary,* p. 16。

第 77 页，“没有哪个国家的白人”，*Journal of Forest History*, Vol. 25, 1981, p. 16。（Forest History Society.）

第 78 页，“让蛇乖乖起舞”，*Life,* November 17, 1972。

第 78 页“人民的候选人”，同上。

第 78 页，“人们对我有信心”，McCall, *Willis v. McCall, Sheriff of Lake County*, p. 14。

第 78 页，“政治上的叛徒”，*Leesberg Commercial,* July 2, 1945。

第 78 页，“老虎机之王”，同上。

第 78 页，“看起来”，同上。

第 78 页，“只要有一点”，McCall, *Willis v. McCall, Sheriff of Lake County,* p. 14。

第 78 页，“佛罗里达中部的游戏高手暴徒”，Dickerson, *Remembering Orlando,* p. 38。

第 79 页，“后门”，Robinson, *Law and Order, by Any Means Necessary,* p. 21。

第 79 页，“用好他们手中的权力”，Kennedy, *Southern Exposure,* p. 58。

第 79 页，“要么劳动要么作战”的法律，“Unfit Draftees May Be Uniformed Plant Workers,” *Daytona Beach Morning Journal,* February 17, 1945。

第 79 页，“防止街头游荡”，Gary M. Mormino, “Midas Returns: Miami Goes to War, 1941–1945,” *Journal of the Historical Association of Southern Florida*, Vol. 1, No. 57, 1997。

第 79 页，“一个时刻准备好的”，Nieman, “Black Southerners and the Law,” p. 53。

第 79 页，“别废话”，Jerrell H. Shofner, “The Legacy of Racial Slavery: Free Enterprise and Forced Laobr in Florida in the 1940s,” *Journal of Southern History*, Vol. 47, No. 3, August 1981。

第 80 页，“佛罗里达州的保释金”，Report on Groveland, WDL。
第 80 页，“地下监狱保护”，同上。
第 80 页，“不需要任何正式的引渡程序”，同上。
第 80 页，“似乎是以武力强制”，*New Leader*, Augyst 13, 1949。
第 80 页，“殴打和虐待模式”，FOHP, Williams。
第 81 页，“回到一盒水果八美分”，McCall, *Willis v. McCall, Sheriff of Lake County*, p. 63。
第 81 页，“看看他的手腕”，*St. Petersburg Times*, November 28, 1999。
第 81 页，“共产主义渗透小组”，McCall, *Willis v. McCall, Sheriff of Lake County*, p. 15。
第 81 页，“我是威利斯 · 麦考尔”，Transcript of interview with Mabel Norris Chesley, Franklin Hall Williams Papers, Schomburg Center for Research in Black Culture（hereafter cited as FHW Papers, Chesley）。
第 81 页，“一个身材魁梧”，同上。
第 81 页，“政治恶作剧”，同上。
第 82 页，“希特勒盖世太保式的手段”，*McCall, Willis v. McCall, Sheriff of Lake County*, p. 63。
第 82 页，“现在给你一个教训”，Green, *Before His Time*, p. 80。
第 82 页，“巨大的‘红色恐怖’”，McCall, *Willis v. McCall, Sheriff of Lake County*, p. 18。
第 82 页，具有里程碑意义的，“Landmark: *Smith v. Allw right*,” NAACPLDF. org, http://naacpldf.org/case/smith-v-allwright.
第 82 页，“最伟大的事件之一”，COHP, Marshall。
第 82 页 “一个人有权”，Williams, *Thurgood Marshall*, p. 112。
第 83 页，“告诉其他州”，COHP, Marshall。
第 83 页，“警告黑人”，Newton, *The Ku Klux Klan*, p. 384。
第 83 页，“没人试图干预”，Newton, *The Invisible Empire*, p. 117。

第七章　把这地方清理干净

第 84 页，“一切都很安静”，FHW Papers, Chesley。
第 85 页，“人们冲进房内”，同上。

第 85 页，“成群结队的男人”，“Mobile Violence: Motorized Mobs in a Florida County,” *New South,* Vol. 4, No. 6, August 1949。

第 86 页，“跨越式发展”，“The Carter-Klan Documentary Project: Thomas Hamilton,” 2006–2007, Center for the Study of the American South at UNC-CH, http://www.carter-klan.org/Hamilton.html。

第 86 页，“佛罗里达建立桥头堡”，Newton, *The Invisible Empire*, p. 114。

第 86 页，“看到血流成河”，*Time,* March 15, 1948。

第 86 页，“如果你们到这里来”，*Powell v. Alabama*, 287 U. S. 45（1932）。

第 87 页，超过 500 名，South Lake Press, June 5, 2009, http://www.southlakepress.com/060509land。

第 87 页，“有色人种家园”，MM 44-156, FBI。

第 87 页，“保护在格罗夫兰”，同上。

第 87 页，“局势失去控制”，同上。

第 87 页，“心理作用”，同上。

第 88 页，“就好像是一个忠实的伙计”，同上。

第 89 页，“三名黑人供认”，Ocala Star-Banner, July 19, 1949。

第 89 页，“不会有对黑人的私刑”，*Corsair, The Groveland Four,* p. 38。

第 89 页，“我们不会”，同上。

第 89 页，“我告诉她我们”，同上。

第 89 页，“三 K 党正”，“Mobile Violence: Motorized Mobs in a Florida County,” *New South*, Vol. 4, No. 6, August 1949。

第 90 页，“那边是老乔 · 马克斯韦尔的房子”，Sally Watt, Free Speech Radio News, January 1, 2002, http://www.archive.org/details/fsrn_20020101。

第 90 页，“听到窗户破碎的声音”，同上。

第 90 页，“你最好别去那里”，Flores, *Justice Gone Wrong*, p. 20。

第 90 页，“狗娘养的”，同上。

第 91 页，“你们这群人不要”，同上，p. 21。

第 91 页，“我们想把这个地方”，同上。

第 91 页，“不要做那些”，同上。

第 91 页，麦考尔巡视着人群，MM 44-156, FBI。

第 91 页，格罗夫兰的柯蒂斯 · 梅里特，同上。

第 91 页，麦考尔也认出，同上。

第 91 页，“主席”，Harry T. Moore Murder Investigation, Florida Attorney General's Office of Civil Rights/Florida Department of Law Enforcement（Moore Report）, Exhibit 53。（Hereafter cited as Moore Report.）

第 91 页，“分清暴徒从哪里”: “Mobile Violence: Motorized Mobs in a Florida County.”

第 91 页，“你们为什么不拿着你们的玩具枪”，Flores, *Justice Gone Wrong*, p. 22。

第 92 页，“我不知道名字”，同上，p. 23。

第 92 页，“狗娘养的人在哪里”，McCall, *Willis v. McCall, Sheriff of Lake County*, p. 21。

第 92 页，“我要告诉他”，Flores, *Justice Gone Wrong*, p. 23。

第 92 页，“公路沿线”，McCall, *Willis v. McCall, Sheriff of Lake County*, p. 21。

第 92 页，“去，拿更多的弹药”，*New Leader*, telegram to Governor Fuller Warren, NAACP, September 14, 1949。

第 92 页，“一片偏僻的农田”，*New Leader*, August 13, 1949。

第 92 页，（小）玛丽·罗谢尔·亨特，*Miami Daily News*, July 19, 1949。同时参见未注明日期的剪报，FHW Papers。富兰克林·威廉斯保存一本剪贴簿，其中包括从《芒特多拉头条》和其他报纸剪贴下来的未注明日期的剪报。

第 93 页，“所有头目的名字”，MM 44-156, FBI。

第 93 页，“恐吓黑人”，同上。

第 93 页，“下一次”，“Murmur in the Streets,” *Time*, August 1, 1949。

第 94 页，“他的生活来源”，MM 44-156, FBI。

第 95 页，“他们告诉我，我的鸡和鸭”，MM 44-127, FBI。

第 95 页，“被蹂躏的鬼魂”，*New York Post*, September 2, 1949。

第 95 页，“黑人自我解放”，WDL, Report on Groveland。

第 95 页，“这个地区最好的仓库”，*New York Post*, September 2, 1949。

第 96 页，“黑鬼没权”，FOHP, Williams。

第 96 页，“太他妈的特立独行了”，*New Leader*, August 13, 1949。

第 96 页，“丑陋的黑鬼”，Steven F. Lawson, David R. Colburn, and Darryl Paulson, “Groveland: Florida's Little Scottsboro,” *Florida Historical Quarterly*, Vol. 65, No. 1, July 1986, p. 3。

第 96 页，“聪明的黑鬼”，FOHP, Williams。

第 96 页，“安分守已”，“Groveland: Florida's Little Scottsboro,” p. 4。

第 96 页，“变形的床架”，*New Leader,* August 2, 1949。

第 96 页，“他们不该让”，同上。

第 97 页，当他到家时，J. P. Ellis to Franklin Williams, NAACP-LDF, 1949 年 8 月，未注明日期。

第 97 页，“我不断接到”，MM 44-127, FBI。

第 97 页，“我的家散了”，同上。

第 97 页，“他们会消失”，*New Leader*, August 13, 1949。

第 97 页，“我们正在等着看”，*Orlando Sentinel*, July 17, 1949。

第 98 页，“聪明的律师”，*New Leader*, August 13, 1949。

第 98 页，“被‘合法地’献祭”，同上。

第 98 页，“荣誉遭受践踏”，“Honor Will Be Avenged”: Mount Dora Topic, July 2, 1949。

第 98 页，“任何携带武器的人”，MM 44-156, FBI。

第 99 页，“忙于”，同上。

第 99 页，“将导致”，同上。

第 99 页，“积极的行动”，同上。

第 99 页，“已同意停止”，同上。

第八章　一张圣诞卡

第 100 页，“你要么跳进河里”，Hobbs, “Hitler Is Here,” p. 150。

第 101 页，“亲爱的弗里德”，Willie James Howard to Cynthia Goff, NAACP, January 1, 1943 [actually 1944]。

第 102 页，“对他罪行的惩罚”，Hobbs, “Hitler Is Here,” p. 150。

第 102 页，“威利，我现在无法为你做”，同上。

第 102 页，“极度恐惧”，Lula Howard affadavit, NAACP, March 19, 1944。

第 103 页，“宁愿死”，Hobbs, “Hitler Is Here,” p. 149。

第 103 页，“我确信你会意识到”，Spessard L. Holland to Marshall, NAACP, February 14, 1944。

第 103 页，“这种素材”，Green, *Before His Time*, p. 49。

第 104 页，“在浪费时间”，同上。

第 104 页，“我们不得不怀疑”，Moore to Marshall, NAACP, June 30, 1944。

第 104 页，“黑人的性命”，Green, *Before His Time*, p. 50。

第 104 页，这个教训，同上，p. 71。

第 104 页，“一个人犯了一级谋杀罪”，同上。

第 104 页，“那些关于私刑”，Current to Moore, NAACP, July 3, 1947。

第 105 页，“南方中的南方”，Raymond A. Mohl, “ ‘South of the South?’ Jews, Blacks, and the Civil Rights Movement in Miami, 1945–1960, ” *Journal of American Ethnic History*, Vol. 18, No. 2, Winter 1999。

第 105 页，“麻烦的制造者和黑人的组织者”，Green, *Before His Time*, p. 61。

第 105 页，然而，穆尔不，Author interview with Evangeline Moore, February 8, 2011。

第 105 页，让他十几岁的女儿，Green, *Before His Time,* p. 65。

第 106 页，“富豪教授穆尔”，同上，p. 246。

第 107 页，“大胆挑战”，“A Century of Racial Segregation, 1849–1950,” Library of Congress exhibition, “With an Even Hand: Brown v. Board at Fifty,” http://www.loc.gov/exhibits/brown/brown-segregation. html。

第 107 页，“法律帮助”，Martin, *Brown v. Board of Education,* p. 14。

第 107 页，“他似乎是个不错的人”，Green, *Before His Time*, p. 41。

第 107 页，“瑟古德是救世主”，同上，p. 42。

第 108 页，从 1882 年到 1930 年，Wilkerson, *The Warmth of Other Suns,* p. 320。

第 108 页，“黑人在佛罗里达”，*Gainesville Sun*, September 3, 2005。

第 108 页，“起诉……暴徒头目”，Green, *Before His Time*, p. 87。

第 108 页，“对黑人实施私刑”，同上，Ibid. , p. 69。

第 109 页，“戴着头巾”，Newton, *The Invisible Empire*, p. 117。

第 109 页，“帮朋友一个忙”，同上。

第 109 页，“既然已经知道暴徒头目”，Green, *Before His Time*, p. 87。

第 109 页，“他已经写得够多了”，同上，p. 90。

第 109 页，“明智的和训练有素的杰西・亨特”，*Mount Dora Topic*, July 2, 1949。

第 110 页，“你不能以调查”，Wexler, *Fire in a Canebrake,* p. 130。

第 111 页，“联邦调查局在搜查”，Marshall to Clark, NAACP, December 27, 1946。

第 111 页，“我从……中发现”，Williams, *Thurgood Marshall,* p. 159。

第 111 页，“横冲直撞”，*Fairclough: Race & Democracy*, p. 116。

第 111 页，“清楚、无懈可击的”，同上，p. 117。

第 111 页，“我都不信任”，Wexler, *Fire in a Canebrake,* p. 191。

第 112 页，1947 年 4 月，*Crisis,* December 1955。

第 112 页，“以他那迷人的”，Williams, *Thurgood Marshall*, p. 161。

第 112 页，“对此事”，MM 44-156, FBI。

第 112 页，“全国有色人种促进会的瑟古德·马歇尔”，同上。

第 112 页，“促进会和胡佛相互利用”，*Greenberg, Crusaders in the Courts,* p. 105。

第九章　别开枪，白人

第 114 页，“就像你在西部片中看到的那样” McCall, *Willis v. McCall, Sheriff of Lake County*, p. 23。

第 114 页，“兜售小球赌博”，*New York Daily Compass*, March 1, 1952。

第 114 页，“一名有胡子的、古怪的黑人”，*Mount Dora Topic*, FHW Papers，未注明日期的剪报。

第 115 页，“最近刚给自己买了”，同上。

第 115 页，“一个合适的安排”，*New York Daily Compass,* March 1, 1952。

第 115 页，“根基很深的”，同上。

第 115 页，“执法人员”，同上。

第 115 页，“事情到了……紧要关头”，同上。

第 115 页，“托马斯兴致勃勃”，同上。

第 115 页，“她显然”，McCall, *Willis v. McCall, Sheriff of Lake County*, p. 22。

第 115 页，“在整个调查过程中”，同上。

第 116 页，“和一些亲戚”，Coroner's Inquest, MM 44-156, FBI。

第 116 页，“安顿下来准备过夜”，McCall, *Willis v. McCall, Sheriff of Lake County,* p. 22。

第 116 页，“我们本该包围那个地方”，同上。

第 116 页，“一块棉花田”，Coroner's Inquest, MM 44-156, FBI。

第 116 页，“割断他的马裤裤腿”同上。

第 117 页，“就是他”，同上。

第 118 页，“太过兴奋”，同上，

第 118 页，“别开枪，白人”，同上。

第 118 页，“好斗的恶魔”，*Ocala Star Banner*, July 27, 1949。

第 118 页，“我正在沼泽”，Coroner's Inquest, MM 44-156, FBI。

第 118 页，“眼睛上方”，同上。

第 118 页，“将近 400 块弹片”，Corsair, *The Groveland Four*, p. 64。

第 118 页，“还有其他洞”，Coroner's Inquest, MM 44-156, FBI。

第 118 页，“当那个黑人”，同上。

第 118 页，“莱克县的麦考尔警长”，同上。

第 118 页，“明显的缺陷”，C. M. T. to Rowland Watts, WDL, May 8, 1951。

第 119 页，“被告知按照”，同上。

第 119 页，“从来没有得到回答”，同上。

第 119 页，“不惜一切代价”，同上。

第 119 页，“一个明确威胁”，同上。

第 119 页，“露骨地暗示”，*New York Daily Compass*, March 1, 1952。

第 119 页，“托马斯是一名阳光的”，同上。

第 119 页，审讯结束后，Flores, *Justice Gone Wrong*, p. 34。

第 120 页，“学习怎么办案”，Motley, *Equal Justice Under Law* , p. 70。

第 121 页，“那个可怕的夏天”，White, *A Man Called White*, p. 325。

第 121 页，“暴跳如雷”，Michael R. Gardner, “Harry Truman and Civil Rights: Moral Courage and Political Risks,” speech at University of Virginia, September 26, 2003, http://www.virginia.edu/uvanewsmakers/newsmakers/gardner.html。

第 122 页，“一个好的演讲者”，FOHP, Williams。

第 122 页，“反暴徒暴力基金”，Sullivan, *Lift Every Voice*, p. 320。

第 122 页，他宣称这“很荒唐”，Kluger, *Simple Justice*, p. 298。

第 122 页，“让你毛骨悚然”，FOHP, Williams。

第十章　使用橡胶管的行家

第 124 页，“不要担心，妈妈”，Corsair, *The Groveland Four*, p. 16。

第 124 页，“你这个狗娘养的”，MM 44-156, FBI。

第 125 页，“从车里出来”，MM 44-127, FBI。

第 125 页，“你为什么强奸”，MM 44-156, FBI。

第 125 页，“最好说出来”，同上。

第 125 页，“黑鬼，你就是”，同上。

第 125 页，“那两个人”，同上。

第 126 页，“解决你的问题”，Green, *The Negro Motorist Green Book,* p. 3。

第 126 页，“现在我们可以不尴尬地旅行了”，同上，p. 81。

第 126 页，“肆意的杀戮”，Marshall to Clark, NAACP, July 27, 1949。

第 126 页，“严重怀疑”，Marshall to Warren, NAACP, July 27, 1949。

第 127 页，“我阿姨想知道”，Corsair, *The Groveland Four,* p. 72。

第 127 页，“他们的脑袋一团糟”，FOHP, Williams。

第 127 页，“那家伙在哪儿？”MM 44-156, FBI。

第 128 页，“他们打了我们”，MM 44-127, FBI。

第 128 页，“那些不是你的脚印”，MM 44-156, FBI。

第 128 页，“黑鬼，你要”，同上。

第 128 页，“大量的发动机”，同上。

第 128 页，“他们打我”，同上。

第 129 页，“感到兴奋”，同上。

第 129 页，“我的嘴在流血”，MM 44-127, FBI。

第 129 页，认出那个人是韦斯利 · 埃文斯，MM 44-156, FBI。

第 129 页，“使用橡胶管的行家”，同上。

第 129 页，“他们试图让我说”，MM 44-127, FBI。

第 129 页，“挨这些打”，MM 44-156, FBI。

第 130 页，“右下颚似乎”，MM 44-127, FBI。

第 130 页，“我血流得很厉害”，同上。

第 130 页，“一伙暴徒在路上”，同上。

第 130 页，“那些黑鬼在哪儿？”同上。

第 130 页，“真的踢他”，MM 44-156, FBI。

第 130 页，“又红又肿”，MM 44-127, FBI。

第 131 页，“所有一切都是真的”，同上。

第 131 页，“将按照……来说”，MM 44-156, FBI。

第 132 页，“我……没有鞋子”，MM 44-127, FBI。

第132页，“格林利曾经说：‘上帝啊’”，FOHP, Williams。

第132页，“致力于社会主义”，*New Leader*, January/April 2006。

第132页，“很多人告诉我”，MM 44-127。

第132页，“塞缪尔是个好孩子”，同上。

第133页，“如果……照片”，Wormser, *The Rise and Fall of Jim Crow* , p. 166。

第133页，“傲慢”，FOHP, Williams。

第133页，“传播到他们中间”，同上。

第133页，“不知天高地厚的黑鬼”，“Florida's Little Scottsoboro: Groveland,” *Crisis*, October 1949。

第133页，“麦考尔很清楚地知道”，FOHP, Williams。

第134页，“他们的头发和头上还有血迹”，同上。

第134页，“很少”，Lawson, *To Secure These Rights*, p. 26。

第134页，“协会将投入资源”，Corsair, *The Groveland Four,* p. 78。

第134页，“完全无辜的”，Press release, NAACP, August 9, 1949。

第134页，告诉哈里·T. 穆尔，Green, *Before His Time,* p. 92。

第135页，“起诉那群犯罪的暴徒”，Moore to Warren, Florida State Archives, July 30, 1949。

第135页，“当地官员毒打”，*Ocala Star Banner*, August 14, 1949。

第135页，“负责任”，McCall, *Willis v. McCall, Sheriff of Lake County*, p. 20。同时参见作者于2011年2月9日对艾萨克·M. 弗洛雷斯的访谈。

第135页，“那是该死的谎言”，*Ocala Star Banner*, August 14, 1949。

第136页，“黑人待在一辆黄色的凯迪拉克敞篷车里”，FOHP, Williams。

第136页，“非常出色的刑事辩护律师”，同上。

第136页，“富兰克林，你知道”，同上。

第136页，“他不会提出”，同上。

第136页，“我不能那么做”，同上。

第137页，“我不完全放心”，同上。

第137页，“会给我提供某种”，同上。

第137页，“未能遵循”，Tushnet, *Making Civil Rights Law* , p. 97。

第138页，“以一种罕见的方式”，Horne to Marshall, NAACP, August 9, 1949。

第138页，“似乎是不明智的”，MM 44-127, FBI。

第 138 页，“全面而彻底的调查”，同上。

第 138 页，“所有会见的”，MM 44-156, FBI。

第 139 页，“一条裤子”，同上。

第 139 页，“问他们为什么”，同上。

第 139 页，36 000 人口，Census of Population and Housing, U. S. Census Bureau, 1950 Census。

第 140 页，“头面市民”，MM 44-156, FBI。

第 140 页，“由……的人引起的”，同上。

第 140 页，“把这个县的松树砍光”，*Orlando Sentinel,* December 3, 1997。

第 140 页，“他在……一座房子都不会剩下”，MM 44-156, FBI。

第 140 页，“正在监视市政厅”，同上。

第 141 页，“一个人的警察局”，同上。

第 141 页，“积极行动”，同上。

第 141 页，“县警长公开加入”，Moore Report, p. 7。

第 141 页，“我相信，在那个时候”，Corsair, *The Groveland Four*, p. 35。

第 142 页，“贝莱克地区的人”，MM 44-156, FBI。

第 142 页，“他们就会拿起武器”，Corsair, *The Groveland Four,* p. 88。

第 142 页，“做检查的医生”，MM 44-156, FBI。

第 143 页，“事故报告”，同上。

第 143 页，“我知道这会”，Corsair, *The Groveland Four*, p. 94。

第 144 页，由于无法同时满足，*Orlando Sentinel,* July 5, 1992。

第 144 页，“工作一整天”，*Mount Dora Topic*, September 1, 1949。

第 145 页，“斯卡夫顿大学”，同上。

第 145 页，“放着零碎东西的”，同上。

第 145 页，“一个铁皮房子”，*Mount Dora Topic*, August 25, 1949。

第 145 页，“简直就是那种”，FOHP, Williams。

第 145 页，“第三名被告在哪儿？”，同上。

第 145 页，“这个肮脏的混蛋”，Williams to Wilkins, NAACP-LDF, August 25, 1949。

第 146 页，“我们不是被告”，同上。

第 146 页，“好吧，进来”，FOHP, Williams。

第 146 页，“我很清楚”，同上。

第 146 页，“穿着衬衫”，Williams to Wilkins, LDF, 未注明日期。

第 146 页，“无法无天的暴徒”，*Fl. v. Shepherd*, Affidavit, p. 78。

第 146 页，“现在提这个太迟了”，*Fl. v. Shepherd*, Vol. 1, p. 78。

第 147 页，“所谓的”，*Fl. v. Shepherd*, Affidavit, p. 78。

第 147 页，“完全不相关的”，*Fl. v. Shepherd*, Vol. 1, p. 320。

第 147 页，诚心诚意地，*Fl. v. Shepherd*, Affidavit, p. 44。

第 147 页，“很不方便”，*Fl. v. Shepherd*, Vol. 1, p. 4。

第 147 页，“每一次”，Corsair, *The Groveland Four*, p. 96。

第 148 页，“令人作呕”，*Fl. v. Shepherd*, Vol. 2, p. 191。

第 148 页，“那些黑鬼律师为你们做了什么？” *Fl. v. Shepherd, Affidavit,* p. 79。

第 148 页，“那些黑鬼律师最好”，同上。

第 148 页，损失尤其严重，Barnes, *Florida's Hurricane History*, p. 184。

第 149 页，不感到奇怪，Corsair, *The Groveland Four*, p. 99。

第十一章 坏蛋

第 150 页，“如果我被问到”，MM 44-156, FBI。1949 年 7 月 16 日早上，宾尼菲尔德医生对诺尔玛 · 帕吉特进行了检查，这取自 1949 年 9 月 2 日约翰 · L. 奎格利特工的报告以及沃森 · 罗珀特工对医生的调查和访谈。在这份报告中，奎格利指出，当在坦帕的联邦检察官赫伯特 · S. 菲利普斯知道联邦调查局和宾尼菲尔德会面并且有一份诺尔玛 · 帕吉特的医学检测报告时，菲利普斯给联邦调查局办公室发来“停止调查此事”的命令。

第 151 页，“备受尊敬的”，Dr. Geoffrey Binneveld，同上。

第 153 页，焚烧了节目单，Robeson, *The Undiscovered Paul Robeson,* p. 168。

第 153 页，“滚回苏联！” 同上。

第 153 页，“如果你是一个黑人”，COHP, Marshall。

第 153 页，“富兰克林 · 威廉斯曾”，Greenberg, *Crusaders in the Courts,* p. 101。

第 154 页，“走进”，Thurgood Marshall, “Remarks at a Testimonial Dinner Honoring Raymond Pace Alexander, November 25, 1951,” Tushnet, *Thurgood Marshall,* p. 140。

第 154 页，“给予外国政府”，同上，p. 140。

第 154 页，“强有力的”，同上。

第 154 页，“只有人民”，Rise, *The Martinsville Seven*, p. 66。

第 155 页，“这些案件，格罗夫兰案件”，Marshall to Patterson, LDF, June 9, 1950。

第 155 页，“亲爱的史蒂夫”，Marshall to Spingarn, LDF, June 18, 1950。

第 155 页，“我从来不相信”，FOHP, Williams. 。

第 155 页，“想出的办法”，Presidential Recordings Program, Lyndon Johnson Tapes Transcripts, Monday, January 3, 1966: Thurgood Marshall, Lyndon Johnson, participants, http://whitehousetapes.net/transcript/johnson/wh6606-01-9403。

第 156 页，“竭尽全力”，FOHP, Williams。

第 156 页，“一个宪法性瑕疵”，同上。

第 156 页，很简洁，*Fl. v. Shepherd*, Vol. 2。

第 156 页，“杰西 · 亨特不需要”，*Mount Dora Topic*, September 1, 1949。

第 156 页，“荣誉将要复仇”，*Mount Dora Topic,* July 2, 1949。

第 156—157 页，“特别法庭规则”，*Fl. v. Shepherd*, Affadavit, p. 40。

第 157 页，“煽动者或者代理人”，同上。

第 157 页，“他们安排了”，FOHP, Williams。

第 157 页，“莱克县有史以来最恶劣的犯罪”，*Mount Dora Topic*, September 1, 1949。

第 157 页，“满意得多”，Fl. v. Shepherd, Vol. 2, p. 78。

第 157 页，“最高法院才是目标”，*Mount Dora Topic*, September 1, 1949。

第 157 页，“坚定相信”，同上。

第 158 页，“真正的故事”，同上。

第 158 页，“吓死了”，Hauke, *Ted Poston,* p. 77。

第 158 页，“午夜特快邮车”，同上，p. 58。

第 158 页，“屁股”，同上，p. 59。

第 158 页，当斯科茨伯勒案，同上。

第 159 页，“成熟的年轻女士”，同上，p. 13。这一场景在豪克的书中描述过。艾利森 · 威廉斯是波斯顿的终身朋友，她回忆起和波斯顿关于他青少年时期和一个白人妇女性接触时的对话。

第 159 页，“南方阳光下的恐惧”，*New York Post*, September 9, 1949。

第 159 页，“嫉妒之火”，*Chicago Defender,* July 30. 1949。

第 160 页，“我将离开这个地方”，同上。

第 160 页，“理论上”，FOHP, Williams。

第 160 页，“通常在”，Moore Report, Exhibit 71。

第 160 页，“安全系数大一点”，FOHP, Williams.

第 160 页，“以防万一有什么事情发生”，*State of Florida v. Walter L. Irvin*, Charles Greenlee, and Samuel Shepherd, Prosecution Report, April 2, 1950, Exhibit 1, FBI 44-2722。

第 161 页，诺尔玛·帕吉特是个“坏蛋”，FBI 44-2722。

第 161 页，“是邻居”，同上。

第 161 页，“煽动”这起暴乱，同上。

第 161 页，当威廉斯追问，Bertha E. Davis to Goldberg, LDF, August 1, 1949; and July 21, 1949。

第 161 页，“她的丈夫帕吉特先生”，FBI 44-2722。

第 161 页，“任何迹象”，Davis to Goldberg, LDF, August 1,1949; and July 21, 1949。

第 162 页，“严重怀疑”，FBI 44-2722。

第 162 页，“严重影响”，同上。

第 162 页，“调查将为”，同上。

第 162 页，“理查德·罗和约翰·多伊”，同上。

第 162 页，“机密性”，Corsair, *The Groveland Four*, p. 121。

第 162 页，“那些破坏分子”，FOHP, Williams。

第 162 页，“你有什么感觉？”*Fl. v. Shepherd*, Vol. 3, pp. 398, 322。

第 163 页，“不是他们受审”，同上，p. 413。

第 163 页，阿克曼其他的关注点，*Fl. v. Shepherd,* Vol 2, p. 236。

第 163 页，“赞成”，*Fl. v. Shepherd*, Vol 3, p. 338。

第 163 页，“白发苍苍的老手艺人”，Carson et al. , *Reporting Civil Rights*, Part One, p. 127。

第 163 页，“最好的黑人之一”，同上。

第 163 页，“妇女恳求在审判时有保留座位”，*Mount Dora Topic,* August 18, 1949。

第 163 页，“情绪煽动”，Chicago Defender, September 10, 1949。

第 163 页，“贝莱克的破坏分子”，Corsair, *The Groveland Four*, p. 132。

第 164 页，“总是吓到我”，FOHP, Williams。

第 164 页，“光着的脚”，*Mount Dora Topic*, undated clipping, FHW Papers, July 1949。

第 164 页，闷热，FOHP, Williams。

第 164 页，“他可能做任何事”，同上。

第 164 页，“临终公告”，Williams to Wilkins，未注明日期的信件，LDF, September 1949。

第 165 页，“漫步”，Corsair, The Groveland Four, p. 127。

第 165 页，“未被发现的美国美女”，International Center of Photography Blog, Ladies Home Journal Prospectus, September 21, 1948, John Morris, Picture Editor, http://icplibrary.wordpress.com/2010/12/14/ladies-home-journal's-undiscovered-american-beauties-provide-potentialbounty-to-photographers'/。

第 165 页，“站起来并且指认”，*Fl. v. Shepherd*, Vol. 4, p. 509。

第 166 页，“黑鬼谢菲尔德”，FOHP, Williams。富兰克林·威廉斯关于诺尔玛·帕吉特对她声称的袭击者的指认方式的回忆，根据来自 FOHP, Williams 的文字记录。根据庭审记录，在她的证词中，诺尔玛·帕吉特再三称被告（已经死亡的欧内斯特·托马斯）为“这个黑鬼托马斯”“那个黑鬼谢菲尔德”“黑鬼格林利”，偶尔称“谢菲尔德这个男人”。帕吉特仅用“欧文”称呼沃尔特·欧文。

第 166 页，“可能是审判中最具戏剧性的一幕”，FOHP, Williams。

第 166 页，“充满仇恨”，*Mount Dora Topic*, September 8, 1949，同时参见和梅布尔·诺里斯·切斯利会谈的文字记录，Franklin Hall Williams Papers, Schomburg Center for Research in Black Culture（FOHP, Chesley）。

第 166 页，“没有戴表”，*Fl. v. Shepherd,* Vol. 4, p. 521。

第 166 页，“石膏模型”，同上，p. 541。

第 166 页，“警长已经让我”，同上，p. 542。

第 167 页，“吃好睡好”，同上，p. 552。

第 167 页，“几个流氓推搡着”，*New York Post,* September 9, 1949。

第 167 页，“反对无效”，*Fl. v. Shepherd,* Vol. 4, p. 600。

第 167 页，“我看不出还有什么必要”，同上，p. 601。

第 168 页，“你好！威廉斯先生”，Corsair, *The Groveland Four*, p. 149。

第 168 页，“这是我多年实践”同上。

第 168 页，“这就像一个故事”，FOHP, Williams。

第 168 页，他说：“威廉斯先生”，同上。

第 169 页，“威利斯·麦考尔”，谢菲尔德告诉他，同上。

第 169 页，“黑人杀手”，同上。

第 169 页，“又高又瘦”，同上。

第 169 页，“如果你告诉”，Ted Poston, “The Story of Florida's Legal Lynching,” *The Nation,* September 2, 1949。

第 170 页，“我对自己说”，*Fl. v. Shepherd,* Vol. 4, p. 600。

第 170 页，“赶紧带我离开那里”，同上，p. 640。

第 170 页，“因此我就坐在那里”，同上，p. 641。

第 171 页，“如果你做了”，同上，p. 644。

第 171 页，“白人妇女”，Irene Holmes to Franklin Williams, LDF, December 12, 1949。

第 171 页，“查尔斯·格林利真是个好演员”，Green, *Before His Time*, p. 104。

第 171 页，“眼里充满泪水”，*Mount Dora Topic*, September 8, 1949。

第 171 页，“你打算什么时候让他去”，FOHP, Williams。

第 171 页，“你知道你的问题在哪儿吗”，Green, *Before His Time*, p. 104。

第 171 页，“最终”，*Mount Dora Topic*, September 8, 1949。

第 172 页，“除了”，*New York Post*, September 9, 1949。

第 172 页，“没必要”，同上。

第 172 页，“亨特先生不打算”，同上。

第 172 页，“污渍”，同上。

第 172 页，“如果那个白人妇女”，同上。

第 172 页，“点头哈腰”，同上。

第 172 页，“我不希望拖太长时间”，*Fl. v. Shepherd*, Vol. 4, p. 644。

第 172 页，“会发生很多事情”，Green, *Before His Time*, p. 103。

第 172 页，“没有人”，Corsair, *The Groveland Four*, p. 165。

第 173 页，“那个‘抢椅子’的残酷游戏”，*St. Petersburg Times,* April 9, 1950。

第 173 页，“有点过界”，同上。

第 173 页，富奇和检察官握手，Corsair, *The Groveland Four,* p. 167。

第 173 页，“一个长途电话亭”，*New York Post,* September 9, 1949。

第 173 页，“一个准爸爸”，*State of Florida v. Walter L. Irvin*, Charles Greenlee, and Samuel Shepherd, Prosecution Report, April 2, 1950, Exhibit 1, FBI 44-2722。

第 173 页，“沉住气”，*New York Post*, September 9, 1949。

第 173 页，警长麦考尔“需要帮助”，Moore Report, Exhibit 53。
第 173 页，“禁止游行”，*Fl. v. Shepherd*, Vol. 4, p. 654。
第 174 页，“我们陪审团裁定”，*Fl. v. Shepherd*, Affadavit, p. 22。
第 174 页，“眼里失去了希望”，*Mount Dora Topic*, September 8, 1949。
第 174 页，“然后一个微笑”，同上。
第 174 页，“亚历克斯，嘿，亚历克斯”，FOHP, Williams。这个场景主要源自富兰克林·威廉斯的回忆（FOHP, Williams），以及特德·波斯顿在《纽约邮报》上发表的题为“南方阳光下的恐惧”的故事。
第 174 页，“平静地回家”，同上。
第 174 页，“我一点都不怀疑”，同上。
第 175 页，“你们不跟着”，同上。
第 175 页，“堵住了点烟器”，同上。
第 175 页，“充满敌意的白人的人海”，*New York Post*, September 9, 1949。
第 175 页，“赶快上来”，FOHP, Williams。
第 175 页，“拉蒙娜在哪儿呢”，*New York Post*, September 9, 1949。
第 176 页，“上帝啊”，Williams said: FOHP, Williams。
第 176 页，“哦，上帝啊，都是我的错”，*New York Post,* September 9, 1949。
第 177 页，“我这辈子”，FOHP, Williams。
第 177 页，“我看不到自己的羞愧”，*New York Post,* September 9, 1949。
第 177 页，“哦，你一定是”，FOHP, Williams。

第十二章　原子加速器

第 179 页，“如果他不说”，Corsair, *The Groveland Four*, p. 188。
第 179 页，“他要把我交给”，同上，p. 188。
第 179 页，“你在证人席上撒谎”，Moore Report, p. 288。这个场景主要源自哈里·T. 穆尔的传记作家本·格林（1992 年 7 月 15 日）对威利斯·麦考尔和查尔斯·格林利会面时的文字记录。该文章记录出现在穆尔报告中。
第 180 页，“苏格兰场”，*Mount Dora Topic*，未注明日期的剪报，FHW Papers, September 1949。
第 180 页，“一个口才好的”，*New York Post*, September 6, 1949。
第 180 页，“充分的”，*Fl. v. Shepherd*, Vol. 4, Affadavit, p. 142。

第 180 页，“恶毒的”，FOHP, Williams。

第 180 页，“证据是”，Corsair, *The Groveland Four*, p. 188。

第 181 页，“我感觉”，Wilkins to Spingarn, NAACP, September 6, 1949。

第 181 页，“塔瓦里斯”，*New York Post*, September 6, 1949。

第 181 页，“为这些男孩辩护”，Press release, NAACP, August 1949。

第 181 页，“我们会遵守弗兰克的承诺”，*New York Post,* Septe,ber 6, 1949。

第 181 页，“残忍的、开着车的暴徒”，*New York Post*, September 9, 1949。

第 182 页，“特点”，FOHP, Williams。

第 182 页，“他可能是”，Greenberg, *Crusaders in the Courts*, p. 32。

第 182 页，“我不会生活在南方！”，Corsair, *The Groveland Four*, p. 154。

第 182 页，“阻止……的主张”，Greenberg, *Crusaders in the Courts*, p. 98。

第 183 页，“如果上帝与我同在”，Corsair, *The Groveland Four,* p. 194。

第 184 页，联邦调查局选择，Moore Report, Exhibit 76。

第 184 页，“打算拦截汽车”，同上。

第 184 页，由联邦大陪审团，Marshall to McGrath, 44-2772-43, FBI。

第 184 页，“有充分的证据”，Campbell to Phillips, 144-18-117, FBI, September 13, 1949。

第 184 页，“公正审判”，Phillips to Campbell, MM 44-156, FBI。

第 185 页，“法官，我同意”，Kluger, *Simple Justice,* p. 277。

第 185—186 页，“每天都在忙”，Greenberg, *Crusaders in the Courts*, p. 159。

第 186 页，“聪明才智”，同上，p. 160。

第 186 页，“大杯慕尼黑”，同上，p. 159。

第 186 页，“如果我们能迫使得克萨斯大学”，The Survey, Vol. 85, 1949, p. 21.（Charity Organization Society of the City of New York, Survey Associates.）

第 186 页，“得克萨斯大学法学院是平等的”，Lavergne, *Before Brown*, p. 161。

第 187 页，“每个人都知道比分”，未注明日期的剪报，NAACP。

第 188 页，“大开眼界”，Williams, *Thurgood Marshall*, p. 179。

第 188 页，“你一直在讲”，Rowan, Dream Makers, *Dream Breakers*, p. 148。

第 188 页，“‘黑鬼’这”，同上。

第 188 页，“瑟古德有礼”，Address by John Paul Stevens, Associate Justice, Supreme Court of the United States, to the American Bar Association, Thurgood Marshall

Awards Dinner Honoring Abner Mikva, Hyatt Regency Hotel, Chicago, IL, August 6, 2005。

第 188 页，“可能有种族间通婚”，Kluger, *Simple Justice,* p. 265。

第 188 页，“我们已经有八个人”，同上。

第 189 页，其中之一就是麦克劳林，同上。

第 189 页，“它使得”，Greenberg, *Crusaders in the Courts,* p. 71。

第 189 页，“热导排字机”，同上，p. 159。

第 189 页，“瑟古德专注于”，同上，p. 71。

第 189 页，“普莱西案必须被推翻”，Kluger, *Simple Justice*, p. 276。

第 190 页，“拳击手”，Greenberg, *Crusaders in the Courts*, p. 72。

第 190 页，“所使用的”，同上，p. 76。

第 190 页，“斯韦特想要”，Williams, *Thurgood Marshall*, p. 183。

第 190 页，“我们在南方所要求的”，同上。

第 191 页，“第一助手”，FOHP, Williams。

第 191 页，“比尔，离开几分钟”，Greenberg, *Crusaders in the Courts*, p. 32。同时参见 FOHP, Williams。

第 191 页，“沃尔特喜欢我”，Kluger, *Simple Justice,* p. 271。

第 191 页，“他在……方面很成功”，同上。

第 192 页，“很小心，生怕犯错”，同上，p. 272。

第 192 页，“因为这可能”，Greenberg, *Crusaders in the Courts*, p. 33。

第 192 页，“特别顾问”，同上。

第十三章　在任何战斗中都会有人倒下

第 193 页，“帕吉特太太对”，*Fl. v. Shepherd*, Brief of Appellee, p. 44。

第 194 页，“在某人的后院”，FOHP, Williams。

第 194 页，“感到不安和失望”，MM 44-156, FBI。

第 195 页，不“需要任何”，FBI 44-2722-90, Phillips to McInerney, April 28, 1950。

第 195 页，“这些教育案件”，James, *Root and Branch*, p. 199。

第 195 页，“不知如何”停止工作，McNeil, *Groundwork,* p. 209。

第 195 页，“记住他的父亲”，同上。

第 195 页，“从那里下来”，同上，p. 187。

第 196 页，“露天的斯科茨伯勒案抗议集会”，同上，p. 207。

第 196 页，由于斯科茨伯勒案，同上。

第 196 页，休斯顿说：“约瑟夫，你好”，同上，p. 211。

第 196 页，“告诉波，我没有”，同上，p. 212。

第 197 页，“不懈抗争”，*Crisis*, June 1950。

第 197 页，“无论把什么荣誉归于”，Sullivan, *Lift Every Voice,* p. 382。

第 197 页，“引导我们”，*Crisis*, June 1950。

第 198 页，“我们大获全胜！” Lavergne, *Before Brown,* p. 253。

第 198 页，使普莱西案成为一个“烂摊子”，Tushnet, *Making Civil Rights Law* , p. 147。

第 198 页，“瑟古德……是一个聚会男人”，Williams, *Thurgood Marshall*, p. 185; Motley, *Equal Justice Under Law* , p. 106。

第 198 页，“很多苏格兰威士忌”，*Greenberg, Crusaders in the Courts*, p. 78。

第 198 页，“摧毁……的工具”，Williams, *Thurgood Marshall*, p. 185。

第 199 页，“她耐心地等着”，*St. Petersburg Times*, April 9, 1950。

第 200 页，“大哭”，同上。

第 200 页，关于她的证词，Corsair, *The Groveland Four*, pp. 202–203。

第 200 页，“一个卑鄙的谎言”，*St. Petersburg Times*, April 13, 1950。

第 201 页，“试图阻止他”，*Crisis,* June/July 1982。

第 201 页，莫尔豪斯学院院长，Sullivan, *Lift Every Voice*, p. 373。

第 201 页，“凄凉状况”，Current to Black, NAACP, 未注明日期的报告。

第 202 页，“我打算接触”，Green, *Before His Time*, p. 110。

第 202 页，“很多的咆哮”，Williams, *Thurgood Marshall*, p. 154。

第 202 页，“我不会接受的！”，COHP, Marshall。

第 202 页，“严厉的批评者”，Presidential Recordings Program, Lyndon Johnson Tapes Transcripts, Monday, January 3, 1966: Thurgood Marshall, Lyndon Johnson, participants, http://whitehousetapes.net/transcript/johnson/wh6606-01-9403。（下文引用简称：LBJ tapes。）

第 203 页，“不够大胆”，Kluger, *Simple Justice*, p. 248。

第 203 页，使得“马歇尔看起来”，同上，p. 304。

第 203 页，“不是在拖后腿”，同上，p. 305。

第 203 页，“他不需要担心”，COHP, Marshall。
第 203 页，“你被解雇了”，同上。
第 203 页，“我不是那个意思”，同上。
第 204 页，“他感觉他被流放了”，*Greenberg, Crusaders in the Courts*, p. 33。
第 204 页，“尽管那里”，Reports of Ms. L. B. De Forest, ACLU, Summer 1950。
第 204 页，“以避免任何可能”，Watts to Marshall, August 2, 1950, ACLU。
第 204 页，“远离麦考尔警长”，Reports of Ms. L. B. De Forest, ACLU, Summer 1950。
第 205 页，“挑选陪审员”，*Cassell v. Texas*, 339 U. S. 282（1950）。
第 205 页，“不太可能”，Greenberg, *Crusaders in the Courts*, p. 98。
第 205 页，“英国案例”，同上。
第 205 页，“彻底摧毁”，Lavergne, *Before Brown*, p. 258。

第十四章　这是一起强奸案

第 211 页，“陌生人”，De Forest, WDL。所有的观察和引用都来自 L. B. 德·福里斯特的分类条目，1950 年夏天给罗兰·沃茨的信件。
第 213 页，“如果我们要谈论这个案件的事实”，同上。
第 213 页，“车又发动”，Twiss affadavit, WDL, April 29, 1951. 。
第 213 页，“警方警报”，Thomas to Watts, WDL, undated。
第 214 页，“草地上”，*Fl. v. Shepherd*, Vol. 4, p. 578。
第 214 页，“认为她可能已”，MM 44-156, FBI。
第 214 页，“都变化无常”，Thomas to Watts, WDL, 未注明日期。
第 215 页，“看到了那个女孩”，同上。
第 215—216 页，“我确信你能赞赏”，Williams to Marshall, LDF, December 4, 1950。
第 216 页，“把你……拉出来”，Marshall to Williams, LDF, December 12, 1950。
第 216 页，鲍恩回答说：“嗯”，Corsair, The Groveland Four, p. 213。
第 216 页，“这有点激怒我”，FOHP, Williams。
第 217 页，“说那么多”，Crisis, April 1951。
第 217 页，卡特反问，FOHP, Williams。
第 217 页，对案件的辩护“很出色”，Greenberg, *Crusaders in the Courts,* p. 98。
第 218 页，“最需要攻克的难题”，Crisis, April 1951. 对谢菲尔德诉佛罗里达案的报道和引用源自这一期的《危机》。

第十五章　你在我的威士忌里撒尿

第 219 页，“赢得沃尔特·欧文的新审判”，Marshall to Dellia Irvin, LDF, April 10, 1951。

第 220 页，“文明概念”，*Shepherd v. Irvin*, 341 U. S. 50（1951）。

第 220 页，“不感到惊讶”，*New York Times*, April 11, 1951。

第 220 页，“非常失望”，同上。

第 220 页，“上诉完美”，*Orlando Sentinel Star*, November 9, 1949。

第 220 页，退缩，*Pittsburgh Courier,* April 21, 1951。

第 221 页，在一份公开声明中，他痛骂，同上。

第 221 页，“正义得以伸张”，McCall, *Willis v. McCall, Sheriff of Lake County*, p. 23。

第 221 页，“我直接”，Watts Report, WDL。

第 221—222 页，是“该死的喜欢黑鬼的人”，Green, *Before His Time*, p. 134。

第 222 页，“我不是好对付的”，McCall, *Willis v. McCall, Sheriff of Lake County*, p. 14。

第 222 页，“我们对……表示热情的感谢”，White to Williams, NAACP, April 11, 1951。

第 222 页，“无法完全支持”，*St. Petersburg Times,* April 11, 1951。

第 222 页，“在大约三周内废除了种族隔离”，COHP, Marshall。

第 222 页，“这不是很明智”，Author interview, Jack Greenberg, February 10, 2009。

第 223 页，“火腿或者橘子”，Corsair, *The Groveland Four*, p. 219。

第 223 页，“奇怪的道德准则”，同上。

第 223 页，“送上电椅”，*New York Post*, November 8, 1951。

第 223 页，“希望你们都逃跑”，同上。

第 223 页，“制造一些麻烦”，Corsair, *The Groveland Four*, p. 223。

第 223 页，“大量黑人”，同上。

第 224 页，“背上有一丝凉意”，Greenberg, *Crusaders in the Courts*, p. 31。

第 224 页，“你可以说任何你想说的”，Kluger, *Simple Justice*, p. 750。

第 224 页，“我不和……睡在一起”，Greenberg, *Crusaders in the Courts*, p. 133。

第 224 页，“白人旅客还没习惯”，同上。

第 224 页，“诺尔玛·帕吉特及其丈夫”，FOHP, Williams。

第 225 页，“一条通常有……的皮带”，Moore Report, Exhibit 74。

第 225 页，“揭发”，同上。

第 225 页，“听不到的距离”，FOHP, Williams。

第 226 页，“带来的情绪”，Greenberg, *Crusaders in the Courts*, p. 134。

第 226 页，“没有上漆的、历经沧桑的”，同上，p. 135。

第 226 页，“非法搜查和扣押”，同上。

第 226 页，“战场式的紧张”，同上，p. 134。

第 226 页，“在案件中创造一个错误”，FOHP, Williams。

第 226 页，“任何事情都可能”，同上。

第 227 页，“监狱滋生犯罪”，De Forest, WDL, Watts Report。

第 231 页，“我现在做好了一切准备”，Corsair, *The Groveland Four*, p. 253。

第 231 页，“往前走”，“Testimony of Walter Irvin,” State of Florida, County of Lake, November 8, 1951, George State University Special Collections Department, Stetson Kennedy Papers。

第 231 页，“你们这狗娘养的”，McCall said: FBI 44-267。

第 232 页，他告诉马歇尔：“好吧”，Thurgood Marshall, “Remarks at a Testimonial Dinner Honoring Raymond Pace Alexander, November 25, 1951,” Mark V. Tushnet, *Thurgood Marshall: His Speeches, Writings, Arguments, Opinions, and Reminiscences,* p. 140。

第 232 页，《莱克县的警长射杀两名黑人》，*Orlando Sentinel* Star, November 7, 1951。

第 233 页，“想提供和谋杀有关”，FBI 44-267。

第 233 页，“杀死谢非尔德”，Greenberg to Fuller Warren, NAACP, November 7, 1951。

第 233 页，“身材魁梧”，Greenberg, *Crusaders in the Courts*, p. 141。

第 234 页，“究竟发生了什么”，*New York Post,* November 8, 1951。

第 234 页，“你们还是走开”，*Orlando Morning Sentinel,* November 8, 1951。

第 234 页，“我接到命令，不许任何人”，Corsair, *The Groveland Four,* p. 238。

第 234 页，“正遭受休克”，*Orlando Evening Star,* November 8, 1951。

第 234 页，“监视我们”，Greenberg, *Crusaders in the Courts*, p. 141。

第 234 页，“当法律赋予我们”，*Orlando Evening Star*, November 8, 1951。

第 235 页，“似乎在疼痛”，FBI 44-4055。

第 235 页，“完全不同的故事”，Corsair, *The Groveland Four*, p. 239。
第 235 页，“半坏了”，FBI 44-4055。威利斯·麦考尔关于枪击的版本源自他对联邦调查局特工斯温尼和阿德霍尔德的陈述，摘自这份报告。
第 235 页，“‘我就要尿在’”，同上。
第 236 页，“他对开枪一无所知”，同上。
第 236 页，“玛丽，这只是”，*Orlando Morning Sentinel,* November 8, 1951。
第 236 页，“看到其中的一个人在动”，Stetson Kennedy Papers, Georgia State University, Special Collections Department。
第 237 页，“你在我的威士忌里撒尿”，Author interview with Stetson Kennedy, December 7, 2009。
第 237 页，“其中的一个人有脉搏”，Green, *Before His Time*, p. 138。
第 237 页，“威利斯·V. 麦考尔警长的朋友”，*New York Post*, November 10, 1951。
第 237 页，“重度休克”，Lake County Medical Center, report of Dr. R. H. Williams, FBI 44-267。
第 237 页，“警长的一撮头发”，FBI 44-267。
第 238 页，“我很高兴在这里”，*Orlando Morning Sentinel,* November 8, 1951。
第 238 页，“我能想到”，*Tampa Morning Tribune,* November 9, 1951。
第 238 页，“请给我一个真实的回答”，*New Leader*, November 19, 1951。
第 239 页，“非常震惊”，*Orlando Morning Sentinel,* November 8, 1951。
第 239 页，“猜猜发生”，FHW Papers, Chesley。
第 239 页，“梅布尔，我根本”，Green, *Before His Time*, p. 141。

第十六章　这是件荒唐的事

第 240 页，“这就是人权在美国的意思”，*New York Times*, November 9, 1951。
第 241 页，“枪击”，*St. Peterburg Times*, November 8, 1951。
第 241 页，“简单的可移动的取证实验工具”，Green, *Before His Time*, p. 141。
第 241 页，“进行全方位的检查”，*New York Times,* November 8, 1951。
第 241 页，“好了，孩子们，我在这里”，*Tampa Tribune*, November 9, 1951。
第 241 页，“由法院指定验尸官”，*St. Petersburg Times*, November 8, 1951。
第 241 页，和一名“特别护士”，*Crisis*, December 1951。
第 242 页，“这是马歇尔第一次”，FHW Papers, Chesley。

第 242 页，“没人会伤害你”，*Miami Herald*, November 9, 1951。同时参见 Stetson Kennedy Papers, Georgia State University, Special Collections Department。沃尔特·欧文关于枪击的版本源自他和律师于 1951 年 11 月 8 日在沃特曼纪念医院的会谈。

第 245 页，“我们真诚地希望”，*St. Petersburg Times*, November 9, 1951。

第 245 页，“被指控”，*Pittsburgh Courier*, November 17, 1951。

第 245 页，“这是件荒唐的事”，*New York Post*, November 9, 1951。

第 245 页，“感到震惊”，*Orlando Morning Sentinel*, November 8, 1951。

第 245 页，“最糟糕的事情”，同上。

第 245 页，“欧文同意”，MM 44-267, FBI。

第 246 页，“这个国家的法律”，Corsair, *The Groveland Four*, p. 283。

第 246 页，“我们要千方百计”，Wilkins statement, NAACP, November 8, 1951。

第 246 页，“粉饰整个事件”，Marshall to McGrath, NAACP, November 8, 1951。

第 246 页，全国办事处，Author interview, Vernon Jordan, April 14, 2011。

第 247 页，“没有什么威胁”，*Time,* September 19, 1955。

第 247 页，“回避、编造和”，*New York Post,* November 8, 1951。

第 247 页，“这是件荒唐的事”，*New York Post,* November 9, 1951

第 248 页，执行威利斯·麦考尔，Corsair, *The Groveland Four*, p. 250。

第 248 页，“杀亚历克斯·阿克曼”，同上，p. 249。

第 248 页，“我要和这件事撇清关系”，Green, *Before His Time*, p. 251。

第 248 页，“全国有色人种促进会那个大混蛋”，Corsair, *The Groveland Four,* p. 250。

第 249 页，“恶意攻击”，Byrd to Lucille Black, NAACP, September 29, 1950。

第 249 页，“总是投赞成票”，Author interview, Vernon Jordan, April 14, 2011。

第 249 页，“不清楚穆尔是否”，MM 44-270, FBI。

第 249 页，“脖子该被拧断”，Green, *Before His Time*, p. 156。

第 249 页，“害怕白天出门”，同上。

第 250 页，“一个凹槽”，MM 44-267, FBI。

第 250 页，“我想问你”，同上。

第 250 页“轮胎的钉子”，FHW, Chesley。

第 251 页，“这块地当时”MM 44-267, FBI。

第 252 页，“直到我从一个愤怒的”，同上。

第 253 页，“上宾”，Federated Press, November 19, 1951。

第 253 页，“我认为这是”，MM 44-267, FBI。

第 253 页，“是正当的”，同上。

第 253 页，富奇写道：“在那个时候”，同上，Statement of the Court, Fifth Judicial Circuit, Lake County, Florida, November 12, 1951。

第 253—254 页，“命令去做”，*St. Petersburg Times,* November 13, 1951。

第 254 页，“正下方”，FBI 44-4066-70。

第 254 页，“抬起手”，MM 44-267, FBI。

第 254 页，“可能在大陪审团前使用”，FBI 44-4055-15。

第 254 页，“不需要大陪审团”，MM 44-267, FBI。

第 255 页，他“这段时间要在”，Kennedy Papers。

第 255 页，“彻底平反”，*New York Post,* November 10, 1951。

第 256 页，“不可思议的野蛮”，同上。

第 256 页，“欧文的故事如此有说服力”，Corsair, *The Groveland Four,* p. 279。

第 256 页，“在这次会面后”，Marshall to Warren, NAACP, November 11, 1951。

第 256 页“最不公正的”，*Chicago Defender,* November 17, 1951。

第 257 页，“完全不是好人”，McCall, *Willis v. McCall, Sheriff of Lake County*, p. 14。

第 257 页，“绝对肮脏的冒犯”，*New York Post*, November 11, 1951。

第 257 页，“我不认为白人”，*McCall, Willis v. McCall, Sheriff of Lake County*, p. 14。

第十七章　没有人活着或者出生

第 259 页，“投骰子赌博、在营业时间之后”，Green, *Before His Time*, p. 149。

第 259 页，“亮出王牌”，Stetson Kennedy, *The Klan Unmasked*, p. 245。

第 259 页，“有助于”，同上，Ibid. , p. xiii。

第 259 页，艾略特说：“好，好”，同上，p. 245。肯尼迪和艾略特的交谈也出现在好几份报纸上，是从他的三 K 党账户中获得的。

第 260 页，斯特森 · 肯尼迪甚至都没有停下来，同上，pp. 249–250。

第 260 页，“劲爆的信息”，*Chicago Defender*, November 24, 1951。

第 260 页，“资金”，FBI 44-4055-27。这份报告详细描述了联邦调查局与斯特森 · 肯尼迪的互动，还有胡佛的手迹。

第 261 页，“只不过是个骗子”，同上。

第 261 页，“可能导致最完美的”，*Chicago Defender*, November 24, 1951。

第 262 页，“有偏见”，FBI 44-4055-27。

第 262 页，“完全可能”，更不用说，同上。

第 262 页，“三 K 党骑士制度”，Newton, *The Invisible Empire*, p. 125。

第 262 页，然而，“后来”，Moore Report, p. 134。

第 262 页，“以人类尊严和正义的名义”，Marshall to Warren, NAACP, December 5, 1951。

第 263 页，“在劫难逃的杀人犯”，FBI 44-4055-65。利比的陈述和联邦调查局的在雷福德的调查源自这份报告。

第 264 页，“不是惯例”，*Jet*, January 17, 1951。

第 264 页，“罢免警长威利斯·麦考尔”，Resolutions: Florida State Conference of NAACP Branches, November 23–35, 1951, Daytona Beach, NAACP。

第 264 页，“进来接管了”，*Moore Report,* p. 98。

第 265 页，“他无法理解”，同上，p. 34。

第 265 页，“工作中最简单的部分”，Greenberg, *Crusaders in the Courts*, p. 86。

第 265 页，“反犹太和反黑人的口号”，Raymond A. Mohl, “ ‘South of the South?’ Jews, Blacks, and the Civil Rights Movement in Miami, 1945–1960,” *Journal of American Ethnic History,* Vol. 18, No. 2, Winter 1999。

第 265 页，“犹太人已经”，同上。

第 266 页，“佛罗里达恐怖”，*Gainesville Sun*, November 5, 2000。

第 266 页，“针对少数族裔暴行最严重”，“The Truth About the Florida Race Troubles,” *Saturday Evening Post,* June 1952。

第 266 页，“余音仍然在这个世界上回荡”，Moore to Warren, NAACP, December 2, 1951。

第 266 页，“在佛罗里达州”，同上。

第 266 页，“我会带着它几个月”，Green, *Before His Time*, p. 155。

第 267 页，“我们真的应该”，同上。

第 267 页，“有些策略”，同上。

第 267 页，“事情已经变成这样了”，Washington Afro-American, December 4, 1951。

第 267 页，“恶意的”，Corsair, *The Groveland Four,* p. 290。

第 267 页，“和……没有任何关系”，Unidentified news clipping, NAACP。

第 268 页，“你和他见过面吗？” *Fl. v. Samuel Shepherd and Walter Irvin,* Florida State Archives, Application for Removal of Cause, p. 139。

第 268 页，“那个说法完全是假的”，同上。

第 268 页，“这个事情”，*St. Petersburg Times,* December 7, 1951。

第 269 页，“第一步”，*Daily Worker*, December 7, 1951。

第 269 页，“制造麻烦”，Columbia University Oral History Project, Jack Greenberg with Kitty Gelhorn, Columbia Center for Oral History, Columbia University, Butler Library, New York, NY（下文引用以 COHP, Greenberg 表示）。

第 269 页，“因为他们代表全国有色人种促进会”，*St. Petersburg Times,* December 7, 1951。

第 270 页，“相信恐吓”，*Pittsburgh Courier*, December 22, 1951。

第 270 页，“普通的、对话式”，Greenberg, *Crusaders in the Courts*, p. 76。

第 270 页，“在群众集会上”，同上，p. 29。

第 271 页，“为什么麦考尔”，*Pittsburgh Courier*, December 22, 1951。

第 271 页，“他们可以把我”，同上。

第 271 页，“来自……一些白人”，同上。

第 271 页，“我很高兴有机会”，Doggett to Marshall, LDF, December 15, 1951, and January 1, 1952。

第 272 页，“这不是一次单独的战役”，Tushnet, *The NAACP's Legal Strategy Against Segregated Education*, 1925–1950, p. 95。

第 272 页，工作方面“走得太远”，Moore Report, Exhibit 39。

第 272 页，“我会继续做下去”，Green, *Before His Time*, p. 162。

第十八章　像老鼠一样，到处都是

第 274 页，“是你吗，哈里？” Moore Report, p. 31。1951 年 12 月 25 日晚上的描述源于这份报告中所包含的不同的联邦调查局的报告、访谈和证人的陈述。

第 276 页，“我们不寻求特别的恩赐”，Moore to Warren, NAACP, December 2, 1951。

第 277 页，“吓跑”，Moore Report, p. 315。

第 277 页，“没有什么可留恋的”，*Orlando Sentinel*, December 28, 1951。

第 277 页，《一场爆炸杀害了黑人领袖》，*New York Times*, December 27, 1951。

第 278 页，“当州政府官员”，*Washington Post*, December 29, 1951。

第 278 页，“那样的暴力事件”，*Crisis*, May/June, 1999。

第 278 页，“我可以做证”，*Collier's*, February 23, 1952。

第 278 页，“暴力死亡的可能性”，*Jet,* September 29, 1955。

第 278 页，“最优秀的市民的代表”，Marshall to Warren, NAACP, December 26, 1951。

第 279 页，“佛罗里达州的恐怖行动”，*Crisis*, February 1952。

第 279 页，“注意到你的葡萄柚上”，*Ebony*, April 1952。

第 279 页，“这是对……的鼓励”，*Ebony*, November 1975。

第 279 页，“恐怖分子在夜间”，*St. Petersburg Times*, December 30, 1951。

第 279 页，“逮捕和定罪”，*St. Petersburg Times*, December 28, 1951。

第 279 页，“充当人盾”，Green, *Before His Time,* p. 183。

第 279 页，“我是这个州第二好的手枪手”，*Baltimore Afro-American*, January 5, 1952。

第 279 页，“看看能做什么”，*St. Petersburg Times,* December 28, 1951。

第 279 页，“在他们堕落……的时刻”，*New York Times*, December 31, 1951。

第 280 页，“快速、果断地采取行动”，*New York Times*, January 3, 1952。

第 280 页，“该做的每件事都做了”，*St. Petersburg Times*, December 28, 1951。

第 280 页，“我确信”，Green, *Before His Time*, p. 184。

第 280 页，“是一种解脱”，*St. Petersburg Times*, December 31, 1951。

第 280 页，和斯塔克医生希望的相反，同上，p. 186。

第 281 页，“哪怕他们有枪”，Green, *Before His Time*, p. 187。

第 282 页，“拿起一份报纸”，*Pittsburgh Courier*, February 2, 1952。

第 282 页，“得到炸药”，Moore Report, p. 123。

第 282 页，“我们去和执法”，同上。

第 282 页，“有线人”，同上。

第十九章　不便提及

第 284 页，“客满”，Moore Report, p. 316。

第 284 页，“我才不管你怎么预定”，同上。

第 284 页，“以确保联邦调查局”，同上。

第 284 页，“有三 K 党人和一些执法人员”，同上。

第 285 页，“你打算怎么运回你的尸体？” *Chicago Defender*, February 23, 1952。

第 285 页，“美国南方同盟军”，*Jet*, July 31, 1952。

第 285 页，1. 声讨全国有色人种促进会，同上。

第 285 页，“需要一些私刑”，同上。

第 285 页，“至少 25 辆车”，*Pittsburgh Courier*, February 23, 1952。

第 285 页，“联盟的旗帜在飘扬”，Greenberg, *Crusaders in the Courts*, p. 141。

第 285 页，“但也令人兴奋”，COHP, Greenberg。

第 286 页，“徒劳地”，Greenberg, *Crusaders in the Courts*, p. 141。

第 286 页，“忙于处理交通事故”，Fort Pierce News Tribune, February 12, 1952。

第 286 页，被“错误引用”，*St. Petersburg Times,* February 17, 1952。

第 286 页，“诽谤和中伤”的明信片，*Lubbock Evening Journal*, February 13, 1952。

第 286 页，“孩子们，那些三 K 党人”，*Chicago Defender*, February 23, 1952。

第 286 页，“美丽铿亮的凯迪拉克”，同上。

第 286 页，“喧闹的欢迎游行”，*Pittsburgh Courier*, February 23, 1952。

第 286 页，“在社区中制造麻烦”，*Atlanta Daily World*, February 10, 1952。

第 286 页，“我的肩膀经常让我担心”，*New York Daily Compass*, February 13, 1952。

第 287 页，“顶到天花板”，*Chicago Defender,* February 23, 1952。

第 287 页，“我们最伟大的民权自由律师”，*Collier's*, February 23, 1952。

第 287 页，一位“不是朋友”的路易斯安那州的法官，COHP, Marshall。

第 288 页，“你不必担心”，同上。

第 288 页，“518 名马里恩县的白人中没有一个人”，*New York Daily Compass*, February 12, 1952。

第 288 页，“审判就越”，Greenberg, *Crusaders in the Courts,* p. 143。

第 288 页，“偶尔嚼嚼”，*New York Daily Compass*, February 12, 1952。

第 288 页，“他给你多少钱？” *Fl. v. Irvin*, p. 24。

第 288 页，“那么，事实是”，同上，p. 29。

第 289 页，“最好的朋友之一”，同上，p. 93。

第 289 页，“我认为这个县”，同上，p. 105。

第 290 页，“穿外套的绅士”，*Chicago Defender*, February 23, 1952。

第 290 页，“反对有效”，*Fl. v. Irvin*, p. 57。

第 290 页，“州长希望我在这里”，Juan Williams interview with Thurgood Marshall, http://www.thurgoodmarshall.com/interviews/early_naacp.htm。马歇尔和 J. J. 艾略特会面时的情景源自威廉斯和马歇尔关于他早年在全国有色人种促进会工作的谈话。

第 291 页，“我们最伟大的民权律师”，*Collier's*, February 23, 1952。

第 291 页，“所以，要面对他们”，Williams interview with Marshall。

第 291 页，“这让我震惊”，FOHP, Williams。

第 292 页，“一位穿着深色衣服”，*New York Daily Compass*, February 12, 1952。

第 292 页，“嗯，你曾经让这个案子”，Williams interview with Marshall。

第 292 页，“清楚地暗示”，Greenberg, *Crusaders in the Courts*, p. 144。

第 292 页，他说：“嗯”，Williams interview with Marshall。

第 293 页，“我不会那么说”，Greenberg, *Crusaders in the Courts*, p. 144。

第 293 页，“没有认罪”，同上。

第 293 页，“我现在想要终身监禁”，*New York Daily Compass,* February 17, 1952。

第 294 页，一遍又一遍地喊“黑鬼！”*Life,* September 20, 1948。

第 294 页，“如果登出来的话”，*Chicago Defender*, February 23, 1952。

第 294 页，“嗯，是副警长”，*Fl. v. Irvin,* p. 144。

第 295 页，马歇尔也记得，Byrd to Carter, LDF, October 21, 1951。

第 295 页，“名单上最好的有色人种”，*Chicago Defender*, February 23, 1952。

第 295 页，“如果他说那个人好”，同上。

第 295 页，“一个聪明人”，同上。

第 296 页，据一个记者的报道，“令人印象深刻”，*New York Daily Compass*, February 13, 1952。

第 296 页，“打了几下”，*Fl. v. Irvin,* p. 295。

第 296 页，“穿得像是要参加舞会”，Greenberg, *Crusaders in the Courts*, p. 145。

第 296 页，“珊瑚色的开襟羊毛衫”，*New York Daily Compass*, February 13, 1952。

第 297 页，“为什么一个‘强奸案受害者’会趾高气扬”，*Crisis*, Vol. 56, October 1949。

第 297 页，“穷得叮当响”，*New York Daily Compass*, February 13, 1952。

第 297 页，“弯着身子”，同上。

第 297 页，“几乎听不见”，同上。

第 297 页，“抓住那位女士”，*Fl. v. Irvin,* p. 302。

第 298 页，“结束了，兄弟”，*New York Daily Compass*, February 13, 1952。

第 298 页，“他们中的一个人说”，*Fl. v. Irvin*, p. 305。

第 299 页，“黑鬼谢菲尔德……”，FOHP, Williams。

第 299 页，“那么，诺尔玛，这事”，*FL. vs. Irvin,* p. 310。

第 299 页，“你有一个农民陪审团”，FHW Papers, Chesley。

第 300 页，“你告诉他什么？” *Fl. v. Irvin*, p. 321。

第 300 页，“你看着她在证人席上”，*New York Daily Compass*, February 13, 1952。

第 300 页，“嚼着口香糖”，同上。

第 301 页，“保护痕迹完整性”，*Fl. v. Irvin,* p. 339。

第 301 页，“那么，耶茨先生”，亨特开始了，同上，p. 341。

第 302 页，“射出的精子”，同上，p. 494。

第 302 页，“佛罗里达古老的常见的处理方式”，同上，p. 513。

第 302 页，“那么，耶茨先生”，同上，p. 372。

第二十章　我们面前的一位天才

第 303 页，“一件开领的”，*New York Daily Compass*, February 14, 1952。

第 303 页，霍华德打破他的誓言，Author interview with Kim Howard, April 12, 2011。

第 304 页，“只要说发生了什么事”，*Fl. v. Irvin,* p. 374。

第 304 页，“你为什么强奸？” MM 44-156, FBI。

第 305 页，“你告诉了他们”，*Fl. v. Irvin*, p. 376。

第 305 页，他们是利斯堡高中的同学，Leesburg High School Yearbook, 1947。

第 305 页，“嗯，我问她”，*Fl. v. Irvin,* p. 376。

第 305 页，“威利一样，如田园风光般平静”，*New York Daily Compass*, February 14, 1952。

第 306 页，格罗夫兰案从来没有在霍华德的家里被提及，Author interview with Kim Howard, April 12, 1952。

第 306 页，“我母亲得是个圣人”，同上。

第 306—307 页，“缺乏医学证明”，*New York Daily Compass,* February 17, 1952。

第 307 页，“我们非常需要你”，S. Ralph Harlow to Lawrence Burtoft, LDF, January 15, 1952。

第 307 页，“头部被撞”，*Fl. v. Irvin*, p. 388。

第 308 页，“至少有一名三 K 党成员”，*New York Daily Compass,* February 17, 1952。

第 309 页，“真的担心”，Caxton Doggett to Greenberg, LDF, January 31, 1952。

第 309 页，“希望以他的良心”，同上。

第 309 页，“那么，作为一个事实”，*Fl. v. Irvin,* p. 392。

第 310 页，“告诉一个开店的人”，MM 44-156, FBI。

第 310 页，“机密性”，FBI 44-2722-24。

第 310 页，“说出我所知道的”，Corsair, *The Groveland Four*, p. 318。

第 310 页，“唯一的机会”，*Shepherd v. Florida*, 341 U. S. 50（1951）。

第 312 页，“请稍等”，*Fl. v. Irvin*, p. 418。

第 313 页，“对他的朋友说笑”，*New York Daily Compass*, February 14, 1952。

第 313—314 页，“停止公诉人”，同上。

第 314 页，“仔细研究”，*Fl. v. Irvin*, p. 437。

第 314 页，“那么，根据你的观点”，同上，p. 438。

第 314 页，“嘲笑证词”，Greenberg, *Crusaders in the Courts*, p. 146。

第 314 页，“那么，作为一个事实”，*Fl. v. Irvin*, p. 440。

第 315 页，“嚼大块的食物”，Greenberg, *Crusaders in the Courts,* p. 147。

第 315 页，“我们不坚持”，*Fl. v. Irvin,* p. 446。

第 316 页，“非常了解”，同上，p. 452。

第 316 页，他告诉陪审团：“先生们”，同上，p. 464。

第 316 页，“疯狂”的赫尔曼·贝内特，同上，p. 473。

第 316 页，“现在，先生们”，同上，p. 474。

第 316 页，“他们可能想知道”，*New York Daily Compass*, February 17, 1952。

第 317 页，“一个困难的位置”，同上。

第 317 页，“似乎他们从来不知道”，*New York Daily Compass*, February 15, 1952。

第 317 页，“陪审团的先生们”，马歇尔开始了，*Fl. v. Irvin*, p. 477。

第 317 页，“他的手指并拢”，*New York Daily Compass*, February 15, 1952。

第 317 页，“在这类案件中”，*Fl. v. Irvin,* p. 477。

第 319 页，“耐心、有礼貌”，*New York Daily Compass*, February 15, 1952。

第 319 页，“有了马歇尔，你真正得到的印象”，E. Barrett Prettyman, Jr. , interview, *Thurgood Marshall: Justice for All*, A&E Biography, 2005。

第 319 页，“我们所能发现的最好证据”，*Fl. v. Irvin*, p. 485。

第 320 页，“那个黑人真不错”，Greenberg, *Crusaders in the Courts*, p. 157。

第二十一章　有色人种的方式

第 321 页，“嘿，那是个伟大的男人”，FHW Papers, Chesley。

第 321 页，很“亲密”，同上。

第 321 页，“可怕的种族主义者”，同上。

第 322 页，“被骗了，相信”，同上。

第 322 页，“因为它可能”，“Musings,” *Mount Dora Topic,* 未注明日期的剪报，FHW Papers。

第 322 页，“离那个男人越远越好”，FHW Papers, Chesley。

第 323 页，“我们不是要说她没有”，*Fl. v. Irvin,* p. 490。

第 324 页，“先生们，尽管”，同上，505。

第 325 页，“欢呼雀跃”，*New York Daily Compass*, February 15, 1952。

第 325 页，“现在，先生们”，*Fl. v. Irvin*, p. 485。

第 326—327 页，“在案件准备提交陪审团之前都有效”，*New York Post*, February 19. 1952。

第 327 页，“我没有做那件事”，同上。

第 327 页，“富奇法官，我很严肃”，Williams interview with Marshall。

第 327 页，“严格审查”，Corsair, *The Groveland Four*, p. 338。

第 328 页，“陪审团要多长时间”，Williams interview with Marshall。

第 329 页，“现在陪审团已经作出裁决”，同上。

第 329 页，“我们陪审团认为”，*New York Daily Compass*, February 15, 1952。

第 329 页，“就像一个被打昏的人”，同上。

第 329 页，“你不知道”，*Fl. v. Irvin*, p. 516。

第 329 页，是罪犯的，不是有色人种的，*New York Daily Compass,* February 15, 1952。

第 329 页，“忠于其职业”，同上。

第 329 页，“难道这又是另一起”，*New York Daily Compass*, February 17, 1952。

第 330 页，“喂，那个卡特是”，同上。

第 330 页，“最令人印象深刻的”，Williams interview with Marshall。

第 330 页，“律师，你不能让”，Tushnet, *Thurgood Marshall*, p. 455，同时参见吴

老师和马歇尔的会谈。

第 330 页，“不要担心，亲爱的”，*Chicago Defender*, February 23, 1952。

第 330 页，“走开”，FHW Papers, Chesley。

第二十二章　阳光沐浴之地

第 331 页，“我想不通怎么会”，*Baltimore Afro-American*, February 23, 1952。

第 332 页，“全部是白人的陪审团”，*New York Times*, February 15, 1952。

第 332 页，气氛“平静”，*Ocala Star Banner*, February 15, 1952。

第 332 页，“残忍和陈腐的”，*Daily Worker,* February 28, 1952。

第 332 页，“我不后悔”，*New York Post*, February 19, 1952。

第 334 页，“秀你的黑屁股”，Kluger, *Simple Justice*, p. 536。

第 334 页，“我们只有在……才能动”，COHP, Marshall。

第 334 页，马歇尔的“个人魅力”，Greenberg, *Crusaders in the Courts*, p. 153。

第 334 页，“筹款和组织的可能性”，同上，p. 180。

第 335 页，“没有大财产的黑人”，同上。

第 335 页，“他老了”，*Collier's*, February 23, 1952。

第 335 页，“超出人类解剖学的极限”，Kluger, *Simple Justice*, p. 563。

第 335 页，发出秘密的，Greenberg, *Crusaders in the Courts*, p. 170。

第 336 页，“为什么我们不”，Franklin, *Mirror to America*, p. 157。

第 337 页，“提供一个案件，以说服”，同上，p. 158。

第 337 页，“我要做一个最好的管家”，COHP, Marshall。

第 337 页，“占有一席之地”，Kluger, *Simple Justice*, p. 648。

第 337 页，“我意识到他们中没有一个人不”，“Justice Thurgood Marshall,” Ken Gormley, *ABA Journal*, June 1992。

第 339 页，“隔离的教育设施”，*Brown v. Board of Education*, 347 U. S. 483（1954）。

第 339 页，“很谨慎”，Williams, *Thurgood Marshall*, p. 231。

第 340 页，“你知道，他更像是”，“Look At Your Own Child,” *Time*, December 13, 1954。同时参见 FHW Papers, Chesley; Berry, *Almost White*, p. 179。

第 340 页，“黑安格斯牛”，*Daytona Beach Morning Journal*, March 14, 1963。

第 340 页，“警长在这里就是法律”，*St. Petersburg Times*, October 16, 1955。

第 340 页，“如果孩子们从来没”，Berry, *Almost White,* p. 179。

第 340 页，“混血的人”，McCall, *Willis v. McCall, Sheriff of Lake County*, p. 70。

第 341 页，“受教育权利”，Bill Maxwell, “Jim Crow Conflict Clouded the Point,” *St. Petersburg Times*, February 14, 2001。

第 341 页，“如果当天晚上不搬家”，FHW Papers, Chesley。

第 341 页，“一个知道怎么处理黑人的人”，*St. Petersburg Times*, November 7, 1954。

第 341 页，“比如说我，我会尽我所能”，Green, *Before His Time*, p. 196。

第 341 页，约翰斯通过告诉记者回应说，*Ocala Star Banner*, October 13, 1954。

第 341 页，“猪肉玉米粥”种族主义，*New York Times*, May 27, 1956。

第 342 页，“最后时刻”，*Palm Beach Post*, November 4, 1954。

第 342 页，“你怎么找到我的？” Williams, *Thurgood Marshall*, p. 148。

第 343 页，“他变得苍白”，Greenberg, *Crusaders in the Courts*, p. 202。

第 343 页，“郁郁寡欢”，COHP, Greenberg。

第 343 页，“三条粗壮的腿”，同上。*Time*, December 19, 1955。

第 344 页，“拉选票的、背后中伤的”，*St. Petersburg Times*, January 5, 1955。

第 344 页“从来没有确信”，*St. Petersburg Times*, February 21, 1954。

第 344 页，“摆脱这个案件”，Corsair, *The Groveland Four*, p. 348。

第 344 页，1951 年 11 月，Byrd to Marshall, LDF, November 29, 1951。

第 344 页，“策划这起谋杀”，同上。

第 344—345 页，“试图把亨特拉进这起谋杀中”，Marshall to Byrd, LDF, November 30, 1951。

第 345 页，“房子会着火”，*St. Petersburg Times*, October 19, 1955。

第 345 页，“失控”，FHW Papers, Chesley。

第 345 页，“尽管我讨厌它”，*St. Petersburg Times*, October 19, 1955。

第 345 页，“感谢上帝”，同上。

第 345 页，“我不做任何评论”，同上。

第 345 页，“夜驾恐怖分子”，*St. Petersburg Times*, November 13, 1955。

第 345 页，“一所学校”，*Evening Independent*, December 14, 1962。

第 346 页，“得到的正义比从你那里得到的多”，*St. Petersburg Times*, November 13, 1955。

第 346 页，前检察官也，*St. Petersburg Times*, November 14, 1955。

第 346 页，“在我的心中，他们依然是”，Berry, *Almost White*, p. 182。

第 346 页，“主要受……的影响” FHW Papers, Chesley。

第 346 页，“推销佛罗里达州”，*Time*, December 19, 1955。

第 346 页，“是否流着黑人的血？” *Ebony*, November 1975。

第 347 页，有足够多保守的人，Gilbert Geis, “A Quarter of a Century for ‘Social Justice,’ ” *Social Justice*, Vol. 26, No. 2（76）, Summer, 1999。

第 347 页，“绝望境地”，Committee of 100 reports, NAACP. 348 “could have nailed this case down”: Florida State Archives, LeRoy Collins Papers。

第 348 页，“从最好的方面看”，同上。

第 348 页，“足够的证据”，Campbell to Phillips, September 13, 1949, 144-18-117, FBI。

第 348 页，“鉴于我是你的私人朋友”，Florida State Archives, Collins。

第 349 页，“在承认我们同胞的人性”，*Furman v. Georgia*, 408 U. S. 238（1972）。

第 349 页，“佛罗里达州的耻辱柱”，*Ocala Star Banner*, September 2, 1987。

第 349 页，“我意识到我们必须改变”，*New York Times*, March 13, 1991。

第 349 页，“为世界上的人提供”，LeRoy Collins, inaugural speech from his den, Florida State Archives, http://www.floridamemory.com/items/show/232461。

第 349 页，“承认强奸”，*St. Petersburg Times*, December 16, 1955。

第 350 页，“衰老的表现”，Corsair, *The Groveland Four*, p. 352。

第 351 页，送到柯林斯州长，*St. Petersburg Times*, February 6, 1956.

后记

第 353 页，州长勒罗伊·柯林斯说：“这个州”，*St. Petersburg Times*, December 16, 1952。

第 354 页，“显而易见的不公正司法的牺牲品”，同上。

第 354 页，“更需要政治勇气”，*Miami News*, February 25, 1956。

第 354 页，“我想让你知道”，Corsair, *The Groveland Four*, p. 361。

第 354 页，“共产主义压力策略”，*St. Petersburg Times*, March 30, 1956。

第 354 页，“无辜受害者”，同上。

第 355 页，“玷污了”，*Sarasota Herald Tribune*, May 5, 1956。

第 355 页，“获取并且传递请愿书”，*St. Petersburg Times*, May 5, 1956。

第 355 页，“情绪激昂”，*St. Petersburg Times*, September 24, 1955。

第 355 页，“是你”，*Miami News*, February 23, 1956。

第 356 页，1960 年 3 月，副警长詹姆斯·耶茨，*Ocala Star-Banner*, December 21, 1962。

第 357 页，“我从来没有伤害过任何人”，Flores, *Justice Gone Wrong*, p. 187。

第 357 页，联邦调查局最终确定，Moore Report, p. 331。

第 357 页，为了“南方的宁静”，同上，p. 123。

第 358 页，一种“模范的生活”，*Daytona Beach Morning Journal*, November 18, 1957。

第 358 页，“放在那个位置上”，Marshall to Johnson, LBJ tapes。

第 358 页，“这个男人是”，FOHP, Williams。

第 359 页，梅布尔·诺里斯·切斯利起了疑心，FHW Papers, Chesley。

第 359 页，三 K 党头目，*Brandenburg v. Ohio*, 395 U. S. 444（1969）。

第 360 页，“没有多少真理”，Marshall's speech, 1966 White House conference on civil rights, Thurgood Marshall: Justice for All, A&E Biography, 2005。

第 360 页，州长勒罗伊·柯林斯做了，柯林斯于 1965 年 3 月 9 日受约翰逊总统指派抵达亚拉巴马州的塞尔马，成功地与警方协商并达成妥协，使小马丁·路德·金及 2 500 名游行者能够穿越埃德蒙·佩特斯大桥，而没有遭受警察的暴力和流血事件，他们两天前破坏了第一次试图从塞尔马到蒙哥马利的游行。柯林斯因此后来以“自由的勒罗伊”而著称。

第 360 页，“做了最直接的好事”，Tushnet, *Thurgood Marshall*, p. 455。

第 360 页，“狗娘养的”，Williams interview with Marshall.

第 361 页，尊敬的大法官先生，Marshall Papers, LOC。

主要参考文献

Aberjhani and S. L. West. *Encyclopedia of the Harlem Renaissance.* New York: Facts on File, 2003.

Andrews, M. , and J. Robison. *Flashbacks: The Story of Central Florida's Past.* Orlando, FL: The Orlando Sentinel, 1995.

Arsenault, R. Freedom Riders: *1961 and the Struggle for Racial Justice.* New York: Oxford University Press, 2006.

Ball, H. *A Defiant Life: Thurgood Marshall and the Persistence of Racism in America.* New York: Crown Publishers, 1998.

——. " 'Thurgood's Coming' : Tale of a Hero Lawyer." *Jackson Free Press*, May 13, 2004.

Barnes, J. *Florida's Hurricane History*. Chapel Hill: The University of North Carolina Press, 2007.

Bedau, H. A. , C. E. Putnam, and M. L. Radelet. *In Spite of Innocence: The Ordeal of 400 Americans Wrongly Convicted by Crimes Punishableby Death*. Boston: Northeastern University Press, 1992.

Berg, M. *"The Ticket to Freedom": The NAACP and the Struggle for Black Political Integration*. Gainesville: University Press of Florida, 2005.

Berry, B. *Almost White*. London: Collier-Macmillan, 1969.

Black, Elizabeth, and Hugo L. Black. Mr. Justice and Mrs. *Black: The Memoirs of Hugo L. Black and Elizabeth Black*. New York: Random House, 1986.

Blackmon, D. A. *Slavery by Another Name: The Re-Enslavement of Black Americans from the Civil War to World War II.* New York: Anchor Books, 2008.

Bloodsworth, D. *Images of America: Groveland.* Charleston, SC: Arcadia Publishing, 2009.

Carson, C. , et al. *Reporting Civil Rights, Part One: American Journalism 1941–1963* (*Library of America*) . New York: Library of America, 2003.

Cash, W. J. *The Mind of the South.* New York: Vintage/Random House, 1991.

Chalmers, A. K. *They Shall Be Free.* New York: Doubleday, 1951.

Clark, H. R. , and M. D. Davis. *Thurgood Marshall: Warrior at the Bar, Rebel on the Bench.* New York: Birch Lane Press, 1992.

Clark, K. B. *Toward Humanity and Justice: The Writings of Kenneth B. Clark, Scholar of the 1954 Brown v. Board of Education Decision.* Westport, CT: Praeger Publishers, 2004.

Corsair, G. *The Groveland Four: The Sad Saga of a Legal Lynching.* Bloomington, IN: Author House, 2004.

Dance, D. C. *From My People: 400 years of African American Folklore.* New York: W. W. Norton, 2002.

Dickerson, J. W. *Remembering Orlando: Tales from Elvis to Disney.* Charleston, SC: The History Press, 2006.

Dray, P. *At the Hands of Persons Unknown: The Lynching of Black America.* New York: Modern Library, 2003.

DuBois, W. E. B. "The Talented Tenth," in B. T. Washington et al. , *The Negro Problem.* Charleston, SC: Create Space, 2008.

Fairclough, A. *Race & Democracy: The Civil Rights Struggle in Louisiana 1915–1972.* Athens: University of Georgia Press, 1999.

Flores, I. M. *Justice Gone Wrong: A Sheriff's Power of Fear.* New York: iUniverse, 2009.

Franklin, J. H. *Mirror to America: The Autobiography of John Hope Franklin.* New York: Farrar, Straus and Giroux, 2005.

Gallen, D. , and R. Goldman. *Thurgood Marshall: Justice for All.* New York: Carroll and Graf Publishers, 1993.

Green, B. *Before His Time: The Untold Story of Harry T. Moore, America's First Civil Rights Martyr.* Gainesville: University Press of Florida, 2005.

Green, V. H. *The Negro Motorist Green Book: An International Travel Guide.* New York: Victor H. Green, 1949.

Greenberg, J. *Crusaders in the Courts: Howa Dedicated Band of Lawyers Fought for the Civil Rights Revolution.* New York: Basic Books, 1994.

Hahamovitch, C. *The Fruits of Their Labor: Atlantic Coast Farmworkers and the Making of Migrant Poverty, 1870–1945.* Chapel Hill: University of North Carolina Press, 1997.

Hauke, K. A. *Ted Poston: Pioneer American Journalist.* Athens: University of Georgia Press, 1998.

Hekkanen, E. , and E. Roy. *Good Ol'Boy: Willis V. McCall.* Vancouver, BC: New Orphic Publishers, 1999.

Hobbs, Tameka Bradley. "Hitler Is Here: Lynching in Florida During the Era of World War II. " Dissertation, Florida State University, Department of History, 2004.

Hurston, Z. N. *Dust Tracks on a Road: An Autobiography.* New York: Harper Perennial, 2006.

——. *Mules and Men.* New York: Harper Perennial, 2008.

——. *Their Eyes Were Watching God: A Novel.* New York: Harper Perennial, 2006.

Ikard, R. W. *No More Social Lynchings.* Franklin, TN: Hillsboro Press, 1997.

Jackson, K. T. , and D. Dunbar. *Empire City: NewYork Through the Centuries.* New York: Columbia University Press, 2002.

James, R. , Jr. *Root and Branch: Charles Hamilton Houston, Thurgood Marshall, and the Struggle to End Segregation.* New York: Bloomsbury Press, 2010.

Janken, K. R. *Walter White: Mr. NAACP.* Chapel Hill, NC: University of North Carolina Press, 2006.

Jonas, G. *Freedom's Sword: The NAACP and the Struggle Against Racism in America, 1909–1969.* New York: Routledge, 2005.

Jordan, V. E. , Jr. *Make It Plain: Standing Up and Speaking Out.* New York: Public Affairs, 2008.

——. *Vernon Can Read! A Memoir.* New York: Basic Civitas Books, 2001.

Kennedy, S. *The Klan Unmasked.* Tuscaloosa: University of Alabama Press, 1990.

——. *Southern Exposure.* Kila, MT: Kessinger Publishing, 2007.

Kluger, R. *Simple Justice: The History of Brown v. Board of Education and Black America's Struggle for Equality.* New York: Vintage Books, 2004.

Lavergne, G. M. *Before Brown: Heman Marion Sweatt, Thurgood Marshall, and the Long Road to Justice.* Austin: University of Texas Press, 2010.

Lawson, S. F. *To Secure These Rights: The Report of President Harry S. Truman's Committee on Civil Rights.* New York: Bedford/St. Martin's, 2003.

Lewis, D. L, ed. *The Portable Harlem Renaissance Reader.* New York: Penguin Books, 1995.

Long, M. G. *Marshalling Justice: The Early Civil Rights Letters of Thurgood Marshall.* New York: Amistad, 2011.

Martin, W. E. , Jr. *Brown v. Board of Education: A Brief History with Documents.* New York: Bedford/St. Martin's, 1998.

McCall, W. V. *Willis V. McCall, Sheriff of Lake County: An Autobiography.* Umatilla, FL: Willis V. McCall, 1988.

McCarthy, S. C. *Lay That Trumpet into Our Hands.* New York: Bantam Books, 2003.

McNeil, G. R. *Groundwork: Charles Hamilton Houston and the Struggle for Civil Rights.* Philadelphia: University of Pennsylvania Press, 1983.

Miller, C. C. *Roy Wilkins: Leader of the NAACP.* Greensboro, NC: Morgan Reynolds Publishing, 2005.

Minor, R. *Lynching and Frame-Up in Tennessee.* New York: New Century Publishers, 1946.

Motley, C. B. *Equal Justice Under Law: An Autobiography.* New York: Farrar, Straus and Giroux, 1998.

National Association for the Advancement of Colored People. *NAACP: Celebrating a Century, 100 Years in Pictures.* Layton, UT: Gibbs Smith, 2009.

Newton, M. *The Invisible Empire: The Ku Klux Klan in Florida.* Gainesville: University Press of Florida, 2001.

——. *The Ku Klux Klan: History,Organization, Language, Influence, and Activities of*

America's Most Secret Society. Jefferson, NC: McFarland & Company, 2007.

Nieman, D. G. "Black Southerners and the Law, 1865–1900," in A. Hornsby, Jr. , *African Americans in the Post-Emancipation South*. Lanham, MD: University Press of America, 2010.

O'Brien, G. W. *The Color of the Law: Race, Violence, and Justice in the Post-World War II South*. Chapel Hill: The University of North Carolina Press, 1999.

O'Reilly, K. *Black Americans: The FBI Files*. New York: Carroll and Graf Publishers, 1994.

Rampersad, A. *The Life of Langston Hughes, Volume I: 1902–1941, I, Too, Sing America*. New York: Oxford University Press, 2002.

Rise, E. W. *The Martinsville Seven: Race, Rape, and Capital Punishment*. Charlottesville: The University Press of Virginia, 1995.

Robeson, P. , Jr. *The Undiscovered Paul Robeson: Quest for Freedom, 1939–1976*. Hoboken, NJ: Wiley, 2010.

Robinson, Timothy Brandt. "Law and Order, by Any Means Necessary: The Life and Times of Willis V. McCall, Sheriff of Lake County, Florida. " Master's Thesis, Florida State University, 1997.

Rowan, C. T. *Dream Makers, Dream Breakers: The World of Justice Thurgood Marshall*. New York: Welcome Rain, 1993.

Saunders, R. W. , Sr. *Bridging the Gap: Continuing the Florida NAACP Legacy of Harry T. Moore*. Tampa, FL: University of Tampa Press, 2000.

Sullivan, P. *Lift Every Voice: The NAACP and the Making of the Civil Rights Movement*. New York: The New Press, 2009.

Tushnet, M. V. *Making Civil Rights Law: Thurgood Marshall and the Supreme Court, 1936–1961*. New York: Oxford University Press, 1994.

——. *Making Constitutional Law: Thurgood Marshall and the Supreme Court, 1961–1991*. New York: Oxford University Press, 1997.

——. *The NAACP's Legal Strategy Against Segregated Education, 1925–1950*. Chapel Hill: The University of North Carolina Press, 1987.

——. ed. *Thurgood Marshall: His Speeches, Writings, Arguments,Opinions, and Reminiscences*. Chicago: Lawrence Hill Books, 2001.

Wald, E. *Josh White: Society Blues.* New York: Routledge, 2002.

Wexler, L. *Fire in a Canebrake: The Last Mass Lynching in America.* New York: Scribner, 2003.

White, W. *A Man Called White: The Autobiography of Walter White.* Bloomington: Indiana University Press, 1970.

Wilkerson, I. *The Warmth of Other Suns: The Epic Story of America's Great Migration.* New York: Random House, 2010.

Williams, J. *Thurgood Marshall: American Revolutionary.* New York: Times Books, 1998.

Wilson, S. K. *Meet Me at the Theresa: The Story of Harlem's Most Famous Hotel.* New York: Atria Books, 2004.

Wormser, R. *The Rise and Fall of Jim Crow: The African-American Struggle Against Discrimination, 1865–1954.* London: Franklin Watts, 1999

索　引

译后记
回望美国的种族歧视

张芝梅

瑟古德·马歇尔是美国最高法院的首位黑人大法官，这是一本关于他的传记。马歇尔之所以能成为美国最高法院的首位黑人大法官，与他长期以来为黑人争取权利的努力分不开。如原书封面所说的，这是一本关于一个人和一个案件（格罗夫兰男孩案）的书。这本书围绕马歇尔代理的格罗夫兰男孩案的前前后后展开叙述。这个案件可能只是他代理过的一个普普通通的为黑人争取平等保护的案件中的一个，也远不如布朗诉教育委员会案有影响力。但正因为它普通，所以反而能更好地反映黑人在美国社会真实的生存状况以及白人至上主义者对黑人歧视的普遍性。

这个案件套用我们熟悉的话来说，就是一起典型的冤假错案。事情的简单经过如下。

1949 年 7 月，佛罗里达州莱克县的白人农民威利·帕吉特想找机会和他分居的妻子诺尔玛和好。他们开车到大约 16 英里外的克莱蒙特美国退伍军人协会礼堂度周末，他们喝威士忌、跳舞、聊天直到凌晨1点，开车回家，但半路上车子抛锚了。在格罗夫兰以北几英里远的偏僻小路上他们遇到了黑人退伍军人塞缪尔·谢菲尔德和沃尔特·欧文，两个黑人下车帮忙，但威利对他们态度很不友好，塞缪尔和他打了一架，然后两个黑人开车回家了。第二天一早，两个黑人被捕，因为诺尔玛告诉警察她的丈夫被打，而她遭到四个黑人的强奸。另外两名被指控的黑人是16岁的查尔斯·格林利和25岁的欧内斯特·托马斯。他们和那两名退伍军人并不认识，也没见过那对白人夫妇。欧内斯特家在莱克县的格罗夫兰，他邀请查尔斯跟他一起到格罗夫兰，他们打算在此地的柑橘园找工作。欧内斯特先回家为查尔斯拿几件干净的换洗衣服，他让查尔斯在小镇的火车站停车场等他。半夜，查尔斯出去找吃的，结果被关进看守所。当得知查尔斯被关进看守所并且有两百多名当地的白人男子想冲击看守所时，非常了解当地情况的欧内斯特知道危险来了，他坐上公共汽车逃走。后来他在警方和当地白人的追捕过程中被打死，法官裁定他的死是有正当理由的过失杀人。那些冲击看守所无果的白人男子放火烧了塞缪尔的家。全国有色人种协进会介入调查，为被告辩护。三个人都遭到警方的刑讯逼供，谢菲尔德和格林利告诉全国有色人种协进会的律师，他们只是在无法忍受殴打的痛苦时才承认强奸了诺尔玛·帕吉特；而沃尔特则表示，他没有也不会承认他没犯过的罪。1949年8月的最后一周，全国各地的新闻记者前来报道对格罗夫兰男孩的审判，在警长、检察官、法官、白人陪审团的合谋下，塞缪尔·谢菲尔德和沃尔特·欧文被判死刑，查尔斯·格林利被判终身监禁。全国有色人种促进会的律师搜集到足够的证据，认为格罗夫兰男孩案违反了正当程序。出于策略考虑，律师让查尔斯·格林利认罪，塞缪尔·谢菲尔德和沃尔特·欧文上诉。佛罗里达州最高法院维持莱克县的判决。但法官同意对塞缪尔·谢菲尔德和沃尔特·欧文的死刑缓期 90 天执行，以便他们有时间上诉到更高一级的法院。

1950 年 11 月 27 日，美国最高法院同意审理格罗夫兰男孩案件。1951 年 4 月 9 日，最高法院的九名大法官作出一个全体一致的判决，推翻了对塞缪尔·谢菲尔德和沃尔特·欧文的定罪。11 月 6 日日落之后，塞缪尔·谢菲尔德和沃尔特·欧文从佛罗里达州监狱被带回莱克县准备第二天早上的听证会。路上，警长麦考尔开枪射击两人。塞缪尔死亡，沃尔特重伤。警长的说辞是两人试图逃跑，所以他开枪制止。11 月 7 日，因为枪击事件，格罗夫兰男孩案再次引起轰动，出现在全国各地的头版上。对欧文的审判转移到马里恩县，中午休庭时，州长的特别调查员杰弗森·J. 艾略特告诉马歇尔他可能面临生命威胁，并且告诉他，法官和州长已经达成协议：如果欧文认罪，州长将保证欧文获得终身监禁。马歇尔说他需要和欧文商量一下让欧文自己决定。马歇尔和他的律师团队很清楚他们在马里恩县不可能赢得审判，他们也强调在最高法院也不能保证他们可以获胜。他们暗示欧文接受这个交易，但沃尔特·欧文态度坚决，他不承认强奸。1952 年 2 月 14 日，欧文被判有罪，重新回到死囚牢里。1953 年 6 月，如马歇尔预期的那样，佛罗里达州最高法院核准了马里恩县 1952 年 2 月 14 日的判决。一个月后，马歇尔的律师团队在佛罗里达州最高法院为缓期执行辩护，也被否决了，不过批准了被告有 90 天的上诉到美国最高法院的期限。但 1954 年 1 月，律师从最高法院得到消息：沃尔特·欧文的上诉被否决了；最高法院拒绝对格罗夫兰案举行听证会。此后，全国有色人种促进会的律师格林伯格提交了对格罗夫兰案件重新听证的请求，也被最高法院否决了。欧文的律师没有其他的司法权可依赖了。他们只能寄希望于推迟沃尔特·欧文被执行死刑的时间。

为此，马歇尔动用了各种非常规手段，但美国最高法院还是否决了马歇尔代表欧文的第四次上诉。到 1955 年 1 月，勒罗伊·柯林斯担任佛罗里达州州长，他和大多数南方政治家一样，谴责布朗案的判决，但他是“一个为他的州的繁荣的不知疲倦地工作的推销员”，他意识到关于格罗夫兰案的大量的负面新闻不仅会给这个州的农业和制造业造成巨大的损失，也重创了这个“阳光之州”的旅游业。综合考虑之后，他决定给欧文减刑。

1968 年 1 月沃尔特·欧文获得假释，但规定他不能回到莱克县。1969 年 2 月，欧文获得假释官的许可，回莱克县参加他叔叔的葬礼。几个小时，他被发现死在车里。莱克县警察局关于沃尔特·欧文的死亡报告说他死于自然原因。此前一直报道这个案件的一个记者对此表示怀疑，但找不到证据。

以上就是这个案件的简单的梗概。这四名黑人在这个过程中的实际经历远比以上描述的残忍和痛苦，为这个案件四名当事人争取权利的过程也远比上面说的曲折、艰难和危险。不知道大家看完这本书是什么感觉。我在翻译过程中时不时被愤怒的情绪所打断，经常停下来去搜索书中所提到的人物最终的结局。结果比书中所描述的还让人失望。此后，麦考尔继续担任警长好多年，而且，退休后，为了纪念他的贡献，当地一条道路还以他的名字命名。直到很久以后才被撤销。

这个案件反映了美国南方黑人常见的司法遭遇。虽然我们可能都知道美国存在种族隔离和种族歧视现象，但在我开始翻译这本书的时候（2014 年），国内媒体对美国种族歧视的报道比较少，法律人对美国种族歧视的认知也大多停留在抽象的概念上。相反，法学界流行的都是对美国最高法院决策的英明和最高法院大法官伟大、睿智和高超修辞的赞扬。这本书通过一个案件给我们提供了一个鲜活的画面，可能使我们对美国司法以及少数族裔在美国真实的状况有更直观的了解。

作者吉尔伯特·金说："尽管马歇尔把这个格罗夫兰案件上诉到美国联邦最高法院是事实无疑，但无论是民权史、法律教科书还是诸多关于瑟古德·马歇尔的传记都很少提及这个案件。然而，凡是和马歇尔共事过的最高法院的大法官，以及担任过他的助手的律师，无一例外都听他讲述过格罗夫兰的故事，而且总是讲得绘声绘色。"我猜想，其他人很少提及这个案件可能是因为这个案件的故事太普通了，在美国南方太常见了，在很长一段时间，类似的故事情节无数次出现，这是南方白人给黑人定罪的基本套路：黑人被控涉嫌强奸白人女性，白人暴徒发生暴乱，要求处决黑人；有些黑人被私刑处死，有些被法庭定罪处死。[1] 和其他被控强奸的黑人相比，格罗夫兰男孩的遭遇也许算是好的，因此，很多人大概不觉得这个案件值得关注。但或许正因为普通，它恰好能代表美国南方黑人的真实状况。虽然经过民权运动，此后私刑在美国南方逐渐减少，但从近年来又发生的多起美国警察开枪打死黑人的事件[2]以及华裔美国人遭到殴打的事件可以看出，尽管已经进入 21 世纪，美国少数族裔的权利状况并没有根本的改善。

事实上，从美国建国开始，少数族裔一种处于被歧视的状态中，只不过不同时期表现形式有所不同。20 世纪 60 年代被认为是民权时代，主要是黑人的一些权利在法律上得到保障。但“法律在美国种族平等历史上所扮演的角色很难界定。书中的法律与实际执行的法律时常毫无关联”。[3] 法律上规定的权利在现实中实际上很难得到保障或者被规避。以著名的布朗案为

---

1 参见迈克尔·J. 克拉曼：《平等之路：美国走向种族平等的曲折历程》，石雨晴译，中信出版社 2019 年版，第 95、136 页都提到类似的案件。另外，可参见帕特里克·菲利普斯：《根部之血：美国的一次种族清洗》，冯璇译，社会科学文献出版社 2021 年版。这本书描述了 1912 年佐治亚州福赛斯县白人对黑人的一次种族清洗，也是以三名年轻黑人劳工被指控强奸和谋杀一名白人女孩为理由。

2 如 2020 年 5 月 25 日，美国警察暴力执法致黑人乔治·弗洛伊德死亡；2021 年 4 月 11 日，明尼阿波利斯又发生了黑人男子被警察杀死的事件。20 岁的达特·赖特在明尼阿波利斯郊区的一次交通拦截中被警察开枪打死。（https://m.thepaper.cn/baijiahao_12174921）

3 《平等之路：美国走向种族平等的曲折历程》，第 175 页。

例，虽然它在法律上消除了美国南方在教育上的种族隔离，但直至今日，美国大多数公立学校的生源还是种族隔离的。[1] 法律上获得的权利，不等于实际上获得的权利。

此外，美国少数族裔在法律上获得权利的过程中，针对少数族裔的各种骚乱同时存在。而且，美国种族关系的真相远比其表象要复杂。进步是断断续续的，并非必然。[2] 美国的种族平等状况并不是一直在好转，而是时而进步，时而又退步。在 20 世纪 60 年代民权运动高涨之后，从 20 世纪 70 年代末开始，情况开始反转，少数族裔的收入大幅度落后于白人。[3] 少数族裔的相对贫困现象更加严重。他们的生存状况在某些方面反而恶化了。只要经济状况不太好，受害的首先是穷人。比如，卡特里娜飓风，受害者大多数是黑人，而新冠肺炎疫情中黑人的死亡率大大超过白人，而且他们也更容易失业。[4] 白人至上主义者还往往把他们经济状况变差归罪于少数族裔。现在，或许明面上的歧视减少，但隐形的歧视仍大量存在。[5] 只要黑人的经济社会条件没有得到根本的改善。他们很难获得法律上的权利。

---

1 约瑟夫·P. 维特里迪：《选择平等：美国的择校、宪法与社会》，何颖、武云斐译，广西师范大学出版社 2018 年版，第 56 页。

2《平等之路：美国走向种族平等的曲折历程》，序Ⅳ。这本书对美国种族不平等的历史有比较好的叙述。

3 杰罗米·H. 什科尔尼克、埃利奥特·柯里主编：《美国社会危机》，楚立峰译，上海社会科学院出版社 2020 年 9 月版，第 113 页。

4 光明网，《新冠病毒重创新奥尔良市：比卡特里娜飓风还严重》（https://m.gmw.cn/baijia/2020-05/24/1301239835.html），2020 年 5 月 24 日。

5 刘一：《论美国新种族隔离现象》，《黑龙江民族丛刊》2018 年第 6 期。

关于美国种族不平等的研究很多。这本书通过一个案件为我们生动地展示了向种族平等努力的每一步都不容易，都需要付出很大的代价，在这个过程中需要妥协，需要忍受明知的不公正的无可奈何，还需要很多物质支持和一些人为此牺牲。现实经常是残酷、真实而又不合逻辑的。不知道这本书能否让一些人去想一想，或许了解美国司法状况更重要的不是最高法院那九位法官说了什么，而是现实中的法律状况如何。美国最高法院对推动种族平等所发挥的作用很难界定。历史事实表明，最高法院并不是少数族裔权利的真正捍卫者。大法官主要反映的是主流民意，他们难以保护真正的受压迫群体。[1] 虽然法律人都知道“书本上的法”和“现实中的法”的区分，但我们对美国法律的了解基本上都停留在“书本上的法”，鲜少关注现实中的法律状况。或许我们应该把更多的注意力投向美国真实的司法状况，而不是最高法院的判决书。

这本书获 2013 年普利策奖。这至少部分说明，到 21 世纪，种族问题依然是美国社会值得关注的重要主题之一。形式的平等不能掩盖实质的不平等。离少数族裔在美国获得平等对待还有很长的路要走。

1《平等之路：美国走向种族平等的曲折历程》，第 177 页。